Droemer
Knaur®

Elizabeth Dunkel

Der Fisch ohne Fahrrad

Roman

Aus dem Amerikanischen
von Gisela Stege

Droemer Knaur

Für meine Freundin
Barbara Eliason Dunkel

CIP-Titelaufnahme der Deutschen Bibliothek

Dunkel, Elizabeth:
Der Fisch ohne Fahrrad: Roman/Elizabeth Dunkel.
Aus dem Amerikanischen übersetzt von Gisela Stege. –
München: Droemer Knaur, 1990
ISBN 3-426-19273-X

Titel der amerikanischen Originalausgabe:
»Every Woman Loves a Russian Poet«

Umschlaggestaltung: Claus-J. Grube, München
Satzarbeiten: IBV Satz- und Datentechnik GmbH, Berlin
Druck und Bindearbeiten: Mohndruck, Gütersloh
Printed in Germany
ISBN 3-426-19273-X

9 10

Inhalt

NEW YORK

PARIS

NEW YORK

PARIS

NEW YORK

PARIS

NEW YORK

NEW YORK

Kate liebt keinen

New York City
Sonntag, drei Uhr morgens
21. Januar 1983

Kate Odinokov lag weinend im Bett. Sie sehnte sich danach, in den Armen eines Mannes zu liegen. Es war so lange her. Wie lange inzwischen – an die zwei Jahre? Es kam ihr eher vor wie zwanzig. Sie würde niemals wieder Sex erleben, davon war sie fest überzeugt. Ihr Körper fühlte sich an wie tot. Sie versuchte sich zu erinnern, wie die Begierde eines Mannes roch. Was würde sie darum geben, in dem erregenden Drängen eines Mannes versinken zu können, der im Dunkeln nach ihr griff!

Hatte sich jemals ein Mensch so elend gefühlt? Bestimmt nicht. Sie war über den Punkt hinaus, an dem sie nichts weiter gewollt hatte als Sex; nein, ihre Einsamkeit und ihr Hunger waren so übermächtig, daß es sie ängstigte. Darüber mußte sie noch heftiger weinen. O Gott, dieser Schmerz eines liebeleeren Lebens! Warum hatte das Schicksal ihr derart schlechte Karten gegeben? War sie wirklich so wenig liebenswert?

Im Schutz der Daunensteppdecke, unter der sie in dieser eiskalten Januarnacht lag, strich sie sich mit den Händen über den nackten Körper und versuchte sich vorzustellen, es seien die Hände eines Mannes, der sie liebkoste, vielleicht sogar zum erstenmal erkundete. Was war das für ein Gefühl, Kate Odinokov zu lieben?

Obwohl sie sich stets die geschmeidige Figur einer Tänzerin gewünscht hatte, war es ihr im großen und ganzen gelungen, Frieden mit ihrem Körper zu schließen und ihn zu mögen. Sie wußte, daß es ein guter, kräftiger Körper war. Ein Modigliani-Körper, hatte ein längst verflossener Freund ihn einmal genannt. Das bedeutete dicke Schenkel, das war ihr klar. Sie legte die Hände an ihre kraftvollen Hüften, tätschelte sie ein paarmal und berührte dann ihren gerundeten Bauch. Ganz langsam strich sie über das samtige Fleisch an der Innenseite ihrer Schenkel bis zu der rauheren Haut der Unterschenkel. Die Hand wieder zum Brustkorb emporführend, zog sie die Rippen eine um die andere nach und ließ die Hände schließlich zu ihren Brüsten wandern, die sie sanft massierte. Dabei versuchte sie, das Staunen und die Ehrfurcht nachzuempfinden, die diese seltsam weichen Hügel aus Fleisch in den Männern weckten, aber es gelang ihr nicht. Von jedem einzelnen Mann, mit dem sie ins Bett gegangen war, hatte sie zu hören bekommen, daß sie »großartige Brüste« habe. Was heißt das? hatte sie zurückgefragt. Für sie waren es ganz normale Brüste. Die Antwort war jedesmal die gleiche gewesen und niemals originell genug, um sie zufriedenzustellen: nicht zu groß und nicht zu klein, na ja, eben genau richtig. Eigentlich müßten die Männer das wissen, dachte sie sich; denn schließlich waren die Brüste ja mehr zu deren Vergnügen da als zu ihrem eigenen.

Selbstverständlich kam sie sich zu mollig vor. Aber sie wußte auch, daß dieses Gefühl dazugehörte, wenn man eine Frau war; sie kannte keine einzige Frau, die mit sich zufrieden war. »Braun und rund«, hatte man sie einmal zu ihrem Kummer beschrieben, doch nun, mit dreiunddreißig Jahren, hatte sie sich damit abgefunden, braun und rund zu sein. »Ich bin eine unkonventionelle Schönheit«, hatte sie sich zu trösten versucht. Das klang nicht schlecht. Es gab viele berühmte und schöne Frauen, die als unkonventionelle Schönheiten galten. Na los, nenn mir eine! forderte sie sich selber auf. Okay. Isabelle Rossellini, zum Beispiel; und Charlotte Rampling.

Sie rollte sich herum und schlang die Arme um ihre Brust. Welch eine Verschwendung, dieser Körper! Zählt irgend jemand da oben vielleicht all diese sexlosen Nächte, damit ich später dafür belohnt werde? Der arme Mann, der schließlich in meinem Bett landen wird, verdient wirklich Mitleid. Denn bis dahin bin ich so unersättlich, daß ich ihn mit Haut und Haaren verschlingen und zu Tode erschöpfen werde.

Es ist unfair! Womit habe ich das verdient? Was muß ich tun, um hier zu einem Date zu kommen? Selbst ihre Freundinnen verstanden nicht, warum sie keinen Mann hatte. Es ist unlogisch, haderte Kate, und genau das ist es, was es so schrecklich und unerklärlich macht. Es war einfach ein Symptom der seltsamen Zeiten, in denen sie lebte. Nicht etwa irgend etwas, das sie tat oder ließ. Nicht in einer Million Jahren wäre sie darauf gekommen, daß sie einmal so enden würde, mit dem Gefühl, vom Leben total übergangen worden zu sein. In ihrem Alter ein Single zu sein war inzwischen regelrecht anstrengend geworden. Es gab keine verliebten Plaudereien in ihrem Alltag, nicht mal ein »Hallo, Liebling, wie war's denn heute?«. Tag für Tag ging sie da hinaus, in diese widerwärtige Stadt, und schlug sich durch, nur um am Abend zu ihrer Katze nach Hause zu kommen. Die Hochs und Tiefs waren ermüdend; sie forderten ihren Tribut. Sie fühlte sich wie ein emotionales Jojo. Es kam vor, daß sie sich nach einem beruflichen Erfolg unglaublich glücklich fühlte oder ins Museum of Modern Art ging, um sich etwas Schönes und Begeisterndes anzusehen, nur um auf dem Heimweg Händchen haltenden und sich küssenden Paaren oder jungen Eltern mit einer Babykarre zu begegnen. Eigentlich hätte sie dankbar sein sollen für das, was sie hatte, das war ihr klar; alle sagten ihr das, und trotzdem versank sie immer wieder in einer abgrundtiefen Verzweiflung.
Aber wo waren all die Männer? Suchte sie nicht an den richtigen Orten? Andere Frauen lernten bei ihrer Arbeit Männer kennen – sie nicht. Andere Frauen lernten in ihren Strandhäusern Männer kennen – sie nicht. Die Barszene schüchterte sie ein; außerdem war sie davon überzeugt, daß der Mann, den sie sich wünschte, nicht in einer Bar auf sie warten würde. Dann lag es

also an New York. Es war eine Stadt des Geldverdienens, der langen Arbeitsstunden, des Erfolgs und des Ruhms. Die Männer waren zu müde für die Liebe, hatten andere Dinge im Kopf. Sie dachte daran, wie sie jeden Morgen aufstand, eine dampfendheiße Dusche nahm, Kaffee mahlte, sich eine Tasse Milchkaffee aufbrühte, wobei sie die Milch vorher anwärmte, ein Brötchen mit Butter aß, sich die kastanienbraunen, flaumfeinen Haare fönte, Make-up auflegte, sich mit Parfüm besprühte, ihr Apartment verließ, auf dem Subway-Bahnsteig stand und diese wahnsinnig gut aussehenden und völlig konstipierten Männer der Upper East Side betrachtete, die ihre Nase ins *Wall Street Journal* steckten. Es gab Tage, da hätte sie am liebsten geschrien: »Seht mich an!« Sie glaubte *»Girls Just Want to Have Fun«* durch die Station dröhnen zu hören, während sie um diese zu Eis erstarrten Kerle herumtanzte. Und zu allem Überfluß waren die paar unverheirateten Männer, die es gab, mehr als verwöhnt, denn in New York wimmelte es von atemberaubenden, erfolgreichen alleinstehenden Frauen.

Keiner ihrer verheirateten Freundinnen wollte auch nur ein einziger Mann einfallen, den sie ihr vorstellen konnte. Auch im Büro gab es nicht *einen* Junggesellen. Vermutlich, weil sie in das Alter kam, in dem alle verheiratet waren, und wenn nicht, standen sie kurz davor oder waren schwul. Sie fühlte sich vom Leben übergangen, weil all ihre Freundinnen eine nach der anderen allmählich heirateten und damit begannen, ihre Landhäuser zu renovieren und Kinder zu kriegen, während sie selbst noch immer mühsam versuchte, zu einem gottverdammten Date zu kommen.

Es gab Wochenenden, an denen sie, was ihr Leben betraf, die Hoffnung verlor. Heute hatte sie wieder einen Samstagabend allein verbracht, Brandy getrunken und im Bett dämliche Fernsehsendungen angeschaut, während sich ganz Manhattan ohne sie amüsierte. Wochentags ging es ihr gut; sie liebte ihren Job. Die Tage in der eleganten Werbeagentur downtown, wo sie als Texterin arbeitete, waren mit Frühstück, Lunch und Dinner mit Kollegen, Klienten und Lieferanten ausgefüllt. Es gab Meetings,

Präsentationen, Fototermine, Aufzeichnungen und Redaktionsbesprechungen. Wenn sie im Beruf so erfolgreich und beliebt war, wie kam es dann, daß sie in der Liebe so wenig Glück hatte? Man bewunderte ihr Talent und ihren Charme. »Wie kommt es, daß ein so großartiger Mensch wie Sie allein ist?« fragten sie mitfühlend. »Sie werden schon jemand finden«, versicherten sie ihr. Der Satz, den Kate am meisten haßte, lautete: »Sie sind ein so besonderer Mensch, deswegen brauchen Sie auch einen besonderen Mann.« Sie versuchte, sich ihre Traurigkeit nicht anmerken zu lassen. Männer mögen keinen Trauerkloß, sagte sie sich, darum galt sie trotz ihrer geheimen Ängste als fröhlicher Mensch, und das war sie im Grunde auch.
Dann kam der Freitag. Die Ehepaare fuhren zu ihren Landhäusern hinaus, und ihre letzten unverheirateten Freundinnen, die mit ihren Liebhabern zusammenlebten, unternahmen romantische Dinge, wie etwa zum Brunch ausgehen, beim Schlangestehen vor den Kinokassen Händchen halten und lange Spaziergänge im Central Park machen. Häufig forderten sie sie auf mitzukommen, und das tat sie dann auch. Sie war keine Einsiedlerin, außerdem unternahm sie vieles allein. Sie ging gern ins Museum, ins Kino und ins New York City Ballet. Gelegentlich besuchte sie Seminare oder erforschte zu Fuß einen der weniger beliebten Teile der Stadt.
Irgendwann aber kam der Punkt, an dem sie endgültig genug hatte. Ich bin auch nur ein Mensch, seufzte sie vor sich hin. Sie war es so leid, auf der Suche zu sein. Sie sehnte sich so sehr danach, ein »normales« Leben zu führen, endlich befreit von diesem ständigen Zwang, Verbindungen zu knüpfen. Und so war es in letzter Zeit nichts Ungewöhnliches für sie, ein ganzes Wochenende allein zu verbringen – von »Dallas« am Freitagabend bis zum »Masterpiece Theatre« am Sonntagabend – und dazwischen nur den Klang der eigenen Stimme zu hören, wenn sie sich mit ihrer Katze Boo unterhielt. Kein Wunder, daß sie halb verrückt war, wenn sie am Montag im Büro erschien.
Heute nun lag sie im Bett, allein im Dunkeln und beklommen, während sich die quälenden Straßengeräusche in ihr Schlaf-

zimmer stahlen. Sie hörte den unerträglichen Lärm der riesigen Sattelschlepper, die auf der Second Avenue zur Fifty-ninth Street Bridge rumpelten. Vor den die ganze Nacht geöffneten Delis standen Lieferwagen mit laufendem Motor, um frische Milch und Brot für den nächsten Morgen abzuladen. Jetzt mußten jeden Moment die Zeitungslastwagen kommen. Betrunkene Paare kreischten und alberten herum, während sie zu ihren Autos wankten, um nach New Jersey zurückzufahren; ihr sexpralles Gelächter schien Kate zu verhöhnen. Vertraute Gedanken der Verzweiflung stiegen in ihr auf, um sie wie ein teuflischer Refrain zu quälen: Ich werde niemals geliebt werden; ich werde niemals einen Menschen finden, den ich lieben kann; irgend etwas scheint mit mir nicht zu stimmen; ich werde immer allein bleiben.

Sie warf einen Blick auf den winzigen Reisewecker neben ihrem riesigen Bett, der am Morgen so zurückhaltende Piepstöne von sich gab. Vier Uhr. Na, großartig! Aufstöhnend warf sie sich auf die andere Seite.

Kate überlegte, was Dr. Manne, ihr Shrink, jetzt wohl tat. Das war eine dumme Frage; schlafen, natürlich. Jawohl, sie hatte sich so elend gefühlt, daß sie tatsächlich einen Therapeuten aufgesucht hatte, um herauszufinden, was mit ihr los war, und warum sie keine Männer kennenlernte. Und wenn es wirklich ihr Schicksal sein sollte, ein liebeleeres Leben zu führen – na schön, dann würde die Therapie ihr wenigstens helfen, mit dieser Tatsache fertig zu werden. Es war ihr sehr, sehr schwergefallen, zu einem Therapeuten zu gehen, aber es hatte schlimm um sie gestanden. Sie war ganz unten angelangt und wußte, daß sie für ihre Freundinnen wie eine Schallplatte mit Sprung klingen mußte. Es war die einzige Möglichkeit für sie, Hilfe zu finden. In ihrer Familie war ein Shrink etwas, zu dem nur andere Leute gingen; das war etwas für Verrückte, auf gar keinen Fall aber für Leute wie Kate.

Sie seufzte. Dr. Manne. So lieb, so sanft, so wunderbar, so… zum Verzweifeln! Aber auch das war unfair. Warum mußte sie ausgerechnet den schönsten Shrink von ganz New York City haben? Sie versuchte sich sein Gesicht vorzustellen, schlafend, in den Armen irgendeiner fremden Frau. Nein! Sie schüttelte den Kopf. Sie zog es vor, ihn als Single zu sehen. Er wollte ihr nicht sagen, ob er verheiratet war. An manchen Tagen glaubte sie, er sei es, an anderen nicht.

Während das kristallklare Wintermondlicht zum Fenster hereinfiel, fuhr sie fort, ihre Schicksalslitanei herunterzubeten. Ihre innere Stimme wurde gebieterisch. Ich werde niemals einen Mann kennenlernen. Außerdem bin ich auf dem absteigenden Ast. Heutzutage wollen die Männer junge Dinger. Was ist nur mit mir los? Ist es zu offensichtlich, daß ich's nötig habe? Schreckt das vielleicht die Männer ab? Nein, ich glaube, eher im Gegenteil. Jawohl, das ist es. Ich wirke zu stark und selbständig und erfolgreich. Das ist es, was sie alle abschreckt.

Amerikanische Männer sind hoffnungslos, stellte sie fest. Haben keine Ahnung vom Flirten. Europäische Männer sind viel lässiger; bei denen ist die Sexualität ein ganz natürlicher Teil ihrer Persönlichkeit, während die amerikanischen Männer eine Art Schublade namens Sex zu haben scheinen. Sex ist etwas, das amerikanische Männer ausüben, statt ein integraler Bestandteil ihres Wesens zu sein. Vielleicht sollte ich mich ins Ausland versetzen lassen. Na ja, aber das kann Monate dauern, also sollte ich vielleicht aus eigenem Antrieb gehen.

Es wurde Zeit, die Sache objektiv zu betrachten. Ich bin keine Niete, verteidigte sie sich. Auf einen Außenstehenden wirkte ihr Leben vermutlich glanzvoll, und wenn sie es recht betrachtete, gab es wohl sogar Menschen, die sie beneideten. Sie war eine versierte Köchin und Gastgeberin. Ihre Wohnung hatte sie wie ein bezauberndes Country Cottage in luftiger Höhe eingerichtet. Sie gehörte nicht zu jenen Frauen, die das Leben vor sich herschieben, bis sie einen Mann kennenlernen. O nein, ihre Wohnung war ihr Heim, in dem sie ihr eigentliches Leben lebte. Es gab richtige Polstersessel und Sofas und Couchtische und perfekt plazierte Lampen, die anheimelnde Lichtinseln und Plaudernischen schufen. Es gab ein Klavier, auf dem sie täglich einige Zeit übte. Es gab einen Eßtisch aus Fichtenholz, an dem sie sich selbst die Sonntagsmahlzeiten servierte. Es gab Porzellan und Kristall. Und dann gab es natürlich die Beherrscherin ihres Lebens, die kuschelige Schildpattkatze Boo, die das Apartment mit Fröhlichkeit und Katzenmysterien erfüllte. Boo war ihre engste Vertraute. Wenn Kate des Abends nach Hause kam, pflegte sie ihr alles zu erzählen.

Sie war intelligent. Im College hatte sie einen Phi-Beta-Kappa-Schlüssel sowie ihren Magistergrad in Englisch mit Auszeichnung erworben. Sie hatte einen arbeitsintensiven und befriedigenden Job. Sie bekam ein anständiges Gehalt. Sie hatte eine Putzfrau, die jede zweite Woche zum Saubermachen kam, und hielt sich dreimal die Woche mit Schwimmen und Sauna fit. Sie war Mitglied der Public Library von New York. Sie kleidete sich gut und liebte es, bei Bloomingdale's und in den Boutiquen von SoHo zu stöbern. Sie ging im Central Park radfahren. Na schön, Rollschuhe besaß sie nicht. Wo also lag nun das Problem? Warum hatte sie seit Monaten kein Date mehr gehabt? Wir leben in einer kranken Zeit, das ist der Grund. Täglich hören wir von Herpes und jeder Menge Geschlechtskrankheiten. AIDS. Scheidungen, Dreiecksverhältnisse, alleinerziehende Eltern, Kontaktanzeigen, Ersatzmütter, mißbrauchte Kinder. Sie hatte es satt, diese idiotischen, beunruhigenden Artikel im *New York*-Magazin zu lesen, diese Abhandlungen über die abnehmende Alters-Empfängnis-Kurve, den neuen Mini-Babyboom, Letzte-Chance-Babys, In-vitro-Befruchtung, Männer-Sharing und den allerneuesten Trend für Frauen: das Unter-dem-Stand-Heiraten, das bedeutete, daß sich die Anzahl der Männer bis zu dem Punkt reduziert hatte, wo es tatsächlich schick war, etwa seinen Klempner zu heiraten. Zu ihrer großen Bestürzung hatte sie bei Barnes & Noble eine ganze Abteilung mit Büchern über Einsamkeit entdeckt, über die Kunst, sich einen Mann zu angeln, über die Liebe zum falschen Mann, über zu große Liebe zu Männern, über zuwenig Liebe zu Männern und, schlimmer noch, wie man auf kreative Art allein leben kann. Die Free School offerierte Kurse mit dem Titel »Wie flirtet man richtig«

und »Die 99 besten Möglichkeiten, in Manhattan einen Partner kennenzulernen«. Die Suche nach Liebe war zur Epidemie geworden. Als weiblicher Single in Manhattan zu leben war grauenhaft. Nein, schlimmer noch: Es war ein Klischee! Und sie, Kate Odinokov, war zu einer Zahl in der Statistik geworden! Dann war diese drastische Titelstory in *Newsweek* über die Heiratschancen einer Frau über dreißig erschienen. Und diese Chancen standen nicht sehr gut. Ja, *das* hatte sie dann endgültig fertiggemacht.

Wozu weinen, wenn es ja doch niemand hört? Sie hämmerte mit der Faust aufs Bett. Das jedenfalls war etwas, das sie aufrichtig genoß: ihren japanischen Futon und die Daunensteppdecke. Dann dachte sie an die stämmige rothaarige Frau, die ihr den Futon vor mehreren Monaten ins Haus geliefert hatte, und wie verblüfft sie gewesen war, daß eine Frau diese unhandliche Ware brachte, und nicht ein Mann.

»Haben Sie schon mal auf so einem Ding geschlafen?« erkundigte sich die Frau mit unüberhörbar australischem Akzent, als Kate ihr die Tür öffnete.

»Nein«, antwortete Kate und trat zurück, damit sie die Karre hereinschieben konnte. »Warum fragen Sie?«

Die Frau mit den rosigen Wangen lächelte breit. »Dann werden Sie sich heute nacht wie im siebten Himmel fühlen. Es ist unbeschreiblich«, behauptete sie, während sie den Futon an ihr vorbeikarrte. Zu ihr zurückgewandt, ergänzte sie: »Sie werden ja sehen«, und zog vielsagend die Brauen hoch. »Wohin damit?«

Kate wies ihr den Weg ins Schlafzimmer und zeigte auf die Stelle am Boden, wo der Rahmen stehen sollte. An die Tür gelehnt, beobachtete sie, wie die Frau ein Messer aus der Werkzeugtasche an ihrer Taille holte und die Plastikhüllen aufzuschlitzen begann. Sie überlegte, ob sie ihr helfen sollte.

»Für zwei sind Futons besonders günstig«, erklärte die Rothaarige. »Man schläft ganz ausgezeichnet darauf, weil man nicht spürt, wenn sich der andere umdreht.«

Kate seufzte. »Aber ich bin allein, ich bin schon immer allein gewesen.« Das stimmte zwar im Grunde nicht, denn in ferner

Vergangenheit hatte sie durchaus Freunde gehabt, aber es kam ihr tatsächlich so vor.
Die Frau blickte kurz auf und fuhr dann mit ihrer Arbeit fort. »Sie könnten's ja mal mit Frauen versuchen.« Das sagte sie, als werfe sie eine Frisbeescheibe in den Wind.
Würde sie fliegen? Und würde Kate sie fangen? Sie erstarrte, wußte nicht, wie reagieren. War das ein Antrag oder was?
Die Frau blickte auf, um zu sehen, wie Kate ihre Worte aufnahm; dann beugte sie sich wieder über den Futon und plauderte gelassen weiter. »Das hab' ich wenigstens getan, als ich keinen Mann finden konnte. Ich hab' mir eine Frau gesucht.« Sie hielt inne. »Und es ist wunderbar.«
»Hmmm«, machte Kate unsicher. Sie wollte nicht unhöflich sein, aber es wurde ihr etwas unbehaglich.
»Man bekommt Trost, Unterstützung, Zuneigung...« fuhr die Rothaarige fort. Den Sex erwähnte sie nicht, aber Kate wußte genau, daß das gleich kommen würde.
»Hmmm«, machte Kate abermals mit einem nervösen Blick auf die Frau. »Ach ja, das hab' ich ja ganz vergessen! Ich muß in meinem Büro anrufen. Wir haben morgen eine größere Filmaufnahme.« Dabei lächelte sie entschuldigend und ging hinaus. Sie hoffte, normal und ruhig gewirkt zu haben. Sie griff zum Telefon, wählte die Nummer der Wetteransage und redete auf die Tonbandstimme ein, bis sie der Futon-Dame lächelnd zum Abschied winken konnte. »Großer Gott! Dieses New York ist einfach unglaublich!« stöhnte sie und warf sich auf die Couch.
Doch wenn sie sich heute zurückerinnerte, beneidete sie diese herzhafte, zufriedene Frau um ihre Gelassenheit und ihr Glück. Die hatte wenigstens eine Gefährtin... Sie schüttelte den Kopf. Das ist doch lächerlich! Eine Frau als Liebhaber konnte unmöglich die Lösung für sie ein! Sie hatte sich nie zu Frauen hingezogen gefühlt. Sie schüttelte sich. Aber dann fragte sie sich: Wäre es möglich, daß ich keinen Mann habe, weil ich, ohne es zu wissen, insgeheim lesbisch bin? Nun reiß dich aber mal zusammen, Kate! rief sie sich zur Ordnung. Du bist nicht lesbisch. Das ist ja zum Weinen! Ist es wirklich so weit gekommen? Ist dies die

letzte Möglichkeit für dich, Glück, Gemeinsamkeit und Sex zu erleben – lesbisch zu werden? Das ist doch krankhaft, wirklich und wahrhaftig krankhaft! Lieber würde ich mich umbringen.
Plötzlich wurde ihr Kopf ganz leer. Eine erschreckende Stille trat ein. Ihre Gedanken waren versiegt und ließen ihr keine andere Lösung.
Wenn ich keinen Mann kriege, muß ich mich umbringen.
Sie leierte die inzwischen vertraute Liste der Methoden herunter. Tabletten. Sie hatte keine. Okay, dann aus dem Fenster springen. Zu grausig. Der Gedanke, aus dem Fenster zu klettern und ins Dunkel hinauszustürzen... Woran würde sie in diesen letzten Momenten denken, wenn sie auf dem Sims stand und auf die Straße hinabstarrte? Und was, wenn sie beim Fallen ihre Meinung änderte? Und dann auf einer schmutzigen New Yorker Straße zu liegen und von Fremden gefunden zu werden! Sie dachte an John Berryman, der von der Fähre nach Nantucket gesprungen war, und schüttelte den Kopf.
Okay, also weiter. Aufhängen? Ziemlich altmodisch, und sie glaubte kaum, daß sie es schaffen würde. Sie hatte keinen Strick, und außerdem wußte sie nicht, wie man den richtigen Knoten schlang. Dann fiel ihr ein, daß die Leute es heutzutage mit einem Ledergürtel taten – oder war es ein Bademantelgürtel?
Vielleicht sollte sie diese Methode erwägen. Dann fiel ihr ein, daß es in ihrer Wohnung ja gar nichts gab, *woran* sie sich aufhängen konnte.
Ein Messer! Sie schüttelte sich. Nein, dazu hatte sie nicht den Mut. Zu blutig und zu gewalttätig. Kam nicht in Frage.
Sie dachte an Virginia Woolf, die ins Meer hineingeschritten war und sich ertränkt hatte... Kate war beeindruckt. Also das erforderte echte Willenskraft. Es wirkte ungeheuer romantisch. Eine Weile dachte sie darüber nach, entschied sich dann aber dagegen. Jones Beach war zu weit entfernt, und außerdem war Januar.
Bilder von Anne Sexton stiegen vor ihren Augen auf. Die war mit dem Geruch von Thunfisch an den Händen gestorben. So

einfach war das. Sie machte an einem ganz normalen Tag Thunfischsandwiches zum Lunch und verlor in einem besonders gefährlichen kurzen Moment die Lust. Als sie eine Zwiebel hackte – oder war es Sellerie? –, entschied sie plötzlich, daß sie es satt hatte. Sie legte das Messer hin, zog ihre Jacke an und ging in die Garage hinaus, als wollte sie schnell in die Stadt fahren und noch etwas holen. Statt dessen schloß sie die Garagentür, setzte sich in ihren Wagen und ließ den Motor an. Aber Kate besaß keinen Wagen und auch keine Garage, also kam diese Methode für sie nicht in Frage.

Blieb nur noch eine Möglichkeit: der Backofen. Für diese Methode hatte sich Sylvia Plath entschieden, und was für Sylvia gut genug war, würde für Kate Odinokov auch gut genug sein. Kein gewaltsames Ende, sondern eher ein sanftes, schläfriges Hinüberdämmern mit ausreichend Zeit zum Aufhören, falls man seinen Entschluß änderte. Jawohl, der Backofen war das richtige!

Abrupt richtete sie sich auf und betrachtete ihre süße Schildpattkatze, die fest zusammengerollt auf ihrer Bettdecke lag. Boo rührte sich nicht, sondern öffnete nur die Augen, erwiderte ihren Blick und schloß sie wieder. Aber wer wird sich um meine kleine Boo kümmern? Unfähig, ihre herzzerreißende Traurigkeit zu unterdrücken, sprang sie aus dem Bett, weil sie das Leben keine einzige Minute länger ertragen zu können glaubte. Wenn so ihr liebesleeres Dasein aussah, wollte sie nichts mehr davon wissen. Kate Odinokov würde sich aus dem Leben verabschieden, wie man ein unpersönliches Motelzimmer verläßt.

Als ihr Frauchen aufsprang, miaute Boo begeistert, weil sie dachte, es sei Zeit für das ersehnte Frühstück. Sie lief Kate, die in die Küche wankte, genau vor die Füße. Von der schreienden Katze aus dem Konzept gebracht, schraubte Kate automatisch das große Glas auf, holte ein paar trockene Katzensterne heraus und warf sie in Boos Futternapf. Diese vertraute Handlung genügte, um sie im entscheidenden Moment abzulenken.

Von Boo gerettet.

Zitternd ging Kate im Wohnzimmer auf und ab und hörte zu, wie Boo geräuschvoll ihr vorzeitiges Frühstück zerkaute. Dann kehrte sie ins Schlafzimmer zurück. Es war sechs Uhr morgens. Sie starrte das Bett an und wußte, daß sie nicht wieder einschlafen konnte. Was hieß hier *wieder* einschlafen? Sie hatte die ganze Nacht nicht geschlafen. Sie zog ihre bequemsten Sachen an, die weiche, graue Baumwollhose und einen dicken Wollpullover, schlüpfte in ihre Lederjacke, band sich den Pariser Jacquardschal mit Kaschmirmuster um den Hals und floh den Schauplatz ihrer Tristesse.

Ungeduldig stand sie im Lift und war erstaunt, als sie in die Lobby hinaustrat und den Portier nirgends entdeckte. Vermutlich schlief er unten im Keller. Sie zog die schwere Haustür auf und wurde von einem eisigen Windstoß empfangen. Also, der Januar war wirklich kalt! Sie zog die Jacke enger um sich und genoß die frische Luft des frühen Morgens auf ihrem Gesicht. Die Bars entlang der Third Avenue beendeten gerade ihr samstagnächtliches Geschäft, die müden Angestellten trugen endlich den Müll hinaus und gingen nach Hause. Zu dieser Sonntagmorgenstunde war die City ein Niemandsland. Als sie mit flotten Schritten am Lenox Hospital vorbeimarschierte, machte sie sich schon wieder Vorwürfe. Schäm dich für dein verdammtes Selbstmitleid! Da drinnen geht es in dieser Minute wirklich um Leben und Tod! Die Zeitungskioske auf der Lexington Avenue hatten bereits geöffnet und legten die dicken Sonntagsblätter aus. Die Delis schickten Kaffeedüfte auf die Straße hinaus. Sie aber schritt so energisch an allem vorbei, daß sie, wie sie vermutete, den Eindruck einer Frau machte, die wußte, wohin sie wollte.

Jedesmal, wenn Kate an Selbstmord dachte, wenn alles so schlimm wurde, daß sie sich tatsächlich vorstellte, wie es sein würde, sich aufs Linoleum zu knien und den Kopf in den Backofen zu stecken, wie weit sie das Gas aufdrehen mußte, und wie lange es dauern würde, raffte sie sich tapfer auf, verließ das Haus und machte einen Spaziergang auf der Madison Avenue.

Das half immer. Sie holte tief Luft und betrachtete die leere

Straße. Die Madison Avenue war immer da, voll Glanz und vornehmer Zurückhaltung; auf sie konnte sie sich stets verlassen. Wenn sie auch nur minutenlang an den zum Bersten gefüllten Luxusschaufenstern entlanggewandert war, wurde ihr jedesmal eines klar: Ich könnte mich niemals umbringen; dafür habe ich Kleider viel zu gern.

Vor Givenchy blieb sie stehen und zuckte zusammen, als sie ihr Spiegelbild im Fenster sah, das aufmerksam, mit ernsthaft gerunzelter Stirn die Auslagen betrachtete und kritisierte und die fantastischen Schnitte der Abendkleider analysierte. Sie seufzte tief auf und schlenderte nachdenklich weiter. Bedeutet dies, daß ich oberflächlich bin? fragte sie sich erschrocken. Daß ich eine törichte, vulgäre Person bin und nur ein neues, glitzerndes Spielzeug zu sehen brauche, um fröhlich meines Weges zu gehen?

O nein! widersprach sie sich selbst energisch. Im Ernst. Ich kämpfe hier jetzt um mein Leben, und wenn dies alles nötig ist, um mich am Leben zu erhalten – warum die Wortklauberei? Ich stehe dazu! In derartigen Fällen sollte man auch für Kleinigkeiten dankbar sein. Dies ist alles andere als oberflächlich, es ist der Triumph meines Willens!

Ihre innere Stimme wurde sanfter. Aber das ist ein so dünner Strohhalm, sinnierte sie. So leichtfertig ins Leben hinein- und wieder hinauszuschlüpfen. Sie erschauderte. Wie schwach ist doch unser bißchen Halt! Sie seufzte und setzte ihren Weg nachdenklich fort, sagte sich, es stimmt tatsächlich, daß manche Menschen sich aus Gründen das Leben nehmen, die für andere unvorstellbar sind. In welchem Moment entschied Virginia Woolf, daß sie keine einzige Minute *(wovon?)* mehr ertragen könne, und beschloß, das Haus zu verlassen, um ins Meer zu gehen? Aus welchem *Grund* gab Anne Sexton so plötzlich auf? Also, argumentierte Kate energisch, ist es gleichgültig, was uns logisch erscheint oder Licht in diesen finsteren und tödlichen Augenblick bringt. Man muß es packen und sich daran festhalten.

Unterwegs kam ihr der Gedanke, daß die meisten depressiven

Menschen bei einem Schaufensterbummel auf der Madison Avenue noch weit depressiver werden würden, wenn sie all jene Dinge sahen, die sie sich niemals leisten konnten und die für einen so völlig anderen Lebensstil als den ihren gedacht waren. Die kostbaren, schönen, doch untragbaren Kleider, die hinreißenden Antiquitäten und extravaganten Juwelen würden die meisten Menschen vermutlich abstoßen und andere in eine noch schwärzere Verzweiflung stürzen. Bei Kate bewirkten sie jedoch das Gegenteil. Der Anblick schön gefertigter Dinge beflügelte sie. Er rückte die Vorstellung von Perfektion für sie wenn nicht in Reich-, so doch in Sichtweite.

Nehmen wir etwa das weiche Leder und die hervorragende Verarbeitung von Brigitte Cassegrain, sagte sie, automatisch in den Werbejargon verfallend, als sie vor der eleganten französischen Lederboutique stehenblieb. Eine Handtasche von Brigitte würde mit Sicherheit einige wunde Stellen in meinem Leben heilen, das weiß ich genau. Jawohl, wenn mir so ein Täschchen von der Schulter hinge, könnte ich wieder daran glauben, daß auf dieser Welt Ordnung herrscht – die Ordnung von Menschen, die in ihrem Beruf Perfektion erreichen. Schon aus diesem einen Grund wurde Brigitte Cassegrain in die Welt gesetzt.

In den butterweichen Lederschuhen dieses bezaubernden Italieners Tanino Crispi oder dieser charmanten Fratelli Rossetti durch die steinigen Straßen schreiten – ja, mein Gott, derart liebevoll beschuht *müßte* ich ja das Gefühl haben, daß es mir gutgeht, daß alles in Ordnung ist!

Fasziniert betrachtete sie die Schaufenster von Sonia Rykiel. Himmlisch! seufzte sie. Bestimmt würde die Welt mich besser behandeln, wenn ich ein zweiteiliges Kaschmirstrickkleid von Sonia trüge, ergänzt vielleicht durch einen von diesen straßbesetzten Gürteln. Wie eine Frau mit Vergangenheit würde ich mir vorkommen, ein geheimnisvolles Wesen aus einer anderen Epoche. Und während sie wie in Trance dastand, erwachten zu ihrem Erstaunen die Sonia-Rykiel-Schaufensterpuppen zum Leben, bewegten und wiegten sich nach einer inneren, unirdischen Musik. Kate blickte sich um, ob vielleicht noch jemand anders zusah und ihr das Phänomen bestätigen konnte. Aber nein, sie war der einzige Zuschauer bei diesem seltsamen Ballett. Sie wandte sich wieder dem Fenster zu, in dem die Schaufensterpuppen lockten und winkten und sich im Menuett einer femininen Verschwörung drehten. Was wollten sie von ihr? Wie lautete ihre Botschaft? Kate wich zurück. Wenn sie sich doch nur in ihre Welt versetzen könnte!

Sie ging weiter, zur nächsten Boutique. O Kenzo, dieser brillante Farbenkünstler! Kenzo würde bewirken, daß ich mich strahlend jung und frisch fühle, beschwingt und federleicht vor Unbekümmertheit. Langsam schritt sie die Straße entlang, bewertete jedes Schaufenster und blieb schließlich vor einer Boutique stehen, wo sie sich ehrfürchtig vor dem Meister verneigte: Yves St. Laurent. Hingerissen stand sie da, analysierte die perfekten Kostüme und Nachmittagskleider, versuchte sich das Gefühl der herrlich feinen Stoffe auf ihrer Haut vorzustellen. Sie vermerkte die gewissenhaft ausgeführten Details an Kragen und Manschetten und hörte plötzlich die Klänge jener mitreißenden Army-Werbung, die den Fernseh-Zuschauer aufforderte, ihr beizutreten, um »Alles zu werden, was Sie werden können!«.

»Ich verstehe«, sagte sie laut. »Jetzt verstehe ich, was es heißt, alles zu werden, was man werden kann.« Mit den Blicken verschlang sie die betonte Schlichtheit des Laurent-Stils, die kompromißlose Qualität, die aus dem Streben nach Perfektion und ihrer Verwirklichung entstand. Und das alles manifestierte sich in einem einzigen Nachmittagskleid. Es nahm ihr den Atem; es war zuviel. Sie fühlte sich schwach. Und ging weiter zu Giorgio Armani.

Sie wandte sich um, wollte nach Hause zurückkehren. Die Straße war eine Kathedrale, hoch aufragend und feierlich, und sie, die sie ganz für sich allein hatte, kam sich vor wie eine Millionärin. Urplötzlich fühlte sie sich schön, jung, mit unbegrenzten Möglichkeiten. Sie wirbelte herum, erfüllt von einer schwindelnden Freude am Leben. Himmel, manchmal war es wirklich anstrengend, Kate Odinokov zu sein! Ehepaare hatten ja keine Ahnung, wie schwer es war, allein zu leben, sich Tag um Tag durchzuboxen, zwischen Hoffnung und Verzweiflung hin- und hergerissen zu sein!

Vergiß die großen Probleme, dachte sie, es sind die kleinen Dinge im Leben, die mich durchhalten lassen. Zum Beispiel Kartoffelchips. Für Kartoffelchips, die köstlichste Knabberei der ganzen Welt, lebe ich weiter. Auch Käse ist ein eindeutiger Grund zum Leben. Gehörte es nicht zu ihren Lieblingsbeschäftigungen, zu Dean & DeLuca zu gehen und dort den weichen Käse zu begutachten – dicke, fette, saftige Sorten, schimmelige, köstlich duftende, oder diese aufreizenden Ziegenwürfel in Olivenöl? Träge laufenden, schimmernden und immer absolut perfekten Käse?

Oder Reis. Einen besseren Grund zum Leben als Reis gab es nicht. Monatelang hatte sie versucht, eine Antwort auf die Frage zu finden, die von den New Yorkern stets gern gestellt wurde: Wenn du in alle Ewigkeit nur ein einziges Lebensmittel essen dürftest, welches würdest du wählen? Und schließlich tauchte die Antwort aus einem völlig unerwarteten Winkel ihres Herzens auf: Reis. Gewöhnlicher Reis. Es konnte einfacher, gekochter Reis mit einem Stück Butter und Salz sein oder Reis in der verführerischen Gestalt sahnigen, dampfenden Risottos, vermischt natürlich mit einer von den fantastischen italienischen Käsesorten!

Sie ging weiter. Italien! Wie kann ich mich umbringen, solange es ein Land wie Italien gibt! Tief im Herzen wußte sie, daß Gott Italien erschaffen hatte, um verzweifelten Menschen ein Land der Hoffnung zu geben. Okay, okay, ich bleibe am Leben, aber bringt mich nach Italien! Ach, dieses wunderbare Land der Fülle und Liebenswürdigkeit, in dem sich der Mund nur an köstlichsten Speisen labt, das Auge sich nur an herrlichster Kunst erfreut, wo man in prachtvollsten Häusern lebt und nur die schönsten Kleider trägt!

Sie war vor Frazer Morris angelangt, dem eleganten Partyservice in der Madison Avenue. Ach ja, Perfektion. Sie sah zu, wie die Köche, zu dieser Morgenfrühe schon in makellosem Weiß, die Schaufenster für die Brunch-Spaziergänger dekorierten, die in wenigen Stunden auftauchen würden. Sie betrachtete die Obsttörtchen in den verschiedensten Variationen, die, unendlich verlockend mit ihrer blanken Glasur, regelrecht mit ihr zu flirten schienen. Sie lächelte zurück. Und diese wundervollen, komisch geformten Mini-Brioches, die aussahen, als wollten sie ihr zurufen: »Hi ya, Honey!« Der rustikale Virginia-Kochschinken hielt nichts von Schüchternheit. Und wie taktvoll von diesen zarten Baby-Spargeln, so verlockend in dieser würzigen Vinaigrette zu ruhen!

Okay, Kate, was sonst noch? Seien wir realistisch. Okay. Es gibt nichts Köstlicheres, als es sich vor dem Fernseher bequem zu machen und sich einen Uraltfilm anzusehen. Vor allem, wenn man sich eine schöne Schale knuspriges Parmesan-Popcorn oder einen Becher sahnige, heiße Schokolade gemacht hat, in der klebrige Mini-Marshmellows schwimmen. Kate liebte die Uraltfilme deswegen so sehr, weil ihr die Frauen darin gefielen. Sie hatte das Gefühl, daß sie von ihnen viel lernen konnte. Sie bewunderte Marlene Dietrichs selbstsicheres Bewußtsein der eigenen Schönheit, Intelligenz und Verführungskunst. Sie schien über das zu verfügen, was man als »weibliche Raffinesse« bezeichnete. Kate war nicht sicher, ob es heute noch raffinierte Frauen gab, aber aus diesen Filmen hatte sie gelernt, ihre Fingernägel sehr sorgfältig kurz und rot zu maniküren.

Die Garbo und die Hepburn gaben sich Männern gegenüber auf eine Art kokett und aufreizend, die die Männer zu lieben schienen. Wieso liebten die Männer in diesen Filmen die Provokation so sehr? Damals übten komplizierte Frauen eine ungeheure Anziehungskraft auf die Männer aus. Heutzutage dagegen nicht mehr. Nein, nein, moderne Männer besaßen keinen Jagdinstinkt. Wie sollten sie auch? Die modernen Frauen waren ja jederzeit bereit, sich für sie hinzulegen wie Wechselgeld für die *Sunday Times.*

»Hi«, grüßte Kate lächelnd den Algerier, der ihr von seinem Platz im Zeitungskiosk jedesmal bewundernd zuschnalzte. Sie nahm sich ein Exemplar des gewichtigen Blattes. Anschließend holte sie sich im benachbarten Deli eine ofenfrische Baguette. Mmmh, lecker, Café au lait und Tartines! dachte sie und genoß schon diese Worte als Vorgeschmack auf die Mahlzeit selbst. »Guten Morgen«, rief sie fröhlich dem Portier zu, der überrascht war, sie so früh schon auf den Beinen zu sehen. Irgend etwas an seiner Miene störte sie, und während sie mit dem Lift aufwärts fuhr, wurde ihr klar, daß er glaubte, sie sei die ganze Nacht aus gewesen und komme eben erst zurück. Sollte er doch!

Sie öffnete ihre drei Türschlösser und betrat die Wohnung, die sie vor kurzem erst in einer so ganz anderen Stimmung verlassen hatte. In der Diele ließ sie die Zeitung fallen und rieb sich angewidert die Hände, die schon von der Druckerschwärze schmutzig waren. Sie ging in die Küche, setzte Wasser auf und mahlte Kaffee. Dann ging sie ins Badezimmer, schlüpfte aus ihren Kleidern und trat unter die Dusche.

Minuten später kam sie als neuer Mensch wieder heraus. Die Kombination aus frühmorgendlichem Spaziergang und dampfender Dusche hatte ihr Gesicht rosig und frisch werden lassen. Sie beschloß, statt ihres gewohnten weißen Bademantels heute einmal den schwarzen Seidenkimono anzuziehen, den sie reserviert hatte für... ja, wofür? Besondere Gelegenheiten? Männer? Diesen Gedanken schob sie weit von sich; sie wollte sich nicht wieder davon deprimieren lassen. Sie hatte eine schlechte Nacht hinter sich, basta. Und wozu brauchte sie überhaupt einen Mann? Wie hieß doch der alte Spruch: »Eine Frau ohne Mann ist wie ein Fisch ohne Fahrrad«? Und da war was dran. Ihre Welt war wieder in Ordnung. Passieren kann alles – man muß nur innerlich dafür bereit sein. Die Liebe würde in dem Augenblick kommen, da sie es am wenigsten erwartete, jedenfalls sagten ihr das die anderen immer wieder. Sie fühlte sich ruhig und gelassen, durchaus bereit, es wieder mit der Welt aufzunehmen – mit all der Energie und Fröhlichkeit, für die sie überall bekannt war.

Sie brühte den Kaffee auf, goß die dampfende Milch hinein, ging mit dem Tablett ins Wohnzimmer und machte es sich auf der Couch bequem. Whoops, sie hatte die *Times* vergessen. Sie sprang auf, holte die Zeitung aus der Diele und warf sie neben sich auf den Fußboden. Während sie ihren Café au lait trank, überflog sie die Schlagzeile der Titelseite, durchblätterte die verschiedenen Teile und zog, ohne nachzudenken, die zweite Hälfte des ersten Teils, die Gesellschaftsnachrichten, heraus. Sie ließ den Finger über die Zeilen wandern und landete automatisch bei den Heiratsanzeigen. Sie las eine nach der anderen, studierte genau die Einzelheiten über das Leben dieser Privilegierten. Sie starrte die Fotos der glücklichen Bräute an und fing an zu weinen.

Kate trifft Boris

Am folgenden Freitag verließ Kate um drei Uhr das Büro und kehrte völlig erschöpft nach Hause zurück. Sie hatte eine anstrengende Woche hinter sich, mit täglichen Besprechungen am frühen Morgen, bei denen es um das Konzept für einen neuen Werbeetat ging, das heute um elf Uhr fertig geworden war. Die Agentur wollte diesen neuen Weinkühlerauftrag unbedingt an Land ziehen, und so stand sie vor dem potentiellen Klienten und intonierte den Werbesong, den sie geschrieben hatte: »It's the cooler cooler, it's the cooler that's hot. It's the cooler that's got what the others do not.« Sogar ein paar Tanzschritte deutete sie dazu an, mit Fingerschnalzen und einer Pirouette zum Schluß, und spielte gerade eben so weit den charmanten Clown, daß es allen gefiel, daß sie allen gefiel, daß ihnen der Elan der Agentur gefiel.

Während die Subway sie nach Uptown zurückkarrte, dachte sie an das erholsame Schläfchen, das sie sich gleich leisten würde. »Das Einkaufen erledige ich später«, erklärte sie dem Penner, der, in sich zusammengesunken, neben ihr saß. In der Lobby ihres Wohnhauses lenkte sie ihre Schritte automatisch zum Briefkasten. Heute war *New Yorker*-Tag. Ah, eine kleine Freude. Ein Brief von ihrem Bruder, dem Linguistikprofessor an der Penn, der während seines freien Studienjahrs auf der Suche nach toten Sprachen in Europa herumzigeunerte.

Schon im Lift las sie, daß er vor kurzem in Paris im Jardin du Luxembourg Frisbee gespielt hatte, als er jemanden Russisch sprechen hörte. So hatte er Boris kennengelernt, einen russischen Emigranten und Dichter, der die Sowjetunion erst anderthalb Jahre zuvor verlassen hatte. Die beiden wurden Frisbeepartner, trafen sich jeden Nachmittag für ein paar Wurfwechsel, und nun sollte dieser Boris für zwei Wochen nach New York kommen, um für das französische Magazin *Jazz Monde* ein paar Berichte über New York City Jazz zu schreiben. »Also habe ich ihm Deine Telefonnummer gegeben, und er wird Dich möglicherweise anrufen«, schrieb ihr Bruder. »Es ist sein erster Besuch in den Staaten, er kennt keine Menschenseele, und ich habe ihm erzählt, Du wärst eine echt coole, durchgestylte New Yorkerin.« Na wunderbar, dachte Kate.

Am nächsten Morgen staubsaugte sie gerade das Wohnzimmer, als das Telefon klingelte. »Hallo!« rief sie in ihrer ein wenig atemlosen, munteren Art. Dieses schmachtend-fragende »Halloo?« konnte Kate nicht ausstehen.

»Ich möchte bitte Katia Odinokov sprechen«, sagte eine Stimme mit starkem Akzent.

»Am Apparat«, antwortete sie, während sie diesen merkwürdigen Akzent einzuordnen versuchte. Französisch? Jugoslawisch?

»Mein Name ist Boris Zimoy. Freund von Bruder in Paris, und hier im Big Apple als Schurnaliist, um über Tschazz zu schreiben, und ich möchte, Sie kommen morgen und ich koche Lunch.«

Kate nahm einen Moment lang den Hörer vom Ohr. Konnte das wahr sein? Ein Mann wollte für sie Lunch kochen? Na ja, ein bißchen sonderbar, aber schließlich war er Russe und kein

Mann aus Manhattan. Ein Mann aus Manhattan würde ihr normalerweise vorschlagen, sich mit ihm auf einen Drink zu treffen, damit er sich entweder mit Anstand verabschieden konnte, wenn die Sache nicht so lief, wie er sich das erhofft hatte, oder wenn doch, mit ihr zusammen essen gehen.

Völlig vergessend, daß er noch in der Leitung war, sinnierte sie laut: »Ich hab' den Brief von meinem Bruder erst gestern gekriegt.«

»Brief? Ähh? Nicht verstehn«, sagte der Russe und riß sie damit in ihr Telefongespräch zurück.

Sie kicherte. »Nein, ich meine, das ist sehr nett von Ihnen, und ich würde ja auch gern kommen«, erklärte sie höflich und betont langsam, damit er sie gut verstehen konnte. »Aber wie wollen Sie in einem Hotel kochen?« Woraufhin er entgegnete, er hüte gleich bei ihr um die Ecke eine Wohnung.

»Wunderbar, dann also morgen. Um eins?« fragte sie. Er brummte zustimmend, und sie legten auf.

Obwohl sie ihn noch nie zuvor gesehen hatte, merkte Kate schon, wie nervös er war, als Boris ihr die Tür zu der todschicken zweistöckigen Wohnung öffnete, in der er bei diesem – seinem ersten – Besuch in den Vereinigten Staaten von Amerika lebte.

Auch Eugene, der Liftboy, war nervös. Nein, eher mißtrauisch. Er stand da und sah zu, wie Kate an der Wohnungstür klingelte und Boris ihr öffnete. Kate blickte unsicher von Eugene, der sie beobachtete, zu Boris, der sie beobachtete. Boris, der ihre äußere Erscheinung durch einen einzigen Blick seiner durchdringenden Russenaugen in sich aufzunehmen schien, war eindeutig überrascht. Er sah eine auffallend hübsche Amerikanerin mit russischen Zügen und fragte sich, wie es wohl in ihrer Seele aussehen mochte – russisch oder amerikanisch.

Dann beobachtete er Eugene, der sie beide beobachtete. Eugene wechselte das Standbein und wich nicht von der Stelle. Das erinnerte Boris daran, daß er in Moskau nicht nur von diesen widerwärtigen KGB-Männern gejagt worden war, sondern ebenso von den Menschen, die sich seine Freunde nannten. Er konnte sich gut vorstellen, was Eugene dachte. Da lebte dieser hinterhältige Russe in Mr. Bunnells Wohnung, während Mr. Bunnell in der Dominikanischen Republik überwinterte und dort Gott weiß was trieb, und öffnete einer jungen Frau die Tür, die ihn eindeutig nicht kannte. Diese Situation gefiel Eugene natürlich gar nicht.

Boris versuchte, Verständnis für Eugenes Argwohn aufzubringen. Oder war er ganz einfach – wie hieß es doch noch? – neugierig? Er sah ein, daß Mr. Bunnell nicht gerade ein Mensch zu sein schien, der Bekanntschaft mit Russen pflegte. Die Benutzung des Apartments war von Freunden in Paris arrangiert worden. Boris war zutiefst schockiert, als er Mr. Bunnell bei seiner Ankunft eine äußerst kostbare Flasche Bordeaux zum Geschenk machte und dieser offensichtlich keine Ahnung hatte, wie kostbar sie war, sogar kaum einen Blick darauf warf, sondern sich kurz bedankte und sie zu den übrigen Weinflaschen stellte. Anschließend verschwand er dann wieder nach Santo Domingo und überließ es Boris, sich allein in New York zurechtzufinden.

Eugene brachte Verständnis für Mr. Bunnells Kommen und Gehen auf und hielt es für seine Pflicht als guter Liftboy, diskret und ehrerbietig zu sein, aber von diesem Russen, na ja, da hielt er eben überhaupt nichts. Der tat immer so verstohlen, als fühle er sich verfolgt, blickte über seine Schulter, sprach fast flüsternd, trat von einem Fuß auf den anderen und vermied es, einen offen anzusehen. Nein, nein, der führt bestimmt irgendwas Illegales im Schilde, dachte Eugene. Was ging überhaupt hier vor? Vermutlich ein Spionagering. Er schüttelte den Kopf über die beiden, zuckte die Achseln und warf krachend das Aufzuggitter zu.

»Kommen Sie herein«, bat Boris Kate höflich, insgeheim beglückt, daß sein Englisch tatsächlich verstanden worden war, und hoch erfreut, endlich dort zu sein, wo Englisch gesprochen wurde. Während er diese Sprache in Moskau viele Jahre lang anhand von sündhaft teuren Frank-Sinatra-Platten vom Schwarzmarkt studierte, hatte er nicht so recht daran geglaubt, daß er das Gelernte tatsächlich einmal hier anwenden würde, in Frankies Lieblingsstadt New York, New York! Er hoffte nur, daß er in seiner Aufregung nicht zufällig einmal Sätze wie *»I did it my way«* oder *»Luck be a lady tonight«* auftischen würde. In Paris hatte er des öfteren Amerikanerinnen gesehen und entgeistert festgestellt, daß die französischen Männer auf sie herabblickten, war aber viel zu unsicher gewesen, sich selbst an sie heranzumachen, weil er fürchtete, sie könnten enttäuscht darüber sein, daß er ein Russe war und kein Franzose. Jetzt aber stand ihm das einzig Echte und Wahre gegenüber: eine New Yorkerin in New York!

Mit einem kurzen Blick musterte Kate die Wohnung und konnte es kaum fassen. Sie hatte noch nie eine New Yorker Duplex betreten, immer nur davon gehört. Sie war riesig, wie ein Haus! Und es gab tatsächlich eine Treppe! Im Kamin brannte ein gemütliches Feuer. Aus irgendeinem Grund wurde sie nervös. Ihre Fantasie ging mit ihr durch. Dieser Mann *muß* vom KGB sein, dachte sie. »Russischer Dichter im Exil« ist eine gute Tarnung. Ich werde lieber vorsichtig sein. Sehr vorsichtig. Sie reichte Boris, der mit dienstbereit ausgestreckten Armen dastand, ihren Nerzmantel. Dabei fragte sie sich, ob er beeindruckt war; aber nein, er sah aus, als sei es ihm eine liebe Gewohnheit, Nerzmäntel aufzuhängen. Es war eine Selbstverständlichkeit in Rußland, einen Pelzmantel zu besitzen, eine »Schuba«. Russische Frauen einer gewissen Klasse fühlten sich im Winter einfach nicht wohl, wenn sie keinen Pelz trugen, und ihre Großmutter fand, auch Kate müßte unbedingt einen Nerz haben, damit die Männer sie für wohlhabend hielten. Das war eine von diesen albernen Familienideen, die sie völlig überflüssig fand, denn Kate machte sich überhaupt nichts aus Nerzmänteln. Nerz war viel zu... na ja, zu prätentiös, eher was für den Junior League Set mit den ewigen Hermes-Tüchern um das so gräßlich blonde Haar. Nein, sie war einfach ein nettes Mädchen russischer Herkunft, Amerikanerin der ersten Generation, die in

New York City mit der russischen Sprache aufgewachsen war, bevor sie in den Kindergarten kam, wo sie zur hundertprozentigen Amerikanerin erzogen wurde. Letztlich beschloß sie dann jedoch, auf gar keinen Fall die erste Frau in der Geschichte zu sein, die einen Nerzmantel ausschlug, und nahm ihn dankbar an, als die Großmutter ihr einen schenkte.

Kate war so nervös, daß sie vergaß oder, genauer gesagt, gar nicht bemerkte, wie gut Boris aussah. Erst als sie ihren Freundinnen Monate später ein Foto von ihm zeigte, begriff sie, daß er nicht nur gut, sondern hinreißend aussah, wie ihre Freundinnen behaupteten. Äußerlichkeiten hatten Kate stets weniger beeindruckt als andere Frauen. Für sie sah Boris einfach aus, wie ein russischer Dichter im Exil aussehen mußte, mit Bart, natürlich, und – vor allem – sehr klugen Augen. Tiefen, dunklen, forschenden und traurigen Augen. Seine Stimme war weich und voll, und er sprach ein bezauberndes zögerndes Englisch mit einer reizenden, undefinierbaren Mischung von französischem und russischem Akzent. Er war ein nicht sehr hochgewachsener Mann mit dem Körper eines Miniaturapoll. Sie war verblüfft, daß ein so kleiner Mann so maskulin und so attraktiv wirken konnte.

Er hatte dieses europäische Flair, das die amerikanischen Männer einfach nicht zu kopieren vermochten. Es war etwas zutiefst Sinnliches und Gepflegtes an ihm, das er so gekonnt präsentierte wie eine Frau. Seine Haare waren modisch geschnitten, sein Bart perfekt gestutzt. Statt der saloppen Blue Jeans, die von amerikanischen Männern bevorzugt wurden, trug er mit lässiger Selbstverständlichkeit Seidenhemd und Wollslacks – italienischer Herkunft vermutlich. Und dann war da noch dieses ungewöhnliche Eau de Cologne. Sekundenlang schloß sie die Augen, um über den Duft nachzudenken. O Gott, er roch nach Sibirien! Ich stehe hier mit einem Mann, der genauso riecht wie Sibirien! Sie war zwar niemals dort gewesen, war aber sicher, daß es so riechen mußte. Es war ein wilder, animalischer Duft, exotisch, tief, urwüchsig und sehr verloren. Es roch nach der Gewalttätigkeit wilder Keiler, nach verzweifeltem und leidenschaftlichem russischem Sex unter Pelzdecken mitten in tiefer Nacht, während draußen vor der Blockhütte Wölfe heulen, Eiskristalle knirschen und natürlich furchtbare Gefahren lauern. »Was für eine hübsche Wohnung!« lobte sie höflich. Sie hoffte nur, daß ihre Stimme sie nicht verriet. Sie überreichte ihm eine Flasche Wein, die sie wenige Tage zuvor im Spirituosengeschäft ausgesucht hatte, weil sie teuer wirkte, aber recht billig war. Sie stellte fest, daß sie deshalb so mißtrauisch und nervös war, weil Boris hier völlig fehl am Platz wirkte, in dieser Park-Avenue-Wohnung, die leider in einem Stil eingerichtet war, den sie als »frühes *nouveau riche*« bezeichnete. Räume wie diese machten sie traurig. Es gab andeutungsweise gute Möbel, aber die billigen, vulgären Teppiche sowie die erbärmliche Sammlung schlechter Gemälde und Nippessachen verrieten den wahren Geschmack des Innengestalters. Vor allem waren es die Lampen, die alles sagten. Lampen verrieten genauso viel über einen Menschen wie Schuhe. Rasch warf sie einen Blick auf Boris' Schuhe. Er trug schicke italienische Stiefel. Direkt über dem Kamin prangte das, was Wohnzeitschriften als *»Objet«* bezeichneten: eine dreidimensionale Plastikwolke, die mit einer Fernbedienung auf dem Tisch neben der Couch eingeschaltet werden konnte. Woher kannte ein armer und doch eleganter russischer Dichter nur so absolut gräßliche Leute? In Gedanken gestaltete sie die Wohnung völlig um. Sie liebte es, die Räume anderer Menschen umzudekorieren und sich vorzustellen, es seien ihre eigenen.

Was nun Boris Zimoy betraf – ja, der war schlichtweg verzweifelt. Zu seiner Verwunderung mußte er feststellen, daß er von dem Augenblick an, als er zwei Tage zuvor auf dem JFK angekommen war – was für ein Höllenloch von einem Flughafen! –, nur noch aus reinen Nerven bestand. Es war ein lebenslanger Wunsch, der hier für ihn in Erfüllung ging; der Gegenstand all seiner Träume in Moskau war endlich Realität geworden, und doch vermochte er die Tatsache, daß er sich in New York befand, noch immer nicht so recht zu verkraften.

Seine Verzweiflung war nicht von der mitleiderregenden, einsamen Art. Es war die Verzweiflung des nackten Überlebens. Im Air-France-Jet, umgeben von leisen Franzosen und fröhlichen Amerikanern, die von ihrem Traumurlaub in Frankreich nach Hause zurückkehrten, war er ruhig und gelassen gewesen. In dem Moment jedoch, da die Maschine auf dem JFK landete, geriet er aus dem Gleichgewicht. Plötzlich schnupperte er Moskau. Bei dem vertrauten Geruch der Gewaltätigkeit einer bestimmten Art von urbaner Existenz horchte er auf. Da war dieselbe Aggressivität, dieselbe Niederträchtigkeit, dieselbe »Hier-bist-du-auf-dich-selbst-angewiesen«-Einstellung der Menschen. In Paris, wo er seit seiner Flucht aus Moskau lebte, war die Atmosphäre entspannt, das Tempo gemäßigt. Die Franzosen waren mehr daran interessiert, ihre Sinne zu befriedigen, als unbedingt erfolgreich zu sein. Hitzig diskutierten sie nur über Fragen wie etwa den besten Camembert oder den perfekten Wein zum Essen. Die Franzosen flanierten, wenn sie zu Fuß gingen, und zogen eine Parfümwolke hinter sich her. Die New Yorker dagegen mißachteten rote Verkehrsampeln und kämpften gegen den Verkehrsstrom genauso an wie die Moskauer. Sehr schnell entdeckte er, daß der Kaffee, den sie tranken, eine ekelerregende braune Brühe war. O ja, New York war eine harte Stadt. Im Gegensatz zu Paris gab es hier keine Cafés, in die man sich setzen konnte, wenn man vom Pflastertreten müde und zu früh zu einer Verabredung gekommen war.

Obwohl er über die häßlichen Gefühle, auf die er hier stieß, erschrak und sie haßte, fühlte er sich gleichzeitig zu Hause, denn wie man sich auf einem solchen Schlachtfeld behauptete, das wußte er nur allzu gut. Schließlich war er ein Überlebensexperte. Er war noch kaum von Bord der 747 gegangen, da fiel ihm schon auf, wie sehr sich die Menschen plötzlich veränderten. Sie begannen einander zu stoßen und sich abzuhetzen. Alle schienen auf einmal genau zu wissen, wohin sie wollten. Er war verwirrt und eingeschüchtert, weil er sich in diesen langen Gängen ohne Wegweiser nicht zurechtfand. Es gab keine Gepäckkarren, nur endlose Korridore, die in zugige Hallen führten, und einander anschreiende Menschen. Niemand erklärte ihm, wohin er gehen und was er als nächstes tun mußte. Er vermochte nicht zu fassen, daß dieses Chaos wirklich New York sein sollte. Zutiefst erschöpft von dem langen Flug, fühlte er sich alldem nicht gewachsen.

Der Einwanderungsbeamte studierte Boris' französische Reisedokumente mit großem Interesse. Da er ein Staatenloser war, besaß er keinen Reisepaß mehr. Seinen Sowjetpaß hatte er zerrissen, als er vor fast zwei Jahren mit dem Flug Aeroflot 02 in Paris ankam. Den Metallstempel einsatzbereit über dem Transitvisum gezückt, erkundigte sich der Beamte beiläufig: »Sowjetischer Staatsbürger?«

Boris blieb der Mund offenstehen. Er war zugleich erschrocken und zornig. Dann fühlte er sich gekränkt. Vehement schüttelte er den Kopf. »Nein!« sagte er nachdrücklich.

Das hatte der Beamte nicht erwartet. »Ja, aber was sind Sie dann?«

»Staatenlos«, erwiderte er trotzig.

Davon hatte der blauäugige, rotwangige Beamte aus Queens noch nie etwas gehört. Er legte den Stempel hin.

»Dann also sowjetischer Emigrant«, meinte er.

»Nein!« protestierte Boris wieder. Hastig überlegte er. Ein Emigrant ist jemand, der eine neue Heimat akzeptiert hat, und, jawohl, er lebte zwar in Frankreich, hatte es aber weder als seine neue Heimat akzeptiert noch um die französische Staatsbürgerschaft nachgesucht.

»Politischer Flüchtling«, sagte er mit strengem Blick auf den Beamten.

Der Beamte erwiderte den Blick und dachte: O Gott, nein! Ein empfindsamer, russischer Verrückter!

»Vertriebener«, versuchte es Boris abermals. Er blickte sich um und fluchte auf russisch. Die Menschen in der Schlange hinter ihm starrten ihn mit verärgerten, ungeduldigen Blicken an. Du Idiot! Dein Leben lang wolltest du in die Vereinigten Staaten, und was tust du nun? Wenn du so weitermachst, werden sie dich nicht reinlassen!

Eine halbe Minute lang starrten sie einander an, bis der Beamte den Kopf schüttelte. »Sowjetischer Staatsbürger«, sagte er und stempelte seine Papiere ab. »Der nächste!« rief er dann, während er Boris das Visum hinüberschob, ohne ihm eine Chance zum Protest zu lassen. Damit befand sich Boris in den Vereinigten Staaten von Amerika, dem Zentrum westlicher Dekadenz, dem Land all seiner Kindheitsträume.
Als nächstes machte er sich auf die Suche nach seinem Gepäck: in einer weiteren riesigen, lärmerfüllten Halle voll Menschen aus verschiedenen Maschinen, die alle einander anschrien und nach ihren Koffern griffen. Ein Chaos, in dem Babys weinten. Vorsichtig fischte er sein Gepäck heraus, trat geschickt um ein armes kleines Mädchen herum, das sich erbrach, und wurde, nachdem er sich einen Weg durch die grüne »Nichts zu verzollen«-Zone gesucht hatte, durch die berühmten Milchglastüren des JFK-Airport in eine feste Mauer Wartender gestoßen – mitten hinein in dieses New York, ganz einfach so. Ein bißchen bedauerte er sich selber. Was nun? Er war verlegen, als er durch die schmale Gasse schritt, wo ihn die Leute anrempelten und sich an ihm vorbeidrängten, weil er nicht der Verwandte war, auf den sie warteten. Niemand versuchte ihm zu helfen. Und dann, wie im Traum, blickte er plötzlich auf und sah Wolodjas lachendes Gesicht vor sich. Aufatmend warf sich Boris in seine Arme. Er hatte Wolodja und dessen Frau nicht mehr gesehen, seit sie Moskau ein Jahr vor ihm verlassen hatten, und nun waren sie alle hier in New York! Sie umarmten sich und blickten einander tief und vielsagend in die Augen. Wolodja und Kira erwarteten, daß er bei ihnen in Queens wohnte, doch als er Queens hörte, bekam er doch tatsächlich mitten im JFK einen furchtbaren Wutanfall. Aber, klagten sie, er kenne diesen Mr. Bunnell doch gar nicht, wie könne er bei einem Fremden wohnen, wo sie doch seine einzigen Freunde hier seien? Aber nein! Er wollte in Manhattan sein, im wahren, einzigen, echten New York! Als sie schließlich merkten, wie sehr er sich echauffierte, waren sie zwar tief gekränkt, brachten ihn in Wolodjas Yellow-Cab-Taxi dann aber doch in die City. Eigentlich taten sie Boris

leid. Er freute sich zwar, Wolodja und Kira wiederzusehen, aber sie waren ihm doch ein wenig lästig. Sie gehörten zu seiner Vergangenheit, und dieser Besuch in New York war seine Zukunft. Als er die Sowjetunion verlassen hatte, war er zu einem neuen, modernen, zu einem westlichen Menschen geworden, und sie erinnerten ihn an sein erbärmliches Dasein damals, als sein Leben noch ein ständiger Kampf gewesen war – Kampf um das Aufspüren westlicher Waren, um die Chance, einen Verleger zu finden, oder ganz einfach um das Ergattern so banaler Dinge wie Fleisch oder Toilettenpapier.

New York war ja so innervierend! Alles, was darüber gesagt oder geschrieben worden war, alles, was er sich jemals darüber zusammenfantasiert hatte, traf zu. Es war ein wundervoller, wenn auch ein wenig furchteinflößender Traum, dem gerecht zu werden er nun versuchen mußte. Er wollte sicher sein, daß er alles richtig machte, hier, in dieser City aller Citys, Sinatras Stadt, dem Zentrum des Nachtlebens bis zum Morgen sowie der hoch und frei fliegenden Frisbees im Central Park. Von seinem Ankunftstag an bekämpfte er seine ständige Erregung und Angst, indem er von morgens bis abends Scotch kippte. Scotch, sein heißgeliebter Scotch, in Frankreich so furchtbar teuer und in Moskau Schwarzmarktware, war hier das Nationalgetränk und – am erfreulichsten – relativ erschwinglich. Er schwebte im siebten Himmel. Schon gleich nach dem Frühstück, bevor er seine allmorgendlichen Anrufe an sämtliche Personen tätigte, deren Namen man ihm gegeben hatte, schenkte er sich einen kleinen Scotch ein. Um mir Mut zu machen, sagte er sich. Also schenkte er sich den ganzen Tag lang jedesmal, wenn er eine Kleinigkeit zu erledigen hatte, einen kleinen Scotch ein. Und wenn er diese Kleinigkeit erledigt hatte, zur Feier seines Erfolges abermals einen kleinen Scotch. Genau wie Sinatra es getan hätte, davon war er fest überzeugt.

Und nun war er hier mit Kate zusammen, der Schwester seines amerikanischen Frisbeefreundes. Boris hatte keine Ahnung, was er von ihr erwarten sollte. Um sie zum Essen auszuführen, reichte sein Geld nicht, und außerdem war New York schließlich nicht Paris, wo es dutzendweise gute und doch billige Restaurants gab. Also suchte er Zuflucht bei seiner Moskauer Gewohnheit, Freunde zum Essen zu sich einzuladen.

Im Augenblick war Boris wegen seiner Kocherei nervös. Er war um die Ecke in diesen amerikanischen Supermarkt D'Agostino's gegangen, der in einem fröhlichen Orangerot dekoriert war. Die Waren schienen ihm von den Regalen aus zuzulächeln. Es gab Musik, und jedermann schien mit riesigen Einkaufswagen aus blankem Metall und rotem Plastik die Gänge entlangzutanzen. Er wählte in Plastik gepacktes Huhn, in Plastik gepackte Tomaten, ja, sogar in Plastik gepackte Zwiebeln! Auch die Waren selbst wirkten wie Plastik, aber sie gefielen ihm trotzdem, weil dies New York war, und New York war eine fantastische Stadt. Den ganzen Vormittag hatte er damit verbracht, sein Huhn sehr sorgfältig vorzubereiten, und nun hatte es zu lange gekocht und wurde trocken. Es war nicht zu fassen! In seiner winzigen Pariser Wohnung war er ein brillanter Koch gewesen, der mühelos eindrucksvolle Gerichte improvisierte. Von seiner Mutter in Moskau hatte er gelernt, aus nichts fantasievolle Speisen zu kochen – scherzhaft behauptete er sogar, seine Spezialität sei Suppe aus alten Lederstiefeln. Und hier stand er auf einmal da wie ein hilfloser Mann, der überhaupt nichts vom Kochen verstand. Boris war zutiefst zerknirscht. Was sollte sie bloß von ihm denken?

Er nahm die Flasche Wein, die sie ihm mitgebracht hatte, studierte das Etikett und erklärte: »Das ist ein Dessertwein.«

Kate hatte noch nie einen Mann kennengelernt, der ein Weinetikett betrachtete und genau wußte, was er vom Inhalt zu halten hatte.

»Aber natürlich«, antwortete sie, obwohl sie sich bedrückt eingestehen mußte, nicht gewußt zu haben, daß es ein Dessertwein war; sie hatte gedacht, es sei ein ganz normaler Weißwein.

Boris nahm tatsächlich an, sie habe gewußt, was sie ihm mitbrachte, doch als er sie ansah, war er nicht mehr so sicher. »Schon gut, wir trinken ihn zum Dessert. Ich lege ihn in den Fridge.« Er lachte. Er liebte dieses Wort, es war so amerika-

nisch. Als er aus der Küche zurückkehrte, sagte er plötzlich: »Entschuldigen Sie«, und hastete die Treppe hinauf.
Kate blieb allein im Wohnzimmer zurück – ein wenig verwundert. Warum verschwand er einfach so? Sie wurde nervös. Ein armer russischer Dichter, der sich mit Weinen auskannte und in dieser teuren Park-Avenue-Duplex lebte? Sein Englisch war so gut, daß er es nicht in einer sowjetischen Schule gelernt haben konnte, und außerdem sprach er auch noch Französisch. Konnte es sein, daß er ein KGB-Mann war? Aber ihr Bruder würde ihr doch bestimmt keinen Spion schicken! Sie kontrollierte die Tür, um sich die Anzahl der Schlösser einzuprägen, die zu öffnen waren, falls sie Hals über Kopf Reißaus nehmen mußte. Sie verspürte einen Anflug von Panik. Er war hinaufgegangen, um einen Revolver zu holen. Sie schüttelte den Kopf. Der Zwang, mit den tagtäglichen Gewalttätigkeiten von New York City leben zu müssen, hatte sie in ein nervöses Wrack verwandelt. Du bist verrückt, liebe Kate! Du hast zu viele Fernsehfilme gesehen.
Der arme Boris war nur hinaufgegangen, um sich vor dem Spiegel ein wenig zu beruhigen und noch etwas Cologne zu nehmen. Er wollte unbedingt eine amerikanische Freundin, wußte aber nicht recht, wie er das anfangen sollte. Wenn er jemanden hätte, der ihm hier alles erklären konnte, wäre es viel einfacher für ihn. Er hoffte, daß er es richtig machte.
»Darf ich Ihnen einen Drink machen? Wie wär's mit Kir?« flötete er, als er die Treppe wieder herunterkam.
Achselzuckend stimmte Kate zu und folgte ihm in die Küche. Es war eine ergreifende Szene: eine häßliche gelbe Resopalküche, grell beleuchtet von einer einzigen fluoreszierenden Deckenlampe, unter der ein winziger Küchentisch adrett mit Tellern, Silberbestecken und sauber gefalteten Papierservietten gedeckt war. Als sie erkannte, wieviel Mühe er sich für sie gegeben hatte, schmolz sie dahin. Es war so lange her, daß ein Mann etwas Nettes – nein, überhaupt etwas für sie getan hatte! Er öffnete den Fridge und holte eine bereits geöffnete Flasche Weißwein heraus. Es gefiel ihr, wie er den Korken herauszog, am Fla-

schenhals schnupperte und einen Schluck Wein in ein Glas goß, um zu probieren, ob er noch frisch war. Die Art, wie er ihn erst im Glas schwenkte, abermals an ihm schnupperte, ihn auf der Zunge kostete und dann nickte, entzückte sie. Er war ein patenter Mann, einer von der Art, die ihr gefiel.
Sie kehrten mit ihren Gläsern ins Wohnzimmer zurück, wo er sie bat, auf der Couch Platz zu nehmen. Dann lief Boris plötzlich wieder nach oben. Was war denn nun? Welch ein sonderbarer Lunch dies doch war, mit all diesem Rauf und Runter auf der Treppe, diesem Hin und Her in die Küche und wieder heraus! Als er zurückkam, schwenkte er triumphierend einen dicken Stapel Papier.
»Ich habe Gedichte kiloweise«, verkündete er, stolz auf seinen kleinen Scherz. Dann überreichte er sie ihr, um ihr zu beweisen, daß er ein echter russischer Dichter war. Kate versuchte höflich zu sein und blätterte sie durch, aber es war nicht der richtige Zeitpunkt, um traurige, intellektuelle und schlecht übersetzte Gedichte auf schmutzigen Kohlepapierdurchschlägen zu lesen, die Boris als *samisdat* gedient hatten. Gelegentlich hob sie den Kopf und sah, daß er sie, während sie zu lesen versuchte, mit seinen durchdringenden Augen anstarrte.
»Ich würde sie gern in Ruhe und allein lesen, damit ich sie richtig auf mich wirken lassen kann«, erklärte sie ihm so behutsam wie möglich. Damit legte sie den Papierstapel auf den Couchtisch und holte ein Exemplar der *Voice* aus ihrer Handtasche.
»Hier. Das ist die *Village Voice.* Sehen Sie? Im Anzeigenteil finden Sie überall Jazz Clubs, Informationen über Bands und wer gerade wo spielt. Das wird Ihnen bei den Berichten helfen, die Sie abfassen müssen.« Sie sprach langsam und artikulierte ihre Worte betont deutlich, während sie ihn aufmerksam beobachtete, um zu sehen, ob er sie auch verstand.
Er nickte ernsthaft und brummte zustimmend, als sie die Seiten umblätterte und ihm die Anzeigen mit einer Handbewegung präsentierte, als ziehe sie bei einer TV-Spielshow den Vorhang vor den Gewinnen zurück. Er dachte, wie lieb es doch von ihr sei, ihm davon zu erzählen. Er erinnerte sich, wie er der Stimme

Amerikas und den Jazzsendungen von Radio Free Europe gelauscht hatte: mit dem Ohr dicht an dem Rundfunkapparat, den er aus Ersatzteilen zusammengebastelt hatte, in der winzigen Moskauer Wohnung, die er mit Mutter und Bruder teilte, sechzehn armselige Quadratmeter für alle drei. Wie dem auch sei, jetzt war er in New York und konnte das alles *live* hören und sehen. Er war sehr still, als er den ganzen Reichtum der *Voice* in sich aufnahm.

Er stand auf. »Gut. Okay. Trinken wir ein bißchen Wodka«, schlug er unvermittelt vor.

Wieder folgte sie ihm in die Küche, wo sie sich an den winzigen Resopaltisch setzte und zusah, wie Boris dicke Scheiben Schwarzbrot auf einem Teller arrangierte, dann ein paar knoblauchduftende, süßsaure Pickles aufschnitt und mit frischen Dillzweigen dekorierte. Er nahm ein Stück Brot, hielt es an seine Nase und atmete tief ein. »Hmmm... Oooh... Erinnert mich an Rußland. In Paris kriegt man nur diese weiße *merde.*«

Aufgrund seines wundervollen Akzents wirkte alles, was er sagte, bezaubernd und klug.

Kate seufzte. »Bei Wodka muß ich immer weinen.«

Bei ihren Worten wandte sich Boris vom Kühlschrank ab, aus dem er gerade die Flasche Stolichnaja holen wollte. Er musterte sie mit leicht zusammengekniffenen Augen. Aha, da hatte sie etwas äußerst Wichtiges gesagt, etwas sehr Russisches. Er war fasziniert von ihr: Sie war so russisch und zugleich so amerikanisch! Sie hatte dunkle russische Schlehenaugen und ein rundes Gesicht. Auf ihn wirkte sie irgendwie ukrainisch. Ihr flaumfeines, glänzendes Haar war zu einer flotten, schwingenden Frisur geschnitten, die einen aristokratischen russischen Hals frei ließ. Ahnte sie überhaupt, wie hübsch sie war? In Kate erkannte Boris die Gesichter zahlreicher Russinnen, die er kannte; ja, es war fast, als säßen sie in einer Moskauer Küche. Und dennoch war sie ganz unzweifelhaft eine clevere New Yorkerin.

»Sie sind ein russisch-amerikanischer Cocktail«, verkündete er feierlich. Er schenkte zwei Gläser Wodka ein, setzte sich und reichte ihr eines. »Also darauf, daß ich Sie kennengelernt habe«, prostete er.

»Herzlich willkommen in New York«, entgegnete sie höflich und leise. Sie stießen an; dann kippte er seinen Wodka, während sie vorsichtig an dem ihren nippte.
»Was ist denn das?« fragte er gespielt vorwurfsvoll. »Wodka muß man so trinken.« Er beugte den Arm. »An den dritten Hemdknopf von oben«, erklärte er und zeigte ihr mit einer einzigen knappen Bewegung die offizielle russische Wodkatrinkweise. »*Allez-hopp!*« Damit warf er den Kopf zurück, tat, als leere er sein bereits geleertes Glas, und leckte mit der Zunge ein paar letzte Tropfen heraus. Sie war bezaubert. Er war so natürlich! Dann nahm er ein Stück Schwarzbrot, schnupperte wieder daran, bog es um ein Stück Pickles und biß ab. Darin erkannte Kate die Gewohnheiten ihrer beiden Großväter.
Der Lunch nahm seinen bizarren Verlauf. Nachdem sie nun schon einen Kir und einen Wodka getrunken hatte, stellte sie fest, daß sie innerlich kicherte. Sie begann mit ihm warm zu werden und war nervös. Da war diese bezaubernde Art, sie zu bedienen, ihren Teller sorgfältig mit dem Hühnergericht zu füllen, das er gekocht hatte. Da war die Art, wie er mit den Fingern ein Stück Brot abtrennte, es entzweibrach, ihr ein Stück reichte und dabei sagte: »*Tiens*«, als sei sie ein französisches Kind. Da war die Art, wie er ihr Wodkaglas mit Wein ausspülte, ihn herumschwenkte, austrank und anschließend für sie frischen Wein einschenkte. Dann holte er eine Platte mit köstlichem französischem Käse hervor, den er aus Paris mitgebracht hatte. »Puh, hab' ich in diesem Flieger gestunken!« Spitzbübisch schwelgte er in der Erinnerung. Er hielt sich einen Chèvre unter die Nase und roch daran, dann hielt er ihn ihr unter die Nase, damit sie ebenfalls daran riechen konnte. Und als er ihr die feine französische Dose voll Butter in Papier mit Blütenfiligran anbot, hatte er ihr Herz endgültig erobert.
Später schlug sie vor, auf einen Kaffee in eine neue Espressobar in der Nähe zu gehen, damit er ein bißchen amerikanische Atmosphäre schnuppern konnte. »Na ja, nicht echt amerikanisch, eher Upper East Side«, korrigierte sie sich. Sie merkte, daß er ein wenig bedrückt war, als er die Speisekarte auf der Tafel über

der Kaffeemaschine studierte und sah, daß ein Cappuccino zwei Dollar fünfzig kostete. »Ich lade Sie ein«, erklärte sie. Dann saßen sie eine Weile in gespanntem Schweigen auf winzigen, unbequemen Stahlhockern. Sie hoffte, daß er sich wohl fühlte. Sie warf einen Blick auf ihre Uhr. Halb fünf, und draußen senkte sich die winterliche Abenddämmerung herab. Sie mochte ihn, weil er so anders war als die amerikanischen Männer, die sie kannte. Aber er machte sie auch ein bißchen nervös. Sie beobachtete, wie er sich im Raum umsah, die Menschen beobachtete, und er tat ihr ein wenig leid. Er war wirklich allein im Leben.

Beim Lunch hatte er ihr einiges davon erzählt, wie er in der Sowjetunion wegen seiner Schriften zuerst zensiert, dann zum Schweigen gebracht und schließlich arbeitslos geworden, letztlich aber entkommen war, indem er eine Französin heiratete. Sie hatte Moskau mit einer Gruppe jüdischer Aktivisten besucht, die gekommen waren, um die Dissidentenbewegung zu unterstützen. Sie und Boris hatten sich auf einer Party kennengelernt und einander danach noch ein paarmal getroffen. Obwohl er kein Jude war, erklärte sie sich bereit, ihn zu heiraten, damit er das Land verlassen konnte. Es gab die übliche fünf Minuten lange Staatszeremonie, und aus Spaß gingen sie anschließend, wie alle sowjetischen Neuvermählten, zum Roten Platz, um den Brautstrauß auf das Grab des Unbekannten Soldaten zu legen. Es war nichts zwischen ihnen beiden; von ihrer Seite handelte es sich lediglich um eine politische Aktion. Nachdem er ein Jahr lang zahllose Formulare ausgefüllt und eingereicht, endlos gewartet und zwei grauenhafte Vernehmungen beim KGB in der Lubjanka hinter sich hatte, um den Beweis für seine Liebe zum Vaterland zu erbringen, erhielt er endlich die Erlaubnis, seine Frau für eine Woche in Paris zu besuchen. Sie holte Boris vom Charles-de-Gaulle-Flughafen ab, ließ ihn in der ersten Nacht auf einer Matratze auf dem Fußboden ihrer Wohnung schlafen und reichte am folgenden Tag die Scheidung ein. Er sprach kein Französisch; er kannte niemanden. Er war in der großen, bösen westlichen Welt ganz allein auf sich gestellt.

Und nun? fragte sich Kate. Es war zu früh, um nach Hause zu gehen und den Sonntagabend allein zu verbringen. »Hätten Sie Lust, eine andere amerikanische Wohnung zu besichtigen? Meine?« erkundigte sie sich.
Boris antwortete, das täte er sehr gern, und als sie in ihr Apartment kamen, war er tief beeindruckt, obwohl er ihr nichts davon sagte. Er brummte nur. Selbst ihm war klar, daß es ein Klischee wäre, wenn er erklärte, daß in Moskau in einer so großen Wohnung mehrere Familien leben müßten. Ihr Apartment wirkte wie ein gemütliches Geheimnis in dieser häßlichen, grauen City. Ihr Klavier fand er gut, ihre zahlreichen, dicht gefüllten Bücherregale ebenfalls. Überrascht war er, als er im Wohnzimmer eine Schildpattkatze so reglos dasitzen sah, als sei sie eine Skulptur. Beim Lunch hatte Kate kein Wort von einer Katze erwähnt. Boris ließ sich auf alle viere nieder und begann, sich vorsichtig an Boo heranzupirschen, wobei er leise und lockend in französischer Babysprache auf sie einredete. Boo warf ihrer Herrin einen abgrundtief ungläubigen Blick zu. Kein anderer männlicher Gast hatte je so etwas mit ihr gemacht. Boo versuchte gelangweilt zu wirken, jedoch war nicht zu übersehen, daß sie begeistert war. Sie versuchte es mit hochmütigem Stolzieren, hielt sich, als er sie streicheln wollte, gerade eben außerhalb seiner Reichweite, aber sobald er wegsah, kam sie zurück, rieb sich an seinem Bein und sprang sofort wieder davon.
Boris durchstreifte ihr Wohnzimmer wie ein gefangener Löwe im Käfig, wanderte hin und her und überlegte, ob er sie küssen sollte oder was. Wie er gehört hatte, waren amerikanische Frauen, was Sex betraf, recht freizügig, bei dieser Kate aber war er nicht so ganz sicher. Er wollte sie küssen, aber sie lieferte ihm keine Signale. Oder tat sie es möglicherweise doch, und er begriff das nur nicht? Was tun? Er wechselte von der Couch zum Sessel und zur Klavierbank. Er trank einen Scotch, dann einen zweiten. Er begutachtete alle Bücher in den Regalen, dann sah er zum Fenster hinaus auf das, was sie als ihre »Cole-Porter-Aussicht« bezeichnete. Dann bot sie ihm einen Brandy an. Er

setzte sich sehr dicht neben sie in einen Sessel und blickte ihr tief in die Augen. Nichts. Er wurde ungeduldig; es war schon spät, und er machte keine Fortschritte. Vielleicht verlor er langsam seine Wirkung. Vielleicht verstand er irgend etwas nicht an den amerikanischen Frauen. Vielleicht sollte er einfach gehen. Wieder erhob er sich und setzte sich auf die Couch.

Kate war verwirrt. Warum versuchte er sie nicht wenigstens zu küssen? Sie fand, daß sie sich nett und freundlich verhielt. Seine Reaktion verunsicherte sie. Hatte sie keinen Sex-Appeal mehr? Stimmte irgend etwas nicht mit ihr? War sie wirklich so abstoßend? Erriet er, daß sie seit so langer Zeit keinen Mann mehr gehabt hatte? Oder lag es etwa an ihm? War er schwul? Dann aber wurde ihr auf einmal klar, daß sie es ihm nicht gerade leichtgemacht hatte. War das nicht typisch für alle Männer? Sie seufzte.

Kate, sagte sie sich, was willst du eigentlich? Eine Art Krieg tobte in ihr. Normalerweise hielt sie nicht viel von Sex schon beim ersten Date; das war so oberflächlich, und gewöhnlich hatte sie Sex nicht von ihren Gefühlen für einen Mann trennen können. Schaffe ich das – einen rein sexuellen Kontakt? Kann ich ihn genießen? Manchmal beneidete sie ihre Freundinnen, die den Gelegenheitssex so mühelos und befriedigend zu finden schienen. Im College hatte sie versucht, »ganz einfach Sex« zu betreiben, hatte aber nicht viel davon gehabt. Vielleicht war das inzwischen anders geworden.

Und warum eigentlich nicht? Sie begriff, daß dieser Boris ihr eine interessante Möglichkeit bot. Sie hatte es satt, sich über Einsamkeit und die Frustration eines Lebens ohne Sex zu beklagen. Jawohl, sagte sie sich trotzig, warum, zum Teufel, eigentlich nicht? Hier war ihre Chance. Also stemmte sie sich widerstrebend aus dem Sessel hoch, in dem sie gesessen hatte, und ließ sich dicht neben ihm auf der Couch nieder.

»Ich habe noch nie einen russischen Kuß bekommen«, erklärte sie. »Dürfte ich jetzt vielleicht einen haben?«

Boris sah sie mit dem Lächeln des Eroberers an. Endlich war ihm der Durchbruch gelungen! Er legte seine russische Hand

um ihren russisch-amerikanischen Hals und gab ihr einen Kuß, wie sie noch niemals einen bekommen hatte.
Großer Gott, die küssen wahrhaftig völlig anders! »Noch einen?« fragte sie ein bißchen erstaunt, weil sie nicht recht begriff, was eigentlich so wunderbar daran gewesen war, und es noch einmal ausprobieren wollte. Auf der Stelle!
Er küßte sie abermals. Es war ein Kuß ähnlich wie Treibsand, ein wahrer Strudel von einem Kuß. Dunkel, saugend, mit einem schnellen Wirbel, gefolgt von einem sanften Lufthauch.
»Nein.« Er schüttelte den Kopf. »Das ist es nicht.«
Sie dachte, er meinte, er habe seine Rolle nicht richtig gespielt, er aber wollte sagen, daß sie nicht richtig küßte. Also küßte er sie immer wieder, und verkündete dann: »Nein, du hast es nicht.«
Kate erinnerte sich später nicht mehr, wessen Idee es gewesen war, glaubte aber, daß sie den Vorschlag machte, sich auszuziehen und ins Bett zu gehen. Wenn das ein russischer Kuß gewesen war, wollte sie unbedingt auch russischen Sex probieren. Aus irgendeinem Grund kam sie gar nicht dazu, sich Gedanken darüber zu machen, wie fett ihre Schenkel an jenem Tag waren, oder wie lange es her war, daß sie ihre Beine epiliert hatte und so. Während sie sich auszog, überlegte sie ein paar Sekunden und beschloß dann, ihr Pessar nicht einzusetzen. Es war die sicherste Zeit des Monats. Außerdem hatte sie es gründlich satt, ein braves Mädchen zu sein und sich für alles so verdammt verantwortlich zu fühlen. Sie brauchte die Chance, ihr Leben genauso zu vermasseln wie alle anderen.
Als er aus dem Badezimmer kam, sah sie erfreut seine winzige, farbenfreudige französische Unterhose. Er stieg ins Bett und umfing sie mit seinem Sibiriengeruch. Wie herrlich primitiv! Er besaß den wärmsten Körper, den sie jemals berührt hatte. Während sie seine behaarte Brust streichelte, schien er eine Art animalische Aura zu verströmen. Die russischen Männer sind wirklich wie Bären, dachte sie.
Da sie nervös war und so früh am Tag schon zuviel Wein getrunken hatte, jagte ihr Herz wie wild. Er spürte ihr Unbehagen und

legte ihr die Hände auf Stirn und Herz, als versuche er sie zu heilen. »Menschen saugen meine Energie aus. Ich muß vorsichtig sein«, erklärte er in geheimnisvollem Ton. Und sie spürte sofort, daß eine beruhigende Kraft in seinen Händen die Ängste auf wunderbare Weise direkt aus ihr herauszuziehen schien. Eine Zeitlang blieb sie ganz still liegen, während er sie streichelte und dabei eindeutig ihre sanften, weichen Kurven genoß.

Dann bemächtigte er sich ihres Körpers, und sie begriff, daß sie zwei Tiere waren, die sich zusammen im Schlamm wälzten, fauchten, grunzten und verspielt knurrten. Er liebkoste sie mit Zähnen und Lippen. Noch niemals zuvor hatte sie solchen Sex erlebt. Und dann, ehe sie sich's versah, vergrub er sein Gesicht in ihr und schlabberte so genußvoll, ja dankbar an ihr wie ein halb verdursteter Welpe an seiner Milch. Die Energie, die er an den Tag legte, erregte sie. Es war eindeutig, daß er ihren Duft köstlich fand, während er sie mit seiner Zunge bedrängte. Sie begann zu stöhnen. Sie fand es wunderbar, fühlte sich aber zu gehemmt, um gleich beim ersten Mal mit ihm zum Orgasmus zu kommen, also zog sie behutsam an seinen Armen: ihre Art, ihm klarzumachen, daß er aufhören sollte. Er stieg über sie, stieß in sie hinein, flüsterte: »Nicht aufhören, nicht aufhören!« und folgte mit seinen Bewegungen ihrem Körper.

»Comme c'est fort, c'est fort!« stöhnte er, als er kam. Sie dachte, er sage das aus Höflichkeit, aber Boris meinte es ernst. Und wie! So etwas hatte er dringend gebraucht. Für ihn war Sex überaus wichtig und zugleich etwas absolut Unbedeutendes, etwas genauso Natürliches und Notwendiges wie das Atmen. Und nun, da er hier in New York seinen ersten echt amerikanischen Sex genoß, wußte er, daß er die vor ihm liegenden vierzehn Tage überstehen würde, daß es eine Frau gab, die es ihm auf diesem ganz bestimmten Gebiet recht machen würde, und daß er sich um andere Dinge kümmern konnte.

Kate hatte sich gefragt, welche Sprache er beim Sex wohl gebrauchen würde – Englisch, Französisch oder Russisch. Nun wußte sie es. Da er in jenem entscheidenden, unbewußten Augenblick auf französisch aufgeschrien hatte, mußte er französische Geliebte gehabt haben. Ihr persönlich lag dieser schnelle Sex nicht so besonders, aber warum sollte sie sich beschweren, und außerdem war das erste Mal immer wie... als sei man ausgehungert und stopfe wahllos alles in sich hinein, ohne das Essen wirklich zu schmecken und zu genießen. Die Gourmetliebe würde später kommen. Daß sie seit über zwei Jahren mit niemandem geschlafen hatte, wagte sie ihm nicht zu gestehen. Er könnte denken, daß sie auf irgendeine Art nicht begehrenswert sei.

Sie lagen nebeneinander, die Ruhe nach dem Sturm, und Kate war nicht weniger überrascht als er, als ihr die Augen übergingen und dicke Tränen über ihre Wangen rollten. »Was ist denn das?« erkundigte sich Boris, bemüht munter. Er versuchte sie zu trösten, doch sie blieb stumm.

»Du mußt mir sagen, was mit dir los ist«, verlangte er.

Sie konnte es ihm nicht erklären, aber sie konnte auch nicht aufhören zu weinen. Sie war so unendlich traurig!

»Nein? Du willst es mir nicht sagen? Okay.« Er ließ das Thema fallen. Er hatte sich bemüht, nett zu ihr zu sein, aber er haßte weinende Frauen und dachte nicht daran, sie wie ein Baby zu behandeln.

Was Kate anging – nun ja, sie war zwar die erste, die zugeben würde, daß sie nicht viel von Männern verstand, aber ihr war durchaus klar, daß sie ihm nicht die Wahrheit sagen konnte, daß sie sich nämlich wünschte, es wäre nicht er, Boris, der neben ihr lag. Wie sollte sie ihm auch erklären, daß sie weinte, weil sie wünschte, es wäre ihr wundervoller Dr. Manne, der sie gerade eben geliebt hatte?

Es ist nicht fair Boris gegenüber, dachte sie und versuchte sich zusammenzureißen. Aber in Boris' Armen liegend, schloß sie abermals die Augen und versuchte sich vorzustellen, er sei Dr. Manne. Dr. Manne mit seiner fragenden, forschenden Stimme und seinen feucht schimmernden italienischen Augen.

Aber es klappte nicht. Als sie die Augen aufschlug, lag ein russischer Dichter in ihrem Bett.

Kate trifft Frank

Kate hatte das Gefühl, daß Dr. Manne ein Mann war, wie ihn jede Frau in ihrem Leben haben sollte. Er war »Der Mann, der wirklich zuhört«. Und da sie keinen Mann hatte, der ihr von ganzem Herzen zugetan war, würde sie, bei Gott, einen dafür bezahlen, daß er ihr zuhörte.

Eigentlich fand sie, daß Männer insgesamt schlechte Zuhörer waren, und daß es in New York City deswegen so viele – verheiratete und unverheiratete – hysterische Weiber gab, die zu einem Shrink rannten. Während es zum Wesen einer Frau gehörte, daß sie zuzuhören verstand. Ehemänner, Freunde, Liebhaber und Kinder profitierten davon, bestanden sogar darauf. Nach ihrer Theorie waren Hausfrauen so süchtig nach TV-Seifenopern, weil das für sie nur eine weitere Möglichkeit war, sich die Probleme anderer Menschen anzuhören. Obwohl sie selbst beruflich TV-Werbung produzierte, hielt sie Fernsehen für schädlich, weil man dabei untätig auf der Couch saß und zusah, während andere Menschen lebten. In »Denver« oder »Dallas« sah man die Personen niemals vor der Glotze sitzen – oder?

Kate hielt es nicht für fair, daß Frauen häufig für Dienstleistungen bezahlen mußten, die den Männern gratis geboten wurden – von der guten Freundin, die stets bereit war, ihrem alten Kumpel zuzuhören, oder der immer zur Verfügung stehenden Frau zu Hause, deren Aufgabe es war, ihn zu fragen: »Wie war's denn heute im Büro, Liebling?« Kate gehörte zu jener Gruppe Frauen, die dafür bezahlen mußten, daß andere Menschen sie berührten, liebkosten, ihr Aufmerksamkeit schenkten, sie beruhigten, sie schönmachten, vor allem aber ihr zuhörten, sie aufrichteten und dann wieder in die böse, böse Welt hinausschickten.

Sie hatte eine Schweizer Visagistin, die ihr zwar Vorwürfe machte, weil sie nicht oft genug zu ihr komme, ihr aber auch erklärte, daß sie ausgezeichnete Poren habe, und eine koreanische Maniküre, die ihr immer wieder versicherte, die Nagellackfarbe, die sie gewählt habe, sei die schönste in ihrem gesamten Salon. Dann gab es da ihren geschickten und furchtlosen japanischen Shiatsu-Mann, der nur ihre Muskeln zu betasten brauchte, um zu wissen, was sie gegessen hatte, und Erna, ihre getreue belgische Beinenthaarerin, die ihr jedesmal, wenn sie ihr die Haare von den Beinen riß, versicherte: »Wer schön sein will, muß leiden.« Sie hatte einen französischen Haarstylisten, der sich die Hände mit dem neuesten Gel einsprühte und ihr damit verführerisch durch die Haare strich. Sie wanderte von einem Paar Hände zum nächsten.

Jawohl, jede Frau muß einen Menschen haben, der zuhört, seufzte sie, der ihren tiefsten Geheimnissen lauscht, ihren schockierendsten Fantasien, vor allem aber diesen quälenden, alltäglichen Demütigungen, die sich ansammelten und ihren Tribut forderten – vom Schlachter, der ihr zuwenig Geld herausgab, bis zum Busfahrer, der ihr die Tür vor der Nase zuschlug, nachdem sie Leib und Leben aufs Spiel gesetzt hatte und quer durch den Verkehr gehetzt war. Und obendrein, sagte sie sich, weiß nur der Analytiker einer Frau, wie sie gern kommt. Ganz präzise sogar. Genau wie ein guter Automechaniker oder ein Spitzenanwalt war ein Analytiker eindeutig ein Plus im Leben einer Frau. Darüber hinaus war er aber auch die Inkarnation eines äußerst gefährlichen Konzepts: Er war der perfekte Mann, den keine Frau jemals besitzen würde. Und deswegen haßte Kate Dr. Manne. Na ja, sie liebte ihn, und deswegen haßte sie ihn. Weil sie ihn nicht haben konnte, weil er sich weigerte, sie wiederzulieben, beabsichtigte sie ihm das Leben zur Hölle zu machen. Dieses Spielchen konnte man zu zweit spielen, und sie würde ihn bluten lassen. Denn war es nicht schließlich er, der sie in eines der unangenehmsten Wesen verwandelt hatte, die es im Leben gab: eine unbefriedigte Frau? Was also erwartete er von ihr?

Sie hatte genügend Bücher über Therapie gelesen, um zu wissen, was ihr bevorstand. Sie würde mehrere Jahre mit dieser intimsten aller Beziehungen verbringen, dann würde es heißen: »Ich wünsche Ihnen alles Gute«, eventuell mit einem festen

Händedruck. Vor die Tür gesetzt werden würde sie, und zwar von jenem Mann, der den Schlüssel zu ihrer Seele besaß, der jeden Zoll ihrer schönen und weniger schönen Psyche erforscht hatte. Ihr schien, daß New York eine Stadt war, in der lauter falsche Menschen mit lauter richtigen Informationen herumliefen. Sie dachte an die vielen Analytiker, die alle ihre Patienten kannten. Wenn sich all diese Patienten doch einfach zusammensetzen und miteinander reden könnten! Aber es kam immer auf dasselbe heraus: die Menschen konnten nicht zuhören, und die meisten wollten auch gar nichts hören.
Warum mußte das Psychoanalytische Institut ihr überhaupt einen so hübschen jungen Arzt zuteilen? Das war ganz einfach ungerecht. Da war jemandem ein gewaltiger Fehler unterlaufen, fand Kate, denn sie und Dr. Manne waren wirklich seelenverwandt. Sie hätten unter dem Glasdach des Tempels von Dendera ruhen müssen, anstatt einander höflich in Sesseln gegenüberzusitzen und Arzt und Patientin zu spielen. Mein Gott, das hatte sie im selben Moment gemerkt, als er an einem drückend heißen Freitagabend im letzten Juni aus seinem Zimmer trat, um sie zu ihrer ersten Sitzung hereinzuholen. Es war der einzige Termin in jener Woche gewesen, den er noch frei hatte, und sie dachte ironisch: Hast du an einem Freitagabend nichts Besseres zu tun, als zu einem Shrink zu gehen?
Sie erschien in ihrer sportlichen Aufmachung im Institut, mit Reisetasche und Tennisschläger. Denn nach der Sitzung wollte sie sofort den Zug nach Mantoloking besteigen, wo sie auf Einladung ihres Chefs das Wochenende in dessen Strandhaus verbringen sollte. Das Wartezimmer wirkte auf intellektuelle Art schäbig. Es sprach von nervösen und depressiven Menschen, die darauf warteten, von ihrem Therapeuten aufgerufen zu werden. Kate roch das Haus schon aus mehreren Blocks Entfernung. Es war ein stilles, tristes graues Gebäude, das so viel Elend, perverse Details und Fantasien in sich aufgenommen hatte, daß sie es kaum ertragen konnte, sich darin aufzuhalten. Daher war sie froh, daß ihre zukünftigen Sitzungen nach dem ersten »Kennenlerntermin« heute abend in seiner Privatpraxis stattfinden sollten.

Also wer wird mein glücklicher Doktor sein? fragte sie sich nervös, als sie auf einem häßlichen Plastikstuhl saß und ihren Aufruf erwartete. Im selben Moment erschien ein dunkelhäutiger junger Mann mit braunen Rehaugen – ein Italiener vielleicht? – an der Tür.

»Kate?« Er musterte die einzige andere Frau, die außer ihr im Wartezimmer saß. Dadurch blieben Kate ein paar kostbare zusätzliche Sekunden Zeit, um ihn zu betrachten.

»Nein, das bin ich«, antwortete sie und begann sich zu erheben.

»Ach so.« Warum wirkte er so erstaunt? Er lächelte kurz, als wolle er sich für seinen Irrtum entschuldigen.

Sie stand auf und folgte ihm in das winzige Sprechzimmer. Erwartet er, daß ich mit *ihm* rede? Na ja, er ist in meinem Alter. Eigentlich müßten wir uns in einer Bar oder einem Hörsaal der New School kennenlernen, auf gar keinen Fall aber hier. Er schloß die Tür hinter sich. Sie musterte das Zimmer, kaum groß genug für eine Couch und zwei Sessel. Sie blieb vor der Analytikercouch stehen, betrachtete sie und legte dann Reisetasche und Tennisschläger dort ab. »Ach ja, vielleicht sollte ich das nicht tun«, sagte sie.

»Da drüben.« Er deutete auf einen Sessel.

Kate setzte sich, stand aber sofort wieder auf, um einen Aschenbecher voll Zigarettenstummel vom Couchtisch direkt vor ihr mit übertrieben angewiderter Miene an einen möglichst weit von ihr entfernten Platz zu stellen. Der Aschenbecher stammte eindeutig von seinem letzten Patienten, denn Dr. Manne wirkte nicht wie ein Raucher. Nervös beobachtete sie ihn, als sie wieder Platz nahm. O Gott, hält er mich vielleicht für eine Zwangsneurotikerin?

Kate wurde es ein wenig schwindlig in diesem winzigen Raum, in dem sie so nah bei einem so schönen Mann saß. Sie mußte tief durchatmen, um ihr hämmerndes Herz zu beruhigen. Also was erwartet er von mir – daß ich ihm was erzähle? Um wenigstens anzufangen, begann sie von ihrem Werdegang in der Werbung zu sprechen, doch alles führte immer wieder zur selben Frage:

Warum bin ich nicht verliebt, warum kann ich keinen Mann finden, was ist mit mir los? »Ich wette, das hören Sie von all Ihren Patienten«, vermutete sie.

»Ja«, gab er zu, »diese Fragen scheinen alle Patienten zu beunruhigen.«

Sie registrierte, wie besonnen er sprach, aber auch – noch wichtiger –, wie gut er zuhörte. Noch nie hatte ihr jemand so zugehört, so ruhig dagesessen und sich ihr mit seinem ganzen Wesen zugewandt, ihr praktisch jedes Wort von den Lippen gelesen. Wer ist dieser Mann denn nur, und was hält er von mir? fragte sie sich und redete weiter.

Gegen Ende der Dreiviertelstunde, als sie schon dachte, ihre Sache für die allererste Therapiesitzung in ihrem Leben recht gut gemacht zu haben, erkundigte er sich: »Möchten Sie mir noch Fragen stellen?« Sie schüttelte den Kopf, entschied sich aber dann, ihn zu fragen, wie er sie diagnostisch einordnen würde.

»Histrionisch«, antwortete er, wie aus der Pistole geschossen.

Kate hielt erschrocken den Atem an. »Das ist abscheulich!« protestierte sie, den Tränen nahe.

»Nein, nein, keine Angst, das bedeutet nur hysterisch. Heutzutage eine recht häufige Diagnose bei jungen Frauen«, erklärte er gelassen. Dabei dachte er, ohne es auszusprechen: »Vor allem unverheirateten Frauen.« Als er erkannte, daß er die Sache nur noch schlimmer machte, versuchte er es noch einmal: »Es ist wirklich in Ordnung. Das ist heutzutage so eine Art ›In‹-Diagnose.«

»Und was ist heutzutage die ›In‹-Diagnose für Männer?« gab sie zurück.

»Entweder obsessiv-kompulsiv oder narzißtisch.«

»Perfekt«, sagte sie. Histrionisch, so, so, dachte sie. Ich glaube, die Frauen sind ganz einfach zu kompliziert für die heutige Welt. Von Kummer erfüllt, saß sie da, starrte zu Boden und weinte.

Ihr Blick wanderte zu ihm empor. »Wohin verschwindet all die Traurigkeit? In die leere Luft? Löst sie sich in nichts auf, schwebt sie davon, oder bleibt sie ganz einfach da?« fragte sie ihn. Es war eine verträumte Frage, und ihre Blicke gingen weit in die Ferne. Als er nicht antwortete, erkundigte sie sich plötzlich: »Das ist doch alles ein schlechter Scherz, nicht wahr?«

»Was soll ein Scherz sein?« fragte er.

»Sie und ich. Hier. So.«

Er schüttelte den Kopf.

Sie atmete tief durch. »Also, was ich wirklich gern tun würde«, begann sie, all ihren Mut zusammennehmend, »das wäre ein bißchen Dope rauchen und mit Ihnen tanzen gehen.« Es war teils Befehl und teils Bitte.

Er erhob sich. »Tut mir leid, aber unsere Zeit ist um«, erklärte er leise und öffnete die Tür, um sie hinauszulassen.

Und so trafen sie sich zweimal pro Woche und redeten. Oder vielmehr sie redete, und er hörte zu. Sie lachten gemeinsam, aber sie weinte allein.

Ach, Dr. Manne. Sogar sein Name klang lyrisch. Er war die Quintessenz eines Mannes, Mr. Perfect, mit einem Gesicht, so fein geschnitten wie der Kopf auf einer antiken römischen Münze. Er hatte dichtes schwarzes Haar und einen wundervollen Sinn für Humor. Wenn er lachte, war die Welt in Ordnung, doch wenn sie ihm persönliche Fragen stellte, wurde er gemein. Sie fragte ihn, wie alt er sei, und er antwortete: »Älter als Sie.« Damit meinte er, wie sie glaubte, daß er in ihrem Alter sei. Als sie ihn fragte, wo er wohne, antwortete er: »In der Nähe.« Als sie ihn fragte, ob er verheiratet sei, antwortete er, das sei unwichtig, aber was sie denn meine? Selbstverständlich bist du inzwischen von einer Frau geangelt worden, dachte Kate, sprach es aber nicht aus. Dann jedoch dachte sie, möglicherweise ist er doch nicht verheiratet, weil er einen so schlecht sitzenden, schäbigen Anzug trägt. Sie merkte immer, wenn ein Mann keine Frau hatte, die ihn einkleidete: Er trug eine braune Hose und braune Socken, sein Regenmantel war zu kurz, seine Krawatte zu breit, und sein unvermeidlicher blauer Blazer, auf den er so stolz zu sein schien, war längst aus der Mode gekommen.

In Gedanken versuchte Kate ihn einzukleiden. Um einen Stil für ihn zu finden, mußte sie seinen Beruf berücksichtigen. Er führte ein kontemplatives Leben, verbrachte viele Stunden im Sitzen, grübelte viel, rang mit komplizierten Emotionen. Also brauchte er sowohl bequeme als auch vertrauenerweckende Kleidung. Bequem für ihn und vertrauenerweckend für die Patienten. Bequeme englische Tweeds wären das beste, natürlich nur erstklassig, mit Strickkrawatten in weichen Pastellfarben. Strickwesten für den Winter – o ja, er war eindeutig ein Strickwestentyp. Dann brauchte er schöne neue Schuhe, Halbschuhe wären genau richtig, und dicke Argyle-Socken in hellen, leuchtenden Farben. Sie erwog, zu Bloomingdale's zu gehen, ihm für den Anfang ein paar Krawatten auszusuchen und sie ihm anonym zu schicken, sagte sich aber, daß er sie doch nicht tragen würde und daß sie mit Sicherheit den Mund nicht halten konnte. Außerdem würden diese Krawatten ohnehin nicht zu seiner gegenwärtigen Garderobe passen.

Kate kleidete sich jedesmal ausschließlich für ihn. Montags und freitags dachte sie: Heute gehe ich zu Dr. Manne, starrte ihren Kleiderschrank an und überlegte, was sie anziehen sollte. Sie zog die verschiedenen Kombinationen in Betracht, probierte dies und jenes an, überlegte, was ihm gefallen würde, worin sie am besten aussah, und achtete darauf, ihre Sachen zu variieren, damit er jedesmal von neuem überrascht war. Sie wollte hübsch sein, nein, mehr als hübsch: schön. Dann erschrak sie. »Ich benehme mich, als ginge ich zum Rendezvous mit meinem Liebhaber«, sagte sie sich kopfschüttelnd. Wie peinlich! Sie versuchte den Gedanken zu verbannen, doch sobald er aufgetaucht war, wollte er nicht wieder verschwinden. Vielleicht war sie wirklich irgendwie krank. Sie beschloß, ihm nichts davon zu erzählen, weil er es ebenfalls überspannt und pervers finden würde.

Gelegentlich trafen sie sich in der Eingangshalle des Gebäudes, in dem seine Privatpraxis lag, und warteten gemeinsam auf den Lift. Dann versuchte sie ihn zu sehen, als sei er nicht ihr Arzt, sondern ein ganz normaler Mann, und fragte sich, ob sie sich, wenn sie ihn auf einer Party kennenlernte, überhaupt für ihn interessieren würde. Er wirkte unauffällig, ja sogar schäbig, genau

wie das Wartezimmer des Instituts, das ihr ihn zugeteilt hatte. Einmal sah sie ihn auf der Straße vor sich hergehen. War das wirklich derselbe Arzt, der in dem winzigen Sprechzimmer so schön wirkte? Mein Gott, er watschelte ja wie eine Ente!
Nachdem er, wie es jeder normale Mann tun sollte, höflich einen Schritt zur Seite gemacht hatte, um ihr den Vortritt im Lift zu lassen, standen sie schweigend da, während der Liftboy an seinen Schaltern hantierte. Sie hoffte nur, daß sie nicht wie Arzt und Patientin aussahen, sondern wie Mann und Frau, die an diesem Nachmittag etwas vorhatten. Sie musterte ihn, während die Etagen vorbeiglitten, und fragte sich: Welche Frau hält seinen Kopf in den Armen, welche ist es, die sein schönes Haar streichelt? Welche Frau sieht ihn mit geschlossenen Augen, befreitem Atem, endlich entspannt? Und vor allem, was ißt er zum Frühstück? Das hielt Kate für einen sehr wichtigen Schlüssel zur Persönlichkeit eines Menschen.
»Ich wünschte, wir könnten Freunde sein«, sagte sie ihm eines Tages traurig.
Wie immer überlegte er sich seine Worte sorgfältig, bevor er sie aussprach. »Als Patientin bekommen – haben – Sie mehr von mir, als wenn Sie meine Freundin wären«, erklärte er dann.
Wieso?
Noch tagelang dachte sie darüber nach und entschied dann, daß dies auf eine Art, die sie noch nicht ganz begriff, ein sehr großes Wort gewesen sei.

Frank liebt seinen Beruf

Frank Manne wurde, wie an jedem Wochentag, um sechs Uhr morgens von seinem verhaßten Wecker aus dem Schlaf gerissen, einem Relikt aus den Fünfzigern, das ihm vor Jahren sein Vater geschenkt hatte. Er fand es widerlich, wie sein Körper auf

Kommando hochfuhr, wenn das Ding sein lautes, hartnäckiges Schnarren von sich gab, brachte es aber nicht übers Herz, es auf den Müll zu werfen und sich einen neuen Wecker zu kaufen.

Er stöhnte laut auf, beugte sich rasch hinüber, um ihn abzustellen, und blieb dann still liegen, versuchte sein nach diesem brutalen Herausreißen aus dem Schlaf wild schlagendes Herz zu beruhigen. Er dachte an seinen sehnlichsten Wunsch: eine Kaffeemaschine mit automatischem Timer, damit er zum Duft frisch gebrühten Kaffees sanft erwachen konnte und erst aufzustehen brauchte, wenn die Maschine zum Zeichen, daß der Kaffee fertig war, höflich piepste. O jaa!

Aber er schaffte es nicht, eine Ausgabe zu rechtfertigen, die so dicht an Luxus grenzte, daß ihm ein bißchen unbehaglich zumute wurde, ganz zu schweigen von der Tatsache, daß er ständig pleite war. Es war ärgerlich, daß die meisten Menschen glaubten, Analytiker seien reich und zu nichts anderem gut, als ihren Patienten dicke Honorare aus der Tasche zu ziehen. Er wünschte, er würde den Menschen finden, der dieses idiotische Gerücht in die Welt gesetzt hatte. Sein Leben sah ganz anders aus. Ein Feld-Wald-und-Wiesen-Therapeut zu sein hatte ihm nicht genügt, also war er vor ein paar Jahren von Indiana aus aufgebrochen, um es mit der großen Welt der New Yorker Psychoanalyse aufzunehmen. Jetzt bezahlte er dafür mit seinem Leben. Praktisch all seine Einkünfte und Ersparnisse gingen für die eigene Analyse drauf, die zu seiner Ausbildung gehörte. Siebzig Dollar pro Sitzung bei Kollegenrabatt, viermal die Woche. Darüber hinaus mußte er dem Institut, an dem er für sein Psychoanalytikerdiplom studierte, Ausbildungsgebühren bezahlen. Und außerdem mußte er ganze zwei Manhattanmieten aufbringen, eine für sein Apartment und die andere für die Praxis, in der er seine Patienten empfing. Keiner dieser Patienten würde ihm glauben, wenn er ihnen erzählte, daß er, ein New Yorker Therapeut, sich nicht mal eine Kaffeemaschine leisten konnte. Außerdem – wie sollte er die Zeit erübrigen, die es kostete, sich so etwas zu kaufen?

Genüßlich kuschelte er sich ins warme Bett und hatte überhaupt noch keine Lust aufzustehen. Nur ein paar Sekunden noch, bettelte er innerlich. Er streckte die Arme aus, bis seine Hände sich um seinen Schwanz legten. Der alte Getreue, der ihn jeden Morgen fröhlich und aufrecht begrüßte und ihm zu sagen schien: »Hey, let's boogie!« Wie hatte einer seiner Patienten neulich das Onanieren genannt? Ach ja, den Affen streicheln. Er spähte unter die Bettdecke. »Hallo, du Affe. Möchtest du gestreichelt werden?« Er lachte laut auf; dann stöhnte er. Viel zu früh zum Lachen. Er liebkoste sich. Sogar nach all diesen Jahren – »Verdammt noch mal, ich bin fünfunddreißig!« – staunte er immer wieder darüber, wie samtig weich und zart er war, und wie gern er ihn in der Hand fühlte. Bestimmt war noch nie ein Mann so fasziniert vom eigenen Penis gewesen wie er. Er überlegte, ob er hier onanieren sollte oder unter der Dusche. Aber er war viel zu faul, um aus dem Bett zu steigen. Für ihn war das Onanieren etwas Ähnliches wie der Orangensaft, den er morgens vor dem Frühstück trank. Wie Jogging oder Radfahren war es nichts weiter als das Trainieren eines Muskels. Denn vorerst mußte er sich mit diesem Pseudo-Sex begnügen.

Er reckte sich und zwang sich schließlich, das Bett zu verlassen. Er trat ans Fenster und spähte durch die Jalousie nach dem Wetter. Während er die Plastikstreifen in Augenhöhe auseinanderzog, ärgerte er sich wieder einmal darüber, daß er noch immer nicht herausgefunden hatte, warum diese Jalousien auf englisch *venetian blinds* hießen. Benutzte man die in Venedig oder was? Später, während der Kaffeepause im Krankenhaus, würde er die Schwestern fragen, was die davon hielten. Ein guter Eisbrecher.

Obwohl er nun schon zwei Jahre in diesem Apartment wohnte, war es für ihn immer wieder ein Schock, die Gitterstäbe vor den Fenstern zu sehen. Was für ein Leben! Hinter Gittern und Jalousien. Und nur weil er im Erdgeschoß wohnte. Dieses winzige Apartment war die einzige Bleibe, die er auf der Upper West Side gefunden hatte, als er kam, um in New York sein neues Leben zu beginnen, also hatte er natürlich zugegriffen – trotz der einfach lächerlichen Miete von $ 873,65, von der die Wohnungsvermittlung behauptete, sie sei günstig. Er hatte das Gefühl, in einem Vogelkäfig unmittelbar an der Straße zu leben. Es störte ihn, wie sich die Außenwelt unaufgefordert hereindrängte, die Kämpfe der Straßenbanden, das Hupen ungeduldiger Taxifahrer, die um die ungeschickten Autofahrer aus den Vororten herumzumanövrieren versuchten, weil diese in seiner Straße parkten, bevor sie einen Spaziergang durch die in Mode gekommene Columbus Avenue machten, die saloppen Sprüche der Yuppies, die von zu vielen Margaritas mit Taco-Chips besoffen waren. Wenn irgend jemand Ruhe und Frieden brauchte, sobald er am Abend endlich nach Hause kam, dann er.

Als er plötzlich merkte, daß er nackt dastand, ließ er, obwohl ihn niemand sehen konnte, hastig die Jalousie zuschnappen. Denn Frank war ein schamhafter Mensch, ein Mann, der mindestens dreimal kontrollierte, ob sein Reißverschluß auch zu war, bevor er einen Raum betrat. Was seine äußere Erscheinung betraf, so war er zwar unsicher, meinte aber, sich als attraktiv bezeichnen zu können. Auf italienische Art. Er mochte sein dichtes schwarzes Haar, seine strahlendweißen Zähne, sein kantiges, offenes Gesicht. Seine Patienten hielten ihn alle für gutaussehend, doch danach konnte er sich nicht richten, denn möglicherweise transferierten sie nur, flirteten mit ihm oder versuchten ihm aus irgendeinem Grund, dem er noch nicht auf die Spur gekommen war, zu schmeicheln.

Auf dem Weg zur Dusche sah er sich in seinem einzigen Zimmer um und fragte sich, was seine Patienten wohl sagen würden, wenn sie die nüchterne Realität seines Lebens sähen. Es war mehr als schlicht mit einem Bett möbliert, einem Sessel, einer Leselampe und einem alten Bücherbord voll psychologischer Lehrbücher sowie einem Stapel alter Zeitschriften und Journale der American Psychoanalytic Society. Alles war entweder braun oder beige – das, was seine Patientin Kate als Junggesellenfarben bezeichnet hätte. Es war ihm peinlich, daß sein Apartment tatsächlich diesen schmuddeligen Geruch des Junggesellenlebens ausströmte. O doch, er hatte eine Freundin – gewissermaßen. Sie trafen sich nur an den Wochenenden, und dann auch nur in ihrer Wohnung. Während der Woche war er allein. Wie sehnte er sich nach der tröstlichen Berührung einer Frau, ihrem Chaos von Parfümflaschen und Make-up auf der Kommode, den komischen, verwelkten Blumen in einer Vase! Gab es in seinem Leben eine Frau, lag immer eine Ersatzschachtel Papiertücher im Wäscheschrank, die darauf wartete, angebrochen zu werden, wenn das letzte Tuch verbraucht war, oder eine weitere Rolle Toilettenpapier, eine unerwartete Dose mit irgendwelchen Köstlichkeiten im Küchenschrank, die einem über düstere Tage hinweghalf. So waren die Frauen nun mal, es war ihre ganz spezielle Art, die täglichen Dinge zu sehen.

Zum Beispiel Kate. Sie hatte sich ein Bild von seinem Leben gemacht, über das er lachen mußte, als sie endlich aufgehört hatte zu reden. »Das klingt überhaupt nicht nach dem Leben, wie ich es kenne«, schniefte er. Denn sie hatte ihm ein Leben in einer weitläufigen Wohnung der Upper West Side beschrieben, so einer, in der man in einem Zimmer laut schreien und in den übrigen Räumen doch nicht gehört werden konnte. Er lebe dort mit seiner bezaubernden Frau, die ihn jeden Abend mit einem warmen Essen und Sex erwartete. Gab es einen Golden Retriever? Ja, natürlich. Und eine Katze, vielleicht sogar ein Baby, aber da war Kate nicht ganz so sicher.

Gestern abend war er in seinem Lehnsessel über den ringsum verstreuten Büchern und Papieren eingeschlafen. Er nahm einen Pappkarton mit dem chinesischen Dinner von gestern abend, der auf dem winzigen Schwarzweißfernseher stand, warf ihn in den Mülleimer im Badezimmer und drehte die Dusche auf. Woody Allen soll endlich aufhören, für die Personen in seinen Filmen diese unwahrscheinlichen Lofts zu benutzen, und der Welt lieber zeigen, wie die Menschen wirklich in Manhattan leben, dachte er, und dafür gibt es nichts Passenderes als mein Apartment. Als er plötzlich merkte, daß er sich selbst zu bedauern begann, brach er diesen albernen, destruktiven Gedankengang ab. Im Augenblick hatte er nur ein einziges Ziel: seine Ausbildungszeit zum Psychoanalytiker in New York zu

überstehen. Halt, nein! Vielmehr den vor ihm liegenden Tag zu überstehen.
Seine allmorgendliche Routine war ihm zur Gewohnheit geworden, deswegen brauchte er nicht groß darüber nachzudenken. Rein in die Dusche, wieder heraus, und anschließend kräftig abfrottieren, zumeist die einzige Bewegung, die er sich leistete. Dann wickelte er sich das feuchte Handtuch um die Taille und begann sich so hastig zu rasieren, daß er sich schnitt. Verdammt! Was hatte sein Vater immer gesagt? »Wenn du dich rasierst, hast du es niemals eilig.« Er bremste sich und machte vorsichtig weiter.
Als er die Armbanduhr anlegte, warf er einen Blick aufs Zifferblatt. Wenn er sich beeilte, konnte er sich beim Burger King am Broadway noch schnell einen Kaffee und ein Croissandwich holen und beides hastig verschlingen, bevor der erste Patient eintraf. Gestern abend war er so müde gewesen, daß er eine der eisernen Regeln übertrat, die er sich gesetzt hatte, nämlich am Abend stets die Kleider für den nächsten Tag bereitzulegen, damit er sich am Morgen nicht damit aufhalten mußte. Na ja. Da alles, was er besaß, braun und beige war, paßte ohnehin alles zusammen. Er zog braune Wollslacks an, ein hellblaues Hemd, eine braun-blaue Krawatte und ein bräunlichbeige gemustertes Fischgrätjackett. Während er seine Krawatte band, dachte er sich, was für ein idiotisches Ding das doch war – ein Stoffstreifen, den man sich um den Hals hängte, oder in der Freudschen Interpretation ein in aller Öffentlichkeit getragener Penis. Er schob ein paar Krankenunterlagen in seine Aktentasche, schlüpfte ins Jackett und knallte die Tür zu, um ungeduldig alle drei Schlösser zu verriegeln, bevor er sich die Columbus Avenue entlang auf den Weg machte. Da er nicht wollte, daß ihn einer seiner Patienten laufen sah, schlug er, selbst auf die Gefahr hin, zu spät zu kommen, höchstens ein flottes Marschtempo an.
Sein Arbeitstag war ungewöhnlich lang, bis auf die Sekunde eingeteilt, und manchmal wußte er nicht, ob er nun kam oder ging. Wie oft sehnte er sich nach einem normalen Leben, in dem

er am frühen Morgen ein paar Übungen im Fitneßcenter einschieben, sich um sechs Uhr mit einem Freund auf Cocktails verabreden oder einen Abend im Museum verbringen konnte! Doch das Leben eines ernsthaften Analytikers gehört nicht ihm selbst, ermahnte er sich immer wieder; es gehört vielmehr seinen Patienten, in diesem Fall den Patienten, die ihm das Psychoanalytische Institut zuteilte. Morgens um sechs Uhr fünfundvierzig verließ er das Haus, ging zu Fuß zu seiner fünfzehn Blocks entfernten Praxis und traf dort um sieben Uhr fünfzehn ein, gerade rechtzeitig für den ersten Patienten. Nach den beiden Frühpatienten suchte er seine eigene Analytikerin auf, deren Praxis zufällig im selben Gebäude lag, nur um einige Stockwerke höher. Dr. Janet nannte er sie. Das war ihr privater Scherz. Er wollte sie unbedingt Janet nennen, setzte aus Respekt jedoch das Dr. hinzu. Genau wie seine Patientinnen alle in ihn verliebt waren, war er in Dr. Janet verliebt. Anschließend hastete er per Subway ins Krankenhaus, wo er als beratender Psychologe arbeitete. Er schlang seinen Cafeterialunch herunter und verbrachte den Rest der Mittagspause im Ruhezimmer der Schwestern, um sich »Alle meine Kinder« anzusehen. Um drei saß er wieder in seiner Praxis, wo er bis neunzehn Uhr dreißig weitere Privatpatienten empfing. Anschließend sofort wieder ins Institut für Kurse, Vorträge oder die Besprechung seiner zahlreichen Fälle mit der Studienleiterin. Um elf Uhr war er dann endlich zu Hause.

An seinen beiden freien Wochenenden ging er von der Praxis aus direkt nach Hause, um sich auf die Couch zu werfen, bevor er sich vom Chirping Chicken etwas zu essen kommen ließ. Welch ein erbärmliches Leben für einen Mann, der schon den Ph. D. in Psychologie in der Tasche hatte! Er bekam sogar allmählich Probleme mit dem Rücken. Wenn er sich bei seiner Studienleiterin darüber beschwerte, erklärte sie ihm, er behalte die Schmerzen seiner Patienten im unteren Rücken, statt sie wie einen Strom durch sich hindurchfließen zu lassen. Sein Leben war eine Art Fang-mich-Spiel. Wenn er nicht arbeitete, las er Psychologiebücher, studierte die Krankenblätter und Notizen über seine Patienten, fahndete nach den schwer faßbaren Problemen in ihrem Leben und verzeichnete ihre Fortschritte. Wenn er Zeit hatte, las er Romane. Aber wieso Zeit? Er hatte den *New Yorker* abonniert, und die Hefte türmten sich. Wie er es jemals schaffte, Freunde, Kino, Museen dazwischenzuquetschen, wußte er nicht, gelegentlich aber gelang es ihm. Wann ging er einkaufen, Haare schneiden, Wäsche waschen? Irgendwie kriegte er alles hin.

Er wußte, daß er keine Lieblingspatienten haben sollte, hatte aber doch einen, wenn auch nicht aus den üblichen Gründen. Im Gegenteil, sie war seine schwierigste und nur deswegen seine Lieblingspatientin, weil er sie so sehr haßte. Diese Kate. Die brachte ihn wirklich auf die Palme. Was für ein hochnäsiges, kaltes Biest, und so furchtbar unangenehm! Sie war ein Bündel unverarbeiteter Gefühle und ungezügelten Potentials. Er betrachtete sie als ungeschliffenen Diamanten und hätte sie oft am liebsten bei den Schultern gepackt und geschüttelt, bis sie Vernunft annahm.

Hätte er sie auf einer Party getroffen, er hätte sie möglicherweise attraktiv gefunden. Sie war lebhaft, begabt und klug. Aber sie jammerte immer nur über ihr Leben. Und haßte ihn aus tiefstem Herzen. Die Analyse hatte ganz gut begonnen, war aber in eine kräftezehrende, erbitterte Fehde ausgeartet. Er mußte zugeben, daß er ein bißchen Angst vor ihr hatte. Sie wirkte wie eine entnervte russische Prinzessin, so wie sie in all ihren verschiedenen Aufmachungen in seine Praxis gefegt kam. Sie hatte einen albernen Job in einer Werbeagentur und arbeitete an lächerlichen Projekten. Womit hatte sie ihn letzte Woche gelangweilt? Ach ja, Pfefferminz. Sie war mit einer Umfrage über die Gründe beauftragt worden, aus denen die Leute Pfefferminzbonbons aßen, vor allem schokoladenüberzogene, um anschließend eine Kampagne zu entwickeln, die auf alle richtigen emotionalen Knöpfchen drückte. Ausführlich erklärte sie ihm, daß Pfefferminzesser sich von Schokoladenpfefferminzessern unterschieden, und die wiederum von den normalen Schokoladenessern. Und warum? Er hatte keine Ahnung. Sie redete weiter. Und daß

es in der Schokoladenpfefferminzkategorie zwei Arten von Verbrauchern gebe: die York-Peppermint-Patty-Esser und die Junior-Mint-Esser. Die einen zögen pfefferminzige Schokolade vor, die anderen schokoladiges Pfefferminz. Was er wohl meine, wie man die beiden unterschied? Dann erkundigte sie sich, ob Frank lieber viele kleine Pfefferminzbonbons esse oder ein einziges großes. Welche Konsistenz seine Pfefferminzbonbons haben müßten, ob er sie lieber cremig und glatt oder weich und trocken möge? Ob er die Pfefferminzbonbons gern nach einer Mahlzeit, im Kino oder zwischendurch als Snack-Food esse? Sie hatte tatsächlich Ausdrücke wie »Snack-Food« und »Magenfüller« benutzt. Das Wasser lief ihm im Mund zusammen, während er vergeblich nach einer analytischen Interpretation für ihre Ausführungen suchte. Sie blockte ab. Irgend etwas war für sie so schmerzlich, daß sie es vermied, darüber zu sprechen. Er beschloß, sie noch ein bißchen reden zu lassen, bevor er sie darauf hinwies, und hoffte, daß sie von selbst aufhören würde.
Auf dem Heimweg blieb er an jenem Abend an einem Zeitungskiosk stehen, erstand ein York Peppermint Patty und eine Schachtel Junior Mints, aß beide abwechselnd und versuchte herauszufinden, wovon zum Teufel sie eigentlich gesprochen hatte.

Als er von der Columbus Avenue auf den Broadway einbog, mußte Frank wieder einmal daran denken, daß er das Gefühl hatte, das Leben nur zu beobachten, statt daran teilzunehmen. Häufig war ihm sogar so, als hätte er gar kein eigenes Leben, so vertieft war er in das Leben seiner Patienten. Während alle anderen lebten, hörte Frank zu. Er kannte die Eltern seiner Patienten und ihre Freunde. Aus zweiter Hand erlebte er ihren Urlaub, las ihre Bücher und sah ihre Filme. Aber Kate hatte den neuesten Film schon jedesmal gesehen, bevor er anlief, und erzählte ihm von dem letzten Bestseller, bevor er überhaupt veröffentlicht wurde. Sie war seine Quelle für das, was *hip,* was *hot* und was *in* war.

Es gab da eine Kleinigkeit an seinem Beruf, die ihn tatsächlich ärgerte. Die Freude auf einen interessanten Film, den er sich ansehen wollte, wurde ihm mit tödlicher Sicherheit von einem seiner Patienten verdorben, bei dem der Streifen tiefen Eindruck hinterlassen hatte, und da dieser Patient den Film natürlich eingehendst mit ihm diskutieren mußte, wurde ihm die ganze Spannung genommen. Das war ein Berufsrisiko, vermutete er, und jedesmal, wenn er zu einer Versammlung der New York Psychoanalytic Society ging, an der er als potentielles Mitglied teilnehmen durfte, brachte er während der Cocktailstunde auf der Suche nach Themen für Small talk die Sprache unweigerlich auf dieses Problem, weil er hoffte, daß man ihn für geistreich und kultiviert hielt.

»Werden Sie auch ungehalten, wenn Ihre Patienten Ihnen von neuen Filmen erzählen?« erkundigte er sich eines regnerischen Dienstagabends auf einem Empfang im Frieda Fromm Reichmann Room bei einer hübschen Blondine.

»Hä?« fragte die ihn.

»Ich meine, den Schluß. Sie verraten mir immer den Schluß.« Er gestikulierte, lächelte, die junge Frau zuckte jedoch die Achseln und ging davon.

Er wußte, was seine Patienten kochten und welche Geschenke sie ihren Sekretärinnen machten. Er wußte, wo es einen Ausverkauf gab und welche Luftlinien die günstigsten Tarife boten. Er wußte, was sie im Bett trieben und was sie zu ihren Partnern sagten, wenn sie kamen. Er war eine wandelnde Enzyklopädie für *la vie quotidienne* – ja, meistens brauchte er nicht mal die Zeitung zu lesen, denn seine Patienten pflegten die aktuellen Ereignisse im Laufe ihrer Ergüsse detailliert vor ihm auszubreiten. Er war ein hundertprozentig auf Kontakt geschalteter Mann. Allmählich begann er sich zu fragen: Wo endet deren Leben, und wo beginnt meins? Besitze ich überhaupt noch ein eigenes Leben, oder muß ich mein Leben im Spiegel all dieser anderen Leben sehen?

Vor zwei Tagen zum Beispiel machte er abends an einem koreanischen Obst- und Gemüsestand halt, um sich etwas zu essen zu holen. In seinem gewohnten Zustand totaler Erschöpfung stand er in diesem mit Yuppies vollgestopften Laden. Mit glasigen Augen starrte er auf die Regale, erfüllt von einer jüngst erworbenen Angst, einer seiner Patienten könne ihm zufällig begegnen und ihn dabei ertappen, er selbst zu sein. Statt zu überlegen, was ihm schmecken würde, merkte er plötzlich, daß er automatisch die Liste seiner Patienten durchging und analysierte, was *sie* kaufen würden. Tim würde bestimmt ein Sixpack wählen und sagen, zum Teufel, was soll's. Tony würde sich an der Salatbar einen Salat zusammenstellen und dabei vermeiden, irgend etwas Rotes hineinzutun – keine Tomaten, keine Radieschen, keine Rote Bete, keinen Rotkohl und auch keine Karotten, weil Orange dem Rot zu ähnlich war. Cynthia würde sich eine Tüte Schokoladenkekse kaufen, sie alle auf einmal essen und sich kurz darauf übergeben. Und Kate, hmm, die würde sich einen Bund junger Spargel und ein halbes Dutzend frische Landeier kaufen und daraus dieses rustikale italienische Gericht zubereiten, das sie ihm einmal beschrieben hatte. Er mußte zugeben, daß es köstlich klang. Behutsam gedämpfter Spargel mit leicht angebratenen Eiern, über allem eine Spur Parmesan, nur ganz frisch gerieben, bitte, und anschließend eine Sekunde lang unter den Grill. Dazu ein Glas eisgekühlten Weißwein mit einer knusprigen Baguette. Himmel, jetzt fing er schon an, genauso zu reden wie sie! Er stand da, in seine ganz persönlichen Träumereien versunken, und lächelte wie ein Idiot. Er schüttelte sich. Das ist doch albern! Was will ich denn nun? Ungeduldig klopfte er mit der Fußspitze auf den Boden. Endlich entschied er sich für eine Avocado und ein paar Taco-Chips. Jawohl, er würde sich eigenhändig etwas zubereiten: eine Guacamole! War doch ganz einfach. Vielleicht würde er sogar ein bißchen Schule schwänzen und gemütlich fernsehen. Es war anstrengend, ein haltbietender Wegbereiter zu sein, Führer, Cheerleader, Beichtvater, liebender Vater, gestrenger und dennoch sanfter Freund, Phantomliebhaber, Rivale, perfekter Mensch. Es war anstrengend, aber, o Gott, er fand es herrlich!

Verdammt! Er hatte keine Zeit mehr, sich was zum Frühstück

zu besorgen. Er konnte dem ersten Patienten schließlich nicht gut mit einer Burger-King-Tüte in der Hand vor der Haustür begegnen und mit ihm zusammen im Lift hinauffahren; das würde wahrhaftig zu primitiv wirken. Außerdem würde er dann gar nicht mehr zum Essen kommen, und das Ding würde eiskalt werden. Also bog er an dem verlockenden Burger King vorbei direkt um die Ecke und nahm Kurs auf den Eingang zu dem Apartmenthaus, in dem ihn seine Praxis – oder, wie er es nannte, sein sonnenbeschienener Beichtstuhl – erwartete. Es ärgerte ihn, daß seine Praxis hübscher war als seine Wohnung, aber er teilte sie sich mit zwei weiteren Psychologen, weil er sich diesen Luxus allein nicht leisten konnte.

Frank wechselte kein Wort mit dem Liftboy, der ihn nur ansah, nickte und ihn automatisch und ohne Aufforderung in den neunten Stock hinaufbrachte. Mit Erleichterung entdeckte er, daß Beau Appleman, sein Patient, heute noch nicht vor der verschlossenen Praxistür wartete. Er suchte nach seinem Schlüssel, sperrte auf, holte sich die Post von gestern und schaltete das Licht sowie die Maschine für weißes Rauschen im Wartezimmer an.

Im Sprechzimmer warf er seinen Aktenkoffer hin, zog den Mantel aus und hängte ihn im Wandschrank auf. Er machte gern einen gelassenen, distanzierten Eindruck auf seine Patienten – als verbringe er sein Leben damit, in diesem Raum im Sessel zu sitzen und auf sie zu warten. Er wirkte aufnahmefähiger, wenn seine Patienten nicht sahen, daß er genauso menschliche Funktionen hatte wie sie. Er öffnete das Fenster einen Spalt und zog die Jalousie gerade so weit herunter, daß ihn die Morgensonne nicht blendete. Er vergewisserte sich, daß seine Bücher in Reih und Glied standen, und leerte den Papierkorb in den Müllschlucker draußen im Flur. Dabei musterte er den Abfall seiner Patienten: eine Croissanttüte von Zabar's, jede Menge tränendurchweichte Papiertücher, ein Almond-Joy-Einwickelpapier, der Wirtschaftsteil der *New York Times*, ein Kassenzettel vom Athlete's Foot, eine Lippenstiftschachtel von Chanel. Letztere vermutlich von Kate.

Während er sein Sprechzimmer musterte, dachte er daran, wie gern sie an seiner Einrichtung herumkritisierte und jeden neuen Gegenstand analysierte, den er mitbrachte. Nichts entging ihrem scharfen Auge. Er hatte eine professionelle Analytikercouch, denn eine ganz normale Wohncouch reichte ihm nicht, er wollte den echten Diwan, den mit dem analytischen, erhöhten Kopfteil. Er hatte mehrere Poster und Drucke rahmen lassen, einen großen, folkloristischen Akt von Zuniga und einen Ausschnitt aus einem Matisse. Den Zuniga mochte Kate, den Matisse nannte sie aufdringlich. Vielleicht hatte sie recht. Während er eines der Bilder zurechtrückte, erinnerte er sich pikiert daran, daß Kate eines Tages seine Rahmen kritisiert hatte. Möglicherweise hatte sie auch darin recht. Auf dem Boden lag ein Conran-Teppich in Pastellgrün und Pflaumenblau, auf dem zwei orthopädische Sessel standen. Ihm gefiel diese Andeutung von Gleichrangigkeit, daß sein Sessel nicht besser war als der seiner Patienten. Sein Zimmer wirkte hell, luftig und intim. Angenehm. Es gab eine Regalwand, die er eigenhändig zusammengebaut und mit psychologischen Werken gefüllt hatte. Die Zwischenräume hatte er mit Meeresmuscheln, einer Vase von seiner Schwester und einer kleinen Uhr ausgefüllt, auf der er von weitem die Zeit ablesen konnte.
Plötzlich bemerkte er, daß das Lämpchen seines Anrufbeantworters blinkte. Verdammt! Er hatte die Praxis gestern abend um acht verlassen, und jetzt, weniger als zwölf Stunden später, blinkte dieses verflixte Ding! Er spielte die Nachricht ab. Es war Beau Appleman, der seinen Termin wegen einer schweren Erkältung absagte. Scheiße! Er selbst durfte seinen Patienten nie wegen einer dämlichen Erkältung absagen. Er war zur Stelle – bei jedem Wetter. Das war wirklich, ehrlich unfair!
Völlig niedergeschlagen ließ er sich in den Patientensessel sinken. Und nicht mal ein Kaffee oder ein Croissandwich! Müde schaute er sich um und versuchte das Zimmer aus dieser ganz anderen Perspektive zu sehen. So war das also, wenn man hier saß und ihm ins Auge blickte!
Wie oft hatte er über die Rolle des Analytikers in der Gegenwart

nachgedacht! Mein Gott, ein Analytiker war nichts weiter als ein moderner Philosoph, der den Leuten ihre Möglichkeiten im Leben aufzeigte. Die menschliche Gesellschaft war extrem dissoziiert, fand er. Die Menschen hatten den Kontakt mit der eigenen Seele verloren. »Wir kennen uns selber nicht, wie also können wir die anderen kennen?« hatte er in seiner Bewerbung beim Institut geschrieben. »Nur wenn wir uns selbst kennen, können wir hoffen, den universellen Sinn des Lebens zu entdecken. Der Kosmos befindet sich in uns selbst, wir müssen nur mutig genug sein, nach ihm zu suchen. Und erst wenn wir das göttliche Selbst in uns erleben, werden wir das gleiche Selbst in anderen sehen.« Er beklagte den Mangel an Spiritualität im modernen Leben, fand die meisten Menschen trocken und bar jeder Spur von Magie und Mysterium. Kate war ein perfektes Beispiel dafür. Eine hochintelligente Frau, die hilflos im eigenen Leben umherirrte, so sehr hatte sie den Kontakt mit ihrem innersten Ich verloren.

Was konnte aufregender sein als ein Leben mit den Seelen, als das Durchforschen des innersten Kerns eines Menschen, der hintersten und finstersten Winkel, um alle Türen aufzureißen und helles Licht hineinströmen zu lassen? Manchmal fragte er sich, warum nicht alle Menschen Analytiker werden wollten. Als Analytiker vermochte er eine wichtigere Rolle im Leben zu spielen, sich einen ungefährdeten Platz zu sichern, eine höhere Warte, von der aus er das Blut und den Eiter des Lebens beobachten, sozusagen mit dem Feuer spielen konnte, ohne sich daran zu verbrennen.

Es war still in der Praxis. Ungewohnt, denn normalerweise erlebte er diesen Raum als von menschlichen Stimmen erfüllt. Frank genoß diese Momente der Ruhe und diese Atmosphäre der Einsamkeit. Er atmete tief durch und seufzte auf; kurz darauf war er fest eingeschlafen.

Boris liebt New York

Für Boris vergingen die kostbaren Tage viel zu schnell, verschwammen wie im Zeitraffer zu einem frostig-milchigen Bild. *»New York in January«*, sang er zur Melodie von *»April in Paris«*, während er sich im Rockefeller Center auf Leihschlittschuhen vom Rand der Eisbahn abstieß und zu den Wolkenkratzern aufblickte, die trotzig in den strengen, grauen Himmel ragten. Bei der Vorstellung, binnen kurzem wieder abreisen und nach Paris zurückkehren zu müssen, wurde er nur allzuleicht traurig, denn als Russe hatte er einen Hang zur Schwermut. Er sah sich deutlich auf der Matratze in seinem Atelier liegen, wie er dem idiotischen französischen Rundfunk zuhörte, zu den Kirchtürmen von St. Sulpice unmittelbar vor seinem Fenster hinaufstarrte, deren Buntglasfenster im Mondlicht glitzerten, und sich fragte: War ich denn tatsächlich dort? In New York? Im Winter? Dieser Gedanke ließ ihn beim Eislaufen weiter ausholen, um die Realität, die bald nur noch ein Traum sein würde, noch intensiver auf sich einwirken zu lassen.

Er lebte zwanzig Stunden am Tag, beendete seine hektischen Tagesaktivitäten mit einer Reihe von verrauchten Nächten in den Jazzclubs von Greenwich Village. Den Abschluß der Nacht bildete die todesmutige Subway-Rückfahrt zu seiner Wohnung in der Park Avenue um halb vier Uhr morgens, inmitten von sturzbetrunkenen schwarzen Pennern auf dem Heimweg nach Harlem. Vormittags spielte er dann die Kassettenaufnahmen der Interviews für seine Zeitschriftenbeiträge ab und hörte sich selbst Englisch sprechen. So arbeitete er sich durch mehrere Flaschen Scotch, vor allem aber trank er New York. Er konnte einfach nicht genug bekommen von dem orgiastischen Feeling, das diese verrückte Stadt ausstrahlte, streifte unablässig durch die Straßen und sog die Energie in sich auf, die alles in der City unter Strom setzte.

Wie sehr liebte er doch das amerikanische Geld, diese lächerlich lappigen grünen Dollars, dieses vulgäre, abgegriffene Pa-

pier, das die Welt und das Universum regierte, den amerikanischen Dollar mit seinen unscheinbaren, albernen Kleingeldmünzen. Nachdem man die schwerfällig altertümlichen russischen Rubel und die hochmütigen, eleganten französischen Francs mit sich herumgeschleppt hatte, wirkte das amerikanische Geld lachhaft, einzig wichtig aber war, daß man es nach so langen Jahren endlich in der Brieftasche trug.
Er bevorzugte die buntscheckigeren Teile der Stadt, denn sie verbreiteten die wahre Atmosphäre New Yorks, des *alten* New York. Außerdem hatte er in Paris genug Eleganz erlebt. Die Park, Madison und Fifth Avenue waren nichts im Vergleich zur Rue de Rivoli, der Avénue Foch und dem Faubourg St. Honoré. Das Rockefeller Center war Kitsch im Vergleich zur Place Vendôme. Staten Island ein Nichts gegenüber der Ile de la Cité und St. Patrick's primitiv im Vergleich zur Sainte-Chapelle. Also hielt er sich an die Randbezirke.
Wie ein Baron auf seinen Gütern patrouillierte er durch die Canal Street, seine bevorzugte Kneipenzeile, und durchstöberte die Müllcontainer nach Schätzen. Welch ein Volksfest, welch ein Schwarzmarktbasar! Hier war er zu Hause; diese Umgebung brachte den Aasfresser in ihm zum Vorschein, den das Sowjetsystem aus ihm gemacht hatte. Er fand ganz außergewöhnliche elektrische Geräte, die es in Moskau gar nicht gegeben hätte und die in Paris ein Vermögen kosten würden, für die er hier aber nur einen Dollar bezahlte! Das beste war jedoch, daß niemand ihn anschrie, wenn er die Müllcontainer durchwühlte; ja, man freute sich sogar darüber. Er fand komisch geformte Transistorteile, Glühbirnenfassungen, Radkappen, Riesenschwämme, Gummihandschuhe, Stricke, Plastikwürfel und Dinge, mit denen er nichts anzufangen wußte. O Amerika, du herrliches Land!
Seine großartigste Beute war ein »super heißer« Grillofen, den zwei Schwarze in der Fourteenth Street verhökerten. Also das ist wirklich fantastisch, genau wie im Kino, dachte er, als er sah, wie mit quietschenden Bremsen ein Lastwagen hielt, die Hecktür aufgestoßen wurde, zwei Burschen runtersprangen und

Dinge zu verkaufen begannen, die mit Sicherheit Diebesgut waren. In Moskau hatte er natürlich auch auf dem Schwarzmarkt gekauft, doch nur in aller Heimlichkeit, und man mußte die Leute genau kennen. Hier dagegen spielte sich so was am hellichten Tag ab! Und mit einem so urkapitalistischen Vergnügen! Er trat zurück, um die verstohlenen Blicke der Gauner zu bewundern, die nach den Cops Ausschau hielten, und genoß ihren fröhlichen Singsang: »Achtung, Leute! Aufgepaßt! Einer zu fünfundzwanzig, zwei zu vierzig! Einmaliges Angebot!« Wer sollte wohl zwei Grillöfen kaufen? Er konnte ein stupid-zufriedenes Grinsen nicht unterdrücken, als er mit seinem ersten General-Electric-Gerät unter dem Arm die Straße entlangschritt. Er war ungeheuer stolz auf das GE-Zeichen und die bunten Bilder von überbackenen Sandwiches, aus denen der geschmolzene Käse quoll, gegrilltem Speck, gebackenen Kartoffeln und Schokoladenkuchen. Wenn ihn jetzt nur seine Mutter sehen könnte! Er versuchte sich vorzustellen, wie hübsch sich dieses blitzblanke, so absolut amerikanische Ding auf seinem Küchentisch in Paris ausnehmen würde.

Er ließ sich von Katja – wie er Kate nannte – zu Bloomingdale's mitnehmen, wo er sich winzige farbige Slips mit dem Bloomingdale-Schriftzug auf dem Hosenboden kaufte. Die Mädchen in Paris würden das bestimmt aufregend finden, aber das konnte er ihr natürlich nicht gut erzählen. Nach der Arbeit machte sie mit ihm immer wieder andere Spaziergänge, einmal auch nach Chinatown, wo sie unmögliche Gerichte aßen, die ihm regelrecht zu Kopf stiegen, und anschließend nach Little Italy, wo sie in einem schäbigen Café an einem winzigen Tischchen saßen. Er überließ ihr die Bestellung, denn er hatte keine Ahnung, und so aß er seine ersten Cannoli, die er mit einem Cappuccino runterspülte (ein gräßlicher Ausdruck, den sie da benutzte). Er schwebte im siebten Himmel, weil Frank Sinatra im Radio sang und er hier saß, in der Mafiastadt, und beobachtete, wie draußen vor dem Fenster die Straßengangs spielten. Es ging ein bißchen rauh dabei zu, aber Katja schien sich keineswegs unbehaglich zu fühlen, also schätzte er, es sei okay.

Mein Gott, war sie eine harte New Yorkerin! Er war zugleich beeindruckt und entsetzt. Von der Art zum Beispiel, wie sie, ohne zu zögern, über die Penner hinwegstieg, die in der Subway schliefen. »Halt die Luft an«, ermahnte sie ihn, durch die Nase sprechend, »die stinken fürchterlich.« Sie hatte Adleraugen und steuerte ihn geschickt über die Straße, weg von den Pennern, die in engen Durchgängen pißten oder auf den Haustreppen saßen und Witze rissen. Wurde sie angebettelt, war sie furchtlos. Sie wußte, wer nur schnorrte und wer wirkliche Not litt. Wenn Schnorrer sie fragten, ob sie ein bißchen Kleingeld übrig hätte, blickte sie ihnen offen in die Augen und antwortete: »Sag mal, Bruder, was heißt ›übrig haben‹? Ich arbeite sehr schwer in meinem Job, und da ist niemals Kleingeld ›übrig‹.« Statt die Obdachlosen zu ignorieren, »adoptierte« sie einige von ihnen und nahm einen Becher Kaffee und ein Hörnchen mit, wenn sie wußte, daß sie an ihrem Platz auf dem Trottoir vorbeikommen würde. Sie wußte, wie man sich mit den Ellbogen in einen überfüllten Subway-Waggon hineindrängte und wo man während der Rush-hour am besten Aufstellung nahm. Wenn sie zwischen den Ampeln die Straße überquerte, wirkte es wie ein Ballett, und er beobachtete fasziniert, wie sie sich in einer belebten Straße, oder wenn es regnete, das einzige freie Taxi angelte. An dem Tag, an dem sie in die Met gingen, um sich die historische Kostümausstellung anzusehen, war die Warteschlange so lang, daß er nur einen einzigen Blick darauf warf und dann erklärte: »Kommt nicht in Frage! Ich hab' mein Leben lang Schlange gestanden und werde es hier bestimmt nicht tun.« Dabei versuchte er sie wegzuziehen.

»Sei nicht albern!« schalt sie ihn und marschierte mit ihm an den Kopf der Schlange. Offenen Mundes hörte er zu, wie sie dem Wachmann hastig erklärte, sie hätten die Ausstellung gerade verlassen, sie habe nur leider ihren Hut drinnen vergessen, und ob sie bitte bitte schnell reingehen und ihn holen dürfe? Und schon waren sie drinnen.

Mit den alltäglichen Demütigungen des Lebens in Manhattan wurde sie so selbstverständlich fertig, daß Boris den Eindruck hatte, sie bemerke gar nicht, wie entwürdigend es oft war. Doch wie er wußte, war sie ständig auf der Hut vor dem einen gefährlichen falschen Schritt, der zur Katastrophe führen konnte. Ebenso empfänglich war sie aber auch für die zufälligen günstigen Gelegenheiten, die das Leben in Manhattan so angenehm machten. Ob Lachssonderangebote bei Zabar's oder private Verkaufstage bei Saks – ihrem Adlerauge entging nichts.

Es waren nicht so sehr die Dinge, die er in New York sah, von denen er beeindruckt war – es war die schiere Freude, dort zu sein, ein Teil davon zu sein, sich in der Subway die Stadt hinauf- und hinunterkarren zu lassen, Telefonbücher durchzublättern, in denen er sämtliche russischen Namen seiner Kinderzeit wiederfand, die öffentlichen Telefone zu benutzen, die er so oft im Kino gesehen hatte, die Kanäle des Kabelfernsehens zu wechseln, bis ihn das Handgelenk schmerzte. Er konnte einfach nicht genug kriegen. »Fantastisch!« murmelte er mit seinem dicken Akzent immer wieder vor sich hin. Schöne Frauen mit roten Lippen. Geschäftsleute in dunklen Anzügen. Reiche Leute in Limousinen. Kellner, die Schauspieler waren. Schlagstockschwingende New Yorker Polizisten in blauen Uniformen. Und alle jagten sie wie verrückt umher, weil sie etwas erreichen, Erfolg haben, reich werden wollten.

»Bitte, Katja«, pflegte er zu sagen und ihr seine Kamera zu reichen. Immer wieder mußte er sich an den seltsamsten Plätzen fotografieren lassen, vor einer Parkuhr, einem Yellow Cab, Macy's, in einem Fifth-Avenue-Bus. »Das schicke ich meiner Mutter«, erklärte er, während er posierte, und sie sah ihn an, ohne zu verstehen, wieso ihr nachdenklicher russischer Dichter so töricht sein konnte. Boris machte sich nichts daraus, er plapperte fröhlich weiter, während sie knipste. »Damit sie sieht, daß ich es endlich bis in *meine* Stadt geschafft habe.«

Beim Spazierengehen erzählte er ihr, wie er mit zwölf Jahren in der Schule einen Vortrag über ein Thema seiner Wahl hatte halten müssen. »Zwei Stunden lang hab' ich meiner Klasse von New York erzählt. Vom Empire State Building, vom Broadway, von Greenwich Village. Dazu mußt du wissen, daß man bei uns

zu Hause nicht einfach in eine Bibliothek gehen und New York City nachschlagen konnte. Denn in der Sowjetunion existierte New York in keinem einzigen Buch!« Als er daran zurückdachte, wurde er sehr stolz auf den jungen Boris, der irgendwie all diese Informationen zusammengetragen hatte.
Die Menschen im Westen begriffen gar nicht, wie gut sie es hätten, fuhr er fort. Ob *ihr* zum Beispiel klar sei, daß es in der Sowjetunion so etwas wie ein Telefonbuch nicht gab? Wenn man die Telefonnummer einer bestimmten Person nicht kannte – na ja, dann *sollte* man sie eben nicht kennen. Auch einen Stadtplan gab es nicht. Wenn man nicht wußte, wohin man ging, dann *sollte* man eben nicht dorthin gehen. Die Geschäfte trugen keine Namen, sie waren Staatseigentum, und man kaufte in der Bäckerei Nummer 307 und in der Schlachterei Nummer 636. Ob sie wisse, daß es in Moskau bei Nacht stockdunkel sei? Es gab keine Straßenlaternen, nicht einmal leuchtende Ladenschilder, nur nackte, schwache Glühbirnen, die traurige Schatten auf die kärglichen Reste warfen, wenn man das Pech hatte, auf dem Heimweg von der Arbeit einkaufen zu müssen. Die City war unheimlich und wenig einladend, Wärme fand man lediglich in den Armen einer Geliebten oder in den mit Vorhängen geschützten Räumen der engsten Freunde, wenn man mit Gläsern voll Monopol-Wodka anstieß.
Ein wenig verlegen erinnerte er sich daran, daß er eine Glühbirne in die Gemeinschaftsküche mitnehmen mußte, wenn seine Mutter ihn bat, ein bißchen Wasser heiß zu machen. Katja vermochte es kaum zu glauben.
»O ja, meine Liebe«, beteuerte er ungeduldig. »Wenn man kochen wollte, nahm man die Glühbirne mit in die Küche. Man schraubte sie ein, kochte das Essen, schraubte sie wieder aus und nahm sie wieder mit hinaus. Das haben alle Familien so gemacht.«
Aber er war noch nicht fertig. »Jeder amerikanische Jugendliche sollte mit achtzehn Jahren nicht zum Militär, sondern für einen Monat in die Sowjetunion geschickt werden«, erklärte er nachdrücklich. Er war überzeugt, daß dadurch der Unzufriedenheit

ein Ende gemacht werde, der er in dieser Kultur überall begegnete. Fürchterlich neurotische Menschen. Er war entsetzt über die Leere in den Augen der Amerikaner, die das Leben verschlangen, als sei es Junk Food. Berge von Geld, aber keine Seele. Ihnen schien es im Leben nur darum zu gehen, alles mögliche zu kaufen, und er verstand nicht, warum sie nicht glücklich waren, obwohl sie das doch ständig taten. All diese endlosen, hohlen Diskussionen darüber, daß sie einen neuen Wagen wollten statt des Autos, das sie fuhren, oder die Empörung, wenn der Kellner ihnen erklärte, in der Küche seien die Shrimps ausgegangen.

Eines Tages fuhr er allein nach Brighton Beach in Brooklyn, um zu sehen, wie die neuen sowjetisch-jüdischen Emigranten lebten. Er ging durch die Straßen, aus denen sie das sogenannte Little Odessa gemacht hatten, doch der Anblick stieß ihn ab und deprimierte ihn. Dies war eine krankhafte sowjetische Vorstellung des Lebens in New York. Warum Rußland verlassen, um in dieser erbärmlichen, dreckigen, schlechten Kopie des sowjetischen Lebens dahinzuvegetieren? Es machte ihn traurig zu sehen, wie vulgär diese Emigranten geworden waren, und so boshaft und kapitalistisch! Sie hatten ihr Leben eingetauscht – aber wogegen? Sie hatten ihre Seele, ihren Charme, ihre slawisch-vornehme Haltung verloren. Nun würden sie ihre Tage in ihrer ganz persönlichen sowjet-amerikanischen Hölle verbringen.
Eine Wonne waren für ihn jedoch die vielen Geschäfte mit russischen Lebensmitteln, in denen er Delikatessen erstand, um sie voll Freude Katja vorzusetzen. Etwas, das ihm am meisten fehlte, waren die russischen Pickles. Er aß so viele Pickles in New York – »süßsaure Gurken« nenne man sie, erklärte ihm Katja –, daß sie ihn auf russisch »mein kleines Gürkchen« zu nennen begann. Und als er einige Pilmeni kaufte, eine russische Ravioli-Version, wußte er, daß Katja eine russische Seele besaß. Dies sprach deutlich aus ihrem hingerissenen Ausdruck, als sie hineinbiß. Er bat sie, sich wie ein folgsames Kind an den Tisch zu setzen, während er die Pilmeni vorsichtig in Hühnerbrühe

garte und dann dampfend in einer Schüssel auf den Tisch stellte. Er setzte sich neben sie, um ihren Teller mit saurer Sahne und frisch gehacktem Dill zu garnieren. Dann saßen sie alle beide mit konzentrierter Miene da, verschlangen die Pilmeni und leckten einander mit Küssen die saure Sahne von den Lippen.

O ja, das war Kate, seine Katja, wie er sie gern nannte. Er flüsterte ihren Namen in der Babysprache, einem liebevollen Singsang: Katja, Katinka, Katjuscha, Katerina, aber nie Kate. Sie war sein Schatz, so warm und verlockend, eine außergewöhnliche Mischung aus russischer Sanftmut und amerikanischer Energie. Eine so gute Spielkameradin, eine so große Hilfe! Sie hatte es ihm in New York gemütlich gemacht, jene persönliche Note eingebracht, die er in der Fremde so dringend brauchte. Sie war die Verbindung zur Stadt seiner Träume. Er liebte ihr Leben, ihren albernen, aber glanzvollen Job in der Werbung, ihre Wohnung, ihre Schildpattkatze. »Wenn du Boo zu mir nach Paris schickst«, turtelte er, »werde ich sie mit Paté füttern.«

Mit Boo sprach er ausschließlich Französisch. »Meine Großmutter hat mir immer gesagt, daß man mit Katzen Französisch, mit Hunden Deutsch und mit Menschen Englisch sprechen soll«, erzählte er Katja, die vergnügt kicherte. Ernsthaft hörte er ihr zu, wenn sie ihm erklärte, daß Boo die perfekte Upper-East-Side-Katze sei, daß sie gegrilltes Hähnchen aus dem Deli liebe (vor allem, wenn es noch warm war) und sich mit Genuß maniküren (von Katja die Krallen beschneiden) und frisieren (von Katja bürsten) lasse.

Er fand Katjas amerikanische Direktheit rührend – ein erfrischender Gegensatz zu den Französinnen, die er verabscheute. Sie hatte so gar nichts von deren quengeliger Streitsucht und ihrem eingebildeten Stolz. Aber Katja war für ihn keine Frau. Eine Frau sollte etwas Unerreichbares, Geheimnisvolles und Rätselhaftes sein, und Katja war viel zu offen, zu bereitwillig, zu herzlich. Zum Beispiel, wenn sie sich wie ein junger Welpe neben ihn auf die Couch warf. Das war zwar sein Problem, das war ihm klar, aber für ihn mußte eine Frau kompliziert sein, immer ein bißchen außer Reichweite bleiben, damit er sich um sie bemühen mußte. Er war jedoch weder bereit, die Ursache für seine Gefühle zu erkunden, noch daran interessiert, seine Vorstellungen zu revidieren, sondern zog es vor, Abstand zu wahren. Er wollte nichts Festes mit Katja anfangen. Oder vielmehr, mit *keiner* Frau. Er hatte zu viele Gedichte zu schreiben und Romane zu ersinnen. Er wollte veröffentlicht werden und die verlorene Zeit aufholen. Außerdem würde er in wenigen Tagen nach Paris zurückkehren.

Kate liebt Frank

Am Tag, nachdem sie zum erstenmal mit Boris ins Bett gegangen war, erzählte Kate Dr. Manne das, worauf er acht Monate lang gewartet hatte. Statt von Boris und davon zu sprechen, daß sie nach zwei Jahren endlich mit einem Mann geschlafen hatte, gestand sie ihm das, was zahllose andere verwirrte Frauen zahllosen anderen verwirrten Analytikern gestanden hatten: daß sie ihn liebe, ihn sich als Liebhaber wünsche und davon träume, wie er mit ihr schlafe.

Nicht etwa, daß sie Boris nicht mochte. Sie mochte ihn – sehr sogar. Er war exotisch und nett, und sie war fest entschlossen, möglichst viel Spaß mit ihm zu haben. Natürlich war sie erleichtert – nein, begeistert –, sich endlich wieder sexy zu fühlen und einen Liebhaber zu haben, der sie in diesen eiskalten Nächten warm hielt. Aber er lebte in Paris und mußte in wenigen Wochen wieder abreisen. Also konnte sie sich schlecht an ihn klammern. Ihre Fixierung auf Dr. Manne hatte sich im Laufe der Monate ganz langsam entwickelt. Nun war sie völlig darin verstrickt.

Als sie ihm sagte, daß sie ihn liebe, war Kate wütend. Sie hatte das Gefühl, eine Rolle in einem Theaterstück zu lesen, gewissenhaft den schwierigen, klischeehaften Dialog einer Frau in der traditionellen Freudschen Analyse zu rezitieren. Kurz bevor sie mit ihren Besuchen bei Dr. Manne begann, hatte sie mehrere Werke von Freud gelesen und ihnen zu ihrem Erstaunen und Entsetzen entnommen, daß sie genau diese eigenartige Zuneigung zu ihrem Arzt entwickeln werde, daß sie aber nicht real sein könne – nun ja, real schon, aber nicht ganz – und daß durch diese sonderbare Liebe, Übertragung oder Transfer genannt, irgendwie die Heilung einsetzen werde. Als sie das las, hatte sie sich geschworen, niemals einer so törichten Vorstellung nachzugeben, daher vermochte sie an diesem Tag auch fast nicht zu glauben, daß sie die Worte tatsächlich aussprach. Es war demütigend, viel schlimmer noch, es war gewöhnlich. Und Kate haßte es, gewöhnlich zu sein.

Aber wie sollte sie ihn davon überzeugen, daß es sich diesmal nicht um Transfer handelte, sondern um wahre Liebe? Diese Therapie war ein gigantischer Witz; wer immer sie als Patientin und Arzt zusammengeführt haben mochte, hatte einen Irrtum begangen.

Kate stellte sich vor, wie alle Ärzte in der ganzen Stadt dasaßen und sich ein Lächeln zu verkneifen suchten, wie sie allesamt Anteilnahme und Mitgefühl heuchelten, sich fürsorglich vorbeugten und von ihren Patienten verlangten: »Na, dann erzählen Sie mal. Was genau würden Sie gern mit mir tun?«

Und sie hörte die Stimmen der Frauen, die in ganz Manhattan verzweifelt riefen: »Nein! Sie verstehen mich falsch! Es ist wahre Liebe! Ich bin nicht wie die anderen Fälle, bei mir ist das was anderes!« O Gott, dieses Gekreische!

Da saß Kate also. Dr. Manne machte eigentlich nicht den Eindruck, als sei er überrascht. Er lehnte ruhig in seinem Sessel, wandte ihr, mit einem interessierten und sehr sanften Ausdruck in den braunen Augen, seine gesamte Aufmerksamkeit zu und wartete mit übergeschlagenen Beinen und im Schoß gefalteten Händen auf mehr.

Kate zog ein Papiertuch aus der Box, die neben ihr im Bücherre-

gal stand. Tränen liefen ihr übers Gesicht. Tränen der Demütigung, Tränen der Angst und des Zorns, der Verwirrung und der Liebe. So viele Tränen! Es war das letzte Papiertaschentuch.
»Könnten Sie mir bitte noch ein paar Kleenex holen?« fragte sie schniefend und verlegen, aber auch verärgert darüber, daß sie unmittelbar nach ihrer Liebeserklärung ein so banales Thema wie Papiertücher aufs Tapet bringen mußte.
Dr. Manne erwachte aus seiner analytischen Träumerei. Verdammt! Eine Unterbrechung des Geständnisses – und nur, weil keine Kleenex mehr da waren! Er geriet in Panik. Der entscheidende Moment war verschenkt. Innerlich war er wütend, hoffte aber, nur ein winziges bißchen konfus zu wirken. Einer plötzlichen Eingebung folgend, zog er ein Taschentuch aus seiner Gesäßtasche und reichte es ihr.
»Hier, nehmen Sie das.« Er wollte das Zimmer auf keinen Fall wegen ein paar Papiertüchern verlassen und ihr dadurch Zeit geben, die Fassung zurückzugewinnen.
Kate war schockiert über seine Geste, streckte aber automatisch die Hand nach dem Taschentuch aus. Einerseits war sie zutiefst gerührt, andererseits wollte sie nicht dieses verdammte Taschentuch, sondern etwas, das er ihr vermutlich niemals geben würde. Außerdem – wie konnte sie in dieses wundervolle Taschentuch Wimperntusche schmieren und ihre Nase schneuzen? Viel zu intim! Und was dann? Sollte sie es nach Hause mitnehmen, waschen und ihm zurückgeben? O nein, sie würde es niemals zurückgeben; sie würde es waschen und ewig aufbewahren. Und welch herrlich maskuline Geste: ein Mann, der einer Frau sein Taschentuch gibt, damit sie ihre Tränen damit trocknet! Sie glaubte kaum, daß Männer in New York heutzutage noch Taschentücher benutzten; die hatten statt dessen Kleenexpäckchen in ihren Aktenkoffern. Wie romantisch, daß Dr. Manne noch ein richtiges Taschentuch bei sich trug! Bei Amy Vanderbilt hatte sie als kleines Mädchen gelesen, daß ein Gentleman stets zwei Taschentücher bei sich haben sollte, eins für sich selbst und ein sauberes, das er einer Lady in Nöten anbieten konnte. Ein untrügliches Zeichen für gute Erziehung.

»Ich habe immer ein sauberes Taschentuch bei mir«, pflegte Kates Vater jeden Morgen nach dem Frühstück zu sagen, wenn seine kleine Tochter hereinkam und ihm zusah, wie er sich die Fliege band. Dabei griff er in die Schublade und holte ein Taschentuch heraus. Dann drehte er ihr den Rücken zu, knöpfte seine Hose auf, vollführte eine kleine Kniebeuge, um sein Hemd hineinzustopfen, machte die Hose wieder zu und drehte sich wieder um, während er seinen Gürtel schloß. Es war Kates Aufgabe, die Taschentücher und Kopfkissenbezüge zu bügeln. Sie erinnerte sich, stundenlang im feuchten Souterrain mit dem häßlichen Betonboden gestanden und sich wie Aschenputtel gefühlt zu haben, während sie für Daddy geduldig ein Taschentuch ums andere bügelte. Wenn sie seine Taschentücher bügelte, würde er sie liebhaben. »Wie schön die Taschentücher gebügelt sind«, lobte er jedesmal, wenn er einen frischen, sauber gefalteten Stapel davon in seiner obersten Schublade fand.
»Ich weiß nicht, ob es noch sauber ist«, sagte Dr. Manne zögernd. Dann lehnte er sich voll Unbehagen wieder zurück.
»Schon gut, ich bin nicht zimperlich in diesen Dingen«, behauptete Kate. Während sie es entfaltete, entstand eine bedrükkende Stille. Sie saßen da. Die Szene lief wie in Zeitlupe ab.
»Nein! Als ich sagte, es sei nicht sauber, meinte ich eigentlich nicht, daß ich es benutzt habe. Ich meinte nur, daß es schon eine Weile in meiner Tasche gesteckt hat.« Er sprach langsam und wählte die Worte sorgfältig.
»Schon gut«, sagte sie noch einmal. Höflich hielt sie das Tuch in der Hand und betupfte sich gelegentlich die Augen damit. Sie redete und weinte, während er dasaß und lauschte. Sie erzählte ihm von ihrer Liebe, daß er der einzige Mann sei, der sie verstehe, von ihrer Qual, und worüber sie sich freute, und daß er der Mann sei, nach dem sie sich ihr Leben lang gesehnt habe. Er äußerte sich kaum dazu, und als ihre Dreiviertelstunde vorüber war und er ihr sagte, sie müsse jetzt gehen, wußte Kate nicht, was sie tun sollte. Sie hielt das zerdrückte Taschentuch hoch und fragte: »Soll ich es waschen und Ihnen zurückgeben?«

»Nein, nein, ich nehm's schon«, antwortete er und streckte die Hand aus. Sie fand es großartig, daß Dr. Manne die Hand ausstreckte, um ihr das tränenfeuchte Taschentuch abzunehmen: als nehme er ihr die Traurigkeit ab und halte ihre Tränen in seiner Hand.

Kate versucht andere Männer zu lieben

Frank holte sich ein Glas Wasser und entnahm seiner L.-L.-Bean-Büchertasche ein Päckchen Puffreiskekse. Da er eine Freistunde hatte, machte er es sich im Sessel bequem, um seinen spartanischen Snack zu essen und über Kate nachzudenken.
Sie ist perfekt, stellte er fest. Ein klassisches Beispiel der Symptome unserer Zeit, eine gescheite junge Frau im Stil der Achtziger, die in ihrem Beruf brillierte, deren Privatleben aber eine Katastrophe war. Die Waagschalen hatten sich wahrlich zugunsten der Frauen gesenkt. Früher waren sie die Hüterinnen von Heim und Herd gewesen und hatten über das Reich der persönlichen Beziehungen geherrscht. Jetzt aber war New York City angefüllt mit intelligenten Frauen wie Kate, Frauen, die sich mit ihrer Intelligenz im Beruf eindeutig hervortaten, die überdies erstklassig gekleidet, makellos frisiert und äußerst geschickt geschminkt waren. Diese Frauen beschämten den durchschnittlichen, zerknitterten Mann, weil ein Mann sich keine Gedanken um seine äußere Erscheinung zu machen brauchte, um erfolgreich zu sein. Diese Legionen von Frauen in ihren Joggingschuhen kehrten jeden Abend deprimiert zu ihren leeren Wohnungen und ganzen Kartons von Häegen Dazs zurück. Na ja, dachte er, jede Generation bezahlt für irgend etwas, und dieser Kampf, diese Dissoziation ist die spezielle Hölle der Menschen von heute.

Fasziniert sah er zu, wie die Frauen das zu personalisieren schienen, was sie in ihrem Leben *nicht* hatten, während die Männer sich durch das definierten, was sie hatten. Statt sich zu sagen, ich bin eine der besten Werbetexterinnen von New York mit einer fantastischen Wohnung, einem ausgefüllten, interessanten Leben, bin attraktiv und Besitzerin einer kostspieligen Garderobe, sah sich Kate als unattraktive Frau und Versagerin, weil sie nicht verheiratet war. Ein Mann in derselben Lage hätte sich mit allem identifiziert, was an seinem Leben großartig war, und sein Ego dadurch bestätigt gefunden. Das Fehlen einer Frau war für ihn ein unbedeutendes Manko, das mühelos überwunden werden konnte, seinem Gesamt-Ego jedoch nicht schaden würde.

Großer Gott, wie verbissen sie versucht hatte, in dieser verdammten Stadt Männer kennenzulernen! Aber was konnte er tun? Gar nichts. Er hatte sich alles angehört – jede Geschichte, jede List, jeden Versuch, an Dingen teilzunehmen, die ihr gefielen, weil sie hoffte, eine verwandte Seele zu finden. Ohne Erfolg. Sie war zum Beispiel eine begeisterte Leseratte, also schrieb sie sich für die Dichterlesungen im YMCA der Ninety-second Street ein. Gab es eine bessere Möglichkeit? Nach ein paar Sitzungen jedoch berichtete sie, das Publikum bestehe nur aus Frauen, die die fast ausschließlich männlichen Autoren anhimmelten. Ob es denn überhaupt keine männlichen Leser gebe, erkundigte sie sich bei Frank; ob sich nur Frauen für Literatur interessierten? Anstatt die Flinte ins Korn zu werfen, entwickelte sie die Strategie, bewußt zu spät zu kommen und unmittelbar vor dem Abdunkeln der Beleuchtung langsam durch den Mittelgang zu schreiten, alle freien Plätze zu mustern und sich den Stuhl neben dem am besten aussehenden und interessantesten Mann auszusuchen. Dabei stellte sich jedoch unweigerlich heraus, daß der Platz auf der anderen Seite des interessanten Mannes einer besitzergreifenden Frau gehörte, die ihn zu dieser Lesung mitgeschleppt hatte.

Sie dehnte diese Philosophie auch auf die anderen Bereiche ihres Lebens aus. Zum Beispiel erzählte sie ihm, daß sie beobachtet habe, nach welchen Kriterien sich die Frauen im Bus oder im Zug ihren Platz auswählten. Sie stiegen zögernd ein und strebten sofort auf den »sichersten« Platz zu, den sie entdecken konnten, das heißt, auf einen Einzelplatz oder – am zweitbesten – den Platz neben einer zuverlässig wirkenden Frau. Sie dagegen wende die entgegengesetzte Strategie an, erklärte ihm Kate. Sie blieb ganz vorn im Wagen stehen, hielt Ausschau nach dem interessantesten Mann und steuerte dann direkt auf den freien Platz neben ihm zu. Das machte Spaß, und es fiel ihr auch gar nicht schwer, aber sie mußte feststellen, daß ihr Verhalten den Mann gewöhnlich einschüchterte. Sie könne einfach nicht gewinnen, beschwerte sie sich bei Frank. An der Art, wie die Augen der Männer aufleuchteten, wenn sie den Bus betrat, sah sie genau, daß sie sich wünschten, sie würde sich neben sie setzen, doch wenn sie es tat, versenkten sie die Nase nur tiefer in ihre Lektüre, so unbehaglich fühlten sie sich, weil ausgerechnet sie erwählt worden waren, wo es so viele andere freie Plätze gab.

Sie hatte sich für die Wanderungen des Sierra Club eingeschrieben, weil sie gern wanderte und ihr alle immer wieder gesagt hatten: »Geh doch mal in den Sierra Club, da lernst du tolle sexy Männer kennen.« »Sierra Club« klang wirklich sehr maskulin, nach wettergegerbten Typen im Flanellhemd und Wind in den Haaren. Statt dessen traf sie auf das, was sie als Verlierertypen bezeichnete, Vierzig-Kilo-Leichtgewichte oder schüchterne, sensible Wesen, die in der Wildnis hoffnungslos überfordert waren und einem Club beitreten mußten, um endlich mal aus der Stadt rauszukommen. Die Männer, die Kate gern kennenlernen wollte, waren jene Bergsteiger, die mit geologischen Vermessungskarten ihre eigenen Wanderungen planten. Männer mit Autos, Männer mit Taschenflaschen voll Whiskey und Kletterhaken am Gürtel. »Sie wissen schon«, sagte sie zu Frank, »Männer, denen es auch nichts ausmacht, an einer Felswand Liebe zu machen.« Frank antwortete, er wisse Bescheid.
In einem Winter schloß sie sich einer Volkstanzgruppe an. Nun ja, dort wurde sie wenigstens von Männern berührt, denn dieser

äußerst sportliche Tanzstil erforderte eine Menge körperlichen Kontakt, wenn man von einem Partner hoch in die Luft gewirbelt wurde und dann zum nächsten überwechselte, um sich von ihm in die Arme nehmen zu lassen. Ja, wie sie Frank erzählte, konnte man im Verlauf eines einzigen Tanzes von acht verschiedenen Männern berührt werden! Die Volkstanzabende sind was ganz Heißes, behauptete sie sarkastisch. Die einzige Möglichkeit in ganz Manhattan, wo die Männer den Frauen an Zahl fünf zu eins überlegen und die Frauen so begehrt seien, daß die Männer sich mehrere Tänze im voraus reservieren ließen, damit sie auch ja eine Partnerin hatten. »Und was«, erkundigte sich Frank, »hat da nicht gestimmt?« Nun ja, das sei alles gut und schön, falls man auf unkonventionelle Männer mit langen, fettigen Haaren stehe, die altenglische Kontertänze liebten, oder auf mickrige Studententypen. Es gab Unmengen Ausländer, vor allem Inder. Vermutlich, weil der Volkstanz ihnen eine absolut ungefährliche und schickliche Möglichkeit bot, an eine Amerikanerin heranzukommen. Sie erzählte Frank von einem Inder, einem rundlichen Tänzer, der jedesmal, wenn die Musik soweit war, voller Begeisterung schrie: *»And now we swing!«*, wobei er sie mit so großer Wucht herumschwenkte, daß ihr schwindlig wurde und sie sich hinsetzen mußte.

An den Wochenenden machte sie lange Spaziergänge im Regen und frühstückte an den Coffee-Shop-Theken. An den Sonntagnachmittagen wanderte sie durch die Museen und wochentags während der Lunchpause durch die Galerien von SoHo. An den endlosen, heißen Samstagnachmittagen, an denen die ganze Stadt ins Wochenende gefahren war, radelte sie in der Hoffnung durch den Central Park, auf einen männlichen Gegenpart zu stoßen, der ebenfalls nicht wußte, wohin. Ihre Theorie lautete, wenn es sie – Kate – gab, mußte es auch andere wie sie geben. Doch jedesmal kehrte sie allein nach Hause zurück. Sie wurde Mitglied eines Fitneß-Clubs und versuchte sich mit den Männern in der Sauna zu unterhalten, mußte aber feststellen, daß die viel zu verlegen waren. Männer sind viel schüchterner als Frauen, erklärte sie Frank. Und der stimmte ihr zu. »Wenn die

Frauen nur *wüßten,* wie unsicher die Männer sind!« fuhr sie fort. »Und das alles nur wegen der Größe ihres Penis. Es ist nicht zu fassen! Mehr braucht eine Frau gar nicht zu wissen. Nur, daß alles damit beginnt und damit aufhört. Jede Frau sollte lernen, dem Mann zu sagen: ›Du hast den größten und schönsten und weißt wahrhaftig damit umzugehen.‹« Das hörte Frank zwar nicht gern von ihr, mußte aber zugeben, daß sie recht hatte. Dieser alte, verdammte Leistungszwang war der Schlüssel zur Psyche jedes Mannes. Ständig mußten die Männer ihn hochkriegen, in jeder Lebenslage. Manchmal war es zu schlimm, ein Mann zu sein, um auch nur darüber nachzudenken.

Im Sommer beschloß sie, einen Versuch mit der Szene von Fire Island zu wagen, und schloß sich einem Gruppenhaus an. Jeden Freitag nahm sie die Long Island Railroad, den »Oklahoma Land Rush«, wie sie es nannte, erkämpfte sich den Weg in den Zug, kippte reihum mit den Leuten Bier und – immer noch nichts. In jenem Sommer merkte sie, daß sie Frauen haßte, die sogar am Strand Make-up trugen. Sie erklärte ihm, was *»sixish«* war: das Ritual einer BYOB-Cocktailstunde auf der Pier von Fair Harbor, wo sich alle Singles mit Drinks in der Hand versammelten, angeblich, um den Sonnenuntergang zu bewundern. In Wirklichkeit war es eine Gelegenheit für die Frauen, sich die Männer anzusehen und von den Männern gesehen zu werden. Es erinnere sie an Jeromes Gemälde des abessinischen Sklavenmarktes, sagte Kate. Sie fühlte sich abgestoßen von dieser widerlichen Zurschaustellung, wo sie umgeben war von Hunderten dick geschminkter, tiefbraun gebrannter, aggressiver, neureicher weiblicher Aasgeier, die nach einem Besitzer gierten. An dieser Stelle mußte er lachen. Kate schilderte den hungrigen Blick, der ihnen allen in den Augen stand und der besagte: Wenn es sein muß, werde ich für einen Mann morden. »Lassen Sie sich jetzt nicht ein bißchen mitreißen?« meinte Frank. »Ach, hören Sie auf«, erwiderte sie und setzte ihre Tirade fort. Wie leid ihr diese ahnungslosen, alleinstehenden Männer taten, die zufällig vorbeikamen! Doch da die Pier mit

Frauen im Verhältnis von zehn zu eins gegenüber den Männern vollgepackt war, beobachteten sich die Frauen zumeist gegenseitig. Und *wie* sie erst einander beobachteten, das sei sogar noch besser, behauptete Kate. Sie taxierten ihre Konkurrentinnen, schätzten Alter und Gewicht, verglichen sexuelle Ausstrahlung, Kleidung und Stil und bewerteten schließlich den allgemeinen Verzweiflungsgrad der anderen. Harte, verbitterte Weiber; o Gott, was für eine häßliche Szene! Frauen flanierten vor anderen Frauen, die auf dem Geländer hockten und sich ein Urteil über sie anmaßten. Wenn Frank sich Kate in ihrer Mitte vorstellte, schauderte ihn. Die Männer hätten es wirklich leicht, sagte Kate, sie seien wertvoll allein wegen der Tatsache, daß sie auf der Welt waren. Die Frauen auf dem Pier seien bis zu dem Punkt herabgesunken, daß sie überhaupt keine speziellen Anforderungen an einen Mann mehr stellten – weder Verstand noch Charme, Persönlichkeit und Bildung, ja nicht einmal Geld. Es war so schlimm, daß alles akzeptiert wurde, was nur einen Penis besaß.

An der New School belegte sie einen Jonglierkurs. »Jonglieren für Anfänger« nannte er sich, und die Teilnehmer waren zwar leicht verrückt, aber nett. Sie war überzeugt, der erste Mensch der Zeitgeschichte zu sein, der niemals jonglieren lernen würde, aber sie lernte es, und sogar recht gut. Frank sah sie häufig im Wartezimmer jonglieren, wenn er sie zu ihrem Termin hereinholte, und sie kam lachend und mit geröteten Wangen zu ihm ins Sprechzimmer. Jonglieren sah wirklich aus, als würde es Spaß machen, das mußte er zugeben.

Und schließlich gab es den Schreib-Workshop. Daran erinnerte er sich in allen Einzelheiten, weil sie erst im letzten Sommer daran teilgenommen und ihm allwöchentlich Bericht erstattet hatte. Ob nicht der Sommer die perfekte Zeit für einen Schreib-Workshop sei, fragte sie ihn, mit all diesen nostalgischen Abenden in Greenwich Village, verträumten Stunden, die mit lauen Lüften, Flirts und ungeahnten Möglichkeiten winkten? Oder wenigstens einem Glas Wein nach der Vorlesung? Also beschloß sie, sich am Abfassen von Kurzgeschichten, Gedichten und so weiter zu versuchen.

Am ersten Kursabend erschien sie als pflichtbewußte Studentin rechtzeitig. Sie liebte den vertrauten Geruch der Schulkorridore nach Kreide, Parfüm und Schweiß. Sie suchte den Klassenraum mit der Nummer, die auf ihrem Zettel stand, und war sich der zögernden Blicke ebenso hilfloser Studenten bewußt, die sich bei ihr erkundigten, ob dies die Klasse für »Finden Sie Ihre Stimme: Einführung in die Kunst des Schreibens« sei – als ob *sie* das wußte! Alle trugen sie saubere, neue Hefte unter dem Arm, in denen sie sich während der Vorlesung Notizen machen wollten. Kate betrat die Klasse als erste, um die Männer, die nach ihr kamen, besser beobachten zu können. Und hier endlich wurde ihre Mühe belohnt: Es gab zahlreiche Männer in diesem Kurs!

Dann kam der Lehrer, und Kate berichtete Frank: »Da wußte ich, daß alles gelaufen war.« Plötzlich war sie wie elektrisiert. Großer Gott, das ist doch lächerlich, all diese Männer hier im Kurs, und du fliegst ausgerechnet auf den Lehrer, schalt sie sich selbst. Jerome Rosen war sein Name. Er war dynamisch, intellektuell, humorvoll und scharfsinnig, vor allem aber war er rührend menschlich und sehr unsicher. Und alt genug, um ihr Vater zu sein. Na ja. In seinem herrlich zerknitterten Khakianzug mit der komischen Fliege und den langen, über die schütteren Stellen frisierten Haaren jedoch wirkte er sehr jungenhaft. Mein Gott, der war nichts weiter als ein ausgewachsener jüdischer Primaner! Sie wußte sofort, daß er gut küssen konnte.

Jerome musterte seine Schüler – zuerst die Frauen, dann die Männer. Es war ein kritischer Blick, der alles Wesentliche erfaßte, aber mit einer Andeutung von Humor: Er leitete diesen Kurs seit vielen Jahren. »Dies ist der Kurs ›Finden Sie Ihre Stimme‹ Nummer 231-E«, erklärte er. Dann setzte er seine Brille auf und lächelte. Über die Gläser hinwegspähend, fuhr er fort: »Mir ist bekannt, daß Sie alle im Grunde hier sind, um jemanden kennenzulernen.« Die Klasse lachte und war entzückt. »Na also, das wäre geklärt... Nun können wir anfangen zu lernen, wie man brillante und fesselnde Kurzgeschichten schreibt. Und ich hoffe«, ergänzte er verschmitzt, »daß Sie in diesem Klassenzimmer Ihren Seelenpartner finden.«

Nun verteilte er kleine Karteikarten, auf die sie ihren Namen, ihre Vorbildung, ihren gegenwärtigen Beruf und ihren Lieblingsautor schreiben sollten. Nach einigen Minuten hektischen Gekritzels und den üblichen dummen Fragen – »Sollen wir ganz oben anfangen?« piepste ein Mädchen, während ein hochgewachsener junger Mann von ganz hinten rief: »Und wenn ich zwei Lieblingsautoren habe?« – gaben sie ihre Karten zur Mitte weiter, wo sie sauber gestapelt und Jerome überreicht wurden. Er hielt die Karten in der Hand, und jeder, dessen Name aufgerufen wurde, mußte der Klasse von sich erzählen und erläutern, warum er schreiben wollte.

Wie Kate erklärte, hatte sie das Gefühl, daß Jerome sie sofort bemerkt hatte und daß ihm gefiel, was da so still und aufmerksam auf dem Stuhl saß. Er fragte sich, wer sie wohl sei und was sie zu erzählen habe. Bitte, lieber Gott, laß sie kein Dummchen sein, dachte Jerome Kates Vermutungen zufolge. Als er den Namen Kate Odinokov aufrief, freute er sich über die Art, wie sie die Hand hob, und daß sie einen so interessanten Namen besaß. Lächelnd sagte er: »Kate?«

»Ich – äh – habe sehr viel freie Zeit, und ich habe immer Tagebuch geführt, und… und nun möchte ich ernsthaft schreiben lernen«, stieß sie achselzuckend hervor. Sie spürte seinen durchdringenden Blick und war verlegen. Lag das nur an mir, erkundigte sie sich bei Frank, oder fühlte Jerome das gleiche wie ich?

Den ganzen heißen Sommer hindurch nahm der Kurs seinen gemächlichen Fortgang – zehn Wochen lang zweimal pro Woche. Jedesmal, wenn Jerome hereinkam, suchte er Kate mit den Blikken, das spürte sie einfach. Sie erwies sich als genauso interessant, wie er es sich erhofft hatte. Es gab eine Soziologie des Verhaltens in einem Klassenzimmer, die Kate im Laufe der Jahre aufgefallen war: daß die meisten Studenten immer denselben Platz wählten, auf dem sie während der ersten Lektion gesessen hatten. Nicht jedoch Kate. Sie arbeitete sich durch die ganze Klasse. Bei jeder Lektion wechselte sie den Platz und setzte sich neben einen anderen Mann. Wie sie erzählte, bemerkte Jerome das und schien belustigt und fasziniert zu sein, suchte sie jedesmal mit den Blicken, wenn er den Raum betrat. Aber sie schien keinen Mann zu finden, der ihr gefiel, und setzte sich nie mehr als einmal neben denselben. Und als sie schließlich sämtliche Männer durchprobiert hatte, suchte sie sich einen einzelnen Platz am Gang.

Jerome war fasziniert von dem, was sie schrieb. Das merkte sie, weil er immer, wenn er in der Klasse Übungstexte schreiben ließ, ein paar Studenten abwartete, bis er sie bat, laut vorzulesen, was sie geschrieben hatte. Und wenn sie fertig war, schien er sich ein bißchen zu freuen und drauf und dran zu sein, sich länger über ihren Stil und ihr Thema auszulassen, sagte statt dessen aber stets nur: »Okay« und deutete auf den nächsten Studenten.

Im Laufe der Wochen hatte Kate das Gefühl, in einer Art ehrfürchtiger Scheu zu versinken. Die Kursteilnehmer waren so begeistert von Literatur und guter Schriftstellerei, daß es sie verstummen ließ. Und sie blieb wortlos. Letztlich gab sie nie eine Kurzgeschichte ab. Sie versuchte zu schreiben, ja, schrieb ganze Bände in ihr Notizbuch, hatte aber den Eindruck, daß es sentimentales, zielloses Geschwafel war. Sie hatte keine Handlung, kein Anliegen, keine Story zu erzählen. Nichts motivierte sie. Wie furchtbar, schreiben zu wollen, aber nichts zu sagen zu haben!

Jedesmal, wenn sie nach einer Lektion die Klasse verließ, sah sie Jerome die vielen Arbeiten durchgehen, die ihm von eifrigen Studenten aufs Pult gepackt wurden – Studenten, die hofften, er werde in ihnen den nächsten Norman Mailer, oder wen immer sie als Autoren bewunderten, entdecken. Sie wußte, daß er auf eine Story von Kate wartete, doch daraus wurde nichts. Sie hoffte nur, daß er angesichts all der anderen Studenten, die ihm ohne Hemmungen Berge von Mist zu lesen gaben, ihr Schweigen beredt finden werde.

Schließlich kam der letzte Kurstag. Kate hatte ein schlechtes Gewissen, weil sie keine Kurzgeschichte eingereicht hatte. Jerome muß mich für dumm halten, dachte sie. Na schön. Sie beschloß, ihm wenigstens mit einer poetischen Geste für den profunden Zustand des Schweigens zu danken, in den er sie während der letzten Wochen versetzt hatte. Also backte sie ihm ein paar Madeleines. »Finden Sie nicht, daß das ein passendes Geschenk ist für einen Schriftstellerlehrer von einer Studentin, die ihre Stimme verloren hat?« fragte sie Frank. Wenn er sie in seinen Tee stippte, würde vielleicht eine Flut von Erinnerungen in ihm aufsteigen und wenigstens *ihm* beim Schreiben helfen.

Als Kate zur letzten Kurslektion kam, nahm sie nervös auf ihrem Stuhl Platz und wartete darauf, daß Jerome erschien. Mehrere Studenten standen herum und unterhielten sich angeregt. Doch nun, nachdem jeder den anderen bei der Klassenkritik seine innersten Gefühle offengelegt hatte, verhielten sich alle äußerst freundlich. Ihr Herz klopfte wie rasend. Und dann kam Jerome, der gemütliche, schlampige Jerome, so begeistert von gutem Schreibstil, ein so gestrenger, freundlicher und verrückter Lehrer! Sie merkte, wie er sie ansah und dann den Blick abwandte. Schnell stand sie auf und ging mit ihrem Körbchen voll Madeleines zum Katheder. Er blickte auf.

»Ich habe nichts geschrieben...« begann sie.

»Das weiß ich«, fiel er ihr ins Wort.

»Aber ich habe Ihnen ein paar Madeleines gebacken.« Dann wußte sie nicht weiter. Das alles kam ihr plötzlich so töricht vor. Schließlich war dies nicht die Kleinmädchenschule, in der man dem Lehrer einen Apfel schenkte. Und wie kam sie überhaupt darauf, daß Madeleines ein angemessener Gegenwert für eine Kurzgeschichte seien?

Er nahm ihr das Körbchen ab und stopfte es hastig in seine Einkaufstasche, damit die anderen Studenten nichts davon merkten. Die Madeleines waren inzwischen zerkrümelt und sahen traurig aus, weil sie sie den ganzen Tag mit sich herumgeschleppt hatte.

»Wie lautet Ihre Telefonnummer?« erkundigte er sich mit gezücktem Bleistift. Kate war zu verblüfft, um nachzudenken, und sprudelte sie automatisch heraus. Die Studenten begannen sich um die beiden zu scharen, weil sie den Eindruck hatten, Jerome halte eine Fragestunde ab. Deswegen hatte er keine Zeit mehr, ihr zu sagen, warum, oder zu fragen: Warum haben Sie nichts geschrieben? oder zu gestehen: Ich möchte schon lange mit Ihnen sprechen.

Sie kehrte an ihren Platz zurück und fühlte sich bis zum Ende der Lektion unglücklich. Jerome hielt seine Abschiedsansprache, forderte sie auf, hinauszugehen und zu schreiben, brillante Arbeit zu leisten und ihn eines Tages damit zu überraschen. Es war ein leidenschaftliches Plädoyer für gutes Schreiben, das alle ermutigte, an sich zu glauben und Literatur zu produzieren. Dann bat er die Studenten, ihm nun, nachdem der Kurs vorüber war, bitte keine Elaborate zum Lesen zu schicken. Sie hätten ihre Chance bei ihm gehabt, und er habe reichlich eigenen Lesestoff. Und es würde ihn freuen, keinen von ihnen abermals in diesem Kurs zu sehen, sie müßten fortschreiten, er habe ihnen alles gegeben, was er könne. Damit verneigte er sich und bedankte sich ein letztes Mal. Der Kurs war beendet. Alle applaudierten und drängten zu seinem Katheder. Kate stand langsam auf und verließ still das Klassenzimmer. Von allen Männern in dieser Klasse hatte sie den bekommen, den sie am wenigsten erwartet hätte: den Lehrer. Jerome hatte sie das ganze Semester lang beobachtet, wie sie von einem zum anderen wechselte und es schließlich bis zu seinem Katheder geschafft hatte.

Jerome rief niemals an. Frank wunderte sich, zusammen mit Kate, mehrere Wochen lang darüber. Insgeheim war er erleichtert, denn das war das letzte, was sie jetzt brauchte, eine Affäre mit einem verheirateten Mann!

Und dann geschah etwas, das Frank ein bißchen peinlich war. Na ja, nicht wirklich peinlich, denn schließlich war er Analytiker, und ihm durfte nichts peinlich sein. Eigentlich war es sein eigenes Verhalten, dessen er sich schämte. Eines Tages, als sie in großer Eile die Praxis verließ, vergaß Kate ihre Umhängetasche in Franks Sprechzimmer. Später rief sie ihn von der Agentur aus an und bat ihn, sie sorgfältig aufzubewahren, sie werde nach der Arbeit vorbeikommen und sie bei ihm abholen.

»Und wagen Sie ja nicht, sie zu durchwühlen!« warnte sie ihn.
»Ich habe nicht die Absicht, Ihre Sachen zu durchwühlen«, versicherte er ihr. Und fügte hinzu: »Vertrauen Sie mir?«
Sie schwieg. »Ja. Wider besseres Wissen vertraue ich Ihnen«, antwortete sie.
Na ja, und er hatte natürlich nichts Eiligeres zu tun, als ihre Tasche zu durchwühlen. Schließlich bin ich ihr Analytiker, sagte er sich, sie darf keine Geheimnisse vor mir haben. Außerdem – was kann sie schon da drin haben, was ich nicht sehen soll? Dann dachte er sich, wie freudianisch es doch sei, daß er die Tasche einer Frau durchwühlte. Schlimmer und noch verlockender war, daß es sich um eine verbotene Tasche handelte, eine, die zu durchwühlen man ihm ausdrücklich untersagt hatte. Er fand eine Schwimmbrille, ein Handtuch, einen echten Schildpattkamm (nicht aus Plastik), eine Rickie-Lee-Jones-Kassette, den *New Yorker,* eine Tube Chanel-Handcreme, einen Korkenzieher (sie hatte ihm anvertraut, daß sie stets einen mitnehme), einen Apfel und ein Notizbuch mit der Aufschrift »Finden Sie Ihre Stimme«. Er schob die Kassette in seinen Toshiba (er wollte hören, was für Musik sie hörte) und begann in dem Notizbuch zu blättern. Es war ganz mit ihrer Handschrift gefüllt. Bei irgendeiner Seite machte er halt und las:

> *Alles, woran ich den ganzen Tag denken konnte, war, möglichst schnell nach Hause zu kommen, um meine Brüste massieren zu können. Den ganzen Tag spürte ich sie, wie sie pulsierten, anschwollen, heiß und kalt zugleich. Prickelnd und schmerzend. Das passiert mir jeden Monat, und es ist eine echte Qual. Es passiert eine Woche vor meiner Periode, und dann fühle ich mich wie eine wandelnde FRAU mit Brüsten, die fast explodieren. Die Männer, denen ich begegne, haben keine Ahnung von der köstlichen Qual, die ich verspüre. Ob sie sich diesen Zustand sexueller Erregung überhaupt vorstellen können, in dem sich eine Frau befindet, wenn ihr Körper die Kontrolle übernimmt? Das ist meine eigene, stille Hölle, diese Mahnung an meine so unbenutzte, ungenossene, unerforschte Sexualität.*

Großer Gott, keuchte er auf. Gut, daß sie das nicht diesem Jerome gezeigt hatte. Er war gleichzeitig beschämt für sie und selber erregt von diesem aufrichtigen Geständnis ihrer Sexualität. Er hatte keine Ahnung gehabt, daß sie so empfand. Welch eine außerordentliche Ausdruckskraft, welche Tiefe der Gedanken! Dann jedoch fühlte er sich gekränkt, weil sie diese Gedanken dem Notizbuch anvertraut hatte und nicht ihm. Menschlich zu sein war für ihn das höchste Ziel im Leben, und plötzlich merkte er, daß er ihre Schwäche bewunderte. Er blätterte um.

Himmel, war ich heute heiß! Nichts als ein vor Begehren dahinschmelzender Körper. Ein vibrierender Körper, sterbend vor Sehnsucht nach einer Berührung und sich dennoch bewußt, daß es nicht sein konnte. Nicht wissend, wohin sich wenden, verurteilt zum Leben mit dieser unersättlichen Gier.

Da war ich nun, eine zur Arbeit gekleidete Frau, erledigte alle Aufgaben des Tages, fuhr mit der Subway, bestellte im Deli einen Milchkaffee, begrüßte meine Sekretärin – und schrie innerlich die ganze Zeit danach, geküßt, umarmt, berührt, liebkost zu werden. Eine Frau, die nichts weiter wollte als stöhnen, keuchen, sich winden, feucht sein. Mein Körper schmerzte, mein Herz tat weh.

Frank klappte das Buch zu. Er konnte nicht weiterlesen. Zu ergreifend war die Stimme, die aus diesen Seiten schrie, zu einsam. Und sie war nur eine von Millionen Menschen in dieser Stadt, nein, auf der Welt, die versuchte, sich durchzuschlagen, so gut zu leben, wie es ging, die versuchte, ein bißchen Sinn in dieses Ding zu bringen, das Leben genannt wurde, und in all die darin existierende Ungerechtigkeit. In diesem Moment kam er sich schmutzig und häßlich vor, kaum besser als ein mieser kleiner Spanner. Vor allem aber schämte er sich, weil sie ihn gebeten hatte, ihre Tasche nicht zu durchsuchen, und ihm dann vertraut hatte. Was war nur los mit ihm?

Frank liebt Jo Anne

Gott sei Dank für Jo Anne. Gott sei Dank habe ich Jo Anne. Diese Worte wiederholte Frank in Gedanken wie einen Refrain, während er sich durch den Tag schleppte. Erstaunt merkte er, daß es tatsächlich stimmte, daß es letztlich nur darauf ankam, einen einzigen wichtigen Menschen im Leben zu haben. Obwohl er den größten Teil seiner Zeit fern von ihr verbrachte, mit anderen Menschen, weil er seine Arbeit tun mußte und ihn das ungeheuer befriedigte, war es das Wissen, daß es sie gab, die bloße Existenz Jo Annes, die sein Leben okay machte. Weil sie beide ein anstrengendes Leben führten, bestand sie darauf, daß sie einander nur an den Wochenenden sahen. Obwohl sie während der Woche höchstens vom Bett ihrer jeweiligen Wohnung aus müde und abgespannt miteinander telefonierten, bevor sie einschliefen, war der »Wir«-Faktor wirksam.

Welch ein Trost sie doch war, diese Beziehung! Akzeptiert zu werden, das Gefühl zu haben, daß das eigene Leben wichtig war! Es gab Tage, da haderte er mit sich selbst, wenn er daran dachte, was er brauchte, um sich im Leben wohl zu fühlen. *Warum* kam es letztlich immer nur auf die Verbindung mit einem Menschen an? Seinen Patienten gegenüber kam er sich wie ein Heuchler vor, wenn sie einer nach dem anderen jammerten: »Ach, hätte ich doch nur einen einzigen Menschen! Dann wäre mein Leben schon in Ordnung!«, und er sie dann gleichmütig aufforderte, die wahre Quelle ihres Glücks woanders zu suchen. Egal, wie alt sie waren, egal, ob sie schwul oder hetero waren, unberührt, geschieden oder sogar unglücklich verheiratet – sie alle hegten dieselbe Sehnsucht.

»Ich bin doch kein Partnervermittlungsinstitut«, sagte er zu Kate, so sehr ärgerte ihn ihr ständiges Gerede über Männer. Es wurde zu seinem *cri de cœur* all seinen Patienten gegenüber, wenn er versuchte, ihr Denken zu verändern, und betonte, daß eine Beziehung keine Lösung sei, sondern der Beginn einer ganz neuen Reihe von Problemen. Er drängte sie, Befriedigung in der Arbeit, in Hobbys, Freundschaften, Eltern und Familie zu suchen. Er verwies auf alltägliche persönliche Freuden wie Lesen, Kochen, Fernsehen. »Das Glück entspringt nicht einer Beziehung«, hörte er sich tatsächlich zu Kate sagen, obwohl er wußte, daß es nur der Gedanke an Jo Anne war, der ihm den Tag überstehen half.

Wenn sie ihn um Rat fragten, empfahl er seinen Patienten, sie selbst zu sein, sich auf die Entwicklung ihrer Persönlichkeit zu konzentrieren, dann werde die Liebe schon von selber kommen. »Vielleicht sogar, wenn Sie während des Berufsverkehrs in der Subway stehen und nach einer Münze suchen...« Einmal war er mitten in einem solchen, wie er fand, eloquenten Vortrag, als Kate aus ihrem Sessel hochsprang und die Melodie von »Candid Camera« anstimmte: »Wenn Sie's am wenigsten erwarten, werden Sie ausgewählt, und es ist Ihr Glückstag! *Lächeln Sie!* Und Sie werden die Liebe finden!« sang sie. Einen Moment noch behielt sie ihre Pose bei, dann sank sie in den Sessel zurück. »Verschonen Sie mich doch damit, Dr. Manne.« Sie war gründlich verärgert über ihn. »Das kann mir meine Mutter auch sagen.«

War er selbst nicht die beste Bestätigung für seine Ratschläge? Manchmal jedoch, wenn er ein bißchen traurig war, machte er sich Vorwürfe, weil er seinen Patienten erklärte, wenn sie wirklich und wahrhaftig jemanden kennenlernen wollten, würde es auch klappen. He, Frank, kannst du das mit gutem Gewissen behaupten? Das Leben ist nicht immer fair; man kriegt nicht unbedingt das, was man sich wünscht; es gibt eine Menge nette Menschen, die allein sind.

Er dachte daran, wie er Jo Anne kennengelernt hatte. Das erste, was ihm an ihr auffiel, war ihre Nüchternheit. Jawohl, Nüchternheit. Mitten in dieser rührseligen Welt, mitten in diesem Übermaß, dieser Verschwommenheit, dieser emotionalen Überbelastung war da Jo Anne. An jenem Tag, fand Frank, war ihm ein Wunder beschieden worden. Sie war Minimalistin und so emotionslos, daß er sich manchmal fragte, wieso sie als Analytikerin arbeiten und sich mit nichts als Emotionen herumschlagen konnte. Aber Jo Anne war eine brillante Analytikerin mit einem messerscharfen Verstand, der auch die komplexesten Handlungen der Menschen in logische und einfache Begriffe zu fassen vermochte. Sie entwirrte das Leben zahlloser Frauen, die in ihrer Praxis ein und aus gingen, und hatte sogar eine Warteliste von Patienten. Davon war Frank am tiefsten beeindruckt; er war neidisch, »aber auf nette Art«, erklärte er ihr. Er konnte sich keinen Menschen vorstellen, mit dem er seine Zeit lieber verbracht hätte. Die Tage verbrachte er damit, das Leben seiner Patienten zu ordnen, und nun hatte er Jo Anne, die ihm bei seinem eigenen Leben half. Sie war so klar wie eine Glocke. Sie sprach verständlich, sagte genau das, was sie dachte, und besaß sogar die seltene Fähigkeit, sich selbst zu analysieren. Seit er sie hatte, gab es etwas, auf das er sich freuen konnte. Schließlich brauchte auch er einen Menschen, den er lieben konnte! Es fiel ihm schwer, seine Patienten zu lieben und dennoch nicht richtig zu *lieben.* Das bereitete ihm einige Schwierigkeiten. Jo Anne versuchte ihm zu erklären, daß er sich seinen Patienten gegenüber anscheinend zu distanziert verhalte, weil er sich fürchte, sie auf die falsche Art zu lieben. Sie meinte, seine Unsicherheit verursache ein inneres Chaos bei ihnen. O ja, diese Jo Anne verstand einfach alles.

Nun, da er sie kannte, wunderte er sich darüber, daß sie überhaupt zu jener Cocktailparty im letzten September gekommen war, wo er sie kennengelernt hatte. Er erinnerte sich noch, wie er sich gefreut hatte, als er bei seiner Rückkehr aus dem Urlaub eine Einladung zu der Party im Haus des berühmten Psychoanalytikers Dr. Allen Geer Olderman vorfand. Dr. Allen Geer Olderman (er benutzte stets alle drei Namen) war Leiter des analytischen Ausbildungsprogramms des Instituts und gab in jedem Herbst einen Empfang für alle Ph. D.s, wenn sie, hoffentlich gut erholt, von ihrer traditionellen Augustpause nach Hause kamen.

Frank war gerade aus Maine zurückgekehrt, wo er vier wundervolle Wochen lang kreuz und quer durch die kühlen dunkelgrünen Fichtenwälder gefahren war. Er hatte für seinen diesjährigen Urlaub Maine ausgewählt, weil es für ihn eine sehr ursprüngliche Landschaft war, von einer gewissen majestätischen Erhabenheit, die er brauchte, um sich zu entspannen und zu erholen. Er erinnerte sich, daß er am zweiten August sehr früh aufgestanden war, um zu packen, damit er die Praxis gleich nach seinem letzten Patienten am Mittag mit dem Koffer in der Hand verlassen konnte. Jawohl, er ging geradewegs zu dem preiswerten Autoverleih am Broadway, unterzeichnete alle Papiere, fuhr beschwingt und sorglos davon und ließ den schlimmen New Yorker Nachmittag hinter sich. O Gott, wie unerträglich die City in jenem Sommer geworden war!

Aus Erfahrung wußte er, daß die erste Urlaubswoche gewöhnlich eine schwierige Übergangszeit war. Die ersten paar Tage verbrachte er in einer Art Betäubung; noch immer in Gedanken bei der Arbeit eines ganzen Jahres, vermochte er sich kaum von den Problemen seiner Patienten zu lösen. Sein Verstand raste, alles mögliche kam ihm in den Sinn, er fand überhaupt keine Ruhe. Im Laufe der Tage leerte sich jedoch sein Kopf allmählich, er vermochte leichter zu atmen und sich zu entspannen. Er konnte dem eigenen Herzschlag lauschen und ohne jede Verpflichtung, nur zum eigenen Vergnügen, leben.

Maine zeigte Wirkung. Er wohnte in einem Blockhütten-Motel, badete in eisigen Seen, holte viel Lektüre nach, ging an steinigen Stränden spazieren und wanderte durch den Wald, wo er mit Genuß das Federn des mit Fichtennadeln bedeckten Bodens unter den Füßen spürte. In den Hummerstuben knackte er mit dem Hammer frische Hummer und trank zahllose Pappbecher mit kaltem Bier. Allmählich begann er sich normal zu fühlen.

Er vergaß auch nicht, mitten in der Nacht zu L. L. Bean zu fahren, weil mehrere seiner Patienten behauptet hatten, das sei die einzig richtige Tageszeit dafür. Was habe man schon davon, am hellen Tag zu gehen, meinten sie, wenn der ganze Witz darin liegt, daß der Laden rund um die Uhr geöffnet hatte? Also stellte er den Wecker auf halb drei Uhr morgens, wälzte sich aus dem Bett und fuhr eine Stunde bis nach Freeport. Zu seinem Erstau-

nen war der Laden wirklich hinreißend – eine echte Show! Er ließ sich von der Romantik der Jagdausrüstungen gefangennehmen, sah sich selbst aber Seelen jagen statt Wildgänse. Er befingerte die Jagdmesser, perfekt zum Zerlegen der Vergangenheit eines Menschen; er spielte mit den Kompassen und wünschte, sie könnten ihm die Richtung zum Glück der Menschen weisen. Er setzte sich in die Kanus, um sich auf dem Fluß des Unbewußten davontreiben zu lassen. Er kroch in die aufgestellten Zelte hinein und legte sich in die Schlafsäcke. Schließlich erstand er einen Pullover und ein Paar perlenbestickte Wildledermokassins in der Hoffnung, daß sie ihn in den kalten New Yorker Winternächten, in denen er zu später Stunde noch die Unterlagen seiner Patienten studierte, an Maine erinnern würden.
Und während des ganzen Urlaubs sagte er sich, in diesem Jahr muß alles anders werden, alles muß sich für mich ändern. Er suchte Lösungen in der Weite der schroffen, fichtenbewachsenen Bergwelt, er durchstreifte die felsige Küste, und als er im September heimkehrte, begierig darauf, wieder ein Jahr in der City zu beginnen, hatte er das Gefühl, tatsächlich zu einem ganz neuen Selbstverständnis gefunden zu haben.
Dann traf er Jo Anne – erstaunlicherweise, denn sie ging fast nie aus. Er wußte, daß sie es haßte, ihre Wohnung zu verlassen, obwohl sie behauptete, sie sehe nur keinen Grund, hinauszugehen. Anfangs hielt er das für eine Phobie, nun aber, da er sie besser kannte, akzeptierte er ihre Erklärung, es sei ihre eigene, freie Wahl. Durch sie erkannte er, daß man in Manhattan leben konnte, ohne die eigenen vier Wände zu verlassen. Jo Annes Patienten kamen zu ihr, also brauchte sie nicht in die Praxis zu gehen. Die Mahlzeiten ließ sie sich aus einem Deli kommen. Sogar den heißen Kaffee am frühen Morgen. Kaffee liebte sie mehr als alles andere. Wenn er am Wochenende bei ihr blieb, machte er für sie den Kaffee. Er weckte sie so, wie sie es am liebsten hatte: indem er ihr eine dampfende Tasse Kaffee unter die Nase hielt, bis sie die Augen aufschlug. Dann trank sie genauso automatisch, wie ein Baby nach der Brustwarze schnappt, ein paar

Schluck Kaffee und ließ sich die Tasse mit einem strahlenden Lächeln wieder abnehmen.
Zweimal pro Woche telefonierte sie ihre Lebensmittelbestellung zu Gristede's durch, die sie ihr ins Haus lieferten. Alles, was sie brauchte, von Bettlaken bis zu Sauerteigbrot, bestellte sie aus einem ihrer zahlreichen Kataloge, und außerdem war da immer noch B. Altman's, wo ihre alte College-Zimmergenossin kaufmännische Leiterin war. Sie ließ alle Waren per Boten schicken. Bücher kamen mit der Post. Gelegentlich mußte sie jedoch zum Postamt gehen, obwohl sie ihren Briefträger zu überreden versucht hatte, ihr die Briefmarken mitzubringen. Noch nie hatte sie eine Bank betreten. Sämtliche Transaktionen wurden per Post und Telefon erledigt.
Auf Dr. Allen Geer Oldermans Party trafen sie sich am Horsd'œuvres-Tisch, als dessen Frau Doria, eine Amateurcellistin, ihren Gästen etwas vorspielte. Frank war ausgezeichneter Laune; diese Party war genau, was er brauchte, um sich auf den herbstlichen Gesellschaftsrummel Manhattans einzustimmen. Er schlenderte umher und lauschte Gesprächen, die alle eins wie das andere klangen. »Und was haben Sie im August gemacht? Wie ist es Ihren Patienten ergangen, während Sie fort waren?« Jo Anne erregte seine Aufmerksamkeit, weil sie zu den wenigen Gästen gehörte, die nicht unablässig plapperten: Sie stand am Tisch und betrachtete eine vollgehäufte Platte. Sie trug eine lodengrüne Hose aus Cord und einen senffarbenen Pullover. Die graubraunen Haare fielen ihr in Wellen bis auf die Schultern. Sie trug eine Schildpattbrille und kein Make-up. Eindeutig war sie eine Frau, die ihr Äußeres für unwichtig hielt in dieser Welt, in der es so viele andere Dinge gab, um die man sich Gedanken machen mußte. Dennoch war sie attraktiv, weil sie so ganz und gar natürlich war. Sie wirkte intelligent und offen. Den Mund hatte sie verächtlich verzogen. »Was ist denn das?« fragte sie, an niemanden speziell gewandt. Er betrachtete den Teller, auf den sie starrte.
Er lächelte sie strahlend an. »Ich bin Italiener«, sagte er. In dem Moment schien ihm das alles erklären zu können. Doch kaum

hatte er es ausgesprochen, da bereute er es schon. Wie hatte er nur so dumm sein können?
Das Erstaunliche an Jo Anne war, daß sie begriff. Da stand er nun und beantwortete eine ganz einfache Frage absolut idiotisch und zusammenhanglos, und sie begriff!
Sie musterte ihn von oben bis unten, dann lachte sie. Und sofort fühlte er sich besser. »Ach so«, sagte sie gelassen. »Das heißt, Sie wissen also, was dies ist, weil es etwas Italienisches ist. Und wenn es italienisch ist, versteht es sich vermutlich von selbst, daß es köstlich schmeckt.«
Frank nickte. »Das ist Mozzarella. Sieht aus wie geräucherter Mozzarella und sonnengetrocknete Tomaten. Mit ein bißchen Olivenöl drüber. Und Basilikum. Man legt sie in die Sonne zum Trocknen, wissen Sie. Wie Pflaumen. Und es schmeckt köstlich. Meine Patienten sagen mir, daß es in diesem Jahr *das* Hors-d'œuvre ist.« Er hob die Platte hoch, damit sie sich etwas nehmen konnte.
»So?« erkundigte sie sich und tauchte die Finger in das Olivenöl, um sich ein Stück herauszuangeln. Sie biß ab.
»Ich bin Frank Manne.«
Sie wartete, bis sie heruntergeschluckt hatte. »Ich bin Jo Anne.«
»Hallo. Jo Anne was?«
»Einfach Jo Anne. Mein Nachname ist Gallagher, aber den benutzt niemand, und ich habe nichts dagegen. Die Menschen finden wohl, daß Jo Anne ausreicht als Name für mich.«
»Großartig!« O Gott, war er vielleicht zu liebenswürdig?
Sie nahm sich eine weitere sonnengetrocknete Tomate, kaute und betrachtete ihn dabei kritisch. »Man ist ein ziemlich komischer Name für einen Mann«, erklärte sie.
»M-a-n-n-e«, buchstabierte er.
Und so standen sie da, balancierten ihre Teller und Cocktails und redeten. Sie erfuhren, wo sie zur Schule gegangen waren und was ihr Spezialgebiet war, wen sie kannten und wen nicht, wer ihre Lieblingsanalytiker waren und wen sie als ihr Vorbild betrachteten. Frank war begeistert, in ihr eine so kluge Kollegin

zu finden. Am Ende des Abends geriet er geradezu in Ekstase, denn er hatte tatsächlich eine Frau gefunden, die begriff, mit der er sich auf Analytikerniveau unterhalten konnte – gesellschaftlich. Sie gehörte dazu, war »eine von uns«. Einmal, als das Dessert serviert wurde – überdimensionale Windbeutel und soviel Erdbeeren, wie man verdrücken konnte – und Frank seine Gabel hinlegte, um einfach abzubeißen, kippte sein Teller und bespritzte alles mit Schlagsahne. Er kam sich furchtbar ungeschickt vor, aber sie blieb ganz cool, machte überhaupt kein Aufsehen und half ihm beim Säubern. Er wußte es dankbar zu schätzen.

Sie war offenbar zu der Party gekommen, weil sie sich zu ändern versuchte und ihre Abneigung gegen das Ausgehen überwinden wollte.

»Aber ehrlich, Frank« (sie fand es zum Schreien komisch und konnte gar nicht aufhören zu lachen), »es ist mir egal. Ganz im Vertrauen, ja? Mich stört es nicht, daß ich nicht ausgehe. Es stört nur meinen Analytiker, der findet, daß das irgendwie krankhaft ist.«

Im Vertrauen. Das wurde zu »ihrem Wort«, wie andere Menschen »ihren Song« hatten. Oft begannen sie jeden Satz mit »im Vertrauen«, oder »Ich sage dir jetzt was ganz im Vertrauen«, oder »Wir behandeln das doch vertraulich, nicht wahr?«. Das hob ihre Freundschaft, wie sie fanden, über jede gewöhnliche menschliche Interaktion hinaus, die überhaupt nicht auf einer ganz besonders vertraulichen Ebene stattfand.

Eines der Dinge, die Frank an Jo Anne gefielen, war die Tatsache, daß er ihr sein Gefühl der Unsicherheit anvertrauen konnte. Sie vermochte es rein analytisch zu betrachten, das wußte er. Zum Beispiel konnten sie, als die Party endete, längere Zeit über den Aufbruch diskutieren. »Ich glaube, ich werde jetzt gehen«, sagte er, »und da Sie etwa in dieselbe Richtung müssen wie ich, würde ich gern… Wie wär's, wenn ich Sie zu Fuß nach Hause bringe? Das muß überhaupt nichts ›bedeuten‹, Sie wissen schon, aber ich würde gern noch eine Weile mit Ihnen zusammensein, ich bin sehr froh, Sie kennengelernt zu haben, Sie sind sehr nett, das heißt, das wenige, was ich von Ihnen weiß, ist nett, und ...«

»Wunderbar«, fiel sie ihm ins Wort.

Erst Monate später erklärte sie ihm: »Weißt du, Frank, was ich besonders an dir mag, ist die Tatsache, daß ich mit dir fertig werde. Du bist so durchsichtig für mich – nein, mühelos ist besser. Du bist so lieb und machst nicht allzu große Schwierigkeiten. Das gefällt mir an einem Mann.« Er hatte nicht recht gewußt, was er davon halten sollte. War das ein Kompliment? Er sprach es nicht aus, aber er hatte das Gefühl, daß Männer für sie ein Rätsel waren. Trotz der Tatsache, daß sie ihren Patientinnen erklärte, daß »Männer auch Menschen sind«, hatte sie im Grunde keine Verwendung und kein Verständnis für Männer. Sie war Zen; zufrieden so, wie sie war. Dennoch fand Frank, daß er gut für sie war, daß er ein bisher unbekanntes Element der Sicherheit in ihr Leben brachte. Außerdem sollte sie als Frau und Therapeutin einen Mann in ihrem Leben haben, vor allem, wenn sie ihre Patientinnen im Hinblick auf Männer beraten wollte.

Und so wurde aus ihnen innerhalb eines Monats Jo Anne und Frank Manne. »Das reimt sich«, erklärte er. Außerdem wies er darauf hin, daß jeder Name zwei Silben hatte, und bis auf einen dieselben Buchstaben. »M steht für maskulin«, behauptete er. »Es muß was zu bedeuten haben, daß unsere Namen sich so ähnlich sind, meinst du nicht?«

»Ich weiß nicht, aber ich stelle mit Freuden fest, daß ein Mann noch alberner sein kann als eine Frau«, antwortete sie.

Frank hatte einen Hafen gefunden – aber nur an den Wochenenden. Während der Woche war er auf sich allein gestellt. Darauf bestand sie, damit ihre Arbeit nicht darunter litt. Ihre Beziehung hatte nichts mit ihrem normalen Leben zu tun. In Jo Annes Wohnung blieb die Zeit stehen, so abgeschieden war sie von der elektrisierenden Energie der City. Wenn er am Freitagabend zu ihrer Wohnung ging, nur sechs Blocks nördlich von der seinen, fühlte er sich vor der Welt geschützt. Sie liebten es, auf dem Rücken auf ihren beiden Couches zu liegen, an die Decke zu starren und sich in die leere Luft hinein miteinander zu unterhalten, die Worte im Zimmer umherspringen zu lassen. Diese Freiheit machte ihn schwindlig und übermütig; sie *turnte* ihn an. Des Abends saßen sie oft vor dem Fernseher, denn Jo Anne liebte das Fernsehen. Es genügte ihr nicht, das Leben ihrer Patienten durch deren Monologe zu beobachten – o nein. Sie wollte mehr. Vor allem liebte sie die allwöchentlichen Serien, deren Gesichter ihr so vertraut wurden, daß sie sich in das Leben der Personen hineinversetzen konnte. Sie wollte sehen, wie psychologisch korrekt die Serien waren, ob sie sich realistisch mit den Problemen befaßten. Aufmerksam las sie die Zeitungen und kontrollierte die Kritiken der neuen Serien. Pilotfilme zu sehen betrachtete sie als Ehre und Kunst, denn es war eine Chance, einen kleinen Blick auf die schöpferische Arbeit in Hollywood zu werfen und selbst zu beurteilen, ob eine Serie was taugte, bevor sich die Medien darauf stürzten.

Frank wertete es als Zeichen seiner eigenen Reife, daß er Anne nehmen konnte, wie sie war, und nicht versuchte, sie zu verändern. Das war ein Rat, den er immer wieder seinen Patienten gab: das »Anderssein eines Menschen zu achten«. Schließlich erklärte er seinen Patienten stets, bei einer Beziehung gehe es nicht darum, den anderen sich selbst anzugleichen, sondern um die Frage, *wie* zwei Menschen *interagierten.*

Daß Jo Anne nicht ausging, fand er exzentrisch; daß sie Sex nicht mochte, daran mußte er sich erst gewöhnen. Nach einiger Seelenforschung seinerseits kam er zu der Schlußfolgerung, daß sie ganz einfach noch keinen Geschmack daran gefunden hatte, daß es nun seine Aufgabe als aufmerksamer Liebhaber sei, sie ungefähr so auf den Geschmack zu bringen wie ein Junkie einen potentiellen Süchtigen. Sie sprachen über dieses kleine Problem, denn sie scheute vor keinem Thema zurück. Ja, ihre Indifferenz machte ihn um so leidenschaftlicher. Es war eine richtige Herausforderung für ihn, und er liebte Herausforderungen. War denn das nicht überhaupt der Sinn seiner Arbeit – die Aufgabe, den Menschen dabei zu helfen, trotz allem zu einer Art Glück zu finden?

In letzter Zeit hatte Frank auch über den Sex in Filmen nachgedacht. Was ihn jedoch ärgerte, war, daß der Sex da immer so ästhetisch wirkte; man sah, wie sich zwei hinreißende Filmstars mit vollendet schönen Körpern ineinander verschlangen und jedesmal zum Orgasmus kamen, gewöhnlich sogar beide zugleich. Und schon wenn sie sich zum erstenmal liebten, wußten sie wunderbarerweise sofort, was sie füreinander tun mußten. Es war jedesmal fantastisch! Unbeschreiblich! Eine übersinnliche Erfahrung! Nun ja, aber was ist mit dem echten Sex? Was mit Verlegenheit und Unsicherheit, Schüchternheit und hilflosem Fummeln? Was mit »O Gott, ist mein Körper plump«, was ist, wenn ich ihn nicht hochkriege oder wenn ich nicht mag, was er da macht, ich ihn aber nicht kränken möchte, was ist mit: »Ich glaube, ich kann heute abend nicht kommen, ich bin ein bißchen nervös, aber mach du nur weiter«? Von seinen Patienten wußte er, daß es wesentlich mehr schlechten Sex gab als guten, mehr Tolpatschigkeit als Finesse, mehr Konfusion als Kommunikation. Er fand, daß die Filme den Sex falsch darstellten, normalen Menschen das Gefühl vermittelten, unzulänglich zu sein. Als er mit Jo Anne darüber sprach, zuckte sie einfach die Achseln.

»Die Wirklichkeit, Frank, interessiert die Menschen nicht, weil sie die jeden Tag erleben. Du vor allem solltest das wissen. Im Kino wollen die Menschen sich nicht selber sehen, sondern eine Idealvorstellung dessen, wie das Leben sein könnte. Wer will schon ins Kino gehen und dort schlechten Sex sehen, wenn man das alles zu Hause hat?«

Das klang wie der kluge Kommentar einer Frau, die zur Verbesserung dessen, was er als ihr »trauriges Geschlechtsleben« bezeichnete, nichts beizutragen beabsichtigte. »Aber das macht die Menschen noch unglücklicher, weil sie sich damit nicht messen können«, widersprach er.

»Was soll ich sagen? Hast du keine Patienten, die in der Werbung sind? Die werden dir nämlich sofort erklären, daß die Realität in einer kommerziell ausgerichteten Gesellschaft nicht akzeptabel ist. Deswegen kommt, wenn sie ›Realität zeigen‹, dabei immer eine geschönte Version davon heraus. Du weißt schon, glückliche Familien, hübsche, schlanke Menschen, junge Hunde, junge Kätzchen, riesige Badezimmer. Der ganze Schmus.«

Er dachte an Kate und die zahlreichen Geschichten aus der Werbung, die sie ihm erzählt hatte und bei denen er die Wände hochgegangen war. Zuweilen konnte er es sich kaum verkneifen, ihr zu erklären, daß er ihre Arbeit lächerlich fand. Dann fiel ihm jedoch ein hehrer Gedanke von Pirandello ein, den sie ihm erst letzte Woche unter die Nase gerieben hatte, als sie spürte, daß er empört war. Er lautete etwa folgendermaßen: »Anmaßung ist eine Tugend. Denn wenn man nicht anmaßend ist, kann man nicht König sein.«

Das war aber noch immer keine Lösung für das Problem ihres – Jo Annes und seines – Sexuallebens. Was sollte er tun? Sie mochte einfach keinen Sex; er war unwichtig für sie. Er hatte sich große Mühe gegeben, das zu verstehen; einmal hatte er versucht, ihre Einstellung zu akzeptieren, und sich darauf konzentriert, den Rest ihrer Beziehung schätzenzulernen. Statt dessen jedoch hatte er ständig ein schlechtes Gewissen, weil ihn diese Begierden quälten.

Sie sahen einander seit sechs Monaten (konnte man es »sich treffen« nennen, wenn sie niemals ausgingen?), als Frank plötzlich etwas Unerhörtes tat. Da sie beide Analytiker waren, beantwortete keiner von ihnen das Telefon selbst, sondern überließ das der jeweiligen Maschine. Es machte Frank rasend, daß er und Jo Anne nie ein normales Telefongespräch führten, bei dem der eine anrief und der andere antwortete. Lediglich ihre Anrufbeantworter unterhielten sich miteinander. Anfangs faszinierte ihn das, mit der Zeit aber wurde es unbefriedigend. Er fing an, lange Mitteilungen auf ihrem Beantworter zu hinterlassen, redete mit der Maschine, als spreche er direkt mit ihr. Zwischen all den Anrufen ihrer depressiven Patienten kam auf einmal eine längere Plauderei von Frank. Erst als Jo Anne es ihm gestand, erfuhr Frank, daß sie seinen Anrufen manchmal zuhörte – sogar selbst dann, wenn sie Zeit genug hatte –, während er

seine Mitteilungen auf Band sprach. Wie sie zugab, verlieh ihr das ein Gefühl der Macht.
Also hinterließ Frank eines Tages eine sehr erotische Mitteilung auf ihrem Band. Das war schließlich auch eine Art Flirt, nicht wahr? Er tat es für sich selbst, aber zugleich auch für sie. Da sich die Mitteilung auf dem Tonband befand, konnte sie seine Worte nach Belieben abhören. Sie erzählte ihm die ganze Geschichte. Ihre letzte Patientin hatte sich soeben tränenreich verabschiedet, eine Zweiundvierzigjährige, die gerade eine eigene Firma gegründet und dann erfahren hatte, daß ihre Geschäftspartnerin mit ihrem Boyfriend schlief. Jo Anne war aus der Küche gekommen, wo sie sich einen Eistee gemacht hatte, warf sich wieder in ihren Sessel und schaltete den Anrufbeantworter ein.
»Hallo? Hier ist Jeanette Gould. Könnten wir meinen Mittwochstermin auf einen anderen Tag verschieben? Ich muß geschäftlich dringend nach Akron – ist das zu fassen? Akron, puh! Sind Sie schon mal in Akron gewesen? Bitte hinterlassen Sie eine Nachricht bei meiner Sekretärin. Danke. Bye.«
Die nächste Mitteilung kam von einer Kollegin. »Hallo, Jo Anne, hier Merry Swift. Ich habe eine Patientin für Sie, falls Sie Zeit haben. Rufen Sie mich an. Sagen Sie mal, haben Sie im letzten Monatsjournal den Artikel von Puckett gelesen? Soll das sein Ernst sein? Machen Sie's gut.«
Ein stummer Anruf. Und noch einer. Patienten, die nur anriefen, um ihre Stimme zu hören.
»Hallo. Raten Sie mal, wer hier ist. Ihre mit Sicherheit depressivste Patientin. Wollte nur Ihre Stimme hören. Bye.«
Dann kam Frank. »Hallo, Jo Anne. Eigentlich möchte ich ja zu dir rüberkommen – ich nehme an, du sitzt im blauen Sessel – und meinen Kopf in deinen Schoß legen. Ich glaube, das wäre ungeheuer tröstlich, und ich brauche jetzt ein bißchen Trost. Vielleicht würdest du mir übers Haar streicheln. Meine Patienten saugen mich förmlich aus, und ich möchte, daß du mich in die Arme nimmst.«
Nun kam eine lange Pause, aber er legte nicht auf. Dann sagte er:

»Jetzt öffne ich den Reißverschluß deiner Hose.« Jo Anne setzte sich ruckartig auf. Franks Stimme verriet, daß sogar er selbst über das verblüfft war, was er gesagt hatte.
»Und du sagst zu mir – ich höre deine Stimme genau –: ›Was machst du da, Frank? Hör auf damit! Nein!‹« Er konnte ihre Stimme perfekt imitieren. »Aber ich würde es trotzdem tun: ritsch, ratsch. Dann berge ich mein Gesicht in deiner Möse. Weißt du was? Eigentlich mag ich den Ausdruck Möse. Und genau da möchte ich jetzt gern sein, dich riechen, dich schmekken, dich küssen, mit meiner Zunge spielen – genau dort, in dem Sessel, in dem du deinen Patienten gegenübersitzt, dieser Gedanke macht alles erst so richtig aufreizend, weißt du. Damit du, während du deine Patienten vor dir hast, stets daran denken mußt, was du genau in diesem Sessel getan hast.«
Wieder gab es eine Pause, als müsse er überlegen. »Dann setze ich mich auf dich – nicht, um dich zu vergewaltigen, aber um mich dir aufzuzwingen. Ich bin ein Mann und brauche das, Jo Anne. Und ich weiß, daß du es auch willst, aber zu schamhaft bist, mich darum zu bitten. Ich öffne meine Hose ebenfalls, ziehe sie aus, setze mich in deinem Analytikersessel auf dich und ficke dich. O Gott! Ich bin schon geil, wenn ich nur daran denke! Ich berühre mich sogar gerade. O Gott! Ich werde jetzt mit mir selber spielen, hier auf dem Band. Ja. Ich möchte, daß du auf dem Band hörst, wie ich komme. Es ist wichtig, daß du mich so siehst, als einen Mann, der genauso ist wie jeder andere Mann. Ich habe auch Bedürfnisse, Jo Anne.« Es gab eine Menge »Ohs« und Keuchen, und schließlich einen langen, erleichterten Seufzer der Entspannung. Dann klickte es.
Jo Anne war wie vom Donner gerührt. Sie stellte den Beantworter ab. Sie wußte nicht, was sie davon halten sollte. Konnte das irgendein Perverser sein? Nein, unmöglich. Es war Frank. »Großer Gott«, murmelte sie immer wieder vor sich hin. Ihre Patienten redeten ständig von diesen Dingen, und es hatte sie nie gestört. Im Gegenteil, Jo Anne ermunterte sie, ihre Fantasievorstellungen nicht nur mit ihr zu teilen, sondern auch mit den eigenen Partnern. Aber sahen sie denn wirklich *so* aus?

Warum erwartete sie, daß Frank sich anders verhielt? Er war doch sicher ein ganz normaler Mann, und dies war einfach auch eine sexuelle Ausdrucksmöglichkeit. Sie steckte sich eine Zigarette aus dem Päckchen an, das sie in einer Schublade aufbewahrte – im Grunde rauchte sie ja nicht, aber es lag da für Gelegenheiten wie diese. Sie war sich über ihre Gefühle völlig im unklaren, und das gefiel ihr überhaupt nicht. Wie hypnotisiert beobachtete sie den Rauch, der von ihrer Zigarette aufstieg. Sie spulte das Band zurück und spielte es abermals ab. Sie machte sich Vorwürfe. Nein, was sie erregte, war sein ungeniertes Verlangen, seine Menschlichkeit, die Tatsache, daß er sich nicht scheute, *so etwas* zu tun, seine Bereitschaft, ein Risiko einzugehen. Jawohl, das war es, was sie an ihm liebte. Kein anderer Mann hatte sein Verlangen nach ihr so deutlich gemacht. Aber bedeutete Verlangen auch Liebe? Wenn jemand Verlangen nach dir spürt – heißt das schon, daß er dich liebt?

Sie beschloß, das Band noch einmal abzuspielen und zu sehen, ob sie dabei masturbieren konnte. Sie grinste. Eine tolle Beziehung haben wir: zwei Analytiker, die jeweils zum Klang der Stimme des anderen auf dem Anrufbeantworter masturbieren. Sie öffnete ihre Hose, schaltete das Band ein und begann sich zu streicheln. Abrupt jedoch hörte sie wieder auf; das Band hatte sich zu weit zurückgespult, sie mußte sich noch einmal die anderen Mitteilungen anhören, und als Frank endlich wieder an der Reihe war, hatte es keinen Sinn mehr. Sie beschloß, daß sie Hemmungen hatte, weil sie es sozusagen als Experiment betrachtete. Ungeduldig sagte sie sich: »Das ist doch lächerlich! Ich habe keine Zeit für so was!« Und zog den Reißverschluß ihrer Hose so hastig hoch, als hätte ihr jemand zugesehen und sie verlegen gemacht. All das erzählte sie später Frank.

Es gab ein Kleidungsstück, das Jo Anne ständig trug: eine breit gerippte Cordhose in einem schmutzigdunklen Grün. Tagein, tagaus trug sie diese Hose, die sie einmal pro Woche in ihrer Mini-Waschmaschine im Badezimmer reinigte und anschließend in den Mini-Trockner legte. Während dieser kurzen Zeitspanne trug sie eine andere Hose aus königsblauem Cord, zog die grüne jedoch sofort wieder an, wenn sie trocken war. Sie hatte keine Zeit, sich um ihre Garderobe zu kümmern; das interessierte sie einfach nicht. Frank hatte sie noch nie in einem Kleid oder überhaupt einer anderen Aufmachung gesehen. Beide waren sich einig darüber, daß sie eine echte Verrückte war, und lachten darüber. Aber Frank erklärte ihr, daß er sie so liebe, wie sie war.

Weil sie beim Sex nicht kommen konnte? Hier kam die rettende Fantasie des Analytikers ins Spiel. Er wollte der Mann sein, der sie initiierte, der die Tür zum Zauberreich ihrer Sinnlichkeit aufstieß. Aber mehr noch, er wollte die Macht über sie haben, die seiner Überzeugung nach der Tatsache entsprang, daß er sie zu seiner Sex-Sklavin machte. Wenn sie zum erstenmal gekommen war, so dachte er sich, würde sie von da an ständig hinter ihm hersein und ihn anflehen, mit ihr zu schlafen. Er versuchte sich auszumalen, wie es war, wenn sie endlich einmal kam, doch das überstieg seine Vorstellungskraft. Der Ausdruck auf ihrem Gesicht blieb verschwommen, wenn er ihn sich zu vergegenwärtigen suchte.

Also war ihre sexuelle Beziehung primitiv. So beschrieb er es jedenfalls Dr. Janet. Jo Anne schien sich von ihm benutzen zu lassen, ja, wurde sogar ein winziges bißchen erregt, wenn sie das Gefühl hatte, gedemütigt zu werden. Sie ließ ihn mit sich machen, was er wollte, spielte die Überraschte, wenn er sie mitten in der Nacht auf den Bauch rollte und von hinten bestieg. »Was machst du da?« fragte sie dann. Aber sie wußte natürlich genau, was er da machte.

Frank beruhigte sie. Er sagte, er liebe sie trotz alledem, weil sie eine so außerordentlich gute Psychologin sei. Sie verstand es großartig, sich einer Meinung zu enthalten, und deswegen blühten ihre Patienten auf.

»Jo Anne, du bist ein wunderbarer Mensch. Du folgst einer höheren Berufung, wenn du anderen Menschen hilfst, sich zu verwirklichen, damit sie glücklich werden. Was macht es also, daß du ein bißchen verrückt bist? Das sind wir doch alle«, erklärte er, als sie auf ihren beiden Couches lagen und an die Decke starrten. Es war etwas ganz Natürliches für ihn, sich um jemanden zu kümmern. Doch nun konnte er sich ihrer Fürsorge überlassen; hier stand keinerlei Berufsethos auf dem Spiel. Hier ging es um sein eigenes Leben.

Jo Anne war entsetzt. »Du redest wie ein Yuppie, Frank. Erkennst du denn nicht, was du da tust?«

»Nein«, gestand er. »Was denn?«

»Du machst Yuppie-Dating.«

Er sah sie an.

Sie fuhr fort, an die Decke zu starren. »Yuppie-Dating ist intellektuelles Dating statt Hormondrüsen-Dating. Wie wenn ein Anwalt ein Date mit einer Anwältin hat, weil jeder glaubt, daß er ein Date mit einer Anwältin haben sollte, und nicht, weil sie sich zueinander hingezogen fühlen. Du magst deine *Vorstellung* von mir, aber du magst nicht *mich*. Deswegen sind die jungen Leute heutzutage so verwirrt. Es wird Zeit, daß wir zu dem eigentlichen Grund zurückkehren, aus dem die Menschen sich zusammentun sollten. Ich erwäge sogar, eine Abhandlung darüber zu schreiben.«

»Das ist das Albernste, was ich jemals gehört habe!« Nun war es an ihm, entsetzt zu sein. Und dann, in dem verärgerten Schweigen, das darauf folgte, versuchte er zu verarbeiten, was sie gesagt hatte. Konnte es sein, daß sie recht hatte? Nein. Er war lieber bei Jo Anne mit ihrer Cordhose als bei – ja, bei wem? Bei Kate mit all ihren eleganten Outfits. Bei Kate, die so intensiv mit dem Leben beschäftigt war, die sich den Kopf über den perfekten Nagellack für dieses Frühjahr zerbrach. Bei Kate, die ihm ständig vorschrieb, was er mit seinem Haar machen und wo er essen gehen sollte, in Little Italy oder SoHo oder wo sie gerade gewesen war. Bei der armen, sexhungrigen Kate, die…

Kate. Verdammt noch mal! Wieso tauchte sie ständig auf? Sie war ein Fluch. In Gegenwart von Jo Anne wagte er kaum ihren Namen auszusprechen. Sie war sein wunder Punkt. Vor kurzem hatte er Jo Anne alles über Kate erzählt, denn er hoffte, von ihr einen beruflichen Rat zu bekommen, weil er nicht wußte, wie er sie behandeln sollte. Und was als ruhige Diskussion begann,

hatte sich zu einer der heftigsten Auseinandersetzungen entwickelt, die sie jemals gehabt hatten.
Er erinnerte sich, daß er ihr erzählt hatte: »Sie haßt mich so sehr. Sie macht mich völlig fertig. Offenbar bin ich der falsche Arzt für sie.«
»Nein«, widersprach Jo Anne. »Sie betet dich an. Das ist doch eindeutig.«
»Aber Jo Anne, wie kannst du nur so was sagen? Sie ist bei jeder Gelegenheit ganz einfach boshaft!«
»Nein, Frank, das Problem geht weitaus tiefer. Das Problem bist du. Du magst sie, und das weiß sie. *Deswegen* verlaufen deine Sitzungen mit ihr so unangenehm.«
Er explodierte. »Das ist nicht wahr! Wie kannst du es wagen, so etwas zu behaupten? Du bist ja verrückt!« Er sprang von der Couch auf und lief, ununterbrochen auf sie einbrüllend, im Zimmer umher. »Ich habe dieses ständige Analysieren satt, das wir treiben! Ich muß mich den ganzen Tag damit rumschlagen und habe meine eigene Analytikerin, also vielen Dank. Laß uns doch *einmal* was anderes tun. Laß uns im Central Park einen Spaziergang machen. Wie ganz normale Menschen.«
Sie sah ihn an und interpretierte den Stich, den sie erhalten hatte, als Beweis für die Richtigkeit ihrer Behauptungen.
Frank starrte zurück und erkannte, daß Jo Anne einen seiner Schwachpunkte getroffen hatte. Er hatte sich in eine Patientin verliebt, und schlimmer noch, er hatte es erst gemerkt, als sie ihn darauf hinwies.

Kate liebt Boris

Für Kate war Boris' Besuch in New York ein russisches Märchen, in das man sich bis spät in die Nacht hinein vertieft. Er kam mitten in ihr Leben hereingeschneit und eroberte sie im Sturm. Sie hatte ihren russischen Großfürsten gefunden und war zur russischen Zarin geworden. Das war das letzte, was sie erwartet hätte, wo sie doch in Dr. Manne verliebt war.

Es war, als hätte sie sich im selben Moment, da sie Dr. Manne gestand, daß sie ihn liebe, statt dessen in Boris verliebt. Der arme Dr. Manne, jetzt saß er wirklich in der Patsche. Nicht nur, daß sie wütend auf ihn war, weil er ihre Liebe zurückgewiesen hatte – nun würde sie ihm auch noch ihren exotischen russischen Liebhaber unter die Nase reiben.

Herrje, sich ausgerechnet während der beiden unangenehmsten Wochen des Jahres zu verlieben, wenn die Tage scheußlich und kurz waren! Kein Mensch verliebte sich im Januar; mein Gott, wie... wie wahnsinnig *russisch* das doch war! Und niemals hätte sie gedacht, einen Russen anziehend finden zu können, denn nachdem sie mitten unter ihnen aufgewachsen war, hatte sie geglaubt, sie sei allergisch gegen sie. Und dazu ausgerechnet in einen leidenden Dissidentendichter! Wie romantisch! Sie hatte also nicht nur einen Mann gefunden, sondern eine »Mission« dazu. Wenn Boris abreiste, das schwor sie sich, würde sie versuchen, dem amerikanischen PEN-Club beizutreten. Sie sah sich schon jetzt mit russischem Kopftuch an Protestmärschen für verhaftete Sowjetautoren teilnehmen.

Mit großer Freude dachte sie an die Nächte zurück, in denen sie mit diesem wilden, verschwiegenen Russen geschlafen hatte, und vermochte einfach nicht zu entscheiden, ob er nun ein KGB-Agent war oder nicht. Geheimnisvoll und kompliziert genug war er jedenfalls. Die bloße Möglichkeit, daß er ein Agent sein könnte, erregte sie nur um so stärker, das mußte sie zugeben. Ob sie eines Tages ihre Memoiren schreiben sollte? *Mein KGB-Lover* von Kate Odinokov. Dieser Flirt mit dem Unbekannten bewirkte, daß sie sich in seiner Gegenwart nervöser und zaghafter verhielt, als sie gern gewesen wäre. Vor allem aber staunte sie über seine Männlichkeit und war begeistert davon, daß er fast jeden Abend mit großem Aufwand und schwungvollen Gesten für sie kochte, die Pasta mit einem so präzisen Dreh ins kochende Wasser warf, daß sie in einer perfekten Spirale hineinfiel, oder eine Vinaigrette mit gekonnt schlenkerndem Handgelenk aufschlug, um anschließend den kleinen Finger zum Abschmecken hineinzustippen.

Eine Angewohnheit, die sie veranlaßte, ihn für einen Spion zu halten, war die Art, wie er sie in der Nacht verließ. Sie konnte das nicht verstehen. Es kränkte sie tief, daß er, nachdem er das Abendessen gekocht hatte, sie zusammen ins Bett gegangen waren, sich geliebt und ferngesehen hatten, pünktlich um Mitternacht, wenn sie gerade einschlafen wollte, heimlich aus dem Bett schlüpfte, sich ankleidete und in seine Park-Avenue-Wohnung zurückkehrte. Jedenfalls behauptete er das.

»Aber warum, Boris? Es tut mir weh, wenn du fortgehst. Ich hasse es, allein zu schlafen. Ich hasse, hasse, *hasse* es!« protestierte sie schmollend.

»Aber ich muß, Baby. Ich kann nicht bei einer Frau bleiben. Ich bleibe niemals bei einer Frau. Ich brauche mein eigenes Bett. Deswegen lade ich auch abends nie eine Frau in mein Pariser Atelier ein, denn ich kann sie wohl schlecht bitten zu gehen.«

»Magst du mich nicht?« wollte sie von ihm wissen.

Er ignorierte ihre Frage. »Ich habe es gern, wenn ich mit deinem Duft im Bart nach Hause komme und der Liftboy dich an mir riechen kann. Wirklich, das stimmt. Er weiß genau, was ich getrieben habe. Das finde ich großartig. Er ist *jaloux,* und ich lächle, wenn ich aussteige und meine Wohnung betrete.« Ein fröhlich-triumphierender Ausdruck lag auf seinem Gesicht, als er ihr das erzählte; eindeutig genoß er es, sich als spitzbübischen Lausejungen zu sehen.

Kate musterte ihn mit verständnislosem Blick. Wieso zieht es ein Mann vor, die Nacht *nicht* mit mir zu verbringen? Wieso wälzt er sich aus meinem warmen, gemütlichen Bett, entläßt meinen seidenweichen Körper aus seinen Armen und verzichtet darauf, eng aneinandergeschmiegt mit mir zu schlafen, von Zeit zu Zeit aufzuwachen und mich im Halbschlaf abermals zu lieben? Sie versuchte seine Worte stumm zu wiederholen; vielleicht vermochte sie ihn dann zu verstehen. Sich anziehen, in die eiskalte Januarnacht hinausgehen, sich dem Liftboy mit dem Duft von Sex im Gesicht präsentieren, sich ausziehen und wieder zu Bett gehen? Allein? Unwillkürlich zweifelte sie an sich selbst und fragte sich, ob sie irgendwie abstoßend wirke. Aber es war vergebens. Ganz gleich, wie inständig sie ihn bat zu bleiben – er weigerte sich.

Traf er sich irgendwo in diesen Jazzclubs, die er besuchte, mit anderen Agenten? Waren all diese Interviews nur Tarnung für irgendwelche prosowjetischen Aktivitäten? Und war ihr Telefon vielleicht mittlerweile angezapft, wurde ihre Post kontrolliert? Wurde sie auf der Straße beschattet? War sie eine Frau, die Boris ganz normal kennengelernt hatte, oder hatte er sie von Anfang an in seine Tarnung einbezogen, damit er ungestört operieren konnte? Und dann stellte sie sich die Kardinalfrage: Konnte sie ihn noch lieben, wenn er wirklich vom KGB war?

Sie glaubte, es war an dem Abend, an dem sie mit Boris in die Carnegie Hall ging, als sie sich in ihn verliebte. Gegen Ende ihres Arbeitstages war ihr Boß zu ihr ins Büro gekommen und hatte ihr zwei Konzertkarten angeboten, weil er nicht selbst gehen konnte. »Carnegie Hall, das ist doch wirklich typisch New York, findest du nicht?« sagte sie am Telefon zu Boris. »Ich mache jetzt Schluß hier im Büro. Komm doch auf ein paar Cocktails und Kanapees zu mir rüber, während ich mich dann umziehe.« Sie liebte das Wort »Kanapees«; es klang so nach den dreißiger Jahren. Oder waren es die fünfziger?

Während sie so herumsaßen und Wein tranken, zog sie eine Maus aus Katzenminze aus ihrer Handtasche – ein Leckerbissen, den sie für Boo gekauft hatte.

»Hast du so was schon mal gesehen?«

Er haßte es, nein zu sagen, wußte aber wirklich nicht, was das war.

»Katzenminze. Marihuana für Katzen«, erklärte sie und reichte sie ihm, damit er sie inspizieren konnte, bevor sie Boo damit beglückte.
»So was gibt es bei uns nicht«, stellte er fest und meinte, bei uns in Rußland, während er Boo beobachtete. Wie begeistert sie danach sprang! Ein Katzenminze-Ballett aus Sprüngen und fliegenden Jetés, dazu ein bißchen Akrobatik, Somersaults und Dreifachsalti.
Und dann, nach dem Trommelwirbel – Ruhe. Boo war besoffen und wälzte sich, mit idiotischem Grinsen vor sich hin starrend, auf dem Boden.
»Ich muß mich umziehen«, erklärte Kate mit einem Blick auf die Uhr. Sie eilte ins Schlafzimmer und schmiß sich in ihre schwarze Samthose und einen schwarzen Pullover mit V-Ausschnitt, den sie mit dem V auf dem Rücken trug. Sie liebte ihren Rücken und hielt Rücken überhaupt für sexy. Dann malte sie sich einen Streifen Taxi-Gelb unter die elegant geschwungenen Augenbrauen, die sie für ihren besten Zug hielt, und schminkte sich einen knallroten Mund. Sie begutachtete das Ergebnis im Spiegel und kam sich äußerst Neo-Jap vor, als perfekte Ergänzung zu seinem Haute-Nouvelle-Look, der in Paris der *dernier cri* war. Zu einem grauem Kansai-Yamamoto-Hemd und einer anthrazitgrauen Hose trug er einen winzigen roten Querbinder.
»Ich bin fertig«, verkündete sie knapp fünf Minuten später und präsentierte sich ihm. Sie fand es großartig, eine Frau zu sein, die in null Komma nichts hinreißend aussehen kann. Sie gingen zur Park Avenue hinüber, und er sah entsetzt, daß sie einfach mitten auf die Straße trat und einem anderen Paar, das ein Taxi herangewinkt hatte, dieses kurzerhand vor der Nase wegschnappen wollte.
»Aber so macht man das in New York, Baby«, behauptete sie empört, als er sie fest beim Arm packte und davonführte, damit das Paar sein Taxi bekam. Sie war pikiert. Er gab ihr das Gefühl, ein ungezogenes Mädchen zu sein. Schweigend fuhren sie mit einem anderen Taxi, bis er sich zu ihr umwandte und mit tod-

ernster Miene sagte: »Wir müssen einen Handel mit Katzenminze aufmachen.« Das klang äußerst offiziell. »Die franko-amerikanische Drogen-Connection für Katzenminze.«
Sie liebte seinen Sinn fürs Dramatische und seine Art, sich auszudrücken.
»Glaubst du, die Pariser Katzen würden auf amerikanische Katzenminze auch so reagieren?« erkundigte er sich.
»Ich werde dir etwas mitgeben, wenn du abreist; dann kannst du's probieren.«
Kate merkte, daß Boris seinen ersten Besuch der Carnegie Hall genoß. Wie er ihr sagte, weckte sie in ihm ein wenig Sehnsucht nach Moskau und sogar Sehnsucht nach New York selbst, weil er sein Leben lang immer wieder von der Carnegie Hall gehört hatte. Er lachte über seine eigene Sentimentalität. Es überraschte ihn, wie schlicht die Hall gehalten war, und er bewunderte ihre klaren, schönen Linien. Sie war ganz und gar nicht so großartig, wie er es sich vorgestellt hatte. Es gefiel ihm, wie die Menschen sich durch die offenen Türen hineindrängten, als wollten sie zu einer großen Party.
»Du hast Glück, wir haben Logenplätze«, verkündete sie und schwenkte die Karten. Während er in dem kleinen Vestibül der Loge seinen Mantel aufhängte und sich vor dem Spiegel über die Haare strich, erklärte sie ihm, daß heute das American Composers Orchestra spielen werde, eine Gruppe, die sich für die Musik zeitgenössischer amerikanischer Komponisten engagierte. Nach der ersten Nummer, einem mitreißenden, modernistischen Stück von Elliot Carter, bemerkte Kate, daß Boris überaus vornehm applaudierte. Wie elegant er wirkte, als er das Publikum unten im Saal musterte! Und als der Komponist sich von seinem Platz inmitten der Zuhörer erhob, um sich zu verbeugen, da nickte Boris ihm höflich zu, hob zum Zeichen der Anerkennung ganz leicht die Hände, und Kate dachte bei sich, welch ein Glück es doch war, einen so charmanten Mann zum Begleiter zu haben.
Nach dem Konzert wollte sie ein Taxi nach Hause nehmen, weil es kalt und spät geworden war, er aber bestand auf einem erfri-

schenden Fußmarsch die Madison Avenue entlang. Der scharfe Wind drang durch ihren Mantel und ließ ihre Augen tränen, doch Boris machte das alles nichts aus, er liebte die Kälte. Gemeinsam marschierten sie die menschenleere, von üppig gefüllten Schaufenstern beleuchtete Straße entlang. Da sie ihn unbedingt bilden wollte, versuchte sie vor nahezu jedem Schaufenster stehenzubleiben und sagte: »Sieh doch, Boris, sieh!« Er aber zog sie, gelangweilt von all dem Luxus, unbarmherzig weiter. »Baby«, sagte er, »das alles gibt es in Paris genauso. Komm nach Paris, in Paris ist es viel schöner. Das hier ist gar nichts.«
Als sie nach einem Abstecher in einen teuren, die ganze Nacht geöffneten Deli, wo sie etwas Schokoladengebäck kauften, endlich in ihrer Wohnung ankamen, war Boo von der Wirkung der Katzenminze noch immer verschlafen. Kate sah, wie ihre Katze mit Boris kokettierte, sich auf die Seite legte und ihn bewundernd anstarrte.
»Bist du eine Balanchine-Ballerina?« turtelte er auf französisch. »Möchtest du einen Schluck Champagne?« Er dehnte das Wort, Cham-p-a-g-n-e. Boo wälzte sich mit ausgestreckten Vorderpfoten auf den Rücken und starrte ihn von unten her an. Kate, die auf einem Tablett die Teekanne und das Gebäck hereinbrachte, sah zu, wie ihre Katze mit ihrem Liebhaber flirtete.
Hier sind wir also, dachte sie, zwei Charlotte Ramplings, allein in Manhattan, teilen uns eine Wohnung, tun unser Bestes, nehmen das Leben, wie es kommt, und sind beide vom selben Mann fasziniert. Sie hatte keine Ahnung, was Boris für sie empfand. Er war seltsam: herzlich und distanziert, lieb und kühl. Aber das war ihr gleichgültig. In diesem Augenblick spürte sie, wie etwas klickte. Konnte es sein, daß sie von ihrem Dasein als Einzelperson hinübergewechselt war in ein Leben als Hälfte eines Paares? Was immer es sein mochte – es gefiel ihr.

Da der folgende Tag, ein Sonnabend, Boris' neununddreißigster Geburtstag war, plante Kate eine Überraschung für ihn. Er hatte diesen Geburtstag vor einigen Tagen beiläufig erwähnt und schien keinen besonderen Wert darauf zu legen. Als sie ihn fragte, was er an seinem Ehrentag gern tun würde, wurde er verlegen und wechselte das Thema. Sie entschied, daß er in seinem Leben noch nicht viel Freundlichkeit erfahren hatte und stets darauf gefaßt war, enttäuscht zu werden. Also beschloß sie, ihn zu überraschen. Einige Tage zuvor hatte er ihr das Manuskript einer seiner neuen Kurzgeschichten gegeben. Es war auf englisch abgefaßt, grauenhaft getippt und wimmelte von Bleistiftkorrekturen. Er hatte sie gefragt, ob sie vielleicht jemand wüßte, möglicherweise eine Sekretärin in ihrer Firma, der ihm eine saubere Abschrift tippen würde.

»Ach bitte, könntest du das tun? Mir zuliebe?« fragte er und legte dabei mit dramatischer Geste die Hand aufs Herz.

»Ich werde mich umhören«, entgegnete Kate.

Aber die Zeit war dahingegangen, sie hatte niemanden finden können und beschloß nun, ihm ihre Zeit zum Geschenk zu machen und es persönlich abzutippen. Sie war überzeugt, daß sie es besser konnte, und begann beim Tippen, die Story zu redigieren und Übersetzungsfehler zu korrigieren. Während sie arbeitete, hockte Boo auf ihrem Schreibtisch und las jedes Wort, kaute auf Gummibändern herum, spielte mit den Bleistiften, genoß das hypnotische *klack klack klack* der Schreibmaschine und machte vor Vergnügen jedesmal einen Luftsprung, wenn Kate die Returntaste drückte.

Es war eine sonderbare Erzählung über einen russischen *emigré,* der in Paris lebte und Alma, einer sehr hübschen jungen Spanierin, Rauschgift gab. Als sie eines Tages im Frühling zusammen nach Venedig fuhren, sah er sie von der Seufzerbrücke springen und ertrinken, während er weit entfernt in einer Gondel dahinglitt. Kate wurde ganz komisch bei dieser unheimlichen Geschichte. Während sie tippte, hatte sie das Gefühl, in die Story einzutreten und ein Teil davon zu werden.

Als sie es geschafft hatte, war es vier Uhr morgens an Boris' Geburtstag. Sie sprang vom Schreibtisch auf und hastete zur Kopy-Kat-Boutique, wo sie geduldig in der Schlange wartete, bis sie an die Reihe kam und um fünf Kopien bitten konnte. Dann besuchte sie ihr gewohntes Papierwarengeschäft und erstand einen Füllfederhalter mit goldener Tinte. Boris hatte vor ein paar Tagen ihren Goldfüller benutzt und ihn als *»fantas-tiik«* bezeichnet, also fand sie, er müsse auch einen bekommen. Wieder in der Wohnung, verpackte sie die Manuskripte in königsblaues Einwickelpapier, das sie von einem Geschenk aufbewahrt hatte, und verschnürte das Päckchen mit einem Silberband aus ihrer Schachtel mit Christbaumschmuck. Sie kramte in ihrem Kasten mit Geburtstagskarten, die sie jedesmal kaufte, wenn sie eine gute entdeckte, und fand ein avantgardistisches, schwarzweißes Duane-Michaels-Foto, das sie erst wenige Tage zuvor in einem Kartenladen von SoHo gefunden hatte, und schrieb in Gold: »Meinem russischen Dichterfürsten herzlichen Glückwunsch zum Geburtstag. In Liebe, Kate.«

Inzwischen war es schon fast Zeit, daß Boris erschien.

Als sie sich umzog, ertönte der Lobby-Summer. Sie lief in die Küche, um den Öffner zu betätigen, und hastete ins Wohnzimmer, um die Geschenke unter der Couch zu verstecken. Als er die Tür öffnete, war sie bemüht, ruhig und gelassen zu wirken. Er hielt eine Flasche Champagner in der Hand und sah bedrückt aus. »Ich dachte, wir könnten auf den alten Chronos trinken«, erklärte er finster.

»Nur herein, nur herein!« Sie nahm ihn lachend in den Arm. »Ach ja, Baby, schlechte Nachrichten«, sagte sie, seinen Trauerton imitierend, und küßte ihn *à la française* auf beide Wangen. »Ich hab' niemanden finden können, der deine Story abtippt.« Dabei reichte sie ihm sein abgegriffenes Originalmanuskript. Seine Miene wurde lang, und er wehrte ab. Also legte sie es auf den Dielentisch.

»Setz dich«, befahl er, deutete auf die Couch und marschierte geradewegs in die Küche. Sie hörte ihn in den Schränken hantieren. »Wo sind die Weingläser? Ach ja, ich hab' sie.« Mit dem Champagner und zwei Kelchen kam er wieder heraus.

»Nein, warte!« sagte sie und sprang auf. Sie ging zum Wohnzimmerschrank und nahm altertümliche, geschliffene Champagnerflöten heraus. »Aus Jugoslawien«, erklärte sie und zeigte ihm die hohen, dünnen Kristallgläser.

»Ah, das ist *fan-tas-tiik*«, erklärte er, nahm ihr eins ab und drehte es in den Fingern. So etwas gefiel ihm immer. Er setzte sich zu ihr auf die Couch, ließ den Champagnerkorken knallen und schenkte ein. Sie hob ihm ihr Glas entgegen und sang: *»Happy Birthday.«* Er lauschte aufmerksam.
»Großer Gott, das singt ihr hier?« fragte er mit gespieltem Abscheu.
»Jawohl, Baby.«
»Hmmm. Gefällt mir nicht.«
»Was singt ihr denn?«
Er lehnte sich zurück, schloß die Augen und sang ein dramatisches russisches Geburtstagslied mit dem Titel »Neuer Sommer«. »Hmmm«, stimmte sie zu. »›*Happy Birthday to You*‹ klang dagegen eindeutig ein bißchen dürftig.«
»Ist schon okay«, seufzte er. »Vergiß es.« Beide lehnten sie sich zurück und tranken schweigend den Champagner. Er war eine Million Meilen weit weg, versunken in russische Geburtstagserinnerungen.
»Ein ausgezeichneter Champagner, Baby«, lobte sie.
»Nicht ausgezeichnet, aber okay«, korrigierte er schulmeisterhaft. »Gerade noch okay.«
Sie konnte es nicht mehr aushalten. »Und hier ist ein kleines *cadeau* für Boris!« jubelte sie und zog das zerknitterte, bunte Paket unter der Couch hervor.
Sein Gesicht leuchtete auf. Welch eine Überraschung! Er zog sie in seine Arme und wiegte sie glücklich vor und zurück. Mit dramatischen Gesten und kindlichem Eifer packte er das Geschenk aus und überlegte laut, was es wohl sein könnte. Als er sah, daß es seine Story war, so perfekt, so wunderschön getippt, und auf so sauberem schneeweißem Papier, drückte er das Manuskript ans Herz, seufzte und sah sie voll inniger Zuneigung an.
»Hab' ich eigenhändig getippt«, erklärte sie und hopste, glücklich über ihre kleine List, im Sitzen auf der Couch auf und ab. »Den ganzen Tag hab' ich daran gearbeitet.«
Er nahm ihr Gesicht in beide Hände und gab ihr russische Küsse, kräftige und sehr zarte. Er bedankte sich für ihr Foto (das

sie in letzter Minute noch hinzugefügt hatte) und schrieb mit dem Goldfüller, über den er sich wie ein Kind freute, auf ein Blatt Papier: »Du bist das süßeste Mädchen in den USA. Boris Zimoy.«
Sie schmiegten sich aneinander und tranken Champagner. Boris war glücklich, weil sie ihn verwöhnte, und Kate, weil sie ihm eine Freude gemacht hatte.
»Wenn wir jetzt noch ein bißchen Schubert hören könnten, wäre wirklich alles perfekt«, sagte er sehnsüchtig.
»Wirklich?« fragte Kate. »Wäre dann wirklich alles perfekt?« Sie erhob sich und legte eine Sonate von Schubert auf, gespielt vom Guarneri-Quartett. Mit strahlendem Lächeln nahm sie wieder Platz und küßte ihn auf die Wange.
»*Happy Birthday,* Boris«, sagte sie. Dann schlossen sie die Augen, tranken Champagner und hörten Schubert. Wie perfekt konnte das Leben sein? Soviel Zufriedenheit hatte sie bisher noch niemals erlebt. Dies war alles, was sie sich jemals erträumt hatte. Bisher war ihr das immer so unerreichbar erschienen, und nun war es da.
Sie nahmen die Flasche Champagner mit ins Schlafzimmer, und er gab ihr zahllose Champagnerküsse, während sie vom Bett aus amerikanisches Fernsehen schauten. Er konnte gar nicht genug kriegen davon, die Werbung jedoch fand er gräßlich.
An diesem Abend wollte Kate aber nicht, daß er seine Aufmerksamkeit auf das Fernsehen konzentrierte; sie wollte von ihm unterhalten werden, also schaltete sie es ab. Boris setzte sich auf und gab Anekdoten von Chruschtschow, Breschnew und Andropow zum besten, gefolgt von Erlebnissen mit biestigen Französinnen und schwulen Franzosen. Kate kam aus dem Kichern nicht mehr heraus.
»Und was kann ich dir denn jetzt bieten?« überlegte sie laut. »Ach ja, ich weiß«, sagte sie dann, richtete sich hoch auf und setzte ihre patriotischste Miene auf. »Das hab' ich im Sommercamp gelernt.« Mit einer süßen, klaren Stimme begann sie zu singen:

»I like the United States of America
I like the way we all live without fear
I like to vote for my choice
Speak my mind, raise my voice
Yes, I like it here.

I am so lucky to be in America
And I am thankful each day of the year
For I can do as I please
'Cause I'm free as the breeze
Yes, I like it here.

I'd like to climb to the top
Of a mountain so high
And lift my head to the sky
and say how grateful am I
For the way that I'm living
I'm working and giving
And helping the land I hold dear
Yes, I like it
I like it
I like it here!«

Boris brüllte vor Lachen. Jetzt amüsierte er sich königlich. Er küßte sie auf die nackte Schulter und nannte sie »mein kleiner Soldat«.

Während sie in seinen Armen lag und spürte, wie er einschlummerte, fragte sie sich, was wohl aus ihnen beiden werden würde. In ein paar Tagen mußte er schon abreisen! Würde sie nach Paris gehen und Französin werden? Würden sie glücklich sein bis ans Ende ihrer Tage?

Sie schlüpfte unter seinem Arm hinweg, stemmte sich hoch und betrachtete den Schlafenden, verschlang ihn mit bewundernden Blicken. Mit den Wangen streichelte sie seine Brust, strich mit den Lippen über den weichen, schwarzen Pelz seiner Körperhaare. Sie glitt mit dem Gesicht an seinen Armen entlang, suchte sich ihn ins Gedächtnis einzuprägen, züngelte über die zarte Haut seiner Armbeuge, atmete tief den Duft seiner Achselhöhle ein, um ihn für immer in sich zu bewahren. Wie einen Rosenkranz betete sie die Litanei aller Dinge herunter, die ihn ausmachten, wiederholte sie in Gedanken, während sie mit dem Mund seinen Körper erforschte. Dies ist der Körper eines Mannes, der ganz allein auf der Welt ist, eines Mannes, der im Alter von vierunddreißig Jahren geboren wurde, als ein Air-France-Jet ihn auf westlichem Boden absetzte. Eines Mannes, der seine Heimat nie wiedersehen wird. Wie nervös mußte er gewesen sein, als die Maschine in Scheremetjewo die Fluggäste Richtung Paris aufnahm! Hatte sein ganzer Körper aufgeschrien bei dem, was er tat? Dies ist der Körper des Mannes, der mit achtzehn Jahren in der sowjetischen Armee dienen mußte und während der zwei Jahre in Sibirien beinahe gestorben wäre. Dies ist der Körper des Jungen, der als Kind glückliche Sommermonate auf der Krim verbracht hat. Dies ist der Körper eines Mannes, der das berüchtigte Doppelleben eines durchschnittlichen Sowjetbürgers geführt und die ständige Gefährdung eines Untergrundkämpfers erlebt hat; der Körper eines Mannes, der in ständiger Verzweiflung über sein geraubtes Leben lebt, der seine Heimat so liebt, daß jeder Tag im Westen sowohl Segen als auch Qual für ihn ist. Dieser Mann ist die Verbindung zu meinen Wurzeln. Wenn ich ihn küsse, küsse ich Rußland, küsse ich meine Seele. Er ist der Schlüssel – zu mir.

Sie dachte an ihre Collegezeit, als sie von allem Slawischen begeistert gewesen war. Eine richtige russische Troika waren sie gewesen, Kate, Donna und Shelley, drei Neunzehnjährige, fasziniert vom Slawischen Institut der George Washington University. Wie liebeskranke Jünglinge waren sie süchtig nach der Droge der russischen Literatur, berauschten sich an Dostojewski, Lermontow, Tschechow, Tolstoi, Gogol und Puschkin. Sie gierten nach der Intensität dieses verlockenden, üppigen Bildes vom Leben in Rußland, so reich an Gedanken, Gefühlen und Emotionen, daß es sie überwältigte. Es war die Antwort auf die starke Sentimentalität ihres damaligen Lebensabschnitts. Sie sehnten sich danach, die verzweifelte Mascha am Schwarzen Meer zu sein, die, so wundervoll um Worte verlegen, eines heißen Nachmittags an einem Teetisch saß und unglücklich ihren verheirateten Kosaken-Liebhaber anstarrte, während sie eine Schale tropfender Kirschen aus Aserbeidschan in den Händen hielt.

Zu Beginn eines jeden Semesters kamen sie schwer beladen aus der Buchhandlung, stöhnend unter dem Gewicht der hochgetürmten Bände, zwölf Bücher russische Romane, vierzehn Bücher über Philosophie und Literatur und nur sechs über sowjetische Literatur vom Zweiten Weltkrieg bis zur Gegenwart – Solschenizyn schrieb nicht so viel, er schrieb nur sehr lang. Kate erinnerte sich, wie sie alle drei, die Beine in den Blue Jeans lang ausgestreckt, die langen Haare über ihre Schultern fallend, auf den Betten in ihrem berüchtigten Dormitoriumszimmer 636 lagen, Shelley auf dem oberen Bett, Donna unten, Kate auf dem Einzelbett auf der anderen Seite des winzigen Raumes, und bis in die tiefe Nacht hinein lasen, Marathons von einem dickleibigen Band nach dem anderen, der ganze Raum dunkel bis auf die winzigen Lichtflecke der Leselampen über ihren Köpfen. Eine nach der anderen hörten sie dann auf, Shelley löschte ihr Licht als erste, Kate kurze Zeit später. Nur Donna, die Appetitzügler nahm, blieb lange wach, las und rauchte Zigaretten.

Aber das genügte Kate nicht. Sie belegte den russischen Intensivkurs, der sich fünfmal pro Woche um sieben Uhr fünfzig morgens traf, einer echten Arbeitslagerzeit. Ihre Lehrer waren »Professoren«, die ihrer festen Überzeugung nach CIA/KGB-Agenten waren. Gab es eine bessere Tarnung, als an einem College in Washington, D. C., Russisch zu lehren?

Großer Gott, wie lange hatte sie schon nicht mehr an jene Zeit zurückgedacht! Inzwischen waren ihre Lippen an Boris' Körper hinabgewandert, und sie knabberte an seinen Zehen. Er atmete tief und genußvoll. In ihren Armen, zwischen ihren Lippen hielt sie ihr ganz persönliches kleines Stück russischer Literatur, einen echten russischen Dichter, einen Dissidenten, einen *emigré,* einen Mann, dessen Qual und Schmerz ihr das Gefühl gaben, lebendig zu sein. Als sie sich rittlings auf ihn schwang und in sein Gesicht starrte, verschwor sie sich ihm mit ihrem Leben. Dies war nicht Liebe; dies war etwas weit Größeres, weit Schwerwiegenderes. Sie würde ihm das Leben versüßen, sie würde ihm alles zu geben versuchen, was man ihm weggenommen hatte. Möglich, daß er sie jetzt noch nicht liebte, aber das war ihr gleichgültig. Sie würde so gut zu ihm sein, daß er sie schließlich doch brauchte, sie wollte und schließlich liebte. Sie beobachtete ihn, während sie wundervoll kam, und entdeckte einen Ausdruck der Verzweiflung auf seinem Gesicht. Sie ließ sich neben ihn sinken und küßte ihn auf die Wange. Dann schlief sie in seinen Armen ein, und als sie am nächsten Morgen erwachte, war er fort.

Boris liebt keinen

Nachdem er sich leise angezogen hatte, um sie nicht zu stören, blieb Boris an der Tür von Kates Zimmer stehen und betrachtete die Schlafende, die er allein im Bett zurückgelassen hatte. Wie er sie um diesen Schlaf beneidete: so mühelos! Er versenkte sich voller Bewunderung in den Anblick, den sie bot, und ihm fiel ein, daß seine Kamera noch auf ihrer Kommode lag. Er liebte die Art, wie die Daunendecke die graziösen Kurven ihres Rückens abzeichnete, wie ihr kastanienbraunes Haar sich duftig um ihren Hals kringelte, liebte die kräftigen Schultern und ihre Arme, die sich zwischen den Kissenbergen hindurchschlängelten. Er würde es »Schlafende Frau mit Manhattan vor dem Fenster« nennen. Die Katze schlief, zu einem festen Ball zusammengerollt, im Winkel zwischen ihren Beinen. Er lächelte. Die Katze war nicht dumm; sie wußte genau, wo der schönste Platz war. Als er das Bild knipste, blickte Boo auf.

Noch nicht ganz bereit, das feminine Nest der beiden zu verlassen, setzte er sich auf das kleine Sofa in Kates Schlafzimmer. Ahh, diese verdammte Schlaflosigkeit! Sie ruinierte nicht nur seine Nächte, sondern zerfurchte seine Tage mit unbarmherziger Erschöpfung. Ständig klopfte die Erinnerung an seine Vergangenheit ans Fenster seines Ateliers, während ganz Paris schlief und höchstens von Café au lait und frischen Croissants träumte. Was für provinzielle *salopes* die Pariser doch waren! Es war gefährlich, bei Nacht durch die undurchsichtigen Bezirke seiner Seele zu wandern, denn in diesen Stunden zwischen absoluter Finsternis und Morgendämmerung waren die Regeln des Lebens aufgehoben, das wußte er. Dann raffte er sich auf, zog sich an und ging zum Marais hinunter. Er brauchte Menschen um sich, das gab ihm ein Gefühl der Sicherheit. Wenigstens die Huren auf der Straße waren freundlich. Sie erkannten an seiner Haltung, daß er kein Freier war, sondern ein seelenverwandter Geist, der rastlos auf den Straßen umherwanderte. Häufig landete er in einem der malerischen, verschmutzten Cafés des Quartiers, die die ganze Nacht geöffnet hatten und wo die Fischer bis in die frühen Morgenstunden saßen. Er liebte es, an der Bar zu stehen und sich mit einer dampfenden Schale frischer Fischsuppe zu verwöhnen, während er den rauhen Späßen in Pariser Argot ringsum lauschte. Ein paar Cognacs später betrat er seine *boulangerie,* wo der Bäcker ihn kannte, holte sich eine heiße *ficelle* aus dem ersten Backgang der Nacht und kehrte wieder nach Hause zurück, um sich ein paar Stunden unruhigen Schlafs zu erkämpfen.

In diesen Stunden plagte ihn oft die Erinnerung an seinen stets jammernden Bruder, ein Opfer des sowjetischen Traums. Er machte sich Sorgen um geliebte Freunde, die er zurückgelassen und von denen er sich nie richtig verabschiedet hatte, bevor er seine unverdächtige, einwöchige Reise antrat, um seine französische Frau in Paris zu besuchen. »Selbstverständlich komme ich wieder«, hatte er ihnen versichert. »Mein ganzes Leben ist doch hier.« Er durfte niemandem etwas sagen; manchmal hatte er sogar Angst, es sich selbst einzugestehen. Kurz vor der Abreise war er nervös und ruhelos, machte bei Nacht lange Spaziergänge durch sein geliebtes Moskau und weinte, während er versuchte, sich alles ganz fest einzuprägen, denn die Erinnerungen würden die einzigen Souvenirs seines Lebens bleiben. Er bedauerte seine Freunde, wenn er daran dachte, welchen Preis sie für sein Verschwinden zahlen mußten. Besuche des KGB, Vorladungen zu »Gesprächen« in die Stadt. Beförderungen und Gehaltserhöhungen verweigert. Seine Briefe würden sie nie erhalten. Er mußte tot sein.

Ständig war er um die zarte Gesundheit seiner Mutter besorgt, und bei dem Gedanken, daß er sie niemals wiedersehen würde, mußte er weinen. Sie würden die Behörden niemals zu einem Besuch aus dem Land lassen, und selbst wenn sie es taten, war er gar nicht so sicher, ob er wollte, daß sie kam und in Paris die herrliche Fülle, nein, den Überfluß sah, die dekadente Schönheit von hochgetürmten Marzipanfrüchten in einem Geschäft, das sich ausschließlich der Kunst des Marzipans widmete. Die *épiceries, papeteries, parfumeries,* alle berstend vor Genüssen – es würde viel zuviel für sie sein, jetzt, in ihrem fortgeschrittenen Alter, zu erkennen, daß sie ihr ganzes Leben in der Hölle verbracht hatte – und wozu? O Gott, dieses sinnlose Leben, das er in Rußland geführt hatte! Die Stunden, die er mit Schlangestehen verbracht hatte, um Lebensmittel zu kaufen, mußten zusammen mindestens fünf Jahre ergeben. Die idiotischen Spiele, die er mit der Psyche der Menschen spielen mußte, um zu bekommen, was er brauchte, bewirkten, daß er sich vorkam wie eine Prostituierte. Nein, nein, es war viel besser, wenn sie dort blieb.

Die Menschen hatten ja keine Ahnung, was es hieß, aus seinem Leben hinauszutreten – *alles* zurückzulassen, das ungemachte Bett, die zu Eis gefrorene Milch auf der Fensterbank, die heißgeliebte Katze nach einem kurzen Kopftätscheln, die kostbaren Bücher, die Fotos, das *Leben* – das alles hinter sich zu lassen, um es in eine Geisterstadt der Erinnerung zu verwandeln.

Jetzt bezahlte er seine Freiheit mit verstümmelten Briefen von zu Hause, der Verwüstung seines Ateliers durch vulgäre KGB-Rowdys und damit, daß er überwacht wurde, nicht ständig, aber zuweilen, eben oft genug, um ihn zu warnen und zu verunsichern. Auf diese Weise wollten sie ihm zu verstehen geben, daß sie von Leuten, die sich nicht an die Regeln hielten, nicht viel hielten. Absolut idiotisch, wie sie sich allein durch ihre original sowjetischen Anzüge verrieten. Aber genau das wollten sie ja – diese gewisse leichte Unsicherheit erzeugen. Darin waren sie Meister – o ja! Er hatte kapiert. Darüber hinaus bezahlte er die Freiheit mit seiner Gesundheit, litt jetzt darunter, daß man ihm damals jegliche ärztliche Behandlung verwehrt hatte. Sein schwaches Herz und seine kranke Lunge hatte er der Sowjetunion zu verdanken.

Die arme Katja, er konnte es ihr nicht verübeln. Er versuchte es ihr zu erklären, aber sie hatte keine Ahnung, genau wie die meisten Amerikaner ahnungslos waren. Die dümmsten Fragen hatte sie ihm gestellt, zum Beispiel: »Was habt ihr da drüben gekocht?« Er wußte noch, wie wütend er gewesen war, und dann hatte sich ein ganz neues Gefühl eingestellt: eine tiefe Scham darüber, zu einem Leben voller Demütigungen gezwungen gewesen zu sein.

In sarkastischem Ton hatte er ihr geantwortet: »Was immer wir mit den Rubeln in unserer Tasche kriegen konnten, Liebes. Das haben wir mit nach Hause genommen, mit einem alten Schuh zusammen in einen Topf getan und gekocht.«

»Dein Vaterland ist ein schlechter Scherz, Baby«, gab sie traurig zurück.

»Ein schlechter Scherz mit ziemlich dicken Bomben«, erwiderte er eisig.

»Aber wenn sie nicht mal ein Gebäude errichten können... Weißt du, ich habe in der *Times* gelesen, daß sie vergessen haben, Sand in den Zement zu tun, deswegen stürzen sie ein, noch bevor sie fertig sind, und wenn sie nicht mal einen Lift funktionstüchtig machen können... Wie kommt es dann, daß sie tatsächlich Bomben zustande bringen?«

»Oh, aber das ist eine beängstigende Frage«, sagte er lachend.

Er konnte sich nie von diesen Gedanken freimachen, den Gedanken an die Vergewaltigung seines Lebens und seiner geliebten Heimat durch die Sowjets. Und wozu? Für ein Land, das die Bevölkerung wie Kinder behandelte, ihnen ständig ihr Recht auf Glück verweigerte? Für ein Land, in dem man lernen mußte, sich außerhalb des Systems zu bewegen, wenn man etwas zu essen und ein bißchen Kleidung haben und sich einigermaßen durchschlagen wollte? In dem eine ganz simple Handlung, etwa einen Brief in einen Briefkasten stecken, dasselbe war, als hätte man ihn in den Mülleimer geworfen?

Inzwischen führte er einen anderen Kampf: er focht gegen den Stumpfsinn der Zeit an, um schreiben, schreiben, schreiben zu können. Alles, was er wollte, war Abgeschiedenheit und Sonne, Raum und Freiheit zum Schreiben. Und er wollte nach Rußland zurückkehren. Er vermißte den scharfen Biß des Lebens dort, die Intensität der persönlichen Beziehungen. Er sehnte sich nach den seltsamsten Dingen, etwa den breiten Moskauer Boulevards voll Menschen in Pelzmützen und dicken Schals, die mit glanzlosen Augen, die nichts verrieten, in die Welt blickten. Er vermißte das Knirschen des vereisten Schnees, das Brennen eines heißen Teeglases in der Hand, das schöne Gefühl, wenn sich sein Körper gegen den seiner russischen Freundinnen preßte, während sie die surrealen, zehn Minuten langen Rolltreppen in den Untergrund hinabfuhren. Westler würden niemals verstehen, wie er auch nur davon träumen konnte zurückzukehren. Wie sollten sie auch? Wenn er ihnen all diese Dinge zu erklären suchte, hatten sie keine Ahnung, wovon er sprach. Also ließ er es sein.

Für alles mußte man einen gewissen Preis bezahlen. In der UdSSR vermochte er mit sehr wenig Geld auszukommen, in Paris jedoch hatte er ständig Geldsorgen. Wie kann ich Geld verdienen? Wovon soll ich leben? Seine Auffassung von dem, was als lebensnotwendig zu gelten hatte, war sehr schnell durch die Verlockungen des Pariser Lebens vergiftet worden. In Paris war eine Lederjacke von Issy Miyake lebensnotwendig; ohne Kenzo-Pullover konnte er einfach nicht auskommen. Er schämte sich dieser furchtbaren neuen Krankheit, die ihn befallen hatte. Und was eine Teilzeitarbeit betraf, so war Frankreich nicht wie

Amerika. Als Kellner zu arbeiten, während er den großen russischen Roman schrieb – so etwas gab es in Frankreich nicht. Kellner sein war ein lebensfüllender Beruf, eine hochgeachtete Profession; die Kellner ernährten ganze Familien mit ihrem Einkommen. Außerdem, schniefte er, war das unter seiner Würde, mit seinem Leben in Rußland hatte er weiß Gott schon genug Zeit verschwendet. Er dachte nicht daran, sich dem bourgeois-typischen Spiel des Geldverdienens zu widmen und nur nebenher zu schreiben. O nein, er würde es so machen, wie er es wollte, das Leben seinen Bedürfnissen unterordnen. Keine Kompromisse, keine Spielchen mehr, er beabsichtigte, ein harter Mann zu werden.

Mit der Intensität dieser Gedanken weckte er Boo. Sie sah ihn auf dem Sofa sitzen, sprang vom Bett und näherte sich ihm mit vorwurfsvollem Blick. Um ihm ihr Mitgefühl zu beweisen, miaute sie laut. »*Tais-toi*«, sagte er und bückte sich, um sie zu streicheln. Er warf einen Blick zu Katja hinüber, um zu sehen, ob er auch sie mit seinen ungestümen Gedanken geweckt hatte.

Warum konnte er sie nicht einfach lieben und normal sein? Er hatte es sich zur Regel gemacht, niemals die Zeit mit Nachdenken über die Probleme anderer Menschen zu verschwenden, aber sie tat ihm wirklich leid. Sie war so ganz in ihren Bourgeois-Träumen gefangen! Es ist nicht ihre Schuld, überlegte er, sie lebt nur ihr amerikanisches Leben, so gut sie kann, verunsichert im Chaos ihrer törichten amerikanischen Probleme. Sie hatte durchaus die Begabung zu einem tiefen, reichen Leben, statt dessen schlug sie sich jedoch mit diesem dämlichen Shrink herum und stellte lauter falsche Fragen. Soll ich mir einen neuen Job suchen? Soll ich mir die Zähne überkronen lassen? Warum nehme ich nicht ab? Warum bin ich so allein? Warum lerne ich keine Männer kennen? Soll ich in New York City bleiben? Soll ich in einen Fitneß-Club gehen? Welchen Kurs soll ich in der New School belegen? Sie war um soviel besser als das alles, aber sie hatte sich noch nicht selbst entdeckt. Was sie brauchte, war ganz einfach.

»Liebe dich selbst!« riet er ihr eines Tages, als sie sich völlig in ihren Unsinnigkeiten verheddert hatte. Damit hatte er, wie es schien, etwas so Schmerzhaftes gesagt, daß sie höchst beunruhigt wirkte. Sanft strich Boris ihr übers Haar. »Sich selbst lieben, Baby«, sagte er leise, »ist am allerschwersten.«
Ungefähr zwei Sekunden lang versuchte er sich vorzustellen, warum er nicht selbst ein neues Leben mit einer Frau beginnen wollte, eine Familie gründen, sich mit Wärme und Beistand umgeben. Ein Zukunftsbild.
Er konnte einfach nicht! Denn das bedeutete Kompromisse, bedeutete alberne Dinge wie: Wer kauft die Lebensmittel, nie machst du dein Bett, sollten wir uns nicht eine *femme de ménage* nehmen, du hast das Brot vergessen, was wollen wir zum Dinner essen, nein, das haben wir gestern gegessen. So ein Bockmist! So was entartete doch nur, und aus Lust und Liebe wurde ein ewiger Kampf in einem Gefängnis. Zuviel kostbare Zeit würde allein für die Mühe des Lebens draufgehen. O nein, er wollte endlose Weiten von Abgeschiedenheit. Er wollte niemals, an keinem Tag, vor zwölf Uhr mittags mit jemandem sprechen müssen. Er wollte nicht rufen müssen: »Auf Wiedersehen! Ich gehe zum Tennis. Um fünf bin ich zurück!« So, wie er jetzt lebte, behielt er sein Leben ganz für sich. Seine schreibenden Freunde wußten nichts von seinen Tennisfreunden, seine Nachbarn wußten nichts von seiner Arbeit, seine Freundinnen wußten nichts von seinen Tennisfreunden. Nein, nein, das mußte alles schön separat und geheim bleiben.
Das war sein Himmel und zugleich seine Hölle. Die Einsamkeit, in der er lebte, quälte ihn, und dennoch war sie das, was er sich am innigsten wünschte. Es war eine Ironie, daß er sich Weihnachten in Paris nach nichts so sehr sehnte wie nach einer Einladung in eine große Familie, um dort mit Verwandten Champagner zu trinken, die Streit untereinander hatten. Die Vorstellung von Enkeln, Kindern, Ehemännern, Ehefrauen, Liebhabern, Brüdern, Schwestern, Cousins, Cousinen, Nichten, Neffen, Tanten, Onkels und Eltern. Wie er die komplizierten Verhältnisse und das Durcheinander solcher Familien liebte, die falschen

Schlüsse, das Lachen, die Kränkungen und Tränen und kleinen Mißverständnisse, das Gefühl der Zugehörigkeit, die Zeitlosigkeit des Familienlebens, das große Drama auf einer so kleinen Bühne! Er lächelte. Wie sentimental du bist, Boris! Aber nur insgeheim. Sentimentalität und Familienleben waren für andere Menschen gut, nicht für ihn.
Liebevoll streichelte er Boo noch einmal, dann verließ er Katjas Zimmer, Katjas Wohnung und schloß sorgfältig die Tür hinter sich. Schweigend fuhr er mit dem Lift hinunter. Auf der Straße ließ er den Mantel offen und atmete tief die eisige Januarluft ein; ahhh, das tat gut! In Paris war es ihm nie kalt genug gewesen. Er beschloß, einen Spaziergang zu machen und einen seiner letzten Abende in New York City zu genießen. Außerdem konnte er ohnehin nicht schlafen. Er merkte, daß ihn der Gedanke an die Rückkehr nach Paris nervös machte. Paris erschien ihm auf einmal zu gekünstelt, zu affektiert. Wie sollte er nach diesem überwältigenden Experiment mit dem Big Apple die boshaften, verkniffenen, ränkevollen Franzosen ertragen? Die Amerikaner waren so offen mit ihren Wünschen und Zielen. Sie sagten einfach, was sie wollten, und suchten dann eine Möglichkeit, es zu kriegen. Die perfekte Vulgarität. Hier herrschte ein berauschendes Gefühl unbegrenzter Möglichkeiten. Jeder lebte in seiner eigenen Welt, tat genau das, was er wollte, und wenn sie es nicht taten, na ja, dann wurden sie von dem Bewußtsein gequält, daß sie es tun *könnten.* Diese göttliche Energie hatte sich in ihm eingenistet. Er glaubte fest daran, daß er hier in New York einiges für sich selbst bewirken konnte.
Da es mitten in der Woche war, herrschte relative Ruhe auf der Upper East Side, nach Pariser Maßstäben jedoch noch immer brodelndes Leben. Die Single-Bars machten gute Geschäfte; er sah, wie die Yuppies in ihren dunklen Straßenanzügen von späten Dinners nach Hause hasteten. Die Delis waren neonbeleuchtet, ihre Schaufenster ein häßliches Durcheinander von Bierflaschen, Zeitschriften und Muffins. Keine prächtigen Dekorationen wie in Paris. Na ja, darin konnten die New Yorker von den Parisern noch lernen. Das Leben eines Parisers hatte seine Vor-

züge, das mußte er zugeben. In einer Hinsicht war Paris ein äußerst angenehmer Ort für einen armen Schriftsteller, denn dort hatte er immer noch seine großen Weine und erstklassigen Käse, seine Tennisnachmittage im Jardin du Luxembourg... Die visuellen Genüsse waren gratis, Anblicke, die seine Lebensgeister aufschäumen ließen, die Café-Society, Plätze, wo man sich niederlassen und tagträumen konnte.

Ach, aber die Franzosen waren so unfreundlich zu Ausländern! Wie schön, daß die New Yorker seinen Akzent mochten! Statt angespuckt zu werden, wurde er willkommen geheißen. Man hielt ihn für etwas Besonderes, Geheimnisvolles, Faszinierendes. Und wie die Amerikanerinnen mit ihm flirteten, o Gott! Direkt unverschämt! Er lachte laut auf. Wie ausgehungert die sein mußten! Diese lächerlichen Amerikaner waren ungefähr so verführerisch und sexy wie nasse Waschlappen. Wie sie diese schönen Frauen auf der Straße glattweg ignorierten! Kein Wunder, daß die Amerikanerinnen bei ihren Reisen ins Ausland die einheimischen Männer anbeteten. Sie liebten die Aufmerksamkeit, die ihnen dort zuteil wurde, und aus gutem Grund! Nun hatte er einen wunden Punkt bei sich selbst berührt. Denn für die Französinnen existierte er einfach nicht. Weil er kein Franzose war, sahen sie durch ihn hindurch, als wäre er Luft.

Hier in New York konnte er vermutlich recht bequem leben, seinen Lebensunterhalt als Schriftsteller oder in einer Vielzahl anderer Jobs verdienen und gut zurechtkommen, einfach weil er ein russischer *émigré* war. Das hatte er schon bei anderen Russen gesehen. Vielleicht bekam er sogar finanzielle Unterstützung fürs Schreiben. Katja hatte ihm ein ganzes Buch voll Tips für solche Geldquellen gegeben, die man nur anzuzapfen brauchte. Nicht zu fassen! Er konnte unterrichten. Frauen, die für ihn sorgten, würde er bestimmt leicht finden, falls er das wollte. Der springende Punkt aber war, daß er nicht noch einmal in einer neuen Stadt von vorn beginnen wollte. Es würde zu schmerzhaft sein, mit seinem Leben noch einmal bei Null anzufangen. Nein, nein, es mußte bei Paris bleiben. Der Preis, den er dafür bezahlen mußte, würde ein ruhigeres Leben sein. New

York, das wäre, als würde er wieder in den Krieg ziehen, und dafür mußte er völlig andere Kampfmethoden entwickeln. Seine Freundschaft mit Katja würde er aufrechterhalten. Sie konnte ihm hier in New York sehr nützlich sein, während er sich in Paris aufhielt.

Boris kehrte zu seiner Park-Avenue-Wohnung zurück, wo ein Schichtwechsel stattgefunden hatte und ein anderer Liftboy Dienst tat, den es nicht kümmerte, wann er kam und ging. Er blieb die ganze Nacht hindurch auf, schaltete von einem Kanal des Kabelfernsehens zum anderen und aß Häagen-Dazs-Eiscremes mit dem Löffel direkt aus dem Behälter. Das erinnerte ihn an russisches Eis und machte ihn sehr glücklich.

Kate haßt Frank

Eines erzählte Kate Dr. Manne niemals: daß sie spätabends in ihrem Wohnzimmer ganz allein im Dunkeln tanzte.

Allein zu tanzen – oder vielmehr, mit sich selber zu tanzen, wie sie es nannte – hatte sie schon mit etwa zwölf Jahren begonnen, als sie mit ihren Eltern noch in einem Vorort lebte. Schließlich hatten die Eltern ihr eine billige Stereoanlage geschenkt, und wenn sie abends ausgingen oder wenn ihre Mutter am Samstagnachmittag den Wagen aus der Einfahrt lenkte, um einzukaufen, blickte Kate aus ihrem Schlafzimmerfenster im oberen Stock, lief ins Wohnzimmer hinunter, legte richtig schöne laute Musik auf und tanzte um die Couchtische herum.

Manchmal rannte sie in die Küche, öffnete den Kühlschrank und suchte in der Gemüseschublade, bis sie die perfekte Karotte, Gurke oder Zucchini fand. Dann schlüpfte sie ins Wohnzimmer zurück, hielt die Karotte wie ein Mikrofon in der Hand und tat, als sei sie die Sängerin einer Rock-and-Roll-Band, schmetterte sich die Seele aus dem Leib, wiegte die Hüften und schwenkte die Arme nach einer präzisen Choreographie, machte die jungen Männer im Publikum wild vor lauter Fantasien über sie, die Königin des Rock and Roll, die Hohepriesterin des Jazz, den Engel der Folkmusic. »Piß- und Stöhnmusik«, nannte ihr Vater das. Die Musik änderte sich, wie sich die Zeiten änderten. Anfangs waren es Dionne Warwick und Lesley Gore, dann spielten sich die Beatles in ihr Leben, und sie wurde zum Beatles-Fan. Sie trat in den offiziellen Beatles-Fanclub ein, trug zur Schule eine Beatles-Halskette. In ihrem Schlafzimmer tapezierte sie eine ganze Wand mit Fotos aus Beatles-Zeitschriften und bestellte sich sogar ein zwei Zoll großes Quadrat von Paul McCartneys Bettlaken. Sie stelzte zu den Klängen von *Sergeant Pepper's Lonely Hearts Club Band* umher – legte eine richtige Profi-Show hin, indem sie alle vier Parts spielte und manchmal sogar die Rolle des geheimnisvollen »fünften« Beatle übernahm, der Frau, die sie alle liebten. Später wuchs sie in Bonnie Raitts alkoholisierten Blues hinein. *»I don't have to beg you to love me, 'cause somebody else will«*, jaulte sie. Sobald die Mutter jedoch zur Haustür hereinkam, saß sie schon wieder still, wenn auch ein wenig außer Atem, auf dem Sofa und las.

Inzwischen war sie eine dreiunddreißigjährige erwachsene Frau. Gewiß, es war ihr eigenes Wohnzimmer in ihrem eigenen New Yorker Apartment, und sie tanzte nur noch im Dunkeln, aber Kate war dennoch beunruhigt. War mit sich selber tanzen dasselbe wie mit sich selber spielen? War sie pervers oder geistig irgendwie zurückgeblieben? Bestimmt hätte sich ihr Fantasieleben inzwischen in irgendein neues Territorium hineinentwickeln müssen. Sie dachte an ihre Freundinnen, die zu neuen Formen der Entfaltung übergegangen waren – von Ehe und Kindergebären zum Schablonieren von Volkskunst-Designs auf Holzfußböden und Basteln von Shaker-Stühlen aus Bausätzen –, während sie selbst in der Pubertät steckengeblieben war und allein im Dunkeln tanzte. Ob wohl jeder seine eigenen, geheimen Fantasieflüge hat? fragte sie sich. Vielleicht hat sie je-

der, lebt aber nicht danach. Je länger sie darüber nachdachte, desto unsicherer wurde sie. Nein, entschied sie schließlich, hier lag der Hase im Pfeffer: Es wurde Zeit, daß sie ihren Fantasien mit Methoden der realen Welt begegnete.
Nicht mal mit Dr. Manne sprach sie darüber, weil das einfach zu demütigend war und sie ihn dann nur noch mehr verabscheut hätte. Was nützte ein Analytiker, wenn man ihm nichts von den eigenen Fantasien oder den Dingen, die einen beunruhigten, erzählen konnte? Sie war überzeugt, daß sich da ein gewisser Makel an ihm zeigte, denn sie fühlte sich einfach nicht sicher genug, um ihm diese beschämenden Dinge anzuvertrauen. Mein Gott, das Tanzen im Dunkeln war, was ihr Fantasieleben betraf, doch nur die Spitze des Eisbergs! Der Art-director, mit dem sie in der Firma zusammenarbeitete, hatte ihr sogar eine auf Lebensgröße vergrößerte Fotografie von Ricardo Montalban geschenkt, weil alle wußten, wie sehr sie dazu neigte, auf »Fantasy Island« zu leben. Jedesmal, wenn sie vom Thema abwich, schüttelte er nur den Kopf und zeigte auf das Bild von Ricardo.
Na schön, dachte sie, andere Leute haben Sex, dann kann ich ja wohl wenigstens tanzen. Und plötzlich war sie eine verführerische Frau in einer Bar, in der es keine Tanzfläche gab. Das war sehr wichtig, es verstärkte die kühle Gelassenheit des Ganzen, diese »Ihr-Leute-habt-ja-keine-Fantasie«-Einstellung, die sie gern herauskehrte. Gefangen von einem vieldeutigen Blick am anderen Ende der überfüllten Bar, begann sie mit diesem Mann – Moment mal, das war ja Michail Baryschnikow! – einen gekonnten Flirt, eine Art verlockende Aufforderung, um gleich darauf eng umschlungen einen unendlich stilvollen, leidenschaftlichen Tanz mit ihm aufs Parkett zu legen. Die Gäste der Bar waren fasziniert von diesen beiden *»Strangers in the Night«*, die da so göttlich und hingebungsvoll tanzten.
Für Kate war das Wichtigste der Zauber dieser beiden Seelen, die, ohne je zuvor miteinander getanzt zu haben, plötzlich ihrer Leidenschaft nachgaben und zu diesem sich perfekt synchron bewegenden Paar wurden, das auf so wunderbare Weise miteinander verschmolz. *Darin* lag für sie das Wunder. Ach, wäre das

Leben doch ein Musical, in dem die Menschen wegen eines einzigen Blicks zu tanzen und singen anheben!

An diesem speziellen Abend legte sie Rod Stewarts sexy Version von *»Tonight's the Night«* auf und begann mit langsamen, erotischen Bewegungen, die sich zu einer Art rituellem Tanz mit lockenden Vogelrufen und Pfiffen steigerten. Während Kate, wenn sie das selbst von sich sagen durfte, geschmeidig und aufregend tanzte, beobachtete sie ihren Schatten an der Wand. Dann hielt sie auf einmal atemlos inne. Sie spürte irgendwie etwas Unheimliches. Mit klopfendem Herzen lief sie zu dem hinter Vorhängen verborgenen Fenster, spähte hinaus und fragte sich, ob ihr Verdacht zuträfe. Wurde sie von dem Hausmeister gegenüber beobachtet? Das Mondlicht hatte ihn verraten. Nein, das Mondlicht hatte *sie* verraten. Na schön, das Mondlicht verriet sie beide.

Als sie dort hinter den Vorhängen stand und ihren Kopf hindurchsteckte, sah sie, wie er mit funkelnden Augen, die um mehr zu flehen schienen, zu ihrem Fenster emporstarrte. Großer Gott, ging der nun etwa nach Hause zu seiner Frau und sagte: »Liebling, du kannst dir nicht vorstellen, wie sich diese armen geilen Weiber von der Upper East Side aufführen!« Würde sie nun widerliche Anrufe mit schwerem Atem bekommen? Würde er sich in den Schatten verstecken und eines Abends, wenn sie ihre Wohnung verließ, über sie herfallen?

Aber Moment, die Fantasievorstellung ging noch weiter. Während sie mit Baryschnikow tanzte, saß immer ein Mann allein in der Bar und starrte sie an. Er war der Mann, der sie begehrte, aber niemals bekommen würde. Das konnte sie sich nicht recht erklären. *Warum* konnte er sie nicht bekommen? Und was am allerschlimmsten war: Der Mann entpuppte sich immer als Dr. Manne.

Kam das daher, daß sie sich über ihn ärgerte, weil er sie nicht liebte? Sie fühlte sich von ihm so zurückgestoßen, daß sie ihn unbedingt zuerst zurückstoßen wollte. Also stellte sie sich vor, daß er es war, der sie begehrte, damit sie ihm sein Verlangen um die Ohren schlagen konnte. Und das sollte Liebe sein, wenn die

Menschen so weit getrieben wurden? Nein, das war krankhaft, wirklich krankhaft! Sie wußte, daß Berufsethik und Pflichtgefühl persönliche Beziehungen zwischen ihnen beiden ausschlossen. Also spielte er den Arzt und sie die Patientin, wenn sie sich mit den Mitteln der Psychotherapie auseinandersetzten. Trotzdem wünschte sie sich nichts so sehr, als ihn für all die Qualen, die er ihr bereitete, büßen zu lassen.

Obwohl sie sich sagte, daß sie ja schließlich in Boris verliebt sei, konnte sie nicht aufhören, an Dr. Manne zu denken. Die ganze Zeit dachte sie an ihn; es war furchtbar. Sie kochte sich ihre Mahlzeiten, als koche sie für ihn. Was würde er gern zum Dinner essen? fragte sie sich, wenn sie durch die Reihen der Marktstände schlenderte. Wenn sie bei Bergdorf Kleider anprobierte, betrachtete sie sich im Spiegel und versuchte sich vorzustellen, welches ihm wohl am besten gefiel. Und immer wieder fragte sie sich, ob er genauso von ihr besessen war. Bei den Sitzungen versuchte sie sein Verhalten zu interpretieren. Zumeist blieb er kühl und rätselhaft, gelegentlich aber entdeckte sie ein winziges Funkeln in seinen Augen, das sie hoffen ließ.

Statt jedoch ihren Charme einzusetzen, damit er sich in sie verliebte, statt ihn zu verführen, kochte sie vor Zorn, wenn sie zu ihren Sitzungen ging, verhielt sich ihm gegenüber bissig und höhnisch und stieß ihn bei jeder sich bietenden Gelegenheit vor den Kopf. Sie maßen ihre Willenskraft in einem intellektuellen Schachspiel. Kate beobachtete, wie er versuchte, seine Analytikerhaltung zu wahren, sobald sie jedoch spürte, daß sie ihm Angst einflößte, war das Spiel aus. Sie vermochte ihn zu manipulieren, und beide wußten es.

»Sagen Sie, Frank«, hatte sie ihn erst diese Woche gefragt, »woher haben Sie diese Uhr?«

Dabei hatte sie ihn zum erstenmal beim Vornamen genannt und glaubte, ihn zusammenzucken zu sehen. Er selbst nannte sich immer Dr. Manne, wenn er sie anrufen mußte, um einen Termin zu verlegen. »Ich möchte Kate Odinokov sprechen«, sagte er höflich, wenn sie ihr Telefon im Büro abnahm. »Hier ist Dr. Manne«, ergänzte er dann formell.

»Was ist mit meiner Uhr?« erkundigte er sich zurückhaltend. Mit der Genüßlichkeit eines Vampirs, der Blut wittert, ging sie auf ihn los. Das machte ihr besonderen Spaß, weil er der Analytiker war und es sich gefallen lassen mußte. So lauteten die Regeln. Sie konnte »sich aufführen«, und er mußte den Überlegenen spielen und sich einen Reim darauf machen. Ihr war es egal, was das bedeutete, sie wollte es ihm nur ordentlich geben.
»Kein Mensch trägt mehr Digitaluhren, oder haben Sie noch nichts davon gehört? Na ja, vermutlich haben Sie die Uhr geschenkt gekriegt, denn so was Kitschiges würde sich bestimmt niemand selbst kaufen. Wissen Sie was? So eine Uhr würde sich höchstens ein Farmer aus Indiana kaufen. Aber Sie sollten ein bißchen wählerischer sein.«
»Wieso das?«
»Weil eine Uhr viel über ihren Besitzer verrät.« Pause. »Genau wie Schuhe.«
Beide blickten sie auf seine Schuhe, und er mußte unwillkürlich lachen. Sie versuchte ruhig zu bleiben, einen todernsten Ausdruck zu bewahren, und hoffte, daß sie ihn mit ihrem Ton in Verlegenheit brachte, weil er Mokassins mit Quasten trug. Sie beobachtete genau, wie er versuchte, den verstörten Blick aus seinen Augen zu verbannen. Sie wußte, daß er wußte, daß sie ihn provozierte. Aber sie wollte auch, daß er die Wahrheit in ihren Worten erkannte. Sie wollte sicherstellen, daß er ihren so unerhört guten Geschmack erkannte und sie dafür bewunderte. Sah er denn nicht, daß sie, obwohl sie nur einen einfachen schwarzen Rock und Pullover trug, darin anders als die anderen und, na ja, irgendwie besonders aussah?
»Warum tun Sie das?« fragte er sie.
»Was?«
»Über meine Uhr und meine Schuhe reden.«
»Ich versuche Ihnen zu helfen. Sie kommen schließlich aus dem Mittelwesten, und da dachte ich, Sie könnten von meinem Gefühl für Stil etwas lernen.« Sie zuckte die Achseln, als hätte er da ein Problem.
»Möchten Sie damit Ihre Sitzungen verbringen? Über meine

Uhr und meine Schuhe reden? Was empfinden Sie jetzt gerade? Sie hassen mich, nicht wahr?«
Sie wurde sehr still. Nein! Sie liebte ihn. Nein! Sie haßte ihn. Innerlich brannte sie vor Ängsten und Unsicherheit; ihre Gefühle überwältigten sie völlig. Sie war verzweifelt und unglücklich und vermochte nicht aus ihrer Verwirrung herauszufinden.
Gerade dachte er, sie hätte sich beruhigt, da fing sie wieder von vorne an. »Aber wissen Sie, Frank, es ist im Grunde nicht Ihre Uhr, die mich verrückt macht, sondern Ihre Krawatten. Woraus sind die – Polyester? So kurz, so breit und so beige!« Immer weiter redete sie, zerpflückte eins seiner Kleidungsstücke nach dem anderen.
Als sie an einem anderen Tag in sein Sprechzimmer geschossen kam, kritisierte sie die Art, wie seine Bilder gerahmt waren. »Mann, noch mal von vorn, vergessen Sie die Rahmen, reden wir über die Bilder selbst«, sagte sie. *Reproduktionen* von Ölgemälden! War das sein Ernst? Und gleich darauf ließ sie sich darüber aus, wie schlecht sie aufgehängt seien, und schickte eine lange Erklärung über die Proportionen eines Bildes im Verhältnis zur Wand und die berühmte Theorie von Augenhöhe und Fluchtlinien hinterher.
Das war der Tag, an dem sie den Teppich hochschlug. »Haben Sie noch nie was von Teppichunterlagen gehört? Sie sollten sich wirklich eine leisten; schließlich haben Sie einiges Geld für diesen nachgemachten Dhurrie-Teppich ausgegeben. Meine Mutter sagte immer: ›Teppiche lieben Teppichunterlagen.‹ Eine Unterlage polstert den Teppich und macht ihn haltbarer.«
Trotz ihres Tones wollte sie ihm tatsächlich *helfen,* ihm sozusagen Stil beibringen. Es gab Zeiten, da stimmte er ihr sogar zu, wollte aber nichts unternehmen, und verdammt noch mal, wie sie *das* erst haßte! Genau wie damals, als sie ihm erklärte, daß ihm seine riesigen Arekapalmen dankbar sein würden, wenn sie den Sommer draußen auf der Terrasse vor seiner Praxis verbringen dürften, und er ihr zustimmte, aber keine von ihnen hinausschaffte. Natürlich nicht. Er dachte gar nicht daran, etwas zu tun, was sie ihm vorschlug.

Eines Tages fragte er sie nach einer ähnlichen Attacke: »Ist dies Ihre persönliche Art zu flirten?«
Keine Antwort.
»Behandeln Sie so die Männer, die Sie lieben?«
Keine Antwort. Sie dachte an Boris. Den behandelte sie mehr als liebenswürdig. Immer noch Stille.
»Warum sind Sie so böse auf mich?« erkundigte er sich leise.
Das alles versetzte Kate in größte Aufregung. Ihre Gedanken rasten: Warum bin ich so ein Monster? Sie geriet in Panik. Jedesmal, wenn sie, von nervöser Vorfreude auf die Begegnung mit ihrem Objekt der Liebe erfüllt, in seinem Wartezimmer saß, flehte sie sich selber an, nett zu ihm zu sein, denn das war es, was sie im Grunde wollte. Bei jeder Sitzung hatte sie das Gefühl eines neuen Anfangs, einer neuen Chance, sich anständig zu benehmen, und das steigerte ihre Liebe zu ihm noch. Es gab da diesen verschwörerischen Blick, wenn er herauskam, um sie zu holen, die Art, wie er ihr stumm, nur mit den Augen winkte und zu sagen schien: Komm, es ist Zeit, sprich mit mir. Dann stand sie auf und folgte ihm wie ein Zombie ins Sprechzimmer, zutiefst glücklich, bei ihm zu sein, und dennoch voller Angst davor, sich der behutsamen Zärtlichkeit seiner Blicke auszusetzen. Er selbst saß mit dieser empfangsbereiten Miene in seinem Sessel und wartete darauf, daß sie zu sprechen begann. Manchmal entdeckte sie einen Ausdruck in seinen Augen, der zu sagen schien: »Na, wie willst du mich heute kleinkriegen?« Und siehe da, zu ihrem eigenen Schrecken ging sie sofort wieder zum Angriff über.

Frank haßt Kate

Bei seinen Sitzungen mit Dr. Janet schimpfte Frank sich seinen Ärger über Kate vom Herzen. Wie konnte eine Patientin nur eine so starke Wirkung auf ihn ausüben? Er versuchte nett zu ihr zu sein, aber je netter er war, desto heftiger wurde ihr Zorn. Vielleicht sollte er sie gar nicht behandeln, wenn er diese Wirkung auf sie und sie sie auf ihn ausübte, und was ging da überhaupt mit ihnen vor? Er versuchte sich in diesem Wirbelsturm ihrer Emotionen zu beherrschen, aber seine Selbstkontrolle ließ nach. Dann ärgerte er sich über Dr. Janet, weil die sich weigerte, ihm zu sagen, was er tun sollte.

Eines Tages schließlich verlor er sie. Es kam zu der »Episode«, wie der Vorfall schließlich von allen genannt wurde – von Kate, von Frank und sogar von Dr. Janet. Wenn das Gedächtnis nur so etwas wie eine Videokassette wäre, auf der man eine unangenehme Erinnerung auslöschen könnte! Aber nein, die Episode würde auf ewig sein Andenken an Kate bleiben.

Er hatte sie endlich so weit gebracht, daß sie vom Sessel zur Couch wechselte. Es war ihm lieber, wenn seine Patienten sich auf die Couch legten; er kam sich dann eher wie ein Analytiker vor. Wenn er nicht beobachtet wurde, vermochte er sich besser auf die Worte seiner Patienten zu konzentrieren, und es fiel ihm leichter, seinen analytischen Gedanken nachzuhängen.

Er erinnerte sich an alles, was an jenem Tag geschah; die Einzelheiten hatten sich ihm schmerzhaft ins Gedächtnis geprägt. Wenn Kate zur Tür seines Sprechzimmers hereinkam, wußte er nie, wen er zu erwarten hatte, die Dame oder den Tiger. Er fürchtete sich vor den Sitzungen mit ihr und freute sich zugleich darauf, blieb aber auf der Hut, bis sie die ersten Worte gesprochen hatte, um abzuwarten, welche Rolle sie diesmal spielte.

Es dauerte jedesmal ewig, bis Kate anfing, und auch an diesem Tag war es nicht anders. Belustigt und verärgert beobachtete er ihre Vorbereitungen, sah zu, wie sie sich auf der Couch zurecht-

legte, ihren Rock glattstrich, die Beine kreuzte, ein Stäubchen von ihrem Schuh wischte, die Ärmel hochschob, ihre Fingernägel inspizierte, sich mit den Händen durchs Haar fuhr, einen langen Blick auf die Titel seiner Psychologiebücher in der Schrankwand warf, tief Luft holte und endlich, endlich anfing zu sprechen. Sie erinnerte ihn an Ed Norton in *The Honeymooners,* der berühmt war für seine endlosen Vorbereitungen, bevor er sich zum Essen setzte oder seinen Gegnern beim Poolbillard entgegentrat. Heute vermochte er sich nicht zu beherrschen.
»Haben Sie jemals *The Honeymooners* gesehen?« erkundigte er sich.
»Nein, ich habe niemals *The Honeymooners* gesehen«, äffte sie ihn nach. Da sie in letzter Zeit ausschließlich mit Boris beschäftigt war, fragte sie nicht, was er mit seiner Bemerkung bezweckte. Frank war froh, daß sie sich in diesen merkwürdigen Russen verliebt hatte, denn er glaubte, das werde ihn ein wenig entlasten. Von wegen!
Sie seufzte, suchte in Gedanken nach einem interessanten Thema. »Hmmm. Heute bin ich böse auf Sie«, flüsterte sie schüchternen Tones.
»Ich höre«, entgegnete er ruhig, um ihr zu sagen, daß sie fortfahren dürfe. Das war eine allgemein übliche Einleitung für Therapiepatienten, für Kate aber war sie etwas völlig Neues. Allmählich lernte sie, ihre Gefühle zu benennen und auszudrücken. Gut, dachte er, vielleicht kommen wir gleich zu etwas wirklich Interessantem.
»Na ja, ich weiß nicht. Ich hatte da eine Fantasievorstellung. Aber ich mag sie Ihnen nicht schildern.« Sie warf ihm einen Blick zu, um zu sehen, ob sie fortfahren könne.
»Bitte weiter.« Er nickte aufmerksam.
»Eigentlich ist es gar keine Fantasie, denn Fantasievorstellungen sind positiv, nicht wahr? Ich denke da eher an eine negative Fantasie. An etwas... äh... nicht sehr Nettes.« Eine Zeitlang blieb sie ruhig liegen. Ihre Stimme verriet keine besondere Eindringlichkeit oder Verärgerung.
Als er nicht antwortete, fuhr sie fort: »Na ja, ich möchte am lieb-

sten zu Ihren Bücherregalen gehen und sämtliche Psychologiebücher auf den Boden werfen – nein, *schleudern.* Ich möchte einen richtigen Koller kriegen.« Sie lag absolut ruhig da, als sie das sagte, und starrte zur Decke.

Auf einmal schrie er sie aus vollem Hals an, und *er* war es, der den Koller kriegte. »Ich habe es endgültig satt! Sie wollen doch nur meinen Penis! Wann werden Sie endlich einsehen, daß Sie meinen Penis nicht kriegen? Begreifen Sie denn nicht«, tobte er weiter, »daß Sie meinen Penis nicht haben können und nur deshalb meine Bücher zerstören wollen? Jawohl, ich habe einen Penis! Jawohl, es macht mir Spaß, meinen Penis zu benutzen! Und nein, ich werde meinen Penis niemals bei Ihnen benutzen!« Immer wieder spie er das Wort »Penis« heraus, als sei das eine Befreiung für ihn.

Er stand auf, marschierte zur Tür und riß sie auf. »Die Sitzung ist beendet«, verkündete er.

Trotz seiner Erregung erkannte er, daß Kate wie vor den Kopf geschlagen war. Während seines überraschenden Ausbruchs hatte sie sich absolut still verhalten und nur mit den Fingerspitzen den Rand der Couch umklammert. Jetzt wandte sie den Kopf zur Tür, an der er wutschäumend stand, und starrte ihn an. Als sie seine Rage sah, sprang sie auf und schoß mit einem so verängstigten Ausdruck auf dem Gesicht, als wäre sie ein unartiges Mädchen gewesen, an ihm vorbei.

Frank schloß die Tür hinter ihr und geriet augenblicklich in Panik. O du mein Gott! Er fing an zu zittern. Rastlos schritt er im Zimmer auf und ab und rang die Hände. Nein, nein, nein! Das war einfach nicht passiert! Er ging zum Telefon und wählte die Nummer von Dr. Janet. Sie war nicht da, also erzählte er ihrem Anrufbeantworter die ganze Geschichte. »Was soll ich tun? Was soll ich tun?« Verzweiflung packte ihn. »Ich weiß nicht, was in mich gefahren ist.« Sein Mangel an fachgerechtem Verhalten ängstigte ihn. Der Rest des Tages war die Hölle für ihn. Er kam einfach nicht über das hinweg, was er getan hatte. Er dachte an seine anderen Patientinnen, bei denen jedoch war ihm so was noch nie passiert. Daß sie sich in ihn verliebten, berührte ihn überhaupt nicht. Was hatte Kate an sich, was war es, das so viele Knöpfchen in ihm drückte? Okay, Jo Anne hatte ihn darauf hingewiesen, daß Kate ihm gefiel, aber warum empfand er das als so bedrohlich, und wieso fühlte er sich zu einer Frau hingezogen, die ihn so ekelhaft behandelte? Er vollzog nur einen Konter-Transfer zu ihrem Transfer, nicht wahr? Da sie ihn nicht wirklich liebte, liebte er sie schließlich auch nicht wirklich – oder?

Als Dr. Janet ihn später endlich erreichte, riet sie ihm, nichts zu tun, sondern abzuwarten, ob Kate als erste reagierte. Verdammt! Das war der Teil am Analytikerberuf, den er haßte: daß er den Analytiker spielen mußte, wenn er lieber Mensch gewesen und sie angerufen, sich entschuldigt und sie gefragt hätte, wie es ihr gehe.

Daher war er unendlich erleichtert, als Kate ihn am Abend zu Hause anrief. Das hatte er sich erhofft. Er war bemüht, einen ausgeglichenen Ton anzuschlagen.

»Hier ist Kate, und ich bin sehr aufgebracht«, sagte sie mit unsicherer Stimme. Und dann begann sie so heftig zu weinen, daß sie kaum weiterreden konnte. »Ich bin so wütend auf Sie!«

»Es tut mir sehr...«

Sie fiel ihm ins Wort. »Ich bin aufgebracht, weil Sie ständig meine Fantasien hören wollen, und nun habe ich Ihnen eine geschildert, dazu noch eine sehr zahme, und Sie schnappen über.«

»Tut mir leid. Und Sie haben recht. Ich möchte jetzt, auf der Stelle, alles hören, was Sie mir zu sagen haben«, entgegnete er.

»Na ja...« Sie schniefte. »Warum haben Sie mich so angeschrien?«

»Keine Ahnung.« Er seufzte laut ins Telefon. Damit wollte er ihr sein Schuldbewußtsein zeigen. Er hatte das Gefühl, zum erstenmal ganz natürlich mit ihr zu sprechen. »Sie provozieren und provozieren mich, damit ich reagiere – na ja, und nun haben Sie meine Reaktion.«

»Es war grauenhaft«, gestand sie.

»Ja. Und als Sie mich endlich in Harnisch gebracht hatten,

paßte Ihnen das auch wieder nicht. Ich frage mich, Kate...« Er dachte nach.
»Was fragen Sie sich?« erkundigte sie sich leise.
»Machen Sie das immer so mit den Männern – stoßen Sie sie alle zurück?«
Sie antwortete nicht. Ein paar Sekunden herrschte Schweigen. Dann sagte sie: »Wissen Sie, ich war heute so aufgebracht, daß ich alles, was in Ihrer Praxis passiert ist, einem Freund erzählt habe. Und der erklärte mir, daß es dabei nicht darum ging, daß ich Ihren Penis will, sondern um *Sie*. Daß *Sie* Angst vor *mir* haben.«
Er holte tief Luft. Also los, dachte er. »Da steckt ein Körnchen Wahrheit drin«, gab er zu.
»Also«, sinnierte sie, »mögen Sie mich.«
Er konnte fast durchs Telefon hören, wie sich ein Lächeln auf ihrem Gesicht ausbreitete. Er blieb am Apparat, bis sie alles gesagt hatte, was sie sagen wollte, und sich wohler fühlte. Er erklärte ihr, daß es falsch von ihm gewesen sei, die Sitzung einfach so abzubrechen, und entschuldigte sich dafür. Sie schwieg. Schließlich fragte er sie: »Gibt es sonst noch etwas, das Sie mir sagen wollen?«
»Nein«, antwortete sie, und beide legten auf.

Als Kate zu ihrem nächsten Termin erschien, blieb sie an der Tür seines Sprechzimmers stehen. »Wie es scheint«, sagte sie herablassend, aber freundlich, »gibt es Dinge, die zu persönlich sind, um sie mit Ihnen zu besprechen. Weil Sie sich zu sehr darüber aufregen.« Er beobachtete sie lange, wie sie zuerst die Couch betrachtete, dann den Sessel, und dann wieder die Couch. Als sie schließlich den Sessel wählte, wurde ihm klar, daß sie sich nie wieder auf seine Couch legen würde, und er hörte, wie sich ihm die Fenster vor den Geheimnissen ihrer Seele verschlossen.

Boris verläßt Kate

Am Vormittag seines letzten Tages in New York schwänzte Kate ihre Arbeit und holte Boris zu einem letzten gemeinsamen Spaziergang durch die City in seiner Wohnung ab. Untergehakt schlenderten sie langsam durch das winterliche Grau des Central Park. Sie sprachen kein Wort. Der verlassene, trostlose Park verstärkte Kates Traurigkeit und Hilflosigkeit bei dem Gedanken, Boris zu verlieren. Wie kann das sein, dachte sie, daß er in mein Leben kommt und nun wieder fort muß? Einfach so? Das alles ließ sie tief aufseufzen. Die anthrazitgrauen, kahlen Bäume, die sich scharf vor dem tiefhängenden, stürmischen Himmel abzeichneten, die leeren Parkbänke, auf denen sich an heißen Sommertagen die Liebespaare mit ihren Eistüten drängten. An einem ihrer bevorzugten Aussichtspunkte mit Blick auf die Bethesda Fountain machte sie halt und deutete auf einen Ruheplatz mit Bäumen und Bänken in der Ferne.

»Sieht das nicht genauso aus wie in Paris?« seufzte sie.

»Nein, Baby. Ganz und gar nicht.«

»Tut es doch! Tut es doch!« protestierte sie schmollend.

Er zuckte die Achseln, und sie gingen weiter. Sie wußte, daß er ihre romantische Vorstellung von Paris, wo sie während der Collegezeit ein Jahr lang studiert hatte, nicht schätzte. O ja, Paris ist wun-der-schön, entgegnete er, aber sie – er nannte Paris immer »sie« – ist auch ein unmögliches Frauenzimmer. Es sei so leicht, in Paris zu leben und sich sentimentalen Gedanken hinzugeben, die City wirkte so verführerisch. Vielleicht wurde deshalb in Paris nichts so getan, wie es in New York getan wurde: Die Pariser verbrachten ihre Zeit damit, sich an der *Vorstellung* von ihrem Leben zu berauschen. Wunderbar für Kate. Immer wieder versuchte Boris sie zu überzeugen, daß sie mit ihrem New Yorker Leben unzufrieden sei, weil sie das Gefühl hatte, Europäerin zu sein. Behutsam machte er ihr klar, daß sie sich in Frankreich oder Italien möglicherweise wohler fühle, und beendete derartige Diskussionen immer damit, daß er sie

anschrie: »Und, Baby, gib endlich deinem verdammten Shrink den Laufpaß. Lebe! Fang ganz einfach an zu leben!«
Sie schlenderten die Columbus Avenue hinauf und kehrten dann durch einen anderen Teil des Parks zu ihrer Wohnung zurück, wo er für sie ein Abschiedsessen kochen wollte. Auf halbem Weg jedoch, mitten im Park, wurde ihr auf einmal übel. Als sie in die Nähe ihrer Wohnung kamen, erklärte sie ihm, sie müsse dringend pinkeln. Er versuchte darüber zu scherzen, damit sie abgelenkt wurde und es noch bis nach Hause schaffte, merkte aber, daß sie schreckliche Schmerzen litt. Als sie schließlich in ihrer Wohnung ankamen, fingerte sie nervös mit den Schlüsseln, stieß die Tür auf und lief schreiend ins Badezimmer. Boris ging in die Küche, um mit dem Lunch anzufangen.
»Verdammt!« Den Tränen nahe, kam sie aus dem Bad.
»Was ist?«
»Ich habe Blut im Urin. Das kann nur eines bedeuten: Blasenentzündung. O Gott, wie ich das hasse! Warum muß ausgerechnet mir das passieren?« jammerte sie.
Boris geriet in Panik. Er hatte kein Wort von dem verstanden, was sie sagte. Er kramte in der schwarzen Ledertasche, die er ständig mit sich herumtrug, und zog ein russisch-englisches Wörterbuch heraus. »Schlag nach«, wies er sie an und reichte es ihr. Während er ungeduldig danebenstand, blätterte sie unsicher hin und her. Dann reichte sie ihm das Buch mit dem Zeigefinger auf dem Eintrag *cystitis* auf englisch, gefolgt von einer Übersetzung in kyrillischer Schrift.
»*Cystite,* aha«, sagte er verständnisinnig und mitfühlend auf französisch.
Ohne Vorwarnung erfaßte der heftige Schmerz ihren ganzen Körper. Sie fühlte sich eiskalt und schwach. Welch ein banales Ende für ihre Liebesgeschichte! Nun konnten sie nach dem Lunch nicht noch einmal, wie geplant, miteinander ins Bett gehen. Sie schluckte eine Pille, die sie noch von ihrer letzten Blasenentzündung übrig hatte, und bat ihren Arzt telefonisch um ein Rezept. Er fragte sie am Telefon aus. Wann sie das letzte Mal

eine Infektion gehabt habe. Vor zwei Jahren, antwortete sie und erkannte auf einmal, daß es das letzte Mal gewesen war, daß sie mit einem Mann geschlafen hatte. Verdammtes Pech! Oder war es Strafe? Während Boris in der Küche werkelte, mußte sie sich anhören, wie der Arzt sie abermals darüber aufklärte, daß der Penis in der Vagina reibe und daß sie nach dem Verkehr aufstehen und pinkeln gehen müsse, weil es sonst wieder passieren werde. Dann notierte er sich Namen und Telefonnummer ihrer Apotheke und sagte, sie könnte sich das Medikament am Nachmittag abholen. Sie ging ins Schlafzimmer und zog sich so an, wie sie sich gern anzog, wenn sie sich nicht wohl fühlte: hellblaue Trainingshose mit babyrosa Lambswool-Pullover. Über die Füße streifte sie sich dicke weiße Socken.

Zu ihrem letzten Lunch kochte Boris Pilmeni in saurer Sahne und Dill, und sie aßen, ohne viel zu sagen. Diese Überraschung hatte ihnen beiden einen Dämpfer aufgesetzt. Nachdem sie fertig waren, setzten sie sich auf die Couch, wo sie in Boris' Armen lag und beide ihren Gedanken nachhingen. Danach sehnte sie sich am meisten: mit einem anderen Menschen schweigen zu können. Die Zeit wirkte in diesem Moment äußerst bedrohlich. Jeder Moment schien in Zeitlupe zu vergehen und den Abschiedsschmerz in die Länge zu ziehen, zugleich aber viel zu schnell vorüberzufliegen. Die letzten Augenblicke waren qualvoll. Kate wurde das Herz schwer, und Boris war nervös wegen seiner Abreise nach Paris.

Dann war es plötzlich Zeit für ihn, in seine Wohnung zurückzukehren und darauf zu warten, daß Wolodja ihn mit seinem großen Yellow Cab abholte und zum JFK brachte. Seine Zeit in New York war um! Kate begleitete ihn bis in die Eingangshalle ihres Hauses, damit sie gleich ihre Post holen konnte. Sie tat, als sei sein Abschied keine besonders große Sache. Sie hob den Kopf. »Bye«, sagte sie lässig und winkte ihm mit schlaffer Hand.

Er küßte sie fest auf beide Wangen und anschließend sehr sanft auf den Mund. »Ciao, Baby«, sagte er. An der Tür blieb er stehen und sah sie ein letztes Mal eindringlich an. Sie schenkte ihm ein leichtes Lächeln, zuckte die Achseln und wandte sich ab, um zu ihrem Briefkasten zu gehen. Als sie sich wieder umdrehte, war er verschwunden.

Später ging sie zur Apotheke an der Ecke, um ihr Medikament abzuholen, und verbrachte den restlichen Nachmittag im Bett, wo sie, versunken im Nebel ihrer körperlichen Schmerzen und ihres seelischen Kummers, Kamillentee trank. Sie fühlte sich niedergeschlagen und bedauerte sich selbst. Ist das der Preis, den mein Körper für sein Vergnügen zahlen muß? Allein gelassen zu werden – ist dies das Souvenir der Liebe? Warum nur, haderte sie, muß ausgerechnet ich das Glück – oder Pech – haben, einen so außergewöhnlichen, wunderbaren Mann kennenzulernen und ihn mir dann wieder wegnehmen zu lassen? Das war einfach nicht fair. Da mußte es irgendwo eine Verschwörung gegen sie geben. Sie schüttelte den Kopf. Jetzt nicht nachdenken, ermahnte sie sich, du bist nicht in der Verfassung, um über irgend etwas nachzudenken. Schalt einfach ab.

Als der Nachmittag langsam in den Abend überging, machte sie sich nicht erst die Mühe, das Licht einzuschalten. Sie fütterte Boo, legte den Schubert auf, den Boris so liebte, und streckte sich im Dunkeln, die Arme um den Körper geschlungen, wieder im Bett aus. Sie versuchte sich seine Reise vorzustellen. Jetzt sitzt er im Flugzeug und trinkt Wodka. Jetzt reißt er die Plastikhülle von dem kalten Plastikbesteck und späht unter die Alufolie seines vorgefertigten Borddinners. Jetzt sieht er sich den Film an, jetzt versucht er zu schlafen, wie ich es auch tun muß. Gute Nacht, Boris. Um drei Uhr morgens erwachte sie. Sie fühlte sich besser und ging in die Küche, um sich etwas zu essen zu holen. Boo versuchte ihr ein Frühstück abzuschmeicheln, und Kate warf ihr ein paar Crunchies in die Schüssel. Sie machte sich eine Dosensuppe heiß und aß sie, auf der Bettkante sitzend, ohne auf die Krumen von ihren Crackers zu achten, die sich zwischen die Laken stahlen. Jetzt trifft er in Paris ein, dort drüben ist es schon Morgen, ein kalter, heller, frischer Wintertag. Er spricht wieder Französisch, er sitzt in der Metro, er schleppt seinen Koffer die drei Treppen zu seinem Atelier hinauf. Er ist zu Hause. Er nimmt eine Dusche. Er macht sich eine Tasse von seinem geliebten Kaffee. Er packt aus. Er stöpselt seinen Grill ein. Hat er mich vergessen?

PARIS

Kate liebt Boris und Paris

Kate griff mit beiden Händen zu, als ihre Agentur im Frühjahr einen Vertrag mit Rémy Martin abschloß und sie die Chance bekam mitzuarbeiten. Sie bewarb sich mit großer Energie um diesen Auftrag und erinnerte alle daran, daß sie der Agentur den Abschluß mit ihren Ideen für Weinkühler gesichert hatte und daher für Cognac besonders geeignet sei. Außerdem spreche sie sehr gut Französisch. Es folgten zwei entscheidende Wochen, in denen sie jedesmal, wenn sie ihren Creative-director den Flur entlangkommen sah, dem telefonischen Weckdienst einen Schwall Französisch in den Hörer sprach, damit ihr Chef begriff, wie nutzbringend sie bei diesem Auftrag sein könnte. Unter vier Augen erklärte sie ihm, daß sie eine besondere Vorliebe für Cognac hege; ein weiterer Grund für sie sei, daß Anzeigen von ihr in den besten Zeitschriften wie *Vogue* und *Sunday Times* erscheinen würden. Daß das aber auch Reisen nach Frankreich zur Präsentation ihrer Werbe-Ideen beim Management von Rémy Martin mit Sitz in Cognac bedeuten würde, erwähnte sie nicht.

Als es Zeit für die erste Recherchenreise nach Cognac wurde, konnten nur zwei der vier Leute hinüberfahren, die an diesem Auftrag arbeiteten. Aus Fairneßgründen traf der Creative-director seine Entscheidung, indem er eine Münze warf. Einen schrecklichen Augenblick lang drehte sich Kates Schicksal in der Luft. Kopf, sie blieb in New York; Zahl, sie gewann die Reise nach Frankreich. Und zu Boris.

Boris holte Kate in Orly ab. Voll Ungeduld hatte sie den eine

Stunde langen Flug von Bordeaux nach Paris ertragen, weil sie wußte, daß er zur selben Zeit zum Flughafen unterwegs war. Als sie den Terminal betrat, hielt sie unruhig nach ihm Ausschau und dachte schon, er sei nicht gekommen, als sie sah, wie er durch die Glaswände der Galerie auf sie hinabspähte. Besonders glücklich wirkte er nicht. Na ja, sagte sie sich, vielleicht ist er ein bißchen unsicher und fragt sich, wie es zwischen uns nach sechs Monaten wohl steht, aber das ist durchaus natürlich.

Sie kam gerade erst von ihrer märchenhaften Reise (»Ein Job wie jeder andere, und irgend jemand muß ihn erledigen«, hatte sie ihren zurückbleibenden Kollegen gegenüber gescherzt) in das *très sympathique* Städtchen Cognac zurück, wo sie alles über die »Ins« und »Outs« bei Cognac und guten Weinen gelernt hatte. Großer Gott, bis obenhin hatte man sie da abgefüllt! Da gab es Weinproben am Vormittag in luftigen, weißen Räumen (damit man die Farbe der Weine besser beurteilen konnte), mit kleinen Metallbecken neben jedem Platz (damit man den Wein ausspucken konnte) und großen Körben voll französischer Brotwürfel (um den Gaumen zu neutralisieren). Diesen folgten Mittagessen mit fünf Gängen und fünf Weingläsern an jedem Platz. Dann kamen die Diners. Ein Diner fand in einem bezaubernden Landhaus an der Charente statt, ein anderes in einem Grottenrestaurant mitten in den Klippen über dem Atlantik. Riesenplatten mit Bergen von Langustinos und Garnelen wurden aufgetischt, und das war nur die Vorspeise! Zum Abschluß der Mahlzeit wurde hundertjähriger Cognac serviert! Wenn sie an diese Reise zurückdachte, wurde ihr klar, daß sie sich in einem konstanten Katerzustand befunden hatte, aber niemals betrunken gewesen war, weil sie ständig gegessen hatte.

Bei der Wanderung durch die geheiligten Weiten der berühmtesten Weingärten der Welt rutschte sie mit ihren knallroten, hochhackigen Pumps auf den trockenen Erdschollen aus, während ihre Finger die reifenden Trauben der ältesten und berühmtesten Weinstöcke liebkosten. Weil ihr am Morgen niemand mitgeteilt hatte, daß sie durch die Weingärten gehen würden, war sie nicht passend angezogen. Aber das machte nichts. Tapfer wie ein kleiner Soldat, wie die knallharte New Yorkerin, die sie war, dachte sie sich, zum Teufel damit, und marschierte auf ihren roten Hochhackigen los. Sie lernte das Abc der Trauben, alles über das Fermentieren, das Destillieren, das Altern und das Abfüllen. In den duftenden Kellern probierte sie alten Cognac, den ein ernsthafter junger französischer Önologe im weißen Kittel aus einem uralten Eichenfaß gezapft hatte. Sie hoffte nur, daß sie nicht wie eine ungebildete Amerikanerin wirkte, und war sich nur allzu deutlich dessen bewußt, daß er sie kritisch beobachtete, als sie die hölzerne Schöpfkelle an den Mund führte. Der Duft war so stark, so überwältigend, daß er sie fast umgehauen hätte, und als sie einen Schluck trank, begann sie innerlich zu brennen. Ein Anblick jedoch, den sie niemals vergessen würde, waren die halbnackten Portugiesen, die über brennenden Feuern auf dem Erdboden die Eichenfässer herstellten. So hingerissen war sie von ihrer Männlichkeit, ihren schwitzenden, keuchenden Körpern, ihren starken Armen, mit denen sie die Holzstreifen formten und bogen, daß sie auf einmal verlegen wurde und den Blick abwenden mußte.

Die französische Public-Relations-Expertin, eine Frau annähernd in Kates Alter, musterte sie aufmerksam, und auch Kate ließ sich kein einziges Detail an der Französin entgehen. Jede suchte nach Tips und Hinweisen auf den Stil der anderen. Als Kate ihre rote Sonnenbrille hervorholte, die sie einem wortgewandten Straßenhändler an der Ecke Sixth Avenue und Forty-seventh Street abgekauft hatte, bewunderte Nicole sie in den höchsten Tönen, Kate dagegen war von Nicoles gelber Yves-St.-Laurent-Sonnenbrille begeistert. Gelb – auf diese Farbe wäre sie nie gekommen; sie mußte sich zu Hause sofort danach erkundigen. Sie bemerkte Nicoles verstohlene Blicke auf ihre High-Tech-Timex aus schwarzem Plastik, während Kate alles für Nicoles elegante Cartier-Uhr gegeben hätte. Kate war hingerissen von der stilvollen Geste, mit der Nicole ihre französischen Zigaretten in Brand setzte, und hoffte, daß Nicole sie um ihre frische, gesunde amerikanische Art beneidete.

Sie genoß die Reise nach Cognac, konnte es aber kaum erwarten, Boris wiederzusehen. Alles hatte perfekt geklappt. Wie sich herausstellte, hütete Boris eine Wohnung im achten Arrondissement, das hochmoderne Bourgeois-Penthouse eines Ehepaars, das für den Juli in die Staaten gereist war und wußte, daß Boris eine Erholung von seinem muffigen, finsteren Atelier brauchte. Er war glücklich, dort wohnen zu können, in einem regelrechten Adlerhorst mit Treppe zu einem privaten Dachgarten mit Picknicktisch und Sonnenschirm. Die Wohnung war eine Wohltat für ihn, ein bißchen Luxus in seinem mittellosen Schriftstellerleben. Sie machte den Juli für ihn erträglich.

»Ich hasse dieses *quartier*«, sagte er, als sie am Étoile die Métro verließen. »Es ist so steril – genau wie eure Upper East Side.« Er kämpfte mit ihrem schweren Koffer. Kate versuchte ihm das Gepäckstück abzunehmen, aber er bestand darauf, ihn weiterzuschleppen. Kate sagte sich, daß es heiß und er schlechter Laune sei, also ließ sie ihm die Klagen durchgehen. Sie vermochte noch nicht recht zu glauben, daß sie tatsächlich hier war, in Paris! Bei Boris! Also war der vergangene Januar doch kein Traum, und sie und Boris gehörten der Wirklichkeit an. Eigentlich war es nur angemessen, daß sie in Paris einen russischen Liebhaber hatte; schließlich gehöre sie zu dieser Art Frauen, hatte sie kurz vor ihrer Abreise zu Frank gesagt.

»Aber wird er Sie sehen wollen?« erkundigte sich Frank. »Und was, wenn er eine Freundin hat?«

Diese Fragen schob Kate ungeduldig beiseite. Sie setzte voraus, daß Boris sich genauso freute, sie wiederzusehen, wie sie sich auf ihn. »Hören Sie«, entgegnete sie, »ich bin nicht verantwortlich für seine Gefühle. Ich weiß nur, daß ich ihn wiedersehen möchte und ohnehin geschäftlich nach Frankreich muß, okay? Also warum nicht? Und was die Freundinnen betrifft...« Diese Möglichkeit hatte sie nicht in Betracht gezogen. »Er ist erwachsen, ich bin erwachsen. Sechs Monate sind eine lange Zeit. Ich müßte naiv sein anzunehmen, daß er die ganze Zeit allein bleibt, aber...« Sie hoffte, stark und bestimmt zu klingen. Dann sagte sie: »Eine innere Stimme sagt mir, daß er keine Freundin

hat. Und überhaupt werde ich mich mit diesem Problem befassen, wenn ich dort bin.«
»Sie ist wunderschön!« staunte sie über die Wohnung, die wie die Dekoration aus einem Eric-Rohmer-Film wirkte. Sie war schlicht weiß gestrichen und mit modernen französischen Möbeln eingerichtet, die kostbar wirkten, aber so nachlässig zusammengezimmert waren wie ihrer Erfahrung nach die meisten französischen Möbel, es sei denn, man kaufte die superteuren. Als sie nach sechs langen, sehnsuchtsvollen Monaten endlich mit Boris in dieser fremden Wohnung allein war, wurde sie auf einmal verlegen. Na ja, so was passiert, wenn man von Tagträumen und Fantasien leben muß, dachte sie seufzend. Sie hatten einander natürlich Briefe geschrieben und gelegentlich auch telefoniert... und dennoch war sie von seinem hübschen, fast unnahbaren Gesicht und seinem Körper überwältigt. Wie graziös und präzise seine Bewegungen waren! Er trug ein schwarzes Netz-T-Shirt, das an einem Amerikaner primitiv gewirkt hätte, und dazu eine weiße Hose. Er trat von hinten an Kate heran, umarmte sie und erforschte ihren Körper, und als seine Hände an ihren Magen kamen, lachte er.
»Zuviel *foie gras*«, sagte er, ihr rundes Bäuchlein tätschelnd.
»Ja.« Verlegen suchte sie sich ihm zu entziehen, aber er hielt sie fest.
»Du warst in Bordeaux. Da gibt es das beste Essen und die besten Weine der Welt. Da muß man einfach essen. Du hast es absolut richtig gemacht«, tröstete er sie und ließ sie los.
Er mixte zwei Wodka mit Grapefruitsaft, dann gingen sie auf den Dachgarten und setzten sich an den Picknicktisch. Da Paris vor Hitze glühte, behielt Kate die Sonnenbrille auf. Nach einer Weile streckte Boris die Hand aus und nahm ihr die Brille ab. Er sah ihr so eindringlich in die Augen, daß sie verlegen wurde. Wonach suchte er, was wollte er wissen? »Nicht«, sagte sie leise und legte ihre Hand an seine Wange, um sein Gesicht wegzudrehen. Aber dies war es doch gerade, wonach sie sich gesehnt hatte: wieder mit ihm zusammenzusein! Warum war sie so befangen?

»Du darfst deine schönen Augen nicht verstecken«, ermahnte er sie. »Weder vor mir noch vor der Welt.« Kate konnte es nicht ertragen, daß er sie so durchdringend ansah, und wandte den Blick ab. Eine Zeitlang saßen sie schweigend da, bis er sagte: »Tja, also, es ist Zeit für die Siesta.«
»Jetzt?« fragte sie nervös zurück.
»Ja, Liebling. Jetzt«, antwortete er und ergriff ihre Hand.
Das bedeutete, daß er mit ihr schlafen wollte. Obwohl sie wußte, daß dadurch vermutlich ihrer beider Hemmungen beseitigt wurden, zögerte sie. Aber es war die einfachste Methode, möglichst schnell jede Verlegenheit und höfliche Konversation zu überwinden, damit sie sich aufeinander besinnen konnten.
Für Kate war es traumhaft, wieder seinen Körper zu berühren, diesen Körper, der monatelang ihre Fantasien bestimmt hatte. Da sie natürlich mit keinem anderen geschlafen hatte, war dieser Liebesakt für sie eine Erlösung. Neben seinem gepflegten, sehnigen Körper kam sie sich viel zu mollig und abstoßend gierig vor. Während er in ihr war, brach sie in Tränen aus. Anfangs verunsicherte ihn das, dann aber schien es ihm zu gefallen.
»Weine nur, weine!« sagte er und streichelte sie. »Für mich ist eine Frau etwas Feuchtes«, erklärte er zärtlich. »Hier«, – er berührte ihre Augen –, »hier«, – er berührte ihren Mund –, »und hier« – er berührte ihre Vagina. Er war verspielt, aber sie konnte es nicht komisch finden, also weinte sie nur noch mehr. Es waren ursprüngliche Tränen, die aus ihrem tiefsten Inneren kamen.
Am nächsten Morgen schlief Kate noch, als die Mirage-Jets über den blauen französischen Himmel donnerten. Es war der 14. Juli, Bastille-Tag, und Boris stand früh auf, um seinen Posten auf dem Dach einzunehmen und sich die Parade auf der Avenue Wagram anzusehen. Er salutierte vor den Jets über ihm, die fröhliche Streifen aus blauem, weißem und rotem Rauch hinter sich herzogen, während sie in Formation über den Champs-Élysées dahinjagten, bevor sie den Eiffelturm umrundeten. Der Bastille-Tag war der Jahrestag seiner Ankunft in Paris, als er direkt aus Moskau gekommen war. Daher betrachtete er den 14. Juli als

seinen eigentlichen Geburtstag, und heute wurde er fünf Jahre alt. Als Kate erwachte und sah, daß er nicht in der Wohnung war, ging sie aufs Dach, um ihn zu suchen. Die Sonne stand schon hoch und brannte gnadenlos auf die Stadt herab. Der Blick war prachtvoll; die Dächer von Paris, der Eiffelturm, der Arc de Triomphe – sie alle lagen gleißend und schimmernd in der Hitze.

»Mein Gott, du schläfst wie ein Baby«, stellte Boris neidvoll fest. Er nahm nackt, aber mit einem Hut auf dem Kopf, ein Sonnenbad. Er wirkte sehr komisch. »Weißt du, daß ich seit vielen Jahren nicht mehr die ganze Nacht mit einer Frau verbracht habe?« Er hörte die BBC-Nachrichten, fluchte die ganze Zeit leise vor sich hin und gab seinen eigenen Kommentar zum Weltgeschehen. Von Zeit zu Zeit erhob er sich von seinem ausgefransten Heineken-Bier-Handtuch, öffnete den Wasserhahn und spritzte sich mit dem Gartenschlauch ab. Er nahm den Hut ab, hielt den Schlauch hoch über seinen Kopf und reckte sich wohlig unter dem eiskalten Wasser, kicherte laut, während es an seinem sonnendurchwärmten Körper hinabströmte. Als Kate sich hinabbeugte, um ihn auf den Bauch zu küssen, war er glutheiß und schmeckte süß.

Die vier kostbaren Tage in Paris vergingen wie im Fiebertraum. Tagein, tagaus sengende, unerträgliche, erotische Hitze. Es war so heiß, daß sie nicht richtig denken konnte. Wie betäubt wanderte Kate durch die Straßen. Ihr Atem ging schwach und matt. Schweißtropfen bildeten sich auf ihrer Stirn und in ihrem Nakken. Bienen summten um Éclairs, die roten Geranien im Jardin du Luxembourg starrten dreist in die Sonne empor. Wie schaffen die das? fragte sie sich. Sie selbst vermochte nur kraftlos zu lächeln und zu nicken. Sie war mit allem einverstanden, weil das Neinsagen zuviel Energie kostete. Am liebsten hätte sie immer nur abgeschlafft in einem schattigen Café gesessen und sich einen *citron pressé* nach dem anderen bestellt, oder eine *bière panachée* nach der anderen, eiskaltes Bier mit eiskalter Limonade gemischt.

Sie entdeckte, daß die Franzosen die Hitze nicht gut ertragen konnten. Sie betrachteten sie als persönliche Beleidigung. Die Hitze paßte einfach nicht zu ihrer verfeinerten Pariser Mentalität. Hitze war vulgär und kraß. Aber das Wetter drehte ihnen in diesem Sommer eine lange Nase und verwies sie auf ihre Plätze.

Kate dagegen vertrug die verheerende Hitze ausgezeichnet. Sie blühte auf bei diesem Wetter. Wie sie Boris erklärte: »In New York wird es im Sommer furchtbar heiß. Es heißt, man könnte auf der Straße fast ein Spiegelei braten, so kochendheiß wird es in der City. Und das stimmt. Außerdem wird es in New York im Sommer gefährlich. Überall kommt es zu Schlägereien, viele Leute werden getötet. Auf einmal wird das Leben ganz primitiv. Und brutal. Eine Art sexuelle Verzweiflung hängt in der Luft.« In jedem Sommer ging sie in einem Zustand nahezu ununterbrochenen Verlangens umher. »Es kann gar nicht heiß genug werden, Baby«, lautete ihr Motto.

Boris dagegen verlor in einer Hitzewelle jeglichen Lebensmut. Er vermißte das Moskauer Wetter, die härteste, unangenehmste Eiseskälte der Welt. Feuchtes, dampfiges Scheißwetter. Und das monatelang. Nichts liebte er mehr, als bei einigen Graden unter Null mit offenem Mantel und bloßem Kopf durch die windigen Straßen zu gehen. Als Kate sah, wie er das an eiskalten Tagen in New York ebenfalls tat, hatte sie ihn gefragt: »Wie hältst du das aus, Baby?« Er aber zuckte nur die Achseln. »Kein Problem«, antwortete er. »Das kommt daher, daß meine Körpertemperatur so hoch ist«, setzte er als Erklärung hinzu.

Eine so große Hitze wie diese bekämpfte er, indem er fünf- bis sechsmal am Tag duschte und seinen Körper anschließend mit Talkumpuder, Duftnote Apricot oder Waldfarn, einstäubte. Sie liebte diese leichten, fruchtigen Düfte, die sich so wunderbar mit seinem russischen Duft mischten. Außerdem mixte er sich täglich, von mittags an, jede Menge Drinks: Wodka mit Grapefruitsaft. Mit einem Glas voll klirrendem Eis in der Hand wanderte er in der Wohnung umher. Und wenn er einen Drink unter die Dusche mitnahm, schwebte er wirklich im siebten Himmel.

Oder er nahm einen Drink mit aufs Dach und legte sich in die Sonne. Die Sonne war ein Teil der Hitze, den er liebte. Er hatte das Gefühl, daß sie ihn heilte, daß sie ihm direkt bis ins Herz drang und ihn stark machte. Oft kaufte er tahitianisches Ylang-Ylang-Öl und rieb sich von Kopf bis Fuß damit ein. Und weil er ein so dunkelhäutiger Russentyp war, wurde er im Sommer beinah schwarz.

Ach ja, verliebt zu sein, und das in Paris – was konnte man sich Schöneres wünschen? Kate liebte das sinnliche Leben, das sie führten, schwebend zwischen Hitzewellen und Schweigen, fern der Welt, vertieft in ihre Zweisamkeit. Das Frühstück auf dem Dach, von Boris serviert, ging unmerklich in verträumte Sternguckerei unter dem gelben Mond über, wenn sie Erleichterung von der Tageshitze suchten und vor dem Zubettgehen den Cognac tranken, den sie aus der Provinz mitgebracht hatte.

Da Boris an den Vormittagen schrieb, ließ sie ihn in Ruhe. Stattdessen schlenderte sie allein, in Tagträume versunken, durch die Straßen und kaufte ein. Sie hatte keine Lust, Museen zu besichtigen oder die Touristin zu spielen. Nein, so war diese Reise nicht gedacht. Diesmal war Paris lediglich Kulisse für den Mann, den sie liebte. Endlich führte sie das internationale Leben, das sie sich ersehnte. Wenn sie später in die Wohnung zurückkehrte, stand er, nackt bis auf ein Handtuch, das er sich um die Hüfte geschlungen hatte, in der winzigen Küche und war fröhlich mit den Vorbereitungen zum Lunch beschäftigt – gewöhnlich Salat, Brot, Käse, Wurst und Wein –, den sie aufs Dach mitnahmen und splitternackt unter dem Sonnenschirm verzehrten. Auf den Lunch folgte eine Siesta. Wie Boris ihr erklärte, liebte er die Stille und die mediterrane Spielart der Liebe am Nachmittag. Während draußen in der unbarmherzigen weißen Hitze des Nachmittags der normale Alltag glühte, war es in dem von einem Ventilator gekühlten Schlafzimmer halbdunkel: die perfekte Szenerie für eine fast transzendentale Art der Berührung. Vorsichtig tauchte Kate ihre Zehen in diese ganz neue Ebene des Eros, denn diese Liebe war nicht auf die übliche Romantik eines Kerzenlichtdinners angewiesen, sie war kein

Höhepunkt. Hier lösten sich vielmehr zwei Menschen aus der Mitte ihres Tages und schlossen einen Pakt zur gegenseitigen Erforschung irgendwo zwischen Himmel und Hölle. Bei Boris fühlte sie sich viel animalischer und femininer. Manchmal schämte sie sich für sich selbst.

Wenn sie aufwachten, duschten sie, und er führte sie spazieren. Er führte sie durch die ganze Stadt, zeigte ihr sein Paris, seine Entdeckungen, seine Lieblingsplätze, und hielt die ganze Zeit ihre Hand oder schob die Finger durch die Gürtelschlaufen ihres Jeansrocks. »*Das,* Baby, ist das echte Paris«, erklärte er und präsentierte ihr mit theatralisch weit ausholender Geste das Mansardendach eines alten Hotels im Marais oder ein traditionelles Arbeiterbistro, wo sie ein Glas Wein tranken.

»Mach die Augen zu«, verlangte Boris einmal, als sie durch eine bestimmte Straße kamen, und nahm ihre Hand, um sie zu führen.

»Warum?« erkundigte sie sich mit geschlossenen Augen, während sich ein Lächeln auf ihr Gesicht stahl.

»Weil dies keine schöne Straße ist«, sagte er ein wenig schmollend und genoß es, sich manieriert zu geben wie ein echter Franzose.

Sie mußte zugeben, daß er sein Paris kannte. Niemals zuvor hatte sie jemanden erlebt, der diese Stadt wirklich sah, der ihre Pracht wirklich zu schätzen wußte. Immer wieder machten sie halt, um sich in einem Café zu stärken, gewöhnlich mit einem erfrischend säuerlichen *citron pressé.* Auf dem Heimweg kamen sie eines Nachmittags an dem kleinen Arc de Triomphe du Carousel im Innenhof des Louvre vorbei. Boris stellte seine schwarze Ledertasche ab und holte einen Frisbee heraus. Mit ausgebreiteten Armen drehte er sich im Kreis. »Hast du jemals in einer so schönen Umgebung Frisbee gespielt?« Er lachte. »*Einmalig!*« Ohne Pause genoß er die Freude, die ihm Paris bereitete. Ja, das einzige, was er an den Parisern auszusetzen hatte, war die Tatsache, daß sie sich nicht mehr richtig an Paris freuen konnten. Des Abends gingen Boris und Kate in die eiskalt-klimatisierten Kinos, wo sie Grand-Marnier-Eisriegel lutschten und schmusten. *»J'adore le cinéma«*, flüsterte er ihr jedesmal ins Ohr, wenn das Licht ausging.

Am liebsten sah Kate aber zu, wie Boris auf dem Markt einkaufte. Er war dabei so liebenswürdig und gleichzeitig so gewitzt, so anspruchsvoll und so frei! Wenn es etwas ganz Besonderes gab oder eine günstige Gelegenheit, kaufte er spontan. Er konnte gute Tomaten von schlechten unterscheiden, er wußte genau, wann Himbeeren zwar perfekt aussahen, aber keinen Geschmack hatten, er sah sofort, wenn Kartoffeln alt waren. Er wählte frische Kräuter, als seien sie Junk Food, und warf sie mit einem *»pouf«* in seinen Korb. Er liebte es, in eine feine *charcuterie* zu gehen und nachzusehen, ob es irgend etwas gab, das für die Zubereitung seine kostbare Zeit wert war, und gab sich *blasé* und ernst vor Kate, die von der Riesenauswahl der glänzenden Patés, *saucissons* und Horsd'œuvres unverhohlen begeistert war. Mit kritischem Blick inspizierte er die Waren, bis er genau das Richtige für sie fand. Und wenn sie ihn fragte, was er da gekauft hatte, winkte er ab und antwortete: »Später, Baby, das erkläre ich dir später.«

Als sie am dritten Morgen gemeinsam im Bad waren, entdeckte Kate, daß Boris' Flasche Yatagan, sein sibirisches Eau de Cologne, fast leer war. »Sieh nur«, sagte sie und hielt ihm die Flasche entgegen.

»Ich weiß, Liebes«, entgegnete er, seinen russischen Akzent übertreibend; er ärgerte sich natürlich über Kate, weil er genau wußte, daß die Flasche fast leer war und daß sie es bleiben würde, bis ihm irgendwann mal ein unerwarteter Gewinn beschert wurde. Kate erkannte ihren Fehler sofort. Sie kleideten sich fertig an und gingen in die Stadt, um die Souvenirs einzukaufen, die Kate ihren Kollegen von der Agentur versprochen hatte. Schließlich hatte sie das große Glück gehabt, dieses Bonbon von Auftragsreise zu ergattern. Sie fühlte sich ein wenig schuldbewußt und vom Schicksal begünstigt.

Am Nachmittag geriet sie in Panik. Es war noch heißer geworden in Paris, und die Touristenplage machte die Stadt schier unerträglich. Die Straßen waren völlig verstopft, und noch immer liefen sie mit der Liste ihrer Einkäufe herum. Kate versank in düsterer Stimmung. Sie wußte, daß ihr Aufenthalt sehr schnell dem Ende zuging; morgen war ihr letzter Tag. Vier wundervolle Tage nach sechs Monaten Alleinsein – was für ein Liebesleben sollte das sein? Nachdem sie eine Stunde in der Schlange vor einem Schalter des Crédit Lyonnais gewartet hatten, um Geld zu wechseln, war Boris außer sich. Dies war das Paris, das er haßte. Also beschloß er, sie aufzumuntern, sie aus ihrer Trübsal zu reißen, indem er ihr einen seiner Lieblingsplätze zeigte: Er schleppte sie zum Samaritaine, dem größten Bourgeois-Kaufhaus von ganz Paris. Sie beklagte sich auf dem ganzen Weg. »Ich habe dir doch gesagt, Baby, daß ich nicht in diesen Warenhäusern einkaufen mag. Die haben wir in New York zur Genüge.«

Er knurrte nur, nahm ihre Hand und schleppte sie durch verschiedene stickige Aufzüge, durch Etagen, die vor Menschen und Waren wimmelten, und schließlich ein paar Wendeltreppen hinauf, die immer enger und dunkler wurden, je höher sie kamen. »Was soll das?« fragte sie wie ein schmollendes Kind, verärgert über diese ziellose Lauferei. Aber Boris schien genau zu wissen, wohin er wollte.

Als er die letzte Tür öffnete, zuckte sie vor dem hellen Licht zurück. Sie trat in eine Oase hinaus, einen stillen Dachgarten, in dem nur eine Handvoll Franzosen den einmaligen Dreihundertsechzig-Grad-Blick auf Paris genossen. Nur sehr wenige Touristen wußten davon; aus irgendeinem Grund übersahen sie ihn in ihrem Guide Michelin. Wie Boris Kate erklärte, war dieser Dachgarten eine Art Rettungsanker für ihn gewesen, als er aus Moskau in Paris eintraf. Die alte russische Gräfin, die seit dreißig Jahren in Paris lebte, erzählte ihm eines Nachmittags davon, als sie in ihrer *Bourgeois-manqué*-Wohnung Tee tranken. Er brachte ihr eine Dose Kaviar mit, die er noch in Moskau gekauft hatte. Sie war das letzte Stück von Wert, das er besaß; er war vollkommen pleite. Also beschloß er, sie der armen, alternden Gräfin zu schenken, weil die sich ehrlich darüber freuen würde und sie wirklich zu schätzen wußte. Sie würde ihm das

Gefühl geben, ein Millionär zu sein. So verhielt er sich stets, wenn er arm war. Statt nur noch mehr an allem festzuhalten, ließ er ganz los. So befreite er sich von der eigenen Armut. Von da an suchte er immer wieder seinen Millionen-Dollar-Blick auf dem Dach des Samaritaine auf und setzte sich mit seinen Papieren, Büchern und Arbeiten an seine ramponierte russische Kofferschreibmaschine, um seinen ersten Roman im Westen zu schreiben, während er das unbezahlbare Panorama von Paris in sich aufnahm. Geld wurde dort nicht verlangt; es gab *entrée libre,* aber er wußte natürlich, daß er das Privileg, diesen Blick genießen zu dürfen, teuer bezahlt hatte. Auch seine Mutter und alle Freunde und Verwandten, die er zurückgelassen hatte, bezahlten für diesen Blick; nur konnten sie ihn nicht genießen. Es war ein gestohlenes Vergnügen, eines, von dem er niemals genug bekommen konnte. Und so präsentierte Boris seiner Katja nun voll Freude dieses Bild: Das diesige, hitzekochende Paris lag wie ein Juwel ausgebreitet zu ihren Füßen.

Kate stand da. »Was?« fragte sie verständnislos. Sie sah nichts. Als Boris eine ausholende Geste machte, brummte sie nur: »Hmmm«, versuchte sich im Kreis zu drehen und hinzusehen. Ihr war klar, daß sie Bewunderung ausdrücken sollte, aber worüber? Sie konnte es nicht begreifen; ihre Augen waren von eigenem Kummer blind.

In diesem Moment wurde sie überwältigt von der Hoffnungslosigkeit ihrer Lage, ihrer beider Lage. Zum erstenmal sah sie, daß Boris ein bißchen primitiv und wild war. Er war wirklich allein und würde niemals jemandem gehören, weder ihr noch einem anderen Menschen. Warum sie das jetzt erkannte und warum dieser Gedanke ihr ausgerechnet in diesem Moment kam, wußte sie nicht, aber sie fühlte sich wie ein Opfer. Seines. Ihr eigenes.

Warum konnte sie den Augenblick nicht genießen? Ihn lieben, sich und ihn zusammen lieben, jetzt und hier, auf diesem Dach? Warum konnte sie nicht den Kopf zurückwerfen wie in einem Film, sich lachend im Kreis drehen, ihn umarmen und küssen? Warum konnte sie nicht ihr Verlangen verdrängen und akzep-

tieren, wie er war, daß er in Paris lebte und sie in New York und daß er daran nichts ändern wollte? Nein! Er war ihr seelenverwandt, und sie wollte ihn! Sie würde eine Möglichkeit finden, ihm klarzumachen, wie sehr er sie brauchte. Sie konnte ihm helfen, sie konnte erreichen, daß er sie liebte.
Boris sah, daß sie in ihrem eigenen Kummer gefangen war und nichts anderes wahrnahm. Er empfand Abscheu für sie. Er hatte sich Mühe gegeben, aber er konnte nichts tun. Wortlos nahm er sie bei der Hand und nahm sie mit, wieder die vielen Treppen und Aufzüge hinab.
Als sie, im Erdgeschoß angelangt, an der Parfümerieabteilung vorbeikamen, sagte Kate: »Moment, ich möchte dir eine Flasche Yatagan kaufen.« Doch er verstärkte seinen Griff um ihre Hand und ging weiter. »Aber deine Flasche ist fast leer, und du brauchst es doch!« protestierte sie ärgerlich. Sie fand es wichtig, daß er dieses Zeichen der Zivilisation besaß, und außerdem erkannte sie, daß er ständig so lebte: kein Geld für Briefmarken, aber nur teuren Single-Malt-Whiskey. Er zog es vor, auf diese Art arm zu sein. Wenn er sein Geld für die Grundbedürfnisse ausgebe, argumentierte er, würde nie genug für die wirklich schönen Dinge des Lebens übrigbleiben.
»Nein!« sagte er und zog sie von der Caron-Theke fort. Und dann hatten sie mitten im Samaritaine einen richtigen Krach. Als er sie immer wieder anschrie: »Ich will nicht, daß du mir etwas kaufst! Nichts, gar nichts!«, brach sie völlig verstört in Tränen aus. Er packte ihre Hand, zerrte sie in die Métro und entwertete ihre Fahrkarte für sie. Schweigend fuhren sie in der erstickenden Hitze nach Hause. Seiner Miene nach zu schließen, hielt er sie für unmöglich, aber das war ihr egal. Sie dachte nur: Er ist so gemein!
Als sie in die Wohnung zurückkamen, zog Boris sich aus, ging mit seiner geliebten Erstausgabe von Henry Millers *Wendekreis des Krebses* aufs Dach und legte sich zum Lesen in die Spätnachmittagssonne. Kate verzog sich in die Bibliothek, wo sie sich vor den Fernseher setzte. Sie schaltete gern das französische TV ein, um ihr Französisch zu verbessern. Sie schmollte

und sah sich dabei ihre Lieblingsshow an: *»Ni Oui, Ni Non«.* Es war eine absurde Quiz-Show, so kindisch und primitiv, wie nur die Franzosen sie produzieren können. Kate fragte sich, ob die hochnäsigen französischen TV-Manager eigentlich wußten, wie peinlich diese Show war. Sie machten sich über die französische Mentalität lustig. Der Kandidat, gewöhnlich ein armes Würstchen aus einer Provinzstadt wie Nantes oder Toulouse, wurde mit einem Trommelfeuer schneller Fragen überschüttet, die er beantworten mußte, ohne ja oder nein zu sagen. Seine Antworten sollten *peut-être, de temps en temps* oder *je l'aime* lauten. Aber dann hagelten die Fragen so dick und so schnell, daß der arme Tölpel jedesmal die Hosen runterlassen mußte, wenn der Quizmaster ihm eine so taktvolle Frage stellte wie: »Sind Sie jemals Ihrer Frau untreu gewesen?« Wie geschickt verstand er es, sie einzuseifen, ihr Vertrauen zu gewinnen und sie dann reinzulegen! Nach einer halben Stunde dieses Blödsinns ging sie aufs Dach.

Es war eine leichte Brise aufgekommen, und die Pariser Abenddämmerung brachte endlich Abkühlung. Aber nur ein wenig. Boris lag, ein Handtuch um die Taille, an seinem gewohnten Platz und hörte im BBC klassische Musik. Er sah sie an und legte sein Buch hin. Kate ging zu ihm, sank auf die Knie und legte, die Wärme der Sonne spürend, den Kopf auf seine Brust. Sie küßte ihn auf beide Schultern; dann richtete sie sich auf.

»Du mußt dich selbst erkennen«, erklärte er streng. »Du mußt erkennen, was im Samaritaine geschehen ist. Selbstanalyse.« Er hob den Zeigefinger. »Das ist alles.«

Kate betrachtete ihn traurig. Beide schwiegen. Sie wußte nicht, was sie sagen sollte, sie kam sich so verloren vor. Dann wurde er sanfter. »Liebe dich selbst, Baby. Das ist das Schwerste. Glaube mir. Liebe dich selbst, und die Welt gehört dir.«

Am nächsten Morgen erklärte sie Boris, sie habe noch Einkäufe zu machen, und das gehe schneller, wenn sie das allein erledige. Wie eine Frau, die etwas Wichtiges vorhat, saß sie in der Métro, entschlossen und ruhig. Sie wußte, was zu tun war; es war eine sehr feminine Tat. Sie marschierte wieder ins Samaritaine, ging zur Caron-Theke und verlangte ein Flakon Yatagan.

Das Miststück hinter dem Tresen tat, als hätte sie sie nicht verstanden. Aus Erfahrung wußte Kate, daß man sie so für ihren ausländischen Akzent bestrafte. Die Frau starrte sie verständnislos an; dann wandte sie sich achselzuckend zu den anderen Mädchen hinter dem Tresen, warf ihnen einen Blick zu, der besagte: »Diese *américaines* sind so *gauches*«, und setzte ihre Unterhaltung fort.

Inzwischen hatte Kate diese Sorte verstockter Franzosen kennengelernt. Sie stemmte die Hände in die Hüften und sagte in perfektem Schulfranzösisch zu der Verkäuferin: *»Pardon, mademoiselle, est-ce que vous êtes américaine?«* Perlendes Lachen von den anderen Verkäuferinnen. Die Frau, der ihre Frage galt, zog ein gekränktes Gesicht.

»Non!« erwiderte sie arrogant. *»Et pourquoi vous m'en demandez?«*

»Ah«, sagte Kate zuckersüß, *»je croyais si, parce que vous parlez français avec un accent américain!«* Woraufhin sie ironisch grinste.

Wumm! Das hatte gesessen. Mit diesem Spielchen konnte man die Franzosen genau da treffen, wo es am meisten weh tat: ihrem preziösen, idiotischen französischen Akzent. In jedem anderen Land der Welt hatte Kate festgestellt, daß die Menschen auftauten, wenn man ihre Sprache zu sprechen versuchte, ja sich so sehr über diese Bemühungen freuten, daß sie sich schier überschlugen. Die Franzosen aber machten es einem sehr schwer, sie zu lieben. Man versuchte es zwar, aber sie ließen einen eiskalt abblitzen. Nach einigem Überlegen hatte Kate die Toilettenpapiertheorie entwickelt und war zu dem Schluß gekommen, daß die Krise des französischen Nationalcharakters auf dieses unbedeutende, doch äußerst wichtige Produkt zurückzuführen war. Da dieses kratzige, wachsglatte Toilettenpapier, das in Frankreich üblich war, ganz eindeutig nichts taugte, lief die gesamte Nation ständig mit zerkratztem, schmutzigem Hintern herum. Kein Wunder, daß die so mürrisch waren! Wie war es nur möglich, daß die Franzosen in so großer Nähe der Italiener und Spanier lebten und doch nichts von deren be-

schwingter Lebensart, ihrem überschäumenden Charakter und ihrer Herzlichkeit mitbekommen hatten?
Als Kate sah, daß die Französin nach ihrem kleinen *contretemps* ausreichend kleinlaut geworden war, machte sie einen erneuten Versuch. »*Yatagan, c'est un parfum de Caron, pour les hommes.*«
»*Ah oui, bien sûr, Yatagan*«, sagte das Mädchen liebenswürdig, als hätte sie erst jetzt verstanden, während Kate zuvor in einer völlig fremden Sprache geredet hatte.

An jenem Abend, ihrem letzten in Paris, bereitete Boris ein einfaches Abschiedsessen aus Wurst, Kartoffeln, Zwiebeln und Fenchel zu, das sie auf dem Dach bei Kerzenlicht und mit einer gekühlten Flasche Brouilly einnahmen. Kate fragte sich, warum genau dieses französische Bistrogericht, das sie in New York bei zahlreichen Gelegenheiten selbst gekocht hatte, hier in Paris um soviel besser schmeckte. Beide, sie und Boris, waren sehr still und sprachen nicht viel. Es war die Erschöpfung nach vier Tagen totaler Nähe. Kate fragte sich, ob er traurig darüber war, daß sie abreisen mußte. Er schien ihre Gesellschaft genossen zu haben. Sie war in ihre eigenen Gedanken versunken, versuchte diese so intensiv erlebte Einwochenreise, die sie fernab von ihrer eigenen Welt unternommen hatte, und ihre Bedeutung für sie zu begreifen. Sie seufzte beim Essen und warf immer wieder einen Blick zu den Sternen empor. Es war ein tröstlicher Gedanke, daß er, wenn sie in New York zu den Sternen aufblickte, in Paris dieselben Sterne sehen würde. Sie würden ihre kosmische Verbindung zu ihm sein, wenn sie sich einsam fühlte. Als sie gegessen hatten und noch beim Wein saßen, nahm sie seine Hand, drückte sie und war glücklich, als er den Druck erwiderte. Oh, gut, dachte sie, ich werde ihm fehlen. Sie spülten das Geschirr, und Kate ging zu Bett. Durch die Ritze der Schlafzimmertür konnte sie ihn im Wohnzimmer sitzen sehen. Er hörte Jazz, trank Cognac und rauchte eine kubanische Zigarre, die ihm ein Freund geschenkt hatte.
Am folgenden Morgen stand sie früh auf. Während er noch

schlief, duschte sie und packte ihre Sachen für den Flug. Als er endlich ebenfalls aufstand, rief sie ihm zu: »Laß nur, ich mache das Bett.« Er gab sein gewohntes *»Je m'en fous«* zurück und ging unter die Dusche. Kate nahm die Schlüssel, lief zur *boulangerie,* um warme Croissants zum Frühstück zu holen, und kaufte im Supermarkt ein paar französische *saucissons,* die sie nach New York mitnehmen wollte. Die waren so billig hier und in den Staaten so furchtbar teuer! Auf dem Rückweg wurde sie sentimental. Wie traurig, daß sie dies alles zurücklassen mußte! Der Charme des französischen Lebens tat ihr wohl, er paßte so gut zu ihr, daß sie sich hier wirklich hätte zu Hause fühlen können. Sie drückte auf den Einlaßknopf unten am Eingang und stieß traurig die schwere Haustür auf.
Im Handumdrehen war es elf und Zeit für die Fahrt zum Flughafen. Boris steckte Kleingeld ein und suchte die Schlüssel, während Kate nervös an der Tür stand und wartete. Doch als sie gerade zur Tür hinausgehen wollte, holte er tief Luft und sagte mit rauher Stimme: »Na schön, setzen wir uns.«
Kate schluckte. Es war ein alter, religiöser Brauch in Rußland, daß, wenn jemand auf eine lange Reise ging, einer die anderen zum Sitzen aufforderte. Es war ein letztes Zusammensein, die letzte Gelegenheit, gemeinsam schweigend dazusitzen. Oberflächlich gesehen, geschah das, um gute Reise zu wünschen, in Wirklichkeit aber, um eine letzte Erinnerung an die letzte Begegnung festzuhalten. Für alle Fälle.
Kate war traurig und gerührt von diesem seltsamen Brauch, den sie als Kind kennengelernt, als Erwachsene aber nie wieder erlebt hatte. Sie verband ihn mit ihren Großeltern, nicht mit Menschen ihres eigenen Alters. O diese Russen! Sie überhöhten alle Gefühlsregungen, und wenn ein Abschied traurig war, verwandelten sie ihn in eine Gedenkstunde für den potentiellen Tod des Menschen, der ihnen quicklebendig gegenübersaß! Wie russisch, der Sterblichkeit unerschrocken ins Auge zu blicken, damit man niemals sagen mußte: »Ich wünschte, ich hätte Lebewohl gesagt.«
Boris nahm im Wohnzimmer Platz, und Kate setzte sich nervös

ihm gegenüber. Es dauerte nur etwa zehn Sekunden, dann begann sie zu zittern und zu weinen. Sie sprang auf, ging zu ihm und kuschelte sich auf seinen Schoß. Er streichelte ihre Arme und sah sie an, legte den Kopf zurück, um ihr tief in die Augen zu sehen. Er lächelte über ihre unkonventionelle Interpretation des russischen Brauchs, bezaubert von ihrer Sentimentalität, doch er hütete sich davor, sich für das verantwortlich zu fühlen, was ihre Traurigkeit bedeutete. Und so saßen sie schweigend da, Kate tränenüberströmt und leise schluchzend, bis sie es nicht mehr ertragen konnte und er sagte: »Gut, ist ja gut!«, und das Zeichen zum Aufbruch gab.

Auf dem Flughafen Charles de Gaulle flippte sie dann beinahe aus – hypernervös vor Reisefieber und dem verzweifelten Versuch, ihm irgendeine Gefühlsäußerung hinsichtlich ihres Abschieds, hinsichtlich ihrer gemeinsamen Zukunft zu entlocken. Sie musterte ihren eleganten russischen *émigré,* der auf den ultramodernen Röhrenrolltreppen stand, und fragte sich, warum er so abweisend wirkte. Er hielt ihre Hand, er küßte sie auf die Wange, er machte kleine Witzchen und gab vor, Menschen zuzuwinken, die er nicht kannte. Sie wollte ihn fragen: Wann werden wir uns wiedersehen? Sie wollte ihm sagen: Ich liebe dich, ich möchte mit dir zusammenleben. Aber sie konnte es nicht. Er hatte eine stumme Mauer um sich errichtet, eine Grenzlinie gezogen, die sie nicht zu überschreiten wagte. Oder war ihr Abschied für ihn so schmerzlich, daß er sich absichtlich in eifrige Geschäftigkeit flüchtete, ihr Gepäck eincheckte, ihren Flugsteig ausfindig machte, dafür sorgte, daß sie genug Zeit für den Duty Free Shop hatte? Die kostbaren Sekunden glitten dahin. Sie hatte das Gefühl, in einem der Filme aus den Vierzigern zu sein, in denen der Held und die Heldin einander heimlich lieben, es aber nicht zu sagen wagen. Dann pflegte Kate in der Dunkelheit ihres Schlafzimmers zu sitzen, auf den Bildschirm zu starren und laut zu rufen: »Nun sag ihr schon, daß du sie liebst! Nun sag's ihr endlich!«

Als es Zeit wurde, am Abflugschalter für das Ausland Lebewohl zu sagen, ermahnte sie sich: Fang bloß nicht an zu heulen, Kate!

Boris will sich nicht von einer Heulsuse verabschieden. Sie wollte ihm die Erinnerung an eine bezaubernde Kate hinterlassen. Also lächelte sie tapfer, wandte sich aber sehr schnell ab und suchte nach ihrem Paß, damit er ihr rotfleckiges Gesicht nicht sah. Während sie im Duty Free Shop Campari, Wodka und Parfüm einkaufte, liefen ihr die Tränen übers Gesicht. Paris verlassen hieß, in ihr Leben mit den zwölfstündigen Arbeitstagen zurückzukehren und wieder zum Dasein als Single in New York verdammt zu sein.

Als Kate auf dem JFK eintraf, wurde sie bei dem Gedanken, daß sie ihre französischen *saucissons* ins Land schmuggeln mußte, auf einmal nervös. Normalerweise war sie ein Mädchen, das sich sagte: Jeder Trick ist erlaubt, wer fürchtet sich schon vor den kleinen Zollbeamten, ich pfeife auf die Vorschriften. Aus irgendeinem Grund aber bekam sie in der Maschine Angst, als sie das Zollformular las, auf dem mit dicken Buchstaben stand: FLEISCH JEGLICHER ART DARF NICHT IN DIE VEREINIGTEN STAATEN EINGEFÜHRT WERDEN. ZUWIDERHANDLUNGEN WERDEN MIT BESCHLAGNAHME, HAFT- UND GELDSTRAFEN ODER AUSWEISUNG BESTRAFT. Sie sah sich schon wegen ihrer *saucissons* im Gefängnis sitzen, also deklarierte sie sie lieber.

Der Blick des Zöllners leuchtete auf, als er sah, was sie auf ihr gelbes Formular geschrieben hatte: ›Sehr zurückhaltend geknofelte, perfekt zu Cocktails mit krossem französischem Brot und Cornichons passende französische *saucissons* aus reinem Schweinefleisch.‹

»Zeigen Sie her!« befahl er barsch. Es klang vulgär. Als Kate ihre kostbaren Würstchen hervorholte, die einen wundervollen Duft nach Knoblauch und Pfefferkörnern verströmten, wurden seine Augen noch größer. »Die muß ich beschlagnahmen«, erklärte er ein klein wenig zu schnell, während er versuchte, seinen Blick und seinen gierig bebenden Mund im Zaum zu halten.

Kate schäumte vor Wut. Sie stampfte mit dem Fuß auf. Das hatte sie nun davon, daß sie ein »braves Mädchen« war! Sie hätte

schließlich auch einfach durchgehen können, wie sonst. »Die werden Ihnen heute abend bestimmt gut schmecken – eh, Officer?« bemerkte sie sarkastisch.
Der Zollbeamte sah sie ärgerlich an. Er wollte so schnell wie möglich abfertigen »Die Würste sind gesetzwidrig, Ma'am. Bitte, gehen Sie weiter«, knurrte er.
Wie passend, dachte sie, während sie den Reißverschluß ihrer Tasche schloß und sie sich über die Schulter hing, um in die internationale Ankunftshalle hinüberzugehen. Warte nur, bis ich Frank davon erzähle! Wie absolut perfekt freudianisch! Ich habe diese wundervoll sexerfüllten Tage in Frankreich verbracht, und als ich nach Hause zurückkehre, nehmen sie mir meine Würstchen weg.

Als sie sich an diesem Abend ins Bett legte, dachte sie daran, daß Boris inzwischen schon in dem Bett sein mußte, das sie fünf Nächte lang mit ihm geteilt hatte. Ob er sie ein bißchen vermißte? Oder war er froh, endlich wieder allein zu sein? Sie hatte versucht, hübsch und ruhig zu schlafen, weil sie ihn nicht stören wollte. An diesem Morgen erst hatte er zu ihr gesagt, ihr tiefer Schlaf müsse auf ihn abgefärbt haben, denn während sie in seinem Bett lag, habe er ebenfalls tief schlafen können.
Sie stellte sich vor, wie er das Alleinsein genoß und die Arme bis auf ihre Seite des Bettes ausstreckte. He, was war das? Ein klirrendes Geräusch. Was ist das? Seine Hand tastete unter der Decke herum und zog eine Plastiktüte mit einer Schachtel heraus. Eine Flasche Yatagan. *Un petit souvenir.* Jetzt würde er lächeln. Es war die einzig richtige Art, ihm ein Geschenk zu machen: ein Geschenk, das er erst fand, wenn er allein war. Damit er sich nicht bei ihr zu bedanken brauchte.

NEW YORK

Frank über Kate

Obwohl sie nur zehn Tage fort gewesen war, freute sich Frank auf Kates Rückkehr aus Frankreich. Gelegentlich zählte er sechs Stunden zur jeweiligen Zeit hinzu und versuchte sich vorzustellen, was sie jetzt tat. Ich setze mich zum Abendessen, und sie schläft schon seit Stunden, oder ich gehe jetzt zu Bett, und sie frühstückt. Einmal ertappte er sich dabei, daß er den Wetterbericht der *New York Times* aufschlug und die Vorhersage für Paris suchte. »Ist doch lächerlich!« schalt er sich und warf die Zeitung hin. Als die Meldung eines Flugzeugunglücks auf dem JFK über die Lautsprecher des Ärztezimmers im Krankenhaus kam, erbleichte er, bis er hörte, daß es sich nicht um einen Flug aus Paris handelte. Vor allem aber machte er sich Sorgen um sie wegen diesem Kerl Boris. Obwohl er ihr das natürlich nicht sagen konnte, gefiel ihm das, was sie ihm über diese ›Beziehung‹ erzählte, ganz und gar nicht. Eisern versicherte er sich selbst und Dr. Janet gegenüber, daß er sich nur vom Standpunkt des Arztes sorgte, der es nicht schätzte, wenn seinen Patienten weh getan wurde. Und daß dieser russische Dichter nichts taugte, war eindeutig. Sie gab sich Illusionen über ihn hin und merkte nicht, daß Boris sich überhaupt nichts aus ihr machte.

Daher war er zutiefst erleichtert, als sie pünktlich zu ihrem Termin erschien und ihn mit einem strahlenden Lächeln bedachte. Sie setzte sich und begann augenblicklich in einer schwarzen Lederumhängetasche zu wühlen, die sie sich in Paris gekauft haben mußte, denn er sah sie das erste Mal bei ihr. Er wartete geduldig.

»Das hat mich an Sie erinnert«, erklärte sie und reichte ihm eine Flasche Eau de Cologne, die sie im Duty Free Shop erstanden hatte. »Ich weiß, daß ich Ihnen keine Geschenke machen dürfte, aber ich habe sie gekauft, weil Sie mir gefehlt haben und ich dachte, daß ich mich Ihnen dadurch näher fühlen würde, und dann hab' ich sie heute trotzdem mitgebracht, weil es eben das ist, was ich *empfinde,* und Sie mich ständig auffordern, Ihnen genau zu schildern, was ich *empfinde,* und nichts auszulassen.« Sie holte tief Luft und fuhr dann fort: »Ich hätte sie zu Hause lassen können, aber das habe ich nicht getan, und Sie brauchen sie nicht zu nehmen, wenn Sie nicht wollen.« Tief aufseufzend nach diesem Monolog, lehnte sie sich ein wenig trotzig in ihrem Sessel zurück. Sie hatte ein Opfer dargebracht und machte sich nun auf eine Zurückweisung gefaßt.

Frank starrte auf die Schachtel in seiner Hand hinab und drehte sie langsam hin und her, während er über Kates Geste nachdachte. Nun gut, sie war unangebracht, aber nett. Shrinks mußten sich ständig mit Geschenken ihrer Patienten auseinandersetzen. Großer Gott, das war ein ganzes Thema für sich; man würde doch weder seinem Zahnarzt noch seinem Fußdoktor eine Flasche Eau de Cologne schenken – oder? Mit diesem Beispiel versuchte er zu erreichen, daß seine Patienten ihre Handlungsweise verstanden und analysierten. Yatagan. Caron. Paris. *Cologne pour homme.* Seine Finger streichelten das Zellophan, das die Schachtel umschloß. Yatagan, was für ein seltsamer Name für ein Eau de Cologne. Irgendwie klang er ein bißchen einschüchternd, vielleicht sogar gefährlich. Nein, er klang wie ein Land auf dem *Risiko*-Spielbrett, wie Irkutsk oder Turkestan. Er bevorzugte zahmere Namen wie Grey Flannel und Polo. Ist dies der Duft, den ich für sie tragen soll? Er hob die Schachtel an die Nase und versuchte, durch die Packung hindurchzuschnuppern, stellte sie aber rasch beiseite, als ihm einfiel, daß sie ihn beobachtete.

»Ich muß darüber nachdenken«, sagte er zögernd. »Ich muß überlegen, ob ich ein Geschenk von Ihnen annehmen darf.« Er fühlte sich geschmeichelt und wollte es gern annehmen, traute sich aber nicht so recht. Dann geriet er in eine winzige Panik. Wenn er das Geschenk nicht akzeptierte, stieß er sie damit zurück. Sie machte ihm dieses Friedensangebot und war durchaus auf eine Zurückweisung gefaßt. War es nicht seine Aufgabe als ihr Analytiker, sie zu akzeptieren? Ihm war bereits klar, daß er zuviel gesagt hatte. Er hätte einfach danke sagen, die Schachtel unverbindlich auf den Tisch stellen und damit jeder tieferen Deutung, die sie haben mochte, einen Riegel vorschieben sollen. Er stellte die Schachtel hin und beschloß, ihr Geschenk anzunehmen.

»Wieso hat es Sie an mich erinnert?« stieß er hervor. »Ich meine, was bedeutet Ihnen dieses Eau de Cologne? In Ihren Fantasien, meine ich natürlich.« Er versuchte sich zu beherrschen, indem er seine Frage in völlig sachlichem Ton stellte.

Kate wirkte verlegen. »Na ja, es ist ein schwerer, geheimnisvoller Duft. Wie Sie.« Sie hielt inne, suchte nach Worten. »So zwingend. Ungefähr so, wie Sie in Ihrem Sessel sitzen und darauf warten, daß ich etwas sage. Ja, genau – das ist es! Ein Duft, der mich zwingt, zu Ihnen zu kommen, mich zwingt, die ganze Arbeit allein zu leisten, wie ich es hier bei Ihnen tun muß.«

Schweigen. Dann: »Es war ein Fehler, Ihnen dieses Eau de Cologne mitzubringen.« Dann erzählte sie ihm, daß sie eine Flasche genau dieses Duftwassers auf der Ablage in ihrem Badezimmer stehen hatte und daß sie es sich nach einer heißen Dusche auf die Brüste goß, um anschließend in ihrer Wohnung herumzutanzen. Es sei ein Duft, den sie entdeckt habe; er vermittle ihr das Gefühl, begehrenswert, verführerisch und ein bißchen wild zu sein. Und sie wolle ihn gern an ihm riechen.

Whow, dachte Frank, diese Sitzung läuft ja unglaublich gut!

Eine Zeitlang saßen sie schweigend da, bis sie sich aufraffte und zu erzählen begann. Sie sei völlig erschöpft von ihren eigenen Täuschungsmanövern; ständig lügen zu müssen sei furchtbar anstrengend, aber sie habe ihn nicht kränken wollen. Sie liebe ihn nicht mehr. Möglicherweise habe er das ja schon erraten; statt dessen habe sie sich unsterblich (das war ihr Ausdruck) in Boris verliebt.

Frank überlegte. Vielleicht lief diese Sitzung ja doch nicht so gut.

»Ich habe eine wichtige Entscheidung getroffen«, verkündete sie und provozierte ihn sodann mit einer dramatischen Pause.

Oho, dachte Frank, jetzt wird es stürmisch. Sie sah ihn so bedeutungsvoll an, wie sie nur konnte. Gott, wie sie es liebte, dramatisch zu tun! Er setzte seine »Und weiter?«-Miene auf, indem er die Brauen hochzog und den Kopf schieflegte. Er wollte nicht direkt auf ihre Herausforderungen reagieren.

»Ich werde meinen Namen ändern. Das heißt, ich *habe* meinen Namen geändert. Von nun an möchte ich bei meinem russischen Namen genannt werden. Nicht mehr Kate also, sondern Katja.«

Franks Herz begann heftig zu pochen. Er hoffte nur, daß ihm die Erregung nicht anzumerken war. Dies war schlimm, sehr schlimm sogar. Er hatte die Kontrolle über die Therapie verloren. Sie war übergeschnappt. Was sollte er heute abend nur seiner Studienleiterin sagen? Seine Handflächen waren feucht, und er strich sich immer wieder übers Haar – unauffällig, wie er hoffte. »Und was war der Auslöser?« fragte er und bemühte sich, gelassen zu klingen.

»Nein, ich möchte, daß Sie es sagen! Sagen Sie Katja, jetzt sofort! Nennen Sie mich Katja, ich möchte wissen, was für ein Gefühl das ist.« Sie lehnte sich bequem zurück und schloß erwartungsvoll die Augen. Sie wollte das Wort aus seinem Munde hören.

Er rutschte unbehaglich in seinem Sessel hin und her. Was nun? Sollte er dieses Spielchen mitspielen? Wenn er sie tatsächlich Katja nannte – hieß das, das sie ihren Willen bei ihm durchsetzen, ihn manipulieren und einen Präzedenzfall für die Zukunft schaffen konnte? Und wenn er sie nicht Katja nannte – hieß das, daß er unflexibel war und seinen Patienten keine Fantasien gestattete? Er kam zu dem Schluß, daß ihm gar nichts anderes übrigblieb, als ebenfalls in ihre Fantasie einzusteigen und abzuwarten, wohin das führte. Vielleicht würde sie das beide befreien.

Er blickte ihr tief in die Augen. »Okay, Katja.« Die Silben gingen ihm schwer über die Lippen.
»Nein. Ka-tja«, korrigierte sie seine Aussprache.
»Katja«, wiederholte er gehorsam. Er kam sich albern vor, weil er die Vokale nicht so russisch-weich aussprechen konnte, wie sie es tat.
»Das gilt aber nicht nur für heute, verstanden? Von nun an müssen Sie mich auch in Ihren Notizen immer nur Katja nennen. Und wenn Sie bei mir im Büro anrufen, um einen Termin zu verlegen oder so, müssen Sie nach Katja fragen. Es geht nur, wenn ich darauf bestehe, daß mich alle Leute so anreden.«
»Okay, Katja.«
»Sie tun es nur, um mir meinen Willen zu lassen.«
»Nein, das stimmt nicht, Katja.«
»Wissen Sie«, – sie hopste im Sessel auf und ab –, »ich *bin* Katja, Katja ist die, die ich *wirklich* bin. Es ist schön, Katja zu sein.«
»Wer ist denn auf diese Idee gekommen?« erkundigte er sich. Sie wandte den Blick ab und seufzte, als benehme er sich unmöglich. »Ich natürlich.« Dann verstummte sie. Gleich darauf setzte sie sich kerzengerade auf. »Okay, nachdem wir das nun geregelt haben, möchte ich über meine Reise nach Bordeaux reden.« Nun begann sie über Cognac zu plaudern, und er merkte, daß sie so tat, als habe sie das vorangegangene Gespräch vergessen. Er versuchte, ihrem Gedankenfluß zu folgen, hatte aber ständig das Gefühl, er müsse nachbohren. Schließlich konnte er es nicht mehr aushalten.
»Warum machen Sie alles so kompliziert?« fiel er ihr ins Wort.
»Ich mache nicht alles kompliziert«, entgegnete sie, obwohl sie genau wußte, worauf er anspielte.
»Hören Sie, ich bin der Meinung, wenn Sie Ihren Namen ändern wollen, so ist das ein ziemlich drastischer Schritt, und wir müssen die Gründe dafür analysieren. Man muß so viele Dinge bedenken – was zum Beispiel wollen Sie Ihren Freunden und Arbeitskollegen sagen?«
»Oh, das habe ich mir schon überlegt«, sprudelte sie heraus und

setzte sich bequem zurecht, um ihn in ihre kleine Verschwörung einzuweihen. »Wenn ich heute abend nach Hause komme, ändere ich den Namen auf meinem Lebenslauf und suche mir dann einen neuen Job, gehe einfach zu einer anderen Werbeagentur. Das tun alle, wissen Sie. Dadurch kriegt man mehr Geld und Anerkennung. Wenn ich dann wieder arbeite, werden sie mich dort gar nicht als Kate kennen, sondern vom ersten Tag an als Katja. Ist das nicht großartig? Das wäre also das. Und außerdem, selbst wenn ich nicht sofort einen neuen Job kriege, werde ich allen im Büro erklären, daß ich mein Leben umgestaltet, mir ein neues Konzept ausgedacht und einen neuen Namen gegeben habe. Glauben Sie mir, die werden das verstehen. Ich meine, in der Werbung gestalten wir ständig Produkte um.«
Er schnitt ein Gesicht.
Sie rollte mit den Augen, als stelle er sich gerade besonders dumm an. »Okay, wie ich sehe, sind wir zu Advertising 101 zurückgekehrt. Als damals das kalorienarme Bier herauskam, wurde es Diätbier genannt – erinnern Sie sich an Gablinger's? Aber die großen Macho-Männer wollten nicht gern gesehen werden, wie sie ›Weiber‹-Bier tranken, also vergammelte es in den Regalen. Da hatte Miller die brillante Idee, einfach den Namen und das Konzept in Leichtbier zu ändern, und erklärte den Herren, es sei so leicht, damit man *mehr davon trinken kann*! Aus der Tugend wurde ein attraktives Laster. Ein brillanter Schachzug des Marketings, nicht wahr?«
Da er ein Fan des Leichtbiers war, mußte er ihr zustimmen. Obwohl er selbst es eigentlich wegen der geringen Kalorienzahl trank.
»Außerdem mögen es die Werbeleute, wenn man ein bißchen verrückt ist. Verläßliche Menschen kommen bei denen nicht so gut an; sie sind mehr für das Ausgeflippte. Weil man ihrer Ansicht nach kreativer arbeitet, wenn man nicht ganz dicht ist. Also wird ihnen mein Namenswechsel eher gefallen.«
Als sie merkte, daß sie ihn nicht überzeugt hatte, fuhr sie fort: »Wissen Sie was? Ich habe meine Hausaufgaben gemacht.« Wieder wühlte sie in ihrer Beuteltasche und überreichte ihm

ein sauber getipptes Blatt Papier. Die Überschrift lautete: »AUFLISTUNG VON ZIELEN UND STRATEGIEN«, und die Klientin war Kate, oder vielmehr das Produkt war Kate. Wie sie ihm erklärte, wurde für jeden Werbeauftrag ein derartiges Papier erstellt, bevor sich das Creative Team an die Arbeit machte, damit sie genau wußten, was sie mit dem Werbespot oder der Zeitungsanzeige anstreben sollten.

KATE

PROBLEMATIK: Die Klientin ist mit ihrem Leben als Amerikanerin unzufrieden. Die Klientin beklagt den Verlust ihrer russischen Wurzeln.
ZIELGRUPPE: Die ganze Welt.
ZIEL: Der Klientin ihre Wurzeln und damit die Lebensintensität einer sinnlichen Russin zurückgeben und ihrem Dasein dadurch einen ganz neuen Wert verleihen.
STRATEGIE: Die Klientin zur russisch-amerikanischen Frau umgestalten.
ERWARTUNGEN: Die Klientin wird sich als Russin wohler fühlen und glücklicher sein.
LÖSUNGSWEGE: Die Klientin muß die russische Originalversion ihres Namens wieder annehmen: Katja. Die Klientin muß mit ihren russischen Wurzeln verwachsen.

Er könne das Blatt behalten, erklärte Kate, sie habe eine Kopie davon an ihren Kühlschrank geheftet. Damit erhob sie sich, als wolle sie sich verabschieden.
»Wohin wollen Sie?« fragte er sie.
»Unsere Zeit ist um.«
Er warf einen Blick auf seine Uhr. Es ärgerte ihn, daß sie ihm zuvorgekommen war, denn eigentlich war es seine Aufgabe, zu verkünden, daß die Sitzung beendet sei.

Als er später am Abend zu Hause wie gewohnt seine Tagesnotizen durchsah, studierte er aufmerksam Kates Liste und entwarf auf einem gelben Notizblock eine andere Version davon in Langschrift.

KATE (ANALYTIKERVERSION)

PROBLEMATIK: Kate ist unfähig, ihren russischen Freund unterzubuttern. Zweitens, und weit wichtiger: Sie hat keine Ahnung, wer sie wirklich ist.
ZIELGRUPPE: Boris Zimoy.
ZIEL: Ihren Freund (wenn man jemanden so nennen kann, der auf der anderen Seite des Atlantiks wohnt und den sie kaum sieht und kennt) dazu bringen, daß er sie liebt.
STRATEGIE: Russin werden, um in ihm die Gefühle zu wecken, die er in der Heimat zurückgelassen hat.
ERWARTUNGEN: Die Klientin hat das Gefühl, daß ihr russischer Freund sich in sie verlieben wird, wenn sie Russin geworden ist. Zweitens: Ihren Analytiker kaputtmachen.
LÖSUNGSWEGE: Dieselben.

Frank starrte auf das Blatt, bis er nicht mehr wußte, was er davon halten sollte. Die ganze Namensänderung machte ihn nervös. Wie sollte er diese Situation analytisch handhaben? Das alles ging ihm viel zu schnell. Er stand auf und mixte sich einen Gin Gimlet, dann machte er es sich in seinem Lesesessel bequem und stopfte sich ein kleines Kissen in den Rücken, um die Schmerzen zu lindern. Er schlug den Aktenhefter mit seinen Notizen auf, las aufmerksam die mit seiner Handschrift bedeckten Seiten. Es war, als halte er ihr Leben in seiner Hand. Die ganze Geschichte. Er trank einen Schluck, lehnte den Kopf zurück, schloß die Augen. Der Gin sickerte durch seinen Körper und brachte Ruhe in seinen hyperaktiven Verstand.
Das Bild, das ihm ständig vor Augen stand, war das einer ertrinkenden Frau, die sich an einen Mann klammert, der sie retten soll. Der Mann als Lebenserhalter. Er dagegen, der nicht mit ihr untergehen will, ist bemüht, sie von sich zu stoßen. Aber die einzige Möglichkeit, ihren Griff zu lockern, wäre, sie zu erwürgen. Wodurch sie sich nur um so fester an ihn klammert. Und so entsteht ein Tanz der Mißverständnisse, ein trunkener Walzer der Leidenschaft, die natürlich der Tod ist.

Frank hatte das Gefühl, daß Boris in Katjas Leben geplumpst war wie eine der Zauberflaschen aus *Alice im Wunderland*. Er trug das Etikett: »Obsession. Trink mich.« Um eine Obsession entstehen zu lassen, bedarf es nicht zweier Personen – eine genügt. Woher kommt diese Sucht einer Frau, sich einem Mann hinzugeben, sich in ihm zu verlieren, mit ihm zu verschmelzen, eins mit ihm zu werden? Ich meine, so dachte er, da lebt man sein Leben mit all seinen Höhen und Tiefen, kleinen und großen Ärgernissen und Freuden, und dann lernt man einen bestimmten Menschen kennen, und plötzlich kann man nicht mehr ohne ihn leben? Während man wenige Minuten zuvor noch ganz gut zurechtgekommen war? Handelt es sich um eine zufällige Verschiebung im Universum? Partikel, die aneinanderstoßen? Was ist dieses seltsame Etwas, das uns allen fehlt und uns veranlaßt, den Menschen zu suchen, der uns entweder wie eine Droge betäubt oder mit dem göttlichen Nektar des Lebens erfüllt? Was bedeutet es, mit diesem Menschen zusammensein zu wollen, ihn einzusaugen, sein Wesen in sich aufzunehmen? Wie gierig wir sind! Wir alle irren umher, und wir suchen.

Frank war der Ansicht, daß Katja wie eine Schlafwandlerin in einer Depression gelebt hatte, die sie für alle verwandten Seelen blind machte, mit denen sie im Laufe der Jahre hätte Kontakt aufnehmen können. Und nun war sie hysterisch geworden, weil sie glaubte, ihre Blütezeit sei vorüber; sie sei abgenutzt, leicht zerknittert; sie habe diese gewisse Glätte der Persönlichkeit, das Element des Staunens in ihren Augen verloren; sie sei aufgeschwemmt, runder, trauriger geworden; und sie wußte, daß ihr Leben anders hätte verlaufen können.

»Ich werde Boris heiraten«, verkündete sie Frank triumphierend. »Ich weiß es einfach, ich spüre es tief in meinem Herzen.«

»Sie *träumen* davon, ihn zu heiraten, meinen Sie«, widersprach er ironisch.

»Welch ein bösartiger Ton, den Sie da anschlagen!«

»Sie haben recht.« Er hielt inne. »Es tut mir leid.« Er versuchte

es noch einmal. »Es ist eine Fantasievorstellung, der Sie nachhängen«, erklärte er leise.
»Nein!« Sie wurde zornig. »Es ist wahr! Er ist der richtige Mann für mich! Sie wissen doch, was man so sagt: ›Als ich ihn zum erstenmal sah, wußte ich, daß ich ihn heiraten würde‹? Genauso ist es bei mir: Er ist der Mann, den ich heiraten werde. Ich weiß es eben.«
»Ja, ja. Aber haben Sie sich mal überlegt, daß so etwas immer nur Verheiratete sagen? Denen ist es natürlich passiert, und nun können sie zurückblicken und es aussprechen. Von Leuten, die nicht den Menschen geheiratet haben, den sie sich gewünscht haben, werden Sie so etwas nicht hören.«
Frank dachte, wie traurig es doch sei, daß fast jede Frau, die er kannte, und vor allem seine Patientinnen, ständig über Ehe und Hochzeiten fantasierten, daß sie ihr ganzes Leben lang an den Tag dachten, an dem sie heiraten würden. Das war der Brei, mit dem sie von klein auf gefüttert worden waren: daß sie eine schöne Braut sein mußten, daß der Hochzeitstag der wichtigste Tag in ihrem Leben sein werde, der Tag, auf den sie sich freuen konnten, der Tag, an dem ihr Leben wirklich beginnen würde. Es war zum Erbarmen.
Und die Männer? Sie schienen diesen Tag nicht herbeizusehnen. Sie trugen kein Bild von einer idealen Hochzeit im Herzen. Die meisten Männer schätzten die Vorstellung nicht, vor einer Menge Leute dastehen und in Anwesenheit von lauter Fremden erklären zu müssen, daß sie diese Frau liebten, daß sie nicht ohne sie leben könnten. Während den Frauen das offenbar leichter fiel; die schüttelten das einfach so aus dem Ärmel. Wie kam es, daß Männer Männer sein und als Erwachsene akzeptiert werden und sich auch ohne Frau vollständig fühlen konnten? Während eine Frau, solange sie allein war, wie ein Kind behandelt wurde, weil es niemanden gab, der »sich um sie kümmerte«.
Nach Franks Ansicht war es in Wirklichkeit so, daß die Frau das Leben eines Mannes verbesserte, selber dann aber schlechter dran war. Runter vom Podest und rein in die Bratpfanne, so sah

er den Untergang und Machtverlust einer Frau, wenn sie heiratete. Vielleicht wurden die Frauen deswegen mit Träumen von der Ehe gefüttert. Auf diese Weise manövrierte man sie geschickt in das hinein, was sich dann als Knechtschaft und Sklavendienst an den unterentwickelten emotionalen Bedürfnissen des Mannes entpuppte. Er fand, daß eine Frau allein ein reiches Gefühlsleben haben konnte; ihr Nestinstinkt würde ihr immer dazu verhelfen, sich ein hübsches Heim zu schaffen. Ein Mann aber brauchte eine Frau, um das zu erreichen. Insgesamt waren die Männer seiner Meinung nach der Aufgabe, eine Frau zu behandeln, wie sie behandelt werden sollte, einfach nicht gewachsen. Nach Franks Erfahrungen gab es kaum einen Mann, der emotionell offen genug war, um eine Frau in ihrer ganzen tief verwurzelten Weiblichkeit wirklich zu akzeptieren. Eine Frau war ungeheuer mächtig, und statt diese Macht anzuerkennen und willkommen zu heißen, neigten die meisten Männer dazu, sie herabzuwürdigen, so sehr fürchteten sie sich davor, und dadurch entstand ein Kreislauf von Zorn und Frustration auf beiden Seiten. Das zornige, kastrierende Weibchen und das verwirrte, frustrierte Männchen. Welch ein Zwiespalt, in den er dadurch gestürzt wurde! Er konnte diese Theorie ja wohl nicht gut seinen Patienten erklären, und doch war er es, zu dem sie mit all ihren Sehnsüchten und Ängsten kamen. Was sollte er tun? Was sollte er sagen? Und letztlich, was wußte er?

»Was werden Ihre Eltern sagen?« hatte er Katja gefragt.

Sie winkte nur ab. Kein Problem. Die würden einen erleichterten Seufzer ausstoßen. Als sie »noch ein junges Ding« war, erzählte sie Frank, hätten ihre Eltern hohe Ansprüche an den Mann gestellt, den sie deren Vorstellung nach heiraten sollte. Er würde Arzt sein oder Anwalt, oder außergewöhnlich schön, reich und brillant, eben ein fabelhafter Mensch. Sie fand es widerlich, wie ihre Ansprüche immer weiter sanken, je älter sie wurde. Und nun, da sie dieses kritische Alter erreicht hatte, würden sie jeden Mann akzeptieren, solange er Arme, Beine und zwei Augen hatte und beim Essen wenigstens nicht sabberte. Darüber hatten Frank und Katja herzlich gelacht.

Inzwischen war er beim dritten Gimlet angelangt, und seine Gedanken wurden ein bißchen konfus. Er hatte es mit einer Krise zu tun. Was in aller Welt sollte er machen?

Frank über Frank

Der Grund, warum Frank sich so darüber ärgerte, daß Kate ihren Namen in Katja änderte, war der, daß er selbst ebenfalls seinen Namen geändert hatte. Frank Manne hieß eigentlich Francesco Mangiapane. Nachdem er seinen Ph. D. in Psychologie gemacht und seine Therapiepraxis eröffnet hatte, mußte er jedoch feststellen, daß seine Patienten es komisch fanden, daß ihr Shrink Italiener war. Sie konnten das nicht begreifen: Wie kam ein Italiener dazu, Therapeut zu werden? Welche Angstzustände konnte der schon im Leben durchgemacht haben? Die Italiener waren doch angeblich ständig damit beschäftigt, ihre Sinne zu *befriedigen,* nicht sie zu *unterdrücken,* und ihr Sexualtrieb war angeblich gesund und genußvoll, nicht schuldbeladen und voll schmutziger Geheimnisse. Seine Patienten berichteten ihm von der Reaktion ihrer Freunde, wenn sie erwähnten, daß sie bei einem Dr. Mangiapane in Behandlung waren. »Ein italienischer Therapeut?« Dann johlten sie und brüllten vor Lachen.
Als Francesco Mangiapane, nachdem er auf der Psycho-Station des County Hospital von Bloomington, Indiana, geschuftet hatte, nach New York umzog, änderte er daher seinen Namen in Frank Manne. Er fand es wunderbar. Diese Freiheit! Kichernd wanderte er durch die Straßen von Manhattan, so glücklich war er. Endlich war er von den anderen nicht mehr zu unterscheiden, war einer von ihnen, ein Amerikaner vom Scheitel bis zur Sohle! Sogar so unsensibel wie sie konnte er werden, einem Mädchen genauso tölpelhaft die Zunge in den Hals rammen wie

sein College-Kommilitone Fred Harris. Er glaubte, als neugeborener Amerikaner brauche er sich für seine Handlungen nur bedingt verantwortlich zu fühlen; wenn man ihm unsensibles Verhalten vorwarf, konnte er die Hände heben und entgegnen: »Hey, ich bin eben ein Mann, was wollt ihr?«

»Hallo, Frank!« riefen seine Kollegen am Institut, wo sie zum neuen Kurs der Ph.-D.-Psychologen gehörten, die Psychoanalyse studierten. Er liebte grauen Flanell, adrette blaue Blazer und Bass Weejuns.

Nur Dr. Janet wußte davon, weil Frank dieses »Material« monatelang immer wieder durchgearbeitet hatte. »Wenn die am Institut erfahren, daß ich meinen Namen geändert habe, werden sie mich für verrückt erklären«, behauptete er. Und da sie geneigt war, ihm zuzustimmen, blieb es ihrer beider Geheimnis. Sie wußte außerdem, daß Franks so auffallend italienischer Name in der preziösen Welt der Psychoanalytiker nur schwerlich ernst genommen worden wäre. Aber das wollte sie Frank nicht sagen, also verhielt sie sich einfach sehr entgegenkommend und ermutigte ihn zu tun, was er für richtig hielt.

Das alles war der Grund, warum er in Panik geriet, als Kate ihm erklärte, sie wolle zu Katja werden. Es war das genaue Gegenteil dessen, was er getan hatte. Im Verlauf der letzten Monate war sie, je mehr sie sich ihrer russischen Abstammung näherte, immer schöner geworden, während er selbst eher zu einer schwammigen Scheibe Weißbrot wurde, weil er seine italienischen Wurzeln zurückgelassen hatte.

Francesco versus Frank. Vielleicht war es falsch gewesen, den Namen zu ändern. Aber was konnte er jetzt dagegen tun? Ihn wieder zurückändern? Dann wüßten alle, was er getan hatte, und er würde wirklich zu leiden haben. Dr. Francesco Mangiapane. Erstaunlicherweise schien ihm das auf einmal großartig zu klingen. Sofort rief er Dr. Janet an und verlangte eine Notsitzung. Natürlich war sie beunruhigt – verständlicherweise doch –, aber plötzlich sah sie da diesen außerordentlich gutaussehenden, dunklen italienischen Doktor auf ihrer Couch liegen, einen so eleganten, so überaus sinnlich wirkenden Mann! Er besaß ein gewisses europäisches *»Je ne sais quoi«* und einen äußerst eindrucksvollen Namen: Dr. Francesco Mangiapane. Also das war einer, dem man gern all seine Geheimnisse anvertraute!

»Sie müssen tun, was Sie für richtig halten, Frank«, sagte sie. Dann hielt sie inne. »Oder sollte ich Francesco sagen?«

Als Frank auf die Straße hinaustrat, reckte er sich ein bißchen höher. Er winkte einem Taxi und sagte mit Autorität im Ton: »Giorgio Armani, Madison Avenue, bitte.« Der Fahrer nickte und brachte ihn schnurstracks ans Ziel, indem er sich geschickt durch den dichten Mittagsverkehr quer durch die Stadt schlängelte. Er bremste sanft vor einer Boutique mit Rauchglasscheiben. Es war Frank Manne, der das Taxi bestiegen hatte, Francesco Mangiapane jedoch, der es verließ.

In der Boutique erbleichte er, als er die Preise der Kleidungsstücke sah, sobald er jedoch den herrlichen italienischen Gabardine zwischen den Fingern spürte, gab es kein Zurück. Dies waren seine Wurzeln. Dies waren die Kleider, in die er gehörte. Ein Verkäufer, der diskret in der Nähe wartete, versuchte den Kunden einzuschätzen. Er hatte ihn noch nie gesehen. Nach dem, was er an Kleidung trug, schien er kein Armani-Kunde zu sein.

»Ich würde das hier gern anprobieren«, erklärte Francesco.

»Wie Sie wünschen, Mr....?«

»Dr. Mangiapane.«

»Ah ja, natürlich. Dr. Mangiapane.« Der Verkäufer rieb sich erfreut die Hände; ein bedeutender italienischer Spezialist, zweifellos, der ebenso zweifellos riesige Summen ausgeben würde.

Francesco wählte einen Blazer in italienischem Prince-of-Wales-Dessin. Er war wunderbar anschmiegsam und saß perfekt. Es war, als wäre der Spiegel ein Bilderrahmen und er das Bild. Eine ganze Weile bewunderte er sich und fühlte sich sogleich als besserer Analytiker.

Zwei Modellanzüge und einen Pullover später bezahlte er die Einkäufe mit seiner American-Express-Karte. Als der Verkäufer den Namen auf der Karte entdeckte – Frank Manne – und ihn ansah, murmelte Francesco etwas vor sich hin und winkte ungeduldig mit der Hand ab. Als er in seinem neuen Blazer mit seiner Giorgio-Armani-Tragtasche ins Freie trat, in der das Seidenpapier so aufregend raschelte, fühlte er sich wie der Besitzer von einer Milliarde Lire. Forschen Schrittes begab er sich zu Sant' Ambroeus, der italienischen Espresso-Bar ein Stückchen weiter die Straße hinauf, und bestellte sich einen doppelten Espresso mit Grappa. Während ihm der starke Kaffee angenehm durch die Kehle rann, fühlte er sich begehrenswert und sexy. Innerlich hörte er eine Frauenstimme gurren: »Francesco, Francesco.« Er sah sich mit enormem Flair ein Dinner zubereiten und ihr einen Teller *al dente* gekochte Pasta mit würziger Gorgonzolasauce vorsetzen, während sie bewundernd zu ihm emporblickte. Später würde er sie dann mit soviel südländischer Finesse lieben, daß sie alles für ihn tun würde – so hingerissen würde sie von ihrem italienischen Francesco sein.

O mein Gott! Wie sollte er die neuntausendsechshundert Dollar für die neuen Kleider bezahlen? War er denn völlig verrückt geworden? Was sollte er seinen Patienten sagen? Vielleicht sollte er genauso ehrlich und geradeheraus sein, wie Katja ihm gegenüber gewesen war. Sein Erbe zu beanspruchen, zu seinen Wurzeln zurückzufinden war schließlich etwas Großes, Stolzes. Sie brauchten ja nichts zu wissen von seinem ersten Namenswechsel. Deswegen war New York eine so verdammt großartige Stadt. Hier konnte man alles tun, konnte sogar einen Mord begehen, ohne geschnappt zu werden. Und ein besonders interessantes Detail würde es sein, wenn er einen Fachartikel über die Namensänderung schrieb. Er konnte sich sogar auf Namensänderungen spezialisieren! Dann würden die Patienten zu ihm kommen, um dieses persönlichste aller Traumata zu verarbeiten, und in seinem Sprechzimmer eine neue Identität gewinnen.

Auf einer Serviette machte er sich eine Liste: Kreditkarten ändern lassen, Telefongesellschaft anrufen, neue Visitenkarten und Rechnungsformulare bestellen. Bank anrufen, Führerschein... Darin kannte er sich natürlich aus; er hatte es schließlich schon einmal getan. Als er den letzten Schluck Grappa trank, kam ihm der Gedanke, daß sich ein Transvestit so fühlen mußte, nur zehnmillionenmal schlimmer. Er nahm an, daß sechs teuflische Monate vor ihm lagen, danach würde alles in Vergessenheit geraten.

Nach einigen Wochen stellte er fest, daß seine Patienten ihm gegenüber emotionaler reagierten. Die Frauen weinten leichter und bekannten sich schneller zu ihrer Liebe. »Sie sind ein Mann, der uns versteht!« riefen sie verzweifelt unter Tränen, während sie noch einige Monate zuvor Dr. Manne beschimpft hatten: »Sie sind brutal! Ein typischer, unsensibler amerikanischer Mann!« Seine männlichen Patienten, die zuvor das Gefühl gehabt hatten, mit einem Waffenbruder zu sprechen, wenn sie sich ihm anvertrauten, empfanden seine Sexualität jetzt anders. »Sie Schwein, Sie ficken sich doch das Hirn aus dem Kopf! Ich kann's riechen! Sie können unmöglich verstehen, wie geil und elend ich mich fühle!« tobten sie. O ja, sie haßten ihn richtig! Und bei alldem hob Dr. Mangiapane immer wieder den Blick zu Sigmund Freuds Büste auf dem Bücherregal. Du kleines Genie du, dachte er lachend. Hier sitze ich, bin noch immer derselbe. Aber ich ziehe einen teuren italienischen Anzug an und ändere meinen Namen, und plötzlich bin ich der sinnlichste Mann von der Welt. Manchmal mußte er sich ganz schön festhalten, so heftig flogen ihm all die Vorwürfe seiner verunsicherten Patienten um die Ohren.

Rrrrring! Frank wälzte sich herum und stellte den idiotischen Wecker ab. Verdammt noch mal! Der Morgen kam viel zu früh. Was für ein gräßlicher Traum! Er schüttelte die lächerlichen Erinnerungen ab und ging unter die Dusche.

Katja wird Russin

Liebe Katja,
wie geht es Dir, Du zähes kleines New Yorker Biest? Ich habe einen bitteren Geschmack im Mund von dem Brief, den ich Dir gerade geschrieben und wieder zerrissen habe. Vielleicht würde er einen schönen Pudding mit Rosinen und Zimt abgeben?
Im Radio Großväterchen Beethoven. Fenster voll Eis. Ganz Europa tiefgefroren. Minus dreizehn Grad in Paris seit einer Woche. Alle meine Fensterpflanzen tot. Was ist mit meinem Leben los? Sessel kaputt, Anrufbeantworter kaputt, Walkman, Schreibmaschine kaputt. Teekanne und Scotch streiken! Sogar Frisbee will nicht fliegen.
Heute habe ich endlich was Schreckliches über mein Leben erkannt. Ich werde im Westen nie glücklich sein. Unglücklich in der UdSSR unter den Scheißbolschewiken, unglücklich außerhalb der UdSSR. Ein Schock! Ich hatte keine Ahnung! Ich kann das Leben im Westen nicht genießen, weil ich alles zuerst in meine russische Seele übertrage. Es läßt mir keine Ruhe. Ich dachte, ich könnte hier neu beginnen, relaxen, mich ganz anders fühlen, aber nein! Trotzdem ist mir Versailles noch immer lieber als Lefortowo!
Folgendes möchte ich sagen. Es gibt nur wenige Menschen, die diese Gleichung zum Funktionieren bringen: wahre Person = sein bzw. ihr Image. Du bist keine Ausnahme. Ich verstehe. Du hast mich jetzt in New York und Paris gesehen, und trotzdem wird Dein Wissen durch irgendeine Vorstellung von mir überlagert, die Du hast. Nicht schmollen. Nimm einfach den russischen Lacklöffel in Deiner Küche und rühr alle anderen Zutaten von Boris in den Pudding hinein: meine Geldprobleme, Schreibprobleme, mein wildes Leben, Schwermut, Scotch – und dazu eine Prise Salz. Was würde Dein mieser Shrink wohl geben, unsere Briefe in die Hand zu kriegen!

Wenn Du mir ein paar Dollar schicken kannst, würde das helfen. Am besten American Express, weil so schnell. Ich geh unter. Dicker Kuß und Dank für Rettungsring.

Ciao, Boris

Während des Winters kamen von Zeit zu Zeit Briefe von Boris hereingeschneit wie Schneeflocken von einem ausländischen Vorposten. Sie zergingen ihr auf der Zunge und waren verschwunden. Er bewohnte eine besondere Version von Paris, ein Paris in Sibirien, das ihr unbegreiflich war. Gewiß, sie kannte die Straßen, durch die er ging, die *boîtes,* von denen er berichtete, die Namen der Parks, in denen er saß, aber er bewegte sich in einer Halbwelt, von der sie nur träumen konnte. Obwohl seine Briefe zunehmend distanziert wurden und von einem unendlichen Leiden sprachen, konnte sie nur daran denken, daß alles in Ordnung wäre, wenn er nur zuließe, daß sie ihn liebte.
Er war ein einsamer Wolf, der in der Nacht heulte, und dieser Klageruf versetzte alle, die wach waren und ihn hörten, in Angst und Schrecken. Aber wer war schon zu dieser Nachtzeit wach? Katja war wach, aber sie wußte, daß man, ebensowenig wie zu einem Wolf, zu Boris hinausgehen und ihm helfen konnte. Seine Qual »stand« ihm, wie einem ein Kleidungsstück »steht«. Er huldigte seinem Schmerz wie einem Götzenbild, durch ihn fühlte er sich lebendig.

Um ihn besser verstehen, seine Misere nachempfinden zu können und etwas, nein, *jemand* zu werden, der ihm vertraut war, stürzte sich Katja mit demselben Elan in ihre Russifizierung, mit dem sie alles in ihrem Leben anpackte. Einfach nur den Namen ändern genügte nicht; sie wollte sich wie eine Katja *fühlen.*
Die auffallendste äußere Veränderung bestand darin, daß sie kein Make-up mehr trug. »Um mein slawisches Gesicht besser verstehen zu können«, erklärte sie, nachdem sie Stunden vor dem Badezimmerspiegel verbracht und sich gefragt hatte, ob sie wirklich Mut genug dazu besitze. Nach mehreren intensiven

Sitzungen vor dem Spiegel jedoch schaffte sie es, ihre ungeschminkten Züge zu akzeptieren und der Welt voll Stolz ihr wahres Gesicht zu zeigen. Sie ließ ihren Pony herauswachsen und trug das Haar glatt aus dem Gesicht gekämmt und zum Knoten zusammengefaßt. Selbstverständlich begann sie auch geblümte Kopftücher zu tragen. Sie legte all ihren Schmuck ab – eine weitere bourgeoise Angewohnheit – und trug statt dessen das orthodoxe Russenkreuz aus Gold, das sie von ihren Pateneltern zur Taufe bekommen hatte. Wie vorauszusehen, waren die Kollegen von der Agentur hingerissen. »Unsere Katja ist auf einem neuen Trip«, sagten sie und kicherten, und bald schon wurden ihr zur Unterstützung bei der Rückgewinnung ihrer Wurzeln Zeitschriften- und Zeitungsausschnitte über russische oder sowjetische Themen zugeleitet.

Sie ging zur Bibliothek und schleppte Berge von Büchern nach Hause, alle mit Titeln wie *Leben in Rußland, Geschichte des Russischen Reiches, Peter der Große* und *Russisches Leben.*

In einer Pfandleihe auf der Lower East Side erstand sie eine Balalaika und schrieb sich in der New School ein. Es gab tatsächlich einen speziellen Balalaika-Kurs. Welch ein Anblick, wenn sie stundenlang in ihrer Wohnung hockte und eifrig schwitzend Saiten zupfte, während kleine, atemlose Töne von dem Instrument aufstiegen! Tee servierte sie nur noch im Glas, rührte Marmelade hinein und übte sich in der Kunst, einen Zuckerwürfel zwischen den Zähnen zu halten und den Tee hindurchzutrinken. Sie durchstöberte die Antiquitätenläden im East Village, bis sie einen alten Samowar fand, schleppte ihn nach Hause und reinigte ihn. Als sie versuchte, Tee darin zu machen, richtete sie eine recht unsaubere Bescherung an: In ihrer Wohnung Kohle zu verbrennen war doch keine so gute Idee. Aber egal, dann funktionierte sie den Samowar eben zur Lampe um.

Sie prüfte so viele russische Kochbücher, wie sie nur ergattern konnte, und stellte fest, daß das Time-Life-Buch die authentischsten Rezepte offerierte. Wochenlang verführte sie ihre Freunde mit Bergen von Zakuski, marinierten Pilzen, mit Fleisch oder Kohl gefüllten Piroggen, Auberginenkaviar, *salade olivet.* Um die Zubereitung der traditionellen russischen Pickles zu perfektionieren, die Boris so sehr liebte, legte sie Baby-Gurken in Dill und Essig ein und servierte sie mit Schwarzbrot. Sie blieb die ganze Nacht lang auf, um Buchweizen-Blini zu backen, die sie mit saurer Sahne und Kaviar sowie geeistem Wodka auftischte. Wodka! Wenn sie eine gute Russin sein wollte, mußte sie jede Menge Wodka trinken und unter dem nachfolgenden Kater leiden. Sie aromatisierte verschiedene Flaschen Wodka mit Pfeffer, Zitrone, Büffelgras oder Himbeeren und ließ sie im Tiefkühlfach durchziehen. Sie bedrängte ihre Gäste, den Wodka in kleinen Gläsern zu trinken und mit einem kurzen Dreh des Handgelenks zu kippen, nachdem sie ihnen zuvor »*Nasdrowje*« gewünscht hatte.

Besonders wichtig erschien es ihr, sich ihren Freunden gefühlsbetont zu zeigen, ja, sie führte sogar den Brauch ein, jedesmal, wenn einer von ihnen die Wohnung verließ, russische Sitz-Verabschiedungen abzuhalten. Sie begleitete sie zum Lift und malte ihnen, wenn sich die Türen schlossen, mit dem Zeigefinger der rechten Hand das Kreuzeszeichen auf die Stirn.

Gelegentlich besuchte sie die russischen Nightclubs in Brighton Beach, um sich bei den Kellnern in ihrem Russisch zu üben und die schwermütige, schäbige Emigrantenatmosphäre auf sich einwirken zu lassen.

Als Tribut an das gegenwärtige Sowjetsystem begann sie Bücher unter ihrem Bett zu verstecken, um zu sehen, was für ein Gefühl es war, Dissident zu sein. Zweimal pro Woche zwang sie sich, nach der Arbeit die längste Kinoschlange zu suchen, um festzustellen, was es bedeutete, Schlange zu stehen, und trat kurz vor dem Kassenschalter beiseite, um besser begreifen zu können, was es hieß, stundenlang umsonst gewartet zu haben. Da die Moskauer Korrespondenten, die Bücher über ihren Aufenthalt in Rußland verfaßt hatten, alle von schwerfällig dahinstapfenden Moskauern schrieben, gewöhnte sie es sich an, schwerfällig durch die New Yorker Straßen zu stapfen. Sie übertrug alles, was sie tat, auf sowjetische Verhältnisse. So stapfte sie zum Beispiel in Manhattan schwerfällig von einem

Geschäft zum anderen, um schwarze Reebok-Stiefel zu kaufen. Da diese äußerst populär und ständig ausverkauft waren, erschien es praktisch unmöglich, auch nur ein einziges Paar zu finden. Aber das störte Katja nicht; sie fand, daß diese Erfahrung ihr einen direkten Einblick in die Jagd nach unerreichbaren Waren verschaffte. Letzten Endes fand sie nur rote Reebok-Stiefel. Aber es lag eine tiefere Bedeutung in dem Zwang, die Farbe Rot zu nehmen: Sie war so... kommunistisch.

Als die Bücher über das Sowjetleben von dem chronischen Mangel oder dem Nichtvorhandensein der meisten Lebensmittel in der Sowjetunion berichteten, mußte sie ihre Nahrungsphilosophie ändern. Sie hatte die ganze Zeit vorrevolutionäre Haute cuisine gekocht! Also keine Blini mehr und auch keinen Kaviar! Von nun an lebte sie von Kohl, Kartoffeln, Brot und Wodka. Kein frisches Gemüse. Kein Blättchen Salat kam über ihre Lippen. Und wenn sie Fleisch kaufte, war es das zäheste, älteste Stück, das sie dem Schlachter abschwatzen konnte. Als sie zum Dinner ins Le Cygne eingeladen wurde, schockierte sie den arroganten französischen Ober, indem sie nichts weiter als Kartoffeln – einfache, gekochte Kartoffeln – und ein Glas mit Wasser verdünnten Wodka – Hausmarke, bitte – bestellte.

Täglich kaufte sie die *New Russian Word,* die Boris als »Nowoe Russkoe Slowo« bezeichnet hatte. Sie ackerte sich durch *Archipel Gulag,* Solschenizyns Bericht über die stalinistischen Säuberungen, und litt mit Raskolnikow in *Schuld und Sühne.* »Die Schuld war seine Sühne«, pflegte sie zu sagen.

Sie spielte die Platten des Märtyrers und Folksängers Wladimir Wissotsky, ließ ihn bis spät in die Nacht seine Klagen singen. Am Klavier konzentrierte sie sich auf Kompositionen von Skrjabin und Rachmaninow, von Tschaikowsky aber wollte sie nichts mehr wissen, weil Boris ihr einmal erzählt hatte, daß jeder Russe Tschaikowsky bis obenhin satt hatte, denn seine Musik sei die einzige, die vom Sowjetregime akzeptiert und daher ständig über den staatlichen Rundfunksender gespielt wurde. »Ich will nie wieder Tschaikowsky hören«, sagte er. Also war Katja fest entschlossen, genauso zu empfinden wie er.

Meine Süße,
eine Traumboutique. Das wäre nötig, um gegen das Scheißleben anzukämpfen. Ich werde Boris' Boutique der Träume gründen. Perfekt für Leute, die sich an ihre Träume nicht erinnern oder den Traum nicht träumen können, den sie zum Leben brauchen. Freundlicher Service. Glückliche Kunden. Preis? Nicht zu cher. *Cash, Schecks und sämtliche Kreditkarten. Gefällt's Dir? Lieber gleich mit der Arbeit daran anfangen.*
Bis bald. *Boris*

Sie hatte ihren Traum. Den Traum eines gemeinsamen Lebens mit ihm. Aber wie ihm das klarmachen?
Katja wanderte durch die Straßen von New York, erfüllt von dem neuen Leben, das sie sich selbst geschenkt hatte. Jawohl, genau das war's, sagte sie sich, man schenkt sich selbst ein neues Leben, man muß herausfinden, wer man ist, und das dann verinnerlichen. Sie hatte das Gefühl, einen Kreis geschlossen zu haben: Sie, deren Wurzeln in Rußland lagen, hatte sich in einen russischen *émigré* verliebt. Boris zu lieben war perfekt; nein, mehr als das, es war ihr wunderbares Schicksal. Mit jedem Atemzug nahm sie ihre Obsession in sich auf wie einen göttlichen Hauch und begann, Boris komplizierte Briefe über die Liebe zu schreiben.
Sie stellte sich vor, daß sie alles aus ihrer New Yorker Wohnung verkaufte, denn sie würden natürlich in Paris leben. Nein, sie würde ihre New Yorker Wohnung doch lieber behalten; er würde sicher gern zwei Wohnungen haben. In ihrer Heiratsanzeige in der *Times* würde es heißen, das junge Paar werde in New York und Paris leben. Sie sah sich mit ihm auf Wohnungssuche gehen. Würden sie eine bezaubernde, weitläufige Altbauwohnung nehmen oder irgend etwas Superschlichtes in diesem speziellen französischen Stil der Moderne? Sie selbst wünschte sich ein japanisches Schlafzimmer mit einem Futon ganz nah am Boden, auf dem sie in dicken Daunendecken schlafen konnte, *»luxe, calme et volupté«,* wie Baudelaire sagte. Sie

stellte sich vor, wie sie eine Couch fürs Wohnzimmer aussuchte, wie sie ihre *ménage* einrichteten. Ein Schreibzimmer für ihn, ein Arbeitszimmer für sie. Und sie würde international werden, indem sie die besten Eigenschaften einer Europäerin annahm, jedoch mit der Lässigkeit und Großzügigkeit, die nur einer Amerikanerin eigen sind.

Ein faszinierendes Paar würden sie sein, bewundert in Paris und New York, Boris und Katja, der russische Emigrantendichter und seine bezaubernde amerikanische Frau. Sie würde sich an französischer Werbung versuchen, neue Trends in Europa initiieren. Einkleiden lassen würde sie sich von Comme des Garçons und Kenzo. Boris würde ihr dabei helfen; stundenlang würden sie einkaufen gehen, und er entschied, was ihr am besten stand. Fotos von ihnen als Partygäste würden in *Paris Match* erscheinen; die französische *Vogue* würde Berichte über sie bringen. Ihre Unternehmungen würden Schlagzeilen machen, Boris würde in ihren Ferienhäusern in Fréjus in Südfrankreich Interviews zu seinen neuen Büchern geben. Denn wenn er sie heiratete, würde es mit seiner Schriftstellerkarriere natürlich steil aufwärts gehen; vom Prix Goncourt würde man munkeln, und sogar vom Nobelpreis.

> *Mein lieber kleiner Soldat,*
> *Paris ist so grau. Aber ein berühmtes, kostspieliges Grau. Wenn ich mich großartig fühle, ist das die beste Rache am Leben. Du auch. Fühl Dich großartig. Du wirst schon sehen. Ich verstehe, daß Du mit jemandem zusammensein willst, Dich einem anderen schenken. Aber ich bin der absolut falsche Mann. Du machst großen Fehler, mich zu begehren. Ich bin ein Fallschirmspringer, falle durch die Luft ohne Fallschirm. Ich dachte, das wüßtest Du. Ich bin ein Marathonläufer im größten Rennen meines Lebens. Wenn Du mich fangen willst, wirst Du verlieren. Und Du wirst auch fallen.*
> *Ich bin besessen von meiner neuen Freiheit im Leben. Hüte sie eifersüchtig. Du scheinst Deine verlieren zu wollen. Wenn Du mir meine nimmst, hast Du nicht Boris, sondern ei-*

nen anderen. Weil Du mich im Westen kennengelernt hast, hältst Du mich für einen westlichen Menschen. Aber das bin ich nicht. Ich kann meine Vergangenheit nicht ignorieren. Er tut weh, mein persönlicher Schmerz, aber er ist auch ein Teil von mir.
Du hast noch nicht mal eins von meinen Büchern gelesen. Du kennst mich nicht mal einen Monat! Wie kannst Du Dir da einbilden, mich zu kennen?
Sei nicht so amerikanisch, kleiner Soldat. Sex ist nichts. Nur Hautrausch. Eros und Leben sind größer. Darin sind die Menschen in dieser modernen Gesellschaft nicht sehr gut.
Ich vergifte mich selbst, mit diesem Leben in Paris. Töte meine Schriftstellerseele. Höre gerade Bobbie Dylan und trinke samtweichen Scotch. Es ist wenigstens eine komfortable Hölle.
Dicker Kuß, groß wie Yankee Stadium.

Boris

Als der Winter zum Frühling schmolz, wurde Katja es müde, so superrussisch zu sein, und kehrte allmählich zu ihrem gewohnten forschen und fröhlichen Ich zurück. Es sei nur eine Phase gewesen, die sie durchmachen mußte, mehr nicht, erklärte sie Frank. Es sei keine sinnlose Erfahrung gewesen, sondern habe ihr Leben ungeheuer bereichert, »eine Art Tauwetter zwischen den beiden Kulturen, die in mir kalten Krieg führen«, behauptete sie. »Und nun bin ich eine neue, verbesserte Version meines russisch-amerikanischen Ichs.«
Frank nickte. »Klingt gut.« Er schürzte die Lippen und versuchte einen Seufzer der Erleichterung zu unterdrücken.
»Aber den Namen werde ich behalten«, sagte sie. »Es ist eben hübscher, Katja zu sein als Kate – finden Sie nicht auch?«

Frank fällt

Im Laufe eines, wie ihm schien, sehr langen Jahres begann Frank Katjas Leben als einen Roman zu betrachten, dessen Handlung sich direkt vor seiner Nase entwickelte. Er wäre der erste gewesen, der zugab, daß sie ihn mit ihren Storys anfangs verrückt gemacht hatte, doch irgend etwas hatte sich für ihn verändert, und nun sah er sie als verführerische Scheherezade, die ihn mit den Erzählungen ihrer Erlebnisse in Bann schlug. Es lag an der Art, wie sie die Worte ausschmückte; sie verstand es, lebendige Bilder heraufzubeschwören. Es regnete nicht einfach – nein, es »tröpfelte prickelnd«. Sie trank nicht Tee, sondern »ging eine Tasse dampfendheißen, wohltuenden Tee schlürfen«.

Früher hatte er gedacht, das sei ein Teil ihrer Probleme mit dem Leben. Sie war so in den marktschreierischen Anpreisungen der Werbung gefangen, daß sie die Realität ihres eigenen Lebens oder der Menschen darin nicht sah. Nun aber mußte er zugeben, daß ihre Art zu leben verlockend wirkte, denn sie gab ihrem Dasein eine gewisse kitschige Fülle und Romantik, die er im Leben vieler seiner Patienten vermißte. Vielleicht sogar in seinem eigenen.

Während Katja sich also bei ihm über ihr Leben beklagte (sie sei »auf eine urzeitliche Art einsam«, behauptete sie), gelang es ihr dennoch, dessen Highlights zu genießen. Zum Beispiel beschrieb sie ihm, wie sehr sie es liebe, nackt auf ihrem Futon aus reiner Baumwolle zu liegen – es sei sehr wichtig, daß er aus hundert Prozent Baumwolle bestehe, betonte sie –, auf reinen Baumwollbettlaken, und wie ihre Blumenmustergardinen von Givenchy in einer »Kaskade« zu Boden fielen, ein Gefühl der Extravaganz im Schlafzimmer sei so wichtig, nicht wahr? Und ihr Zimmer sei nicht Selleriegrün, sondern Blaßgrün, eine weitaus durchscheinendere Farbe, aber ein bißchen milchig, wie sie erklärte. Sie besaß Nachttischchen aus schwarzem Lack, auf denen japanische Perlmuttlampen standen, die eine in Form einer

Pyramide, die andere in Form eines schiefen Ovals. Diese Asymmetrie sei äußerst wichtig, ob er das nicht auch meine? Nicht zu vergessen das Zweisitzersofa in korallenrotem Leinen. Ein Sofa im Schlafzimmer sei eine so wichtige Geste, nicht wahr, so intim... und Leinen sei ein so reines Material, nicht wahr? Nun könne er sehen, sagte sie, daß ihr Zimmer sehr luxuriös sei, ein Raum, in dem man sich von seinen Gedanken befreien, aber auch ein Raum, in dem man sich völlig gehenlassen könne. An diesem Punkt zog sie vielsagend die Brauen hoch. Dann beschrieb sie, wie sie nackt auf ihrem Futon lag, die kühle Morgenluft sanft streichelnd auf ihren Schultern spürte, und wie sie sich dann mit einem Glas frisch ausgepreßtem, eiskaltem Orangensaft unter die heiße, heiße Dusche »stürzte«. Ob er sich dieses Gefühl vorstellen könne – unter der dampfend-dumpfigen Dusche zu stehen und ein Glas kühlen Nektar zu trinken? Und wie herrlich es dann sei, hinauszusteigen und einen kuscheligen, jungfräulich weißen Baumwollfrotteebademantel überzuziehen? Jawohl, genau das waren ihre Worte. Und wie sie sich dann ein Tablett mit Tee zurechtmachte und es ins Schlafzimmer mitnahm, sich aufs Sofa setzte, ein paar Seiten eines Romans las und Tee dazu trank. Tee aus einem kleinen Laden in Paris – Hediard, natürlich –, wo es den besten Tee von der Welt gab, und warum sollten nicht nur die besten Dinge von der Welt über ihre Lippen kommen? meinte sie. Ihr Lieblingstee? »*Thé aromatisé aux fruits de la passion*«, antwortete sie und schickte gleich noch eine Übersetzung hinterher: »Tee mit Passionsfruchtaroma.« Er nickte. Natürlich.
Als die Sitzung beendet war, stand er auf und öffnete ihr die Tür; dann schloß er sie sofort wieder, erleichtert, nach ihren Ergüssen über Luxus endlich wieder allein zu sein. Er fand sie berauschend, aber einschüchternd. Daß jemand mit einer so starken Befriedigung der Sinne leben konnte – für ihn war schon der Gedanke daran ermüdend. In den wenigen Minuten bis zum nächsten Patienten schrieb er seine Beobachtungen nieder. Es waren typische Notizen wie: »Patientin beschwert sich, wir kämen nicht weiter« oder: »Patientin empfindet deutlich Unbe-

hagen beim Gespräch über ihren Vater«. Bei Katja beschäftigten sich seine Notizen über ihre Therapie in letzter Zeit zunehmend mit den Regeln, die ihr Leben beherrschten. Er notierte sich die Namen der Restaurants, die sie beschrieb, Spaziergänge, die sie unternommen hatte, Bücher, die sie las. Wenn sie von Essen sprach, wurde er so erregt, als führe sie schmutzige Reden. Er liebte ihr Rezept für Parmesan-Popcorn. Das Wasser lief ihm im Mund zusammen, wenn sie eine »saftige Pflaumen-Tarte« beschrieb, »glasiert mit schwarzem Johannisbeergelee mit Cognac, im Grill ganz leicht überbacken, damit eine feine Kruste entsteht«. Er schrieb sich ihr Thanksgiving-Menü auf: Preiselbeeren in Grand Marnier mit abgeriebener Orangenschale und schwarzen Walnüssen; zum Truthahn eine Füllung aus frischem Fenchel und getrockneten Aprikosen; *haricots verts* mit *trompettes de mort* (Pilze, die Todestrompeten hießen!), Radicchio- und Rucola-Salat mit Himbeer-Vinaigrette; und zum Nachtisch winzige Kürbis-Tartelettes.
Er blätterte in seinen Notizen über sie und machte sich Sorgen. War es normal, sich so sehr für eine Patientin zu interessieren? Wo verlief die hauchdünne Trennlinie zwischen professionellem Zuhören und purer Neugier auf ihr Leben? Er nahm sich vor, bald einmal mit Dr. Janet darüber zu sprechen, im Moment war ihm das aber zu peinlich. Er beschloß, die Situation analytisch zu sehen, mit diesem Interesse und dem Unbehagen darüber zu leben und abzuwarten, wohin das führte. So war er aus dem Schneider. Vorerst.

Nachdem sie heute gegangen war, hatte er voll Eifer geschrieben: »Es gibt nur ein Café an der Place des Vosges, Sie können es nicht verfehlen, gehen Sie da frühstücken, es ist der schönste Platz von ganz Paris.« Großer Gott, er war regelrecht süchtig geworden nach ihren Plaudereien über Paris! Ihre Reise nach Frankreich im letzten Sommer hatte irgend etwas tief in ihr Verborgenes geweckt, das er vorher nicht erkannt hatte. Ihre Augen leuchteten; sie sprühte vor Begeisterung für einen Lebensstil, der ihn verwirrte. Sinnliche Stories sprudelten nur so aus ihr heraus. In ihren Worten atmete und schimmerte Paris, es winkte, lockte. Er schmeckte die heißen, knusprigen Croissants auf der Zunge, und den dicken, süßen, sahnigen französischen Kaffee. Er genoß es, sie sich vorzustellen, wie sie in einem Café in der Sonne saß, träge eine französische Zigarette rauchte und in der französischen *Vogue* blätterte. Er konnte sich ausmalen, wie sie in der Orangerie auf einer Bank saß und ein Bild betrachtete, oder wie sie ein »Basisstück«, wie sie es nannte, anprobierte. »*Chez* Kenzo. Sie wissen schon… Place des Victoires.« Sie saßen in seinem Sprechzimmer, als sie ihn über »Basisstücke« aufklärte. »Das ist ein Muß«, behauptete sie. »Um ein einziges Stück kann man eine ganze Garderobe herumplanen; man kann es von morgens bis abends tragen!« Sie wirbelte herum, dann warf sie sich in den Sessel und lachte über sich selbst.

In letzter Zeit war es, wie er feststellte, eher Boris, der ihn interessierte, und zwar immer mehr. Durch Katjas Erzählungen hatte dieser überlebensgroße Mann ihn auf seltsame, fast verführerische Art zu beherrschen begonnen. Aber er wollte selbst herausfinden, wie er wirklich war, denn er wußte nie genau, was an Katjas Stories real war und was Fantasie.

Als Katja ihm ihre Schnappschüsse von Boris mitbrachte, betrachtete er sie eingehend. Er erinnerte sich noch genau, wie er Boris' ersten Roman von ihr bekam, aber kein Wort davon lesen konnte, weil er auf französisch geschrieben war. Dennoch sah er allein die Tatsache, daß er das Buch in Händen hielt, als Beweis für die Existenz dieses scheinbar unvorstellbaren Mannes. Sobald Katja sagte: »Ach, übrigens – Boris hat mich gestern aus Paris angerufen«, spitzte er die Ohren. Besonders gern las er Boris' Briefe an sie. Gelegentlich brachte sie einen davon mit, um mit ihm darüber zu sprechen, und las ihm Teile davon laut vor. Er konnte sie nicht bitten, ihm die Briefe auszuhändigen, war aber glücklich, wenn sie es tat. Sie waren in gebrochenem Englisch getippt, mit zahlreichen französischen und russischen Wörtern dazwischen. Er liebte es, das dünne Luftpostpapier anzufassen, das mit so intelligentem Klatsch aus Paris und der Literaturszene angefüllt war. Aus diesem Papier sprang ihm Boris Zimoys Sinnlichkeit entgegen.

Leider war Katja ihm auf die Schliche gekommen und nahm nun sein Interesse aufs Korn. Seit Monaten schon provozierte sie Frank mit einer englischen Übersetzung von Boris' jüngster Kurzgeschichte, die sie besaß. Sie machte Anspielungen auf die Story und erkundigte sich von Zeit zu Zeit, ob er sie vielleicht gern lesen würde, was er natürlich bejahte. Sie aber nahm seine Antwort nicht ernst, oder vielleicht dachte sie auch, er sei nur höflich. Es war die Geschichte eines russischen Emigrantenarztes, der eine seiner Patientinnen tötete, weil er sie für eine KGB-Agentin hielt. Gerade das machte Frank sehr nervös, denn nach allem, was sie ihm über Boris' Romane erzählt hatte, war ihm klar, daß Boris die Frauen in seinen Geschichten stets umbringen ließ. Entweder das, oder sie starben an einer grausigen Krankheit. Immer wieder drängte Frank sie, ihm die Story mitzubringen.

»Warum wollen Sie sie unbedingt lesen?« erkundigte sie sich mißtrauisch.

Frank nahm die nachdenkliche Pose ein, in die er sich gewöhnliche rettete, wenn sie auf dem Kriegspfad war. »Weil es gut für Ihre Therapie wäre, wenn ich sie läse.«

Katja schwieg. Das klang irgendwie falsch. Sie beugte sich in ihrem Sessel vor, als sei sie bemüht, ihn zu verstehen. Dann dämmerte es ihr, und sie stieß mit dem Messer zu.

»Nein« – sie lächelte – »Sie wollen sie für sich selber lesen. Sie interessieren sich für Boris!« Triumphierend ob ihrer Erkenntnis, lehnte sie sich zurück.

Während ihres Russifizierungsjahres begann Katja, wie sie es mit gedämpfter Stimme nannte, »mit M-ä-n-n-e-r-n auszugehen«, obwohl sie viel zu sehr mit ihrem Fantasieleben beschäftigt war, um irgendeinem von ihnen spezielle Aufmerksamkeit zu schenken. In Gedanken führte sie ein geheimes Leben mit Boris, wartete auf seine Anrufe und dachte sich aus, wie sie schließlich zu ihm reisen würde. Jedesmal, wenn sie eins seiner bezaubernden »Kommuniqués« erhielt, wie sie sie nannte (»Kunst ist wie eine Wasserquelle an einem verregneten Tag: ein Triumph der Nutzlosigkeit und eine lebenswichtige Notwendigkeit«, und: »Ich habe Angst vor dem kommenden Winter. Er wirkt auf mich wie ein beunruhigender, grauer, froschkalter Kuß auf die Stirn. Entschuldige, es muß an der Tinte der Nacht liegen, die zum offenen Fenster hereinfließt.«), entfachte die Poesie dieser Texte Katjas Vorstellungskraft von neuem.

Überrascht merkte Frank, daß Katjas gesellschaftliches Leben ihn in einen Zwiespalt stürzte; er wußte nicht, was er sich für sie wünschen sollte. Daß er überhaupt so etwas dachte, ärgerte ihn – denn schließlich, wie kam er dazu zu entscheiden, was am besten für sie war? Boris war anziehend, aber tödlich; und dennoch war er ungefährlich, weil er so irreal war. Der Therapeut in Frank versuchte Katja zu ermuntern, sich in New York einen Mann zu suchen, doch immer, wenn sie einen neuen kennenlernte, hielt der Mann in Frank den Atem an und hoffte, sie würde sich nicht verlieben. Noch nicht.

Da war dieses bizarre Intermezzo mit Harry Halston. Er war schwarz, und sie wußte nicht, was sie von ihm halten sollte. Sie hatte ihn nie als Möglichkeit erwogen, war aber fasziniert von der Frage, warum er ständig um sie herumschlich. Als sie sich eines Sonntagnachmittags auf einer Hausparty in Long Island trafen, erbot er sich, sie in seinem aufregenden grünen Mazda-Coupé in die Stadt zurück mitzunehmen. Da Katja die Long Island Railroad haßte, sagte sie gerne zu. Harry hatte in seinem Wagen gerade ein CB-Funkgerät einbauen lassen, und nun spielten sie auf der ganzen Rückfahrt lachend damit herum, reichten das Mikro zwischen sich hin und her wie eine heiße Kartoffel, während Katja quietschte: »Du redest!« Wie sie Frank erzählte, war Harry der einzige Mann unter ihren Bekannten, der einen Joint drehen und zugleich Auto fahren konnte. Frank wußte nicht, ob er sich beeindruckt zeigen oder ihr für ihr unverantwortliches Verhalten Vorwürfe machen sollte. Er fand, daß sie ein seltsames Paar waren – der coole Schwarze mit dem nervösen weißen Huhn. Als sie und Harry vor Katjas Apartmenthaus gehalten hatten, war sie hastig aus dem Wagen gesprungen und in ihre Wohnung hinaufgelaufen. Dabei schwor sie sich, ihn niemals wiederzusehen.

Trotz ihres anfänglichen Widerstands wurden sie jedoch Freunde. Sie hatte das Gefühl, daß er sie mochte, ganz einfach so. Sie konnte ihm gegenüber völlig natürlich sein – möglicherweise weil sie so große Angst vor ihm hatte. Und sie mußte zugeben, daß Harry eine Traummaschine war, ein wandelnder Vergnügungspark. Zu den unmöglichsten Zeiten tauchte er in ihrer Wohnung auf und brachte Geschenke wie die Heiligen Drei Könige.

Eines Nachts stürmte er kurz nach Mitternacht zur Tür herein und setzte eine Riesenflasche Tanqueray-Gin, ein paar frische Limonen und eine Flasche Schweppes-Tonic auf den Tisch. Aus einer Manteltasche zog er eine Portion Gourmet-Marihuana mitsamt Papierchen, aus der anderen ein Fläschchen Kokain mit einem Miniaturstaubsauger zum Schnupfen. Die *pièce de résistance* war eine Pfundschachtel von David's berühmten ofenfrischen Schokoladenplätzchen. Dann trat er von dem Stilleben, das er auf ihrem Couchtisch arrangiert hatte, einen Schritt zurück und wartete auf ihre Reaktion. »Was soll denn das sein?« prustete sie los. »Ein neues Spiel namens ›Wähl dein Gift‹?«

Frank war außer sich, als sie ihm das erzählte.

Es endete damit, daß sie alles konsumierten. Sie rauchten Dope, dann kühlten sie ihre Kehlen mit Gin und Tonic. Wenn sie hungrig wurden, aßen sie Plätzchen, und wenn sie müde wurden, schnupften sie Kokain. Katja, die noch nie Kokain geschnupft hatte, versuchte zu protestieren. »Ehrlich, du solltest so was nicht an mich verschwenden, dazu ist das doch viel zu teuer. Gib es jemandem, der wirklich was davon hat.« Aber Harry überredete sie, es wenigstens zu versuchen, und als der Tag anbrach, wußte sie, warum Freud Kokain geliebt hatte. Die ganze Nacht hindurch redeten sie nonstop, erforschten ihr Leben in allen Einzelheiten. Es war nicht die törichte, ziellos-freie Assoziation des Marihuana. Nein, Kokain-Rapping war logisch und intelligent. Sie fühlte sich so ungeheuer wohl, so klug, so interessant! Letztlich hatten sie jedes Thema unter der Sonne ausdiskutiert und kamen zu den frühen Kindheitserinnerungen. Sie vermochte es kaum zu fassen, als der graurosige Morgen zu den Fenstern hereinsickerte.

Sie waren beide einig darin, daß sie sich, um diesen Abend perfekt zu beenden, einen McDonald's suchen und ein Egg McMuffin essen müßten. Die waren so pop, »ein unglaubliches Design«, sagte Katja, während sie das Muffin in der Hand hielt und von allen Seiten begutachtete. Inzwischen saßen sie auf einer Bank im Central Park. Sie tranken ihren Kaffee und betrachteten den Sonnenaufgang, bis sie beide eindösten. Eine Stunde später entschieden sie, ihr Date sei beendet, und jeder ging nach Hause, um sich in die Falle zu hauen.

Katja erlebte mehrere solcher Höhenflüge mit Harry, bis er eines Tages einfach aus ihrem Leben verschwand. Zu Sex war es zwischen ihnen nie gekommen. Darüber wunderte sie sich, aber es beunruhigte sie nicht. »Er war lediglich der Teufel, der ein paar Wochen in mein Leben eingedrungen ist«, erklärte sie Frank, »um mich unbekümmerten Genuß zu lehren.«

Dann war da Sam, der holländische Tischler. »Alle Frauen lieben Tischler«, sagte sie zu Frank und war bemüht, ein ernstes Gesicht aufzusetzen. »Denn alle Frauen lieben Männer, die Löcher bohren.« Sogar zu Sam selbst sagte sie das, aber das Wortspiel war verlorene Liebesmüh bei ihm. Der arme Sam – nie verstand er auch nur die Hälfte von dem, was über ihre Lippen kam. Anfangs störte das Katja ein wenig, dann aber beschloß sie, ihn zu ihrem Lady Chatterley's Lover zu machen. Und wie ihre Wohnung davon profitierte! Bevor sie ihm gestattete, mit ihr zu schlafen, ließ sie ihn Regale im Badezimmer einbauen, Gardinenstangen anbringen, eine Schrankwand entwerfen, die Beine eines Couchtischs kürzen. Eines, was sie jedoch immer noch störte, war der Bleistift, den er ständig hinter dem Ohr trug, sogar wenn er sich zum Essen setzte. Sie wußte, es war das

Merkmal eines guten Tischlers, ständig den Bleistift zum Anzeichnen bereit zu haben, der Tropfen aber, der das Faß zum Überlaufen brachte, war der Tag, an dem er ihn sogar im Bett hinter dem Ohr behielt. Außerdem befriedigte sie der Sex mit ihm im Grunde nicht, weil sie es nicht genießen konnte, mit einem Mann zu schlafen, der nicht ihr Seelengefährte war.

Auch für kleine Geschenke muß man Gott danken, dachte Frank.

Und dann war da Clint. Der gehörte in die Kategorie, die eine Freundin von Katja als »Schocktruppe« bezeichnet hatte. Das waren die Männer, die eine Frau um sich scharte, damit sie sich um sie kümmerten, wenn es ihr schlechtging. Ein Mann der Schocktruppe war geschlechtslos, aber beständig und treu. Er war der Mann, der sie wunderbarerweise jedesmal anrief, wenn sie dringend einen Freund brauchte, der sofort da war, wenn ein einsamer Freitagabend gerettet werden mußte, der sich begeistert zeigte von der spontanen Einladung, herüberzukommen und Spaghetti zu kochen.

In Clint hatte Katja einen wunderbaren Freund. Er führte sie in elegante Restaurants und fuhr sie in seinem BMW mit Schiebedach in der Stadt spazieren; er lud sie zu Gala-Bällen ein, wo der Platz eintausend Dollar kostete. Sie besuchten die Konzerte der Philharmonie im Lincoln Center und Boheme-Tanzaufführungen in Greenwich Village. Sie fuhren campen in den Adirondacks und teilten sich ein Zelt, in dem sie nebeneinander in zwei getrennten Schlafsäcken schliefen.

Clint war einfach wundervoll! Er war liebenswürdig, teilnahmsvoll, großzügig. Er war intelligent, gutaussehend, lustig. Aber sie liebte ihn nicht. Sie konnte nicht! Immer wieder versuchte sie von ganzem Herzen, ihn zu lieben, und ihre Freunde drängten sie, ihn zu heiraten. »Aber dann müßte ich ihn ja küssen!« rief sie entsetzt. Und genau darin lag das Problem. Sie waren seit drei Jahren befreundet, aber sie hatten sich kein einziges Mal geküßt. Wenn sie nach einem Abend mit Clint nach Hause kam, hatte sie jedesmal Kopfschmerzen. Das kam nicht von der

Hochspannung sexueller Anziehung, sondern von der Hochspannung sexuellen Ausweichens.
Schließlich vertraute Katja Frank an, daß derartige Abende genauso endeten wie so viele Abende in diesem Jahr: im Wohnzimmer, wo sie allein im Dunkeln tanzte.

PARIS

Boris liebt Katja nicht

Am dritten Tag ihres Aufenthalts in Paris beschloß Katja, daß es an der Zeit sei, ihr Pessar aus der Handtasche zu nehmen. Es war idiotisch, ständig damit in der Stadt herumzuwandern. Jedesmal, wenn sie ihre Tasche öffnete, um ein paar Francs für die Métro oder einen Sorbet herauszuholen, wenn sie nach ihrer Sonnenbrille suchte oder etwas in ihrem Guide Michelin nachschlagen wollte, lag es da und starrte ihr höhnisch ins Gesicht. Es unterstrich ihre Niederlage wie ein schlechter Scherz.

Ich bin ja schließlich kein dummes Huhn, das sich unbedingt Probleme aufhalsen will, sagte sie sich in einem plötzlichen Anfall von Gereiztheit, als sie den *balon* Beaujolais bezahlte, den der Kellner ihr gerade gebracht hatte. Hastig ließ sie die Handtasche zuschnappen. *Au contraire,* ich bin eine verantwortungsbewußte, erwachsene Frau, ein »anständiges Mädchen«. Sie lachte bitter. Ich hasse Abenteuer für eine Nacht. Sex war immer eine Komödie der Irrungen – was gehört in welches Loch, wann soll es dort hineingetan werden, wer soll es dort hineintun, großer Gott, man mußte entweder ziemlich betrunken oder ziemlich unbefangen oder ganz einfach ziemlich selbstsüchtig sein, um Spaß daran zu haben. Sie selbst jedenfalls fand, daß Sex etwas überaus Intimes sei und daß es eine Weile dauere, bis man mit einem Mann wunderbaren, wahrhaft wunderbaren Sex erleben könne.

Wie also war das Pessar dorthin gelangt? Als sie für die Reise packte, hatte sie es in den Koffer legen wollen, sich dann aber doch dagegen entschieden. Wenn der Koffer nun verlorenging?

Dann säße sie wirklich in der Patsche. Wenn die Männer nur wüßten, an wie viele Dinge man als Frau denken mußte! Also hatte sie es – immer getreu dem Pfadfinderinnen- oder vielleicht auch Pfadfinder-Motto »Allzeit bereit« – in ihre Handtasche gesteckt. In New York hatte Boris ihr erklärt, er habe noch nie mit einer Frau geschlafen, die ein Pessar benutzte, und Katja hatte sich gefreut, ihm etwas Neues vorführen zu können. Als er sie fragte, warum sie das benutze, überlegte sie einen Moment und sagte dann: »Ich bin dreißig Jahre alt und habe keine Lust, durch die Pille auf Dauer unfruchtbar zu werden. Ich muß jederzeit bereit sein, ein Kind zu bekommen.«

Dr. Manne dagegen hatte seine Verwunderung nicht verbergen können. »Es gibt doch andere, weit modernere Mittel, die Sie verwenden könnten«, sagte er, nachdem sie ihm davon erzählt hatte. Da hatte sie's ihm aber gegeben! Das gehe ihn überhaupt nichts an, und wie er es wagen könne, ein solches Werturteil zu fällen! »Vermutlich finden Sie das ekelhaft. Und wissen Sie was? Es *ist* ekelhaft. Es ist primitiv und sieht furchtbar häßlich aus.«

Er konnte nichts tun als kleinlaut dasitzen.

»Stellen Sie sich doch mal vor, was für ein Gefühl das ist«, fuhr sie fort, »wenn ich diese von Gel triefende fliegende Untertasse in mich reinstopfen muß!«

Es war ein herrlicher Augusttag in Paris, und Katja hatte gerade nach einer Fahrt im Bateau Mouche in einem Café Platz genommen. Es war wunderschön gewesen, in diesem schaukelnden, amphibienähnlichen Touristenboot zu sitzen und auf der Seine herumzuschippern. Jetzt aber ärgerte sie sich über den arroganten Kellner. Warum mußten die Franzosen sich nur so ekelhaft verhalten? Boris hatte sie gewarnt, sie sei den Franzosen gegenüber zu freundlich, denn je freundlicher sie sei, desto bösartiger seien sie dann zu ihr. »Die Franzosen, Baby«, hatte er ihr erläutert, »muß man wie den letzten Dreck behandeln, dann erweisen sie einem Respekt. Daran erkennen sie, daß man Unterschiede zu machen weiß. So einfach ist das.«

Er hielt ihr ständig Vorträge darüber, wie man sich in Paris zu verhalten habe. Zum Beispiel ärgerte er sich sehr über sie, als sie am Abend ihrer Ankunft zum Diner ausgingen. Offenbar hatte sie nach dem ersten Bissen zu sehr von der Paté geschwärmt. In bissigem Flüsterton tadelte er sie: »Bitte, Katja! Du bringst mich in Verlegenheit. Mach doch nicht so ein Theater. Für dich sollten diese Speisen etwas völlig Normales sein, etwas Alltägliches.« Und wenn sie eine Boutique betrete, müsse sie sich mit hoch erhobener Nase umsehen und angewidert tun. »Und dann sagst du zu der Verkäuferin: ›Ist *das* alles, was Sie haben?‹ Verstehst du? Dann werden sie dir Respekt entgegenbringen.«

Paris im August war genauso, wie man es ihr immer beschrieben hatte. Leer. Sogar die Luft selbst war leer. In diesem Monat spielte sich nichts ab, daran bestand kein Zweifel. Die Franzosen wollten es so, damit sie allesamt verreisen konnten, ohne fürchten zu müssen, daß sie etwas versäumten. Alle interessanten Geschäfte und Restaurants hatten geschlossen, das Theater krebste mit Touristen-Mist vor sich hin, die Maler und Schriftsteller glänzten durch Abwesenheit, sogar die Seele der Stadt hatte sich in die Berge oder an die See verzogen. Doch da die Denkmäler noch an ihrem Platz standen, gab es trotzdem massenhaft Touristen, die überall umherwuselten und in ganzen Busladungen die Place de la Concorde erstürmten. Die wenigen Pariser, die zurückgeblieben waren, um Geld zu verdienen, waren zu diesem Zeitpunkt der endlosen Touristensaison abgespannt und mürrisch.

Während Katja ihren Wein trank, nahm sie die beiden Französinnen am Nachbartisch unter die Lupe. Erstaunlich! Eine Französin brauchte nichts weiter zu tragen als Jeans und ein weißes T-Shirt, um dennoch fabelhaft auszusehen, eben mit Stil. Wie machten die das?

Katja seufzte. Sie ermahnte sich, daß sie Boris doch nun endgültig überwunden habe, und war stolz und zugleich erleichtert darüber, daß sie sich von ihrer Obsession befreit hatte. Sie waren jetzt nur noch gute Freunde. Was also tat sie hier in Paris? Bei ihrem letzten Besuch hatte sie einen so großen Appetit auf alles entwickelt, was französisch war, daß sie beschlossen hatte, im Urlaub noch einmal hinzufahren. Daß er zufällig dort lebte, spielte keine Rolle, das heißt, wenn er sie sehen wollte, na, wunderbar, aber sie rechnete nicht damit. Sie hatte mit ihm telefoniert wie mit irgendeinem anderen Freund, um ihm anzukündigen, daß sie komme. Warum also das Pessar in ihrer Handtasche?

Nun ja, als verantwortungsbewußte Frau mußte sie sich schließlich schützen. Das heißt, man konnte nie wissen, und Vorsicht ist die Mutter der Porzellankiste. Es bestand immer die Möglichkeit, daß Boris sich, wenn sie kam und ganz auf unabhängige New Yorkerin machte, wieder zu ihr hingezogen fühlte. So waren die Männer eben. Jetzt war ihr klar, daß sie zuvor eine von den Frauen gewesen war, die zu sehr liebten, daß sie ihn zu sehr bedrängt hatte, immer für ihn dagewesen war, und das hatte ihn vermutlich abgeschreckt. Diesmal sollte das alles ganz anders werden. Sie wollte die Miss Cool spielen, ein Mädchen, das überall in der Stadt herumkommt, selbständig ist und attraktiv. An diesem Tag jedoch, dem dritten, an dem sie allein umherwanderte, fühlte sie sich niedergeschlagen. So geht es einfach nicht, stellte sie fest, und als sie am Abend in das Apartment zurückkehrte, das sie bewohnte, holte sie das Pessar aus der Tasche und verstaute es in ihrem Koffer, wo sie es nicht ständig vor Augen hatte.

Von dieser Reise hatte sie monatelang geträumt. Seit über einem Jahr hatte sie keinen Urlaub mehr gehabt, den ganzen Sommer angestrengt in der Agentur gearbeitet und mitgeholfen, der Firma einen großen, neuen Werbeauftrag zu sichern – Presto Plastic Wrap. Damals verbrachte sie drei Wochen damit, sechs Großstädte zu besuchen, im Dunkeln hinter Einwegspiegeln zu hocken, M&Ms und Karamel-Popcorn zu knabbern und zu beobachten, wie die Zielgruppen – Hausfrauen der Mittelschicht zwischen einundzwanzig und fünfundvierzig – über die »Folien-Kategorie« diskutierten. Hunderttausende von Dollars wurden für die Marktforschung ausgegeben. »Denn eins ist sicher«, sagte ihr Boß in seiner Motivationsrede vor dem Creative Team, »alle wickeln etwas in Folien, es ist eine große Verkaufskategorie.« Sie erinnerte sich noch an jedes Wort der Präsentation, die ihnen den Zwanzig-Millionen-Dollar-Auftrag sicherte.

»Die Käufer wollen Haftkraft«, hatte sie bei ihrer schmissigen Einleitung fröhlich verkündet. »Die harte, traurige Wahrheit ist, daß die Käufer im Grunde zwei Dinge von einer Plastikfolie erwarten: sie soll haften *und* sie soll einfach zu handhaben sein. Und die Wirklichkeit? *Sie können nicht beides auf einmal haben!* Genau die Eigenschaften, die bewirken, daß eine Plastikfolie haftet, bewirken auch, daß sie schwierig zu handhaben ist. An Hand von Tests haben wir festgestellt, daß Presto nicht am einfachsten zu handhaben ist, daß es aber am besten haftet. *Und wissen Sie was?* Wenn die Käufer wählen müssen, *wollen sie Haftkraft*!

Wie wir feststellten, sind die Einwickelgewohnheiten der Menschen traditionell festgelegt: Sie oder er« – höfliches Lächeln – »tut das, was Mom schon getan hat, und benutzt das, was Mom schon benutzt hat. Übrigens gibt es da draußen auch eine Gruppe von Doppeleinwicklern. Die tun grundsätzlich nichts ins Gefrierfach, was sie nicht doppelt eingepackt haben.

Eines muß ich Ihnen sagen, nachdem ich diesen Zielgruppen zugehört habe: Plastikfolien sind eindeutig eine Kategorie, in der zuviel versprochen wird. Da draußen gibt es unglaublich viele verärgerte Verbraucher: Man hat ihnen etwas versprochen, und es ist nicht geliefert worden.«

Nachdem der Auftrag erobert war, verbrachte Katja den Rest des Sommers in einem dunklen, klimatisierten Atelier, um den ersten Werbespot der Agentur für Presto zu produzieren. Sie hatte die Idee, aus Plastikfolie ein Trampolin konstruieren und von Schauspielern eine glückliche amerikanische Familie darstellen zu lassen (zwei blonde Eltern, zwei blonde Kinder und ein munterer Hund!), die in Plastikfolie gewickelte Dinge in der Hand hielten (Sandwiches, Obst, Reste aus einer Kasserolle) und dabei vor lauter Freude über das brandneue Presto Plastic Wrap auf dem Plastikfolien-Trampolin herumsprangen. Die Message des Ganzen war schlicht und einfach die, daß Presto am besten haftet. Was Katja dem Kunden nicht erzählte, war die Tatsache, daß die Plastikfolie sie beinah das Leben gekostet hätte. Sie hatte in einem Mietwagen vor einer Mautstation auf dem Pennsylvania Turnpike gesessen und herauszufinden versucht, wie man das Fenster dieses hundertprozentig computerisierten Kompaktwagens öffnete. Und als sie dasaß und die verschiedenen Knöpfe ausprobierte, schoß ein außer Kontrolle geratener Lastwagen nur um Zentimeter an ihrem Auto vorbei, bretterte die benachbarte Fahrspur entlang, krachte durch die Zollschranke und kippte dabei das Häuschen um! Und unten rutschte der Kassierer aus dem Häuschen raus! Völlig außer sich hatte sie am nächsten Tag auf ihren Art-director eingeschrien: »O Mann, eben noch rede ich mit meinem Art-director über Plastikfolie, und im nächsten Augenblick bin ich tot! Jetzt reicht's mir!« erklärte sie und buchte am folgenden Tag einen Flug nach Frankreich.

Nun war sie bereit, Paris neu zu entdecken (dreizehn Jahre nach ihrem Junior-Jahr in Europa, als sie in der Rue de Fleurus am Jardin du Luxembourg gewohnt hatte; sie war immer so stolz gewesen, in derselben Straße wie Gertrude Stein zu wohnen). Sie war bereit, in Cafés ihren Tagträumen nachzuhängen, sich mit erstklassigem Wein zu betrinken (»Es ist ein Verbrechen, Baby, ein echtes Verbrechen, in Frankreich nicht Wein zu trinken«, hatte Boris ihr eingeschärft), durch verschlafene Nebenstraßen zu schlendern und die breiten Boulevards entlangzumarschieren. Zwei wundervolle Wochen Zeit hatte sie, bezaubernde französische Kleider zu kaufen, neue Parfüms und Make-ups auszuprobieren, sich umwerfende Seidenwäsche anzuschaffen, exquisit zu essen, Kunst zu genießen und sich den für Paris typischen trägen Phasen hinzugeben.

Jetzt aber, in dem Café, ärgerte sie sich über den Kellner und über sich selbst, weil sie sich von ihm so einschüchtern ließ. Es ärgerte sie, daß sie es nicht schaffte, ihr Gleichgewicht zu finden, und das alles nur wegen Boris. Denn er ignorierte sie nicht nur – er benahm sich sogar ein bißchen gemein. Also was nun? Gewöhnlich kam sie ganz gut zurecht, wenn sie auf sich selbst

gestellt war, allein reisen und Abenteuer bestehen mußte, im Augenblick aber war sie ratlos.
Dabei hatte es so schön begonnen. Es war ein herrlicher Flug gewesen. Ruhig und sanft, fast wie im Traum hatte der Flieger sie davongetragen, weg von der Härte New Yorks, weg von dem widerlichen Gestank der Subway im Sommer, wo sie nichts anderes sah als Männerspucke auf den Treppen, wenn sie sich ihren Weg zur glühendheißen Straße emporsuchte. Die 747 trug sie einer gesitteteren Kultur entgegen, wo Käse wichtig war, wo Parfüm wichtig war, wo das Auge ständig mit Schönheit belohnt wurde.
Als Katja auf dem Charles-de-Gaulle-Flughafen eintraf, fühlte sie sich herrlich erfrischt. Seit Wochen hatte sie den Augenblick ihrer Ankunft vorausgeplant, sich genau vorgestellt, wie sie sich Boris präsentieren wollte, wenn er sie zum erstenmal sah. Sie hatte ihn nicht gebeten, sie abzuholen; er hatte von sich aus den Vorschlag gemacht.
»Katja *à la japonaise*«, war seine erste Bemerkung, als er sie am Gepäckkarussell entdeckte. In der Tat. Er hatte ihren neuen Look genau identifiziert. Sie trug ein graues japanisches Kleid mit einem schwarzen Pullover darüber und schwarze Sandalen mit weißen Socken. Die Haare hatte sie sich zu Zöpfen geflochten und zum Kranz aufgesteckt. Nur sie wußte – und es machte sie durchaus ein bißchen verlegen –, daß sie sich die Haare speziell für diesen Moment hatte wachsen lassen. Es war eine russische Frisur, natürlich und doch modisch, und sehr feminin.
Während sie auf den Bus warteten, der sie zur Métro bringen sollte, hob sie die Hände, um ihre Haare zu lösen.
»Nein, laß sie so«, bat er sie mit kritischem Blick. »Laß sie oben.«
Boris hatte sie am Flughafen hinterrücks überrascht. Als sie von der Paßkontrolle kam, hatte sie ihn nicht entdeckt. Während sie mit den anderen Passagieren weiterging, sah sie sich immer wieder suchend nach ihm um und konnte ihre Enttäuschung nicht verbergen. Sie ging weiter, tat so, als sei alles in bester Ordnung, und blieb vor dem Förderband stehen, wo sie auf ih-

ren Koffer wartete, als sie sich plötzlich umdrehte, und da war er, kam mit langsamen Schritten auf sie zu. Sie schluckte, denn auf einmal merkte sie, wie schwierig sich dieser Besuch gestalten würde.

Frank hatte sie zu warnen versucht. Er war argwöhnisch, was ihre Beweggründe betraf, und bemühte sich, ihr seine Besorgnis zu vermitteln. »Sind Sie ganz sicher, daß Sie ihn überwunden haben? Vielleicht sollten Sie lieber nicht nach Paris gehen. Wie wär's mit Venedig?« Nein, versicherte sie ihm, sie empfinde nichts mehr für Boris, es sei lediglich Paris, dem ihr Interesse gelte.

»Na ja...« Er sondierte weiter, wollte sie nicht so leicht davonkommen lassen. »Stellen wir uns doch mal vor, Sie sind jetzt da. Was erwarten Sie von ihm? Was glauben Sie, wie er Sie behandeln wird? Was werden Sie empfinden, wenn er... nicht sehr nett zu Ihnen ist?« formulierte er taktvoll.

Damals hatte sie versucht, ihre Gedanken auf seine Fragen zu konzentrieren. Es könnte schwierig werden, das gab sie zu, doch sie betrachtete die Reise als einen Test, der ihr zeigen sollte, ob sie ihn wirklich überwunden und sich aus seinem Bann gelöst hatte. Sie wollte ihr altes Leben wiederaufnehmen und brauchte Schutz für ihre Selbstachtung. Und wenn es überraschenderweise doch wundervoll wurde, wenn Boris auf den ersten Blick einsah, daß er töricht gewesen war, daß es nur sie war, die er liebte, und wenn sie bei ihrer Ankunft einander in die Arme fielen... dann konnte sie eben auch nichts dafür. Davon sagte sie Frank jedoch nichts; sie wollte ihm keine Chance zur Diskussion bieten. Sie hoffte jedoch, sich stark zu fühlen, solange sie stark handelte. Außerdem bin ich über ihn hinweg, redete sie sich immer wieder ein.

Und Boris sagte nur: »Katja *à la japonaise*« und küßte sie *à la française* einmal auf jede Wange. Katja verstummte, auf einmal gehemmt und eingeschüchtert. Er hatte sich verändert. Er wirkte so böse und herausfordernd. Was war in diesem einen Jahr geschehen?

Er selbst sah aus wie immer: ein ungewöhnlicher, außergewöhnlicher Mann. Es war etwas seltsam Homosexuelles an ihm, an der Art, wie er so sorgfältig, so wunderschön gekleidet war, perfekt und elegant in seiner fantastischen Lederhose – Jean-Paul Gaultier, erklärte er ihr – und dem Blouson von Girbaud, wie er ihr mitteilte. Er wirkte wie einer von diesen kantigen sexy Männern auf den Fotos amerikanischer Modewerbung, grimmigen Männern, die mit noch feuchten Haaren gerade aus der Dusche kamen und dieses gewisse maskuline Draufgängertum ausstrahlten, das auf Frauen wie auch auf Männer anziehend wirkte. Solchen Männern begegnete man im wirklichen Leben nie, immer nur in der Werbung. Aber Boris sah tatsächlich so aus.

Im Flughafenbus saßen sie schweigend nebeneinander und stiegen dann in die Métro um, die sie nach Paris bringen würde. Boris trug eine gelangweilt-leidende Miene zur Schau. Er schien sich überhaupt nicht zu freuen, daß sie da war. Katja starrte zum Fenster hinaus auf die häßliche *banlieue,* die draußen vorbeizog.

»Warum bist du traurig?« erkundigte sich Boris.

»Ich bin nicht traurig«, widersprach sie mit gezwungenem Lächeln. Er sah so ärgerlich aus, daß sie kaum etwas zu sagen wagte. Verdammt! Warum war sie nur so nervös?

Ein Bekannter aus New York hatte über Freunde arrangiert, daß sie in einem momentan unbewohnten Apartment im sechzehnten Arrondissement, auch als Passy bekannt, wohnen konnte. Katja fand es nicht sehr begeisternd, in einem *quartier* zu wohnen, das so *nouveau riche* war, aber wer konnte es sich schon leisten, eine kostenlose Wohnung in Paris auszuschlagen? Außerdem war nie die Rede davon gewesen, daß sie bei Boris wohnen sollte. Er hatte es ihr nicht angeboten, und sie hütete sich davor, ihn darum zu bitten. In seinen Briefen hatte er sich während der letzten Monate ständig über sein winziges Atelier beschwert. Na und? Traf es nicht zu, daß ein Mann die Frau, die er liebte, ständig bei sich haben wollte? Daß Raum war in der kleinsten Hütte für ein glücklich liebend Paar? Im Gegenteil, Liebespaare liebten kleine Räume, in denen sie nie weiter als einen Kuß voneinander entfernt waren!

Sie wanderten die Rue des Belles Feuilles entlang an der Place du Mexique vorbei; Boris schleppte ihren Koffer, und sie trottete hinterdrein. Einmal, als sie hochblickte und laut seufzte, blieb Boris stehen und stellte den Koffer ab.
»Was ist?«
Sie deutete zum Eiffelturm hinüber, der ganz nahe am Ende der Straße emporragte. »Er ist so kitschig!« Sie lachte.
»Jawohl, Baby, das ist Paaa-rii«, gab er affektiert und gelangweilt zurück. Er wollte schnell weiter und sich die Wohnung ansehen, in der sie unterkommen sollte.
Endlich fanden sie das Haus. Seine Gegenwart machte Katja so nervös, daß sie so lange mit den Schlüssel herumhantierte, bis er sie ihr mit angewiderter Miene aus der Hand nahm und die Tür problemlos öffnete.
Muffige Luft schlug ihnen entgegen. In einer Ecke der kleinen Diele lehnte ein Haufen Stöcke und Krücken. In dem düsteren einzelnen Zimmer roch es nach Tod. Man sah ihn förmlich vor sich, den hinfälligen Witwer, der hier seine letzten Tage verbrachte, bevor er zum Sterben ins Krankenhaus verlegt wurde. Der Raum war in dem alten, aus der Mode gekommenen französischen Provinzstil eingerichtet, mit schweren, verstaubten Goldquastenvorhängen, häßlichen, unbequem wirkenden Sesseln, deren Polsterung unten heraushing, Flecken auf der kahlen Matratze, die nackt in der Mitte des Zimmers stand, und Lampen, deren vergilbte Schirme zu klein waren.
Katja schluckte. Boris ging sofort zu den Fenstern und stieß sie auf. Dann erkundeten sie beide das winzige Zimmer, ohne ein Wort miteinander zu sprechen. Sie hörte, wie er ins Bad ging und die Toilettenspülung zog, um zu sehen, ob sie funktionierte. Erst Monate später, als sie schon wieder in New York war, wurde ihr klar, daß sie damals einfach mit dem Fuß aufstampfen, hinausgehen und sich ein kleines, bezauberndes Hotel auf der Île St. Louis hätte suchen sollen. Dort hätte sie *une chambre sympatique* angemietet, eine Vase mit Blumenstrauß auf die Fensterbank in die Sonne gestellt und das Zimmer mit einer Schachtel französischer Pralinen, einer französischen *Vo-*

gue und einer duftenden Kerze dekoriert. Es wäre ein Zimmer gewesen, wo man bei Nacht im Bett liegen und, während das Mondlicht zum Fenster hereinströmte, Wein trinken und Gitanes rauchen konnte.

Aber auf diese Idee kam sie in jenem Augenblick nicht. Sie war wie benommen. Sie hatte keine Kontrolle über ihre Gedanken, so erschlagen war sie von Boris' Kälte. Als sie in der Küche einen Schrank öffnete, sah sie dort ein Dutzend Flaschen gestapelt – den billigsten, essigsauren Wein, an den sie sich aus ihrer Studienzeit erinnerte: »Grapes Jolies« stand auf dem Etikett. Inzwischen hatte Boris einen Kleiderschrank geöffnet und fand Alte-Männer-Kleidung, schwere, schwarze Mäntel, abgetragene Jacketts, ausgefranste, vergilbte Hemden. Katja war so furchtbar enttäuscht über die Wohnung, daß sie meinte, sie absolut bezaubernd finden zu müssen. Boris sagte nicht viel. Er entdeckte ein Radio, schaltete es ein und suchte, bis er Musik gefunden hatte. Beide standen sie da und lauschten einem unerträglich melancholischen Klavierkonzert.

»Kennst du das?« erkundigte er sich bei ihr, weil es ihm nicht sofort einfallen wollte.

Sie kannte es allerdings: Chopins Klavierkonzert Nr. 2. Er hatte überhaupt nur zwei Klavierkonzerte geschrieben, und die kannte sie beide. Dies war der traurigste Satz, er hatte ihn geschrieben, als er glaubte, an gebrochenem Herzen sterben zu müssen.

Katja starrte auf das Bett in der Mitte des Zimmers und fragte sich, ob sie sich jemals darin lieben würden. In Gedanken stellte sie sich vor, wie Boris in diesem heruntergekommenen Apartment plötzlich von Leidenschaft übermannt wurde. Genau so etwas hätte das Zimmer gebraucht – ein bißchen wildes, animalisches Ficken inmitten dieses Todesgeruchs. Es wäre herrlich verzweifelt und lebendig gewesen.

Und nun? Da abermals ein unbehagliches Schweigen entstand, holte Katja die Tasche mit den Geschenken hervor, die sie so liebevoll für ihn ausgewählt hatte. Sie dachte daran, wie glücklich sie gewesen war, als sie in ganz New York herumlief, um alles zu besorgen, worum er sie gebeten hatte, und einige Überraschungen obendrein. Sie öffnete den Reißverschluß der roten *Life Magazine*-Tasche und begann ihm die einzelnen Gegenstände zu überreichen – in der Hoffnung, ihm eine Freude zu machen und das Eis damit zu brechen.

Er aber nahm sie, nachdem er sie sachlich überprüft hatte, wortlos entgegen wie eine Selbstverständlichkeit, die ihm zustand. Anfangs konnte sie sich keinen Reim auf diese Undankbarkeit machen, dann aber wurde ihr klar, daß er gerade deshalb so gleichgültig und grausam tat, weil ihm die Geschenke, die sie ihm aus New York mitgebracht hatte, so viel bedeuteten.

»Hier, eine Flasche Scotch aus dem Duty Free«, verkündete sie fröhlich, weil sie wußte, daß er gern Scotch trank. Boris musterte die Flasche und antwortete nur, das sei kein Single-Malt. »Behalt sie hier, Baby, für deine Gäste.« Damit stellte er die Flasche auf einen Tisch.

Sie gab ihm drei Flaschen Vitamintabletten, die er in die Hand nahm und eingehend betrachtete, um ihr anschließend zu erklären, das sei nicht die Marke, um die er sie gebeten hätte. Er glaubte so fest an amerikanische Vitamine! Die Franzosen, meinte er, könnten einfach keine herstellen, die so wirksam seien. Immer wieder bat er sie in seinen Briefen, ihm Vitamine zu schicken, weil es mit seiner Gesundheit nicht zum besten stehe und er sie wirklich dringendst brauche.

Sie überreichte ihm fünf Bücher – drei, die er bestellt hatte, und zwei weitere; er blätterte sie durch, inspizierte sie und zuckte die Achseln. Sie holte ein königsblaues Frisbee mit weißen Sternen sowie ein Paar Sweatpants aus Baumwolle heraus und gab sich Mühe, begeistert und vergnügt zu wirken. »Siehst du? Lippenstiftrot, genau wie du's dir gewünscht hast!« Er nahm die Frisbeescheibe, wog sie in der Hand und murmelte ein Okay. Amerikanische Frisbees waren wirklich die einzig richtigen. Er hob die Sweatpants hoch und erklärte, die sähen aus, als wären sie zu groß für ihn.

»Aber nein, die muß man größer kaufen! Wenn man sie in den Trockner tut, laufen sie auf die richtige Größe ein.«

Er entgegnete ironisch, daß er in Frankreich lebe und daß man hier keine Trockner benutze.
Dann waren da zwei Spielsachen zum Aufziehen: »Der absolute Renner in New York!« sagte sie mit der Miene einer Frau, die es wissen mußte. Sie hatte ein feuerspeiendes Ungeheuer für ihn ausgesucht, und zwei Turnschuhe, die ganz allein marschierten. »Wenn du arbeitest, stellst du sie auf deinen Schreibtisch, und wenn du nicht weiterkommst oder nachdenkst, kannst du mit ihnen spielen«, erklärte sie. Die beiden schienen Boris zu gefallen, er steckte sie sofort in die Tasche. Ein bißchen Magritte, sagte er, ein bißchen Spielerei.
Sie gab ihm drei amerikanische Zahnbürsten, jede in einer kleinen Pappschachtel mit Zellophanhülle. Ob er sich noch daran erinnerte, daß er sie darum gebeten hatte, als sie vor einem Jahr in Paris war? Das war eines Nachmittags gewesen, als sie beide nach der Siesta im Bad waren. Er putzte sich die Zähne mit ihrer Zahnbürste, und plötzlich drehte er sich zu ihr um und fragte sie, ob sie ihm die Zahnbürste dalassen könne, wenn sie in die Staaten zurückkehre. Katja erinnerte sich, wie erschütternd sie seine Bitte damals gefunden hatte; sie war gerührt. Später erklärte er, daß er die französischen Zahnbürsten hasse, daß die amerikanischen viel weicher seien und, na ja, eben besser.
Während sie ihm jeden Gegenstand überreichte wie eine Opfergabe, inspizierte er ihn und stopfte ihn wie ein Eichhörnchen, das für den Winter Nüsse hortet, hastig in die *Life Magazine*-Tasche aus rotem Nylon. Schließlich rückte sie mit dem Hauptgeschenk heraus: In New York hatte ihm nämlich ihre Bettwäsche mit den verrückten Dessins und den leuchtenden, ungewöhnlichen Farben so gut gefallen.
»Arabische Nächte. Von Martex«, erklärte sie. »Hoffentlich gefällt sie dir.«
»Génial«, gab er mit breitem Lächeln zurück. Er hielt die Bettwäsche hoch, um sie sich kurz anzusehen, dann stopfte er sie rasch in die rote Tasche.
Ein wenig hilflos setzte sie hinzu: »Du solltest den Scotch lieber doch mitnehmen. Ich trinke keinen, und außerdem«, sie seufzte, »habe ich ihn für dich gekauft.«

»Na ja, wenn du meinst«, antwortete er und verstaute ihn in der Tasche.
Dann gingen sie in ein Café in der Nähe, das für die folgenden vierzehn Tage ihr Stammcafé werden sollte, und er bestellte *»Deux cafés crèmes et un croissant«*. Sie hatte keinen Appetit. Er stippte sein Croissant in den heißen Kaffee und hielt es ihr vor den Mund. Wie ein gehorsames Kind biß sie hinein. Es war warm und schmeckte nach Butter – frisch aus dem Ofen.
»Entspann dich, Baby. Das ist Paaa-rii«, sagte er wieder. Er zog die wandernden Turnschuhe auf, stellte sie auf den Tisch, und alle Gäste im Café starrten herüber, als sie auf der Marmorplatte herumklapperten. Boris lächelte stolz; schließlich war er Besitzer dieses in Paris bisher noch unbekannten Spielzeugs. Aber er sah noch immer aus, als könne er es nicht erwarten, sich von ihr zu verabschieden.
»Du kannst ruhig gehen«, sagte sie. Ihr Lächeln war etwas matt. »Ich bin okay.« Prompt stand er auf und wollte sie auf den Mund küssen, aber sie wandte den Kopf so ab, daß der Kuß auf ihrer Wange landete. Mit einem tadelnden Schnalzen, wie bei einem unartigen Kind, schüttelte er den Kopf.
»Leg dich ein bißchen schlafen. Heute abend kommst du zum Diner zu mir.«
Sie sah ihm nach, wie er mit schnellen Schritten die Straße entlangging, die prallgefüllte, rote *Life Magazine*-Tasche mit den amerikanischen Geschenken über der Schulter.
Wie benommen saß Katja am Tisch und trank ihren Kaffee. Sie wußte nicht, was auf die Zeitverschiebung zurückzuführen war und was auf Boris, aber sie fühlte sich so elend wie damals auf der Büroparty zum Vierten Juli, auf der sie sich aus einer unbestimmten Traurigkeit heraus betrunken hatte. Ohne es zu merken, kippte sie mehrere Wodka-Gimlets wie Wasser. Ein paar Stunden später kam ihr Chef den Korridor entlang und sah, wie sie sich gerade zum Fenster ihres Büros im fünfzehnten Stock hinauslehnte und sich erbrach. »Ein perfekter Kommentar zum Leben in der Werbung«, hatte ihr Chef dazu bemerkt, »wenn einer meiner Texter auf die Madison Avenue kotzt.« Dann hatte er ein Taxi herangewinkt und sie nach Hause gebracht.

Und nun seht mich an! Sie hätte ein Bild von Manet sein können: *Femme misérable dans un café à Paris.* Einen flüchtigen Augenblick lang erwog sie die Möglichkeit, sich mit einer rührseligen Interpretation ihrer traurigen Situation an einem grauen Augustvormittag in Paris zu trösten. Aber es nützte nichts. Nach ein paar weiteren Minuten bezahlte sie die *addition* und erkundigte sich beim *garçon* nach dem *marché* in diesem *quartier.* Wie sie feststellte, wurde die Rue de Belles Feuilles, in der sie wohnte, nur wenige Blocks weiter unten zu einer der berühmtesten Freßstraßen von ganz Paris. Und plötzlich hatte sie wirklich das Gefühl, zurückgekehrt zu sein! Wie arm die Amerikaner doch sind, dachte sie, als sie die verlockenden Geschäfte und Stände mit ihrem Überfluß an den unglaublichsten Speisen betrachtete. Wo sollte sie anfangen?

Bei dem *marchand de fromage* sah sie sich von Hunderten Käsesorten umgeben, von denen sie zu neunundneunzig Prozent weder den Namen noch den Geschmack kannte. Die ungeduldige, zickige *vendeuse* starrte sie an und wartete ab, welche Wahl diese dämliche Amerikanerin treffen würde. Die Mienen sämtlicher Verkäuferinnen schienen zu sagen: »Schneller, schneller!« Katja dagegen hätte gern fünfzehn Minuten lang auf einem Hocker im Laden gesessen und in Ruhe die vielen Käsesorten betrachtet, um herauszufinden, nach welchen Kriterien sie angeordnet waren und wie sie möglicherweise schmeckten. Sie versuchte sich zu entscheiden, drehte sich aber immer nur im Kreis, so überwältigt war sie von der Vielfalt. Schließlich trugen die Verkäuferinnen mit ihren strengen Blicken den Sieg davon, sie zeigte einfach mit dem Finger hin, sagte *»Ça, ça et ça«* und wählte drei Käse aus, die sie noch nie zuvor gegessen hatte. Ihr Einkauf wurde in Filigranpapier gewickelt und mit einer zierlichen gelben Schleife zugebunden. *»Au revoir, mademoiselle«,* flöteten die Verkäuferinnen, als sie ihren Herrschaftsbereich verließ.

Weiter zur *épicerie,* wo Obst und Gemüse ebenfalls wie kostbare Kunstwerke ausgestellt waren. *Fraises de bois,* weiße Pfirsiche, schwarze Johannisbeeren – sie alle lockten und schienen zu flehen: »Kauf mich, kauf mich!« Es fiel ihr ebenso schwer, unter den Obstsorten zu wählen, wie bei den Käsen. Zum Glück wußte sie, daß man die Früchte nicht, wie in den koreanischen Gemüseläden von New York, selbst anfassen durfte. Hier war Schnuppern und Befingern verboten. Sie bedauerte die armen, ahnungslosen Touristen, die nicht wußten, daß es den Tod bedeutete, wenn man in Frankreich eine Frucht oder ein Gemüse berührte. Sie beschloß, Arthur Frommer einen Brief zu schreiben und ihn zu bitten, dieses kleine Detail in seinen Reiseführer aufzunehmen. Ein zwar freundlicher, aber dennoch gestapoähnlicher Verkäufer beobachtete sie mit gezückter Tüte, allzeit bereit, ihr jeden Wunsch zu erfüllen. Das war's ja gerade, es war viel zu leicht, einfach auf alles mögliche zu zeigen und restlos die Kontrolle zu verlieren! Italienische Tomaten, butterweicher Feldsalat, feine, echte *Haricots verts.* Ja – ja zu allem!

Das gleiche passierte ihr, als sie das Weingeschäft betrat und Hunderte von Flaschen exzellenten französischen Wein vor sich sah, Wein, den sie sich zu Hause nicht leisten konnte, der hier aber sogar erschwinglich war. Und dann weiter zur *boulangerie,* wo makellose Brotlaibe sie erwarteten und riefen: »Iß mich, iß mich!« Wie sehr liebte es Katja, ihre in labilem Gleichgewicht befindlichen Einkäufe die Straße entlangzubalancieren, mit Wein und Brot zu jonglieren, rutschende Pfirsische und Käse immer wieder zurechtzurücken. Ich bin französischer als die Franzosen, dachte sie und lachte dazu.

Ihre Stimmung besserte sich, als sie in ihre Wohnung zurückkehrte, wo sie die Einkäufe verstaute und das Bett machte. Sie schlief fest, und als sie erwachte, hörte sie Kirchenglocken läuten. Sie zählte sechs Schläge. Das hieß, es war fünf Uhr. Benommen und desorientiert erhob sie sich und wanderte umher. Sie vermißte das Miauen ihrer Katze. Sie wusch sich das Gesicht und neigte den Kopf übers Waschbecken, um sich auch die Haare zu waschen; dann zog sie sich sehr sorgfältig an und plante ihre Toilette so, daß sie die größtmögliche Wirkung erzielte: diesmal ein anderes graues Kleid mit einem schwarzen Pullover, den sie sich als Ergänzung dazu um die Taille band.

Schwarze Sandalen, rauchiges Blaugrau um die Augen, einen apricotfarbenen Mund. Sie stellte sich vor den Spiegel und betrachtete sich mit zusammengekniffenen Augen. Wer war das da im Spiegel?

Langsam schlenderte Katja die superbreite Avenue Kléber entlang bis zu der Métro-Station – Trocadéro, unmittelbar vor dem Eiffelturm –, die die nächsten vierzehn Tage für sie zuständig sein würde. Im frühen Abendlicht wirkte die Place de Trocadéro wie eine kitschige Hollywood-Dekoration, sogar mit Zeitungskiosk und Métro-Gitter im Art-Deco-Stil. In einem Café mit fransenbesetzten Sonnenschirmen, die in der leichten Brise flatterten, saßen träge Paare und müde Geschäftsleute, die mit einem Drink ihren Arbeitstag beendeten oder vielmehr den Abend begannen. Es wimmelte von Touristen, die Fotos von der herrlichen Aussicht knipsten. Inmitten dieser Hollywood-Umgebung kam sie sich wie ein Komparsin vor. Die Luft war so mild. Wußten diese Menschen, wie glücklich sie war oder wie verängstigt? Wirkte sie französisch oder amerikanisch? Sie stieg in die Métro hinunter und sah zu, wie jeder seine Fahrkarte in die Maschine steckte, um die automatische Schranke durchschreiten zu können. Sie kaufte sich ebenfalls ein *carnet,* folgte ihrem Beispiel und schob sich den entwerteten Fahrschein, wie Boris es ihr gezeigt hatte, unter das Uhrarmband, damit sie ihn im Fall einer Kontrolle beim Aussteigen vorzeigen konnte. Als sie in der Métro Platz nahm, fühlte sie sich wieder wie zwanzig und ließ ihre Gedanken zu ihrer Studentenzeit in Paris zurückwandern. Die Stadt lag ihr im Blut wie eine alte Freundin, und das konnten ihr nicht mal die Franzosen nehmen.

Voll Abscheu sah sie, wie ein amerikanischer Hippie langsam durch den Wagen ging und in gebrochenem Französisch um Geld für sein kleines Töchterchen bettelte, das ihm in einem Tragetuch auf dem Rücken hing. Katja schämte sich für Amerika und ärgerte sich, daß er das Kind so ausnutzte. Sie war froh, als der Zug in Montparnasse-Bienvenue hielt und sie in den Zug nach St. Sulpice umsteigen konnte.

Sie fand Boris' Straße mühelos und lachte, als sie an dem Spritzenhaus vorbeikam, über das er sich in seinen Briefen beschwert hatte. Wie er diese jungen, ausgelassenen Feuerwehrmänner haßte, die bis in die frühen Morgenstunden feierten und mitten in der Nacht unter seinen Fenstern im Alkoholrausch krakeelten. *»J'en ai marre des pompiers!«* schrieb er. Vor seinem alten Apartmenthaus angekommen, blieb sie vor der Haustür stehen, blickte zu all den offenen Fenstern empor und lauschte den zahllosen Geräuschen, die zu ihr herabdrangen. Aus einer Boutique nebenan dröhnte Rock and Roll, irgend jemand tippte, eine Frau übte eine Arie *a capella,* ein Baby schrie, die Fernsehnachrichten liefen. Köstliche Küchendüfte kamen von allen Seiten. Sie liebte diesen Augenblick und wünschte sich, ihn festhalten zu können. Dann stieß sie die schwere Tür auf und betrat einen dunklen, kühlen Steininnenhof mit vielen Briefkästen an einer Wand. Seinem Briefkasten zufolge wohnte Boris mit zwei anderen Leuten zusammen, einem Roland Campbell und einer Lady Sarah Bradshaw, beide Namen wirkten neben seinem slawischen Boris Zimoy sehr englisch. Sie wußte aber, daß er die zusätzlichen Namen nur zu seinem Schutz auf den Briefkasten geschrieben hatte, damit das KGB glaubte, daß er nicht allein lebe. Die hörten nie auf, den armen Boris zu verfolgen, durchwühlten seine Wohnung, ohne etwas mitzunehmen, nur um ihn aus dem Gleichgewicht zu bringen. Sie stieg die drei Treppen zu seinem Atelier empor, das, wie sie aus seinen Erzählungen wußte, das einzige Zimmer zur Straße hin war.

»Die Tür ist offen!« rief er laut, als sie anklopfte. Er öffnete die Tür niemals selbst, weil er sich nicht bei seiner täglichen Routine stören lassen wollte, und nun war die geheiligte Zeit für sein Bad. Er hatte ihr geschrieben, wie er jeden Tag verbrachte: am Vormittag schrieb er, und nach dem Lunch spielte er im Luxembourg Tennis, um all die überschüssige Energie und Anspannung abzubauen, die sich beim vielen Sitzen aufgestaut hatte. Um fünf Uhr nachmittags kam dann sein Lieblingsritual, das damit begann, daß er nach Hause zurückkehrte und die Treppe zu seiner Wohnung hinaufstieg. Erschöpft und verschwitzt schlüpfte er sofort aus dem Tennisdreß, und während das Wasser in die Badewanne lief, brühte er sich eine Kanne heißen russischen Tee, goß einen Schuß Scotch in die Tasse und machte es sich in der dampfenden Wanne bequem. Das war ganz zweifellos der Höhepunkt eines jeden Tages. Er streckte sich lang in der Wanne aus, las Zeitschriften oder Briefe von Freunden, dachte über seine Schreibarbeit nach, trank Tee und entspannte sich. Boris war eine Wasserratte. »Ich bin Wassermann, also ist dies richtig für mich«, erklärte er stolz.

Katja ging direkt ins Badezimmer, wo Boris in der Wanne hofhielt. Er wirkte hundertprozentig glücklich. Sein Badezimmer war eine ganz eigene Welt – ungewöhnlich für einen Mann, fand sie, hübscher sogar als das Bad der meisten Frauen. Es war ein Sanktuarium voll verschiedenfarbiger Seifen, Shampoos, Badeöle, Duschgels, einer Vielzahl von Schwämmen, Luffas, Waschlappen und einem dicken Stapel flauschig weicher Handtücher. Auf einem Regal stand eine Auswahl fein parfümierter Körperpuder in so exotischen Duftvarianten wie Patschuli und Guave neben Eau de Cologne und einer Reihe Schildpattkämme und Haarbürsten in den unterschiedlichsten Formen, durchweg aber – selbstverständlich – mit allerfeinsten Naturborsten.

»Ich hoffe, du hast dich inzwischen ein bißchen erholt«, sagte er. »Du siehst besser aus.«

»Es geht mir auch besser«, bestätigte sie und drehte sich, damit er ihr Kleid bewundern konnte. Diesmal wollte sie sich zusammennehmen und sich nicht wieder von ihm verunsichern lassen.

»Großartig siehst du aus, Baby! Dein Kleid ist von... hmmm... Agnes B«, rief er.

»Falsch. Comme des Garçons.« Sie wußte, daß er Agnes B haßte; *salope* nannte er sie. Er war ein großer Bewunderer von Damenmoden. Einmal hatte er sie am Sonntagnachmittag aus Paris angerufen und ihr erzählt, daß er vor Comme des Garçons stehengeblieben und das schönste aller Seidenkleider im Schaufenster gesehen habe. »O Baby! Da wär' ich am liebsten

eine Frau gewesen, damit ich dieses Kleid tragen kann«, hatte er ihr erzählt.
Katja klappte den Toilettendeckel herunter, damit sie sich setzen konnte. Aber Boris schien verlegen zu sein und bedeckte sich mit beiden Händen, als hätte sie ihn noch nie nackt gesehen. Da ihr seine gewohnte Schamhaftigkeit unbehaglich war, beschloß sie, ihn in Ruhe baden zu lassen, und erhob sich, um hinauszugehen. »Laß dir nur Zeit. Ich warte draußen«, sagte sie. Als sie am Apothekenschränkchen vorbeikam, sah sie die drei amerikanischen Zahnbürsten in einem speziellen Plastikhalter sauber in einer Reihe hängen.
Aus irgendeinem Grund kam sie sich wie eine Spionin vor, als sie sein geheimnisvolles Reich betrat. Sie hörte wunderschöne klassische Musik. Das war also seine persönliche Welt. Das Zimmer wirkte ruhig, dominierend und ganz und gar männlich. Eine Frau hatte hier nichts zu suchen, und dennoch gab es feminine Details. Eine große Glasschale war mit Obst gefüllt, in einer Vase stand ein üppiger Feldblumenstrauß, ein Meer glutroter Geranien prangte in den Blumenkästen vor den Fenstern.
»Du hast einen grünen Daumen«, rief sie laut, um die Musik zu übertönen.
»Grüner Daumen – was ist das?«
Sie nahm ein Stück Kreide und schrieb die Wörter auf eine grüne Wandtafel neben seinem Schreibtisch. Sie betrachtete die vielen Wörterbücher, die in einer Reihe auf seinem Schreibtisch standen: Französisch-Russisch, Französisch-Englisch, Russisch-Englisch. Sie musterte die russische Schreibmaschine mit den kyrillischen Buchstaben und den Stapel beschriebenes Manuskriptpapier, das er mit wütenden Bleistiftkorrekturen malträtiert hatte. Mit dem Finger strich sie über das russische Kopftuch an der Wand und studierte die in drei Sprachen gedruckten Bücher auf den Regalen. Sie betrachtete die Ansichtskarten, die er an die Wand gepinnt hatte, und entdeckte eine aus der Frick-Kollektion, die von ihr stammte. Als sie sie gerade herabnehmen und lesen wollte, was sie geschrieben hatte, drehte sie sich zufällig um und sah ihre Laken auf seinem Bett,

die Aufzieh-Spielsachen auf dem Boden neben dem Bett. Der Scotch schimmerte in einer schönen Kristallkaraffe auf einem schwarzen Lacktablett, die neuen Bücher waren sorgfältig auf dem Schreibtisch gestapelt, die Vitamine standen unübersehbar auf dem Eßtisch. Neben der Tür hing wie eine Trophäe das Frisbee an der Wand.

Deprimiert sank sie in den einzigen Sessel; sie fühlte sich auf einmal sehr schwach und erschöpft. Und ausgenutzt. Denn in diesem Moment begriff sie, daß dies alles war, was er von ihr wollte. Sie hatte ihren Zweck erfüllt, und schlimmer noch, sie durfte nichts dafür erwarten.

Katja haßt Paris

Paris war eine launische Stadt; man mußte ständig darauf gefaßt sein, daß sie sich gegen einen wandte. Manchmal war sie eine bezaubernde Verführerin, die einem süße Worte ins Ohr flüsterte, bis man völlig von sich selbst überzeugt war. Dann wieder war sie ein gemeines Biest und schlug einem den Rock um die Ohren wie ein primitives Waschweib. Vielleicht kam das daher, daß Paris eine Stadt mit einem so hochtrabenden Stil war. Wenn man sich beim Aufwachen ein wenig unsicher fühlte, konnten diese gen Himmel gereckten, anmutigen Panoramen und selbst die altmodischen Fensterdekorationen mit Spitzengardinen und Blumenkästen hinter hauchfeinem Gitterwerk bewirken, daß man sich plump und schwerfällig vorkam.

New York hingegen war der ideale Ort, um sich gräßlich zu fühlen. Seine Antriebskraft war die Energie von Menschen, denen es mies ging, die sich aber zusammenrissen und es doch noch einmal versuchten. Es war eine Metropole voll grell beleuchteter Coffee Shops und heruntergekommener Individuen mit fettigen Haaren und schmutzigen Kleidern, die an den Theken hockten und frühstückten. In New York konnte man sich nirgendwo vor den eigenen Depressionen verstecken – es schlug sie einem – patsch! – ins Gesicht und sagte: »Werde hart, Kid!« Stadt ohne Mitleid: Sobald man traurig war, brauchte man bloß einmal mit der Subway von New York City zu fahren, und man fühlte sich noch beschissener. Was das Ganze erträglich machte, war die unter all diesen Kraftakten verborgene, berauschende Möglichkeit, daß sich das Leben jeden Augenblick ändern konnte.

Wenn man jedoch in Paris traurig war, galt man als Spielverderber, das hatte Katja inzwischen begriffen. Nach außen hin schien es, als lindere die Stadt ihre Traurigkeit, als umwerbe sie sie, als locke sie den Kummer erst richtig aus ihr heraus. »Schon gut, schon gut, erzähl mir alles«, schien die Seine zu trösten, wenn man windverweht und einsam an ihr entlangwanderte. Bald aber schon lernte Katja die Wahrheit kennen: daß es in Paris keine Gefühle gab; daß es eine Stadt der Illusionen und des stilvollen Zurschautragens oberflächlicher Emotionen war. Hier mußte alles ästhetisch sein; hier tolerierte man den Mut und den Schmerz des Lebens nicht. Und genauso wandte sich Paris gegen Katja und bewirkte, daß sie sich erbärmlich vorkam, unfähig, die schönen und eleganten Gefühle aufzubringen, die man ihrer Meinung nach hier empfinden sollte.

Für Katja vergingen die beiden Wochen so langsam wie eine chinesische Wasserfolter, und ihr Traumurlaub verwandelte sich in einen Alptraum. Sie versuchte die Situation umzukehren, doch irgendwie gelang ihr das nicht. Sie ließ sich von den Verkäuferinnen unhöflich behandeln, sie stolperte über ihr Französisch, sie verirrte sich in der Métro, trank zuviel Wein, vermochte die Museen nicht zu genießen, nicht in Parks zu sitzen, ja nicht mal ein Buch zu lesen. Sie war völlig verunsichert. Es war, als sehe sie sich einen französischen Film an, in dem das Publikum lachte, sie selbst aber nicht begriff, was sich auf der Leinwand abspielte. O Gott, wenn sie nur in der Lage gewesen wäre, sich selbst, nein, die Stadt wie ein ungebärdiges Pferd an die Kandare zu nehmen und ihr ein paar kräftige Tritte zu versetzen, um ihr zu zeigen, wer hier der Herr war! Wenn es ihr nur gelungen wäre, nach einem Vormittag in der Orangerie selbstsicher in einem Café zu Mittag zu essen, am Nachmittag die wichtigsten französischen Kunstsammlungen zu betrachten und anschließend in einer kleinen *boîte* auf der Rive Gauche einen Tee zu trinken. Dann eine Dusche, andere Kleidung, Cocktails, ein Theaterbesuch und ein Mitternachts-Souper mit einem weltgewandten, geistreichen Freund.

Das Problem war natürlich Boris. Er verhielt sich nicht so, wie Katja gehofft hatte. Widerwillig ließ er sich – wenn sie Glück hatte – jeden dritten Abend dazu herab, mit Katja zu essen. Wenn sie brav war und ihn in Ruhe ließ, durfte sie sich mit ihm in seiner Wohnung auf einen Drink treffen, wo er dann in diesem wunderbar lässigen französischen Stil gekleidet selbstsicher aus dem Bad auftauchte. Daß er so perfekt und vollkommen aussah, weckte in Katja das Gefühl, plump und *démodé* auszusehen. Einmal, als sie nach einem mit staubigen Wanderungen verbrachten Nachmittag nicht wußte, wohin, und daher zu früh bei ihm eintraf, wartete sie auf der Treppe vor seiner Wohnung auf ihn. Als er von seinem Tennismatch zurückkehrte, musterte er sie mißbilligend. Ob sie nicht wisse, wofür es Cafés gäbe, fragte er sie, und daß man sich dort sehr gut aufhalten könne, um seine Freunde nicht zu stören?

Was war nur in ihn gefahren? Sie versuchte es ihm recht zu machen, aber sobald sie das tat, schien er noch weniger von ihr zu halten und sie verscheuchen zu wollen wie eine lästige Fliege, die um seinen Kopf summte. Wenn sie ausgingen, dann in ein vornehm zurückhaltendes Pariser Restaurant, von dem er gehört hatte und das er schon lange einmal ausprobieren wollte. Stets wurde es ein unbehagliches Diner. Es war jene Art von Bourgeois-Enklave mit Club-Atmosphäre, die kein Tourist zu betreten gewagt hätte, selbst wenn er zufällig auf sie gestoßen wäre. Beim Diner kritisierte Boris dann die Filme, die sie sich im Kino angesehen, die Geschäfte und Museen, die sie besucht hatte, die Apéritifs, die sie wählte, die Art, wie sie die Cornichons mit den Fingern nahm, oder auch daß sie es versäumte, am Wein zu schnuppern, bevor sie ihn trank. Das Diner endete damit, daß sie trotz seiner höflichen, doch unaufrichtigen Proteste die Rechnung bezahlte. Sie sah den erleichterten Ausdruck in seinen Augen, sobald ihre American-Express-Card auf dem Tisch lag. Anschließend begleitete er sie zur St.-Sulpice-Métro-Station, und sie fuhr allein im Dunkeln nach Hause. Am Montparnasse-Bienvenue stieg sie, statt umzusteigen, lieber aus und wanderte durch die breiten, unpersönlichen Boulevards. Wie klein und unbedeutend sie sich fühlte, wenn sie zu den *grandes édifices* emporblickte und an das sorglose Leben der Bourgeois dachte, das früher hinter diesen hohen Fenster und unter den Kristallkandelabern stattgefunden hatte! Ihr dagegen spukte nur ständig das Datum des nächsten, kostbaren Wiedersehens mit Boris im Kopf herum, das drei Tage später stattfinden sollte.

Ihre Tage waren ruhelos und ermüdend. Endlose Spaziergänge ohne Ziel, und keine Belohnung am Ende der Wanderungen. Im Grunde war sie natürlich auf der Suche nach innerem Frieden, konnte ihn aber nirgends finden. Sie unternahm den heißen Aufstieg zum Montmartre, verirrte sich an jeder Biegung und vermochte den hübschen kleinen Häusern und bezaubernden Gassen nichts abzugewinnen. Dann starrte sie ungeduldig die Basilika an, fragte sich: »Was habe ich hier zu suchen?« und wandte sich erschöpft wieder zum Gehen. Eine Weile machte sie in einem unsauberen Café Rast, fühlte sich neben einer fröhlich lärmenden Gruppe junger Leute aber fehl am Platz und unbehaglich. An einem anderen Tag wartete sie eine Stunde lang in einer Schlange auf Eintritt in den Louvre, doch als sie schließlich drinnen war, gab es dort nichts, was sie sich wirklich ansehen wollte, und außerdem war sie auf einmal viel zu müde, um sich etwas anzusehen. Nun, wenigstens die *Nike von Samothrake* habe ich einen Moment betrachtet, verspottete sie sich, aber selbst das war höchst unerfreulich gewesen, so überfüllt war der Saal mit schiebenden und drängelnden Touristen.

Der Louvre ist ein dämliches Museum, dachte sie schließlich, viel zu groß und voller Touristen, die überall rumlaufen und trotzdem nichts wirklich sehen, nur um zu Hause sagen zu können, daß sie im Louvre gewesen sind.
Eines Nachmittags beschloß sie, sich an den Quai der Île St. Louis zu setzen und Tagebuch zu schreiben. Sie wäre so gern eins von diesen bezaubernden Wesen gewesen, die sie während ihrer Fahrt auf den Bateaux Mouches beobachtet hatte, eine Person – in der sie im übrigen stets eine Pariserin vermutete –, die auf dem Quai saß und die Schönheit der Insel genoß. Sie fand eine perfekt plazierte leere Parkbank, machte es sich bequem und erwiderte die Blicke der Touristen, die in ihren Ausflugsbooten vorbeiglitten. Gerade als sie in ihrem Tagebuch zu schreiben begann, setzte sich ein Clochard neben sie. Na ja, dies war schließlich Paris. Sie versuchte sich aufs Schreiben zu konzentrieren, wurde aber ein bißchen nervös. Sie war nicht sicher, aber sie hatte das bestimmte Gefühl, daß er sie anstarrte und dabei masturbierte. Sie saß vollkommen reglos. Tut er das wirklich? Aber sie wollte lieber nicht genau hinsehen. Sie klappte ihr Buch zu und erhob sich. Nicht mal ein paar Minuten Ruhe und Frieden. Na schön, da sie schon hier war, konnte sie wenigstens auf einen Sorbet ins Bertillon gehen. Aber das war im August natürlich geschlossen. Also ging sie statt dessen zur Maniküre. Daß sie in dieses muffige Apartment des Todes zurückkehren mußte, machte die Dinge auch nicht leichter. Sie versuchte sich sowenig wie möglich darin aufzuhalten, doch selbst das Schlafen dort war eine Qual. Bei Nacht lag sie in ihrem Bett, hörte französische Rundfunksender und versuchte sich vorzustellen, sie sei ein alter Mann.
Doch dann, am 31. August, wechselte die City ihre Gangart, denn nun kehrten die Pariser in Scharen aus dem Urlaub zurück. Dieses *rentrée* war wirklich komisch. Am 30. noch war alles still gewesen. Und als sie am nächsten Morgen zum Frühstück ausging, traf sie auf Millionen frischer, fröhlicher, unternehmungslustiger Pariser, die ausgeruht wirkten und sich zu freuen schienen, daß sie wieder in der Stadt waren. Cafés, die

am Tag zuvor noch geschlossen hatten, waren wieder voller Gäste, die einander begrüßten und von ihren Urlaubserlebnissen erzählten. Über Nacht hatte man in den Läden die Jalousien hochgezogen und die Schaufenster mit der neuesten Herbstmode gefüllt. Mütter kauften mit ihren Kindern Schulkleidung ein; Dienstmädchen putzten eifrig Wohnungen und tratschten auf der Straße miteinander, während sie ihre Wischtücher auswrangen. Katja fühlte sich natürlich betrogen und zur falschen Zeit am falschen Ort. Sie war im August gekommen, als Paris leer war, und gerade, als die Stadt wieder zum Leben erwachte, mußte sie nach New York zurückkehren.

An einem ihrer letzten Tage schlenderte Katja traurig durch den Jardin du Luxembourg. Als sie auf ihre Uhr sah, fiel ihr ein, daß Boris um diese Tageszeit Tennis spielte. Also beschloß sie, einen kurzen Blick in sein Privatleben zu tun und mal zu sehen, wie er aussah, wenn er, wie täglich nach dem Schreiben, hierherkam, und was er tat. Sie ging gemächlich und hoffte, in der Menge unterzutauchen. Aber sie hatte das unbehagliche Gefühl, daß alle Blicke auf sie gerichtet waren und ihr der heimliche Plan klar auf die Stirn geschrieben stand. Langsam ging sie rund um den Brunnen und durch die Allee in Richtung Tennisplätze. Der Park war voll mit Franzosen, die sich amüsierten, sonnten, lasen, Frisbee spielten, sich küßten, spazierengingen und diskutierten. Es gab vornehme alte Paare, die sich im Schatten ausruhten, und Teenager, die am Brunnen miteinander flirteten. Kinder ritten auf Ponys, ließen Segelboote zu Wasser oder spielten mit ihren *bonnes* Fangen.

Sie selbst betrachtete den Lux als ihren Park, denn sie hatte 1972, als Austauschstudentin, nur einen Block entfernt gewohnt. Sehnsüchtig dachte sie an all die Zeit, die sie im Lux verbracht hatte – beim Treff mit Freunden, auf eine Zigarette oder ganz einfach mehrmals am Tag auf dem Hin- und Rückweg zur Sorbonne. Vor allem erinnerte sie sich daran, daß sie sich eines Samstagmorgens mit schwerem Kater hierhergestohlen hatte, um sieben leere Weinflaschen in dem großen Abfallkorb neben dem Tor an der Rue d'Assas zu deponieren. Sie und ihre beiden Wohnkolleginnen hatten am Abend zuvor ein paar Jungens eingeladen und es ein bißchen zu bunt getrieben, weshalb sie vermeiden wollten, daß die Vermieterin die Flaschen in ihrem Abfall fand. An jenem Abend hatten sie ein Spiel erfunden, eine Mischung aus Flaschendrehen und Strip-Poker. Damals hielten sie es für ungeheuer clever und einfallsreich, in Wirklichkeit aber – Katja lachte bei der Erinnerung – war es ein törichtes Spiel, denn es war keine Geschicklichkeit dazu erforderlich. Irgend jemand drehte die Flasche, und jeder, auf den die Flaschenöffnung zeigte, mußte ein Kleidungsstück ablegen. Es war also nur eine Frage der Zeit, bis alle nackt waren. Rückblikkend fand sie es rührend, daß sie so jung und unbeholfen gewesen waren. Der Abend endete, als einer der Jungens unbedingt in der Unterhose um den Block laufen wollte und dabei unglücklicherweise am Polizeirevier vorbeikam. Die französischen *agents de police* verfolgten ihn, bis er sie abschütteln und sich ins Apartment zurückschleichen konnte, um seine Kleider zu holen.

Da drüben war er! Ihre schöne Nemesis, die Quelle ihres ganzen Elends. Zum erstenmal entdeckte sie eine gewisse Bösartigkeit an ihm. Er war passend gekleidet in seinen roten amerikanischen Sweatpants, dem weißen T-Shirt und einem blauen Sweatband um die Stirn. Er hatte mit ihrem blauen Frisbee mit den weißen Sternen gespielt und packte es nun in die *Life Magazine*-Tasche zurück. Er gab sich stolz und überheblich, in seiner Aufmachung *Made in the U. S. A.,* als er über den Gehweg auf die Tennisplätze zuhielt. Er vollführte ein paar übertriebene Angeber-Streckübungen und nahm auf dem Platz einem jungen Burschen in Blue Jeans gegenüber Aufstellung, in dem sie augenblicklich den Teenage-Tennisschnorrer erkannte.

Als Katja sich den Plätzen näherte, setzte sie ihre Sonnenbrille auf und hoffte, Boris würde sie zwischen den vielen Menschen nicht erkennen. Sie suchte sich einen Sitzplatz und versuchte so auszusehen wie die vielen anderen Menschen, die das Match beobachteten. Ringsumher warteten Tennis-Groupies auf freie Spielplätze, während die Ehefrauen und Freundinnen der Spieler lässig herumsaßen, intellektuell wirkende Paperbacks lasen und aus Plastikliterflaschen Wasser tranken. Wie sie feststellte, befanden sich auf den Spielplätzen nur Herren. Katja ärgerte sich: Eine männliche Tennis-Mafia! Die Plätze waren besetzt von Macho-Franzosen – Arschlöchern, die sich beim Spielen weiß Gott was einbildeten. Sie sahen sich als Tennis-Champions bei den French Open; sie las es an ihren Mienen ab. Tollkühn die Frau, die es wagte, einen Fuß auf den Platz zu setzen. Kein Wunder, daß Boris sie ausgelacht hatte, als sie ihm vorschlug, zusammen zu spielen; er hätte sich zu Tode geschämt. Katja dachte heute sehr klar. Ihre Gedanken wirbelten umher. Was taugt ein Mann, der sich weigert, mit einer Frau Tennis zu spielen? Nicht ein einziges Mal? Ist das denn eine so furchtbare Strafe? Ist die Gesellschaft einer netten Frau nicht erfreulich genug, Spiel genug? Schließlich ist es der Charme des Spiels, der den Ausschlag gibt. Wenn ein Mann und eine Frau Tennis spielen, ist das eine Verführung, eine fröhliche Neckerei, eine Art Ich-Tarzan-du-Jane-Spiel. Aber wenn zwei Männer spielen, verwandelt sich das Ganze in einen primitiven Dschungel-Bananen-Kampf, und wenn das Spiel aus ist, heißt es: »Wer hat die größte Banane erwischt?«

Während sie Boris beim Tennis zusah, wurde ihr zum erstenmal einiges klar, was sie vorher an ihm nicht verstanden hatte; es war alles da, in seinem Spiel. Vor allem war er wegen seiner Größe im Nachteil. Obwohl er sich sehr schnell bewegte, fehlten ihm die langen Arme und Beine, die es ihm etwas leichter gemacht hätten. Er spielte Tennis wie eine kleine, dreckige Ratte, die über den Platz hin und her huscht. Da seinem Aufschlag Grazie und Stil fehlten, servierte er statt dessen heimtükkische Kanonenschläge mit viel Drive. Es war leider nicht zu übersehen, daß er nicht mit Tennis aufgewachsen war, denn er benahm sich wie ein ausgehungerter Wilder, dem man endlich zu spielen erlaubt. Sein Gesicht war zu einem verkniffen-entschlossenen Grinsen der Genugtuung verzerrt, als warte er nur darauf, daß ihm jemand auf die Schliche kam und ihm befahl, den Platz zu verlassen.

Der Teenager jagte Boris über den ganzen Court, während er selbst vollkommen stillstand und das Spiel mit brillanten, ökonomischen Schlägen beherrschte. Immer wieder fiel Boris auf seine Finten herein. Wichtiger aber war, daß er durch eigene Nachlässigkeit Punkte verlor. Und dann dämmerte es ihr, daß das der Grund war, warum Boris nicht beim Tennis gewinnen konnte und darum auch nicht im Leben: zu viele vermeidbare Fehler. Er wollte nur Sieger sein, gewonnen haben, *nicht aber das Spiel spielen.* Eines der Dinge, auf die Boris besonders stolz zu sein schien, war die Tatsache, daß er keine Kompromisse einging; ja, für Boris war »Kompromiß« das häßlichste Wort in jeder Sprache. Sie wußte, daß er ein äußerst begabter Schriftsteller war, der aber nicht das Spiel des menschlichen Miteinanders spielen wollte. Abgesagte Journalistenreisen, verlorene Aufträge, versprochene, aber nicht gelieferte Vorschüsse für Bücher, von Zeitschriften abgelehnte Stories – all das waren Situationen, die er durch eigene vermeidbare Fehler verloren hatte. Und doch behauptete er, die Welt sei dumm.

Unwillkürlich stieß sie einen kleinen Schrei aus. Es wurde ihr nämlich klar, daß er auch in der Liebe so spielte. Er liebte nicht den Liebesakt, er liebte es, *Liebe betrieben zu haben.* Auf einmal sah sie alles ganz deutlich vor sich: seine kurzen, abrupten Bewegungen, sein ständiges Vorantreiben. Was sie anfangs für animalische Sinneslust gehalten hatte, erkannte sie nun als Empfindungslosigkeit. Das Leben war eine Einbahnstraße für ihn. Für ihn gab es nur eine Art Liebe: die seine. Es war ihm gleichgültig, wie sie geliebkost werden wollte, nie fragte er sie, wie sie's gern hätte. Und wenn sie auf seine Berühung nicht reagierte, war es ausschließlich ihre Schuld.

Hypnotisiert vom Rhythmus des Balles, starrte Katja auf das Spielfeld und ärgerte sich mit jedem Schlag mehr über die eigene Blindheit. Warum hatte sie nur so lange gebraucht, um zu erkennen, daß ihr die Liebe mit ihm gar keinen Spaß machte? Voll Abscheu dachte sie jetzt daran, wie er seinen Mund auf ihre Möse gedrückt und losgelutscht hatte. Nie hatte er sie erforscht, sich an ihrem Körper erfreut oder sich in ihm verloren.

Boris fickte Frauen. Das war nichts weiter als auch ein Spiel, das man genoß, wenn es vorüber war. Wenn er es geschafft hatte, daß die Frau kam, hatte er gewonnen.
Dann fiel ihr ein, wie er sich gefreut hatte, daß sie immer so mühelos kam. Die meisten Frauen hätten keinen Orgasmus, erklärte er ihr. Katja war tief entsetzt gewesen über diese Information. »Wirklich nicht?« Sie fand es merkwürdig, daß die meisten Frauen frigide waren, dachte sich aber, daß er es ja wissen müsse, da er so viele Frauen gehabt hatte. Der Grund für seine Behauptung war in Wirklichkeit aber natürlich nicht, daß die Frauen frigide waren, sondern daß er ein so schlechter Liebhaber war. Dort auf dem Tennisplatz begriff sie, daß es ihr lieber gewesen wäre, die zögernden Hände eines unerfahrenen Mannes auf ihrem Körper zu spüren, der sie voll Hingabe erforschte und sich an ihr freute, als einen sexuell perfekten Techniker, wie Boris es zu sein behauptete.
Völlig benommen verließ Katja den Jardin du Luxembourg. Wie hatte sie nur so dumm sein können? Wo hatte sie nur ihren Kopf gehabt? Langsam, wie ein geprügelter kleiner Hund, schlich sie durch die Straßen ihres alten Arrondissements, völlig versunken in der Verzweiflung über ihre Entdeckungen. Ihr Erwachen, wie sie es nannte. Schließlich stieg sie in die Métro und fuhr eine Zeitlang ziellos umher, bis sie spontan an der Concorde ausstieg. Als sie die Champs-Élysées entlangwanderte, entdeckte sie, daß das Élysée-Palais Joseph Loseys *Don Giovanni* zeigte. Dicke, wie mit Rauhreif überstäubte Lettern verkündeten, daß das Kino klimagekühlt sei. Sie hatte Glück, der Film begann gerade, also kaufte sie eine Eintrittskarte und nahm Platz, als auch schon das Licht ausging. Während die Titel abrollten und die Musik aufrauschte, kam zum letztenmal die kleine alte Frau mit den Süßigkeiten vorbei. Katja kaufte sich eine Grand-Marnier-Eisstange, hockte zusammengekauert auf ihrem Platz und ließ sich für den Rest des Nachmittags von Mozart trösten.

Katja verläßt Boris

An ihrem letzten Abend in Paris ging Katja ein letztes Mal zu Boris, der sie zu einem Abschiedsessen eingeladen hatte. Sie kleidete sich besonders sorgfältig und wählte die Aufmachung, die sie zu ihrem ersten gemeinsamen Diner getragen hatte. Als sie sein gemütliches Zimmer betrat, sah sie aus wie eine Hausiererin, so bepackt war sie mit all den Dingen, die er ihr während ihres Aufenthalts geliehen hatte: eine Schreibmaschine, ein Pullover, eine Jacke, ein Schirm und eine Tragtasche voll Lebensmittel, die sie nicht mehr brauchte. Er schalt sie, weil sie das alles allein schleppte (aber was hätte ich sonst tun sollen, nachdem du mir nicht angeboten hast, mir zu helfen, dachte sie ironisch), und fuhr mit seiner ätzenden Kritik fort, während er die Lebensmitteltasche auspackte. »Das bringt dich um, das ist reines Gift«, erklärte er mit einer winzigen Dose Pulverkaffee in der Hand. Und dann, bei einem Glas Marmelade: »Die sind *merde,* diese kommerziellen Konserven.« Wie sie jedoch bemerkte, verstaute er alles sehr schnell in seinen Schränken.
Inzwischen war sie an seine Tiraden gewöhnt und schenkte ihnen keine Aufmerksamkeit mehr. Trotz seiner Kritik war er leutseliger Stimmung und wurde im Hinblick auf ihre Abreise auf einmal sogar sentimental. Sie sei ein Teil seiner Familie, behauptete er, wie eine Schwester. Und plötzlich fing er an, nervös im Atelier herumzulaufen, nach Dingen zu suchen, die er ihr schenken konnte, zeigte ihr eine Limoges-Teetasse, winzige Stückchen seltener Gewürze, ein russisches Kopftuch.
»Hier, willst du das?« Mit einem alten, ausgefransten Sportjakkett tauchte er aus seinem Wandschrank auf. »Sehr *gamine* für eine Frau.« Verärgert darüber, daß er nach diesen beiden elenden Wochen auf einmal versuchte, nett zu sein, schüttelte sie den Kopf. »Was ist mit meinem Pullover?« Er zeigte auf einen Sweater, der auf dem Sessel lag. Wieder schüttelte sie den Kopf. Er glich einem hilflosen Verkäufer, dem es nicht mal gelingt, etwas zu verschenken. Da er jedoch fest entschlossen war, machte

sie diesem idiotischen verdrehten Handel endlich ein Ende, indem sie zwei Schallplatten mit Klaviermusik eines russischen Pianisten und ein Buch über französische Weine akzeptierte. Bevor sie jedoch zum Essen aufbrachen, bat er sie schon, ihm das Buch doch lieber zurückzugeben, da es sein einziges Nachschlagewerk sei und er mit Sicherheit wisse, daß es in den Staaten erhältlich sei, sie es sich also dort kaufen könne.

Zum Abschluß ihres Aufenthalts gingen sie, wie um den Kreis zu schließen, wieder in dasselbe Restaurant, in dem sie an ihrem ersten Abend in Paris diniert hatten. Der schwule Kellner, der sich an sie erinnerte, flirtete mit Boris. Und als das nicht klappte, flirtete er mit Katja. »Siehst du?« flüsterte ihr Boris zu. »Die sind sehr clever, diese *pédés.* Wenn sie einen Mann wollen, flirten sie mit seinem Mädchen.« Überraschenderweise verlief das Diner sehr angenehm. Es gab Kerzenlicht, Boris versorgte sie mit Wein und butterte sogar ihr Brot. Er nahm ihre Fingerspitzen und küßte sie. Er stocherte mit seiner Gabel auf ihrem und seinem Teller herum, um sie mit den besten Häppchen zu füttern. Sie sprachen davon, was sie tun würde, wenn sie nach New York zurückkehrte, und was er für die nächste Zeit plante. Ironischerweise hatte sie den ganzen Abend das Gefühl, daß sich Boris zum erstenmal in ihrer Gegenwart wohl fühlte.

Anschließend machte er mit ihr eine letzte Runde durch »sein Paris«, begleitet von seinen Kommentaren über alles, was er sah, seine Gefühle angesichts der Gebäude, seinem Urteil über die verschiedenen Boutiquen, der Geschichte bestimmter, besonders hübscher Straßen. Sie landeten im verlassenen Innengarten des Palais Royal, das Katja scherzhaft nur als Richelieus Haus bezeichnet hatte. Doch Richelieu hatte es zwar ursprünglich erbaut, nach seinem Tod aber war Louis XIV. aus dem kalten, zugigen Louvre ausgezogen, um in diese weit wohnlichere Residenz umzusiedeln. Der Platz war so absolut schön und still, daß Katja das Gefühl hatte, in einer Freilichtkapelle zu stehen. »In diesen Räumen da drüben hat die Colette gelebt«, flüsterte ihr Boris vielsagend ins Ohr. Dann sah er sich in dem leeren

Raum um und wurde ärgerlich. Mit lauter Stimme, die von den Mauern widerhallte, verkündete er: »Nicht zu fassen! Diese blöden Franzosen! Sieh dir das an! Öde und leer! Die Pariser kümmert das einen Dreck, die marschieren einfach daran vorbei!« Er mimte einen hochnäsigen Fußgänger. Dann fuhr er herum und breitete die Arme aus, umfaßte mit einer Geste die Geschichte, die Eleganz, die Seele der Stadt Paris im achtzehnten Jahrhundert. »Aberrr iiist *fan-taas-tic*«, jubelte er.

So berauschend wirkten die Stille und die geheimnisvolle Atmosphäre, daß es Katja wenige kostbare Sekunden lang gelang, aus sich selbst herauszutreten und sich vorzustellen, wie der todkranke Molière in diesem Freilichttheater *Le Malade Imaginaire* aufführte. Viel später dann war die Colette gekommen, und Katja dachte, ich sehe dasselbe wie die Colette, wenn sie zum Fenster hinausblickte, um frische Luft zu schöpfen. Das ist es, was Paris ausmacht, dachte sie voller *chagrin*. Lebendige Geschichte, selbst erlebt für einen Blick, eine Berühung, einen Moment. Genau das war es, was sie während ihres Urlaubs hier vermißt hatte, nur um es jetzt, an ihrem letzten Abend, doch noch zu finden.

Sie gingen weiter durch Nebenstraßen in Richtung Métro, wie Katja glaubte. So überwältigt war sie von ihrer eigenen Verwirrung, daß sie wortlos die bittersüße Septemberluft genoß und schwieg.

»Siehst du die Frau da drüben?« fragte Boris.

»Welche?«

»Die Alte, die an der Hauswand lehnt.« Er zeigte hinüber.

»Ja.«

»Das ist die älteste Hure von Paris.«

»Nein!« Katja betrachtete sie näher. Himmel, die sah ja aus wie eine alte Pennerin aus New York! »Ich kann mir nicht vorstellen, daß irgendein Mann...« Während sie noch einmal hinsah, entdeckte sie, daß die Frau tatsächlich die Straße entlangschlenderte – ziellos und dennoch so beherrscht wie ein alter Hase in diesem Gewerbe.

»Aber es stimmt! In Paris gibt es für jeden etwas«, sagte Boris.

»Hier ist alles anders, weißt du?« Das klang sehnsüchtig. »Manche Männer gehen seit Jahren immer zur selben Prostituierten.«
Sie setzten ihren Weg fort, bis Katja merkte, daß immer mehr Mädchen die Straßen bevölkerten. Sie sah Boris mißtrauisch an. Er hatte sie in eins seiner bevorzugten Schlaflosigkeits-Viertel geschleppt, den Rotlicht-Bezirk Les Halles.
»Jedes *quartier* hat Straßen nur für diese Mädchen. Man braucht sein eigenes Arrondissement nie zu verlassen. Findest du nicht, daß das sehr zuvorkommend von den Franzosen ist?«
Er warnte sie, die Mädchen bloß anzusehen, aber nicht anzustarren. Dann zog er sie an sich und hielt sie sehr fest bei der Hand. »Das mögen sie nämlich nicht. Und außerdem mögen sie nicht, daß du hier bei mir bist, weil sie wissen, daß du sie neugierig betrachtest. Dabei tun sie nur ihren Job. Also sei nett zu ihnen.«
Sie merkte deutlich, daß Boris sich hier zu Hause fühlte; es bestand eine gewisse Affinität zwischen ihm und diesen hart arbeitenden Frauen, diesen edlen Seelen, wie er sie nannte. Sie dagegen war nervös. Wohin sollte sie blicken? Was sollte sie sagen? Aber eigentlich war sie auch erregt, denn dies war eine unbekannte Welt für sie. Normalerweise las man nur in Büchern von Rotlicht-Bezirken oder sah sie in alten Filmen. Keiner von den Männern, die sie kannte, war jemals zu einer Prostituierten gegangen, deswegen hatte sie auch niemals aus erster Hand etwas über sie erfahren. Und nun hatte sie plötzlich die Chance, eigene Erfahrungen zu sammeln, und war Boris dankbar dafür, daß er ihr Dinge zeigte, von denen sie sonst nie etwas zu sehen bekommen hätte.
Zu ihrem Erstaunen fand sie die Atmosphäre der Straße alles andere als bedrohlich, ganz und gar nicht so vulgär und anrüchig, wie sie es erwartet hatte. Im Gegenteil – sie kam ihr eher freundlich und angenehm vor. Die Mädchen waren superweiblich, und Katja hatte das Gefühl, in eine geheime Welt von Katzen eingetreten zu sein, die sich den Rücken an Laternenpfählen rieben und einfach zu zweit oder dritt in dunklen Hausein-

gängen hockten. Verlockender Rauch stieg von ihren Zigaretten empor, und überall hörte man das verführerische, melodiöse Summen weiblicher Stimmen, murmelnd, lachend, vertrauliche Bemerkungen austauschend, während Männer die Straße auf und ab schlenderten, um sich die Mädchen anzusehen, und die Mädchen ihre Blicke erwiderten. Wer sind diese Frauen? fragte sie sich. Kann es sein, daß sie so sind wie ich? Verwundert stellte sie fest, daß sie ein bißchen Bewunderung für sie empfand. Oder blitzte da tatsächlich eine Andeutung von Eifersucht durch, weil sie den Schlüssel zu ein paar Geheimnissen besaßen, die Katja offenbar verschlossen blieben? Genau das war's: Sie wußten etwas, das sie nicht wußte – aber was?

»Hier holst du dir mit Sicherheit keine Krankheit«, erklärte er ihr stolz. »Alles unter staatlicher Aufsicht. Viermal im Jahr gehen die Mädchen zum Arzt, um sich eine Spritze geben zu lassen; sie sind sehr sauber.«

Die Worte *Ein Spion im Haus der Liebe* gingen ihr durch den Kopf. Das war ein Buch von Anaïs Nin. Jawohl, genauso kam sie sich vor. Dann musterte sie Boris und überlegte, ob er schon mal zu einem von diesen Mädchen gegangen war. Sie versuchte es sich vorzustellen – doch nein, es wollte ihr nicht gelingen. Er war zu arm, und außerdem brauchte er bestimmt nicht für Sex zu bezahlen, er kriegte das alles absolut gratis. Ihr fiel auf, daß auch er fasziniert war von den Mädchen. Die Tatsache, daß Sex käuflich war, wo man ihn doch auch gratis kriegen konnte, machte die Sache irgendwie anders; aber wie, das vermochte sie nicht recht zu verstehen.

Sie begann die Männer auf der Straße zu beobachten, die gespannten, verunsicherten Mienen, mit denen sie ihre Auswahl unter den Frauen trafen. Sie hielt Ausschau nach einem Zeichen, vielleicht einem gewissen Zucken, wenn sie die richtige fanden, jene eine, die ihnen gefiel. Es schien eine Art Licht in ihren Augen aufzuflackern, ein sekundenschnelles Aufblitzen des Erkennens, das sich sehr schnell wieder in Gier und Angst vor Zurückweisung verwandelte, denn letztlich mußte, wie überall, der Mann auch hier die Initiative ergreifen. Hier war alles vertreten, was die Phantasie sich ausmalen konnte. Man konnte die Mädchen nach Kleidung, Alter und Größe wählen. Es gab Blondinen, Brünette, Rotschöpfe. Stand man auf lange Haare, kurze Haare oder etwa Perücken? Wie wär's mit einer jungen Lolita mit lächelndem Schmollmund und einer albernen roten Brille? Oder lieber ein mütterlicher Typ? Ein Schulmädchen mit Matrosenkleidchen und Zöpfen? Schlank? Oder ein eher rundliches Mädchen? Eine Dame mit Pudel an der Leine, ein Mädchen in Herrenanzug oder Schwesterntracht? Darüber hinaus gab es natürlich die üblichen Nuttentypen in engem Pullover und Minirock, in Cocktailkleid oder Strapsgürtel.

Katja beobachtete, wie ein paar Heranwachsende die Mädchen begafften und foppten. Sie erkannte sofort, daß sie das aus der Frustration der Unreife heraus taten und weil die Gegenwart einer so überwältigenden Weiblichkeit sie verlegen machte. Die Mädchen neckten sie gutmütig zurück und wollten sie möglichst schnell loswerden, weil sie nach echten Freiern mit Geld Ausschau halten mußten.

»Kleine Stifte«, sagte Boris.

»Was?«

»In Rußland nannten die Huren die Jungen kleine Stifte – wegen ihrer kleinen Schwänze. Komm her, kleiner Stift!« imitierte er eine russische Prostituierte und lachte bei der Erinnerung.

»Warst du auch ein kleiner Stift?« erkundigte sie sich und versuchte sich vorzustellen, wie Boris als kleiner Junge hinter den russischen Huren her war.

Katja entdeckte einen nett aussehenden Mann, der auf der Straße hin und her wanderte, bis er endlich ein Mädchen gefunden hatte und auf sie zutrat. Den genauen Wortlaut der Verhandlungen konnte sie nicht verstehen, aber es klang nach einem Austausch von Artigkeiten, Hallos, Lächeln, einem kleinen Flirt über das Wetter vielleicht, dazu möglicherweise ein leises »Wieviel?« hier, ein »Was willst du genau?« dort, bis der Handel in aller Höflichkeit abgeschlossen war. Das Mädchen winkte mit dem Kopf und fragte mit einem unglaublich lieben

Lächeln: *»On y va?«* So angenehm, ja kultiviert ging das zu! Dann schlenderten die beiden gemeinsam davon und wirkten dabei nicht anders als Katja und Boris, ein Mann und eine Frau zusammen auf der Straße, jeder die Gegenwart des anderen genießend. Auf einmal wurde Katja neidisch; sie wollte ihnen folgen, mit ihnen aufs Zimmer gehen und sie beobachten. Sie war überzeugt, daß die beiden ganz ungemein herrliche Dinge treiben würden – Dinge, die sie selbst vermutlich niemals zuvor gemacht hatte. Ach ja, dieses Mysterium, das alles umgab! Der Sex, den diese beiden genießen würden, war echter Sex, nicht kleine Spielchen um die Liebe; man gab einfach den natürlichen Trieben nach. Gewiß, die Liebe hatte auch ihren Platz, aber das hier nicht minder. Nur sahen es die meisten Menschen nicht so, sondern verfälschten den ursprünglichen Naturtrieb, umgaben ihn mit einem Zuckerguß aus süßlichem Gerede von Liebe. So war die Pille leichter zu schlucken.

Boris wandte sich ihr zu und musterte sie mit einem langen, durchdringenden Blick. Und während er tief in sie hineinzublicken schien, hatte sie den Eindruck, als würde sein so harter Ausdruck allmählich zärtlich. Sie fragte sich, wonach er suchte. Er streichelte ihre Hand, dann zwickte er sie so fest in die Wange, daß sie aufschrie und ihn zurückstieß.

»Such eine aus«, verlangte er.

»Wie bitte?«

»Such ein Mädchen aus«, wiederholte er kühl mit einer schwungvollen Handbewegung.

Katjas Herz hämmerte. Was ging hier vor? Jetzt wollte er nicht nur nicht mit ihr schlafen, sondern verlangte auch noch, daß sie ein Mädchen für ihn aussuchte! Voller Scham schüttelte sie den Kopf.

»*Live, baby! Just live!* Schalte deine Gedanken ab und leb einfach! Das ist ganz leicht«, behauptete er und küßte sie auf die Wange.

Seine Worte enthielten ein Körnchen Wahrheit, das wußte sie, aber sie war viel zu verwirrt, um zu erkennen, was sich hier abspielte. Sie kam sich manipuliert vor. Was war recht und was

war unrecht? Was hatte er vor? Sie versank in einer Art weißem Rauschen, das in ihren Ohren dröhnte.
Boris ergriff ihre Hand und ging mit ihr abermals die Straße entlang, langsam diesmal, und Katja betrachtete die Mädchen in einem ganz neuen Licht, mit der Vorstellung nämlich, sich tatsächlich eine auszusuchen. Na schön, dachte sie grimmig, dieses Spielchen kann ich auch mitspielen.
»Die da«, sagte sie schließlich und zeigte auf eine.
Er sah hinüber. »Okay. Du wartest hier.« Damit ging er auf das Mädchen zu. Sie schien etwa in ihrem eigenen Alter zu sein oder vielleicht ein paar Jahre älter, wirkte gesund, mit klaren blauen Augen und glänzendschwarzem Haar. Sie trug ein schwarzes Kleid, das sich perfekt um ihren Körper schmiegte, hochhackige Schuhe und schwarze Spitzenstrümpfe, die, wie Katja vermutete, von den unvermeidlichen Strapsen gehalten wurden. Sie wirkte wie eine Louise Brooks in Straßenmädchenaufmachung. Katja fragte sich, was an ihr so attraktiv auf sie gewirkt hatte. Vielleicht, weil sie so selbstsicher wirkte. Sie wirkte, wie Katja selbst gern gewirkt hätte: absolut gelassen und überlegen. Katja beobachtete, wie sie mit Boris plauderte. Dann deutete Boris auf Katja, das Mädchen blickte ebenfalls zu ihr herüber und nickte.
Er will sie bumsen, während ich zusehe. Oder vielleicht will er einen Dreier. Oder er will zusehen, wie es zwei Frauen miteinander treiben. Sie versuchte sich alle möglichen Kombinationen vorzustellen und merkte, wie wenig Ahnung sie von diesen Dingen hatte. Was also sollte es nun werden? Sie hoffte nur, daß sie sich nicht lächerlich machte.
Boris kam zu ihr, nahm sie bei der Hand und machte sie mit Chantal bekannt, die sie so freundlich und ruhig anlächelte, daß sie sich noch elender fühlte. Die Sache wird allmählich verrückt, dachte sie; manche Leute spielen Bridge, andere spielen Golf, und wir hier wollen Sexspielchen treiben. Trotz ihrer Angst verspürte sie jedoch auch eine erregende Neugier. War es nicht das, was sie sich gewünscht hatte? Wozu genau war sie überhaupt fähig? Welche verborgenen Regungen würde sie an diesem Abend in sich entdecken?

Chantal führte sie beide den Block entlang und um die Ecke bis zu einem unscheinbaren Gebäude, das aussah wie jedes andere Wohnhaus. Gut, dachte sie, wenigstens kein schmieriges Hotel. Das beruhigte sie ein wenig. Schweigend erklommen sie zwei Treppen, dann blieb Chantal vor einer Tür stehen und holte ihre Schlüssel hervor. Sie öffnete die Tür und bedeutete Katja einzutreten. Inzwischen war Katja aber ein nervöses Wrack; ihr Herz hämmerte, sie war dem Ersticken nahe und rang nach Luft. Als sie sich umwandte, sah sie Boris noch immer draußen im Korridor stehen.

»Ich warte unten auf dich«, erklärte er.

Der Augenblick erstarrte zu Eis. Verständnislos sah Katja ihn an. »Was?« krächzte sie, kaum in der Lage, ein Wort zu äußern.

»Du solltest im Leben alles mal ausprobieren, Baby, alles. Du kennst doch das alte Sprichwort: ›Ein Philosoph ist soviel wert wie zwei Perverse‹, nicht wahr? Versuch es zu genießen, Baby.« Damit wandte er sich zum Gehen.

Katja war sprachlos; sie kam sich vor, als hätte man sie geohrfeigt. Chantal hatte das kurze Gespräch beobachtet; während sie behutsam die Tür schloß, wurde ihr klar, daß Katja ahnungslos war. Katja starrte Chantal an – zunächst von Panik erfüllt und dann von Zorn. In diesem Zimmer würde sich überhaupt nichts abspielen! Dies war alles nur ein abscheulicher Scherz.

Möbliert war das Zimmer mit einem breiten Bett, einer Kommode und einem Polstersessel, in den sich Katja sinken ließ, um sich darüber klarzuwerden, was das alles bedeutete und was sie nun tun sollte. Chantal schaltete eine kleine Lampe ein, setzte sich aufs Bett und steckte sich eine Zigarette an. Beide wechselten kein Wort.

Katja versuchte sich zu beruhigen. Dieses Schwein! Ich werde jetzt hier sitzen bleiben, und nach einer Weile werde ich hinuntergehen und ihm erklären, es sei fantastisch gewesen. Nein! Ich werde augenblicklich gehen und ihn ohrfeigen, ihn prügeln! Nein, ich werde ganz einfach verschwinden und ihn nie wiedersehen. Sie lehnte den Kopf an; nach all dem Wein, den sie zum Diner getrunken hatte, war sie ein kleines bißchen be-

schwipst. Und vor Verwirrung vollkommen gelähmt. Worauf hatte sie sich da eingelassen? Warum tat er ihr das an?
Sie blickte zu Chantal hinüber, die gelassen auf dem Bett saß und in der aufreizenden Manier der Französinnen eine Zigarette rauchte. Langweilte sie sich? Sie wirkte unbekümmert und seltsam gütig. Katja seufzte. Na ja, die hat wohl schließlich alles gesehen, nicht wahr? Katja mußte sich über die Lage klarwerden, bevor sie dieses Zimmer verließ. Boris hatte in den gesamten zwei Wochen, die sie nun in Paris war, kein einziges Mal mit ihr geschlafen. Was wollte er ihr durch dieses Manöver sagen? Wie lautete die Botschaft, die dahintersteckte? Wollte er sie auf diese Weise nach New York zurückschicken? Sollte das eine Beleidigung sein? Machte er sich über sie lustig? So viele Fragen und keine Antwort. Sie hatte unerträgliche Kopfschmerzen.
»Vous avez un aspirin?« fragte Katja. Chantal nickte; sie ging zu einem kleinen Schränkchen über dem Waschbecken und holte eine Blechschachtel heraus, die sie mit einer Flasche Vittel zusammen zu Katja hinüberbrachte. *»Merci«,* sagte Katja und bediente sich.
»Möchtest du dich hinlegen?« erkundigte sich Chantal auf englisch mit bezauberndem Akzent.
»Ah, Sie müssen amerikanische Kunden gehabt haben! Ihr Englisch ist sehr gut.« Es widerstrebte Katja, sich auch nur in die Nähe des Bettes zu begeben, aber dann dachte sie sich, was soll's. Wenn sie diese Kopfschmerzen loswerden wollte, mußte sie sich unbedingt ausstrecken. »Vielen Dank, ja. Ich lege mich gern ein bißchen hin.«
Sie schloß die Augen, und sofort war Chantal mit einem kalten, nassen Waschlappen bei ihr, den sie ihr auf die Stirn legte. Ein wunderbares Gefühl!
»Wie alt sind Sie?«
»Siebenundzwanzig«, antwortete Chantal.
»Hmm«, sinnierte Katja. Die andere Frau wirkte älter. Das Leben auf der Straße ließ die Jahre anscheinend doppelt zählen.
»Du würdest dich bestimmt wohler fühlen, wenn du dich ausziehst«, schlug Chantal liebenswürdig vor.

»Hören Sie.« Katja richtete sich, den Waschlappen an die Stirn drückend, im Bett auf. »Sie sind sehr freundlich, aber ich will nichts von Ihnen. Ich will nicht, daß Sie mich berühren. Ich habe nicht den Wunsch, Sie zu berühren, und ich möchte nicht, daß Sie mich berühren. Ich bin keine – *comment dit-on en français?* – Lesbierin. Ich mag Männer. Wenn es Ihnen nichts ausmacht, möchte ich einfach hier liegenbleiben, bis meine Kopfschmerzen weg sind, und dann entscheiden, was ich will, okay?«

»Okay«, sagte Chantal. »Kein Problem.« Ein paar Minuten herrschte Stille, dann setzte sie sich Katja gegenüber aufs Bett. »Aber ich könnte dir wenigstens eine Kopfmassage machen, damit die Kopfschmerzen verschwinden. Du brauchst überhaupt nichts zu tun. Ich mache alles allein. Du brauchst dich nur zu entspannen.«

Katja überlegte. Sie liebte Massagen, war aber unsicher. Sie wollte diese Frau nicht in ihrer Nähe haben. Aber eine Massage konnte schließlich nicht schaden. Im Gegenteil, sie würde ihr guttun. »Na schön, okay«, gab sie widerwillig nach. Schließlich hatte die Frau Geld bekommen.

Chantal zog die Schuhe aus, kletterte über sie hinweg und bettete Katjas Kopf auf ihren Schoß. Katja spürte, wie sanfte Finger ihr Schläfen und Kopfhaut rieben. Gott, tat das gut, so berührt zu werden! Chantal hörte nicht auf, ihr Gesicht ganz langsam, mit kreisenden Bewegungen zu streicheln. Dann massierte sie ihr die Kopfhaut. O ja, Kopfhautmassagen waren die besten! Katja machte den Männern selbst gern Kopfhautmassagen; die waren immer ganz verrückt danach. Dieses ganze Erlebnis erinnerte sie an die Gesichtsbehandlungen zu Hause. Sie seufzte. Zu Hause. Sie fühlte sich umhegt und wohlig. Dann begannen Chantals Hände ihr Schultern und Hals zu streicheln. Überrascht merkte Katja, daß es ihr tatsächlich gelang, sich zu entspannen, und daß die Hände dieser fremden Frau sie in Erregung versetzten. Sie versuchte sich zusammenzunehmen, ihr eigener Widerstand erregte sie statt dessen jedoch nur um so mehr, und innerlich begann sie behaglich zu schnurren. Ihre

Gedanken drifteten ab. Ein Geschenk für mich. Dies ist ein Geschenk für mich. Einzig und allein für mich. Ich brauche überhaupt nichts zu tun.

»Würdest du mir gestatten, daß ich dir eine schöne Massage mache?« erkundigte sich Chantal mit weicher Stimme. Es war, als hätte sie gespürt, daß Katja nachgab.

Katja überlegte. Wenn dies schon so guttat, dann würde eine Massage sogar noch besser sein. Wider besseres Wissen nickte sie. Was passierte, wenn man einem Mann eine harmlose Massage anbot, war ihr bekannt. Na schön, aber ihr würde das hier nicht passieren. Das alles geschieht nur, weil Chantal es will, nicht ich, redete sie sich ein. Gleichzeitig aber war ihr klar, daß sie sich von diesen verbotenen, aber so süßen Berührungen verzaubern lassen wollte. Das ist es. Es könnte ein Spiel sein. Dann ist es okay. Vielleicht.

Katja richtete sich auf und begann sich zu entkleiden. »Warte, ich helfe dir«, sagte Chantal und half ihr aus den Kleidern. Dabei berührte sie sie mit aufreizend sanften Händen am ganzen Körper. So war sie noch nie entkleidet worden, nicht einmal von einem Mann. Wenn sie von einem Mann ausgezogen wurde, geschah das voll lüsterner Begierde. Dies dagegen wirkte weitaus verspielter und doch sexy, weil beide wußten, was unter den Kleidern war. Chantal bewunderte die verschiedenen Teile ihres Körpers, strich mit den Händen über jeden freigelegten Teil, freute sich daran, sagte ihr, wie schön sie sei.

Katja legte sich auf den Bauch und spürte, wie Chantals Hände, inzwischen angenehm glatt von parfümiertem Öl, geschickt über ihren Rücken glitten. Sie spürte, wie die Anspannung dieses Urlaubs ihren Körper verließ, während sie selbst in die intensivste Träumerei hinüberglitt, die sie jemals erlebt hatte. Sie tat einen langen, langsamen, tiefen Atemzug. Dies ist so wunderbar, daß es verboten sein müßte. Dann wurde ihr klar, daß es verboten *war.*

In ihrem verträumten Zustand dachte sie daran, daß sie noch niemals von einer Frau berührt worden war und nun, unter Chantals Händen, ihren Körper auf eine ganz neue Art erlebte.

Denn diese liebe, freundliche Frau zeigte ihr die Geheimnisse ihres eigenen Körpers, wies ihr neue Möglichkeiten des Verstehens. Katja versank in einem üppigen, wuchernden Dschungel von Gefühlen, die sie erstaunten. Nur eine Frau weiß genau, wie man eine andere Frau berühren muß, dachte sie. Die Berührung eines Mannes war erlernt; er genoß den Körper einer Frau von einer völlig anderen Warte aus.
Inzwischen hatte Chantal Katja auf den Rücken gedreht und massierte ihr Brüste und Bauch. Es war eine Party, ein Fest für ihren Körper. Sie schenkt mich mir selbst, sagte sich Katja, als Chantal an ihren Brüsten zu züngeln und sie hauchzart zu küssen begann. Sie saugte an ihnen – anfangs behutsam, dann jedoch fester. Sie schien das alles mit großem Vergnügen zu tun. Katja spürte, wie Chantals Finger in sie hineinglitten. Inzwischen hatte sie sich ganz diesem süßen, klebrigen Zustand intensivsten Glücksgefühls überlassen. Ich werde zum erstenmal im Leben verführt! Ihr ganzer Körper vibrierte in einem Maße, wie sie es nie für möglich gehalten hätte. Sie schwebte dahin wie ein schöner Vogel, getragen nur von diesen wundervollen Strömungen, die um sie herum- und schließlich in sie hinein- und durch sie hindurchzogen. Sie befand sich außerhalb ihres Körpers! Es war ein überirdisches Gefühl. Sie fühlte sich herrlich wild und schrie laut auf, als sie kam, verblüfft über den primitiven Laut, den sie ausstieß, lachend und weinend zur selben Zeit.
Sie trieb dahin wie eine leblose Puppe, während die Strömungen sie allmählich in ihren Körper auf dem Bett zurücktrugen. Sie hielt die Augen geschlossen; es war ihr egal, wo oder bei wem sie war, sie wußte nur, wenn Sex so sein konnte, wollte sie mehr davon. Katja erschrak über das eigene Verlangen. Sie fühlte sich zugleich gedemütigt und *high.* Aber die Demütigung erregte sie nur noch mehr. Sie brauchte nicht mit Worten um mehr zu bitten, es ging auch so: Da war eine sanfte Berührung an ihren Schamlippen, ein winziger Flirt mit dem Mund. Sie keuchte auf, als Chantal ihr das Leben aus dem Leib küßte, sie zu Reaktionen verführte, die ihr bisher unvorstellbar gewesen

waren. Chantal spielte auf ihr wie auf einem Instrument, wechselte die Tempi der Musik, brachte sie bis zu einer gewissen Höhe, um sie dann wieder herabzuholen, versetzte sie in einen solchen Zustand der Erregung, daß sie nur noch schreien konnte: Ja, ja, ja!

O Gott, ich bin lesbisch, dachte Katja, als sie eine Stunde später langsam die beiden Treppen hinunterstieg. Sie stieß die schwere Haustür auf und spürte die kühle Nachtluft auf dem Gesicht. Boris lehnte auf der anderen Straßenseite in einem Hauseingang und nickte, als sie auftauchte. Er kam zu ihr, nahm sie in die Arme und wiegte sie sanft vor und zurück.
»Na?« fragte er dann.
»Bin ich lesbisch?«
»Aber nein, Baby.« Er lächelte und hielt sie fest. »Du bist mein süßes, abgebrühtes amerikanisches Cookie.« Er küßte sie auf beide Wangen. »Und die sexyste Frau von der Welt.«
Zum letztenmal begleitete er sie zur Métro und wünschte ihr: »Schlaf gut.« Sie fühlte sich wie betäubt, als sie gehorsam nach Hause fuhr, in Montparnasse umstieg und schließlich am Trocadéro ankam, verwirrt wie immer, doch diesmal aus einer Anzahl völlig neuer Gründe. Jedesmal, wenn sie geglaubt hatte, den tiefsten Punkt der Verwirrung erreicht zu haben, fiel sie noch tiefer.

Am nächsten Morgen fühlte sie sich wie zwischen zwei Welten. Körperlich war sie noch in Paris, in Gedanken aber beschäftigte sie sich schon mit dem Leben, das sie am Abend in New York wiederaufnehmen würde. Sie stand früh auf und verzehrte ein letztes französisches Frühstück in ihrem Stammcafé, wo sie, während sie dem nachbarschaftlichen Klatsch lauschte, ihr letztes Croissant in ihren letzten, dicken *café crème* stippte. Katja lachte darüber, daß sie aus allem ein Melodram machte – jetzt fahre ich zum letztenmal mit der Métro, jetzt kaufe ich mir zum letztenmal die Zeitschrift *Marie Claire*... Insgeheim schalt sie sich, weil sie so sentimental war. Dann stieg sie zum letztenmal zu ihrer Wohnung hinauf, um auf Boris zu warten, der sie abholen wollte. Er verspätete sich, und sie machte sich Sorgen, ob sie noch rechtzeitig zum Flughafen kamen. Ungeduldig wanderte sie hin und her und ärgerte sich, daß sie nicht auf die Idee gekommen war, allein zum Flughafen zu fahren. Sie versuchte sich zu erinnern, wo man die spezielle Métro nehmen mußte, die zum Charles de Gaulle hinausfuhr.

Plötzlich ertönte der Summer, und statt auf ihn zu warten, schleppte sie ihr Gepäck allein hinunter. Boris war ärgerlich. Eine Stunde hatte er auf den Bus gewartet und dann schließlich ein Taxi genommen. Das brachte seinen ganzen Tagesablauf durcheinander und kostete ihn wertvolle Francs, die er im Grunde gar nicht hatte. Vor allem aber war er schlechter Laune, weil er jeden Abschied haßte: nichts als eine furchtbare Zeitverschwendung.

Als sie im Taxi Platz genommen hatten, wurde Katja auf einmal hysterisch, weil sie ihn verlassen mußte. Eine Woge von Panik brach über sie herein, und ihr wurde übel. Verdammt! Nachdem er sich ihr gegenüber so mies verhalten hatte, nach all ihren Erkenntnissen über seine Persönlichkeit – warum liefen ihr Tränen übers Gesicht?

»Mußt du jetzt schon damit anfangen«, nörgelte er, »wo wir gerade erst im Taxi sitzen?« Angewidert wandte er sich ab und ignorierte sie, indem er ein Gespräch mit dem Fahrer begann. Katja ergriff seine Hand, um zu sehen, ob er sie trösten würde, aber er dachte nicht daran. Schlaff ließ er seine Hand in der ihren liegen. Er hatte vollkommen abgeschaltet. Darüber mußte sie nur noch heftiger weinen.

Auf dem Bahnsteig warteten sie auf den Zug zum Flughafen, und als er kam, half er ihr mit dem Gepäck und erklärte sich bereit, ein paar Stationen weit mitzufahren, bis der Zug in Montparnasse hielt, wo er endgültig aussteigen würde.

»Keine Sorge, du hast noch viel Zeit, wenn der Zug ankommt. Der Bus vom *aéroport* wird auf dich warten, du brauchst dich also nicht zu beeilen. Das System ist voll auf Touristen eingestellt«, belehrte er sie. Dicke, heiße Tränen rollten ihr über die

Wangen. Wenn er sie nur in die Arme genommen hätte, bis sie lachte, oder sie an sich gedrückt und sie auf die Wangen geküßt hätte, wäre alles in Ordnung gewesen. Statt dessen schämte sie sich ihrer Tränen. Er hatte sie zu einem Nichts herabgewürdigt.

Als der Zug in den Montparnasse-Bahnhof einlief, erhob er sich. Katja blickte zu ihm auf und gleich wieder weg, weil sie sich ihrer geschwollenen Augen schämte. Er beugte sich herunter und küßte sie schnell auf beide Wangen und auf den Mund. »Ciao, Baby. Paß auf dich auf«, sagte er. An der Tür blickte er noch einen Sekundenbruchteil lang zu ihr zurück. In diesem Moment waren seine Augen eine Kamera, die ein letztes Souvenir, eine Schnappschuß-Erinnerung aufnahmen: Katja tränenüberströmt, in Reisekleidung, neben sich einen Berg von Gepäck. Als sie aufblickte, entdeckte sie Klarheit und Intensität in seinen Augen. Jetzt verstand sie, warum er Abschiede *»mini morts«* nannte. Dann wandte er sich ab und verschwand. Sie sah ihn vom Zug abspringen und sofort in der Menge verschwinden.

Während der Zug den Bahnhof verließ, strömten ihre Tränen noch heftiger. Für die wenigen Franzosen im Zug, die fröhlich in den Urlaub oder zum Flughafen fuhren, um heimkehrende Verwandte abzuholen, mußte sie ein rührender Anblick sein. Was hatten sie da soeben mit angesehen? Eine verliebte Frau, die ihren Geliebten verließ.

Inzwischen aber weinte Katja aus einem ganz anderen Grund. Weil sie verloren war, weil sie verloren hatte. Sie war so allein, wie sie immer gewesen war; nur daß sie es jetzt deutlich erkannte.

NEW YORK

Frank liebt Bloomingdale's

Frank saß in Jo Annes Wohnung auf der Couch und dachte über die Frage nach, die sie ihm gestellt hatte.
»Was ist in dich gefahren, Frank?« Mit den Händen in den Hüften stand sie vor ihm. »Während du darüber nachdenkst, gehe ich ins Badezimmer.« Unter Kopfschütteln und tadelndem Zungeschnalzen fegte sie hinaus.
Er wollte nicht darüber nachdenken. Er fühlte sich durchaus wohl, vielen Dank. Und er wollte nicht wie ein kleiner, ungezogener Junge behandelt werden, nur weil er heute die Arbeit geschwänzt hatte und lieber bei Bloomingdale's einkaufen gegangen war. Gib mir doch mal eine Chance, dachte er und rieb mit der Handfläche über die Armlehne der Couch. Er hatte wirklich zum allerersten mal geschwänzt, seit er nach New York gekommen war. Er war doch sonst immer so fleißig!
Er lehnte sich in die Couch zurück, um diese ganz neue Erfahrung zu genießen. Mein Gott, dieser Laden war reinstes New York, war Showbusineß, war Jazz, war ein Fix in den Arm, gut für alles, was einen plagte. Er war vermutlich der letzte Mensch in der Stadt, der dieses Vergnügen entdeckte, genau wie er der letzte Mensch auf Erden war, der Michael Jacksons Album *Thriller* kaufte. Einer seiner Patienten hatte nebenbei bemerkt, daß es das meistverkaufte Album aller Zeiten sei, und er dachte, na ja, wenn es so populär ist, sollte ich's mir wohl ebenfalls kaufen. Also ging er zu Tower Records und entdeckte einen punkigen Verkäufer.
»Äh, entschuldigen Sie bitte. Haben Sie das Album *Thriller?*

Von Michael Jackson.« An der Miene des Verkäufers erkannte er, daß seine Frage ungefähr so wirkte, als wäre er zu einem Zeitungsstand in New York City gegangen und hätte sich erkundigt, ob sie die *New York Times* führten.
Ah, Bloomingdale's! Er hatte sich von der freudigen Erregung mitreißen lassen, das war alles. Statt an jenem Morgen ins Krankenhaus zu fahren, war er einfach ausgerissen. Kleine Fische. Während die Subway nach Downtown klicketi-klack machte, hatte er das Gefühl, sein Leben gleite klicketi-klack an ihm vorbei. Mit säuerlicher Miene strömten die Menschen zu den Wagentüren hinein und hinaus, und als er an die ausgefahrenen Gleise dachte, in denen sie spurten, und das Gleis, in das er eingezwängt war, wurde sein Mund trocken. Ich kann's einfach nicht, heute. Warum muß ich ständig sämtliche Regeln einhalten? Warum muß ich ständig so brav sein? Warum kann ich nicht auch mal rebellieren, wie es ganz normale Menschen tun? Bin ich etwa nicht normal? Verdienen Analytiker nicht auch gelegentlich einen »Tag der mentalen Gesundheit«? Er lachte. Das hatte Katja erfunden. Jedesmal, wenn sie das Gefühl hatte, sich in ihrer Routine festgefahren zu haben, erklärte sie einen Tag zum »Tag der mentalen Gesundheit«. Dann rief sie im Büro an und sagte: »Hi, ich bin krank. Krank und müde.« Das war der Tag, an dem sie sich aus dem Kerker des Büros befreite und auf die Straße ging, um das Leben aus anderen Blickwinkeln und zu anderen Zeiten zu sehen, herumzustöbern und sich wieder lebendig zu fühlen. Darin war sie eisern. Später erzählte sie ihm mit großer Genugtuung von ihren Eskapaden.
Er stieg aus dem Zug und rief im Krankenhaus an. Und hatte überhaupt keine Gewissensbisse, als er der Stationsschwester, die sich meldete, kurzerhand erklärte, er werde heute nicht kommen. Später, allein auf einem Bürgersteig, wo es von Menschen wimmelte, die zu ihrer Arbeit eilten, überlegte er, was er mit seinem freien Tag anfangen sollte. Er mußte kichern, so frei fühlte er sich, entlassen aus dem Gefängnis seines Lebens. Verblüfft war er darüber, daß schon so wenig genügte, nur ein einziger, kleiner, freier Tag, um ihn so überglücklich zu machen. Du

mußt noch viel lernen, Frank, alter Junge. Er kaufte sich ein Exemplar der *Village Voice,* setzte sich in ein griechisches Café, bestellte sich eine Tasse Kaffee mit einem Kleie-Muffin und beobachtete das Leben um ihn herum. Erst als eine elegante Dame mit einer von »Bloomie's Big Brown Bags« hereinkam, hatte er die brillante Idee, den Vormittag dort zu verbringen.

Während er durchs Erdgeschoß schlenderte, dachte er sich: Das also spielt sich hier tagtäglich ab, während ich im Krankenhaus sitze und nervöse Jungärzte hinsichtlich ihrer Patienten berate. Er wurde von modisch gekleideten Frauen herumgestoßen, die mit unglaublicher Zielsicherheit durch die Etagen steuerten. Wer sind diese Frauen? Warum arbeiten sie nicht? Mit wem sind sie verheiratet, und woher haben sie so viel Geld? Lieben sie ihr Leben? Einige waren interessant, die meisten aber hatten einen leeren Blick in den Augen, trugen viel zuviel Make-up und hatten diese gußeisernen Frisuren, die ungeheuer selbstbewußt wirkten. »Ich trage chic gestyltes Haar«, verkündeten ihre Köpfe. Alles an ihnen war zu perfekt, nichts blieb der Fantasie oder gar dem Zufall überlassen. Sie rochen nach Parfüm. Das mußte die New Yorkerin sein, die Katja mit abfälligem Ton in »Neue Amazone« umgetauft hatte.

Er wanderte durch die Kosmetikabteilung, wo sie mit so ernsten Mienen Make-up einkauften, daß er stehenbleiben und zusehen mußte. Sie schienen genau zu wissen, was sie wollten – das sah man daran, wie sie Lippenstifttöne verglichen, sich Farben auf den Handrücken schmierten und dann die Hände ans Licht hoben. Sie betupften sich die Lider mit verschiedenen Farben und bewegten den Kopf hin und her, während sie in den Spiegel schauten und sich für eine Farbe zu entscheiden suchten. Hatten diese Frauen nichts Besseres zu tun? Wie konnte man eine Frau auch nur küssen, die sich mit soviel Farbe bekleistert hatte? Er sah zu, wie die Verkäuferinnen den Damen in überzeugendem Ton verschiedene Cremes und Lotions empfahlen, und merkte, daß die Kundinnen ihre Worte wie ein Evangelium aufnahmen.

Dem Zug der Frauen folgend, fuhr er mit einer Rolltreppe nach oben. Sie schienen alle im zweiten Stock auszusteigen, wo er in eine Straße von Boutiquen kam, die jede den Namen eines anderen Designers trug. Er dachte sich, wie kompliziert es doch sei, eine Frau zu sein und die verschiedenen Stilrichtungen der Designer auseinanderhalten zu müssen. Wollte sie eine Anne-Klein-Frau sein oder eine Calvin-Klein-Frau? Was aber, wenn sie sich an diesem Tag Ralph-Laurenisch fühlte, am nächsten aber Chanelisch? Genau wie unten im Erdgeschoß schienen die Frauen wie Brieftauben alle genau zu wissen, wohin sie wollten. Weiter vorn besprühte eine Verkäuferin die Kundinnen im Vorbeigehen mit Parfüm. Er beobachtete, wie das Mädchen den Namen des Parfüms nannte und den Zerstäuber zum Sprühen gezückt hielt, wie dann die Frau entweder nickte und ihr das Handgelenk hinhielt oder sie einfach ignorierte und an ihr vorbeischritt.

Als er sie erreichte, streckte sie ihm weder den Zerstäuber entgegen, noch nannte sie ihm den Namen des Parfüms. Er blieb stehen und hob das Handgelenk. »Kann ich bitte auch was haben?«

»Selbstverständlich, Sir, aber es ist für Damen.«

»Das ist schon okay.« Damit reckte er sein Handgelenk in ihre Richtung und lächelte breit. Sie erwiderte das Lächeln und besprühte ihn.

»Wie heißt das?« fragte er sie und hob das Handgelenk an seine Nase. Er schloß die Augen und roch Rosen. Rosen und was noch? Das Wort Träume kam ihm in den Sinn.

»Das ist ein neues Parfüm, gerade erst in den Staaten eingetroffen. Paris, von Yves St. Laurent. Wir haben ein Sonderangebot heute. Sehen Sie diesen Schirm? Bei jedem Artikel aus dieser Duftserie, die Sie kaufen, bekommen Sie den für nur siebzehn fünfzig.« Sie ließ den rosa-schwarz geblümten Sonnenschirm herumwirbeln, damit er ihn gebührend bewundern konnte.

Paris. Natürlich. Kein Wunder, daß es vertraut duftete; das hatte Katja das ganze Jahr über getragen. Sie hatte es bei ihrer ersten Cognac/Boris-Reise in Paris gekauft. Ausführlich hatte sie Frank erklärt, wie Yves das Wesen von Paris in diesem neuen

Parfüm eingefangen hatte und daß die City total berauscht davon war. Sie roch es an praktisch jeder Frau, die vorüberstökkelte. »Ein neues Parfüm ist in Frankreich ein großes Ereignis«, hatte sie ihm gegenüber geprahlt.
Er dachte daran, daß er Katjas Parfüm nur roch, wenn er aufstand, um ihr die Tür zu öffnen und sie an ihm vorbeiging. Es war eine Art Abschiedsgeste, die sagte: »Wer – ich?« So sollte man Parfüm an einer Frau riechen... nur wenn man nah genug an sie herankam. Er mochte es nicht, wenn ein Parfüm die Dame bereits ankündigte, bevor sie überhaupt den Raum betrat. Nein, nein, Parfüm sollte ein sehr intimer Duft sein.
Die Verkäuferin wurde ungeduldig; sie wartete darauf, daß er sich entweder zum Kauf entschloß oder weiterging.
»Okay, ich nehme eins. Und auch den Schirm«, erklärte er. Sie traten an die Theke, wo sie ihm die verschieden großen Flaschen und Sprays zeigte, Parfüm, Eau de Parfum oder Eau de Toilette. Wieder neue Entscheidungen. Jo Anne wird begeistert sein, dachte er, als er mit seiner American-Express-Karte bezahlte. Er bat die Verkäuferin, ihm ein Antragsformular für eine Kreditkarte von Bloomingdale's zu geben, das sie in seine Tragtasche tat. Gut, jetzt habe ich also auch eine Tragtasche, dachte er, als er davonging. Es war ein Vormittag voller Überraschungen.
Er schlenderte weiter und kam zu einer Gruppe von Dekorationspuppen, die Morgenmäntel aus Seide trugen. Diese Boutique nannte sich »Intimitäten«. Seide, Spitze, kurze Teddys, Leggings, Nachtroben aus reiner Seide, extravagante Spitzennachthemden, Slips, Bustiers, Bodystockings. Er dachte sich, daß die Bräuche der Gesellschaft eben doch so strukturiert waren, daß Frauen sich ermutigt fühlten, diese akzeptablen Sexualfetische schön zu finden. Wenn man es recht betrachtete, gab es nämlich eigentlich keinen Unterschied zwischen einer Lederpeitsche und einem sexy Seidenunterröckchen. Er befingerte ein schwarzes Seidenneglígé und sah nach dem Preis. Dreihundertfünfundsiebzig Dollar – nur um darin zu schlafen? O Mann! Und der dazu passende Morgenmantel kostete sechs-

hundert? Er trat einen Schritt zurück. Dies war schwerwiegend.
»Kann ich Ihnen helfen?« Er wandte sich um. Eine freundliche ältere Verkäuferin war zu ihm herübergekommen.
»Ach ja. Ich suche etwas für meine Freundin.«
»Hatten Sie an etwas Bestimmtes gedacht?«
Er antwortete, er wisse nicht recht, aber vielleicht hätte sie gern so einen Morgenmantel. Im Geiste ließ er die Liste seiner Patientinnen abspulen, um sich zu vergewissern, daß sie um diese Zeit alle arbeiteten, in ihren Büros hockten, und sagte sich dann, die Chance, daß eine von ihnen den Dienst schwänzte und sich ebenfalls in der Wäscheabteilung von Bloomingdale's aufhielt, sei gering. Dann fragte er sich, ob die Tatsache, daß ein Mann Dessous für seine Freundin kaufte, im Grunde bedeutete, daß er etwas für sich selber kaufte? Ach was, lächerlich! Er wünschte, er hätte seine Gedanken abschalten können. Er machte sich einen Knoten ins Hirn, um später noch einmal auf dieses Thema zurückzukommen, vorerst aber vermochte er mit dem Gedanken an einen Morgenmantel zu leben. Schließlich trugen alle Morgenmäntel.
Er entschied sich für einen königsblauen Seidenkimono. Ein Satz von Katja fiel ihm ein: Sie hatte ihren Kimono als etwas beschrieben, »das man überwirft, um darin in der Wohnung rumzulaufen«. Während er ihr damals gegenübergesessen hatte, fragte er sich, wer, zum Teufel, in New York eine Wohnung hatte, die groß genug war, um darin »rumzulaufen«. Immerhin, die Vorstellung war verlockend. Und als hätte Katja seine Gedanken gelesen, ergänzte sie, die luftig flatternde Seide vermittle ihr das Gefühl zu laufen, auch wenn sie es in Wirklichkeit gar nicht tat. Wenn Jo Anne einen solchen Kimono besaß – würde sie auch darin herumlaufen? *Taille unique,* stand auf dem Anhänger, für alle Größen.
»Kimonos sind das einzig Wahre«, hatte Katja in ihrer gewohnten, keinen Widerspruch duldenden Art erklärt. Er lachte. Keiner seiner anderen Patienten hätte mit einem so ernsten Gesicht dasitzen und einen so faszinierenden Monolog über Bademän-

tel liefern können. Sie schien immer mit sich selber zu reden.
»Ach ja, und vielleicht ein karamelfarbener Viyella-Hausmantel für bitterkalte Winternächte, wenn man seine Freunde auf dem Land besucht und mit ihnen am Kamin sitzt.«
»Und heißen Kakao oder Kamillentee trinkt«, ergänzte Frank.
»Wie bitte?«
»Ach, nichts«, gab er zurück und hoffte, daß sie den Sarkasmus in seinem Ton überhört hatte.
Wieder holte er seine American-Express-Karte hervor und sah zu, wie die Verkäuferin den Kimono in Seidenpapier einschlug. Wenn er eine Schachtel wolle, erklärte sie ihm, müsse er zur Verpackungstheke gleich um die Ecke gehen.
Er verließ die Wäscheabteilung und ging den Mittelgang mit den Boutiquen rechts und links entlang. Er staunte noch immer darüber, daß eine Frau ständig so viele Entscheidungen treffen mußte. Jeder einzelne Aspekt ihrer Garderobe war eine Gelegenheit zur freien Wahl, zu Stil, zu einer Aussage. Er kam an einer Handtaschenabteilung vorbei. Tagestaschen, Abendtaschen, Unterarmtaschen, Sacktaschen, Beutel, Schultertaschen, juwelenbesetzte Taschen, *minaudières,* Taschen aus Steppleder, Strukturleder. Dann Hüte. Regenhüte, Sonnenhüte, Cocktailhüte, Pelzhüte, Winterhüte, Baretts, Halstücher, quadratisch, viereckig, Seide, Wolle, *challais,* Mohair. Schmuck! Er betrachtete die glitzernden Perlen, Halsketten, Broschen, Ohrringe, Armbänder, Anhänger, Stecker, Kreolen, Haarspangen, Haarbänder. Dann Schuhe, Strümpfe, Mäntel! Wie kriegten die das alles zusammen? Alles wirkte so verlockend und schien ihm zuzurufen: »Kauf mich, kauf mich, wenn du mich nicht besitzt, wirst du nicht glücklich werden, nur ich kann dein Leben perfekt machen, ich bin nur eine winzige Kleinigkeit, aber du wirst dich großartig fühlen und fabelhaft aussehen!«
Drei Stunden später verließ er das Kaufhaus – schwer beladen mit drei Tragtaschen. Es wurde Zeit, daß Jo Anne aufhörte, ihre ewigen Cordhosen zu tragen! Er hatte beobachtet, was andere Frauen wählten und anprobierten, und traf dann mit Hilfe von Informationen, die Katja ihm gegeben hatte, schließlich seine Wahl.

Er winkte einem Taxi, hievte die Tragtaschen hinein und stieg dann selbst ein. Mehr als zufrieden ließ er sich, in dem Bewußtsein, daß er an diesem, seinem ganz persönlichen Arbeitsschwänztag, sein Leben wahrhaft aufgefrischt hatte, nach Uptown fahren. In der Praxis angekommen, verstaute er alles in einem Wandschrank und sah auf die Uhr. Gut, bis zu den Nachmittagspatienten blieben ihm noch mehrere köstliche Stunden für sich allein. Er stellte den Wecker und streckte sich für einen schönen, langen Mittagsschlaf auf seiner Couch aus. Mittagsschläfchen waren auch so ein gestohlenes Vergnügen. Später fiel ihm auf, wie gut er seinen Patienten zuhörte; er hatte das Gefühl, ihre Informationen mit einem ganz neuen Strahlen in den Augen aufzunehmen. Um halb acht wartete er nach dem letzten Patienten eine angemessene Weile und ging dann mit seinen Einkaufstaschen zu Jo Annes Wohnung hinüber.

Unten drückte er auf die Klingel, und sie ließ ihn ein, ohne zu fragen, wer da sei. Darüber mußte er auch mal mit ihr reden; sie mußte sich unbedingt angewöhnen, sich über die Sprechanlage zu erkundigen, wer dort war, denn in dieser Stadt war man nie sicher. Als er mit dem Lift hinauffuhr, wirkte die angenehme Erregung dieses Tages noch in ihm nach. Welch eine Freude er ihr in wenigen Sekunden bereiten würde! Als er an ihrer Wohnungstür klingelte, konnte er ein siegesgewisses Lächeln nicht unterdrücken.

Als sie ihm öffnete, verzog sie das Gesicht. »Ich kann mir einfach nicht vorstellen, daß du bei Bloomingdale's in den Kleiderständern wühlst«, lautete ihre Begrüßung, als sie beiseite trat, um ihn hereinzulassen.

Er erschrak über ihre bissige Laune. »Warum mußt du immer so negativ sein? Die meisten Frauen würden sich freuen, wenn ein Mann ihnen Geschenke bringt.« Er weigerte sich, seiner Begeisterung einen Dämpfer aufsetzen zu lassen. »Außerdem hat es mir unheimlich Spaß gemacht, für dich einzukaufen.«

»Ach ja? Dann soll ich jetzt anscheinend sagen: ›O Frank, das wäre doch nicht nötig gewesen‹ – wie?« lästerte sie.

»Na schön, aber ich hab's getan. Also komm und sieh dir alles an.«

Er erzählte ihr von seinen Erlebnissen, und wie kompliziert das alles für eine Frau sein müsse. Eins nach dem anderen nahm sie die Kleidungsstücke aus den Tragtaschen und hielt sie mit den Fingerspitzen empor, als seien sie irgendwie giftig. Sie konnte sich nicht vorstellen, auch nur eines davon zu tragen.
»Ach komm, Jo Anne, das ist es ja gerade! Dafür war dieser Tag doch gedacht. Für mich. Und für dich. Probier sie an!« bettelte er.
»Okay«, lenkte sie ergebenen Tones ein.
»Und bitte ein bißchen Begeisterung!« verlangte er.
Sie hob ein schwarzes japanisches Top empor, aus dessen Form sie nicht klug wurde. »Wo sind denn die Ärmellöcher in diesem Ding?« Sie drehte und wendete es und versuchte zu ergründen, wo oben und wo unten war.
»Warte, das geht so. Die Verkäuferin hat's mir gezeigt. Siehst du? Es sieht nach gar nichts aus, bis du es anziehst! Du weißt schon, wie die formlosen Fummel, die auf dem Kleiderbügel wie ein Lumpen aussehen – aber dann!« Er zupfte es an ihr zurecht, bis er das Gefühl hatte, daß es richtig saß; dann trat er einen Schritt zurück, um sein Werk zu bewundern. Jo Anne betrachtete sich im Spiegel, während er immer weiterplapperte.
»Dreh dich um, Jo Anne, laß mich mal sehen«, bat er sie munter. »Dies ist das Basisstück, um das herum du dir eine ganze Garderobe aufbauen kannst.«
Sie sah ihn an, als sei er ein Kind, das ein paar schmutzige Wörter gelernt hatte, die auf den Gehsteig gekritzelt waren. »Ich weiß nicht...« entgegnete sie und drehte sich langsam. »Na ja, interessant ist es schon, das muß ich sagen. Aber bevor wir weitermachen – laß uns was zu essen bestellen. Chinesisch. Ich komme um vor Hunger, und wenn wir so weitermachen wollen, brauche ich unbedingt eine Stärkung.« Sie kramte in der Schublade des Telefontischchens, bis sie die Speisekarte gefunden hatte. »Hier, such du dir was aus und bestell mir bitte ein *mu shu.*«
Als das Essen eintraf, besserte sich ihre Laune ein wenig, und sie stellte das Fernsehen an. Dabei war sie wirklich glücklich,

wenn sie vor dem Bildschirm hocken und chinesische Gerichte essen konnte. Mit »Dallas« als Hintergrundgeräusch probierte sie alle anderen Sachen an, führte sie ihm vor und beratschlagte mit ihm, wann sie ein solches Stück je tragen könnte. Erst nachdem »Dallas« vorüber und auch ein Stück von »Falcon Crest« über den Bildschirm geflimmert war, wandte sie sich zu ihm um und fragte ihn: »Was ist in dich gefahren, Frank?«

Aus dem Badezimmer zurückgekehrt, setzte sie sich neben ihn auf die Couch. Er sah sie an. Die Kleider hatten sie überhaupt nicht verändert. Sie war immer noch Jo Anne. Jo Anne, im Kimono und nach Paris duftend.

»Also«, begann sie. »Sprich mit mir.«

»Ich... habe dir nichts zu sagen.«

»Na schön, dann fange ich eben an. Ich habe das Gefühl, daß du mit mir nicht mehr glücklich bist – so wie ich bin. Du willst, daß ich jemand bin, der ich nicht bin. Die Frage ist nur, wer? Und wichtiger noch, warum?«

Er vermochte nicht zu antworten. Da er still sitzen blieb, sprach sie langsam weiter. Sie schien nach ihren Gedanken zu tasten. »Du legst alle Charakteristiken eines Mannes an den Tag, der vor Liebe sein Innerstes nach außen kehrt – bloß daß irgend etwas völlig falsch ist.« Sie trommelte mit den Fingern auf ihrem Arm und setzte nachdenklich hinzu: »Bloß daß nicht ich es bin, die du liebst.«

Frank starrte bedrückt vor sich hin. In diesem Moment war ihm unendlich elend zumute. Seufzend fuhr er sich mit den Händen durchs Haar. Eine ungeheure Woge der Traurigkeit schlug über ihm zusammen, und er mußte sich große Mühe geben, die Tränen zurückzuhalten. Was sollte das alles?

Sie hatte recht. Sein Herz schmerzte furchtbar. Irgendwie war da ein Hunger in ihm, von dem er fürchtete, daß er niemals gestillt werden würde. Ein grauenhaftes Gefühl! Er fühlte sich vernichtet und bloßgestellt, wund und zerschlagen. Er fühlte sich verwundet und dennoch gleichzeitig lebendig und vital. Sein Kopf war sowohl klar als auch wirr, es war zugleich schmerzhaft und wundervoll. So hatte er sich gefühlt, wenn er als Junge

seinem Hund tief in die Augen blickte: auf eine profunde Art mit ihm verbunden und dennoch leidend unter der Erkenntnis, daß er ihm niemals näherkommen konnte, weil er ein Junge war und sein Hund eben ein Hund.
»Ich habe ein gebrochenes Herz«, erklärte er und wirkte ebenso erstaunt über seine Worte wie sie. Er wußte nicht, was sie bedeuteten, aber sie schienen genau den Punkt zu treffen. Nur, wer hatte ihm das Herz gebrochen? Mit Sicherheit nicht Jo Anne. Er hatte eher das Gefühl, sich selbst das Herz gebrochen zu haben. Katja? Er brachte es nicht fertig, es auszusprechen, ja nicht einmal daran zu denken.
»Katja«, sagte sie und setzte sich dann auf die Couch gegenüber, als wolle sie nicht in seiner Nähe sein.
Er konnte nicht glauben, was da mit ihm geschah oder vielmehr, was da mit ihm geschehen war. »Ich habe mich verliebt. Ich liebe.« Er sagte es ganz langsam, formte die Worte, wie sie ihm in den Sinn kamen. »Es ist mit mir geschehen. Ich wollte es nicht. Und obwohl es in dieser Situation unrecht sein müßte – wie kann Liebe unrecht sein? Liebe ist heilig. Liebe ist kostbar.« Verstört schüttelte er den Kopf. »O Gott, ich kann's nicht glauben, daß ich es bin, der so was sagt!« Er verlor sich in seinen Gedanken.
Nach ein paar Minuten fuhr er verträumten Tones fort: »Ich bin ein Versager. Ich habe Katja im Stich gelassen. Die ganze Zeit habe ich mich bemüht, so anständig und korrekt zu sein, und statt dessen habe ich als Arzt vollkommen versagt. Ich habe einen Patienten im Stich gelassen! Aber wie kann man es als Versagen bezeichnen, daß man einen Menschen liebt? Was ich für sie empfinde, erscheint mir so völlig normal!« Er seufzte.
»Es ist die pure Ironie«, sagte er. »Da sitzt sie in meiner Praxis und redet über ihre Versuche, die Liebe zu finden, fragt mich, wo all die Männer sind, und ich sitze ihr direkt gegenüber! Am liebsten würde ich sagen: ›Ich bin's, hier vor dir. Wie wär's mit mir?‹« Er barg das Gesicht in beiden Händen. »Eine Tragikomödie, das ist es. Einer von Gottes schmutzigen Tricks. Mr. Right sitzt Miss Right genau gegenüber, aber sie konnten zusammen nicht kommen.«

Er musterte Jo Anne, die ihm gegenübersaß. Und er erkannte, welch ein Nervenstreß dies für sie war. Das überraschte ihn, weil es darauf schließen ließ, daß sie etwas für ihn empfand. Das hatte er sich oft gefragt. Sie schürzte die Lippen.
»Wie kommst du darauf, daß sie Miss Right ist? Hast du mal an Konter-Transfer gedacht? Daß sie sich in ihre Vorstellung von dir verliebt hat und du dich in deine Vorstellung von ihr?« Sie versuchte einen neutralen Ton anzuschlagen. »Glaubst du wirklich, ihr würdet zueinander passen?«
»Ich weiß es nicht«, seufzte er und rang die Hände. »Wie trennt man eine Frau von ihren Eigenschaften? Wie trennt man Fakten von Fantasie?« Das Fernsehen plapperte immer noch. Er wollte nicht mehr reden, es war zu beängstigend. »Ich glaube, ich sollte jetzt gehen«, erklärte er unvermittelt.
»Ja. Das halte ich auch für eine gute Idee«, stimmte Jo Anne leise zu.
Als er im Lift hinunterfuhr, beschloß er, Jo Anne nicht mehr zu sehen, bis er sich über einige Fakten seines Lebens klargeworden war. Aber wo anfangen? Sie hatte ein paar interessante Punkte aufs Tapet gebracht, doch er vermochte nicht alles in den Griff zu kriegen. Wie konnte er sich anmaßen, anderen Menschen zu helfen, solange er sich selber noch nicht gefunden hatte? Langsam wanderte er im Nieselregen nach Hause zurück, wo er eine ganze Stunde im Sessel saß und ins Dunkel starrte. Nichts dämmerte ihm; sein Verstand war wie vernagelt. Er dachte an Katja und fragte sich, wie ihr es in Paris wohl ergehen mochte. Wie würde es sein, wenn er sie diese Woche wiedersah? Der Gedanke an sie machte ihn nervös und erregt. Wie sollte er sich verhalten? O ja, es würde schwierig werden. Vielleicht sollte er aufgeben... Diese trüben Gedanken benebelten ihn so sehr, daß ihm klar wurde, daß er alles erst mal auf sich beruhen lassen mußte. Aber er konnte nicht schlafen gehen, er war zu aufgedreht. Plötzlich kam ihm die Idee, es könnte das Joggen sein, was ihm gefehlt hatte. Seit dem College war er nicht mehr gelaufen! Er kramte im Wandschrank und fand seine alten Nikes. Ziemlich alt und verstaubt, aber sie würden noch gehen.

Er zog die Sweatpants an und startete zu einem Versuchslauf die Columbus Avenue entlang, weil es im Park um diese Zeit zu gefährlich war.

Die Columbus Avenue wirkte wie eine elektrisch beleuchtete Geburtstagstorte, als er an den Boutiquen mit ihren bunten Neonlichtern vorbeitrabte, die im weichen Septemberregen glitzerten. Die Straße war eine einzige große Party. Er beobachtete die Hand in Hand spazierenden Pärchen, die an ihren Eistüten leckten. Das war es, was er sich wünschte! Er wollte mit seiner Freundin Rollschuh laufen und den Straßenhändlern, die ihre Waren entlang dem Gehsteig auf Decken ausgebreitet hatten, törichte Dinge abkaufen. Am Wochenende wollte er in Restaurants mit der Werbung »Soviel Champagner und Bloody Marys, wie Sie verkraften können« zum Lunch gehen oder an einem klaren Nachmittag mit einer Flasche Wein in den Central Park ziehen und sie auf einer Decke im Gras liegend leeren. Beim Laufen stellte er eine lange Liste auf und fühlte sich einfach dadurch, daß er sich das alles eingestand, schon sehr viel besser. Außerdem tat es ihm gut, wieder einmal die Muskeln zu strecken.

Als er nach Hause kam, duschte er und schlüpfte in seinen ausgefransten Bademantel. Aus Gewohnheit und aus irgendeiner Unruhe heraus checkte er seinen Anrufbeantworter in der Praxis, bevor er zu Bett ging. Er holte den Anrufbeantworter-Piepser aus dem Aktenkoffer, wählte seine Nummer und wartete mit Notizblock und gezücktem Bleistift. Er hörte, wie sich das Band aufspulte, stoppte die Zeit und schätzte, daß es drei Anrufe waren. Eine Terminverlegung für nächste Woche. Ein Kollege, der um eine Patientenüberweisung bat. Dann Katja.

»Hi.« Mehr sagte sie erst mal nicht.

Er erkannte ihre Stimme sofort. Gott sei Dank, sie war heil und gesund zurück! Nun kam eine lange Pause. Irgend etwas stimmte nicht.

»Hier ist Katja.« Wieder eine Pause. »Na ja, ich bin aus Paris zurück...«

Ungefähr dreißig Sekunden verstrichen. Ein Seufzer. Er spürte

Aufregung und Verwirrung in ihrem Schweigen. »Hören Sie, ich kann das einfach nicht weitermachen. Die Therapie, meine ich.« Ihre Worte flossen in Zeitlupe dahin.

Ein tiefer Atemzug. Er spürte, wie sie ihre Gedanken durchforschte. »Ich bin ausgebrannt. Ich kann's nicht ertragen, mit jemandem zusammenzusein, den ich liebe... und nicht wiedergeliebt zu werden. Zuerst Sie. Dann Boris. Aber jetzt ist Schluß. Ich habe genug. Sie haben mir sehr geholfen. Trotzdem wird alles immer konfuser anstatt klarer. Wenn ich von einer Sitzung mit Ihnen komme, fühle ich mich schlechter als vorher, und das halte ich nicht für richtig.« Pause.

»Sie etwa? Also... werde ich nicht mehr zu Ihnen kommen. Ende.« Sie räusperte sich. »Vielen Dank für alles.«

Die längste Pause. »Leben Sie wohl.«

Ein paar Tage später piepte sein Piepser im Krankenhaus während der Morgenvisite mit den Assistenzärzten. Als er die Vermittlung anrief, hörte er zu seiner Verwunderung, daß es Jo Anne war, die ihn bitten ließ, sie zurückzurufen. Er wählte sofort ihre Nummer und erwartete, ihren Anrufbeantworter zu hören, aber sie nahm tatsächlich selber ab.

Und sie verschwendete keine Zeit. »Laß uns verreisen, Frank. Du und ich. Ich glaube, wir brauchen beide mal einen Tapetenwechsel, und ich bin gern dazu bereit.«

Er wußte nicht, was er sagen sollte.

»Also, was meinst du?« fragte sie ihn.

»Aber es ist doch erst September...« Er stotterte vor Überraschung über seine eigenen Worte.

»Na schön, dann warten wir eben bis... April. Sieben Monate. Hervorragend.«

Ihre Stimme klang so eindringlich, wie er es noch nie an ihr erlebt hatte. Er war verblüfft über ihr Angebot, da sie doch niemals ihre Wohnung, geschweige denn die Stadt verließ. Aber es schien eine interessante Idee zu sein. An einem neuen, einem ihnen beiden fremden Ort würden sie ihr Verhältnis neu definieren und erkennen, ob noch etwas da war, zwischen ihnen. Jo

Anne verstand es doch immer wieder, ihn mit etwas Großartigem zu überraschen.
»Na, was meinst du – wie klingt April in Paris in deinen Ohren?« fragte sie ihn.
»Paris?«
»Na ja. Ich war noch nie in Paris... und du warst nur einmal kurz vor vielen Jahren da. Vor zu vielen Jahren. Jeder Mensch sollte Paris kennenlernen, findest du nicht?«
Er schwieg.
»Frank?«
»Na ja, ich weiß nicht recht... Paris...«
Jo Anne beachtete ihn nicht und plauderte weiter: »Jedenfalls können wir zusammen reisen und die französische Küche genießen, und Käse essen und Wein trinken... Einfach herrlich wird das werden!«
»Laß mir ein bißchen Zeit zum Nachdenken«, bat er. »Ein paar Monate.« Sie lachten beide.
An diesem Nachmittag machte er auf dem Rückweg vom Krankenhaus bei Val's Travel halt und erkundigte sich nach Prospekten über Paris. Dann ging er zu Shakespeare and Co. und kaufte sich einen Michelin Green Guide sowie *The Food Lover's Guide to Paris.* Für alle Fälle.

Katja liebt sich selbst

Als Katja am späten Freitagabend in New York eintraf, beschloß sie, Boris zu vergessen. Aber es würde ihr nicht leichtfallen. Sie wußte, daß es schrecklich klang, und selbst nach allem, was sie durchgemacht hatte, verblaßte die Vorstellung von amerikanischen Männern und New York City neben dem Gedanken an Boris und Paris. Aber es wurde Zeit, daß sie der Realität ins

Auge sah. Der Mann liebte sie nicht. Der Mann war nicht einmal nett zu ihr. Sie betrat ihre Wohnung und stellte ihr Gepäck mit einem etwas zaghaften Gefühl völlig neuer Selbständigkeit ab. Boo, die Katze, tänzelte auf sie zu, um zu erkunden, wer sie war. Boris hätte den nonchalanten Schwanzschlag interpretiert als: »Na, du Miststück? Du warst ohne mich in Paris!« Katja nahm sie auf den Arm und streichelte sie heftig. »Hat Onkel Clint dich auch gut versorgt?« turtelte sie.

Erst während sie auspackte und die saubere von der schmutzigen Wäsche trennte, wanderten ihre Gedanken zu Frank. Nachdem sie sich eben erst von Boris befreit hatte, war jetzt vielleicht der richtige Augenblick, auch den anderen Problemmann in ihrem Leben loszuwerden. Ganz von vorn anzufangen. Und das bedeutete, Frank mußte verschwinden!

Es war seltsam, denn bis zu diesem Moment hätte sich Katja ein Leben ohne Frank nicht vorstellen können. Obwohl ihr Verhältnis zu ihm eine recht qualvolle Angelegenheit war, glaubte sie, daß ihrer beider Schicksal bis ans Ende ihres Lebens miteinander verbunden war. Jawohl, sie würden zusammen alt werden; er würde auf ewig Zeuge ihres Lebens bleiben. Gelegentlich hatte sie sich vorzustellen versucht, sich von ihm zu trennen, hatte es aber nicht geschafft. Schon bei dem Gedanken an eine Trennung stiegen ihr Tränen in die Augen.

Also war sie selbst erstaunt, als sie den Telefonhörer nahm und die Nummer seiner Praxis wählte. Aufmerksam lauschte sie seiner Stimme, die ihr erklärte, er könne ihren Anruf im Moment nicht entgegennehmen, sie möge aber beim Pfeifton bitte eine Nachricht hinterlassen. Dann legte sie auf. Bist du ganz sicher, daß du dies tun willst? fragte sie sich. Nervös lief sie im Wohnzimmer auf und ab. Sie ging unter die Dusche. Sie ging in die Küche und machte sich Tee.

Jawohl. Irgend etwas lief mit ihrer Therapie furchtbar schief. Nichts, aber auch gar nichts wurde klarer durch sie. Katja kam sich vor wie eine kleine Maus, die hektisch in einer Tretmühle strampelt. Es war zum Fürchten. Wenn sie Frank aufgab – bedeutete das, daß sie ein Versager war?

Aber sie war ausgebrannt von all den Männern und der Konfusion. Sie wollte eine Zeitlang in einer sterilen Leere leben und Kopf und Herz läutern. Genug mit den vielen Fragen, dem ständigen Analysieren! Vielleicht traf sie an der nächsten Ecke einen neuen Therapeuten und konnte endlich begreifen, was diese ganze Zeit mit ihr geschehen war, vorerst aber brauchte sie eine Pause. Sie hörte Boris' Stimme in ihr widerhallen: *»Live, baby! Just live!«* Das war's, sie würde aufhören zu denken und endlich anfangen zu *fühlen.* Und vor allem würde sie versuchen, sich selbst zu lieben. Sie lächelte bedrückt. Sie hatte eine Wendung um hundertachtzig Grad vollzogen. Sie *wollte* keinen Mann mehr in ihrem Leben!
Ihr Herz pochte, als sie abermals seine Nummer wählte und mit klarer, doch ruhiger Stimme ihre Nachricht auf das Band sprach, um den Hörer dann sanft wieder auf die Gabel zurückzulegen.

Am ersten Bürotag nach ihrer Rückkehr drängten sich alle Kollegen um sie. »Wie war's in Paris?« wollten sie wissen. »Fabelhaft!« sprudelte sie mit strahlendem Lächeln hervor. Gegen Ende des Tages vermochte sie nur noch ein schwaches »Interessant...« hervorzustoßen, begleitet von einem leichten Anheben der Brauen, von dem sie hoffte, es wirke dekadent und sinnlich. Sie wollte die ganze Angelegenheit so schnell wie möglich abhaken und vergessen und schwor sich, von nun an nur noch ein Ziel zu verfolgen: die Suche nach einem Mann in New York – nein, lieber in Manhattan, noch besser auf der East Side, vielleicht sogar in ihrem Block oder ihrem Apartmenthaus. Schluß mit dieser ganzen Übersee-Scheiße! Was nützte ihr die Liebe, wenn er nicht unmittelbar hier bei ihr war, warm an ihrer Seite lag und mitten in der Nacht nach ihr griff?
Mechanisch, schwer wie ein nasser Sack, schleppte sie sich durch die folgenden Wochen. Die Wunde, die man ihr geschlagen hatte, war tief, ein Schnitt ins Herz, der bei jedem Atemzug schmerzte. Sie brachte es gerade noch fertig, am Morgen aufzustehen und sich dem Leben zu stellen. Als sie sogar zu schwach

war, um zu erwägen, ob sie den Kopf in den Backofen stecken sollte, wußte sie, daß sie wirklich schlimm dran war. Also beschloß sie, vorläufig sämtliche Gedanken und Gefühle ad acta zu legen. Fürs erste mußte es genügen, wenn sie mechanisch weiterlebte. Die Zeit würde ein übriges tun und sie heilen. Katja konzentrierte sich darauf, an jedem Morgen aufzustehen und energisch ins Büro zu gehen. Und so losgelöst von allem anderen war sie, daß ihre Werbekonzepte absolut fantastisch ausfielen. Planters Honey Roasted Nuts. Cabbage Patch Kids. Oil of Olaz. Befreit von dem Zwang, sich in jedes Produkt zu verlieben, über das sie schreiben mußte, blühte sie auf. Ihr neuester Kunde war Seventeen, dessen Werbezeile passenderweise lautete: »Da, wo das Girl aufhört und die Frau beginnt.«

Der Rest des Altweibersommers ging zum Glück in einen herrlich frischen Herbst über. Diese Jahreszeit in New York war wie eine brillante Werbe-Idee. Die City war ein einziges Klischee; es lag eine Erregung in der Luft, die rasch um sich griff, und die gesellschaftliche Saison warf ihre Schatten voraus. Alle Schaufenster waren voll von den neuesten Pullovern, ohne die man nicht leben konnte. Die Menschen gingen tatsächlich mit einem gewissen federnden Schritt, und es herrschte die Bittersüße kürzer werdender Tage. Katja schmückte ihre Wohnung mit orangeroten und rostbraunen Chrysanthemen und ging in Dutchess County zum Äpfelpflücken. Sie machte Apfeltaschen, Apfeltorte, Apfelbutter und Apfelmus. Sie strickte sich einen neuen Pullover, las Kriminalromane, und auf einmal war Thanksgiving da.

Katja beschloß, den Tag diesmal bei sich in der Wohnung zu feiern. Sie wollte nicht zu ihren Eltern nach Hause fahren und die Rolle der unverheirateten Tochter spielen; sie wollte Herrin in ihrem eigenen Haus sein. Also interpretierte sie den Tag als »einen uramerikanischen Tag der Exzesse, der Danksagung gewidmet« und lud ein paar Freunde ein, die entweder freiwillig oder tatsächlich Waisen waren. »Hiermit beginne ich eine Tradition«, erklärte sie ihnen. »Katjas *salon des réfusés.*« Und sie versicherte ihnen, daß ihr Thanksgiving-Salon in den kommenden Jahren zum heißesten Tip der Stadt werden würde. Tatsächlich entwickelte sich das Ganze zu einer geistreichen, brillanten Party, nach Katjas Meinung ein großartiger Beweis für die Tatsache, daß es immer die interessantesten Menschen waren, die an solchen Tagen nicht wußten, wohin.

Der Morgen begann damit, daß sie allein den Puter füllte und in den Backofen schob, um dann quer durch den Central Park zu marschieren und für Macy's Thanksgiving-Parade ihren angestammten Platz am Central Park West, direkt gegenüber dem Dakota-Haus, einzunehmen. Als sie bis auf die Knochen durchgefroren war, nahm sie den Crosstown-Bus zu ihrer Wohnung, die inzwischen vom Duft des bratenden Truthahns erfüllt war. Ein paar Stunden später betraten ihre Freunde ein Herbstparadies voller Schalen mit Nüssen, blank polierten Äpfeln, frischen Kumquats und Persimonen. Es gab Platten mit winzigen Preiselbeer- und Kürbistorteletts und Vasen mit Bittersweet-Zweigen. Zu trinken gab es Beaujolais Primeur. Ein paar alte TV-Filme lockten einige Gäste ins Schlafzimmer, während andere die freundlichen Gespräche zu vieler Köche in der Küche vorzogen. Das Dankgebet bei Tisch wurde von einem Dichter übernommen, der ein von Katja extra für diesen Tag verfaßtes Gedicht verlas. Natürlich gab es auch Truthahn für Boo und am Ende des Tages in Wachspapier gewickelte Reste, die ihre Gäste mitnehmen konnten, denn für Katja gehörte es zum Thanksgiving-Tag, daß man vor dem Zubettgehen ein Putersandwich aus Weißbrot mit Mayo und ein Glas Milch zu sich nahm. Nach dem Essen wurde Katja gebeten, etwas auf dem Klavier zu spielen, und sie genoß es über die Maßen, ihre Gäste mit einer eigenen Darbietung in ihrem *salon musical* zu erfreuen. Es war so ungeheuer provinziell; und alle fühlten sich wie bei Tschechow.

Dann war plötzlich Weihnachten, und das bedeutete *chez* Katja ein paar wundervolle Wochen der Ehrfurcht und der Wunder. Geduldig wanderte sie durch die Straßen auf der Suche nach dem perfekten, dicht gewachsenen Baum, um ihn mit vielen kleinen weißen Lichtern und dem Baumschmuck zu dekorieren, den sie im Laufe der Jahre von Freunden bekommen hatte.

Als sie zurücktrat, um das Werk ihrer Hände zu bewundern, wurde ihr klar, daß dieser Baum eine Chronik ihres Lebens darstellte. Sie setzte eine Familie von Teddybären darunter, die dort recht zufrieden saßen und die leicht zerknitterten Päckchen bewachten, an denen Boo immer wieder mit Nase und Pfoten herumspielte. In jedem Zimmer standen weiße Kerzen, und auf der Anrichte waren mit Rum getränkte Plumpuddings aufgereiht. Luciano Pavarotti sang *»O Holy Night«,* Bing Crosby schmalzte *»White Christmas«.* Was die Weihnachtsmusik betraf, so war sie sich nie ganz sicher, denn manche Gäste wurden davon euphorisch, andere dagegen deprimiert. Schließlich spielte sie sie doch, laut und kräftig. Katja schrieb in sentimentaler Stimmung Weihnachtskarten und trank Glühwein zu den Klängen des *Messias.* Der Heilige Abend war für sie etwas sehr Feierliches, denn sie hielt ihn für die heiligste Nacht des ganzen Jahres. Ein einfaches, doch elegantes Dinner und ein Spaziergang durch die eisige Nachtluft zur Mitternachtsmesse – das war Weihnachten für sie. Als am Weihnachtsmorgen Eltern und Großmutter zu Besuch kamen, tischte sie einen festlichen Brunch mit extravaganten Delikatessen auf, die sie einige Tage zuvor bei Balducci's eingekauft hatte. Nach einem Spaziergang die Madison Avenue hinab und die Fifth Avenue hinauf, um die Straßen- und Schaufensterdekorationen zu bewundern, servierte sie ein einfaches Spätnachmittags-Buffet aus gekochtem Schinken, Makkaroni und Käse. Es waren für alle ein paar schöne Stunden.

Den Silvesterabend verbrachte sie allein. Dieser Festtag hatte sie nie so nervös gemacht wie die meisten unverheirateten Frauen, die sie kannte; die liefen schon Tage zuvor zähneknirschend herum und behaupteten voller Entschlossenheit: »Ich werde ihn *nicht* allein verbringen!« Für diese Frauen war es das Eingeständnis absoluten Versagens, wenn sie den Silvesterabend allein verbringen mußten, und sie wären lieber gestorben. Aber Katja hielt ihn von jeher für einen aufgezwungenen Feiertag und machte kein großes Theater darum. Es war ein diktierter Neubeginn, während man doch an jedem beliebigen Tag des Jahres die Möglichkeit hatte, von vorn anzufangen. Sie begrüßte das neue Jahr in meditativer Stimmung, die sie für die neue Richtung, die sie ihrem Leben zu geben gedachte, angemessen fand. Sie zündete in der ganzen Wohnung Kerzen an und blieb lange auf, um P. D. James zu lesen. Um Mitternacht »soupierte« sie Rührei mit Kaviar, begleitet von einem Fläschchen erstklassigen Champagner. Am Neujahrstag stand sie früh auf und machte, während ganz New York schlief, einen erfrischenden Spaziergang durch den Central Park.

Nach all diesem Feiertagsgeglitzer am Ende des Jahres genoß Katja die klare, weiß gefrorene Weite des Januars. Statt deprimiert zu sein, freute sie sich auf den tiefen Winter. Es war eine Zeit erfrischender Kargheit und vor allem in diesem Jahr die perfekte Ergänzung zu ihrem empfindlichen Seelenzustand. Es war eine Zeit der Introspektion, des Sichverkriechens, des Suppekochens und Schmökerns in guten Büchern. Mit der Gleichmäßigkeit eines Metronoms schlurfte sie durch den häßlichen Eismatsch zur Arbeit und wieder nach Hause.

Sie nahm nicht mehr an Kunden-Lunches teil, sondern ging in den Pool der NYU und kehrte anschließend mit dem ruhigen, leicht verschleierten Blick der Schwimmer in ihr Büro zurück. Sie ging gern schwimmen; es war eine geschmeidigere Form des Fitneß-Trainings. Allmählich begann sie den neuen Körper zu bewundern, der aus dieser Schinderei entstand, die sanften und doch kraftvollen Formen, die spielenden Muskeln ihrer wohlgeformten Arme und ihres Rückens. Schwimmen wurde eins mit ihr. Tatsächlich war sie in der Fantasie immer wieder einmal mit einem Delphin oder einem Seehund geschwommen, hatte sich an einem dieser verspielten, aalglatten Tiere festgehalten, um mit ihm unter Wasser dahinzugleiten. Sie liebte Geschichten über die Freundlichkeit der Delphine, die ertrinkende Seeleute retteten und an Land brachten. Ach, könnte man sich doch am frühen Morgen, wenn die Sonne den Dunst wegbrannte, auf den Klippen von Big Sur mit den Heulern tummeln! Ein Leben als Meerjungfrau hatte seine Vorteile – man wurde superschön und spielte ständig mit den Delphinen herum.

Der pedantische Frank hätte diese lyrischste und wunderbarste aller Fantasien natürlich als Wunsch ausgelegt, sich den größten und köstlichsten aller Penisse der Welt zu schnappen. Wenn sie in den Zoo ging, zog es sie immer zum Robbenbecken, so fasziniert war sie von den eleganten schwarzen Seehunden, die auf den High-Tech-Terrassen ihrer von Menschenhand gestalteten Wohnbecken sonnenbadeten. Geduldig wartete sie, bis sie sich entschlossen, in den Pool zu springen, und beobachtete glücklich, wie sie durchs Wasser glitten, sich in voller Fahrt herumwarfen, tauchten und geschickt übereinander hinweg sprangen. So stark war ihr Bedürfnis, sich zu ihnen zu gesellen, daß sie die Finger ums Geländer krampfen mußte, weil sie sonst möglicherweise dem Mann neben ihr mit einem entschuldigenden Lächeln ihre Tasche in die Hand gedrückt hätte und ins Wasser gesprungen wäre, um sich mit den Burschen zu tummeln.

Statt dessen ging sie allein zum Schwimmen. Bevor sie jedoch ins Becken stieg, setzte sie sich für eine schöne, lange Schwitzrunde in die Sauna. Die meisten Frauen in der Sporthalle gingen nach dem Schwimmen in die Sauna, Kate aber machte es umgekehrt. Sie ging vorher hinein, sozusagen als Belohnung dafür, daß sie es überhaupt bis hierher geschafft hatte, ließ sich von der Wärme die Muskeln entspannen und streckte sie gründlich, bevor sie ins eiskalte Wasser sprang und wie der Teufel drauflosschwamm, um warm zu werden. Am liebsten hatte sie den winzigen Tannenholzraum für sich allein. Die Welt versank in diesem glutheißen Licht, während sie nackt und tropfnaß dasaß und in der Hitze vor sich hin schmorte. Die Sauna erregte sie; sie kitzelte die feinsten Enden ihrer Sinnesnerven wach und gab ihr das Gefühl, katzenhaft geschmeidig zu sein. Sie schnurrte zufrieden und kam sich vor wie eine absolut einmalige Frau. Besonders ihren Körper genoß sie dort, wenn sie mit den Händen über ihre schwitzenden, glänzenden Kurven strich. Zu oft jedoch wurde ihre erotische Trance durch jammernde und stöhnende Frauen gestört, die in diesen geheiligten Tempel der Weiblichkeit eindrangen und völlig unsinniges Zeug schwatzten.

Wenn sie die Augen öffnete und die anderen weiblichen Gestalten in dem winzigen Raum verteilt liegen sah, wirkte diese versammelte Weiblichkeit grotesk auf sie, statt ihre eigene Attraktivität um das Fünffache zu steigern. Nein, sie zog es vor, sich ihren Körper allein vorzustellen, eine einzelne, sonnensüße Birne, die den Durst des Mannes stillen würde, den es verlangte hineinzubeißen und der von diesem Biß so wild wurde, daß er sie mit Stumpf und Stiel verschlang. Statt dessen fühlte sie sich hier in der Sauna, wo ihr Körper zu grotesken Umrissen, zu Hängebrüsten, Wurstbeinen, schlappen Hinterteilen vervielfacht wurde, abgewertet und gewöhnlich, wie eine von den zahllosen Vasen auf einem Regal im Lagerraum von Pottery Barn's. Während sie die Frauen beobachtete, versuchte sie sich vorzustellen, wie sie Sex betrieben, und war sofort von Abscheu erfüllt. Sie wirkten unersättlich gierig und häßlich in diesem matten gelben Licht. Sie haßte es, wenn Weiblichkeit sich so gedankenlos exponierte; es war aufdringlich und übertrieben. Die Männer hatten guten Grund, sich vor den Frauen zu fürchten.

In diesem Zustand der Ungnade stürzte sie sich ins eiskalte Wasser, um sich die hitzige Erregung auszutreiben, in die sie sich hineingesteigert hatte. Als sie an diesem weißen Januartag in einem ausholenden Rhythmus dahinschwamm, den sie noch meilenweit durchhalten konnte, stiegen zwei Erkenntnisse ungebeten in ihrem leeren, meditierenden Verstand auf. Plötzlich begriff sie den inneren Zusammenhang, der zwischen den beiden unvollkommenen Männern ihrer jüngsten Vergangenheit herrschte. Mit Frank bestand eine intime und emotional-erotische Verbindung, die in perfekter Weise durch die hochgeschaukelte, »echt« physische (ha!) Verbindung mit Boris ergänzt wurde. Jeder Mann bot ihr einen Teil des Ganzen und forderte sie auf, den fehlenden Rest bei einem anderen zu suchen. Sie war für – nein, sie hatte sich selbst für einen Mißerfolg in einer unmöglichen Situation vorprogrammiert: Frank würde ihr niemals seinen Körper geben und Boris niemals seine Seele. Inzwischen wollte sie aber alles in *einem* Mann, und diese Erkenntnis führte zu einer zweiten: der traurigen Tatsache, daß sie ausschließlich im Kopf gelebt hatte statt in der Realität. Sie war der schädlichen, lähmenden Macht weiblicher Fantasien erlegen.

Sie kletterte aus dem Becken und ging langsam und benommen zum Umkleideraum – soviel unerwartete Klarheit, nachdem sie monatelang überhaupt nicht durchgeblickt hatte! Sie setzte sich auf die Bank, suchte Trost in der Geschäftigkeit ringsum. Spindtüren wurden zugeschlagen, Duschen rauschten, Haare wurden getrocknet, die Luft war erfüllt vom süßen Duft der Talkumpuder, vermischt mit all den verschiedenen Parfüms, die auf Handgelenke, Busen und Hälse gesprüht und getupft wurden. Die Frauen befanden sich in den verschiedenen Stadien von naß und trocken, angekleidet und ausgezogen.

Zum erstenmal entdeckte sie, daß die Frauen nicht einfach vor ihren Spinden standen und sich anzogen. O nein, sie machten eine Riesenshow daraus: Ankleiden als Ritual weiblichen Narzißmus. Sie fand es faszinierend und erschütternd. Jede Frau steckte ihr persönliches Territorium vor dem Spiegel ab und starrte sich an wie hypnotisiert, untersuchte buchstäblich jeden Zoll ihres Körpers, hob an, rückte zurecht, kniff, beugte, strich mit den Händen, begutachtete die Verrenkungen ihres Körpers und deren Wirkung, wenn sie ein Kleidungsstück nach dem anderen überzog. Es war ein Corps de ballet mit Drehungen und Wendungen, begleitet von wahrhaft lächerlichem Posieren und Grimassieren. Katja empfand nur noch Verachtung für sie.

Ganz in der Nähe zog sich eine Frau mit langen blonden Haaren an. Sie schlüpfte in einen Halbunterrock, den sie immer wieder über den Hüften glattstrich. Dann drehte sie sich um die eigene Achse. Wie wirkt er von hier, von dort, von der Seite und von hinten? Sie versuchte den Bauch einzuziehen. Sie hob die Arme über den Kopf und streckte sich, um ihren Torso besser betrachten zu können. Aber selbst das genügte noch nicht. Sie stieg auf die Bank, damit auch ihre Knie zu sehen waren, und sprang wieder hinab. Nun musterte sie die Wirkung ihrer nackten Brüste über dem Halbunterrock. Sie warf ihr langes Haar nach vorn und betrachtete sich, dann hielt sie es hoch auf den Kopf, um anschließend einen Pferdeschwanz auszuprobieren. Schließlich zog sie einen BH an und studierte ihre Brüste abermals von allen Seiten.

Jede Frau im Umkleideraum begriff ihren Körper intuitiv als Fetisch und war völlig in eine persönliche Fantasie vertieft, wenn sie sich anstarrte. Katja beobachtete, wie jede einzelne durch dieses Ritual ihre ganz persönliche Art von Sexualität verriet, bzw. die kleinen Neurosen, die sie bezüglich ihres Körpers hatte. Da gab es Titten-Ladies und Bein-Ladies, Spitzenhöschen-Ladies und Minislip-Ladies, schamhafte und protzende Ladies. Eine gab es, die war so selbstgefällig, daß sie sich wohl für das Kostbarste hielt, was es auf der Welt gab. Die Frauen, die sich in ihrem Körper nicht wohl fühlten, waren mühelos zu identifizieren.

Erst als sie ihnen in die Gesichter sah, wurde ihr klar, daß nur sehr wenige Frauen wirklich in sich »zu Hause« waren; in den Augen der anderen schien deutlich das Schild »abwesend« aufzuleuchten. All diese leeren Gesichter, die sich im Spiegel anstarrten; jede Frau eine Gefangene der eigenen Phantasie, des eigenen Mißverständnisses, jede sich ankleidend für einen wirklichen und imaginären Mann mit kritischem Blick, der jede Rundung, jede Falte, jedes überflüssige Gramm entdeckte. In ihren Gedanken modellierten sie ihren Körper nach der eigenen Vorstellung einer perfekten Figur.

Sie betrachtete diese Frauen, die alle mal »Daddys kleines Mädchen« gewesen waren, und fragte sich, an welchem Punkt ihres Lebens sie aufgehört hatten, Daddys kleines Mädchen zu sein. Dieser Punkt trat bei jeder Frau zu einer anderen Zeit ein, nachdem sie bis dahin immer nur versucht hatten, Daddy zuliebe ein braves Mädchen zu sein. (»Bist du Daddys kleines Mädchen?«, und aufquietschend vor Glück warf sich Katja in Daddys Arme.) Glücklich das Mädchen, dem es in der High-School passierte, sobald ihr klar wurde, daß sie nicht mehr Daddys kleines Mädchen sein würde, wenn sie den süßen Bengel da drüben küßte, daß sie es aber nichtsdestoweniger tun mußte. Sie setzt Daddy den Stuhl vor die Tür und wird eine Frau.

Es gab Frauen, die erst heiraten mußten, um sich erwachsen zu fühlen. Für andere wiederum kam dieser Punkt erst, wenn sie schwanger waren. Denn dann bestand nun wirklich kein Zweifel daran, daß sie nicht mehr Daddys kleines Mädchen waren. Katja fand jedoch, daß die meisten Frauen nie aufhörten, Daddys kleines Mädchen zu sein: Sie wanderten in ihrem dumpfen, infantilen Zustand vom Vater zum Ehemann und wollten immer nur Freude bereiten.
Unvermittelt stand sie auf und ging in den dampfenden Brauseraum. Sie blieb lange unter dem strömenden Wasser stehen und ließ sich reinigen wie bei einer Taufe. Heute war ein neues Ich geboren worden. Als sie zu ihrem Spind zurückkehrte, um sich anzukleiden, gingen ihr weitere Fragen im Kopf herum. Wo habe *ich* dann meinen Platz? Wie sieht die Sexualität einer alleinstehenden Frau in den Dreißigern aus? Hmmm... man würde sie entweder für lesbisch halten oder für ein armes, geiles, unvollständiges Wesen, mit dem man Mitleid haben mußte. Oder für eine, die darauf aus war, anderen Frauen den unverstandenen Ehemann zu stehlen. Aber es waren die Männer, die zu *ihr* kamen; sie stahl sie nicht. Angeblich war der Sex, den sie als alleinstehende Frau ausstrahlte, mehr sexy, weil es purer Sex war, nicht an Bindungen geknüpft, an Verantwortung oder Bring-bitte-den-Mülleimer-runter-Liebling. Aber sie wußte es besser. Es war ein *Catch-as-catch-can*-Sex, Sex im Vorübergehen, ungesetzlich, mitzunehmen, wann immer er des Weges kam. Eine so unausgewogene Diät konnte nicht gut bekommen. Dadurch erhob sich eine andere Frage. Warum wurde Sexualität und Begehren von der Gesellschaft bei einem Mann als ganz normal und attraktiv betrachtet, bei einer Frau aber irgendwie gierig und abstoßend? Dem Mann wurde sein lüsternes Verhalten nachgesehen, weil es schließlich nur in seiner »Natur« lag, während sich eine Frau, die sich nach der Nähe eines menschlichen Körpers sehnte, unnatürlich verhielt.
Während Katja sich gedankenverloren vor ihrem Spind ankleidete, versuchte sie ein paar neue Lebensregeln für sich aufzustellen. Als sie sich bückte, um ihre Socken aufzuheben, und

dabei hochblickte, entdeckte sie, daß die Frau vor dem Nachbarspind sie anstarrte. Sie wandte sich ab, fing aus den Augenwinkeln aber sofort den Blick einer anderen Frau auf, und einer dritten, die sich vornüberbeugte, um ihre Haare zu bürsten, und sie dabei verkehrt herum ansah. Katja senkte den Blick und fuhr mit dem Ankleiden fort. Sie zog ihre übergroße weiße Bluse an und schlug den Kragen hoch, dann fuhr sie sich mit den Fingern durch die nassen Haare, bis sie in attraktiver Unordnung um den Kopf fielen. Sie zog die Jeans an und schlüpfte in ihre Mokassins. Sie ging zum Spiegel hinüber, um sich zu schminken, und als sie etwas Mascara auflegte, stellte sie fest, daß sie von allen Seiten begutachtet wurde. Ganz gleich, wo sie in den Spiegel sah, überall Blicke, die hastig abgewandt wurden, wenn sie ihnen begegnete. Was ging hier vor? Sie versuchte rauchgrauen Lidschatten aufzutragen, brachte es aber nicht ganz fertig. Diese Blicke schnappten irgendwie nach ihr, saugten förmlich ihr Wissen aus. Was sollte das? Sie fuhr herum und ertappte sie alle dabei, wie sie sie anstarrten, und plötzlich schien es, als seien all diese Augen ihr ganz persönlicher Spiegel. Die Zeit erstarrte einen Moment lang zu Eis. Die Blicke folgten ihr, als sie in dem nun ganz stillen Raum zu ihrem Spind zurückkehrte. Sie war verunsichert. Sie versuchte so zu tun, als geschehe nichts. Doch es geschah. Inzwischen regelrecht beklommen, ließ sie das Schloß ihres Spindes zuschnappen, besprühte sich mit Chanel aus dem Zerstäuber in ihrer Umhängetasche und wandte sich zum Gehen. Auf dem Weg hinaus bemerkte sie flüchtig das Bild einer Frau, die an einem Spiegel vorüberging. Wer ist das? Katja hielt den Atem an. Sie blieb stehen. Ist das…? Kann das…? Kann das wirklich…?
Ich.

An jenem Abend saß Katja mit einem Glas Irish Whiskey in ihrem Wohnzimmer und dachte über ihr Leben nach. Wie flüssiges Gold glitt ihr der Alkohol durch die Kehle, und sie begann sich herrlich benebelt zu fühlen. Draußen war die Skyline von New York zu Eis erstarrt, und die City lag totenstill. Kein

Mensch wagte sich auf die Straße, es sei denn, es war dringend notwendig. Voller Entsetzen beobachtete sie, wie Boo sich an einen Nachtfalter heranpirschte, dem es irgendwie gelungen war, in die Wohnung einzudringen. Boo wartete geduldig, ihr Schwanz zuckte, bis sie schließlich mit einem gutturalen Laut in der Kehle zuschnappte. Eine gute halbe Minute lang behielt sie den lebenden, flatternden Falter in der Schnauze und genoß das prickelnde Gefühl, dann spie sie ihn aus, spielte noch ein bißchen mit ihm herum und verspeiste ihn schließlich. Als sie fertig war, kam sie zu Katja, stolz und wunderbar zufrieden mit sich selbst, und wollte sich auf Katjas Schoß zusammenrollen.

»Nein! Verschwinde! Hau ab!« versuchte Katja Boo zu verscheuchen. »Wie kannst du nur diesen unschuldigen Falter umbringen! Ich dachte, du wärst eine nette Katze!«

Boo sah sie verständnislos an und rührte sich nicht vom Fleck.

»Nein! Verschwinde endlich! Dein Atem stinkt nach Schmetterling! Ich will dich nicht in meiner Nähe!« Doch ehe Katja ihr einen Klaps versetzen konnte, war die Katze davongesprungen. Boo drehte sich noch einmal zu ihr um und sah sie völlig verständnislos und verunsichert an.

Katja blieb bis Mitternacht auf und dachte nach; dann machte sie sich fürs Bett zurecht. Und erst als sie sich Parfüm an den Hals und unter die Brüste tupfte, wurde ihr klar, daß sie versucht hatte, ihre Katze zu bestrafen, weil sie... eine Katze war. Denn als sie diesen Falter fraß, hatte sich Boo aus Katjas süßem Schoßtierchen in jenes ungezähmte Katzentier zurückverwandelt, das sie im Grunde wirklich war. Katja atmete tief durch. Dieser Tag wurde allmählich zu viel für sie.

Sie legte sich auf ihren Futon, kuschelte sich glücklich unter die Daunensteppdecke und lauschte auf den Wind, der wütend an den Fenstern rüttelte. Sie ließ die Hände über ihren Körper gleiten und stellte sich wieder einmal vor, wie schön es sein könnte, wenn es ein Mann wäre, der sie berührte. Seufzend schloß sie die Augen und schenkte sich nach und nach einen unendlich tiefen, aufwühlenden Orgasmus. Sie haßte den Ausdruck »masturbieren«, das klang so häßlich für etwas so Schönes. Es war jetzt fünf Monate her, daß sie Frank verlassen hatte, aus irgendeinem Grund aber rief sie sich jetzt sein Bild ins Gedächtnis. Sie stellte sich vor, daß sie auf seiner Couch lag und er sie beobachtete, während sie kam. Als sie wieder ruhig wurde und die Augen aufschlug, sah sie Boo auf dem korallenroten Leinensofa liegen und sie beobachten.

»He, was starrst du so?« murmelte Katja schläfrig. Sie trugen einen Kampf mit Blicken aus. Er endete unentschieden. Boo wurde es schließlich zu langweilig. Sie reckte die Pfoten, legte sich schlafen und träumte selig von Nachtfaltern.

Katja träumte, sie sei die Braut bei ihrer Hochzeit, aber es gab keinen Bräutigam. Verwirrt und beunruhigt wanderte sie umher und fragte sich besorgt, was die Gäste wohl denken würden. Ihre Mutter sorgte sich nur um die Horsd'œuvres. Dann träumte sie, daß sie zu Frank ging, doch statt ihn in seiner Praxis aufzusuchen, ging sie in eine katholische Kirche und setzte sich, statt in seinem Sessel Platz zu nehmen, in einen Beichtstuhl. Zu ihrer Erleichterung saß auf der Seite, die für den Priester reserviert war, eine Prostituierte. »Gut«, seufzte sie dankbar. »Mit Ihnen kann ich offen reden.«

PARIS

Frank liebt Jo Anne nicht

Von dem Augenblick an, als sie ihre Plätze im Flughafenbus zum Kennedy Airport einnahmen, hatte Frank ein flaues Gefühl im Magen. Vielleicht würde es doch nicht die Reise werden, die er sich vorgestellt hatte. Zu spät erinnerte er sich an die alte Reiseregel, nach der man jemanden noch so gut kennen könne, es aber etwas ganz anderes sei, eine Reise mit ihm zu unternehmen. Arme Jo Anne. Sie war so ruhig und doch voller Begeisterung gewesen, als sie die Reise in der Sicherheit ihrer Wohnung planten und darüber diskutierten, was sie alles einpacken wollten, sich gegenseitig aus den verschiedenen Reiseführern vorlasen und vor dem Spiegel lachend ihre französische Aussprache übten. Sobald sie jedoch den Bus bestiegen, wurde sie hysterisch.

»Wir werden das Flugzeug versäumen, Frank. Dieser Busfahrer ist Scheiße. Der hat überhaupt keine Ahnung von dem Verkehr auf der Strecke zum JFK. Wir hätten lieber ein Taxi nehmen sollen. Oder diesen Hubschrauber, den die haben.«

»Beruhige dich, Jo Anne. Entspann dich. Die fahren diese Strecke täglich und kennen sich aus mit dem Verkehr. Außerdem«, – er sah auf seine Uhr – »haben wir noch drei Stunden bis zum Einchecken.« Er versuchte, Verständnis für sie aufzubringen. Er erklärte ihr, daß eine Reise das Gefühl vermittele, nicht mehr über sich selbst bestimmen zu können, daß sie jeden Menschen einer ganz neuen Art von Problemen aussetze. »Man muß sich ganz der ›Reiselust‹ überlassen, sonst ist man die ganze Zeit ein nervöses Wrack«, erklärte er ihr, nahm ihre Hand und rieb sie zärtlich zwischen den seinen.

»Der Reiselust? Pah!« schnaubte sie verächtlich.
Als sie am JFK ankamen, war er total entnervt und wurde bissig. Verdammt! Er hatte sich freuen und es von Herzen genießen wollen, sich nach all diesen Jahren seinen alten Traum erfüllen und nach Europa zurückkehren zu können! Was war mit seiner netten, einfühlsamen Persönlichkeit geschehen? Jo Anne, die ihre Wohnung seit fast einem Jahr nicht mehr verlassen hatte, verließ nun sogar Amerika und suchte sich krampfhaft an irgend etwas zu klammern, aber es gab für sie nichts anderes zum Anklammern als ihn.
In der Maschine ging es ihr gut, bis ihr auf einmal klar wurde, daß die Air Pakistan islamisch war, was bedeutete, daß man an Bord keinen Alkohol bekam. Sie wurde wütend. »Also wirklich! Das ist doch wohl ein schlechter Scherz!«
»Beruhige dich, Jo Anne!« Ihm wurde sehr schnell klar, daß er das in der folgenden Woche noch oft sagen würde.
»Wie kann ich das, auf einem Acht-Stunden-Flug ohne Alkohol? Du weißt genau, daß eine Flugreise die einzige Gelegenheit ist, wo ich wirklich einen Drink brauche.«
Er wollte noch eine Weile warten, bis er ihr die Überraschung bescherte, doch ihm war klar, daß dieser Zeitpunkt schon jetzt gekommen war. »Überraschung!« Damit zog er eine Flasche Adair Vineyards Chardonnay aus seiner Channel-13-Tasche. »Auf dem Hinflug trinken wir Hudson River Valley und auf dem Rückflug Val de Loire.«
»Frank, du böser Bube! Woher wußtest du?« Sie kicherte.
»Du hast es mit einem Profi zu tun. Ich befasse mich mit derartigen Dingen«, erklärte er. »Aber warten wir noch eine Weile, bevor wir sie öffnen, okay? Und keine Angst, ich hab' einen Korkenzieher.« Er holte ihn heraus und schwenkte ihn vor ihren Augen. Jo Anne lehnte sich zufrieden zurück. Bis zur nächsten Krise.
Bei der Planung für diese Reise hatte er seine klinischen Notizen über Katja zu Rate gezogen. Sie flog Air Pakistan, weil das eine der billigsten Fluglinien nach Paris war. »Aber das ist kaum bekannt. Es ist wunderbar«, berichtete sie und schwelgte

förmlich in der Erinnerung an ihren Flug. »Sie tragen Saris und sprechen mit sanfter, akzentgefärbter Stimme, und immer wieder sagen sie Salaam. Man kann zwischen indischer und englischer Küche wählen. Aber vergessen Sie nicht: kein Alkohol an Bord! Den muß man selber mitbringen.« Warnend wackelte sie mit dem Finger. Außerdem dachte er an das, was sie ihm über die Franzosen erzählt hatte. »Die sind im Augenblick ein recht unglückliches Volk, mit ihrem Mitterand, dem Sozialismus und dem hohen Dollarkurs. Sie wollen und brauchen unser Geld, aber sie hassen uns, weil wir es ausgeben können. Also muß man sich auf Gaunereien und Bösartigkeiten von ihnen gefaßt machen.« Damals hatte sie sich mit ihren Worten an niemanden speziell gewandt, ihre Ratschläge in die leere Luft gesprochen. Jetzt aber erinnerte er sich genau an ihre Worte, und sie waren ihm ein Trost.

Der Wein brachte die Wende. Sie leerten die ganze Flasche, schmusten auf dem gesamten Rest des Fluges, verzichteten auf den Film und versuchten zu schlafen. In der Geborgenheit der dahingleitenden Maschine waren sie einfach eines von vielen liebenden Paaren. Er versuchte, nicht daran zu denken, doch sein Verstand sagte ihm, daß sie über die Weiten eines dunklen, eiskalten Ozeans flogen und daß die Maschine nur fliegen konnte, indem sie pro Minute Tonnen von Brennstoff verbrauchte. Lieber nicht daran denken! Dafür dachte er an einen Absturz. Würde er hysterisch werden? Würde er Jo Anne in dem Moment, da sie sanken, noch schnell gestehen, daß er sie liebe? Würde man seinen Leichnam identifizieren können? Würde er weinen? Lieber auch daran nicht denken. Er stand auf, um sich bei einer Stewardeß ein Alka-Seltzer zu holen; die indische Küche war seinem Magen nicht bekommen.

Es schien kaum Zeit vergangen zu sein, als über die Lautsprecher die Vorbereitungen zur Landung in Orly angekündigt wurden. »Orly?« In panischer Angst fuhr Jo Anne hoch. »Warum nicht auf dem Charles de Gaulle?«

»Weil dies«, – hastig suchte er nach einem plausiblen Grund – »eine Airline der Dritten Welt ist, und die müssen in Orly landen.« Das klang nicht schlecht.

»Aber warum weiß ich nichts davon?« beschwerte sie sich.
Auch auf dem Boden verhielt sich Frank weiterhin ritterlich, geleitete Jo Anne umsichtig durch Paßkontrolle, Zoll und Gepäckabgabe. Doch welcher Flughafenbus war es denn nur, den man zur Métro nehmen mußte? Er versuchte sich an Katjas Erzählungen zu erinnern. Sämtliche Busse sahen gleich aus. Er wünschte, er könnte den Mund öffnen, und perfektes Französisch käme heraus. Aber so ging es leider nicht. Allmählich fühlte er sich hilflos und haßte sich dafür. Dabei waren sie immer noch auf dem Flughafen! Und eine ganze Woche lag noch vor ihm! Jo Anne verlangte, daß sie mit dem Taxi fuhren. Aber sie hatten kaum in dem Wagen Platz genommen, da fing sie schon an zu schimpfen und behauptete, der Fahrer nehme einen Umweg, sie lasse sich nicht reinlegen. Frank fragte sie, woher sie das wisse, sie sei doch noch nie in Paris gewesen. Schließlich hielten sie vor ihrem Hotel, dem Hotel Printemps (eines von Katjas Hotels) in der Rue Madame ganz in der Nähe des Eingangs zum Jardin du Luxembourg.
»Siehst du? Da ist der Lux.« Frank zeigte hinüber und benutzte, um nonchalant zu wirken, Katjas Abkürzung des Namens. Er wollte die Worte auf seiner Zunge spüren und das Gefühl haben, als wäre auch er mit Paris vertraut.
Als sie in ihrem Zimmer ankamen, wollte Jo Anne sofort unter die Dusche. Frank probierte das Bett aus, dann sah er aus dem Fenster, das auf den Lux hinausging. »Ich stoße gerade ein französisches Fenster auf!« rief er und lachte. Er atmete tief die französische Luft ein und ging dann zu Jo Anne unter die Dusche. *»April in Paris«,* sang er glücklich und versuchte sie anzumachen. Aber sie hielt nicht viel von seinen amourösen Avancen, stieg aus der Dusche und ließ ihn mit seiner Seife allein. Also blieb ihm nichts anderes übrig, als sich selbst einzuseifen, wobei er in der winzigen, schlüpfrigen Kabine beinah die Balance verlor.
Als er aus der Hoteltür trat, war Frank plötzlich beklommen zumute. Was hatten die Franzosen nur an sich, daß er sich plötzlich so unbedeutend vorkam? In New York fühlte er sich großar-

tig, wenn er durch die Straßen schlenderte. Als sie, noch benommen vom Jet-lag, dahinwanderten, kamen ihm die neuen Geräusche besonders laut vor: die Autos mit ihren hart laufenden Motoren und den grellen Hupen; die munteren französischen Stimmen; selbst die eigene Stimme klang hier für ihn ein wenig hohl. Als er Jo Anne betrachtete, sah er verlegen, wie schäbig sie in ihrer ausgeleierten Cordhose wirkte, den Michelin Green Guide in der Hand. Er versuchte die neuen Gerüche und Rhythmen der Straße in sich aufzunehmen; die Cafés, die *bureaux de tabac,* die Obststände, die *pâtisseries.* Im selben Moment begriff er, daß New York eine Stadt für Neurotiker war, Paris aber eine Stadt für Unbeschwerte.

»Okay. Na schön. Gehen wir in den Lux«, sagte er steif.

Fast so, als existiere dieser Park nicht, wenn er nicht im Guide Michelin verzeichnet war, blieb Jo Anne so abrupt stehen, um den Lux in ihrem Stadtführer nachzuschlagen, daß die Leute auf dem Bürgersteig einen Bogen um sie machen mußten. Während sie durch das herrliche Tor schritten, las Jo Anne Frank laut vor, daß sie das *château,* die *fontaines* und die *arbres* besichtigen müßten.

»Die was?« erkundigte sich Frank.

»Die *arbres.* Bäume sind das, glaube ich.«

Frank war seit so vielen Jahren nicht mehr Tourist gewesen, daß er das Gefühl hatte aufzufallen, als er versuchte, alles zu betrachten, was das Buch verzeichnete.

Schließlich sagte Jo Anne zu ihm: »Geh du nur herumlaufen. Ich werde mich da drüben hinsetzen, im Stadtführer lesen und dir später alles über die *jardins* erzählen.« Dabei deutete sie auf die Bank, auf der sie sich ausruhen wollte, ging hinüber, nickte ihm zu und nahm mit einer eleganten Bewegung Platz. Seit ihrer Ankunft in Paris beschränkten sie sich darauf, sehr langsam und in überhöflichem Ton miteinander zu sprechen.

Kaum hatte er sich von ihr entfernt, da wurde der Lux ein wunderschöner, stiller Park. Die Luft war plötzlich weich und köstlich, und er spürte, wie Freude in ihm aufstieg. Die Sonnenstrahlen spielten zwischen den uralten Platanen und malten

reizvolle Schatten auf die Gehwege. Kinderlachen drang wie eine Liebkosung zu ihm herüber, während er zusah, wie die Kleinen sich über das Kasperltheater, das Ponyreiten, die Boote freuten, die sie im Brunnen zu Wasser brachten, oder mit ihren *bonnes* Fangen spielten. Die Französinnen in seiner Nähe waren Engel, bezaubernd in ihrer Grazie und ihrem Charme. Er kam sich vor wie ein Pennäler, so entzückt war er von ihrer verführerischen Ausstrahlung und ihren melodiösen Stimmen.
In der Ferne entdeckte er einige Tennisplätze und ging auf sie zu. Waren das die Courts, auf denen Boris, wie Katja erzählt hatte, jeden Nachmittag spielte? Als er näher kam, spürte er, wie sich sein Körper verkrampfte. An dem hohen Maschendrahtzaun angekommen, hielt er unter den französischen Tennisspielern nach dem russischen Gesicht Ausschau, das ihm von den Fotos bekannt war, die Katja zu den Sitzungen mitgebracht hatte. Er sah ihn nicht. Na ja, was hatte er denn erwartet? Dies war Paris, so wie New York New York war – eine riesige Metropole, wo die Menschen sich unbehelligt in ihr eigenes Leben zurückzogen. Ein paar Minuten lang blieb er noch stehen, dann wandte er sich ab. Gerade in dem Moment schlug die Uhr eines nahe liegenden Kirchturms. Zwei Uhr. Die Matches wurden abgebrochen, die Spieler verließen ihre Plätze, die nun von neuen Spielern eingenommen wurden.
Unglaublich. Da war er! Boris Zimoy höchstpersönlich. Er öffnete eine neue Dose Tennisbälle, plauderte mit seinem Gegner, bevor sie den Court betraten, und streifte knallrote Sweatpants ab, unter denen weiße Tennisshorts zum Vorschein kamen. Dazu trug er ein blaues Polohemd und weiße Schweißbänder um die Handgelenke. Er war viel eindrucksvoller, als Frank ihn sich vorgestellt hatte – eine dunkle, doch sehr gepflegte, maskuline Erscheinung, deren verführerischer Charme sogar noch aus der Ferne wirkte. Frank suchte sich einen freien Stuhl und zog ihn näher an den Maschendrahtzaun, um ihn beim Aufwärmen beobachten zu können. Boris übte Service und Netzvolleys und hob dann das Racket zum ersten Aufschlag.
Das Spiel verlief schnell und völlig problemlos. Zuweilen

schien es, als sehe Boris ihn direkt an. Mit ernster Miene wechselten Boris und sein Gegner die Seiten und spielten weiter. Dann flog der Ball über den Zaun. Boris sah ihm nach, lief zum Maschendraht und ließ einen Schwall französischer Worte los.

Frank, der keine Ahnung hatte, was er wollte, sah sich um, ob Boris vielleicht mit einem anderen redete.

»Le bal, monsieur, c'est juste par là. Merci bien.«

»Ich?« Frank erhob sich. »Den Ball?«

»Ja, bitte«, antwortete Boris auf englisch mit starkem Akzent.

Frank holte den Ball, warf ihn über den Zaun und nahm wieder Platz. Er mußte sein hämmerndes Herz beruhigen. Boris konnte nicht ahnen, wer er war.

»Frank!« rief Jo Anne, die zu ihm herübergekommen war.

»Himmel!« Frank zuckte auf seinem Stuhl zusammen. Ihre Stimme klang so furchtbar New-Yorkisch!

»Seit wann interessierst du dich für Tennis?« fragte sie mit einem Blick auf die Szene. Und da standen sie nun beide, ohne so recht zu wissen, warum sie in Paris waren und im Jardin du Luxembourg einem Tennismatch zusahen.

»Ach, ich weiß nicht. Ich bin nur so herumgewandert und wollte ein Gefühl für die Freizeitbeschäftigungen der Franzosen bekommen.«

»Der ist ja süß!«

Süß? Bei ihren Worten zuckte Frank abermals zusammen. *Süß* war ein Wort, das Jo Anne normalerweise nicht benutzte. »Wer ist süß?« erkundigte er sich argwöhnisch.

»Der Blauweiße. Der Kleine da, mit dem Bart.«

Er hätte es wissen müssen. Inzwischen konnte ihn nichts mehr überraschen. Es war, als besäße sie den sechsten Sinn und hätte sich sofort auf ihn eingeschossen. Er versuchte es mit Nonchalance. »Ach so! Das ist Boris Zimoy, der russische Emigrantenschriftsteller«, erklärte er gleichmütig, um sie zu beeindrucken.

»Seit wann bist du über Emigrantenliteratur informiert?«

»Na ja, er ist ziemlich bekannt«, gab Frank zurück.

»Boris Zimoy«, wiederholte sie, seinen Namen dehnend, während sie ihn einzuordnen suchte. »Nie gehört.« Sie winkte ab. »Muß ein unbedeutender *émigré* sein.«
»Ist er nicht!« brauste er auf, als habe sie ihn persönlich gekränkt. Dann senkte er die Stimme wieder. »Er hat drei Bücher veröffentlicht. Na schön, er schreibt auf französisch; deswegen hast du vermutlich noch nichts von ihm gehört. Aber wenn ich recht informiert bin, werden sie bald ins Englische übersetzt.«
Sie beobachteten das Spiel. Das Plopp-Plopp der Tennisbälle auf den sechs Courts klang wie moderne Musik. »Eine meiner Patientinnen liest ihn immer«, sagte er ohne nachzudenken und wünschte im selben Moment, er hätte den Mund gehalten.
»Ach so! Könnte das vielleicht... Katja sein?« fragte sie ihn.
»Jo Anne, du hast es mir versprochen! Wir haben uns vorgenommen, nicht darüber zu diskutieren. Dieser Urlaub ist nur für dich und mich. Ich bin hergekommen, um das alles weit hinter mir zu lassen.«
»Okay, okay, okay. So sehen also die Folgen des Jet-lag aus. Nun komm schon, gehen wir.« Sie nahm seine Hand, doch als sie sich zum Gehen wandten, drehte sie sich noch einmal um. »Aber er ist wirklich interessant«, behauptete sie.
»Wohin jetzt, o große Reiseführerin?« erkundigte er sich, und sie verließen den Luxembourg.

Als Jo Anne am folgenden Morgen im Hotel schon beim Frühstück laut aus dem Guide Michelin vorzulesen begann, wußte Frank, daß noch einiges auf ihn zukommen würde.
»Um das ›Gefühl‹, die Atmosphäre von Paris zu entdecken, sollten Sie nicht nur die auf den Seiten siebenundzwanzig bis einhundertdreiundsiebzig beschriebenen Sehenswürdigkeiten besuchen, sondern sich an einen Cafétisch auf dem Bürgersteig setzen, einen Drink bestellen, mit einem der Boote auf der Seine fahren – ein Erlebnis, bei dem sie zahlreiche große Baudenkmäler aus einem ungewöhnlichen Blickwinkel besichtigen und sich dabei gleichzeitig ausruhen können. Und am Wochenende sollten Sie unbedingt auf den Flohmarkt gehen.«

Haargenau so entwickelte sich ihr Urlaub, Tag um Tag, und Frank fuhr fort, Paris auf zweierlei Art kennenzulernen. Wenn er mit Jo Anne zusammen war, kam er sich töricht vor. Nichts machte Spaß, Paris war eine Stadt, die man abhaken mußte. Die Mahlzeiten waren eine Qual, sich zu verlaufen Ärgernis statt Abenteuer. Wenn er versuchte, Französisch zu sprechen, kam er sich dumm vor, und von der Unhöflichkeit der Franzosen fühlte er sich ständig gekränkt. Dennoch versuchte er die ganze Zeit, Jo Anne zu lieben, denn schließlich war er mit ihr hier, und auf seine Art liebte er sie auch, sie war seine Freundin, seine Kollegin, seine Vertraute. Doch statt einer geruhsamen, verträumten gemeinsamen Woche zwang sie ihn zu einem Gewaltmarsch, einer Attacke auf die Monumente und Museen von Paris. Und die Stadt wiederum zeigte sich bösartig und unversöhnlich.

An jedem Nachmittag jedoch, nach dem Lunch, kehrte Jo Anne ins Hotel zurück, um Siesta zu halten, und Frank konnte die Stadt auf eigene Faust erkunden. Wie ein König fühlte er sich, wenn er ohne Stadtplan durch die dunstigen, schwülen Straßen wanderte, sich verirrte, sich selbstvergessen den zahllosen Eindrücken hingab. London war eine Welt für Männer, Paris war ein Paradies für Frauen, bis obenhin voll sinnlicher Verlockungen, und er stand völlig in seinem Bann. Er vertiefte sich in die Schaufenster der *charcuteries, pâtisseries, bonbonneries.* Er schlenderte über die *marchés* und studierte all die faszinierenden Flaschen in den Weinhandlungen. Er betrachtete die Kleider und besprühte sich mit Duftwässern. Was immer ihm an Esprit fehlte – Paris stellte es ihm zur Verfügung. Eines Nachmittags ging er zu Thierry Mugler und erstand ein Seidenhemd. Neben Mugler lag die Boutique von Girbaud. Schon in New York hatte er Leute gesehen, die diese weiten, beuteligen Hosen trugen, und sich gedacht: Nie im Leben! Hier aber … nun ja, in Paris war das was anderes. Er wählte mehrere Stilrichtungen zum Anprobieren, lächelte während der gesamten Aktion und stellte sich mit abgespreizten Armen hin, damit die Verkäuferin seine französische Größe schätzen konnte. Als er aus der Kabine kam und in den Spiegel sah, schnalzte das Mädchen mit der Zunge, so gut sah er aus.

In der ganzen Stadt war Katjas Lebensfreude zu spüren. Jetzt erkannte er eine Logik in ihrem Stil, und er begriff, warum sie sich so sehr zu Paris hingezogen fühlte, und wie gut diese Stadt zu ihr paßte. Überall begegnete er ihr. Beim erstenmal spazierte er durch die Rue du Bac und hätte schwören können, ihr Lachen zu hören. Zwei wunderschön gekleidete Damen gingen lässig untergehakt vor ihm her, als sie plötzlich stehenblieben, um sich ein Foto anzusehen, das die eine aus ihrer Brieftasche holte. Die andere, die sich gurrend und lachend über das Bild beugte, mußte einfach Katja sein. Sie hob den Kopf, um ihn fragend anzusehen, als er sie im Vorübergehen anstarrte.

Später am selben Nachmittag sah er sie in einem Café sitzen, in der Sonne lässig eine Zigarette rauchen und gelegentlich aus einem hohen, kühlen Glas mit leuchtendgrünem Inhalt trinken. Er überquerte die Straße, setzte sich wie ein Zombie, der keine Kontrolle über seine Bewegungen hat, an den Nebentisch und bestellte sich den gleichen Drink, indem er auf ihr Glas zeigte.

»*C'est du menthe*«, erklärte sie ihm sachlich, und der Kellner nickte dazu.

Als er eines Nachmittags die Rue de Rivoli entlangging, entdeckte er die Sonia-Rykiel-Boutique und erinnerte sich, daß Katja diesen Namen häufig erwähnt hatte. Er näherte sein Gesicht der Schaufensterscheibe, und da war sie, probierte ein weiches Ensemble aus Strickstoff an und begutachtete sich im Spiegel. In dem Sonnenlicht, das durch das getönte Glas hineinfiel, wirkte sie wie eine körnige Fotografie aus alter Zeit. Die Verkäuferin wieselte um sie herum, zupfte die Rockfalten zurecht und zeigte ihr einen Hut. Ob sie ihn anprobieren wolle. Katja nickte, und das Mädchen setzte ihr den Hut auf den Kopf, während beide in den Spiegel schauten. Plötzlich wirbelte Katja glücklich herum und begegnete seinem Blick. Eine Minute lang blieben die Verkäuferin und Katja stehen und sahen ihn an, dann kehrte Katja in die Anprobekabine zurück.

An jenem Abend packte er in dem Bistro in der Nähe des Boulevard St. Germain erschrocken Jo Annes Hand, weil der Kellner sie zu einem Tisch führte, neben dem Katja mit einem gutaussehenden Franzosen dinierte. Sie blickten einander in die Augen und waren in ihr Gespräch vertieft. Als Frank und Jo Anne Platz nahmen, wandte Katja den Kopf, um zu sehen, wer sie in ihrem intimen Beisammensein störte.

Sie saß im Jeu de Paume auf einer Bank und betrachtete, zurückgelehnt und auf die Ellbogen gestützt, ein Gemälde. Sie war in der Métro, hastete durch ein Drehkreuz und verschwand beim Umsteigen nach Château Vincennes. Von einem Bateau Mouche aus sah er sie am Quai der Île St. Louis auf einer Bank sitzen und in ihrem Tagebuch schreiben. Als er mit Jo Anne im Bertillon für ein Fruchteis Schlange stand, hatte sie gerade ihre Eistüte erhalten und leckte im Vorbeischlendern daran. Es war ein Doppeleis: Cassis und *citron vert.*

Es war seine ganz persönliche Folter, eine süße Hölle. Wenn er mit Jo Anne stehenblieb, um die wunderschön gestalteten Torten in einem *pâtisserie*-Fenster zu bewundern, bemerkte sie bissig: »Die sehen vermutlich besser aus, als sie schmecken.« Er bat sie, sich eine auszusuchen, eine Art Apfeltorte, und als sie hineingingen, um sie zu kaufen, erkundigte er sich bei der Verkäuferin, wie diese Torte hieß. *»Une jalousie«,* antwortete das Mädchen.

»Was?« fragte Jo Anne.

»Eifersucht«, erklärte Frank.

Wenn er mit ihr durch die Straßen trottete, wünschte er insgeheim, Katja wäre da, um alles für ihn lebendig zu machen, ihm zu helfen, ein Teil von Paris zu werden, seine Hand zu halten und ihn mit ihrem Lachen glücklich zu machen. Zu allem, was nicht im Green Guide stand, mußte er Jo Anne mit Gewalt hinschleppen. Er bestand darauf, zu Kenzo an der Place des Victoires zu gehen, wo er sie drängte, einige Sachen anzuprobieren. Aber sie wirkte komisch darin. Er mußte sie in eine Parfümerie zerren (»Was ist Paris ohne eine neue Flasche Parfüm?«), wo er verwirrt die vielen leuchtendbunten Flakons betrachtete. Wenn Katja nur hier wäre, um ihn zu beraten! Die wüßte, was neu war, was Spaß machte, was ein »Muß« war. Er fragte nach Yatagan von Caron, aber als ihm die Verkäuferin die Flasche reichte, war es die gleiche, die bei ihm zu Hause auf seiner häßlichen braunen Kommode stand. Sie roch teuflisch. Er schüttelte den Kopf und gab sie der Verkäuferin zurück, die hämisch grinste, als wollte sie sagen: »Idiot!«

Vor Boris gab es auch kein Entkommen. Eines Nachmittags, als sie in der Brasserie Lipp (selbstverständlich vom Michelin empfohlen) eine *choucroute garnie* gegessen hatten und zum Musée de Cluny gingen, um sich die berühmten Einhorn-Tapisserien anzusehen, kamen sie an einer *librairie* vorbei. Dort war eine ganze Abteilung des Schaufensters nur Boris' jüngstem Buch gewidmet, das in zahllosen Exemplaren um ein großes Foto des Autors und ein paar russische und französische Miniaturfähnchen gestapelt war. Frank war schrecklich frustriert, denn er wollte unbedingt das Buch lesen, konnte aber kein Französisch. *Les Baisers à la Russe* lautete der Titel. »Russische Küsse« hieß das vermutlich, obwohl er sich dunkel erinnerte, daß Katja erwähnt hatte, das Verb *baiser,* »küssen« auf französisch, werde im Slang auch für »ficken« gebraucht.

»Da bist du ja«, unterbrach Jo Anne seine Träumereien. »Ich dachte, du wärst verschwunden. Was ist los?« Sie blickte ins Schaufenster und sah die Bücher. »He! Ist das nicht der Tennisspieler, der auch schreibt?«

»Das ist der Schriftsteller, der auch Tennis spielt«, korrigierte Frank. »Ja.«

»Hm...« machte sie und studierte die Auslage.

Am Abend kehrten sie in ihr kleines Hotel zurück, ermüdet nach einem Tag, an dem sie die Champs-Élysées entlangmarschiert waren, das Rodin-Museum besucht und im Schnellschritt die Galeries Lafayette absolviert hatten. Ach ja, und in der Oper waren sie gewesen, um sich Karten für den folgenden Abend zu besorgen. Der Verkäufer war sehr unhöflich zu Frank gewesen, hatte vorgegeben, nicht zu verstehen, was er wollte, und ihnen sehr schlechte Plätze gegeben.

»Ich werde jetzt ein schönes heißes Bad nehmen«, sagte er zu Jo Anne. Zu Hause badete er nie, sondern duschte, in Paris aber schien ihm ein Vollbad perfekt zu passen. Allmählich klang er genau wie Katja. In dem winzigen Salon des Hotels wartete er, bis Jo Anne den Zimmerschlüssel geholt und mit dem Concierge über die schlechten Opernkarten diskutiert hatte. Der Fernseher lief, und wer erschien auf dem Bildschirm? Natürlich Boris Zimoy, der Französisch quasselte wie ein Wasserfall!
Frank versuchte etwas zu verstehen. Es handelte sich um eine Art Talkshow. Die anderen Hotelgäste im Salon ignorierten den Fernseher; am liebsten hätte er sie zum Schweigen gebracht. Er beobachtete Boris, wie er mit den Händen gestikulierte, wie er die junge Interviewerin scheu anlächelte, und es entging ihm auch nicht, wie lässig Boris sich den Pullover um die Schultern geknotet hatte. Als Frank sich umblickte, sah er eine junge Frau, die Französin sein mußte, nach der Art zu urteilen, wie sie gekleidet war, eine Gauloise rauchte und aufmerksam die Fernsehsendung verfolgte. Er winkte ihr zu, deutete zuerst auf den Fernseher und hob dann verständnislos die Hände. »Können Sie mir übersetzen, was er sagt?« versuchte er sein Glück auf englisch.
»American?« fragte sie mit starkem Akzent.
Er nickte.
Sie suchte nach Worten. Die Sendung nannte sich »Apostrophes«. Dann fuhr sie fort: »Ähmm. Jeden Freitag. Es ist Literaturstunde. Für Schriftsteller. Und Superintellektuelle«, erklärte sie. »Sehr wichtig. Ähmmm... Es kann machen Ihre Karriere, wenn Sie mit Ihrem Buch in diese Show kommen«, ergänzte sie stolz.
Es war viel zu schnell vorbei. Als Frank sich umdrehte, entdeckte er, daß Jo Anne die ganze Zeit hinter ihm gestanden und sowohl ihn als auch die Fernsehsendung beobachtet hatte. Sie neigte den Kopf und lächelte ihm zu.
»Dieser Boris scheint allgegenwärtig zu sein«, meinte sie.
»Wo ist der Schlüssel?« knurrte er.
Oben im Zimmer setzte er sich auf die Bettkante und bückte

sich, um sich die Schuhe auszuziehen. Dabei bemerkte er das Pariser Telefonbuch auf der unteren Platte des kleinen Nachttischchens. Jo Anne war im Bad. Er zog das Buch heraus und suchte nach Boris' Namen. Was tat er da bloß? Er blätterte bis B, sagte laut: »Dummkopf«, und blätterte weiter bis Z. Da fand er ihn. Boris Zimoy, 24 Rue des Honorés Chevaliers, 6e. Mit dem offenen Buch auf den Knien saß er da und trommelte mit den Fingern. Was sollte er sagen? Etwa: »Hi, ich bin Katjas ehemaliger Arzt und habe Sie vorhin im Fernsehen gesehen!« Er starrte auf den Namenseintrag. Was sollte das? Wieso kam er auf die Idee, Boris anzurufen? Mit zitternden Fingern wählte er die Nummer und lauschte dem französischen Rufton.

»Allo?«

Frank sagte kein Wort.

»Allo? Qui est à l'appareil?«

Frank legte auf. »Verzeihung, falsch verbunden«, murmelte er vor sich hin.

»Dein Bad ist fertig!« rief Jo Anne aus dem Badezimmer. Als sie die Tür öffnete, kam ein Schwall Dampf heraus. Er klappte das Buch zu.

»Danke, das ist lieb von dir«, erwiderte er und zog sich aus. Paris machte ihn ganz furchtbar geil. »Jo Anne?« flötete er in zukkersüßem Ton. »Würdest du mir beim Baden helfen?« Er machte einen koketten Schmollmund. Sie starrte ihn an und schüttelte den Kopf.

Als sie am selben Abend nach dem Diner bei einem *antiquaire* herumstöberten, entdeckte er eine kleine Pyramide aus Siena-Marmor. Die Form lag überaus angenehm in der Hand, der Marmor war wunderbar kühl, wenn er ihn an die Wange legte. Er erinnerte ihn an die Stille von Kathedralen und die Stunden, die er als Knabe in der Kirche verbracht hatte. Die Echos, Chorgesänge und Schritte, den Trost und den Kummer. Dann fiel ihm ein, daß die Pyramide ein weibliches Symbol war. Sie erinnerte ihn an Katja. Und wäre eine Art »quintessentielles« Geschenk für sie.

»Hast du was gefunden?« erkundigte sich Jo Anne.

»Ich werde diese Pyramide kaufen«, erklärte er und zeigte sie ihr auf seiner Handfläche. »Sie paßt wunderbar in meine Praxis.«

Als sie an jenem Abend ins Hotelzimmer zurückkehrten, packte er die Pyramide aus, die der kleine alte Mann sorgfältig in ein winziges Kästchen gelegt und mit einem winzigen Band verschnürt hatte. Noch einmal hielt er sie an seine Wange, dann stellte er sie auf den Nachttisch an seinem Bett. Später, als Jo Anne neben ihm schlief, lag er noch wach und starrte in die Dunkelheit, geplagt von dem entsetzlichen Gefühl, daß ihm langsam etwas entglitt.

Frank liebt Paris

Frank glaubte Sirenen zu hören und setzte sich auf. Nein, Moment, er saß ja schon. Waren das Sirenen der Polizei oder der Feuerwehr? Sein Herz klopfte heftig. Er schüttelte sich und wollte seine Bettkante packen, aber da war kein Bett. Er saß auf seinem Platz in einer Air-Pakistan-Maschine auf dem Rückflug nach New York. In der abgedunkelten Kabine, die erfüllt war vom Rauschen der Motoren, sah er sich nach den anderen schlafenden Passagieren um. Die meisten waren Pakistanis in ihren farbenfrohen Gewändern, die erschöpft aneinandergelehnt dalagen; es waren Mütter, Väter und Kinder, die bis hierher den anstrengenden Achtzehn-Stunden-Flug von Karatschi mit Zwischenstopps in Kairo, Frankfurt und Paris überstanden hatten, und nun ging es nach New York weiter.

Auf dem Leuchtzifferblatt seiner Uhr sah er, daß es zwei Uhr war. New Yorker oder Pariser Zeit? Er lehnte sich bequem zurück und drückte auf den kleinen Knopf, um die Lehne tiefer zu stellen. Zwei Tränen rollten ihm über die Wangen; er wischte

mit der Hand darüber und verteilte die Nässe über sein ausgedörrtes Gesicht. Als eine Stewardeß durch die Kabine kam, winkte er sie zu sich.
»Könnte ich ein paar Aspirin haben?« fragte er flüsternd.
»Ist etwas nicht in Ordnung?« wollte sie wissen.
»Nein, nur Kopfschmerzen.« Er spürte, daß ihm ein ordentlicher Kater bevorstand, denn er hatte, als die Maschine startete, eine Flasche Côtes du Rhone geköpft. Er war schockiert darüber, daß er so mühelos eine Flasche Wein verputzen konnte. Vermutlich das Resultat einer ganzen Woche Paris.
Nachdem er das Aspirin genommen hatte, fühlte er sich sofort wohler; dann merkte er, daß er fror, stand auf, öffnete das Fach über seinem Sitz und tastete nach einer Wolldecke. Er hatte Glück und fand sogar noch ein Kopfkissen. Um die anderen Passagiere nicht zu stören, versuchte er, das Fach möglichst leise zu schließen. Dann machte er es sich wieder in seinem Sessel bequem und arrangierte Decke und Kissen so lange, bis ihm die Lage optimal erschien.
Ich sitze in einer Maschine auf dem Heimflug nach New York, sagte er sich so sachlich, wie es ihm möglich war. Ich habe nur einen Alptraum gehabt. Er hob den kleinen Vorhang am Fenster und erschrak über die Leere draußen. Er ließ ihn schnell wieder fallen und überließ sich lieber der Intimität des verdunkelten Flugzeugs, das ihn durch Zeit und Raum trug. In dieser Maschine war er sicher, weil er sich in einem Übergangsstadium befand, weder hier noch dort. Hmmm… in dem Alptraum hatte es Sirenen gegeben, das bedeutete Probleme. Das bedeutete: Hilfe! Das bedeutete, es war ein Verbrechen begangen worden. Oder es bedeutete Feuer. Er fühlte sich verbrannt.
Verblüffend, daß das Leben ganz einfach so passieren konnte! Plötzlich war eine Woche in Paris vorbei, und er flog wieder nach Hause. Jo Anne hatte sich abgeseilt. Sie blieb noch eine weitere Woche in Paris, um mit Boris zusammenzusein. Genau das hatte sie ihm erklärt, mit ebenso schlichten und nüchternen Worten. Während er in dem brummenden, vibrierenden Flugzeug saß, wurde ihm klar, daß er noch eine ganze Weile nicht

genau verstehen würde, was geschehen war, aber was immer es war, es hatte sich sehr schnell ergeben.
Mit Jo Annes Überlaufen zu Boris hatte Frank, wie er erkannte, zwei Frauen an den Russen verloren. Obwohl er Katja eigentlich nicht mitzählen konnte – oder doch? Schließlich hatte sie das Recht, sich in jeden zu verlieben, der ihr über den Weg lief. Es war dieses Vermischen von Privat- und Berufsleben, das ihm zuviel wurde. Ausgerechnet er, der gute alte pflichtbewußte Frank, hatte diese haarfeine Grenze überschritten und die beiden Welten miteinander vermischt. Würde er vom Institut dafür exkommuniziert werden? Überdies erhob sich damit die eher ontologische Frage, was real war und was nicht. So etwas wie Realität gibt es doch gar nicht, dachte er; das ist nur etwas, was sich jeder Mensch für sich selbst ausdenkt. Und reichlich unbeholfen obendrein.
Er hatte es satt, Analytiker und dadurch angeblich in der Lage zu sein, das Leben logisch zu erklären. Gar nichts war logisch. Schließlich war er auch nur ein Mensch. Durfte er nicht auch mal Mist bauen? Na schön, sein Wunsch war erfüllt worden. Alles war relativ harmlos erschienen, als es begann, doch dann gewann es an Tempo wie ein schlechter, alter Film. Eines Morgens, am fünften Tag ihres Aufenthalts, waren sie besonders früh aufgewacht, und als sie so im Bett lagen und sich unterhielten, schlug er vor, das Frühstück im Hotel auszulassen und statt dessen in ein Café zu gehen.
»Okay, aber wohin?«
»Gehen wir… zur Place des Vosges. Im Marais. Das ist der älteste Platz von ganz Paris«, erklärte er. »Das habe ich im Guide gelesen«, setzte er noch hinzu. Dadurch wurde das Ganze in ihren Augen legitimiert.
»Laß mal sehen«, verlangte sie, als genüge ihr sein Wort nicht. Sie griff nach ihrem inzwischen zerlesenen Buch auf dem Nachttisch und erklärte nach einigen Minuten verschlafener Inspektion: »Okay. Métro-Station St. Paul oder Bastille, mit Umsteigen in Châtelet. Ich kenne mich inzwischen ziemlich gut aus, mit dieser Métro – meinst du nicht auch?«

Als sie das Hotel verließen, war es acht Uhr. Sie stiegen in die Métro, die voll war von Parisern auf dem Weg zur Arbeit. Der Berufsverkehr in Paris war so unendlich viel zivilisierter als der Berufsverkehr in New York. Die Menschen unterhielten sich in gedämpftem Frühmorgenton, und es gab keine Dispute, keine Graffiti, keine Ghetto-Blasters, keine Teenager-Rowdys, die den Joint kreisen ließen und sich mit den Fäusten ihren Weg bahnten. Mühelos fanden sie beim Umsteigen ihren Anschluß und landeten sicher in St. Paul. Von dort aus war es nur noch ein Fußweg von wenigen Häuserblocks nach Norden, um jenen Platz zu finden, den Katja als ihren Lieblingsplatz und den schönsten von ganz Paris bezeichnet hatte.

Niemals würde Frank diesen Vormittag vergessen! Im ersten Moment schon, als es passierte, sagte er sich: Ich werde noch einmal geboren! Wie gebannt war er von der Schönheit der bezaubernden alten Hotels, als er mit Jo Anne durch die uralten Straßen des Marais wanderte. *Pâtisseries* schickten den Duft frischen Gebäcks auf die Straße hinaus; die *boulangeries* verkauften ihre knusprigen frischen Brote an Dienstmädchen und kleine alte Damen auf dem Heimweg von der Morgenmesse; die Fischverkäufer legten den frühmorgendlichen Fang auf frisch geschabtem Eis aus; Blumenhändler arrangierten dicke Sträuße in Blecheimern. Aus den Cafés kam der Duft nach frischem Café au lait, vermischt mit dem Rascheln der Morgenzeitung des *patron.* Die Morgenfrische stieg von den erst vor kurzem gesprengten Straßen bis zu den winzigen, apfelgrünen Blättchen der frühlingserwachten Bäume auf. Die *concierges* fegten den Bürgersteig vor ihren Herrschaftsbereichen, und die Kinder wanderten in ihren marineblauen Uniformen, den kleinen Schulranzen auf dem noch schmalen Rücken, pflichtbewußt in ihre Schule.

Daß das Leben so schön sein konnte! Frank erschauerte unter der allumfassenden Liebe, die er empfand. Doch dann schlich sich die verhaßte Erinnerung an sein Leben in New York in seine Gedanken, an diese lärmende, dreckige, vulgäre Stadt! Er spürte, wie er sich zu einer inneren Tirade über die Ungeheuerlichkeit des Ganzen hinreißen ließ, gebot sich aber selber Einhalt. Ich muß in diesem Augenblick leben, hier, im Marais, jetzt! Also gingen sie weiter – er, Frank, selig in seiner ganz neuen Welt der Sinne, und sie, Jo Anne, dem Stadtplan folgend, jeden Schritt, jede Wendung diktierend, jede Straße, durch die sie kamen, identifizierend und voll Freude darüber, daß die Stadt sich so gut ihrem Plan anpaßte.

»Die Place des Vosges müßte gleich da drüben sein«, sagte sie, und es klang fast wie eine Warnung. Er hatte keine Ahnung, was er dort finden würde, als sie durch die vor ihnen aufragenden uralten Torbogen traten, die, wie sie erklärte, Pavillon du Roi genannt wurden.

Als sie auf den stillen Platz kamen, fragte Frank sich unwillkürlich: Wie kann ein Platz so wunderschön sein? Das Zusammenspiel von Himmel, Raum und Architektur schien hier einen Zenit erreicht zu haben: massive und doch zierliche Gebäude, so straff geordnet und dennoch fließend graziös, rings um einen absolut natürlichen und dennoch gepflegten Park angeordnet. Es war ein Ort, der nicht nur schön anzusehen war, sondern an dem man sich auch absolut wohl fühlte. Noch nie hatte ein Außenraum körperlich so intensiv auf ihn gewirkt.

»In Nummer sechs hat Victor Hugo von 1833 bis 1848 gelebt«, deklamierte Jo Anne, die Nase immer noch in ihrem Guide.

Frank hörte es nicht. Er war versunken in die schläfrige Atmosphäre des Platzes, die taufeuchten Bäume mit den zwitschernden Vögeln. Aus den Häusern und Wohnungen rings um den Park drangen durch die offenen Fenster Geräusche des täglichen Lebens herüber. Mit den Blicken folgte er dem Klang hochhackiger Schuhe, deren Geklapper auf dem Straßenpflaster von den Fassaden zurückgeworfen wurde. Eine riesige Tür schlug hinter einer jungen Frau zu, die ihr Fahrrad neben sich herschob. Während sie durch den Park wanderten, drehte sich Frank immer wieder im Kreis wie ein Durstiger, der sich erst vom nächsten Schluck Erlösung verspricht.

»Es gibt hier kein Café«, unterbrach Jo Anne ihn in seinen Träumen.

»Doch. Offenbar...« Er sprach zögernd, wartete darauf, daß Katjas Worte in seiner Erinnerung auftauchten. »Es gibt hier ein Café. An der Nordwestecke.«

Er wußte, es würde dasein. In solchen Dingen irrte sich Katja nie. Und tatsächlich, als sie sich nach links wandten und am Platz entlanggingen, lag da das winzige Café Louis IV unter den Kolonnaden versteckt. Im Sommer würde es voll mit Touristen besetzt sein, vermutete er; jetzt aber, an diesem kühlen Aprilmorgen, war es ein Café für die Bewohner des Viertels, leer bis auf ein paar Einheimische, die hier ihr *petit déjeuner* einnahmen.

Es war ein gemütliches, einladendes Lokal, dessen Türen weit offenstanden, damit die frische Luft sich magisch mit dem Dampf der Kaffeemaschine, dem Duft der frischen Baguettes und dem Rauch der Gitanes vermischen konnte. Sie setzten sich, und genau wie sie es inzwischen erwarteten, kam ein mürrisch dreinblickender *garçon* herüber, um zu sehen, was diese beiden dämlichen Amerikaner hier wollten.

»Deux cafés au lait et croissants, s'il vous plaît«, bat Frank hoffnungsvoll. Und erkannte sofort, daß er trotz Katjas Warnungen einen Fehler gemacht hatte. Er hätte verlangen sollen, anstatt zu bitten. Die Miene des *garçon* blieb ausdruckslos, und nichts deutete darauf hin, daß er etwas gehört hatte.

»Ich komme gleich wieder.« Jo Anne schob ihren Stuhl zurück. »Ich gehe einen Zeitungsstand suchen. *Un kiosque.*« Sie lachte und winkte ihm kurz zu. Sie bewegte sich wie ein tapsender Welpe. Er beobachtete sie, wie sie draußen einen Moment stehenblieb, um zu entscheiden, ob sie nach rechts oder nach links gehen sollte, und dann verschwand.

Frank, ganz allein in Katjas Lieblingscafé, wußte auf einmal, daß sich hier sein sonderbares Schicksal erfüllte. Es war einer dieser seltenen Momente im Leben, in denen sich die Realität mit der Fantasie deckt. Er erlebte genau das, was sie auch erlebt hatte, und machte die Erfahrung, die zu machen sie ihm gewünscht hätte. Er lehnte sich zurück und lauschte dem Geplauder des Barmanns mit seinen Stammkunden, während er Milch

erhitzte und Kaffee einschenkte. Der Kellner kam an den Tisch und setzte zwei Tassen Kaffee mit köstlich schäumender, sahniger Milch obendrauf und ein Körbchen mit Croissants auf die Platte.
»*De la confiture?*«
»*Pardon?*« gab Frank zurück.
»*De la confiture?*« wiederholte er etwas lauter, als könne Frank ihn dann besser verstehen.
Frank schüttelte den Kopf und deutete an, daß er nicht verstehe.
»Jam?« quetschte der Kellner spöttisch zwischen den Zähnen hervor.
»Ja. Ich meine, *oui, merci, s'il vous plaît.*« Frank nickte energisch.
Als Frank nach einem Croissant griff, stellte er zu seiner Freude fest, daß sie noch ofenwarm waren. In diesem Augenblick nahm er sich vor, in New York ab jetzt so oft wie möglich auf einen Cappuccino und frische Croissants zu Zabar's zu gehen. War es nicht Katja gewesen, die ihm erzählt hatte, daß es bei Zabar's die besten Croissants der ganzen Stadt gebe? Damals hatte er kaum darauf geachtet. Wie er es bei den Franzosen gesehen hatte, tunkte er sein Croissant in den Café au lait und beugte sich dann über die Tasse, damit er es möglichst sauber in den Mund befördern konnte. Großer Gott, wenn er das in den Staaten täte, würde man ihn für einen Tölpel halten, hier aber fand man das offenbar elegant.
»Sieh mal, was ich gefunden habe!« Gerade als er das Croissant in den Mund stopfte, warf sich Jo Anne ihm gegenüber auf den Stuhl. Genüßlich kauend blickte er auf und wischte sich den Kaffee vom Kinn.
Außer der *International Herald Tribune,* die sie in diesem Urlaub täglich kaufte, hatte sie eine überdimensionale Zeitschrift mit dem Farbfoto einer Frau im langen Abendkleid auf dem Titelblatt mitgebracht. Es hieß *Passion. The Magazine of Paris.*
»Auf englisch«, erklärte sie freudestrahlend. »Eine Zeitschrift für Amerikaner in Paris! Steht alles über Paris drin. Ist das nicht

eine fabelhafte Idee? Ich wünschte, ich hätte das schon bei unserer Ankunft gewußt. Jetzt ist es beinah dafür zu spät.« Sie hatten nur noch zwei Tage vor sich.
Er nahm den *Tribune* und überflog die Titelseite, während Jo Anne herunterratterte, was in der fabelhaften Zeitschrift alles zu finden war. »Die besten amerikanischen Bars in Paris. Wo man umwerfende Couture kaufen kann. Die schönsten Straßen.« Dann verstummte sie auf einmal. »Und das hier! Ein Artikel über Boris Zimoy, den Tennisspieler.«
Frank hatte ihr nicht zugehört, aber als sie Boris erwähnte, hob er den Kopf. »Zeig mal her!« Damit riß er ihr *Passion* aus der Hand. Tatsächlich, unter dem Titel »Paris – liebt – seine Schriftsteller – lieben – Paris« gab es einen winzigen Untertitel: »*Émigré* des Monats«. Die eigentliche Überschrift in großen Buchstaben lautete: »Für den Exilrussen Boris Zimoy ist Paris Sibirien.« Frank hatte den Eindruck, daß diese ziemlich happige Schlagzeile ironischerweise dem Foto widersprach, das Boris lächelnd und winkend an einem Cafétischchen auf der Rive Gauche zeigte. Bevor er jedoch ein Wort lesen konnte, nahm ihm Jo Anne die Zeitung weg.
»Ich hab' sie entdeckt, also darf ich sie zuerst lesen«, behauptete sie und gab ihm seinen *Tribune* zurück. Sie ließ sich Zeit mit dem Lesen, schlürfte ihren Café au lait und verstreute Croissant-Krümel auf dem Tisch. Nach einer stummen Viertelstunde sagte sie: »Hier steht, daß er am Freitagabend um zwanzig Uhr im Big Apple Bookstore in der Rue de Petits Choux auf englisch aus seinen Werken liest.« Sie hielt inne, um auf ihre Uhr zu sehen. »Das ist heute abend. Um acht. Laß uns hingehen, ja?«
Frank saß da und wußte nicht, was er sagen sollte. Er war unsicher, was seine Reaktion auf diese Idee betraf. Er war neugierig und mißtrauisch.
»Ach, laß uns doch hingehen! Ich meine, er ist doch seit dem Tag, als wir ankamen und du ihn im Jardin entdeckt hast, auf die eine oder andere Weise stets bei uns gewesen. Meinst du nicht, daß das unserem Urlaub eine besondere Note verleihen wird? Ein echter russischer Dichter – hier in Paris!«

Frank war fasziniert, aber auch ein wenig ängstlich. Boris zufällig zu begegnen war eine Sache, ihn aber bewußt aufsuchen, etwas ganz anderes. Das wäre dann doch zu unheimlich; schließlich hatte er die Briefe dieses Mannes gelesen und wußte sogar, was er sagte, wenn er kam. Es war eine Intimität aus zweiter Hand, die an Voyeurismus grenzte – nichts anderes!

»Warten wir ab, wie wir uns heute abend fühlen«, entgegnete er vorsichtig. »Wir haben einen langen Tag vor uns.« Aber er sah schon, daß sie in diesem Fall nicht nachgeben würde.

Sie nickte. »Also, was steht für heute auf der Tagesordnung?«

»Montmartre«, antwortete er. »Wir können nicht in Paris gewesen sein, ohne den Montmartre gesehen zu haben.«

»O ja, das stimmt.« Inzwischen waren sie beide ein wenig müde von ihren touristischen Exkursionen, verwechselten Ortsnamen und historische Fakten, Könige, Jahrhunderte, Straßen, Museen. Jo Anne blätterte in ihrem Guide Michelin zum Montmartre-Spaziergang weiter und las vor: »›In Paris ist mehr von Montmartre, als in Montmartre von Paris.‹ Also was soll denn das nun wieder heißen?«

Frank lachte. Er bezahlte die *addition* und hievte sich den Verpflegungsbeutel auf den Rücken. »Welche Métro, o große Reiseführerin?«

»Clichy, natürlich.« Sie kehrten über den Platz zurück, und Frank spürte, wie ihm bei dem Gedanken an Boris' Dichterlesung im Big Apple Bookshop ein unangenehmer Schauder durch den Körper lief. Widerwillig gestand er sich ein, daß er darauf brannte, Boris, diese Natter, auch einmal aus der Nähe zu sehen.

Während Frank sich vor einer Stunde noch eins mit dem Universum gefühlt hatte, als habe ihm Paris persönlich den Schlüssel zum Leben gegeben, kam er sich jetzt, auf der Wanderung zur Sacré-Cœur, regelrecht vernichtet vor. Als sie durch die engen, gewundenen Straßen emporstiegen und den von Jo Anne interpretierten Anweisungen des Michelin folgten, fühlte er sich ausgeschlossen. Wie konnte das sein? Auf einmal, da ihnen nur noch zwei kostbare Tage in Paris blieben, hatte er das unbehagliche Gefühl, daß sich die Stadt über ihn und seine *pauvre* Existenz in New York lustig mache. Er betrachtete die eleganten, terrassenförmig angelegten Häuser auf den Hügeln von Montmartre und die Menschen, die mit Baguettes unter dem Arm herumliefen; er versuchte, das Geplauder der Dienstmädchen von einem ummauerten Garten zum anderen aufzuschnappen. Alles das schien ihm zu sagen: »Du wirst niemals etwas davon haben, du wirst immer Außenseiter bleiben.« Wie kam es, daß er kurz vorher noch vor Liebe zum eigenen Leben gezittert hatte und nun so unvermittelt hinabstürzte in einen Zustand, in dem er sich absolut elend und unglücklich fühlte? Auch die geheimnisvollen Straßennamen wollten ihm ihre jahrhundertealten Geheimnisse nicht preisgeben. Da gab es die Rue Yvonne Le Tac (sie mußte schon was gewesen sein, daß eine Straße nach ihr benannt wurde), die Place des Abbesses (klang machtvoll und schön), die Rue Le Lapin Agile (Welch cleverer Beamter wohl die Erlaubnis erhalten hatte, einer Straße diesen Namen zu geben!) und die Rue des Trois Frères (aber wer waren diese so außergewöhnlichen Brüder?).

Inzwischen waren sie beide verschwitzt und müde vom Klettern. Obwohl es erst zehn Uhr dreißig war, wollte Frank auf eine schnelle *bière panachée* haltmachen. »Ich bin völlig ausgedörrt«, erklärte er und fragte sich, warum er diesen Ausdruck gebraucht hatte, anstatt »durstig« zu sagen. »Durstig« war amerikanisch, »ausgedörrt« war französisch. Ausgedörrt war Katja.

»Bier – so früh am Tag?« sagte Jo Anne angewidert. Sie stemmte die Hände in die Hüften und atmete schwer von der ungewohnten Anstrengung.

»Eines hab' ich auf dieser Reise gelernt«, sagte er keuchend und wandte sich zu ihr um. »Daß es im Leben keine festen Regeln gibt.«

Wer hatte das gesagt? Beide sahen sich verwundert um, verblüfft über diese Worte, die aus dem Nichts gekommen zu sein schienen. Sie waren so tiefgründig, daß es sogar Jo Anne die Sprache verschlug.

Die Place du Tertre sah genauso aus, wie sie im Reiseführer beschrieben wurde: ein Pseudo-Boheme-Jahrmarkt, auf dem die Künstler ihre Gemälde an die zahllosen Touristen verhökerten. Sie blieben nur gerade lange genug, daß Frank sein Bier mit Limonade trinken konnte. Jo Anne probierte einen Schluck, mußte widerwillig zugeben, daß das Getränk erfrischend war, und bestellte sich ebenfalls eins.

Dann nahmen sie den letzten Aufstieg zur Sacré-Cœur in Angriff, erklommen mühsam die vielen Stufen, wobei Jo Anne laut vorlas. Nachdem sie das Bauwerk in allen Einzelheiten beschrieben hatte, traten sie ein. Das Innere der Kathedrale war erfrischend kühl und dämmrig, die vollkommene Erholung nach den Anstrengungen des Morgens. Langsam wanderten sie in der ganzen Basilika umher.

»Komm, wir wollen ein paar Kerzen anzünden«, schlug Frank vor.

»Ich bin Jüdin, und dies ist eine katholische Kirche«, widersprach Jo Anne.

»Das spielt keine Rolle. Wir können sie aus symbolischen, kosmischen Gründen anzünden.«

»Zünde du eine für mich an«, sagte sie und setzte sich in eine Bank, während Frank eine weitere Runde durch die winzigen Kapellchen machte und sich zu einer Entscheidung durchzuringen versuchte, für welchen Heiligen er eine Kerze anzünden wollte. Vor zwei verschiedenen Altären blieb er stehen, steckte ein paar Francs in die Kästchen und zündete die Kerzen an. Dann blieb er stehen, als spräche er ein stilles Gebet, und kehrte anschließend zu ihr zurück.

»Na?« fragte sie ihn.

»Ich habe für jeden von uns eine Kerze vor dem Altar von St. Raphael, dem Heiler, angezündet. Das ist doch angemessen, findest du nicht? Und dann habe ich noch eine Kerze für St. Michael, den Bekämpfer des Bösen, angezündet. Denn der ist außerdem der Schutzheilige der Stadt Paris.«

»Wenn du das sagst«, erwiderte Jo Anne gleichmütig.

Sie verbrachten noch einige Zeit draußen auf der Terrasse und bewunderten den Blick auf Paris. Der Platz rings um den Dom verwandelte sich in einen Zirkus, wo Schauspieler auftraten, ganze Busse voll indischer Touristen parkten und Souvenirhändler Plastikmodelle der Basilika feilboten. Es wurde Zeit zu verschwinden. Sie setzten ihren Marsch auf Paris fort, und ehe sie sich's versahen, waren sie wieder in ihrem Hotel, duschten und zogen sich zum Essen um.

Angenehm satt und ein bißchen beschwipst, machten sie sich auf den Weg zum Big Apple Bookshop. Die Rue des Petits Choux war eine windige Straße, deshalb sichteten sie die Buchhandlung erst, als sie um eine Ecke bogen und praktisch mit der Nase draufstießen. Das Ladenschild war in Form eines Apfels gestaltet, rot angemalt und trug außer dem Wort *Bookshop* nur noch das Datum *Established 1981.* Wie Frank im *Passion*-Magazin gelesen hatte, während Jo Anne unter der Dusche stand, war der Big Apple der einzige englischsprachige Buchladen auf der Rive Gauche und sehr schnell zum bevorzugten Treff einer neuen Generation von expatriierten Schriftstellern geworden. In einem Artikel mit dem Titel »Wo Schriftsteller gern Lesungen halten« hieß es, Paris erlebe derzeit eine Mini-Renaissance, mit Schriftstellern, die möglicherweise nicht weniger kraftvoll und begabt seien als Hemingway und Gertrude Stein. Die Zeitschrift gab dem Big Apple vier Eiffeltürme »für seine Großzügigkeit den Schriftstellern gegenüber« – sie durften auf Kredit einkaufen –, »für seine ausgezeichnete Auswahl zeitgenössischer englischsprachiger Literatur und für seine erfrischende Einstellung zu den Kunden, die dort nach Herzenslust stöbern und diskutieren können«.
Vor dem Laden standen zahlreiche Leute herum und genossen die Abendluft. Frank hörte viel Englisch, vermischt mit amerikanischem Französisch und französischem Französisch. Auch etwas Russisch glaubte er zu hören, er war aber nicht sicher. Er hatte das Gefühl, daß er und Jo Anne die einzigen Touristen waren; alle anderen schienen sich – das konnte man aus der Art schließen, wie sie sich begrüßten und zuwinkten – gegenseitig

zu kennen. Vermutlich waren die meisten von ihnen Schriftsteller, die für einen Abend mit Plaudereien und Wein aus ihren literarischen Höhlen hervorgekrochen waren. Es gab Mädchen ohne Make-up, die einander zweimal auf die Wangen küßten; es gab sexy und künstlerhaft wirkende Männer mit seltsamen japanischen Anzügen und Zigaretten in den Mundwinkeln. Es gab Preppy-Typen – *bon chic, bon genre* wurden sie genannt –, in denen man Lektoren französischer Verlage vermuten konnte, sowie ein paar ältere, sehr gut gekleidete Personen, die eine Aura von Erfolg ausstrahlten.

»Wie ist es – wollen wir?« fragte Jo Anne und deutete auf die Tür.

»Okay«, stimmte Frank gutmütig zu.

Als sie die Buchhandlung betraten, verstand er sofort, warum sich die Schriftsteller hier wohl fühlten. Es war ein richtiges Paradies für Bücherwürmer – so eingerichtet, daß man am liebsten jedes Buch im Laden gekauft hätte. Auf dem hellen Holzfußboden lagen Perserteppiche, die Bücher standen in antiken Fichtenholzregalen. Spotscheinwerfer schufen intime Lichtnischen. Es gab Korbsessel und zweisitzige Sofas, mit provençalischem Stoff bezogen und überall im Raum verteilt, damit man sich gemütlich niederlassen und schmökern konnte. Die Tische quollen über von Büchern, und es gab einen Zeitschriftenstand mit amerikanischen Publikationen wie *American Photographer, Esquire, Interview, Yankee* und dem *New Yorker.* Eine hervorragende Hi-Fi-Anlage spielte klassische Musik, und der Duft von Pot hing in der Luft.

Der Laden füllte sich relativ schnell, doch Frank und Jo Anne hatten sich schon ein kleines Sofa in einer Ecke erobert. Viele Besucher saßen auf dem Boden oder lehnten an den Bücherregalen. Um zwanzig Uhr fünfzehn wurde die Musik abgestellt, und eine junge Frau mit runder schwarzer Brille nahm vor dem Publikum Aufstellung.

»Herzlich willkommen im Big Apple«, begann sie. »Ich heiße Mia McCormick. Ich bin Koordinatorin für die Autoren-Lesereihe des Big Apple und« – sie musterte die Gäste – »freue mich

sehr, daß heute abend so viele Freunde gekommen sind.« Allmählich breitete sich Ruhe aus. »Ich möchte euch alle daran erinnern, daß hier nicht geraucht werden darf. Außerdem möchte ich damit beginnen, dem Big Apple und vor allem Tyler Kass zu danken, der aufopfernden Begründerin und Eigentümerin dieser wundervollen Institution.« Sie wandte den Kopf und wies auf eine freundliche, gelehrsam-trocken wirkende Frau mit einem dicken braunen Zopf, die hinter der Kasse stand. Ringsum erhob sich begeisterter Applaus, den Tyler Kass mit erhobenen Händen in Beifall für das Publikum ummünzte.
Mia fuhr fort. »Der Big Apple ist zu einem wichtigen Teil der Pariser Literaturszene geworden – findet ihr nicht?« Applaus. »Durch ihn können wir in Paris leben und haben einen Platz, wo wir einander treffen und uns über die englischsprachige Literatur auf dem laufenden halten können.« Abermals Applaus.
»Was für eine Liebeserklärung!« flüsterte Frank.
»Pssst!« Jo Anne stieß ihn an.
»Und um unseren Schriftsteller des heutigen Abends vorzustellen, übergebe ich das Mikrofon nunmehr an« – Mia tat, als halte sie eins in der Hand – »Grischa Lobek, ebenfalls ein sehr bekannter russischer Emigrantenschriftsteller, der unseren heutigen Autor, Boris Zimoy, schon kannte, als sie beide noch in Moskau lebten.
Grischa ist inzwischen weltweit bekannt für seine Lyrik, seine Essays und sein Gewissen. Sogar vom Nobelpreis wird gemunkelt – nicht wahr, Grischa?« Sie warf einen koketten Blick nach rechts und fuhr dann fort: »Aber für uns ist er ganz einfach unser Grischa. Ladies and Gentlemen – Grischa Lobek!«
Weiterer Beifall, und Frank wandte sich zu Jo Anne um, die hingerissen dasaß, aber mit dem gewohnten verächtlichen Zug um den Mund, der zum festen Bestandteil ihrer Miene geworden war.
»Eine Einführerin, die den Einführer unseres Autors einführt«, flüsterte Frank.
»Pssst!« Diesmal rammte ihm Jo Anne tatsächlich den Ellbogen in die Rippen.

Ein aus der Form geratener, fast kahler Mann mit buschigen blonden Brauen erhob sich und begann mit hoher Stimme zu sprechen, ohne zuvor abzuwarten, bis sich das Stimmengemurmel im Raum gelegt hatte. Er strahlte eine Ungeduld aus, die den Anschein erweckte, als schreie er das Publikum an.
»Mein Name ist Grischa Lobek«, verkündete er mit gelangweilter Miene und wurde augenblicklich von Applaus unterbrochen, den er mit unwirscher Geste und verärgerter Miene zurückwies. Mit seinem starken russischen Akzent fuhr er dann fort: »Als wir vor zehn Jahren in Moskau waren, habe ich Boris versprochen, daß es einen Abend wie den heutigen geben werde.« Sein Blick suchte beim Sprechen mit keinem Anwesenden im Raum Kontakt. Sein Verhalten ließ keinen Zweifel daran, daß er an diesem Abend nicht unbedingt im Big Apple Bookshop weilen wollte und mit Literatur-Groupies oder Veranstaltungen, die ihn von seiner Arbeit ablenkten, nun wirklich nichts anfangen konnte.
Er sprach langsam und betonte jedes Wort so sorgfältig, als seien die Zuhörer geistig zurückgeblieben. »Damals waren es nur unsere Fantasien, die uns am Leben erhielten. Davon können Sie alle hier, die Sie sich den Bauch mit Coq au vin und Beaujolais vollgeschlagen haben, sich überhaupt keine Vorstellung machen. In einem eiserstarrten Gulag von so etwas zu träumen! Aber wir hatten natürlich keine Ahnung, daß wir gezwungen sein würden, im Exil zu leben.
Der Westen. Dieses Wort ging uns wie Öl über die Lippen. Es war ein imaginärer Ort von mythischen Proportionen, erfüllt von Freundlichkeit und Gefahren, die wir uns nur aus flüchtigen Gesprächen mit Touristen auf dem Roten Platz zusammenreimen konnten oder beim Betrachten von eingeschmuggelten Westernfilmen. Heutzutage höre ich von Freunden in Moskau, daß *Tootsie* ein guter Film ist, um die Straßen von New York kennenzulernen.«
Alles lachte.
»Boris Zimoy wollte lieber schreiben als leben. Jetzt ist er in Paris, um die literarische Tradition fortzuführen, der er entstammt

– die Tradition von Puschkin, Tschechow, Lermontow, Gogol, Dostojewski, Tolstoi. Eigentlich wollte er diese Tradition in seiner Heimat fortsetzen. Aber das war nicht möglich. Sie dürfen eines niemals vergessen: Er ist nicht, wie viele von Ihnen, wegen der Freuden hier, die Paris zu bieten hat – nein! Boris lebt hier im Exil, als wäre er in Sibirien. Er wird stets ein Gefangener seiner Vergangenheit, seines Vaterlandes und seiner russischen Seele sein. Er ist getrennt von seinem Volk! Und sein Volk ist es, das seine literarische Tradition braucht – nicht Sie!« Er machte eine dramatische Pause. »Sie müssen begreifen, daß er zurückkehren würde, wenn er es könnte; das ist wichtig. Und mit diesen ernsten Worten möchte ich Ihnen meinen Freund vorstellen: Boris Zimoy.«

Bei diesen bewegenden Worten wurde wieder applaudiert, und dieses Mal besonders begeistert, als Grischa die Hand nach Boris ausstreckte. Das Publikum wandte sich um, wollte sehen, woher Boris auftauchen würde. Und schließlich war es ein sehr energischer Boris, der sich in der letzten Reihe erhob und sich, über die am Boden sitzenden Gäste hinwegsteigend, in den vorderen Teil des Raumes durchdrängte. Alle machten bereitwillig Platz.

Franks Herz begann heftig zu klopfen, und er konnte die Hände nicht stillhalten. Er klatschte, faltete die Hände, fuhr sich mit ihnen durchs Haar. Er kam sich vor wie ein erwachsener Zappelphilipp, der kurz vor dem Zerplatzen ist. Boris wirkte genauso anziehend und elektrisierend, wie Katja ihn immer geschildert hatte. Aber er hatte sich verändert seit jenem ersten Tag im Lux. Er wirkte schlanker und härter. Er hatte sich den Bart abrasiert und trug das Haar superkurz, modisch und mit Gel zurückgekämmt. Dem durchdringenden Blick seiner dunklen Augen schien nichts zu entgehen. Er versuchte eine feierlich-ernste Miene zu wahren, doch Frank entdeckte unter der Härte einen kleinen Jungen, der sich wie ein Schneekönig über die Aufmerksamkeit freute, die ihm zuteil wurde. Gelegentlich lächelte er, wenn er sagte: »Pardon, Pardon«, und über Sitzende hinwegstieg. Er war makellos gepflegt und hatte sich genau wie

an jenem Abend im Fernsehen einen Pullover um die Schultern geschlungen.
Als er vorn angekommen war, wurde er von Grischa umarmt, der sich anschließend in der ersten Reihe auf den Boden setzte. Boris kniff die Augen zusammen und bat, die Spots anders einzustellen, weil er sonst nicht lesen könne, und deswegen seien sie doch schließlich alle gekommen, oder? Frank merkte sofort, daß er mit seinem starken russischen Akzent sämtliche Frauen im Publikum bezauberte, und alle kicherten.
»Danke, ich danke dir, Grischa. Jawohl, und hier bin ich nun, lebe in Paris und halte eine Autorenlesung auf englisch. Man weiß wirklich nie, wie das Leben so spielt. Niemals.« Ein Kamerablitz zuckte. »Bitte, kein Blitzlicht«, sagte er und deutete an, er könne wegen des grellen Lichtes nichts sehen.
»Ich möchte Ihnen eine meiner Kurzgeschichten vorlesen, die erst vor kurzem von Dr. Anne Santos von der McGill University in Montreal, Kanada, ins Englische übersetzt wurde. Ich schreibe auf russisch, dann kann es ins Französische oder Englische übertragen werden, manchmal zuerst ins Französische und dann ins Englische. Sie sehen also, es ist sehr kompliziert. Man ist immer ein Gefangener – seines Verlegers, seines Übersetzers, seines Agenten.« Dabei schüttelte er den Kopf, aber dann fiel ihm ein, daß er vor einer Menge Zuhörer stand, und riß sich zusammen.
»Die Geschichte heißt ›Lana‹«, erklärte er und räusperte sich. »Lana ist die vertrauliche Abkürzung des russischen Namens Swetlana.«
»›Als ich Lana bei meinem ersten Besuch in New York City kennenlernte, hatte ich keine Ahnung, daß ich mich in sie verlieben würde. So etwas wäre mir nie in den Sinn gekommen.‹« Seine Stimme klang eintönig und doch faszinierend.
Während Boris immer weiterlas, überkam Frank eine Art Angstgefühl. Es war die Geschichte einer amerikanischen Lana, die Boris in New York kennenlernt und die eine Reinkarnation der russischen Lana zu sein scheint, einer Frau, die er in Moskau geliebt hat. In ihrer Wohnung in Manhattan führt sie mit ihrer

Katze und ihrem Job ein typisch amerikanisches Leben, jedoch hat er seltsamerweise das Gefühl, daß in ihrem Körper eine russische Seele gefangen ist. Er argwöhnt, daß es sich um einen KGB-Trick handelt, daß sie eine Agentin ist, die ihn provozieren und quälen soll. Sie spricht ein perfektes New-Yorkerisch, doch immer wieder erschüttert sie ihn mit ihren melancholischen slawischen Blicken und Interpretationen des Lebens. Endgültig baff aber ist er dann, als sie im Büro ist und er mit der Katze russisch zu sprechen versucht (die, wie sich erweisen soll, bereits französisch spricht), und die Katze jedes Wort versteht, das er sagt!

Als sie einmal mit der Subway fahren, zieht er schließlich einen Revolver und erschießt sie, wobei alle Leute ringsum zusehen, sich aber auf diese typische New Yorker Art nicht einmischen. Es ist eines jener perfekten anonymen Verbrechen, für die New York berühmt ist. Sie sieht ihn an, fragt leise: *»Potschemu?«* – Warum? – und sinkt zu Boden. Aufgeregt rennt er die Treppe hinauf, zeigt nach vorn und schreit: »Haltet den Mann! Mörder!« – als wäre er hinter einem Verbrecher her. Er springt in ein Taxi zum JFK und fliegt nach Paris zurück, wo er nun vor seinen Zuhörern steht und ihnen diese Geschichte erzählt. Ende.

»Also, das wär's, Ladies and Gentlemen.« Er lächelte und sah das Publikum mit geheimnisvoll hochgezogenen Brauen an. »Ich danke Ihnen.«

Frank war keineswegs überrascht. Die Story paßte genau ins Bild. In seinen Geschichten brachte Boris das Mädchen immer um oder ließ es eines grausigen Todes sterben. Hier ging es natürlich einzig und allein um Katja. Während er den Inhalt aus schriftstellerischen Gründen ein wenig aufpoliert hatte, waren sämtliche Details ihrer unglücklichen Liebesgeschichte vorhanden. Boris hatte ein hervorragendes psychologisches Verfolgungsdrama *à la russe* geschrieben und ein slawisches Melodram in eine harte New Yorker Szene transponiert.

Frank sah Jo Anne an, die wie gebannt dasaß. Welch ein Kind sie doch war! Bei all ihrem Verständnis für die Probleme anderer Menschen war sie ein kleines Mädchen, steckengeblieben in einem frühen Entwicklungsstadium. Er konnte sehen, wie sie es genoß, etwas vorgelesen zu bekommen. Na schön, das hatte er auch genossen. Aber irgend etwas war an ihr, das er bisher noch niemals gesehen hatte: Er fühlte sich jedoch aus irgendeinem Grund nicht veranlaßt, eine Bemerkung darüber zu machen, wie es sonst seine Gewohnheit als Psychiater war. Mr. Fix-It nannte er sich manchmal selbst: »Komm nur her, Daddy macht alles wieder gut.« Er war es müde, Retter in der Not zu sein, ständig andere aufzumuntern. Ich muß endlich für mich selber sorgen, ermahnte er sich immer wieder.

»Also? Was hältst du davon?« sprudelte Jo Anne mit so strahlender Miene hervor, daß er sofort wußte, sie hatte es großartig gefunden.

»Also?« imitierte er sie. Dann legte er den Kopf schief. »Es war ganz okay.«

»Also ich fand es großartig! Der Mann ist fabelhaft! Eine so einfache Geschichte, und so wunderbar geschrieben!«

Er zuckte die Achseln.

»Ich finde, daß Lana verdächtig nach einer deiner ehemaligen Patientinnen klang.«

»Ach ja? Nach welcher denn?«

»Das weißt du genau.«

»Mach dich nicht lächerlich!« zischelte er.

»Also findest du's nicht interessant, wie die Kunst das Leben imitiert?« fuhr sie fort. Er antwortete nicht.

»Und dieser Teil, wo die Lana in der Geschichte einen Psychiater hat, und der einzige, der ihn eventuell als Mörder entlarven kann, der Doktor ist, weil er die intimsten Einzelheiten ihres Lebens kennt?«

»Bist du fertig? Können wir gehen?« fragte Frank. Er wollte weg von hier. Nur ja nicht Boris Auge in Auge gegenüberstehen!

»Noch nicht. Ich möchte noch ein bißchen hierbleiben. Vielleicht auch ein paar Bücher kaufen.« Damit erhob sie sich und ging davon. Sie wußte Bescheid. Jo Anne war nicht dumm. Er hatte ihr damals in New York, als er im Chaos seiner Therapie nicht mehr aus noch ein wußte, von Katja erzählt.

Inzwischen wanderten alle umher, tranken Wein aus Pappbechern und versuchten ein Wort mit Boris oder Grischa zu sprechen, die in einer Ecke des Ladens hofhielten, gemeinsam für Fotos posierten und Bücher signierten. Die klassische Musik war wieder eingeschaltet worden, und die Kasse klingelte fröhlich vor lauter Verkäufen. Frank drängte sich langsam durch den Raum, schnappte einige Gesprächsfetzen auf, betrachtete die Bücher, die von den Leuten ausgewählt wurden. Er selbst war fasziniert von *Interview with the Vampire* von Anne Rice; er blätterte darin und dachte gerade über die blinde Leidenschaft der Frauen für Vampire nach, als er aufblickte und zu seinem Entsetzen sah, daß Jo Anne sich mit Boris unterhielt!

Im Gegensatz zu der gewohnten höflichen Plauderei jedoch, die Boris mit den Damen pflegte, die zu ihm kamen, schien er mit Jo Anne ein ernsthaftes Gespräch zu führen. Behutsam schob sich Frank näher heran und spitzte die Ohren, um etwas von der Konversation mitzubekommen.

»Sie sind festgefahren in einer kitschigen und, möchte ich hinzufügen, minderwertigen Bourgeois-Paranoia!« höhnte sie. Ihre Nasenflügel bebten; in ihren Augen strahlte Kampflust. Jo Anne auf dem Kriegspfad!

»Und Sie, Sie dämlicher Shrink – wissen Sie's etwa besser?« Er warf den Kopf zurück und lachte laut los.

»Wenn Sie psychologische Dramen schreiben wollen, könnte ich Ihnen eine große Hilfe sein«, konterte sie.

Entdeckte er da eine Andeutung von Flirt in ihrem Ton? Ein eisiger Schauer lief ihm über den Rücken. Jetzt begriff er. Das war ihre Art von Flirt, ihre Art von Sex! Natürlich. Es war perfekt. Jo Anne und Boris, zwei zum tödlichen Sprung geduckte Panther.

Er schlich davon und landete an der Kasse, wo Tyler Kass, die Eigentümerin, mit zufriedener Miene Wache stand.

»Oh, da haben Sie sich was Gutes ausgesucht«, sagte sie herzlich, nahm ihm das Buch ab und sah auf der Rückseite nach dem Preis. Er erwiderte ihr Lächeln. Nach allem, was er auf der Rückseite gelesen hatte, sprachen ihn die Themen des Buches an: das Gefühl, vom Leben ausgeschlossen zu sein; das Bewußtsein, ewig Außenseiter zu bleiben; die Suche nach einem Menschen, der einen verstand. Wie zum Teufel sollte er Jo Anne das Zeichen zum Aufbruch geben? Doch während er noch mit den Reiseschecks hantierte, kam sie schon zu ihm.

»Interview with the Vampire«, las sie den Titel seines Einkaufs laut vor.

»Jawohl, genau das, was du gerade hinter dir hast«, erwiderte er bissig.

Sie wußte nicht, was sie darauf erwidern sollte, und wurde nervös. »Also paß auf. Boris hat mich eingeladen, mit ihm noch in ein Café zu gehen«, stieß sie dann hervor und wartete auf seine Reaktion.

Die Bombe war geplatzt. Er wandte den Blick ab und versuchte zu zählen, wie viele Reiseschecks er noch hatte.

Jo Anne stemmte die Hände in die Hüften. »Ich habe zugesagt. Ich meine, wenn ich schon mal die Chance kriege, einen berühmten russischen Schriftsteller kennenzulernen...«

»Vor ein paar Tagen war er noch ein ›unbedeutender *émigré*‹, wenn ich mich recht erinnere«, warf Frank sarkastisch ein. Dann wandte er sich an Tyler Kass und erkundigte sich liebenswürdig: »Können Sie fünfzig US-Dollar wechseln? Gut. Und zu welchem Kurs?« Er drehte sich wieder zu Jo Anne um und fuhr in etwas sanfterem Ton fort: »Ich bin nur sehr müde, das ist alles. Es war ein langer Tag. Bitte, geh du nur, ich fahre ins Hotel zurück. Morgen ist unser letzter Tag in Paris. Ich lasse die Tür unverschlossen.«

Er merkte deutlich, daß Jo Anne über seine Antwort erfreut war, aber sie tat, als werde sie ihn vermissen. »Okay«, sagte sie zögernd; dann wandte sie sich energisch ab und eilte zur Tür hinaus. Draußen stand Boris mit ein paar Freunden und nickte Jo Anne zu, als sie sich zu ihnen gesellte.

Frank wartete noch ein paar Anstandsminuten, um ihnen Zeit zum Verschwinden zu geben, bevor er die Buchhandlung verließ. Endlich trat er in den kühlen Aprilabend hinaus. Was gerade geschehen war, verwirrte ihn total. Es war ein Alptraum! Er schloß mit sich selbst einen Pakt ab, nicht mehr über die bei-

den nachzudenken. Was immer geschehen würde, befand sich außerhalb seiner Kontrolle. Das Kräfteverhältnis zwischen Jo Anne und ihm hatte sich verschoben. Jo Anne ging eigene Wege. Paris schien auch sie aus dem Schlaf gerüttelt zu haben.
Eine merkwürdige Stadt ist das, sinnierte er, als er mit seinem Buch unter dem Arm den Boul' Mich' entlangschlenderte und die Leute anstarrte, die in den Cafés saßen und ihn ansahen. Die Situation machte ihn nachdenklich. Wer beobachtet hier wen? Wer lebt, und wer ist Beobachter? Plötzlich wollte er auch in einem dieser Cafés sein, unter den hellen Lichtern inmitten lachender Menschen sitzen und das Leben auf den Straßen genauso beobachten, wie die Pariser ihn beobachteten. Weiter hinten entdeckte er einen freien Tisch, schlängelte sich zu ihm durch und setzte sich.
»*Un cognac*«, bestellte er bei dem *garçon* mit dem äußersten Maß an Selbstsicherheit, das er auf dieser Reise aufzubringen vermochte. Er warf einen Blick auf den Nebentisch, wo eine junge Frau ebenfalls einen Cognac trank und außerdem eine kleine Flasche Mineralwasser. Sie lächelte ihm zu. »*Et un Perrier aussi*«, ergänzte er, wiederum voller Autorität. Der *garçon* nickte nur und verschwand, denn er hatte bereits den nächsten Gast erspäht.
Es müssen sich verschiedene Dinge ändern! Unbedingt! Dies ist der Frank, der ich gern sein will, der Frank in der Girbaud-Hose, der im Café sitzt und Cognac trinkt. Der Frank von der Place des Vosges. Morgen ist mein letzter Tag in Paris. Urlaub war wirklich ein großer Mist. Man stand ständig unter dem Zwang, sich in dieser kurzen Woche gut zu amüsieren, und wenn man sich nicht absolut fabelhaft amüsierte, hatte man das Gefühl, ein Versager zu sein. Endlich verstand er seine Patienten, die sich nach der Rückkehr aus dem Urlaub beschwerten, sie brauchten einen weiteren Urlaub, um sich von diesem zu erholen.
Er sah zu dem jungen Mädchen am Nebentisch hinüber, und wieder lächelte sie ihm zu. Diesmal lächelte er zurück. Sie war so hübsch, so französisch mit ihrem duftigen, kurzen dunklen Haar, das sie mit einer rosa Schleife zurückgebunden hatte, mit

den vielen Reifen am Handgelenk, dem schlichten marineblauen Rock mit Pullover und den weißen Knöchelsöckchen. Das mußte der *gamine*-Look sein, von dem Katja ihm so oft erzählt hatte. Sie hob ihr Glas und prostete ihm zu. *»Merci«,* sagte er und wandte verlegen den Blick ab.

Angenommen, er wollte kein Analytiker mehr sein – was sollte er tun? Als er die Augen schloß, kamen ihm nur zwei Möglichkeiten in den Sinn: Pferdepfleger bei der Claremont Riding Academy oder Park Ranger im Central Park. Beide Jobs hatten mit körperlicher Arbeit im Freien zu tun, einer Arbeit, die man abends nicht mit nach Hause nahm. Man tat einfach einen ganzen Tag lang ehrliche Arbeit, dann gehörte einem das Leben selbst. Außerdem durfte man eine Uniform tragen. Gerade die Schlichtheit daran gefiel ihm. Er haßte es, rund um die Uhr zur Verfügung stehen zu müssen.

Er wußte nicht genau, wie es geschah, aber es geschah. Irgendwann setzte sie sich – Faustine hieß sie – zu ihm an den Tisch. Sie sprach ein wenig Englisch, er bestellte weitere Cognacs, und sie ergriff seine Hand, um zärtlich mit ihr zu spielen. Es war herrlich! Dann begann sie, ihm durch die Haare zu streichen, ihn am Ohrläppchen zu kitzeln, und plötzlich begann er komisch zu atmen, und ihr Mund war ganz nah an dem seinen, und es war so unheimlich sexy, in Paris an einem Cafétisch zu sitzen und eine junge Französin zu küssen.

Jo Anne liebt Paris und Boris

Er hatte keine Ahnung, wie lange er geschlafen hatte, merkte aber plötzlich, daß jemand das Licht anmachte. »Jo Anne?« murmelte er mit noch immer geschlossenen Augen. Er spürte, wie eine Hand behutsam seine Schulter berührte.

»Hätten Sie gern einen kleinen Imbiß?« fragte eine Stimme.
Frank nickte.
»Sir?«
Er öffnete die Augen. Die Stewardeß beugte sich über ihn und reichte ihm ein kleines beigefarbenes Tablett, das mit Plastik abgedeckt war. Verdammt! Er haßte es, mit offenem Mund ertappt zu werden, und wenn er im Schlaf sabberte. Er wischte sich den Mund ab und richtete sich auf. Die anderen Passagiere regten sich zögernd, streckten die Beine aus und machten sich frisch. Es war Imbißzeit, das hieß, sie würden bald im echten Big Apple landen. Er wartete, bis der Getränkewagen kam, und bat um zwei Gläser Orangensaft, dann packte er seinen Imbiß aus. Er bestand aus Käse mit Crackern, einem kleinen Schokoladenkuchen mit Nüssen und einem Apfel. Nicht schlecht. Er konnte es kaum erwarten, nach Hause zu kommen und seinen ersten Hamburger zu essen. Ach ja, und... Mint-Eiscreme mit Schokoladenstückchen!
Er fragte sich, was Jo Anne wohl jetzt tat. Saß sie mit Boris in der Badewanne? Ging sie mit Boris spazieren? Saß sie mit Boris in einem Café? Schlief sie mit Boris? Bei dem Gedanken schüttelte es ihn. O Gott, diese Kopfschmerzen! Seit zwei Tagen hatte er einen Mordskater. Kaum hatte er den einen Kater überwunden, da betrank er sich schon wieder, und diese letzte Flasche Wein, die er auf dem Flug geleert hatte, hatte seinen Zustand auch nicht gerade gebessert.
Jo Anne und Boris, welch ein Paar! Endlich hatte Boris eine Frau gefunden, die es fertigbrachte, nicht nett zu ihm zu sein, eine Frau, die die Nase rümpfte und ebenso gut Schläge austeilen konnte wie er. Endlich eine Frau, die ihn nicht liebte, eine Frau, die ihm nicht noch eine Flasche Yatagan kaufte. Und für Jo Anne, nun, für sie war Boris ein Mann, der sie genauso gemein behandeln konnte wie sie ihn. Und nach allem, was Frank über ihn wußte, war Boris mehr an einem Leben des Geistes als an einem des Körpers interessiert. Genau richtig für Jo Anne. Ach, ist das eine traurige Welt, dachte er. Wenn ein Mensch wie Jo Anne, die in ihrer Wohnung ganz allein ein asketisches Le-

ben führt, einem solchen Wahnsinnigen, wie Boris es ist, in die Falle gehen und in Paris bleiben kann, wie soll ich dann in der Lage sein, über irgend etwas oder irgend jemanden ein gültiges Urteil abzugeben? Das Leben scheint sich ohne uns abzuspielen; wir werden einfach nur mitgeschleppt.

Er erinnerte sich noch, wie er in seinem durch Cognac herbeigeführten Schlaf gehört hatte, daß die Hotelzimmertür aufging. Sie mußte versucht haben, besonders leise zu sein, doch in der frühen Morgenstille, der Ruhe nach dem Sturm, klang alles laut. Durch seinen Katernebel hindurch hörte er sie flüstern: »Du wartest unten, ich komme gleich nach.« Er hörte Kleiderrascheln, Herumkramen in Schubladen und das Geräusch eines Koffers, dessen Reißverschluß geöffnet wurde.
Noch immer mit geschlossenen Augen murmelte er, ohne sich zu rühren: »Jo Anne?«
»Gut. Du bist wach«, antwortete sie mit lauter Stimme und kam zu ihm herüber. »Wir müssen reden.«
»Pssst!« Er zuckte zusammen. »So früh am Morgen? Hat das nicht Zeit?« gab er zurück. Er hatte die Augen noch immer geschlossen.
»Frank!« mahnte sie streng und setzte sich auf die Bettkante.
»Ja, was?« Jetzt öffnete er die Augen und sah sie an. O mein Gott, sie sah ja ganz anders aus! Ihre Wangen waren gerötet, ihre Augen blickten leidenschaftlich und strahlend.
»Ich weiß, es wird ein großer Schock für dich sein, aber...« Sie hielt inne, ließ ihn sozusagen am Rand des Abgrunds hängen. »Ich werde noch eine Woche in Paris bleiben.«
»Was?« Er fuhr hoch. »Auuu! Gib mir bitte das Aspirin, ja?« Scharfe Messer schnitten ihm durch den Kopf. Sie reichte ihm die Flasche und sah zu, wie er sich zwei Tabletten in den Mund warf und sie mit Evian runterspülte.
Dann atmete sie tief durch und zuckte die Achseln. »Ich weiß, es gibt keine rationale Erklärung dafür.«
»Jo Anne, du bist verrückt! Was ist denn mit...«
Sie fiel ihm ins Wort. »Es ist das Verrückteste, was ich jemals

getan habe. Und weißt du was? Es macht mir Spaß. Die meiste Zeit meines Erwachsenenlebens habe ich damit verbracht, in meiner Wohnung zu sitzen und zuzusehen, wie die anderen Menschen leben. Jetzt bin *ich* endlich mal dran! Ich hab's satt, die Fehler anderer Menschen auszubügeln. Ich will meine eigenen Fehler machen«, erklärte sie sachlich.

Er sah ein, daß es keinen Zweck hatte. Sie war nicht gekommen, um mit ihm zu diskutieren, sie war gekommen, um ihn zu informieren. Was er dachte oder sagte, spielte nicht die geringste Rolle. Sie waren zwei vernünftige, erwachsene Menschen. Das Schreckliche, Komische, Traurige daran war, daß es ihm, wenn er es sich recht überlegte, absolut und völlig egal war.

»Was ist mit dir passiert?« Er meinte, wenigstens den Versuch machen zu müssen, ihr den Unsinn auszutreiben.

»Was mir passiert ist? Boris Zimoy ist mir passiert«, seufzte sie.

»Na, großartig, Jo Anne«, konterte er sarkastisch. »Dann bist du also eines von seinen vielen literarischen Groupies geworden. Bald wirst du ihm bestimmt auch noch Parfüm kaufen, wie sie es offenbar alle tun.«

Sie ignorierte seine letzten Worte und spann ihren eigenen Gedankenfaden weiter. »Du hast da wirklich eine ganz schöne Show abgezogen. Ich bin beeindruckt, aber irgendwie auch verärgert.«

»Was soll das heißen?«

»Wegen Boris. Daß du getan hast, als wüßtest du nichts von ihm.«

»Wovon redest du eigentlich?« Er suchte, seine Nervosität zu verbergen und Zeit zu gewinnen, um sich darüber klarzuwerden, was sie während des Abends mit Boris in Erfahrung gebracht haben könnte.

»Hör mal, Frank. Ich war die ganze Nacht mit ihm zusammen. Wir haben diskutiert. Und kaum hatte er entdeckt, daß ich aus New York bin, da wollte er nur noch darüber reden. Er hat mir was von einer Frau namens Katja erzählt...« Das Ende des Satzes ließ sie in der Luft hängen.

»Aber Jo Anne – Boris *haßt* Shrinks!« Er versuchte nach einem Strohhalm zu greifen – *irgend*einem.
»Was soll das heißen? Was hat das damit zu tun? Hör zu. Ich werde die kommende Woche mit ihm verbringen. Nicht in seinem Atelier – er hat mir erklärt, da wäre nicht genug Platz für zwei –, sondern in einem Hotel in derselben Straße. Er möchte, daß ich eine englische Übersetzung seines neuen Buches redigiere. Und ich möchte das wirklich gern tun.«
»Er nutzt dich nur aus«, warnte er.
»Boris ist ein außergewöhnlicher Mensch. Er versucht, etwas aus seinem Leben zu machen. Sein ganzes Leben ist die Kunst, die er macht. Er ist wie ein Marathonläufer, der gegen den Tod und die Politik anrennt. Ich glaube an ihn. Und ich kann ihm besser helfen als jede andere Frau. Ich verstehe ihn. Er braucht mich.«
Frank sah ein, daß jede Hilfe für sie zu spät kam.
»Dies ist etwas so völlig anderes! Das weiß ich genau!« Sie klang so verzweifelt wie ein ganz junges, verliebtes Mädchen. »Später werde ich nach New York zurückkommen und mir überlegen, was ich machen will«, fuhr sie nachdenklich fort. Das klang ganz nach einer Entscheidung, die ihr gesamtes Leben verändern konnte.
»Ich begreife nicht, daß du so etwas tun kannst«, klagte er.
Sie eilte im Zimmer umher, warf Kleidungsstücke in ihren Segeltuchkoffer und holte ihre Toilettenartikel aus dem Bad. Da sie nicht viel mitgebracht hatte, dauerte es nicht sehr lange. Sie zog den Reißverschluß des Koffers zu und verkündete: »Also, Frank, ich bin soweit.«
»Du hast dich verrannt, Jo Anne«, verkündete er. In diesem Zustand jedoch, niedergeschmettert, nackt und verkatert im Bett, war es ihm unmöglich, sie zur Vernunft zu bringen. Also gab er es lieber gleich auf. »Na, dann viel Glück«, sagte er leise.
Sie nahm Segeltuchkoffer und Reisetasche und ging hinaus. Frank entdeckte seine Armbanduhr auf dem Nachttisch und sah nach der Zeit. Halb elf an seinem letzten Tag in Paris! Er ging ans Fenster, öffnete es und sah Boris mit ungeduldiger

Miene auf der Straße stehen. Als Jo Anne aus dem Hoteleingang kam und ihm ihren Koffer reichte, damit er ihn tragen konnte, hörte er Boris sagen: »Ich kann nicht. Ich hab mir den Ellbogen verstaucht. Beim Tennis. Wenn ich ihn nicht schone, muß er operiert werden. Tut mir leid.«

»Aber natürlich. Ja. Ich trage ihn schon«, erklärte Jo Anne.

Frank verdrehte die Augen.

Er stand auf, ging unter die Dusche und hoffte, der heiße Dampf würde seinen Kopf klarer machen. Während er schwankend unter dem wohltuenden Wasserstrahl stand, dachte er: Wenn meine Patienten mich jetzt sehen könnten! Mr. Perfect. He, Moment mal! Hatte er gestern abend wirklich das getan, woran er sich zu erinnern glaubte? Hatte er mit Faustine das Café verlassen, war mit ihr in den Bois de Boulogne gegangen, um dort mit ihr an einer abgelegenen Stelle...? Herrgott im Himmel! Er mußte an der Handtuchstange Halt suchen. Plötzlich fiel ihm alles wieder ein, und er errötete vor Scham.

Er rasierte sich sorgfältig und zog seine samtweichen französischen Sachen an. Er packte die Koffer, damit er das vor der Abfahrt nicht mehr zu tun brauchte. Dann verließ er das Hotel, um zu frühstücken; um diese Zeit wurde im Haus nichts mehr serviert.

Paris wirkte an diesem Vormittag fröhlich wie immer. Es schien weder seinen Kummer noch die Tatsache, daß es sein letzter Tag hier war, zu beachten. Es würde wunderbar ohne ihn auskommen. Er schritt vorsichtig durch den Lux, ständig darauf bedacht, seine Kopfschmerzen nicht zu verschlimmern, und betrat das erste Café, das er am Boul' Mich' fand. Was hatte Katja ihm doch über den Kater in Frankreich erzählt? Ach ja, daß Leute, die man am Vormittag Bier trinken sah, ihren kranken Kopf zu kurieren versuchten. *Un demi,* hatte sie es genannt und ihm erklärt, das sei eine volkstümliche Bezeichnung für einen halben Liter eiskaltes Bier.

Er trat an die Bar und sagte: *»Un demi.«* Der Barmann nickte ihm verständnisvoll zu. Frank musterte die beiden anderen Männer, die mit einem Glas Bier vor sich an der Theke standen.

Als Frank sein Glas an den Mund heben wollte, prostete der eine ihm mit dem seinen zu. Frank erwiderte den kleinen Toast und trank einen großen Schluck. Die kalt kribbelnden Bläschen kullerten durch seine Kehle, und es ging ihm auf der Stelle besser.

Jetzt, wo er sich viel wohler fühlte, kehrte er in den Lux zurück und setzte sich auf einen der schmiedeeisernen Stühle am Springbrunnen. Er beobachtete die Touristen, die fotografierten und irgendwelchen Blödsinn redeten. Er kam sich vor wie ein alter Hase, wie einer, der hierhergehörte. Anschließend beschloß er, den Tag in den Nebenstraßen des Quartier Latin zu verbringen, einfach umherzuwandern, zu schnuppern und zu beobachten. Ihm war so traurig zumute, als müsse er einen guten Freund verlassen.

Morgen um diese Zeit... sinnierte er. Plötzlich sah er sich durch den JFK gehen, und ihm fiel ein, daß er allein zu Hause ankommen würde. Mittlerweile befand er sich auf der Rue Mouffetard und ließ sich von der fröhlichen Menschenmenge in dieser beliebten Marktstraße mitreißen. Als er eine Weinhandlung entdeckte, wurde ihm klar, daß er noch Wein für den Flug besorgen mußte. Puh, allein bei dem Gedanken an Wein wurde ihm schon übel, aber er wußte genau, daß er morgen darüber froh sein würde. Er suchte sich eine schöne Flasche Côtes du Rhône aus und verstaute sie in dem französischen Einkaufsnetz, das er ein paar Tage zuvor für wenige Francs erstanden hatte. Nachdem er die Weinhandlung verlassen hatte, entdeckte er, als das Gedränge nachließ, in einem Schaufenster sein Spiegelbild. War das tatsächlich er? Donnerwetter, er sah ja fast französisch aus!

Frank setzte seinen Kopfhörer auf und lauschte einer rauschenden Symphonie, während der Flieger sanft der Ostküste entgegenglitt. Gott, war die Natur wundervoll! Ganz unvermittelt überkamen ihn patriotische Gefühle, und als er Massachusetts, Cape Cod, die Küstenline von Connecticut und schließlich den bräunlichen Arm von Long Island vor sich sah, die alle in der untergehenden Sonne glitzerten, empfand er aufrichtige Liebe zu seinem Land. Der Flug, den er wie in einem Kokon verbracht hatte, neigte sich dem Ende zu. Liebevoll betrachtete er seine Mitpassagiere, durch die diese Maschine zu einem ganz eigenen Reiseland geworden war. Er fragte sich, wo diese vielen Pakistanis hingehen würden, wenn sie in New York eingetroffen waren. Die Landung war butterweich, und alle klatschten dem Piloten Beifall.

Frank passierte die Paßkontrolle, indem er dem Beamten, der alle US-Bürger des Air-Pakistan-Fluges 002 durchwinkte, einfach seinen amerikanischen Paß unter die Nase hielt. Die Einwanderungsschlange dagegen erstreckte sich endlos durch die Korridore. Wenn dies der erste Eindruck von Amerika war, taten ihm die Ausländer leid. Seine eigenen Koffer gehörten zu den ersten, die ausgeladen wurden, und er wurde auch durch den Zoll gewinkt. Nicht zu fassen! Ganz schön nachlässig waren die, aber bitte sehr. Er hatte seinen unpasteurisierten französischen Käse und alle Würste anstandslos durchgekriegt!

Er schob sich durch die Milchglastüren und war angesichts der vielen Menschen, die ihm erwartungsvoll entgegenblickten, sekundenlang freudig erregt, war aber sofort wieder ernüchtert, als ihm bewußt wurde, daß ihn ja gar niemand erwarten konnte. Er versuchte zu lächeln, als er sich mit seinem Koffer durch mehrere Familienclans durchdrängte, die sich umarmten und küßten, aber schließlich erstarb sein Lächeln wieder auf seinem Gesicht.

Der Taxifahrer versuchte, sich mit ihm zu unterhalten, aber Frank war nicht nach einem Gespräch zumute. »Ich bin ein bißchen kaputt«, erklärte er entschuldigend.

»Ist schon okay, Mann«, antwortete der Fahrer mit starkem jamaikanischem Akzent. Und als er Frank vor seinem Haus absetzte, sagte er noch: »Alles Gute, Mann!«

Frank blickte an seinem Wohnhaus empor und seufzte. Ich bin zu Hause! Er öffnete die Haustür und suchte nach den Schlüsseln für die innere Tür. In der Halle ging er zu den Briefkästen und sah erfreut, daß der Hausmeister den seinen auftragsgemäß geleert hatte. Bei diesen Hausmeistern wußte man ja nie so genau, woran man war; sie waren so launisch. Genau wie bei seiner Ankunft in Paris wirkte auch hier alles wieder besonders intensiv auf ihn: der dumpfe Geruch der Eingangshalle, das Geräusch des Schlüssels in seiner Wohnungstür, das Knarren unter seinen Füßen, als er die Wohnung betrat, der stickige Geruch des Zimmers, das seit Tagen nicht gelüftet worden war. Er hatte das Gefühl, sein eigenes Leben zum erstenmal richtig zu sehen.

Er ließ den Koffer fallen und griff nach dem Stapel Post, der sauber innen neben der Tür abgelegt worden war. Dann wanderte er umher und schaltete einige Lampen an. Was zuerst tun? Auspacken? Wäsche waschen? Lebensmittel einkaufen? Duschen? Er öffnete den Kühlschrank, entdeckte aber nur drei Flaschen Amstel-Bier und ein paar verfaulte Früchte. Er öffnete eine Bierflasche und ließ sich mit der Post in seinem Lehnsessel nieder. Er schaltete den Sender an, der Tag und Nacht Nachrichten brachte, um die genaue Zeit zu erfahren. Es war zehn Uhr abends, und das bedeutete drei Uhr morgens Pariser Zeit, seiner Zeit. Im Augenblick war er noch viel zu aufgedreht, um ins Bett zu gehen. Die Stille ringsum war gigantisch, überwältigend. Er hörte, wie er schluckte.

Nach einigen Minuten stand er auf, ging zum Aktenschrank und suchte darin herum, bis er fand, was er wollte: eine Tonbandkassette von vor über zweieinhalb Jahren. Er schob sie in den Toshiba, setzte sich wieder in den Sessel und schaltete das Licht aus. Er trank noch einen weiteren Schluck Bier, lehnte sich zurück und streckte bequem die Beine aus.

In der Dunkelheit hörte er ihre Stimme. »Also, was erwarten Sie von mir? Daß ich rede und Ihnen Sachen erzähle? Das ist doch alles ein schlechter Scherz, nicht wahr? Ich kann mir nicht vorstellen, daß Sie mein Arzt sein sollen. Ich finde vielmehr, daß wir einen Joint zusammen rauchen und anschließend tanzen gehen sollten.«

»Fangen Sie einfach von vorne an«, hörte er die eigene Stimme sagen.

»Na ja, ich liebe meinen Job. Ich bin Texterin in einer Werbefirma. He, wußten Sie, daß die Leute es hassen, wenn man sagt, daß man seinen Job liebt? Das ist ihnen furchtbar peinlich, weil die meisten Menschen ihren Job hassen. Aber ich liebe meinen Job – ehrlich!«
Schweigen. Ihr Versuch, ihm zuvorzukommen, verlor an Schwung. Er hörte einen Seufzer. Dann begann sie zu lamentieren. »Ich bin absolut deprimiert. Und einsam. Seit zwei Jahren habe ich kein Date mehr gehabt. Ich will doch nichts weiter als einen netten Mann kennenlernen...«

NEW YORK

Katja liebt immer noch keinen

»Du hättest ihn heiraten können«, sagte ihre Freundin kopfschüttelnd.

»Dolly – bitte!« Mit ärgerlicher Miene wandte sich Katja zu ihr um. »Das hilft mir auch nicht weiter.« Sie fuhr fort, sich vor dem Spiegel hin und her zu wenden, und rückte die Träger ihrer Untertaille unter dem schwarzen Romeo Gigli zurecht, das sie sich über den Kopf gestreift hatte.

Dolly saß auf dem kleinen Sofa in Katjas Schlafzimmer und trank Kräutertee, während sich Katja für Clints und Carlas Hochzeit ankleidete. Sie hatte Dolly herübergebeten, weil sie ein bißchen moralische Unterstützung brauchte, doch statt dessen entpuppte die Freundin sich als Folterknecht.

Noch einmal wandte sich Katja vom Spiegel ab und warf Dolly einen finsteren Blick zu, der sie davor warnen sollte, ihrer jetzt schon lädierten Psyche noch weiteren Schaden zuzufügen. »Ich werde zu dieser Hochzeit gehen, und damit basta«, erklärte Katja nachdrücklich. »Und außerdem weißt du genau, daß ich ihn nicht geliebt habe.«

»Stimmt schon, du hast ja recht«, lenkte Dolly ein und trank einen Schluck Tee. Seufzend schlug sie die Beine übereinander. »Tut mir leid, Katja, Liebes.«

»Ist schon okay. Du ärgerst dich um meinetwillen, ich weiß.« Sie tätschelte Dollys Arm und konzentrierte sich wieder auf den Spiegel. »Was meinst du, welchen Lidschatten soll ich nehmen? Ich würde sagen... Gold!« rief sie auf einmal triumphierend aus und versuchte, damit die Stimmung zu heben. Beide lachten über ihre Begeisterung.

Natürlich hätte sie überraschter sein können, an jenem Samstag vormittag vor sechs Wochen, als sie die Post heraufholte und darunter ein dickes, elfenbeinfarbenes Kuvert mit ihrem Namen in handgeschriebener Schönschrift fand. Wer würde es diesmal sein? Inzwischen waren alle, die sie kannte, bereits verheiratet.
Sie erinnerte sich genau, was sie empfunden hatte, als sie den Umschlag aufschlitzte und die Einladung las. Zuerst war sie entsetzt, dann überrascht, dann gekränkt, verwirrt gewesen, und schließlich freute sie sich für Clint. Aber mußte sie das auf diese Weise erfahren? Natürlich freute sie sich aufrichtig für ihn, aber hätte er ihr das nicht wenigstens persönlich mitteilen können? Wenn sie und Clint so gute Freunde waren, wie sie glaubte, hätte er ihr doch wohl anvertrauen können, daß er eine andere Frau liebte. Schließlich hielt sie sich gern für seine Vertraute. Bedrückt sah sie ein, daß sie das keineswegs gewesen war.
Aus war's mit ihrem Ein-Mann-Fan-Club, dem letzten Mitglied ihrer persönlichen Clique. Wer würde sie jetzt beruhigen und ablenken, sie trösten, wenn die Depressionen kamen? Clint kletterte die Leiter hoch; von ihrem Kümmerer war er zum Ritter einer anderen, in schimmernder Rüstung, aufgestiegen, vom Ersatzmann in Katjas Leben zu dem Mann, der in Carlas Leben die Hauptrolle spielte.
Als sie die Einladung akzeptierte, indem sie gewissenhaft die kleine elfenbeinfarbene Karte ausfüllte und an die Brautmutter zurücksandte, fiel ihr auf, daß sie bisher noch nie vom Bräutigam zu einer Hochzeit eingeladen worden war. Aber der Gedanke gefiel ihr; er entsprach ihrem Sinn für das Dramatische. Dann rief sie Clint an, um ihm zu gratulieren. Sie war so nervös, daß sie am Telefon alles ohne Punkt und Komma heraussprudelte. »Ich freue mich ja so für dich! Wann ist das alles passiert? So lange schon! Und du hast nie ein Wort gesagt! Wann hast du gemerkt, daß sie *die* Frau für dich ist? Nicht möglich!« Sie freute sich ganz ehrlich für ihn. Tief innen hatte sie das Gefühl, daß Glück nur was für andere Menschen war, nicht für sie.

Sein Ton am Telefon war höflich und sachlich. »Vielen Dank, Katja. Für die Flitterwochen haben wir uns für Mustique entschieden. Außerdem suchen wir jetzt ein Haus in Connecticut. Heute vormittag haben wir sogar schon ein Angebot gemacht.« Wir dies und wir das.

Katja erledigte alles, was man von einem perfekten Hochzeitsgast erwartete. Für die Hochzeit, eine sehr formelle Angelegenheit, kaufte sie sich ein neues schwarzes Cocktailkleid. Ach du liebe Zeit, konnte man zu einer Hochzeit Schwarz tragen? Für Katja existierte keine andere Farbe als Schwarz. Es sei denn Weiß im Hochsommer. Also mußte es eben ein Schwarzes tun. Sie erfuhr, daß Carla bei Bloomingsdale's eingetragen war, ging ins Büro für Brautausstattungen, wo sie den Namen der Braut buchstabierte, eine Dame tippte ihn in den Computer und überreichte ihr einen ganzen Computer-Ausdruck mit der Wunschliste des jungen Paares. Himmel, hatten sich die Zeiten verändert! Statt persönlich von einer Brautberaterin begleitet zu werden, mußte sie mit dem sechs Seiten langen Ausdruck allein im ganzen Haus rumlaufen und nach den Geschenken suchen. Schließlich erstand sie einen Satz Kristallkerzenhalter.

Die sechs Wochen vergingen schnell, und auf einmal war es Juni. Während sie in der Kirche saß und das Holzbläserquintett »Liebes«-Musik spielen hörte, versuchte sie sich selbst zu bedauern. Sie betete die ganze Litanei herunter: daß sie sich bei Hochzeiten stets überflüssig fühlte, daß alle Menschen, wie Gott es beabsichtigt hatte, auf ihrem Lebensweg zu zweit voranschritten, während sie allein auf der Stelle trat. Und daß Hochzeiten für die anderen geladenen Paare stets Liebesfeste zu sein schienen, weil sie dabei in Erinnerungen schwelgten. Sie bemerkte, wie sie jedesmal anerkennend nickten, wenn wieder zwei Menschen den Sprung vom Rand des Abgrunds wagten und sich ins Ungewisse stürzten.

Sosehr sie sich jedoch bemühte, sie vermochte sich nicht zu bedauern. Sie fühlte sich großartig und mit Liebe erfüllt. Das machte sie nervös. Dieser Tag gehörte Clint und Carla, und sie brachte nur aufrichtige Freude darüber auf, daß sich die beiden gefunden hatten. Aufmerksam und ernst lauschte sie den Gelöbnissen, die das Brautpaar auswendig gelernt hatte und aufsagte, als seien es die eigenen Worte. Sie sah, wie sich das Pärchen neben ihr liebevoll an den Händen hielt. Sie blickte auf ihre eigenen Hände und verschränkte sie im Schoß.

Sie plapperte sich durch die Gratulationscour, erklärte den Brautjungfern, wie wunderschön sie seien, gab Clint einen Kuß, gratulierte Carla und machte sich dann mit den Brautführern bekannt, die Clint irgendwoher zusammengetrommelt hatte. Trugen sie vielleicht Eheringe? Na ja, die würden ohnehin nur mit den Brautjungfern tanzen. Irgendwo entdeckte sie jemanden aus Clints Firma und teilte sich mit ihm ein Taxi zum Empfang, der in einem Privatclub auf der anderen Seite der Stadt stattfand. Sie gab ihren Mantel an der Garderobe ab und schlenderte während der vornehmen Cocktailstunde durch die verschiedenen Räume. Sie betrachtete die Tische mit den Hors-d'œuvres und versuchte ganz konzentriert zu wirken, als sie an fritierten Zucchinistäbchen und Crab Cakes knabberte. Eine Zeitlang hielt sie sich an der Bar auf und trank, weil sie nicht wußte, was sie sonst tun sollte, zwei Campari Soda. Sie hatte niemanden, mit dem sie sich unterhalten konnte. Sie beobachtete die anderen Gäste, die alle gut miteinander bekannt zu sein schienen, in kleinen Grüppchen herumstanden und angeregt plauderten. Aber der Eindruck trog, das wußte sie. Es war die große Illusion der Cocktailparties, daß sich alle großartig zu amüsieren und neue Leute kennenzulernen schienen, während sie in Wirklichkeit nur mit den Leuten redeten, die sie schon ewig kannten und alle stinklangweilig fanden. Und dabei äußerten sie höchstens Dinge wie: »Hübsche Party, nicht wahr?«, oder: »Wann kommt das Dinner?«, oder: »Hol mir einen von den Crab Cakes, ja?«, oder: »Wo bleibt das Brautpaar?«

Sie versuchte, still stehenzubleiben, weil sie hoffte, ihre Einsamkeit würde irgend jemanden veranlassen, herüberzukommen und mit ihr zu sprechen. Es klappte nicht. Nur die Kellner waren gute Konversationspartner. Die Horsd'œuvres waren heutzutage so kompliziert, daß man sich, wenn sie mit einem

Tablett vor einem stehenblieben, immer wieder erkundigen mußte: »Was ist denn das?« Darauf bekam man jedesmal eine ausführliche Antwort: »Enten-Paté auf blanchierten Spitzen von belgischem Chicorée in einer Kruste aus zerstoßenen, gerösteten Pinienkernen.« Oder: »Hühner-Seviche, das heißt rohes Hühnerfleisch, mariniert in Florida-Key-Limonensaft und Cilantro, serviert in geschmorten roten Paprikaschoten auf italienische Art.«

Als sie sich in diesem Raum voll wohlhabender, aber furchtbar schlecht gekleideter Menschen umblickte, sah sie erstaunt, daß sie niemanden kannte. Das zeigte ihr, welch unbedeutenden Platz sie in Clints Leben wirklich eingenommen hatte, obwohl sie damals fest davon überzeugt gewesen war, seine einzige Ablenkung von der Arbeit zu sein. Dann entdeckte sie Ricky. Sie hatte Ricky immer gemocht – von allen anderen wurde er Eric genannt. Aber er war so schwierig. Na ja, vielleicht nicht schwierig, aber er flirtete einfach niemals zurück. Er wirkte vornehm, in seinem gutgeschnittenen dunklen Anzug, wie er mit Freunden von Clints Eltern plauderte und dabei sein elegantes Lächeln aufblitzen ließ, das ihm so viele Türen öffnete. Gut – Ricky würde ihre Rettung sein.

»Ricky!« rief sie mit dramatischer Betonung, als sie auf ihn zurauschte.

»Oh, hallo, Kate!« Dabei trat er einen Schritt vor, um ihr die Hand zu drücken und sie auf die Wange zu küssen. Ricky hatte sich niemals davon überzeugen lassen, sie Katja zu nennen. »Fabelhaft siehst du aus heute abend!«

»Danke«, gab sie kokett zurück und genoß dieses winzige Zeichen der Aufmerksamkeit. »Schöne Hochzeit.«

»Wundervoll, wundervoll«, antwortete er und blickte sich dabei überall um.

»Und Carla sieht fantastisch aus«, sagte sie.

»Fantastisch, einfach fantastisch!« echote er.

Dämliches Cocktailgequatsche! Warum waren sie alle so nervös? Sie musterte ihn und sah, daß er so cool und distanziert wie immer war. Der Ärmste, er hatte noch nicht zu sich selbst gefunden. Sie hatte sich immer als die perfekte Frau für ihn gesehen, mußte sich jedoch eingestehen, daß das wohl auf zahlreiche Frauen zutraf. Er gehörte eben zu dieser Art Männern: die sprichwörtliche gute Partie. Die *Idee,* die er verkörperte, war ungeheuer attraktiv: der weltgewandte, gutaussehende, stinkreiche älteste Sohn und Erbe des Familienvermögens. Er braucht mich, hatte Katja immer gedacht, mich – und nicht diese albernen Weiber, die ständig hinter ihm hertrotten. Sie beobachtete ihn, wie er einen Scotch mit Soda in der einen Hand hielt und die Horsd'œuvres ablehnte, die ihm von den Kellnern angeboten wurden. Manche Männer mußten wie der Teufel hinter den Kellnern her sein, um ein Horsd'œuvre zu ergattern; Ricky stand ganz einfach still da, und die Kellner kamen scharenweise.

Er machte keine Anstalten, Katja mit seinen Gesprächspartnern bekannt zu machen oder sie in die Konversation einzubeziehen. Mistkerl, dachte sie verärgert. Es war ihr unangenehm, nur so dazustehen, und wieder kam sie sich überflüssig vor. »Wirst du später mit mir tanzen, Ricky?« erkundigte sie sich, wieder bemüht kokett.

»Selbstverständlich, Kate. Würd' ich mir nie entgehen lassen!«

»Ich rechne mit dir!« erklärte sie zuckersüß, aber – wie sie sofort feststellen mußte – ohne Erfolg. Na ja, Zucker war ohnehin nicht ihr Stil.

Inzwischen hatte eine Steel Band Platz genommen und begann zu spielen. Motto des Abends war die Karibik – warum, begriff sie nicht ganz, denn Clint stammte aus Oklahoma, und Carla war Deutsche. Sie holte sich noch einen Drink und schlenderte auf die schwarzen Musiker zu, um ihnen ein wenig zuzusehen, entdeckte dann jedoch den Fotografen, der Fotos von der Hochzeitsfeier schoß. Sie ging hinüber, blieb mit dem sich langsam erwärmenden Drink in der Hand stehen und wandte den Blick hierhin und dorthin, um die Szene zu beobachten. Auf einmal mußte sie kichern. Wie idiotisch und großspurig, diese Serie aller nur möglichen Kombinationen der Hochzeitsteilnehmer für die Nachwelt festzuhalten! Das Brautpaar; die Brautjungfern mit dem Brautpaar; die Brautjungfern mit der Braut allein; die Brautführer mit dem Bräutigam; die Brautführer mit dem Brautpaar; die Schwester des Bräutigams mit dem Brautpaar; die Schwester nur mit dem Bräutigam. So ging es weiter, bis die Jungvermählten die ganze Cocktailparty verpaßt hatten und die Gäste auf dem besten Wege waren, sich zu betrinken.

Inzwischen ging ein Kellner herum und bat alle Gäste zum Dinner. Er dirigierte Katja zu einem winzigen, runden Tisch, auf dem sie eine Karte mit ihrem Namen und dem ihr zugeteilten Platz finden würde. Sie wartete, bis mehrere Leute ihre Karten herausgefischt hatten, dann trat sie vor und suchte die ihre. Da, Miss Katja Odinokov, Tisch 17. Sie nahm die Karte. Okay. Sie ging in den Ballsaal hinüber und suchte nach Tisch 17. Hier war das Thema Karibik voll durchgezogen worden: Ananasfrüchte und Paradiesvögel standen als Dekoration in der Mitte der Tische, ragten hoch über dem Tafeltuch in knalligem Pink und den Servietten in Orange empor. Alles wirkte, wie sie zugeben mußte, sehr festlich, mit all den Damen, die in ihren vulgären, glitzernden Abendkleidern herumstanden, damit sie nur ja von allen gesehen wurden, und der Steel Band, die kräftig drauflostrommelte. Man kam sich vor wie bei einem Dinner auf einem Kreuzfahrtschiff. Immerhin mußte sie anerkennen, welche Mühe man sich gemacht hatte, um die Gäste zu unterhalten, obwohl das Resultat nicht durchweg geschmackvoll war.

Als sie endlich Tisch 17 fand, zog sie ein langes Gesicht. Er lag völlig abseits und war nicht nur der Tisch, der am weitesten vom Platz des Brautpaars entfernt aufgestellt worden war, sondern befand sich in nächster Nähe der Pendeltür zur Küche, wo die Kellner wartend herumstanden. Das muß der Tisch für den »Ausschuß« sein, dachte sie, als sie Platz nahm, um auf ihre Tischnachbarn zu warten, die ebenfalls ins Exil verbannt worden waren. Da sie ihren Freundinnen schon öfter beim Planen von Hochzeitsfeiern geholfen hatte, wußte sie, daß es beim Platzarrangement irgendwann einmal soweit war, daß sich mehrere Gäste angesammelt hatten, die nirgendwohin richtig

»paßten«, und die man dann einfach an einem Extra-Tisch zusammenpferchte. Aber Katja, tadelte sie sich für diesen unfreundlichen Gedanken, das ist doch alles recht belustigend, und du amüsierst dich großartig! Sie lehnte sich auf dem Stuhl zurück und sah zu, wie sich der Saal allmählich mit den beschwipsten Gästen füllte, die umherwanderten und ihre Tische suchten. Wie sie feststellte, trug sie von allen das schönste Kleid. Na also, das mußte doch auch irgendwie zählen!

Ihr Tisch füllte sich – ganz so, wie sie es sich gedacht hatte – mit zwei entfernten Cousinen, einem Ehepaar von außerhalb und einer älteren, ebenfalls ohne Begleitung erschienenen Dame. Nun gab es noch zwei leere Plätze, und zwar rechts und links von Katja. Mal sehen, wer meine glücklichen Tischnachbarn sein werden. Das Dinner begann, und die Kellner brachten den ersten Gang, eine Vorspeise aus Papaya-Scheiben und frischen Kokosnußstückchen in Portwein. Wieder hatte sie recht gehabt. Bei Festivitäten, die von einem Partyservice ausgerichtet wurden, lautete ihre Devise: die Horsd'œuvres essen, das Dinner auslassen. Als sie den Kellner ansah und lächelnd den Kopf schüttelte, fiel ihr ein Paar auf, das auf ihren Tisch zukam.

Er wirkte wie Gatsby, der aus dem Nebel auftaucht, den Hals einer offenen Champagnerflasche in der einen Hand, mit der anderen eine Blondine führend. Sein Frackhemd stand am Hals offen, was ihm einen verwegenen Touch gab. Er sah aus, als trete er niemals ohne eine Flasche Champagner und eine Blondine auf. Die Tatsache, daß die Dame älter war als er, machte ihn nur interessanter, obwohl ihr glitzerndes, orangefarbenes Kleid eine Katastrophe war. Orange sollte eine Farbe sein? Er hatte dunkles Haar und tiefblaue Augen und roch nach Geld und hochnäsiger Oberschicht. Katja mußte sich zwingen, den Mund zu schließen, als ihr klar wurde, daß sie an ihrem Tisch stehengeblieben waren. Da die beiden freien Plätze links und rechts neben ihr lagen, rückte sie einen Stuhl weiter, damit die beiden nebeneinander sitzen konnten.

»Darf ich mich zu Ihnen setzen?« fragte er Katja mit rhetorischer Höflichkeit, während er seinen Stuhl herauszog.

»Aber bitte! Herzlich gern«, antwortete sie.
Er nahm Platz und musterte erst seinen Teller mit Papaya und Kokosnuß und anschließend ihr leeres Gedeck daneben.
»Sie nehmen nichts?« erkundigte er sich.
Katja schüttelte lächelnd den Kopf. Sie sah zu, wie er eine Gabel voll in den Mund steckte und nachdenklich kaute. Dann legte er die Gabel hin und schob den Teller energisch zurück. »Wie recht Sie haben«, sagte er. »Statt dessen vielleicht noch etwas Champagner?« Katja nickte und hielt ihm ihr Glas hin. Dabei erzählte sie ihm von ihrer Partystrategie, nur die Horsd'œuvres zu essen, worauf er wieder zu ihr sagte: »Wie recht Sie haben.« Dann wandte er seine Aufmerksamkeit der Dame im orangefarbenen Kleid auf seiner anderen Seite zu.
Als die beiden ihre Plätze einnahmen, hatten sich alle Gäste am Tisch vorgestellt, doch Katja hatte seinen Namen schon wieder vergessen. Die Dame, die ihr freundlich zulächelte, hieß Carol, daran erinnerte sie sich. Sie versuchte, nicht von sich aus ein Gespräch zu beginnen, antwortete aber liebenswürdig, wenn man sie ansprach. Wo saß Ricky? Katja reckte den Hals. Ach ja, da drüben. An einem Tisch voll Damen, die ihm hingerissen lauschten. Warum hatte man Katja nicht an seinen Tisch gesetzt?
Nun wurde es Zeit für den ersten Tanz und den Toast. Mit starkem jamaikanischem Akzent verkündete der Bandleader: »Und nun, Ladies and Gentlemen, der erste Tanz für Mr. und Mrs. Clint Kalanty nach einem Lied, das sie sich gewünscht haben: ›*I Love You Just the Way You Are*‹.« Die Steel Band spielte die ersten Takte der Melodie, während Clint und Carla mit idiotischem Grinsen auf den Gesichtern antraten und zu tanzen begannen. Das alles war so schön und kitschig, daß Katja unwillkürlich lachen mußte, während alle anderen bei diesem Anblick reinsten Glücks, noch unbeeinträchtigt von den Traumata und der Langeweile des Alltagslebens, gerührt aufseufzten.
Dann standen allmählich auch die Gäste auf und begannen zu tanzen. Ricky tanzte nicht; er hatte eindeutig die Absicht, an diesem Abend nicht teilzunehmen. An Katjas Tisch waren alle

zum Tanzen gegangen, und so saß sie ganz allein da, als die Kellner die Vorspeisenteller für den nächsten Gang abräumten. Na ja, es sind eben zu viele Frauen auf der Hochzeit, das ist alles. Wie langweilig! Mr. Nameless hatte Carol zum Tanz gebeten, und Katja beobachtete ihn, wie er sie auf die Tanzfläche führte und sich mit ihr unter die übrigen Paare mischte. Er war ein furchtbar schlechter Tänzer – oder nein, noch schlimmer: Er hatte überhaupt kein Gefühl für Rhythmus und trat ihr ständig auf die Füße. Wie unfein! War ihm das nicht peinlich? Offenbar nicht, denn er stapfte immer weiter und schien sich großartig zu amüsieren.

Clint und Carla wurden nun an jene Gäste weitergereicht, die mit der Braut oder dem Bräutigam tanzen wollten. Carol kam an den Tisch zurück, und Mr. Nameless tanzte mit Carla, mit der er keinen Deut besser tanzte. Carla versuchte, mit ihm Schritt zu halten, wirkte aber dennoch perfekt, weil eine Braut einfach nichts falsch machen konnte.

Das Dinner nahm seinen vom Partyservice perfekt choreographierten Gang. Der Küchenchef schien den Begriff »Karibische Küche« so zu verstehen, daß man an alle Gerichte Kokosnuß tat. Der Hauptgang bestand aus Rindfleischwürfeln und geraspelter Kokosnuß in brauner Sauce über Reis. Als Salat wurden Orangen und Bananen auf Salatblättern in Kokosnuß-Vinaigrette gereicht. Zum Dessert gab es Kokosnuß-Sorbet, und die Hochzeitstorte bestand aus Schokoladenteig mit Kokosnuß-Guß. Katja saß das ganze Dinner hindurch belustigt da und amüsierte sich auf ihre Art. Mr. Nameless hatte den ganzen Abend lang mit den Damen am Tisch und Damen von anderen Tischen getanzt, und sie fand es seltsam, daß er sie kein einziges Mal zum Tanz bat.

Schließlich ergriff sie die Initiative, schoß gleich nach dem Ende eines Tanzes auf Clint zu und fragte: »Dürfte ich mit dem Bräutigam tanzen?« Clint schwebte im siebten Himmel, denn dies war sein großer Tag, und er hätte niemals daran gedacht, Katja zu suchen und aufzufordern. Nun zeigte er sich allerdings erfreut, ihren Wunsch zu erfüllen.

Da es ihr Abschiedstanz mit Clint war, hatte sie gehofft, er werde eine liebevolle Erinnerung an all die Zeit sein, die sie miteinander verbracht hatten. Aber was immer zwischen ihnen gewesen war – sie hatten es verloren; Clint lag wie Blei an ihren Armen. Er hatte sich ganz einer anderen geschenkt. Katja hingegen genoß dieses letzte Beisammensein, das sie aus purer Sentimentalität herbeigeführt hatte, und sonnte sich in der Aufmerksamkeit der Leute, die unbedingt sehen wollten, mit wem der Bräutigam jetzt tanzte. »Das bin ich!« hätte Katja am liebsten laut gerufen.

Als der Tanz endete, sagte Clint: »Danke, Katja. Wo ist dein Platz?« Er wollte sie an den Tisch begleiten, wurde aber von einer anderen jungen Dame aufgehalten, die unbedingt mit dem Bräutigam tanzen wollte. Mit hilflosem Lächeln ließ er Katja stehen, so daß sie allein an ihren Platz zurückkehren mußte.

Inzwischen hatten es die Gäste am Tisch aufgegeben, Smalltalk zu machen. Stühle wurden zurückgeschoben, Zigaretten geraucht, und die Leute besuchten einander an den Tischen. Die von der Braut und ihrer Mutter in monatelanger Arbeit ausgetüftelte Perfektion war der Unordnung gewichen.

Katja nahm wieder Platz. Sie holte ihre Puderdose heraus und puderte sich die Nase.

»Sind Sie eine Freundin der Braut?« Mr. Nameless hatte seinen Stuhl zu ihr herumgerückt.

»Nein«, antwortete Katja.

Diese Antwort hatte er nicht erwartet. »Des Bräutigams?« fragte er weiter, denn ein anderer blieb ja wohl kaum übrig.

»Ja.« Sie schenkte ihm ein strahlendes Lächeln.

»Aha, verstehe.« Er schien nicht weiterzuwissen und zu überlegen, was das zu bedeuten hatte. Er musterte sie von oben bis unten.

»Sind Sie...? Nun ja, ich meine... haben Sie und Clint...?« Er suchte nach Worten, wollte unbedingt taktvoll sein.

»Wir waren Freunde, ja«, bestätigte sie ihm vornehm und versuchte, unbestimmt und rätselhaft zu wirken.

»Aha, verstehe«, sagte er wieder.

War das Erregung, die er zu verbergen suchte? Machte diese Information sie interessanter für ihn? Vielleicht wird er mich jetzt zum Tanz auffordern. Aber nein. Das Gespräch war zu Ende. Der Abend raste in wildem Tempo an ihr vorbei, während die Tänze ausgelassener, die Tanzpaare immer betrunkener wurden. Mr. Nameless tanzte noch einmal mit Carol und einer der kichernden Cousinen am Tisch. Er erbot sich, Katja an der Bar einen Drink zu holen, und Katja nahm das Angebot dankend an.

Nachdem sie ausgetrunken hatte, entschied sie, daß es nun Zeit für den Heimweg sei. Sie nahm ihren fuchsienroten Seidenschal von der Stuhllehne und steckte die Souvenir-Streichhölzer mit der Aufschrift »Clint und Carla« in ihre Handtasche. Sie verabschiedete sich von den paar Gästen, die noch am Tisch saßen, und als sie sich umwandte, um ihrem Nachbarn auf Wiedersehen zu sagen, erhob er sich, was sie ungemein höflich fand. »Wir hatten gar keine Gelegenheit, miteinander zu tanzen, nicht wahr?« sagte er.

Sie sah ihn an. Eine seltsame Bemerkung! Was sie am liebsten erwidert hätte, war alles andere als höflich. Statt dessen sah sie ihn fragend an, als versuche sie sich zu erinnern. »Nein, ich glaube nicht«, entgegnete sie eisig. Dann machte sie kehrt und klapperte energisch auf ihren schwarzen Stöckelschuhen davon, bahnte sich einen Weg durch die Tanzenden und hoffte nur, daß ihr Romeo Gigli beim Gehen raschelte. An der Tür des großen Ballsaals drehte sie sich noch einmal um und hielt nach ihm Ausschau, aber er war nirgends zu sehen.

Frank liebt Katja

Vor Katja war alles wunderbar gewesen. Das Leben, das er führte, hatte Frank gefallen – so, wie er es sich eingerichtet hatte, und so, wie es sich entwickelte. Er war zufrieden mit seinem Entschluß, ein Leben des Geistes zu führen. Aber dann war *sie* auf der Szene erschienen und hatte ihn mit ihren Überdramatisierungen und ihrer sinnlichen Auffassung von *la vie quotidienne* völlig verrückt gemacht. Er hatte keine Geduld mit ihr gehabt und ihr erklärt, sie sei unfähig, die Dinge so zu sehen, wie sie waren. Und nun? Nun wußte er gar nichts mehr. Die ganze Zeit, während er sie tadelte, hatte sie ihm gezeigt, wie man sein Leben anders gestalten konnte.

Seit der Rückkehr aus Paris war er wie ein Roboter durch die Tage marschiert und zwar pflichtbewußt zu seinen Terminen erschienen, dort aber nur körperlich, nicht geistig anwesend. Seltsamerweise entdeckte er, daß es seinen Patienten besserging, und das war der Gipfel der Ironie, denn ihm selber ging es sehr viel schlechter. Vielleicht war seine größere Distanz der Grund dafür, daß er mehr akzeptierte und weniger forderte. Mit Jo Anne hatte er nicht mehr gesprochen, obwohl sie ihn durch eine Postkarte von ihrem Entschluß informierte, sich für einige Monate aus ihrem New Yorker Leben zu lösen und in Paris zu leben. Bei den Zusammenkünften im Institut hatte es jede Menge Klatsch über sie gegeben, aber er hatte niemals ein Wort dazu gesagt.

Erst im Juni hatte er das Gefühl, sich von der Reise gründlich genug erholt zu haben, um darüber nachzudenken, wie er sein Leben ändern wollte. Es mußte Schritt für Schritt geschehen. Beginnen wollte er mit seinen Freizeitaktivitäten. Er ließ sich den Katalog der New School kommen und studierte ihn genau. Die Wahl zwischen Gourmet-Kochkurs und Gesangsunterricht fiel ihm schwer. Letztlich entschied er sich jedoch für den Kochkurs. Energisch machte er sich mit seiner Liste der erforderlichen Ausrüstungsgegenstände auf den Weg zu Zabar's, wo er eine hübsche, blau-weiß gestreifte Schürze für den Kurs sowie seine ersten beiden Wusthof-Küchenmesser erstand. Großer Gott, waren die teuer! Aber es waren die einzigen, die zu kaufen sich überhaupt lohnte, jedenfalls laut Sie-wissen-schon-wer. Während er vor der Kasse Schlange stand, merkte er, daß eine hübsche Frau ihn sehnsüchtig musterte, und sagte sich, es gebe nichts, was so sexy sei wie ein erstklassiger Koch.

Er wurde Mitglied bei Les Amis de Vin und genoß es, seinen Kollegen im Institut erklären zu können, daß er ein Liebhaber guter Weine sei. Für die allwöchentlichen Weinprobenseminare versuchte er sich stets tadellos zu kleiden. Bisher hatte er an »Les Grands Crus de Bordeaux« und an »Hudson River Valley Ho!« teilgenommen. Besonders freute er sich auf »Burgundies Galore« und »Ohlala Champagne«. Wieviel Spaß machte es doch, mit der persönlichen Testkarte samt Bleistift im Probierraum umherzuschlendern, die verschiedenen Weine zu verkosten und eine konzentrierte Miene zur Schau zu tragen, während er zu unterscheiden suchte zwischen einem Wein mit einem Hauch Brombeere, der ganz okay war, und einem jungen, impertinenten Wein mit einem Nachgeschmack von Birkenholzrauch.

Er sortierte die meisten seiner Kleidungsstücke aus und durchstöberte die Sonderangebote der Boutiquen an der Columbus Avenue, um sich eine ganz neue, an Gewebestrukturen und Farben orientierte Garderobe zusammenzustellen. Er begann mit neuen Möglichkeiten zu experimentieren, wie man verschiedene Drucke und Stoffe mixen konnte. Er stellte die Möbel seines Sprechzimmers um, damit es hübscher wirkte, und kaufte jeden Montag einen Strauß frische Blumen für den Schreibtisch. Er holte seine Freudschen Lehrbücher herunter, kaufte statt dessen Henry James und John Irving, um nur zwei von ihnen zu nennen, und hatte das Gefühl, mehr über die Natur des Menschen zu lernen als jemals zuvor.

So angestrengt er aber auch versuchte, sich abzulenken und seinen Verstand mit neuen Gedanken und Erfahrungen zu beschäftigen – er wurde das Phantom Katja nicht los. Das war ein

Punkt, der noch der Erledigung bedurfte. Jeden Morgen nach dem Aufwachen und jeden Abend vor dem Einschlafen dachte er nur an sie. Er suchte nach der Antwort auf eine Frage, die ihn quälte: Was sollte er im Hinblick auf Katja tun? Schließlich hielt er es nicht mehr aus. Er liebte sie. Er mußte sie sehen, es ihr erklären, den Fall auf die eine oder andere Art lösen. Die Fakten kümmerten ihn nicht, er war erfüllt von diesen Gefühlen und wollte sie mit jemandem teilen. Aber wie an sie herankommen? Er konnte sie kaum anrufen und bitten, in seine Praxis zu kommen; das würde sie niemals tun. Doch der Gedanke, sie aus heiterem Himmel anzurufen und auf einen Drink oder zum Dinner einzuladen, war ihm ebenso unbehaglich. Aus irgendeinem Grund hielt er das für nicht sehr feinfühlig, und außerdem konnte sie ja nicht wissen, daß da der »neue und verbesserte« Frank sprach. Nachdem er alle Möglichkeiten erwogen hatte, kam er zu dem Schluß, es müsse eine zufällige Begegnung sein, jawohl, irgend etwas völlig Natürliches.

Und so geschah es, daß Frank eines strahlenden Samstagnachmittags Ende Juni auf das perfekte Arrangement stieß. Nur mit der Unterhose und einem T-Shirt mit dem Aufdruck *J'aime Paris* bekleidet, saß er vor dem Ventilator in seinem Lehnsessel, blätterte im *New Yorker* und las die *About Town*-Meldungen. Ja, natürlich! Eine Dichterlesung im Y an der Ninety-second Street! Katja war Mitglied des Poetry Center, und der letzte Gast der Saison sollte am kommenden Montagabend Milan Kundera sein. Katja war ein großer Kundera-Fan und hatte alle seine Romane gelesen. Also würde sie bestimmt dort sein. Bei dem Gedanken, ihr in zwei Tagen schon zu begegnen, vermochte er kaum das Wochenende hinter sich zu bringen.

Als er am Montag zur Abendkasse ging, gab es keine Karten mehr. Auf diese Möglichkeit wäre er nie gekommen. »Wir waren schon vor Wochen ausverkauft«, erklärte die Kassiererin. »Aber Sie können sich für nächstes Jahr eintragen.« Sie schob ihm einen Zettel unter der Glasscheibe hindurch. Er entgegnete, das nütze ihm nichts, er müsse unbedingt heute abend hinein. Dann riet sie ihm, im Vorraum zu warten, vielleicht wolle jemand eine überzählige Karte verkaufen, er solle aber auf gar keinen Fall mehr als den festgelegten Kartenpreis zahlen, denn das Ninety-second-Street-Y halte nichts von Schwarzhandel mit Karten. Er bedankte sich und strich rastlos im Vorraum umher.

»Dr. Manne!« sagte eine Frauenstimme.

Katja! Er fuhr herum, aber da stand Rose Bruno, eine seiner neuen Patientinnen. Verdammt!

»Oh, hallo, Rose«, antwortete er mit liebenswürdigem Lächeln.

»Ich wußte gar nicht, daß Sie Milan Kundera mögen«, sagte sie kokett.

Es gibt eine Menge Dinge, die du nicht von mir weißt, dachte er, sagte jedoch laut: »Oh, aber ja! Ich bewundere ihn sehr!«

Rose kicherte nervös. »Na ja, dann bis Donnerstag«, verabschiedete sie sich.

Er nickte und wandte sich zum Gehen, aber der liebe Gott mußte gewollt haben, daß er diese Dichterlesung besuchte, denn Frank fand tatsächlich jemanden, der eine Karte zuviel besaß, und kaufte sie ihm auf der Stelle ab.

Die Zuhörer strömten bereits in den Vortragssaal, und als er den Mittelgang hinunterschritt, war er ziemlich befangen. Er ließ den Blick von links nach rechts wandern, um möglichst unauffällig zwei freie Plätze zu finden – zwei, damit er ihr, wenn sie kam, möglichst ins Auge fiel.

Der ausverkaufte Saal bebte förmlich vor Erwartung auf diesen ganz speziellen Abend, denn Milan Kundera war ein literarischer Superstar. Frank, der neugierig im Programm blätterte, hatte das Gefühl, schon einmal hier gewesen zu sein – Resultat der ausgezeichneten Schilderungen, die Katja ihm von den Lesungen geliefert hatte. Allmählich wurde er besorgt. Wo blieb sie nur? Würde er sie wiedererkennen? Der Saal war schon fast voll besetzt, und immer wieder mußte er Leute abwimmeln, die ihn fragten: »Ist der Platz noch frei?« – »Tut mir leid«, antwortete er dann und legte die Hand auf den leeren Sitz, »der ist besetzt.«

Dann sah er sie durch den anderen Gang nach vorn schreiten.

Getreu ihrer Maxime kam sie relativ spät, um sich einen freien Platz neben dem interessantesten Mann zu suchen, den sie entdecken konnte. Am liebsten wäre er aufgesprungen und hätte die Arme geschwenkt. Wie anders sie heute aussah! Wie konnte eine Frau nur so viele verschiedene Gesichter haben? Sie war ein Chamäleon: Immer wieder entwickelte sie neue Definitionen ihrer selbst und brachte sie in ihrem Outfit zum Ausdruck. An diesem Abend jedoch hatte sie den Höhepunkt erreicht, denn sie war so schön wie nie, unendlich elegant in einem schlichten, auberginefarbenen Kleid, das inzwischen lang gewachsene Haar aus dem Gesicht gekämmt und im Nacken zu einem tief angesetzten Zopf zusammengefaßt – eine Frisur, die ihre dezent geschminkten Augen hervorhob. Sie trug klotzige schwarze Sandalen und hatte sich lässig einen schwarzen Seesack über die Schulter gehängt, eine Studie in Stil. Das ist meine Katja! Er war so stolz auf sie! Er sah sich um, ob außer ihm noch andere sie bewunderten.
Im Gehen musterte sie das Publikum und suchte die Lage einzuschätzen. »Ich bin hier drüben!« hätte er gern gerufen. Gespannt wartend saß er da, während sie weiterhin den Blick über die Zuschauerreihen wandern ließ. Jetzt, nach seinem Besuch in Paris, vermochte er erst richtig zu beurteilen, wie französisch sie aussah. Er fand es wunderbar. Sie war die schönste Frau im ganzen Saal. Es lag eine Ruhe in ihrem Gesicht, eine Klarheit, die ihn tief berührte. Sie wirkte sanfter, zugänglicher als während der Zeit mit ihm. Damals war sie ungeduldig gewesen, sehr oft zornig aufbrausend und unzufrieden. Was war mit ihr geschehen? Sie mußte einen Mann kennengelernt haben, sonst würde sie nicht so fabelhaft aussehen. Eigentlich müßte er sich für sie freuen, das war ihm klar, statt dessen aber war er beunruhigt. Wenn er nun zu spät kam? Keine Sorge. Damit würde er sich befassen, wenn es soweit war. Vielleicht konnten sie nach der Lesung in ein Café gehen; dann konnte er ihr sagen, wie sehr er Paris liebte.
Katja schien einen freien Platz entdeckt zu haben, denn sie kam jetzt seinen Gang herauf. O Gott, sie kam direkt auf ihn zu! Sein

Herz flatterte. Er versuchte in seinem Stuhl zu versinken. Er wußte nicht, wohin er blicken sollte. O nein! Was sollte er sagen? Dies war genau, was er sich gewünscht hatte, und nun war er total gelähmt. Er versuchte sich zu beruhigen: Er habe ein Recht, hier zu sein, dies sei eine öffentliche Dichterlesung. Er räusperte sich und zwang sich zu einem Lächeln

Sie rauschte unmittelbar an ihm vorbei und zog eine Wolke von Paris hinter sich her.

Als er sich umdrehte, sah er, daß sie, nur zwei Reihen hinter ihm, gelassen zwischen zwei Herren Platz nahm. Wie bitte? Er vermochte es nicht zu fassen. Hatte sie ihn nicht gesehen? Wirkte er nicht interessant genug? Dann sagte er sich, natürlich, warum neben *einem* Mann sitzen, wenn man zwischen zweien sitzen kann.

Die Lichter im Saal wurden allmählich gedämpfter, und das Publikum kam zur Ruhe. Verdammt, warum mußte sie hinter ihm sitzen! Immer wieder drehte er sich um und starrte sie an. Seine Enttäuschung senkte sich wie ein düsterer Schleier auf ihn herab. Die Atmosphäre erinnerte ihn an Boris' Autorenlesung in Paris. Mein Gott, dachte er, wie viele weitere Dramen mochten sich in diesem Augenblick wohl hier im Saal abspielen? Er hatte Visionen von allen möglichen erdichteten Liaisons, in die Brüche gegangenen Affären, literarischen Zänkereien und Eifersüchteleien um sich herum. Als die Lichter endlich ganz verloschen, genoß er die Anonymität der Dunkelheit.

Die Leiterin des Poetry Center trat nach vorne, um ein paar einleitende Worte zu sprechen. Wie Frank vermutet hatte, stellte sie denjenigen vor, der Milan Kundera vorstellen sollte. Frank, der sich des leeren Platzes neben ihm unangenehm bewußt war, sank in seinem Stuhl zusammen. Nach mehreren Ankündigungen über Autoren der nächsten Saison und Änderungen des Terminplans, an die sich die übliche Bitte um freundliche Spenden anschloß, machte sie sich bereit, das Wort weiterzugeben.

»Und nun, Ladies and Gentlemen, habe ich eine wundervolle Überraschung für Sie. Ein ganz besonderer Gast hat sich bereit erklärt, unseren Dichter vorzustellen. Es ist mir ein Vergnügen, hier wieder einmal – denn letztes Jahr hat er uns aus seinen eigenen Werken vorgelesen – einen Schriftsteller zu begrüßen, der gegenwärtig in aller Munde ist als der nächste Nobelpreisträger.« Ein erregter Schauder lief durch die Menge. »Grischa Lobek.« Freudiges Germurmel. »Zum Glück für uns hält sich Grischa, der in Paris lebt, vorübergehend in New York auf und hat sich liebenswürdigerweise bereit erklärt, seinen Freund Milan Kundera einzuführen. Daher bitte ich Sie nun, Grischa Lobek willkommen zu heißen!«

Unter begeistertem Applaus kam Grischa wirkungsvoll auf die abgedunkelte Bühne ins Licht der Scheinwerfer geschlendert. Franks Mund stand offen. Was war das – ein schlechter Scherz? Die Wirklichkeit war einfach zu unheimlich, mit all ihren sich wiederholenden Themata und Refrains. Grischa wirkte so finster wie damals, wieder einmal leicht verärgert, weil das Publikum da unten saß, und blickte drein, als hätte er Besseres zu tun. Wer genau ist dieser Grischa Lobek, hätte Frank gern gewußt, und warum scheint er der König der *émigrés* zu sein?

Da Milan Kundera ein sehr bedeutender *émigré* war, hatte Grischa eine längere Einführung vorbereitet. Aus der *Sunday Times Book Review* wußte Frank, daß Grischa Rezensionen über Kunderas Bücher verfaßt hatte. Seit er Grischa damals in Paris gesehen hatte, hatte sich Frank bemüht, einige von seinen Werken zu lesen, sie aber reichlich undurchsichtig gefunden. Und da er dem, was er jetzt sagte, auch nicht so recht zu folgen vermochte, wandte er sich zu Katja um.

Großer Gott! Franks Mund stand offen. Sein Verstand arbeitete nur noch in Zeitlupe. War das ein Traum? War eine perfekte Katja-Fantasie Wirklichkeit geworden? Der Mann neben Katja, mit dem sie gerade plauderte, war Michail Baryschnikow! Was sollte das sein – eine russische Emigranten-Mafia? Dagegen hatte ein armer Amerikaner keine Chance!

Grischa und Mischa waren ganz zweifellos Freunde von Kundera und hergekommen, um ihn lesen zu hören und anschließend vermutlich mit ihm zu feiern. Und wenn Katja nun ihren

Charme spielen ließ, würde auch sie zu dieser kleinen Soiree eingeladen werden. Aber begriff sie denn nicht? Dann wäre alles aus für sie! In den Händen dieser Super-Weiberhelden hatte sie nicht die geringste Chance! Im *People*-Magazin hatte Frank alles über sie gelesen. Mit Mischa – oder auch Grischa – war sie so gut wie durchgekaut und ausgespuckt. Die Weiber konnten seinem tödlichen Charme einfach nicht widerstehen. Was hatte der bloß an sich? In den Fantasien jeder einzelnen seiner Patientinnen spielte Mischa eine Rolle. »Diese Augen!« schwärmten die Frauen. Sogar seine männlichen Patienten wollten wie Mischa sein. Und als er sich erkundigte, warum, gab einer von ihnen zurück: »Sehen Sie sich doch bloß diese beweglichen Glieder an!«

Katja wirkte sehr selbstsicher und bezaubernd, als sie ein paar Worte mit ihm wechselte. Wie es schien, hatte Mischa das winzige russisch-orthodoxe Goldkreuz entdeckt, das sie am Hals trug, und ein Gespräch mit ihr begonnen. Sie hielt es ihm mit den Fingerspitzen entgegen, und er lächelte sie an. Frank versuchte sich vorzustellen, was sie jetzt empfand. Sie mußte doch förmlich vergehen bei diesem Wirklichkeit gewordenen Traum aller Träume. Neben Mischa zu sitzen, der Inkarnation aller *émigrés!* Also das war wie Sterben und In-den-Himmel-Kommen. Etwas Schöneres konnte sich keine Frau wünschen! Er hörte es jetzt schon: Dies würde auf ewig der Abend sein, an dem Baryschnikow bei Milan Kunderas Dichterlesung neben ihr saß.

Widerwillig wandte sich Frank zur Bühne zurück, wo Grischa immer noch mit seiner weinerlichen Stimme leierte. Frank fühlte sich unendlich niedergeschlagen. Wie konnte er, Frank Manne, Psychotherapeut aus Indiana, jemals mit Michael Baryschnikow konkurrieren, dem russischen *émigré* und Ballett-Superstar? Jetzt war alles aus, das wurde ihm klar. Sein Timing war total danebengeraten. Gerade, als er endlich in der Lage war, sich mit ihr auseinanderzusetzen, zu begreifen, daß er sie liebte, entglitt sie seinem Zugriff. In ihrer ganz persönlichen, lebensbejahenden Art ließ sie ihn hinter sich zurück. Stieg auf in

eine höhere Sphäre, zu einer Position persönlicher Macht, wo die Träume anderer Frauen für sie zur Wirklichkeit wurden.
Seine Konzentration war dahin. Er fand es unmöglich, still dazusitzen und der Lesung zuzuhören. Grischa war gerade fertig, und alle klatschten wie wild, damit nun endlich Milan Kundera kam. Genau der richtige Zeitpunkt zum Verschwinden, dieser aufbrausende Beifall. Frank hüstelte und erhob sich, als brauche er unbedingt einen Schluck Wasser, hob die Hand vor den Mund und verließ eilig den dunklen Zuschauersaal.
Er trat in die stille, finstere Nacht hinaus und wanderte, von der Trauer der Kapitulation erfüllt, langsam die Lexington Avenue entlang. An der Seventy-seventh Street beschloß er, das Risiko auf sich zu nehmen und zu Fuß durch den Park nach Hause zu gehen. Er umrundete den Bootsteich und war überwältigt vom wunderschönen Anblick des Mondlichts, das auf dem Wasser spielte. Er setzte sich auf eine Bank und lauschte den Wellen, die gegen den Betonrand des Teiches schlugen. Zum erstenmal seit langer Zeit und zu seiner eigenen Überraschung empfand er inneren Frieden. Die nervliche Anspannung war aus seinem Körper gewichen. Irgendeine Karma-Lektion war abgeschlossen. Die Vorsehung hatte ihm Katja, Jo Anne und Boris über den Weg geschickt, damit sie ihn ein Stück begleiteten und ihm zu Einsichten über sich selbst verhalfen, um sodann wieder zu verschwinden. Und heute abend war das alles mit einem sanften Paukenschlag zu Ende gegangen.
Es war sonderbar, ein gebrochenes Herz zu haben und sich zugleich befreit zu fühlen, endlich in der Lage zu sein, sein Leben weiterzuleben. Er jonglierte mit diesen beiden Gefühlen, wechselte zwischen Trauer und innerer Ruhe. Als ihm klar wurde, daß dieses Gefühl vermutlich tagelang anhalten würde, stand er auf und setzte seinen Spaziergang durch den Park fort. Wieder auf der West Side, holte er sich im Baskin Robbins ein Schokoladen-Himbeer-Trüffel-Eis, an dem er während des restlichen Heimwegs gedankenverloren leckte. In dieser Nacht schlief er besser als seit Jahren und ganz ohne Träume. Es war einfach nur ein tiefer, wunderbar erholsamer Schlaf.

Boris liebt Katja – auf seine Art

Es war gegen zehn Uhr am Samstagabend des Labour-Day-Wochenendes, als Katja hinausging, um sich die *New York Times* von Sonntag zu holen. Sie kaufte sich ein *gelato,* an dem sie zufrieden schleckte, während sie mit der dicken Zeitung unter dem Arm in der Gegend umherschlenderte und das Nachtleben in ihrer Nachbarschaft beobachtete. Auf der Upper East Side war alles still. Jeder, aber auch wirklich jeder hatte die Stadt verlassen, um die letzten Sommertage am Strand oder in den Bergen zu genießen. Sie leckte ihr Eis zu Ende und ging nach Hause. Sie freute sich auf einen nachdenklichen, anregenden Abend mit der Zeitung, und außerdem wollte sie über ein paar neue herbstliche Vorsätze nachdenken.

Wie jeder gute New Yorker ging sie zu Hause erst einmal daran, die Zeitung auszumisten und alle Teile herauszunehmen, die sie ohnehin nicht las. Sie warf einen Blick auf den Sportteil, um sich über die U. S. Open zu informieren, dann legte sie den Wochenüberblick, die Kleinanzeigen, den größten Teil der Wirtschaftsseiten und – mit leichtem Bedauern – den Immobilienteil beiseite. »Tut mir leid, Boo, aber diese Woche können wir uns kein Haus leisten«, sagte sie zu ihrer Katze, die schon darauf wartete, sich auf dem Teil niederzulassen, den Katja lesen wollte. Viel blieb von der Zeitung nicht übrig, aber das wenige war erstklassig: der Nachrichtenteil, Kunst und Kultur, das Magazin, das sie immer zuerst durchblätterte, um zu sehen, wie ihre Werbung wirkte, der Reiseteil (woher nahmen die Leute bloß all das Geld, ganz zu schweigen von der Zeit, für diese Abenteuerreisen?) und schließlich die Book Review. Da diese ihre Lieblingslektüre war, hob sie sie sich bis zuletzt auf, um sie besonders gründlich und genußvoll zu studieren. Als junges Mädchen hatte sie sich immer gedacht, Buchbesprechungen seien nur etwas für Faule. Warum sollte man sonst eine Rezension lesen, anstatt das Buch selbst? Nun, da sie älter war, wußte sie die Tatsache, daß ein Buch besprochen wurde, gerade um ihre Leselust zu fördern, sehr wohl zu schätzen. Wie aufmerksam! Vor allem hatte sie ihren Spaß an den literarischen Fehden, die auf diesen Seiten ausgetragen wurden, wenn die Schriftsteller wegen eines Mißverständnisses oder einer Interpretation aufeinander einhackten. Sie amüsierte sich königlich über diese mäkelige Wortklauberei, dieses Er-hat-gesagt, Sie-hat-gesagt, Moment-mal, Nehmen-Sie-das-zurück, Das-werde-ich-nicht-tun – kurz, dieses ganze übertriebene Theater.

Da es eine sehr schwüle Nacht war, beschloß Katja, in ihren brasilianischen Pareo zu schlüpfen. Sie fühlte sich sexy und wunderbar, und das Wickeltuch gab ihr das Gefühl, eine blühende Schönheit auf einem Gauguin-Gemälde zu sein. Und da der Labour Day das Ende der Gin-Saison markierte, sagte sie zu Boo: »Jetzt gönnen wir uns erst recht einen«, braute sich in ihrem Mixer einen dicken Drink aus Pfirsichen mit Gin und verwöhnte Boo mit ein bißchen Katzenminze, denn sie kam sich selbstsüchtig vor, wenn sie ihren Gin allein kippte. Zwei Damen daheim, die eine ein bißchen beschwipst, die andere ein bißchen bekifft. Während sie unter dem schwirrenden Ventilator ihren Tropendrink leerte, arbeitete sie sich methodisch durch die Zeitung und transferierte jeden Teil gewissenhaft vom ungelesenen zum gelesenen Stapel, der am Montagmorgen zum Abfallstapel werden würde. Gegen halb zwei ging sie zu Bett, nachdem sie mehrere Teile der Zeitung beiseite gelegt hatte, mit denen sie sich beim Morgenkaffee befassen wollte. Bevor sie einschlief, überlegte sie, was sie am nächsten Tag unternehmen sollte. Radfahren im Park? Ein klimagekühltes Kino? Einkaufen in SoHo?

Am nächsten Morgen stand Katja um halb sechs auf, um die ungeduldige Boo zu füttern, die immer wieder mit Elefantenfüßen über sie hinwegstieg (Oh, entschuldige, ich bin nur eben vorbeigekommen, habe ich dich geweckt?), legte sich aber danach noch einmal zum Schlafen ins Bett. Als sie schließlich endgültig aufstand, geschah es zu einer für sie, die Frühaufsteherin, dekadent späten Stunde, um elf. Himmel, der halbe Tag dahin, sagte sie zu Boo, während sie sich ihren Café au lait zubereitete.

Sie zog die Book Review aus dem Stapel auf dem Fußboden, wo sie versehentlich im Immobilienteil gelandet war, und machte es sich mit dem Kaffee an ihrem Fichtenholztisch bequem. Boo legte sich zur Morgenmeditation in Sphinx-Pose ans andere Ende des Tisches. Katja trank einen Schluck Kaffee und drehte die Book Review um.

»Au!« schrie sie auf. Sie hatte sich den kochend heißen Kaffee über die Hand geschüttet. Boo sprang erschrocken auf und funkelte sie mit aufgerissenen Augen an. »O mein Gott!« stöhnte Katja und leckte ihre Hand, während sie auf die Titelseite der Book Review starrte. Dort prangte ein großes Foto von einem winddurchwehten, grimmigen Boris in Lederjeans und Lederjacke, wie er, einem *nouveau coolster* gleich, auf einem Haufen Bauschutt vor Les Halles hockte. Was für ein typisch blödsinniger französischer Kitsch, dachte sie, als sie seine finstere Miene betrachtete. Sie dachte an all die Tausende von Frauen in New York, die dieses selbe Foto betrachteten und von seinem umwerfend attraktiven Gesicht schwärmten. Wieviel hat er dem Publizisten wohl bezahlt, damit er soviel Platz bekommt, fragte sie sich sarkastisch.

Dann sah sie den Titel des Buchs. *Katja in the Lex,* von Boris Zimoy. »O mein Gott, das ist nicht zu fassen!« schrie sie. Handelte es etwa von ihr? Würde sie berühmt werden? Ihr Herz begann heftig zu klopfen, und sie konnte sich nicht mehr beherrschen. Sie riß Boo in ihre Arme und lief übermütig lachend in der Wohnung herum, bis Boo heruntergelassen werden wollte und ihr das mit kleinen kneifenden Bissen in den Arm klarmachte. Katja setzte sich wieder, nahm die Zeitung und begann zu lesen.

Die Besprechung trug die Überschrift *Look Ma, No Hands.* Das bezog sich, dem Rezensenten Grischa Lobek zufolge, darauf, daß Zimoy in der New Yorker Subway zu fahren pflegte, ohne sich irgendwo festzuhalten, und daß Zimoy meinte, das Buch sei ohne Hände geschrieben worden. »Es hat sich selbst geschrieben«, wurde er zitiert, »ganz einfach so.« Ohne Hände sei aber auch eine Metapher für sein Leben im Exil, erklärte Lobek,

denn da die Vergangenheit vorüber und die Zukunft ungewiß sei, lebe er ohne richtigen Halt. Und, warf Katja ironisch ein, vergessen wir nicht, daß er niemals die Hände einer Frau auf seinem Körper wünscht. Ansehen ja, aber nicht berühren.
Gierig überflog Katja die Rezension. Sie war mehr als benommen, mehr als bestürzt. Sie wußte nicht, was sie empfinden sollte. Ihr Mund war trocken, ihr Herz hämmerte. Sie las die Besprechung noch einmal, diesmal sehr langsam.
Der Titel *Katja in the Lex* war eine literarische Verbeugung vor dem berühmten französischen Avantgarde-Roman *Zazie dans le Métro* von Raymond Queneau, veröffentlicht im Paris der fünfziger Jahre. Katja war beeindruckt. Na ja, daß er clever war, hatte sie schon immer gewußt. Die Lex, das war natürlich ihre Subway-Linie, aber er hätte wenigstens ihren Namen ändern können. So fühlte sie sich zwar sehr geschmeichelt, war aber auch unheimlich verärgert. Wie absolut rücksichtslos und faul von ihm! Aber was kümmerte es ihn? Na ja, jetzt ist es zu spät, stöhnte sie. Alle werden merken, daß ich das bin.
Den nächsten Teil fand sie einfach großartig. Lobek schrieb: »Katja ist Zimoys detailliertes und liebevolles Porträt einer postfeministischen Heldin, die ganz zweifellos die Reihe so hochliterarischer Löwinnen wie Truman Capotes Holly Golightly und E. F. Bensons Lucia fortsetzen wird.«
Das machte sie glücklich, wahrhaft glücklich.
Dann aber fuhr Lobek fort, Boris Zimoy sei »ein aufmerksamer Beobachter des zeitgenössischen amerikanischen Lebens, der es versteht, die lächerliche Anomie, das neurotische Verhalten und die verzweifelte Gier der modernen New Yorkerin einzufangen, die in der großen Stadt auf der Jagd nach Liebe ist«.
Da wurde sie wütend. Wie kann er es wagen? Wie kann er meinen Kummer, mein Leben einfach hernehmen und zum Gespött machen? Wie kann er es wagen, über mich zu richten? Umbringen hätte sie ihn können!

> »Das Herzstück des Romans ist Alexej, ein widerborstiger, finsterer russischer Dichter, der in Paris lebt. Wie ein sibiri-

scher Jäger sich in die Felle seiner Beutetiere kleidet, so hüllt sich Alexej in das kostbare Leder von Marithe y François Girbaud oder Kansai Yamamoto und pirscht durch die Straßen von Paris und New York, wo die Frauen seinem exotischen, ausländischen Charme zur Beute fallen. Bei seinen Begegnungen mit den Frauen des Westens kommt er einem merkwürdigen Phänomen auf die Spur. Wenn sie Alexej kennenlernen, bezeichnen sie sich als selbständige Karrieretypen mit zufriedenstellendem Eigenleben. Innerhalb weniger Wochen der Bekanntschaft mit ihm verwandeln sie sich jedoch in weinende, schmollende, gierige Monster, die ihn unbedingt heiraten wollen. Sein Interesse wird sehr schnell zu Verachtung, und schließlich läßt er sie dann eiskalt fallen. Nun aber erscheint die liebenswert lebensfrohe Katja Beck, der Alexej *par hasard* an einem kalten Januartag in New York begegnet. Anfangs entspricht sie genau dem Schema der anderen Frauen, und in der Szene, in der sie ihn anfleht, sie nicht zu verlassen, stößt er sie brutal zurück. ›Jede Frau liebt einen russischen Dichter, Baby.‹ Katja ist niedergeschmettert. Irgend etwas setzt in ihr aus, und sie folgt dem Ruf nach Rache. Wie sie weiß, hegt Alexej, der doch vorgibt, alle bourgeoisen Werte zu verachten, eine heimliche Liebe zu schönen Dingen und sehnt sich nach dem verführerischen Lebensstil der Reichen und Berühmten. In einer einmalig unterhaltsamen Reihe von Drehungen und Wendungen entwickelt sich Katja zu einem äußerst starken Gegner und tötet Alexej auf ihre ganz persönliche Art.«

Na ja, das war gut. Wenigstens in diesem Buch nahm sie gründlich Rache. Aber was sollte sie in der Wirklichkeit tun, um es ihm richtig heimzuzahlen? Hm, darüber würde sie noch gründlich nachdenken müssen… später, später.

»Eine Frau der Upper East Side, ihr Psychiater und ein russischer *émigré,* alle vor der Kulisse des winterlichen New York. Eine schlichte Erzählung, brillant dargeboten. *Katja in the Lex* wird Zimoy zweifellos die Aufmerksamkeit eines breiten Publikums eintragen, das ihn bisher ignoriert hat. *Katja* ist sein fünfter Roman und eindeutig sein kommerziellster. Hollywood hat sich bereits die Rechte an dem Buch gesichert, und als der Rezensent Zimoy in Paris anzurufen versuchte, war eine Frau, die sich nicht zu erkennen gab, am Telefon und erklärte, er sei nicht zu erreichen. Wie sich herausstellte, befand sich Zimoy gerade auf Urlaub. Im Club Med.«

Sie hatte das Gefühl, ihr Leben sei ihr gestohlen worden. Er hat mein Leben genommen und es zu seinem gemacht. Und was habe ich davon? wollte sie wissen. Mistkerl! Er hätte mir wenigstens schreiben und es mir mitteilen können. Aber nein, ich mußte es so erfahren, gleichzeitig mit der ganzen Welt. Was für ein Scheißer! Nicht mal ein Exemplar seines Romans hat er mir geschickt. Vor allem aber fühlte sie sich so elend, weil er ihre Beziehung auf das hier reduziert hatte. Ein Buch. Sie war ein gutes Studienobjekt gewesen. Mehr nicht.
Also kam Boris endlich ganz groß raus. Zerstreut blätterte Katja die Seiten der Book Review um und fand auf Seite fünf die Werbung für das Buch. Die Anzeige brachte ein anderes Bild von ihm: Diesmal lehnte er auf dem von Christo eingepackten Pont Neuf und sonnte sich, während sein Raubvogelblick in die Ferne gerichtet war. Es war widerlich. Der Text lautete:

Die echte Katja Beck bitte melden!
Alle Männer von New York wollen dich kennenlernen!

KATJA IN THE LEX
Der mitreißende Bestseller
von Boris Zimoy

Erschienen bei Siegel & Schwartz.
Überall im Buchhandel erhältlich.

Jetzt verlangte sie ihre Revanche! Was konnte sie tun? Einen Brief an die Book Review schicken? Aber was sollte sie schreiben? Daß sie eine von seinen Spielkameradinnen gewesen und er ein absoluter Langweiler sei? Sie sah auf die Uhr. Zwölf Uhr mittags. Gut. Die Buchhandlung würde geöffnet haben. Sie sprang unter die Dusche und wieder heraus, schlüpfte schnell in Jeans und T-Shirt. Ihre Haare konnten von selber trocknen. Make-up war unwichtig. Sie joggte die paar Häuserblocks bis zu Books & Co. auf der Madison Avenue. Die hatten es bestimmt, denn die machten auf *Émigré*-Autoren. Außerdem war dies ein »mitreißender Bestseller«.

Sie betrat das Geschäft und wanderte einmal um den Tisch mit den neuesten Hardcover-Romanen herum. An *The Wall* – der Wand – würde es noch nicht stehen; die war der Auswahl des Eigentümers und bestimmten zeitlosen Klassikern vorbehalten. Sie konnte es nicht finden.

»Haben Sie *Katja in the Lex*?« erkundigte sie sich bei einem hipaussehenden jungen Mann mit Pferdeschwanz, der hinter einem riesigen barocken Blumenarrangement an der Kasse stand.

»Von Boris Zimoy… heute in der Book Review?« Er bückte sich unter die Theke und tauchte mit dem Buch in der Hand wieder auf.

»Ich war gerade beim Auspacken«, erklärte er ihr, indem er es ihr überreichte. »Die erste Lieferung war letzte Woche schon ausverkauft – und das ausschließlich durch Mundpropaganda. Gut, daß Sie heute so zeitig kommen. Bei einer solchen Rezension wird es weggehen wie warme Semmeln.«

»Haben Sie's schon gelesen?« erkundigte sie sich und blätterte die Seiten durch, alle zweihundertdreiundneunzig.

»Vor ein paar Wochen, ein Vorausexemplar. Es ist lustig. Literatur ist es nicht. Der Film wird besser werden als das Buch.« Er nahm seine Arbeit hinter dem Tresen wieder auf. »In ein paar Wochen soll er hier bei uns eine Signierstunde geben«, fuhr er zerstreut fort. »Stehen Sie auf unserer Postliste?« Er überreichte ihr eine drei mal fünf Zoll große Karte. Doch kaum hatte sie »Katja Odinokov« geschrieben, da war es ihr peinlich, und sie zerriß die Karte.

Auf dem Cover war ein wunderschönes, leicht verschwommenes Schwarzweiß-Platindruck-Foto von einer Frau in Bewegung, die durch ein Subway-Drehkreuz schießt. Es war ästhetisch und faszinierend. Katja fiel auf, daß es ein sehr feminines Cover für einen männlichen Schriftsteller war. Die gesamte Rückseite wurde eingenommen von einem Foto von – na, raten Sie mal. Himmel, man sah ihm direkt an, wie verliebt er in den eigenen Anblick war! Das Foto war aus einem Blickwinkel aufgenommen, der ihm einen dramatischen Touch gab; diesmal in seinem Pariser Atelier, wo er, ohne Hemd, seine behaarte Russenbrust präsentierte. Was sollte das sein – ein Pin-up? Er wirkte so robust und frisch, als sei er soeben nach einem gesunden Beischlaf mit einer Frau aus dem Bett gestiegen. Allein schon mit diesem Bild würde eine beträchtliche Anzahl Exemplare verkauft werden. Katja schlug das Buch auf. Es war einer gewissen Jo Anne gewidmet. Wer ist diese Jo Anne? Die Frau nach mir? Na ja, Französin ist sie nicht, soviel steht fest. Warum ist dieses Buch nicht Katja selber gewidmet? Dann sagte sie sich, ein Buch, das von dir handelt, wird dir nicht gewidmet. Das heißt, wenn es tatsächlich von ihr handelte, was sie zunächst einmal feststellen mußte. Sie gab dem jungen Mann hinter dem Tresen einen Zwanzigdollarschein und wartete auf das Wechselgeld von sechzehn Dollar fünfundneunzig. Unter normalen Umständen hätte sie wegen des Rabatts bei »Barnes & Noble, Of Course! Of Course!« eingekauft. Aber dies waren keine normalen Umstände.

Am Sonntagvormittag wälzte sich Frank relativ spät aus dem Bett. Er hatte schon eine Weile dagelegen und überlegt, ob er aufstehen oder den ganzen Tag im Bett verbringen sollte. Er genoß dieses ganz neue Gefühl des Sichgehenlassens so sehr! In letzter Zeit führte er ein Doppelleben. Bei der Arbeit war er, wie immer, der gewissenhafte, fürsorgliche Therapeut. Zu Hause aber praktizierte er jenes nachlässige, sinnenfreudige Leben, nach dem er sich so sehr gesehnt hatte.

Nein, entschied er, ich werde mir ein Cappuccino-Frühstück in Zabar's Café gönnen. Ein ofenwarmes Croissant könnte auch nicht schaden, und vielleicht würde er dort ein einsames Mädchen treffen, das auf dieselbe Idee gekommen war. Er versuchte sich vorzustellen, wer sie wohl sein würde, die an diesem verlorenen Labour-Day-Sonntag im Bett lag und so ähnlich dachte wie er selbst. Er ging unter die Dusche, beschloß aber, sich nicht zu rasieren. Er zog seine weichsten Chinos und ein Baumwollhemd von The Gap an. Er liebte diesen Laden, sogar den Namen; er erinnerte ihn so an die Sechziger. Jedesmal, wenn er Gap-Kleider trug, fühlte er sich hundertprozentig wohl darin.

Als er das Haus verließ, blendete ihn die Sonne, also kehrte er um und holte seine Sonnenbrille. Ein Hundstag-Sonntagmorgen in Manhattan. Der Broadway lag befremdend ruhig da. Alle waren in den Hamptons. *Tant mieux,* sagte er sich, um seine letzte Französischlektion an der Alliance Française einzuüben. Als er an Shakespeare & Co. vorüberkam, entschloß er sich, hineinzuschauen und sich etwas *nouveau* zum Lesen zu holen. Außerdem liebte er Shakespeare & Co. Denn der Laden war nicht nur eine erstklassige Buchhandlung, sondern auch eine großartige Gelegenheit zum Anbandeln. Man konnte high werden von der aufgestauten elektrischen Spannung, wenn man zusah, wie die Boys nach den Girls schielten, die Girls nach den Boys, und sogar die Boys nach anderen Boys, während alle zusammen so taten, als suchten sie nach einem guten Buch. Er liebte es, umherzuschlendern, Bücher anzusehen und dabei den verschiedenen Anmachversuchen zuzuhören.

Als er die Tür öffnete, schlug ihm ein Schwall klimagekühlter Luft entgegen. Und dann erstarrte er.

»Bitte, kommen Sie herein und schließen Sie die Tür«, rief ihm der Mann an der Kasse freundlich zu. »Sie steigern unsere Stromrechnung!«

»O Verzeihung.« Er zuckte zusammen und schloß die Tür. Dort, vor seiner Nase, auf dem Tisch für Hardcover-Bestseller, lagen zwischen zwei Pappmodellen des Empire State Building und des Eiffelturms stapelweise Exemplare des Buches *Katja in the Lex* von Boris Zimoy. Er trat an den Tisch und starrte die Bücher an. Auf ein Stück Pappe geklebt war eine Rezension des Romans von Grischa Lobek aus der heutigen *Times Book Review.*

Im Stehen las er die Besprechung durch, dann griff er mit bebenden Händen nach dem Buch und marschierte schnurstracks zur Kasse. Weißes Rauschen zischelte in seinem Kopf. Wußte Katja etwas davon? Mit Sicherheit. Während er vor der Kasse wartete, schlug er das Buch auf. Es war Jo Anne gewidmet.

Im Zabar's holte sich Frank zwei Cappuccini zum Mitnehmen und ging in den Park. In der Nähe der Stelle, wo sich Skateboardfahrer und Rollschuhläufer durch ein Labyrinth von Sodawasserdosen schlängelten, setzte er sich auf eine Bank und begann schnell zu lesen.

Als er das Buch am Spätnachmittag ausgelesen hatte, war ihm klar, daß er es noch öfter lesen würde. Er klappte es zu und streckte sich auf der gerade wieder leeren Bank aus. Dieser Roman war nicht ausschließlich Boris Zimoys Arbeit, obwohl er derjenige gewesen war, der die Story in Wörter gepackt und schwarz auf weiß festgehalten hatte. O nein, er entdeckte deutlich den brillanten Verstand der klugen Jo Anne, der hier am Werk gewesen war. Denn wer anders als Jo Anne hatte den Finger am Puls der modernen Frau, wer war besser als sie in der Lage, eine Story über die Urangst des Lebens in der Großstadt zu ersinnen? *Katja in the Lex* war Boris' Katja, von Jo Anne auf jede Frau übertragen, die jemals vor ihr gesessen und sich den Kummer von ihrer einsamen Seele geredet hatte. Kein Wunder, daß das Buch so einfühlsam mit der Psyche der Frauen umging! Denn was Jo Anne betraf, so hieß die Formel »Frau ist gleich Einsamkeit«. Jede Frau war einsam, es war ihr Geburtsrecht, es war ihre Bürde. Wenn sie allein war, war sie einsam, weil sie sich nach anderen Menschen und nach Verständnis sehnte. Und wenn sie von einer Familie umgeben war und niemals eine Sekunde allein sein konnte, war sie einsam, weil sie sich nach sich selber sehnte.

Langsam erhob er sich und wanderte nach Hause. Es war sechs Uhr, und das Wetter war umgeschlagen. Innerhalb der nächsten Stunde würde es zweifellos ein Gewitter geben. Frank begrüßte das zornige Grollen des Himmels und den Anblick der dicken grauen Wolken, die ihm Geborgenheit und ein heimeliges Ge-

fühl vermittelten. Die Menschen begannen, von ihren Wochenendausflügen in die City zurückzuströmen.
Was für ein Gefühl war es denn nun, sich selbst als Person in einem Roman zu begegnen? Mit schwarzen Buchstaben auf weißen Seiten zu lesen, wie man sich bei der Liebe verhielt; die Reise nach Paris Schritt für Schritt, in all ihrer Schmerzlichkeit nachvollzogen zu sehen? Er war analysiert worden, und dann hatte man ihm vor aller Welt das Innerste nach außen gekehrt, wobei er immerhin soweit getarnt worden war, daß niemand in Joe Viggeano Frank Manne wiedererkennen konnte. Trotzdem. Es war unglaublich, wie Boris Zimoy plötzlich in New York aufgetaucht war und drei Menschenleben durcheinandergewirbelt hatte, um ebenso plötzlich wieder zu verschwinden und alles aufzuschreiben. Ganz. Einfach. So.
Dann war da Katja. Was Katja empfand, vermochte er sich nicht vorzustellen. Im Deli holte er sich eine Tüte Cool-Ranch-Kartoffelchips und ein Sixpack Coors und war gerade zu Hause angekommen, als schon die ersten, dicken Tropfen fielen.

Die Medien liebten Boris Zimoy und bliesen zum Generalangriff. Denn er hatte nicht nur ein Buch geschrieben, das den Nerv der gegenwärtigen amerikanischen Pop-Society traf, sondern er war gut vermarktbar, medienwirksam und überdies ein russischer *émigré*. Er war der Nurejew der Literatur, der Sacharow des Leidens. Sein kraftvolles Gesicht erschien auf dem Titelblatt von *People* und *GQ*. Innerhalb einer Woche bezauberte er Jane Pauley in der »Today Show« und Joan Lunden in »Good Morning America«.
»Wie kommt es, daß Sie die Frauen so gut kennen?« erkundigte sich Jane Pauley in der für sie charakteristischen koketten, aber zugleich sondierenden Art.
»Oh, das ist nicht so einfach...« Ein verschmitztes Kopfschütteln, eine Kunstpause. »Frauen sind seeehrr, seeehrr kom-pliziert«, behauptete er in seinem Singsang-Englisch. Diese Antwort gefiel allen, besonders aber den Millionen Frauen an den Bildschirmen draußen.

An dem Vormittag, als sie ihn in »Today« sah, war Katja so aufgeregt, daß sie kaum mit ihrem Make-up fertig wurde. Er ist in New York! Wie schön, dann wird er mich heute anrufen! So schnell wie möglich fuhr sie zur Agentur, und als sie ihr Büro betrat, sagte sie zu ihrer Sekretärin: »Heute nehme ich meine Anrufe selbst entgegen, Raima. Sie brauchen keinen abzuwimmeln.« Jedesmal, wenn das Telefon klingelte, rief sie erregt: »Ich gehe dran!« Doch nicht ein einziges Mal war es Boris. Am Ende des Tages war sie sehr kleinlaut. Vielleicht hat er meine Büronummer nicht. Jawohl, das ist es! Und vermutlich hat er den Namen meiner Agentur vergessen. Verdammt! Sie war so hastig ins Büro aufgebrochen, daß sie vergessen hatte, ihren Anrufbeantworter einzuschalten. An diesem Abend sprach sie eine persönliche Nachricht für ihn auf Band. »*Bonjour, Paris.* Ich bin in der Lex, also würdest du bitte deine Nummer hinterlassen oder mich bei Drake Boucher anrufen? Ciao.« Während der folgenden paar Tage hastete sie abends beim Heimkommen immer sofort ins Schlafzimmer, um die Anrufe abzuhören. Kein einziges Wort.

Anfangs dachte sie: Na ja, er hat viel zu tun, mit der Publicity und den Interviews und so. Sobald es ein bißchen ruhiger um ihn geworden ist, wird er mich anrufen. Dann dachte sie: Vielleicht hat er Hemmungen, mich anzurufen, hat ein schlechtes Gewissen oder fürchtet sich vor meiner Reaktion. Also beschloß sie, die Initiative zu ergreifen, rief bei Siegel & Schwartz, seinem Verlagshaus, an und hinterließ dort eine Nachricht für ihn. Immer noch nichts. Vielleicht war ihm die Nachricht nicht ausgerichtet worden. Doch als er dann in den frühen Abendshows »Live at Five« und »Eyewitness News« erschien, war sie gekränkt und sehr verärgert. Warum rief er sie nicht an? Womit hatte sie diese Behandlung verdient? Waren sie denn nicht Freunde? Hatte er nicht ein Buch über sie geschrieben? Ihre Beziehung hatte ein ungutes Ende genommen, das war ihr klar, aber er mußte doch wenigstens soviel Gefühl für Anstand besitzen, daß er sich mit ihr in Verbindung setzte! Vor allem unter diesen außergewöhnlichen Umständen. Als dann sein Foto schließlich in den Gesellschaftsnachrichten der *Post* und des *New York Magazine* erschien – bei einer Soiree im Palladium und in der Milk Bar um drei Uhr morgens –, wurde sie wütend. Sie war die Eintrittskarte für seinen Erfolg gewesen, und nun warf er sie auf den Müll. Nicht mal einen gottverdammten, lausigen Anruf war sie ihm wert! Aber noch wütender war sie auf sich selbst. Wieder einmal hatte sie es soweit gebracht, daß sie verladen wurde. Wann würde sie endlich schlau werden? Wann würde es in ihren Kopf gehen, daß er ein Mistkerl war, ein sehr un-netter Mensch, ein Scheißer? Von nun an stand Boris offiziell und für immer auf ihrer Out-Liste.

Vogue brachte ein Foto-Essay über »Boris Zimoys Paris« mit Nennung sämtlicher Bekleidungs- und Styling-Marken (Fotos von Fregatina; Friseur und Körperpflegeprodukte von Ziggy bei Jean Louis David, Paris). Katja hatte eine Bezeichnung dafür: Mode-Porno. Boris' Gesicht unter den Wasserstrahlen seiner Dusche (Clinique Clean Shave; Aramis Duschgel), gefolgt von Boris an der Schreibmaschine mit nichts als einem Handtuch um die Taille (IBM, Fieldcrest); Boris allein bei einem Spaziergang an der Seine, vertieft in slawische Erinnerungen (Seidenhemd von Thierry Mugler; Jeans von Levi's); Boris (in Comme les Garçons), wie er auf dem Boul' Mich' ins Schaufenster einer Buchhandlung blickt, in einem Café sitzt etc., bis zum allerletzten Foto: Boris am Abend im Bett, nackt bis auf einen Spritzer Cologne (Yatagan von Caron), in exklusiver Bettwäsche (Pratesi). Ihr wurde übel.

Katja, Miß Sentimentalität und Werbetexterin in einer Person, kannte die Macht der Publicity-Maschinerie. Sie lehnte sich zurück und sah zu, wie sich die Prophezeiung bewahrheitete: Jede Frau liebt einen russischen Dichter.

Im Laufe der Zeit bekam sie ein dickeres Fell. Na schön, Katja, was hattest du denn erwartet? Er ist noch nie anders gewesen. Er hat dir nie etwas versprochen. In den ersten Wochen, nachdem sie sein Buch gelesen hatte, durchlebte sie eine Vielzahl von Emotionen. Anfangs pendelte sie zwischen einem köstlichen Wirrwarr von Schock und Entzücken hin und her. Doch als sie

es dann noch einmal und aufmerksamer las, geriet sie außer sich vor Wut und Demütigung. Er analysierte nämlich auf höchst raffinierte Art die Tatsache, daß sie in einer Illusion lebte, sich bloß danach sehnte, einen Sprung in die Zukunft zu tun, und sich an eine bequeme Fantasie klammerte, um ihrem partnerlosen Zustand zu entrinnen. Dann aber verwandelte sich ihre Reaktion in ein stilles, ernsthaftes Staunen. Denn Boris hatte tatsächlich geschafft, was Frank niemals gelungen war: Er hatte sie gezwungen, sich selbst zu erkennen.
Das Wichtigste ereignete sich schließlich, als sie das Buch zum drittenmal las: Sie verliebte sich in ihr Leben. Denn es war ihr Leben, das er da gezeichnet hatte, und es sah aus wie ein kompliziertes, interessantes und schönes Leben. Auf einmal verlangte alle Welt nach *ihr,* genauso, wie sie war! Sie war eine faszinierende Frau mit einem eigenen, reichen Leben, einem Leben, das die Menschen großartig fanden und nachahmen wollten. Er zeigte sie menschlich und verletzlich und, am wichtigsten, begehrenswert. Statt sich überrannt und exponiert zu fühlen, begriff sie, daß er ihr Leben in Kunst verwandelt hatte. Best-Selling-Kunst.
Natürlich mokierten sich alle über ihren Namen. Wenn sie auf Cocktailpartys oder Kundenbesprechungen vorgestellte wurde, fragte man sie unweigerlich: »Ach ja? Und fahren Sie auch mit der Lex?« Ohne es zu wissen, hatte Boris dem Wortschatz des amerikanischen Argot einen neuen Ausdruck hinzugefügt. In der Umgangssprache bekam *in the Lex* die Bedeutung, daß jemand sich an unbekanntem Ort aufhielt, denn wenn man mit der New Yorker Subway fuhr, stieg man in eine Art Traumland hinab, in dem man vorübergehend unerreichbar war. Außerdem hieß *in the Lex* auch »zum Lunch ausgegangen« oder »schwindlig, verrückt«.
Katja blühte auf in ihrem neuen, selbsterschaffenen Regnum der Liebe und Akzeptanz. Der ganze Wirbel um Boris war ihr unbegreiflich, aber sie verfolgte mit Begeisterung die Spekulationen über den Film, Boris' gegenwärtigen Aufenthalt und seine Liaisons, über die das *People*-Magazin berichtete. Seltsa-

merweise berührte sie das alles jedoch nicht, noch machte es sie traurig, denn mit ihr selbst hatte das nichts zu tun. Boris war Boris; das Buch hatte ein eigenes Leben, genau wie sie.
Als dann mitten in einer windigen Oktobernacht unverschämterweise das Telefon klingelte, wußte sie sogar in ihrem traumverlorenen Zustand, daß das nur er sein konnte. Boo blickte von ihrem Platz am Fuß ihres Bettes auf. Katja tastete nach dem Wecker. Die Leuchtzeiger standen auf drei Uhr neun. Ohne Licht zu machen, griff sie nach dem Telefonhörer. Ihr Herz hämmerte, so sehr war sie erschrocken.
»Hallo?« fragte sie flüsternd.
»Hallo, Baby! Ich bin's.«
Es war so lange her, daß sie seine tiefe, sanfte Stimme gehört hatte! Sie klang gedämpft und sehr weit weg. Katja schwieg. Ihr Kopf wurde leer. Träumte sie?
»Wo bist du?« erkundigte sie sich argwöhnisch. Sie sprach sehr langsam; aus irgendeinem Grund hatte sie das Gefühl, unter Wasser zu sein.
»Das spielt keine Rolle.«
Ein vertrautes, schreckliches Gefühl stieg in ihr auf. Er tat es schon wieder! Er stieß sie von sich! Plötzlich stand sie wie unter Strom. Sie ging in Alarmbereitschaft und versuchte, sich vorsichtig durch dieses Minenfeld von Telefongespräch hindurchzumanövrieren.
Boris seufzte; dann sagte er: »Ich bin hier. Ich bin nirgends.« In einem müden, gelangweilten, dramatischen Ton.
»Bist du traurig? Du klingst traurig.« Damit wollte sie ihm eine Chance geben. Sie selbst zwang sich zu einem kühlen, ruhigen Ton. Diesmal würde sie ihn nicht an sich heranlassen.
Keine Antwort.
»Du solltest glücklich sein. Bist du das nicht?« sondierte sie behutsam.
»Es ist großartig, Baby, alles ist großartig«, erwiderte er leicht gereizt. »Wie geht's dir?« fragte er höflichkeitshalber, stürzte sich jedoch, ohne auf eine Antwort zu warten, in einen Monolog: »Gefällt dir mein Buch? Hör mal, tut mir leid, daß ich dir

nichts davon gesagt habe, aber ich war sicher, daß es so richtig schön deine sentimentale Ader treffen würde. Wir wissen doch beide, daß es Bockmist ist. Nabokov hat seine *Lolita* geschrieben, um Ruhm für seine ernsthaften Arbeiten zu sammeln, ich habe *Katja* geschrieben. Kein Unterschied.«

Glaubte er wirklich, die Situation so handhaben zu können – indem er einfach um drei Uhr fünfzehn morgens eine halbherzige Entschuldigung vom Stapel ließ? Nachdem er sie monatelang ignoriert hatte? Wirklich ganz schön vergeßlich, dachte sie. Ein Mann ohne Gefühle, steckengeblieben in einem kindischen, selbstsüchtigen Stadium: Meinte er denn wirklich, er könnte so davonkommen? Er schien zu glauben, sein Charme, sein selbstgerechtes Leiden würden alles von selbst erklären.

»Warum rufst du an?« erkundigte sie sich wütend.

Er knurrte nur.

»Es ist drei Uhr morgens«, fuhr sie fort. »Weißt du nicht, daß es unhöflich ist, Leute mitten in der Nacht aus dem Schlaf zu reißen? Für nichts und wieder nichts? Du mußt doch etwas von mir wollen, also raus damit! Was ist es? Oder hör auf, mich zu belästigen.«

»Sei doch nicht so«, sagte er.

»Ich gehöre nicht zu deinen literarischen Groupies, Boris, die alles, was du tust oder sagst, wundervoll finden. Für mich bist du eher bedauernswert. Wenn du nicht anfängst, ein paar Tatsachen über dich selbst zu erkennen, wird dein Leben traurig, elend und einsam verlaufen. Du wirst ganz allein sein mit deinen extravaganten Schaumbädern.«

»Dieses Gespräch ist idiotisch«, stellte er fest. Er behandelte sie wie ein Dummchen, das, wie es bei Frauen eben nicht anders zu erwarten war, die Fassung verlor.

Aber Katja durchschaute ihn. Clever, sehr clever, wie er stets alles darstellte, als sei es ihre Schuld, als sei sie diejenige, die schwierig war. In diesem Moment erkannte sie, daß bei ihm Hopfen und Malz verloren war. Sie würde es ihm nie klarmachen können. Gib's auf, Katja, ermahnte sie sich. Dann fiel ihr ein, was sie ihn noch fragen wollte. »Und wer ist Jo Anne?«

»Ach, Katja! Stellst du immer noch so törichte Fragen? Niemand, der wichtig wäre. Jo Anne ist einfach eine Frau, die mir ein bißchen bei meinem Buch geholfen hat.«
»Liebst du sie?«
»Nein, Baby. Sie ist wie eine Sekretärin. Sie hat das Buch gelesen und ihre Bemerkungen dazu gemacht.«
»Seid ihr noch zusammen?«
»Nein. Sie war eine Zeitlang in Paris, ist aber inzwischen wieder in New York.«
Katja überlegte, was sie noch wissen wollte. »Bist du im Augenblick allein?«
Er lachte leise. »Selbstverständlich, Baby. Du kennst mich doch. Ich werde immer allein bleiben.«
»Soll das ein Witz sein? Ich sehe dich ständig mit hübschen Mädchen, auf den Fotos.«
»Mein Kampfgeist ist verschwunden, meine Libido ist verschwunden. Puff! Ich könnte jederzeit jedes neunzehnjährige Mädchen haben, aber ich kann nicht. Verstehst du? Ich will nicht.«
Es war unheimlich, mit der schlafenden Boo zu Füßen im Bett zu liegen und im Dunkeln mit dem nun so berühmten Boris Zimoy zu sprechen, der sie von nirgendwo aus anrief. Was würden viele Frauen wohl darum geben, daß Boris Zimoy sie um drei Uhr morgens im Bett anrief!
»Was willst du, Boris? Warum rufst du mich an? Bist du einsam? Fühlst du dich schuldig? Oder was?« fragte sie giftig.
Ihm paßten ihre Fragen nicht. Er stieß ein gereiztes Lachen aus, gefolgt von einem weiteren, übertrieben dramatischen Seufzer.
»Wenn du dich unbedingt so aufführen willst...« drohte er.
»Hör auf damit!« schrie sie erbost.
»Hör zu, Baby. Paß auf dich auf, wie immer. Ich melde mich.«
Totale Herablassung.
»Nein, warte!« Vergebens suchte sie ihre Stimme unter Kontrolle zu halten.
»Ciao, Baby. *Je t'embrasse.*« Ein Klicken in der Muschel.
Wütend knallte Katja den Hörer auf, und zu ihrem größten Är-

ger rollten ihr dicke Tränen über die Wangen. Verdammt! Sie ärgerte sich, weil sie weinte. Sie hatte sich wohl gefühlt, solange sie nichts von ihm hörte; warum hatte sie diese Gelassenheit jetzt verloren? Er besaß immer noch die Macht, sie aus der Fassung zu bringen.

Sie richtete sich auf und streichelte Boo, als sei es die Katze, die Trost brauchte. »Ein schrecklicher Mann, Boo«, klagte sie. Dann dachte sie daran, daß er gesagt hatte, er rufe sie von nirgendwo an. Wie traurig für ihn! Wie konnte sie ihn nur jemals anziehend gefunden haben? Aber dann dachte sie: Boris hat sich verändert, er ist nicht mehr der Mann, der er vor zwei Jahren war. Damals in jenem eiskalten Januar war er ein scheuer, lieber und sehr gefühlvoller Mann gewesen, der ganz neue Gedanken und Gefühle in ihr geweckt hatte. Er war auf die einzige Art lieb zu ihr gewesen, die ihm gegeben war. Nun war er schrecklich bitter und hart geworden, ein trauriger, einsamer Überlebender, der in der westlichen Welt Fuß zu fassen versuchte.

Jede Frau liebt einen russischen Dichter. Diese Worte echoten durch ihre Gedanken. Jede Frau hat einen Boris in ihrem Leben, dachte sie. Jede Frau liebt in ihrem Leben einmal einen Mann, der hundertprozentig falsch für sie ist. Ja, viele Frauen hatten sogar das Unglück, ihren russischen Dichter zu heiraten. Und begaben sich erst durch das Trauma der Scheidung auf den schmerzhaften Weg zur Selbstfindung. Sie selbst war noch glimpflich davongekommen, entdeckte Katja. Konnte es sein, daß man die Qual durchmachen mußte, den falschen Mann zu lieben, um dann den richtigen erkennen und lieben zu können? Daß eine Frau durch die Liebe zum falschen Mann sich selbst erst richtig kennenlernte? Daß ein Fisch zum Schwimmenlernen wirklich kein Fahrrad brauchte?

Gewiß, das traf auch auf Männer zu. Warum sollten die anders sein? Sie dachte an die Männer, verheiratet und ledig, die regelmäßig zu ihr ins Büro kamen und ihr das Leid ihres Liebeslebens klagten. Auch sie hatten ihre blinden Leidenschaften, jagten Frauen nach, die ihre Liebe nicht erwiderten.

Sie streckte sich wieder im Bett aus und versuchte einzuschlafen. Unruhig warf sie sich eine Weile hin und her, bis sie entdeckte, daß Boo vom Bett gesprungen war und sich auf dem blaßgrünen Teppich im Mondlicht aalte. Für Katja war es so ziemlich der schönste Anblick, den sie jemals gesehen hatte. »Nimmst du ein Mondbad?« turtelte sie. Der Gedanke, im geisterhaft-silbernen Licht des Mondes zu baden, hatte etwas Verlockendes. »Ich werde ebenfalls ein Mondbad nehmen. Das ist eine gute Idee«, flüsterte sie und streckte sich neben Boo auf dem Fußboden aus. Sie streichelte die Katze und schloß die Augen. »Solche Männer will ich nicht in meinem Leben, Boo. Und du auch nicht. Ich will einen Mann, der mich liebt. Habe ich das nicht verdient? Ich glaube schon.« Sie konnte sich nicht erinnern, eingeschlafen zu sein, aber am Morgen erwachte sie erstaunlich erfrischt. Das Mondbad hatte wohl ihre Seele gereinigt.

Zwei Tage später erhielt sie ein Kuvert des Federal Express, aufgegeben im Beverly Hills Hotel. Es enthielt einen Scheck auf die Wells Fargo Bank über eintausend Dollar, zahlbar an Katja Odinokov, sowie ein Hermes-Tuch aus dem Duty Free Shop in Helsinki.

Das also war sein endgültiger Abschied. Sie wedelte mit dem Scheck in der Luft und dachte daran, mit wieviel Liebe sie ihm damals, in der ersten Zeit, diese Summe überwiesen hatte. Er hatte sie in panischer Angst angerufen und sie angefleht, ihm zu helfen, weil seine Bank ihm den Kredit gestrichen habe und ihm der Rausschmiß aus seiner Wohnung drohe. Er besitze keinen Centime, ja nicht mal einen Sou.

Sie freute sich, das Geld zurückbekommen zu haben, obwohl er keine Zinsen hinzugefügt hatte. Tausend Dollar waren schließlich tausend Dollar. Sie hatte gedacht, er habe das Darlehen bequemerweise vergessen. Es hätte ihm ähnlich gesehen, das Geld als Geschenk zu betrachten. Sie faltete das Halstuch auseinander und betrachtete es. Er hatte ein hübsches Design gewählt, antike Schlüssel in Gold mit dunkelblauen Quasten und Zöp-

fen. Mit der Hand strich sie über die schwere Seide. O ja, das würde sie tragen. Sie freute sich darüber – aber nicht, weil es von Boris stammte. Sie war durchaus in der Lage, ihre Freude über das Geschenk vom Spender zu trennen.
Eine gewisse Euphorie stieg in ihr auf. Sie stieß einen Freudenschrei aus. Es dämmerte ihr, daß sie aus einem ganz anderen Grund Anlaß zur Freude hatte, dem wichtigsten Grund überhaupt. Triumphierend nahmen die Worte in ihr Form an, während auf ihrem Gesicht langsam ein Lächeln erblühte. Sie hatte ihn endlich überwunden. Ihre Gefühle für Boris waren tot. Endgültig erloschen.

Frank und Katja

Frank glaubte, Katja überwunden zu haben. Das Erlebnis im Y an der Ninety-second Street hatte ihm klargemacht, daß sie ihn wahrhaft hinter sich gelassen hatte und glücklich in ihr eigenes Leben hinübergeglitten war. Als jedoch *Katja in the Lex* herauskam, war er wie besessen. Alles fing wieder von neuem an. Er mußte unbedingt mit ihr sprechen! Er wollte wissen, was sie dachte, was sie empfand. Vielleicht brauchte sie ihn ja. Schließlich hatte Boris keinerlei Mitgefühl gezeigt, bei seinem Porträt von Katja; das Buch war teilweise ziemlich hart, auch wenn es in einem versöhnlichen Ton endete. Und nachdem er die Stellen mit dem Analytiker Joe Viggeano gelesen hatte, fragte er sich, was sie ihm gegenüber empfand.
Dann sagte er sich: Mach dir nichts vor, mein lieber Frank! Das war das letzte, was er wollte. Er wollte ihr nur mitteilen, was *er* empfand, wollte ihr sagen, daß er sie liebte, ihr begreiflich machen, wie gründlich sie sein Leben verändert hatte.
Er versuchte sie anzurufen, legte jedoch immer wieder den Hö-

rer auf. Das ist albern, sagte er sich, inzwischen ist mehr als ein Jahr vergangen, wir sind nicht mehr Arzt und Patientin. Einmal rief er sie zu einem Zeitpunkt an, an dem sie mit Sicherheit in der Agentur war, damit er ihre Nachricht auf dem Anrufbeantworter abhören konnte. Ihre Stimme klang überhaupt nicht zornig, sondern fröhlich, hell und klar. Dann sagte er sich, ein Brief sei besser, und setzte sich eine Woche lang, sobald er aus der Praxis nach Hause kam, an den Schreibtisch, um eine Art Erklärung – über das Buch, über ihn selbst – niederzuschreiben, und ging dann zu Bett, nur um das Elaborat am anderen Morgen zu zerreißen. Diese Briefe waren entweder zu detailliert und langweilig oder vor lauter Gefühl verworren und unverständlich. Eine ganze Schachtel Briefpapier verbrauchte er, ganz zu schweigen von all den Briefmarken, die er mit Wasserdampf von den Kuverts lösen mußte. Wann würde er es endlich lernen, Briefe, die er am Abend schrieb, nicht gleich zuzukleben und zu frankieren? Er schlief nicht gut und warf sich vor lauter Alpträumen über das, was sie etwa tun und denken mochte, unruhig hin und her. Da er eine Heidenangst davor hatte, ihr durch Zufall zu begegnen, mied er Geschäfte wie Zabar's und Fairway, wo sie, wie er wußte, einmal pro Woche einkaufte.

Eines Freitagabends im Oktober saß er lesend in seinem Sessel, als ihm einfiel, die Trauben in seiner Gefriertruhe müßten inzwischen gefroren sein. Das war auch ein Rezept von Katja: »Trauben muß man einfrieren. Besonders gut schmecken sie, wenn man sie dann noch in saure Sahne mit braunem Zucker stippt.« Die saure Sahne und den braunen Zucker hatte er vergessen, also ließ er den letzten Teil einfach weg. Während er aß, stieg eine Erinnerung an Katja in seinen Gedanken auf. Damals war sie mit einer Tüte Trauben vom Bauernmarkt in seine Praxis gekommen, hatte im Sessel Platz genommen, um mit ihm zu sprechen, und sich die Trauben dabei eine nach der anderen in den Mund geschoben. Es war die Art, wie sie die Trauben aß, dieses Bild, wie sie die Trauben mit den Fingerspitzen liebkoste, als seien sie kostbare Tropfen aus Jade...

Er griff zum Telefon und wählte ihre Nummer, die er inzwischen auswendig kannte. Als sie beim dritten Läuten abhob, legte er auf. Gut, dachte er, sie ist zu Hause. Er sah auf die Uhr; es war sieben. Hastig sprang er vom Sessel auf. Dann würde er eben das Risiko eingehen. Er putzte sich die Zähne und fuhr sich mit dem Kamm durchs Haar. Die Jeans waren okay, entschied er, aber er zog ein weißes Hemd an und wählte eins seiner neuen italienischen Sportjacketts. Minuten darauf stand er am Central Park West und winkte einem Taxi. Lieber jetzt schnell handeln, bevor er wieder Hemmungen kriegte.

»East Side, bitte«, sagte er dem Fahrer, während er in den Fond kletterte. »Seventy-eigth Street und Lex.« Er lehnte sich zurück und betrachtete sich im Rückspiegel. Großer Gott, ich bin ja besessen! Aber es war ihm gleichgültig. Jetzt war nicht der richtige Zeitpunkt zum Nachdenken. Zum erstenmal war er tatsächlich eher freudig erregt als verängstigt.

Es war ein sehr frischer Oktoberabend, und die Stadt schien irgendwie mit dem eigenen blitzsauberen Bild, das sie am Freitagabend bot, zufrieden zu sein. Da ziemlich starker Verkehr herrschte, kroch das Taxi langsam die Seventy-ninth Street entlang quer durch Manhattan. Dennoch hatte er, als der Wagen auf einer Seite der Lexington Avenue am Bordstein hielt, das Gefühl, als hätte er eben noch im Lehnstuhl gesessen. Frank bezahlte, und als er ausstieg, sah er sich selbst als gutaussehenden jungen Mann, der am Samstagabend aus dem Taxi springt, um sein Mädchen abzuholen. Auf der Seventy-eigth Street blickte er aufmerksam nach links und rechts, um zu sehen, in welche Richtung die Hausnummern liefen. Als er sich ihrem Wohnhaus näherte, sah er draußen einen Portier stehen und verlor den Mut. Er beschloß, eine Runde um den Block zu drehen und sich ein bißchen zusammenzureißen. Diese eine Runde genügte tatsächlich, und so trugen ihn seine Füße, als er sich diesmal dem Eingang näherte, ohne weitere Probleme hinein. Der Portier sah ihn nur schweigend an, als er selbstsicher an ihm vorbeirauschte.

»Katja Odinokov, sie erwartet mich«, erklärte er lässig.

Der Portier nickte, rührte sich aber nicht. Frank vermutete, daß

er den Eindruck einer ungefährlichen, normalen Person machte, etwa wie einer von Katjas Werbefreunden. Auf dem Klingelbrett im Eingang suchte er ihren Namen und klingelte. Soviel Höflichkeit mußte sein, denn schließlich überfiel man niemanden einfach so, ohne zuvor unten zu klingeln. Und wer in New York City würde schon jemandem öffnen, der so plötzlich an die Wohnungstür klopfte?
Sekunden vergingen. Dann: »Hallo?« Gedämpft kam Katjas Stimme aus dem Lautsprecher. »Hallo?«
Weil Frank sich nicht sofort verraten wollte, murmelte er etwas vor sich hin. Diese Sprechanlagen verzerrten gewöhnlich jede Stimme, so daß man nie sicher sein konnte, wer da sprach.
»Wer?«
Diesmal murmelte er: »Frank Manne« und hoffte, sie würde auf den Öffner drücken. Ein paar gräßliche Sekunden vergingen, dann ertönte schließlich der verhaßte Summer, und er drückte die schwere Glastür auf. Er nahm Kurs auf die offene Aufzugtür, dann fiel ihm ein, daß er vergessen hatte nachzusehen, welches Apartment sie bewohnte, also eilte er zurück, prägte sich ihre Wohnungsnummer ein, lief wieder zum Lift und drückte auf die Acht. Es handelte sich um einen dieser uralten Fahrstühle, die ihre Strecke bedächtig ächzend zurücklegen. Dann öffneten sich plötzlich die Türen, und er trat hinaus. Es war genauso wie in einem der Träume, von denen er in den letzten Wochen immer wieder geplagt wurde. Vor ihrer Tür machte er halt und klopfte ohne jedes Zögern behutsam an.
»Wer ist da?« fragte sie, und gleichzeitig sah er, daß sich der Spion öffnete. Er wurde gemustert. Er war entdeckt.
»Frank Manne.«
Langsam öffnete sie die Tür und sah ihn mit einem Blick an, der zu bedeuten schien: »Was zum Teufel haben Sie hier zu suchen?«, rührte sich aber nicht von der Stelle. Sie war ziemlich überrascht. Während sie dastanden und einander anstarrten, wußten sie beide, daß *Katja in the Lex* es war, was ihn hierhergeführt hatte.
Gott, war sie schön! Wie ein exotisches Tier wirkte sie, in ihren

abgetragenen, sehr weichen Jeans, dem handgestrickten Pullover und dem lässig zurückgestrichenen Haar. Und nackten Füßen. Natürlich und feminin. An der Art, wie der Pullover die Form ihrer Brüste nachzeichnete, erkannte er, daß sie keinen BH trug.
»Was wollen Sie?« Das klang argwöhnisch und unnachgiebig.
»Mit Ihnen sprechen.« Er war schrecklich nervös.
»Worüber?« Sie wechselte das Standbein.
»Alles mögliche.« Mehr fiel ihm nicht ein. »Das Buch«, ergänzte er dann hastig.
»Warum haben Sie nicht vorher angerufen?«
»Weil ich fürchtete, Sie würden nein sagen.« Es war ein richtiges Verhör. »Wirklich«, beteuerte er. Kein Spielchen mehr. Er dachte nicht daran zu behaupten: »Ich war gerade in der Gegend und wollte mal kurz reinschauen.«
Sie stand immer noch da und sah ihn an. Unter ihrer scheinbaren Gelassenheit war sie sowohl ängstlich als auch zornig, das spürte er. Übelnehmen konnte er ihr das nicht.
»Bitte, können wir reden? Ich weiß, daß ich sehr viel zu erklären habe.«
Sie trat von der Tür zurück und winkte ihn mit einer knappen Geste herein.
»Ich bleibe nicht lange, das verspreche ich Ihnen«, ergänzte er.
Dann betrat er ihre Wohnung und war vorübergehend erstaunt, weil sie ihm so vertraut vorkam. Alles war genau so, wie sie es ihm immer wieder geschildert hatte. Doch endlich tatsächlich hier zu sein, in ihren vier Wänden, war wie ein Rausch. Er fühlte sich von ihrem Wesen umfangen. Nein, es war weit intensiver, es war, als befinde er sich endlich *in* ihr! Das Wohnzimmer war so gemütlich mit seinen sanften Lichtinseln. Die Sessel wirkten bequem und einladend. Überall lagen Bücher und Zeitschriften herum. Auf dem Eßzimmertisch stand eine Vase mit Freesien. Von der Stereoanlage tröpfelte verträumte Chopin-Musik herüber.
Er trat ins Wohnzimmer und sah zu, wie sie die Wohnungstür schloß und verriegelte. Bevor er ein Wort sagen konnte, forderte

sie ihn auf: »Bitte, nehmen Sie Platz.« Voll Unbehagen setzte er sich auf die Couch. Sie nahm sich den Sessel gegenüber. »Also, was wollten Sie mir erzählen?«
Er betrachtete sie, wie sie da saß, und dachte daran, daß sie genau so in seiner Praxis gesessen hatte, nur hatte sie da die Couch benutzt und er den Sessel. Plötzlich fühlte er sich wie ins kalte Wasser geworfen. Dies hier war keine Therapie mehr, dies war das Leben. Er räusperte sich. »Wie geht es Ihnen?« erkundigte er sich vorsichtig. Irgendwo mußte er ja beginnen.
»Gut«, antwortete sie verwirrt. »Und Ihnen?«
»Gut. Wunderbar.« Die Situation war peinlicher, als er es sich vorgestellt hatte. Er holte tief Luft. Seine Worte kamen stoßweise. »Na ja. Ich wollte nur mit Ihnen reden. Ich habe das Buch gelesen. Und die Katja in diesem Buch, das sind nicht Sie. Das wissen Sie doch – oder? Sie sind viel besser. Und... ich wollte wissen, was Sie von den Szenen mit Joe Viggeano halten. Das muß doch... ich sein. Natürlich. Meinen Sie nicht?« O Gott, sie wirkte noch konfuser als zuvor. Die Sache verlief ganz und gar nicht nach seinen Vorstellungen.
»Gegen das Buch habe ich nichts.« Sie stieß die Worte hervor und zuckte dabei die Achseln, als wolle sie sagen: »Was soll das Theater?«
Langsam, nach Worten suchend, holperte er weiter. »Ich wollte Ihnen sagen, daß es mir leid tut, wenn ich Ihnen Schmerz bereitet habe. Ich verstehe jetzt, warum Sie bei mir aufhören mußten. Es war meine Schuld, nicht Ihre. Sie haben das sehr gut gemacht, Sie haben genau das getan, was man bei einer Analyse tun sollte – in einem Sumpf von Gefühlen wild um sich schlagen. Meine Aufgabe war es, diese Gefühle zu identifizieren und Ihnen da durchzuhelfen. Und das habe ich nicht getan.« Hier hielt er inne und holte Luft. »Weil ich mich zu Ihnen hingezogen fühlte und es mir selbst nicht eingestehen wollte. Es war zu erschreckend. Erinnern Sie sich an jenen ersten Tag, an dem Sie sagten: ›Dies ist doch alles ein schlechter Scherz, nicht wahr?‹ «
Sie lächelten beide. »Nun ja, Sie hatten recht. Sie hätten meine Praxis schnurstracks verlassen sollen, und wir hätten keine

Therapie beginnen dürfen. Darum bin ich heute gekommen, um mich bei Ihnen zu entschuldigen und...«

»Und was?«

»Und Ihnen zu sagen, daß mir damals nicht klar war, was ich für Sie empfand, aber jetzt weiß ich es. Und daß ich das immer noch tue. Ich fühle mich zu Ihnen hingezogen. Und ich mag Sie. Ich möchte Sie gern wiedersehen. Sie haben mir viel zum Nachdenken gegeben, und Sie haben mein Leben verändert.«

Sie rutschte unbehaglich in ihrem Sessel hin und her und wandte den Blick ab. Eine bedrückende Stille entstand. »Sie sind ein richtiges Arschloch!« sagte sie plötzlich und brach in Tränen aus.

Er rannte durch den Raum und versuchte, sie in seine Arme zu ziehen. Sofort versteifte sich ihr Körper, und sie stieß ihn von sich. »Nein! Nein! Gehen Sie weg! Wie können Sie nur!« Tränen strömten ihr über die Wangen. Sie strich sich ein paar lose Haarsträhnen aus dem Gesicht und hämmerte mit den Fäusten an seine Schultern.

»Ist ja schon gut, ist ja schon gut!« sagte er immer wieder. Er versuchte sie festzuhalten, damit ihre Schläge ins Leere gingen. »Ist ja schon gut.«

»Gar nichts ist gut!« fauchte sie ihn an. »Lassen Sie mich los!« Und dann versetzte sie ihm eine Ohrfeige. Benommen starrte er sie an. Noch niemals hatte ihn jemand geohrfeigt. Fassungslos hob er die Hand ans Gesicht, doch dann kam er sich komisch vor, weil ihm einfiel, daß das die Männer im Film immer taten, und wie idiotisch sie dabei aussahen. Er trat zurück. Sie stand auf und begann vor dem Fenster auf und ab zu gehen.

»Glauben Sie etwa, Sie könnten nach anderthalb Jahren einfach so in mein Leben reinplatzen? In ein Leben, das ich mir ganz allein zurechtzimmern mußte? Und mir *jetzt* erklären, was Sie empfinden? *Jetzt* herkommen und mir mitteilen, daß es die ganze Zeit über, in der ich mich so grauenhaft gefühlt habe, *Sie* es waren, der gepatzt hat, daß es *Ihre* Schuld war? Ein kleines ›Tut mir leid‹, und Sie erwarten, daß ich deswegen in Freudengeschrei ausbreche? Also wissen Sie, Frank, Sie sind unmöglich!«

Immer noch wutschäumend, lief sie wie ein Tiger auf und ab. »Warum muß ich immer weinen, wenn ich zornig bin? Ich hasse das. Und ich hasse Sie!«
»Aber ... ich bin jetzt ein neuer Mensch«, wandte er schüchtern ein.
Sie blieb stehen und funkelte ihn an. »Na, das ist ja wunderbar! ›Neu und verbessert‹, wie? Nun, ich bedaure, Ihnen das sagen zu müssen, aber den alten Menschen in Ihnen habe ich gar nicht gekannt«, erklärte sie.
»Was soll das heißen, Sie haben ihn nicht gekannt?« fragte er, tief gekränkt.
Sie lächelte höhnisch. »Woher sollte ich ihn kennen? Sie haben doch immer nur dagesessen und geschwiegen.«
»Bitte«, flehte er und kam mit ausgestreckten Armen näher.
»Verschwinden Sie! Was wollen Sie von mir? Warum sind Sie gekommen?« kreischte sie.
»Weil ich es Ihnen erklären wollte ... Weil ich Sie trösten wollte.« Abermals rückte er näher und streckte die Hand nach ihr aus.
»Rühren Sie mich nicht an!« fuhr sie auf und trat einen Schritt zurück. »Mir geht es gut. Ich brauche keinen Trost von Ihnen.«
»Ist ja schon gut«, sagte er.
»Warum sagen Sie ständig, daß es schon gut ist? Es ist nicht gut!« Inzwischen war sie bis an die Wand zurückgewichen. Es ging aber auch alles schief, so hatte er es nicht gewollt. Wie konnte er diese entsetzliche Situation retten, wie konnte er ihr alles klarmachen?
»Jetzt können Sie's. Mir vertrauen, meine ich.« Er fand einfach die richtigen Worte nicht. Kopfschüttelnd rang er die Hände. »Weil ...« Er unterbrach sich. Weil – warum? Er kapitulierte.
»*Jetzt* fällt Ihnen ein, daß Sie mich lieben«, fuhr sie fort. »Was haben Sie sich gedacht – daß ich Ihnen die ganze Zeit nachweine? Daß Sie einfach herkommen und mir erzählen können, daß Sie mich lieben, und alles ist wieder so wie früher, und ich springe Ihnen selig auf den Schoß?«
Sie hatte recht. Sein Timing war Scheiße. Was ging hier vor,

warum war er hierhergekommen? Am besten entschuldigte er sich jetzt bei ihr und ließ sie allein, fuhr wieder nach Hause. Es war ein Fehler gewesen. Es gab keine Worte, mit denen er sie beruhigen konnte. Sie stand auf und ging in die Küche. Er wußte nicht, was er tun sollte – verschwinden oder was? Er hörte, wie sie sich die Nase putzte, und dann das Geräusch spritzenden Wassers. Als sie zurückkam, war sie ruhiger; sie brachte zwei Gläser Rotwein mit, von denen sie ihm eines reichte.

»Vielen Dank.«

Sie nahm wieder Platz. Beide tranken eine Zeitlang schweigend, dann begann sie in die leere Luft hinein zu sprechen. »Wissen Sie, es ist merkwürdig, Sie sprachlos zu sehen«, erklärte sie nachdenklich. »Früher dachte ich immer, Sie hätten alle Antworten parat und würden sie mir nur nicht verraten, weil Sie wollten, daß ich von allein draufkomme. Das fand ich schrecklich gemein von Ihnen.« Bei der Erinnerung daran lächelte sie und seufzte. »Vermutlich hatten Sie gar nicht alle Antworten parat.«

Er nickte und trank einen Schluck Wein.

Sie sprach weiter. »Und ich *bin* schließlich selbst auf die Antworten gekommen. Ich habe zwei absolut falsche Männer geliebt. Nur mich selbst habe ich nicht geliebt. Weil ich mich nicht für liebenswert hielt. Ich habe mich so sehr davor gefürchtet, geliebt zu werden, daß ich die Männer gräßlich behandelt habe.« Sie schien in ihre eigene Welt zu driften. Dann wandte sie sich zu ihm um. »Hören Sie, ich weiß nicht, wer Sie wirklich sind und was Sie von mir wollen ...« Ihre Stimme bebte, als mache seine Gegenwart sie nervös, als sitze da ein Wahnsinniger in ihrem Wohnzimmer.

»Was soll das heißen, Sie wissen nicht, wer ich bin?« Seine Verwirrung wuchs, und er fing an zu zittern. Er sah deutlich, daß sie höflich sein wollte, so behutsam wie möglich, und doch schmerzten ihn ihre Worte tief. Seine Gedanken begannen sich im Kreis zu drehen, zu rasen, und es waren immer wieder dieselben Worte, die ihm in den Sinn kamen: *Ich bin gekommen, um dir zu sagen, daß ich dich liebe, daß du die ganze Zeit recht gehabt hast, ich hätte niemals dein Arzt sein dürfen. Siehst du denn nicht, daß wir füreinander bestimmt sind? Es war eine Ironie des Schicksals, daß wir im Institut zusammengeführt wurden. Aber wenigstens sind wir jetzt so weit gekommen. Das mit dem Buch tut mir leid. Da war diese Frau, Jo Anne. Ich habe Boris in Paris gesehen. Ich habe dich an jenem Abend im Y gesehen. Du hast mich endlich leben gelehrt!*

Sein Herz quoll über von diesem stummen Monolog, aber er brachte es nicht fertig, auch nur ein Wort davon laut zu sagen. Verdammt! Das Leben war soviel komplizierter, als es von seinem Analytikersessel aus wirkte! Wie einfach war es, seine Patienten zu tadeln, weil sie sich ihren geliebten Menschen nicht mitzuteilen vermochten. Wie oft hatte er Dinge gesagt wie: »Warum haben Sie Tim (Tony, Beau) nicht erzählt, was Sie mir jetzt erzählen? Warum nicht? Wie können Sie erwarten, daß er weiß, was Sie für ihn empfinden, wenn Sie es ihm nicht *sagen*?« Und nun saß er hier und machte alles kaputt.

»Vielleicht sollten Sie jetzt lieber gehen«, mahnte sie sanft.

Das war ein Alptraum!

»Es ist einfach zu traurig«, ergänzte sie.

»Nein!«

»Na gut, aber was sonst?«

»Ich möchte Sie kennenlernen«, gestand er leise.

»Aber Sie kennen mich schon. Sie wissen alles über mich. Ich habe Ihnen alles erzählt, zweimal die Woche, zwei Jahre lang. Sie wissen mehr über mich als jeder andere Mensch.« Sie blickte so nachdenklich drein, als wäge sie jedes einzelne ihrer Worte ab.

»Na ja, nun können Sie mich kennenlernen«, entgegnete er. »Jetzt kann alles anders werden. Jetzt können wir eine echte Beziehung beginnen.«

»Aber Sie haben mir damals immer erklärt, wir *hätten* eine echte Beziehung.« Bei der Erinnerung lächelte sie. »Wissen Sie noch, wie ich mich immer bei Ihnen beschwert habe, sie sei nicht echt? Und Sie behaupteten, sie sei so echt, wie es überhaupt nur ginge?«

Er versuchte zu lächeln und nippte an seinem Glas. Vielleicht linderte der Wein ja den Schmerz, den ihre Worte ihm bereiteten.

»Wissen Sie«, fuhr sie fort, »ich habe Sie sehr geliebt. Und Sie erklärten mir dann, es handele sich um einen Transfer – nicht Sie seien es, den ich liebe, sondern ein erträumtes Idealbild, das nur in meinem Kopf existiert. Ich weiß noch, daß ich Ihnen nicht glauben wollte. Ich habe geweint und geweint. Ich hatte wirklich geglaubt, daß wir etwas Besonderes seien, daß wir etwas Besonderes sein könnten und daß Sie es bloß nicht dazu kommen lassen wollten.« Sie sprach sehr langsam. Es schien sie zu ermüden, diese alten Erinnerungen auszugraben. Sie schaute ihm ins Gesicht. »Aber jetzt weiß ich Bescheid. Sie hatten recht! Ich habe Sie nicht geliebt. Es war nur ein Phantombild von Ihnen, in das ich mich verliebt hatte. Genau wie Sie mir sagten. Ich weiß ja nicht mal, wer Sie sind... Ich meine... Sie sind sicher sehr nett...«

Ein Schrei stieg in ihm auf. Am liebsten hätte er laut losgebrüllt. Sein Herz weigerte sich, ihren Worten Glauben zu schenken. Das *konnte* doch einfach nicht sein!

»Es hat da ein großes Mißverständnis gegeben«, flüsterte er.

Verwundert legte sie den Kopf schief.

»Die ganze Zeit... Ich habe erkannt, daß ich Sie liebe«, gestand er.

Erschrocken wich sie vor ihm zurück und schüttelte den Kopf.

»Nein«, protestierte sie, »das ist unmöglich!«

Dann traf es ihn wie ein Hammerschlag: Sie hatte sich daran gewöhnt, mit ihm umzugehen wie mit einem Objekt der eigenen Einbildung! Vielleicht ängstigte sie die Erkenntnis, daß er ein echter Mensch mit echten Gefühlen und echten Bedürfnissen war.

Die Spannung, die in der Luft lag, war wie ein schriller Ton in seinen Ohren. Er stand auf, nahm ihr das Weinglas aus der Hand und stellte es auf den Tisch. Er packte ihre Hände und zog sie aus ihrem Sessel hoch. Es machte ihn sehr unsicher, so vor ihr zu stehen. Von ihrem Körper ging eine elektrisch geladene Aura aus. Lockte sie ihn? Sie bewegte sich auf ihn zu, wie um sich ihm zu präsentieren. Zögernd legte er die Arme um sie. Er vermochte es kaum zu fassen, daß er sie endlich in den Armen hielt! Sie zum erstenmal zu umarmen war eine Erlösung. Ein wundervolles Gefühl! Er rieb seine Wange an ihrem weichen Gesicht, das noch kühl war von dem Wasser, das sie draufgespritzt hatte. Verdammt! Er hatte sich nicht rasiert. Sie zuckte zurück. Er mußte ihr weh getan haben. Dann aber, als genieße sie die rauhe Haut, verwandelte sie sich in eine Katze, begann zu schnurren und rieb genußvoll Körper und Gesicht an ihm. Er wurde sofort hart, und das machte ihn verlegen. Bis jetzt war er der kühle, distanzierte, unberührbare Arzt gewesen, nun aber war er ein gesunder, warmblütiger Mann. So, wie sie sich seinen Liebkosungen überließ und sich an ihn schmiegte, war es eindeutig, daß sie es genoß. Er atmete tief durch. Jetzt, wo er endlich die Frau in den Armen hielt, die ihm zwei Jahr lang gegenübergesessen und ihm ihr Herz ausgeschüttet hatte, jetzt gab es kein Halten mehr für ihn. Nachdem er sich – und ihr – endlich sein Verlangen eingestanden hatte, wurde sein Traum zum Rausch. Als er sie berührte, fielen ihm die Worte *braun und rund* ein, die sie spöttelnd benutzt hatte, um sich selbst zu beschreiben.

Sie genoß es, von ihm berührt zu werden. Ihre Gesichter schmiegten sich aneinander, während seine Hände über ihren Körper strichen, ihn erkundeten. Hals, Schultern, Arme. Er spürte die Kraft ihres starken Schwimmerinnenrückens, fühlte ihre Brüste durch den Pullover. Wie sehr hatte er sich danach gesehnt, sich an ihrem Körper zu reiben und ihre Brüste durch die Kleidung zu spüren! Er konnte es nicht mehr aushalten. Er schob die Hände unter ihren Pullover und strich über das weiche Baumwollhemd, das sie darunter trug. Seine Hände wanderten höher, liebkosten ihre Brüste. Er stöhnte. Eine Katze miaute und rieb sich an seinem Bein, als wolle sie fragen: »He, und was ist mit mir?« Beide lachten.

Sie zog den Pullover aus. Er lächelte. Sie trug ein Männerunterhemd! Sie erwiderte sein Lächeln und blickte ihm gelassen in

die Augen. Noch immer hatten sie kein Wort gesprochen. Es war wie ein Film ohne Ton. Er trat vor und ergriff ihre Hände; dann küßte er sie ganz leicht, berührte hauchzart ihre Lippen. Es war der Kuß, mit dem das Küssen beginnt, jener erste, forschende Kuß, gefolgt von einer ganzen Kavalkade von Küssen, jener Art Küssen, nach denen er sich immer gesehnt hatte. Er staunte, wie weich ihre Lippen waren. Hatte er jemals so weiche Lippen geküßt? Nein, niemals. So forschende Lippen, langsam und verspielt. Küsse, erfüllt von der Sehnsucht nach Kontakt, Küsse, die dargeboten wurden, Küsse, die forderten.
»Ich kann nicht mehr stehen«, erklärte sie atemlos, führte ihn zur Couch und sank auf sie nieder. Sie zog ihn zu sich herab, trank jeden seiner Küsse rückhaltlos in sich hinein. Seine Lust war, daß er ihr Lust schenkte. Das alles war so neu für ihn, daß es ihn wie eine große Woge mit sich riß. Bei Jo Anne war das Küssen etwas gewesen, das sie über sich ergehen ließ, während er sich dabei wie ein unartiges, unersättliches Kind vorkam. Jetzt erst erkannte er, daß sie ihn der Erfahrung beraubt hatte, eine Frau wahrhaft zu verführen. Katjas Mund verlangte nach mehr, mehr, mehr! Sie strich ihm mit den Fingern durchs Haar, zärtlich und drängend zugleich, bis er das Gefühl hatte, explodieren zu müssen. Ihre Küsse waren eine Kommunikation aus all jenen Worten, die sie niemals aussprechen konnten.
Er betrachtete sie und sah bewundernd, wie erregend sie in ihrem derangierten Zustand wirkte: den Kopf zurückgeworfen, die Haare wirr, die Augen geschlossen. Seine Lippen wanderten zu ihren Schultern, und während ihre Hände sanft seinen Kopf streichelten, öffnete er ihre Jeans, schob die Hände unter den Stoff und stellte fest, daß sie keinen Schlüpfer trug. Dann merkte er, daß sie ganz weich und feucht geworden war. Als er fühlte, wie sie sich unter seinen Fingern bewegte, konnte er sich nicht mehr beherrschen. »Ich möchte, daß du in meine Hand kommst«, flüsterte er. Sie war ganz sein. Er betrachtete ihre entrückte Miene; sie befand sich in einer anderen Welt.
Und dann spürte er zum erstenmal – an diesem Abend schien alles zum erstenmal zu geschehen – das Wogen einer Frau, die

kam. Ihre Hüften begannen sich fast unmerklich zu bewegen, und sie stöhnte, bis sie auf einmal aufkeuchte, als hätte sie einen Schlag bekommen, der ihr die Luft aus der Lunge trieb. Langsam bewegte er die Hand im Takt ihres schwingenden, zuckenden Körpers.

Frank hielt sie in den Armen und betrachtete ihr entspanntes Gesicht. Völlig hingegeben, atmete sie tief und ruhig. Ihm, der ihr niemals etwas hatte geben können, während sie ihm in der Praxis gegenübersaß, ihm, der sie zum Weinen gebracht hatte, war es endlich gelungen, sie zu befriedigen. Er dachte daran, wie nahe er ihr in diesem Augenblick war, wie nahe und doch wie weit entfernt. Dieses seltsame Ding, das man Sex nannte. Es war ein unendlich wundervolles Gefühl, sie dahin gebracht zu haben. So blieben sie eine Weile sitzen, bis Katja die Augen öffnete und ihn ansah. Er wollte ihr zulächeln, wandte aber den Blick ab. Auf einmal wurde er unsicher. Was würde sie sagen?

Sie schloß den Reißverschluß ihrer Jeans und stand langsam auf. Alles schien in Zeitlupe zu geschehen, als trieben sie beide im luftleeren Raum. »Komm mit«, sagte sie und führte ihn bei der Hand durch den Flur ins Bad. Die Katze folgte ihnen auf leisen Pfoten. Mit der Hand strich Katja ihm übers Gesicht.

»Was ist?« erkundigte er sich unsicher. Er war nervös.

»Ich möchte dich rasieren.«

»Wie bitte?« Er glaubte, nicht richtig gehört zu haben.

»Darf ich dich rasieren?« wiederholte sie.

»Jetzt?«

»Ich hab' das noch nie bei einem Mann gemacht… und ich dachte, es wäre vielleicht ganz schön«, erklärte sie. »Außerdem hast du es dringend nötig.« Das klang, als meine sie es tatsächlich ernst.

Mit der Hand fuhr er sich über die Wangen. O Gott, die Vorstellung, von ihr rasiert zu werden, machte ihn mehr als nervös. Himmel noch mal, es dauerte Jahre, bis ein Mann lernte, sich selbst zu rasieren, ohne sich dabei zu schneiden. Er kannte jede Erhebung und Vertiefung seines Gesichts und schaffte es immer noch, sich zu schneiden, obwohl er extreme Vorsicht walten ließ. Und jetzt sollte er sein Gesicht einer Frau mit dem Rasiermesser in der Hand überlassen... War das vielleicht eine Art Vergeltungs-Fantasie?

»Äh...« machte er zögernd. Wie konnte er ihr diesen Wunsch abschlagen, so behutsam wie möglich? Doch während er anfing zu sprechen, hatte er plötzlich das Gefühl, von Katja rasiert zu werden müsse das Schönste sein, was es gab. »Okay, aber...«

»Ich werde auch ganz vorsichtig sein«, beendete sie den Satz für ihn. »Warte mal.« Sekundenlang musterte sie die Szenerie. »Du setzt dich dahin.« Sie deutete auf den Fußboden des Badezimmers. Neugierig sah er zu, wie sie eine Vielzahl von Cremes und Lotionen, Wattebäusche und Waschlappen zusammensuchte und schließlich einen neuen Wegwerf-Rasierer aus seiner Plastikverpackung löste. Die Katze hockte auf einer Ecke der Badewanne und sah ebenfalls all diesen Vorbereitungen zu. Dann ließ sich Katja neben ihm nieder, knöpfte sein Hemd auf und zog es ihm aus.

»Und jetzt legst du dich lang auf den Rücken und bettest den Kopf in meinen Schoß. So«, erklärte sie.

»Du willst mich umgekehrt rasieren?« erkundigte er sich nervös.

»Nein, du Dummkopf. Zunächst werde ich dir eine Gesichtsbehandlung verpassen«, erwiderte sie in ihrer burschikosen Art. »Um deine Haut vorzubereiten, natürlich.« Als wäre er eine Puppe.

»Natürlich.« Lachend streckte er sich aus. Er wollte alles tun, was sie von ihm verlangte. So war das also, wenn sie spielte. Er war begeistert; sie taten wie kleine Kinder, dabei waren sie vernunftbegabte Erwachsene.

Er nahm sich vor, jede Minute in sein Gedächtnis einzuprägen. Sie begann damit, daß sie sein Gesicht mit einem heißen Waschlappen bedeckte. Dann tränkte sie einen Wattebausch mit einer wundervoll duftenden Lotion und bestrich seine Haut damit. Ihre Bewegungen waren köstlich sanft. Es war ein Gefühl, als werde sein Gesicht von einer Nelkenwolke liebkost. »Das ist ein Nelken-Toner«, erklärte sie, »zur Reinigung der

Haut. Jetzt kommt eine Aprikosen-Honig-Rubbelcreme, um die abgestorbenen Zellen zu entfernen.«
Er war verlegen. »Habe ich abgestorbene Hautzellen?«
»Die hat jeder.« Sanft rieb sie sein Gesicht mit dieser angenehm rauhen Creme ein, die so gut duftete, daß er sie am liebsten gegessen hätte, und spülte alles mit einem heißen Waschlappen ab. Dann goß sie sich eine weiße Lotion in die Hand. »Das ist ein Buttermilch-Moisturizer aus der Schweiz. Ich werde dir jetzt genauso eine Gesichtsbehandlung machen, wie ich sie auch immer bekomme. Liegst du bequem?«
Er nickte. Dann merkte er, wie verspannt sein Körper war, und versuchte sich zu lockern.
»Okay. Jetzt mach die Augen zu und entspann dich.« Sie begann, sein Gesicht ganz langsam mit der Creme zu bestreichen, die sie zuvor in den Händen wärmte. O mein Gott, wie tut das gut! So ist das also, was Frauen empfinden, wenn sie zur Gesichtspflege gehen. Kein Wunder, daß sie so scharf darauf waren. Wenn die Männer wüßten, was ihnen da entging! Es war unglaublich, wie sanft sie seine Haut berührte und was für ein wunderbares Gefühl es war, das Gesicht massiert zu bekommen, dasselbe Gesicht, das er normalerweise jeden Morgen so unsanft behandelte. In diesem späten Alter von sechsunddreißig Jahren mußte er eine neue erogene Zone entdecken! Mein Gott, wie rückständig er doch war... Na ja, lieber spät als gar nicht.
Mit langen, kreisenden Bewegungen massierte sie ihm Schläfen und Stirn; dann goß sie sich wieder Lotion in die Hände und verstrich sie von den Schultern zum Hals. Er war hart geworden, wundervoll, angenehm hart. Er glaubte, auf der Stelle kommen zu müssen. Plötzlich war er sehr traurig, weil er bisher noch nie soviel Zärtlichkeit erlebt hatte. Dies war ihre Art, ihn zu lieben. Er spürte, wie sich sein ganzer Körper allmählich entspannte, vom Kopf bis zu den Zehen hinunter.
Nach einer Weile, die ihm wie Stunden vorkam, sagte sie: »Okay, ich glaube, dein Gesicht ist fertig, jetzt müßtest du dich aufrichten.« Sie erhoben sich und saßen einander nunmehr mit

untergeschlagenen Beinen gegenüber wie Kinder, die Indianerhäuptling spielen. Waren sie in einem anderen Leben zusammen im Kindergarten gewesen? Die Katze sprang von der Badewanne aufs Waschbecken. Katja spritzte Rasierschaum in ihre Hand und verteilte ihn mit konzentrierter Miene auf seinem Gesicht. Wieder war er von ihrer Behutsamkeit fasziniert. Er selbst klatschte sich jeden Tag Rasierschaum ins Gesicht, ohne groß darüber nachzudenken, doch sie tat das, ein wenig ungeschickt und scheu, zum erstenmal in ihrem Leben. Es gefiel ihm, der Mann zu sein, der sich in ihrer Fantasie zu ihr gesellte. Er war bezaubert von der Art, wie sie sich ihm sehr ernsthaft zuneigte, sich die Hände mit Rasierschaum beschmierte und an ihren Jeans abwischte. Sie trug immer noch das Herrenunterhemd; als er die Hand ausstreckte, um ihre Brüste zu berühren, wich sie fröhlich lachend zurück.

»Ich glaube, das solltest du im Moment lieber nicht tun«, warnte sie ihn. Sie nahm den neuen Rasierapparat zur Hand und hielt ihn, während sie sein Gesicht studierte, probeweise hierhin und dorthin.

Er schluckte nervös.

»Und nun? Aufwärts oder abwärts? Und wo soll ich überhaupt anfangen?« Sie zog eine Grimasse. Es freute ihn, daß sie nervös war. Das sollte sie auch. Das, was sie vorhatte, war keine einfache Aufgabe.

Und so saßen sie auf dem Fußboden des Badezimmers. Frank leitete sie an, machte Vorschläge, beriet sie, wie sie seine Haut straffen sollte, und überließ sich völlig ihrer Hand mit dem Rasierer. Es war das Allerintimste, was er jemals erlebt hatte. Und dabei war es nichts anderes als – rasieren. Nein, rasiert *werden.* Von Katja. Er saß ganz still, während sie sich ihm zuneigte, und genoß es, Gegenstand ihrer Aufmerksamkeit zu sein. Während sie an ihm arbeitete, spürte er ihren zarten Atem. Das Schweigen wurde nur gelegentlich unterbrochen, wenn sie ihn fragte: »Hier?« Und: »So?« Und: »Aha!« Er wünschte sich, daß es niemals endete. Wenn sie wollte, konnte sie ihn jeden Tag rasieren.

»So«, sagte sie und lehnte sich zurück, um sein Gesicht zu begutachten. Zufrieden mit ihrem Werk, wusch sie ihn mit einem warmen Waschlappen und trug dann sanft eine weitere herrlich duftende Creme auf. Sie lächelte, als er das bemerkte. »Eine Mandelcreme von Caswell Massey«, erklärte sie, beugte sich vor und küßte ihn auf die Lippen. Diesmal war sie es, die das Küssen übernahm, und er, der jeden ihrer Küsse gierig in sich einsog. Inzwischen war er längst außer Kontrolle. Er hatte schon während der Gesichtsmassage kapituliert. Er war ihr Sklave, erfüllt von Ehrfurcht vor ihren sanften Händen und ihrem Mund.

»Zieh deine Hose aus«, murmelte sie. Und dann liebte sie ihn, dort auf dem Fußboden des Badezimmers. Küssen allein genügte ihr nicht; sie begann seinen gesamten Körper zu liebkosen, ließ die Zunge in seinen Ohren wirbeln, küßte seine Augenbrauen, leckte seine Achselhöhlen und Ellenbeugen. Am meisten aber erregte es ihn, als sie an seinen Zehen knabberte. Ein unglaubliches Gefühl! Dann goß sie sich ein winziges bißchen Lotion in die Hände, begann seinen Schwanz zu massieren und sah ihm dabei in die Augen, bis er ihren Blick nicht mehr zu erwidern vermochte. Er war wie von Sinnen. Wie kam es nur, daß sie so genau wußte, wie sie ihn berühren mußte? Nicht in seinen kühnsten Träumen hätte er sich vorstellen können, daß ihn eine Frau genauso liebkosen würde, wie er es sich immer gewünscht hatte. Und bevor er sich's versah, verlor er endgültig die Kontrolle. »Aufhören, aufhören, warte!« Er griff nach ihren Händen, damit sie innehielt, aber es war zu spät.

Ein wenig befangen lag er da, ohne Hose, total exponiert und sehr verletzlich. Er, Frank Manne, ihr ehemaliger Analytiker, lag splitternackt auf ihrem Badezimmerboden. Und sie hatten kein einziges Problem gelöst. Statt dessen spielten sie irgendeine urzeitliche Szene, die weder Worte noch Erklärungen erforderte. Es war wundervoll. Es schien alles so natürlich und unkompliziert. Inzwischen hatte sie sich aufgerichtet und lehnte an der Badezimmerwand. Nach einiger Zeit sah sie ihn an und lächelte.

»Also?« fragte sie ihn.
»Also«, gab er zurück. Und dann: »Da drüben ist das Schlafzimmer?«
Sie nickte.
Eine halbe Stunde später lagen sie in Katjas Bett, die Rotweingläser in der Hand. Ein unbehagliches Schweigen war eingetreten. Wie seltsam, dachte Frank, vor wenigen Minuten haben wir noch gemeinsam auf dem Badezimmerboden gelegen, und nun sind wir verlegen wie zwei Fremde, die auf einer Cocktailparty Konversation zu machen versuchen. Er nahm ihre Hand in die seine. »Woran denkst du?« wollte er wissen.
Sie stellte ihr Weinglas neben den Futon auf den Boden. »Da drüben im Badezimmer … das war … Ich weiß nicht genau, was das war«, sagte sie mit verträumter Stimme. »Aber es kam mir so richtig vor. Es schien irgend etwas abzuschließen, irgend etwas aus der Vergangenheit.« Sie hielt inne. »Meinst du nicht auch?«
Er strich sich über die eigene Wange, spürte die frisch rasierte Haut. »Ich weiß es nicht.«
»Es ist so traurig«, fuhr sie fort. Ihre Stimme klang verzweifelt. »Timing ist wirklich neunundneunzig Prozent im Leben.«
»Es ist mir unfaßbar, wie du so etwas sagen kannst«, gab Frank beunruhigt zurück. »Was soll dieses Gerede von Vergangenheit und Traurigsein? Dies ist die Gegenwart. Wir sind hier. Zusammen. Es gibt eine Zukunft.«
»Nein! Du verstehst nicht, stimmt's?« Sie rückte ein Stückchen von ihm ab. »Es wird nicht funktionieren. Du und ich. Wir haben diesen Augenblick, ja, aber das ist auch alles. Für mich ist es eine Fantasie aus der Vergangenheit, und ja, es ist schön. Aber welche Basis hätten wir für eine feste Beziehung?«
Er konnte nicht glauben, was er da hörte. Er stellte sein Weinglas auf den Boden. »Wir können von vorn anfangen. Neu. Ganz frisch.«
Sie schüttelte den Kopf. »Können wir nicht. Weil es eine Vergangenheit gibt. Und weil ich mich verändert habe. Ich bin nicht mehr die Katja, die du kanntest. Die Katja von heute will

mehr, will etwas anderes als« – sie versuchte, ihn nicht zu verletzen – »als dich«, sagte sie schließlich leise.
Nein! Nein! Er fand keine Worte mehr, um sie zu überzeugen. Mit Reden würden sie nicht weiterkommen, soviel stand fest. Verzweiflung übermannte ihn. Er mußte es einfach schaffen, daß sie seine Gefühle für sie begriff. Sie würde es an der Art erkennen, wie er sie liebte, wie er sie in die Arme nahm und sie mit der ganzen Leidenschaft seines Körpers umfing, jeden Zentimeter von ihr mit Händen und Lippen erforschte und verschlang. Er barg das Gesicht zwischen ihren Beinen, an dem einzigen Platz, an dem er sein wollte. Er liebte es, wie sie schmeckte, und küßte sie, bis er an ihrem Pulsieren spürte, daß sie kam. Dann hielt er sie in seinen Armen und streichelte sie liebevoll am ganzen Körper. Er wollte, daß sie ihn begehrte, und als sie sich nicht rührte, begann er sie mit einer neuen Woge der Leidenschaft zu küssen. Schließlich stieß er in sie hinein und keuchte auf. Er schwamm in jenem Meer von Weiblichkeit, nach dem er sich sein Leben lang gesehnt hatte, und es war Katja, die er in den Armen hielt, seine Katja, die ihn mit einer Tiefe empfing, wie er sie niemals zuvor gespürt hatte. Als er sich in ihr bewegte, war er nicht mehr Frank. Eine machtvolle, maskuline Präsenz hatte von seinem Körper Besitz ergriffen, und er war wie vom Blitz getroffen, als er dieses majestätische, urzeitliche Tier in sich wüten spürte. Ihr Stöhnen drängte ihn immer weiter, bis es zuviel für ihn wurde. »Nein!« und »Ja!« schrie er laut. Brüllen, Ausbruch, Stille.

Es wurde eine lange Nacht, erfüllt von verbotenen Freuden. Eine Nacht des absoluten Glücks und zugleich die traurigste Nacht seines Lebens. Sie waren trunken, doch nicht vom Wein, sondern von der berauschenden Entfesselung dieser lang ersehnten, verloren geglaubten Leidenschaft füreinander. Während die Dunkelheit allmählich der Morgendämmerung wich, begriff er, daß dies ihr erstes und letztes Mal zusammen war. Daß er sie am Morgen ihrem eigenen Leben überlassen mußte, ihren eigenen Entscheidungen. Er hatte sich ihr erklärt und durfte sie nun nicht länger bedrängen.

O dieser Eros, der bittersüße! Wie er aus dem Nichts auftauchte, seine Trümpfe geschickt ausspielte – und im nächsten Augenblick schon wieder verschwunden war!

Katja sagt ja

Ein paar Wochen später saß Katja in ihrem Wohnzimmer, trank Tee und dachte, wie üblich, über ihr Leben nach. In einer Stimmung heiterer Melancholie überlegte sie, was sie mit dem Rest dieses schönen Samstagnachmittags anfangen sollte, der vor ihr lag. Zwar hatte sich in der vergangenen Woche bereits der Winter angekündigt, doch heute war ein herrlich sonniger Tag, der letzte vermutlich, bevor der graue Novemberhimmel endgültig siegen würde. Sie könnte an dem Perry-Ellis-Pullover zu stricken beginnen, für den sie die Wolle bereits gekauft hatte, oder eine erfrischende Radfahrt durch den Park unternehmen. Sie konnte auch Klavier üben. Diese Scarlatti-Sonatine machte ihr Schwierigkeiten und mußte gründlich einstudiert werden. Auf ihrem hauchdünnen blauen Lieblingsluftpostpapier konnte sie Briefe an Freunde im Ausland schreiben und dabei von fernen Ländern träumen. All das klang gut. Am Abend würde sie sich etwas Schönes kochen, etwa einen Coq au vin à la Julia Child, nur vom Feinsten, mit Cognac flambé!

Dann klingelte das Telefon. Es war Clint. Seit der Hochzeit vor vier Monaten hatte sie nicht mehr mit ihm gesprochen. Jetzt, wo er verheiratet war, verlief ihre Freundschaft allmählich im Sand. Es machte sie traurig, daß er sich nicht mehr bei ihr meldete, und wenn sie bei ihm anrief, schien er sich unbehaglich zu fühlen, als empfinde er ein Gespräch mit ihr als Betrug an Carla. Na ja, was sollte sie machen?

»Also, wie schmeckt dir die Ehe?« Sie versuchte, sich unbekümmert und fröhlich zu geben.

Ihre Frage schien ihm peinlich zu sein. »Großartig«, versicherte er und wechselte das Thema. »Eigentlich rufe ich an, um dich zu fragen, ob du mir einen Gefallen tun könntest.«
»Es würde mir ein Vergnügen sein.«
»Na ja, ich habe da einen Freund. Er will nach New York umziehen und ist jetzt hier auf Wohnungssuche, aber leider hat es ein Mißverständnis gegeben, und Carla und ich müssen bei ihrer Mutter essen, ein kleines Familienproblem, das sich ergeben hat, weißt du, aber eigentlich sollten wir mit ihm zum Dinner gehen, und nun ist es mir furchtbar unangenehm, ihn allein zu lassen, er kennt hier keine Menschenseele, und…«
»…und du möchtest, daß ich mit ihm essen gehe«, fiel sie ihm ins Wort.
»Ja, Katja. Ach, bitte. Würdest du das für mich tun?«
»Aber sicher. Wie heißt er denn?« Na, wenn schon. Sie hatte zwar keine besondere Lust, auszugehen, doch es entsprach ihrer neuen Lebenseinstellung, sich zu fügen. Wie Dorothy im *Wizard of Oz* hatte sie ihr Schicksal am Himmel geschrieben gesehen: »Füge dich, Katja!«
»Sterling. Sterling Lee Smith«, antwortete Clint. »Du hast ihn vielleicht auf der Hochzeit gesehen; einer von meinen Freunden aus der Verbindung. Er stammt aus einer alten Bostoner Familie.«
Sterling Lee Smith. Was tat er mit einem solchen Namen nördlich der Mason-Dixon-Linie? Sterling? Der Name sagte ihr nichts. Hatte sie ihn auf der Hochzeit kennengelernt? Katja dachte angestrengt nach. An einen Namen wie Sterling würde sie sich bestimmt erinnern. Dann fiel ihr ein, daß sie auf der Hochzeit kaum jemanden kennengelernt hatte. Vielleicht hatte er zu den Brautführern beim Defilee gehört.
»Möglich, daß ich ihn gesehen habe, aber ich weiß es nicht.« Ihr Ton klang ein bißchen gereizt. Sie fühlte sich überrumpelt, und es war ihr peinlich, daß Clint plötzlich den Heiratsvermittler spielte. Betont ironisch sagte sie: »Sterling Smith?« Die Kombination eines so eleganten Vornamens mit einem so weit verbreiteten Allerwelts-Nachnamen wirkte albern. »Was für ein Name

ist denn das? Und wie wird er von seinen Verwandten gerufen? Sterling doch mit Sicherheit nicht.«
»Doch, allerdings. Ganz einfach Sterling«, erwiderte Clint. »Aber nun sei doch bitte nicht so. Es geht doch nur um ein Dinner.«
O Gott, klang sie wirklich widerborstig? Sie wechselte den Ton. »Gut. Von mir aus gern. Gib ihm bitte meine Adresse und sag ihm, er soll rüberkommen. Um... äh... gegen acht, okay?« Sterling; klang ziemlich verknöchert. Und wenn er ein Freund von Clint war, *konnte* er einfach nicht ihr Typ sein. »Was macht er denn?«
»Computer«, lautete die Antwort.
»Na, großartig.« Sie versuchte, eine Spur freudiger Zustimmung in ihre Stimme zu legen. Ein Computer-Freak, dachte sie. Je mehr sie fragte, desto schlimmer stellte sie sich den Typ vor. Also beschloß sie, damit aufzuhören.
»Viel Spaß«, wünschte ihr Clint. »Und ich bin dir wirklich dankbar. Du tust mir – ich meine uns, Carla und mir – einen sehr großen Gefallen.«
»Gern geschehen. Und ich danke dir für deinen Anruf. Und liebe Grüße an Carla, ja? Wir sollten uns wirklich bald mal sehen«, sagte sie und legte auf. Eigentlich munterte die Aussicht auf eine Dinnerverabredung sie ein wenig auf. Hmm, dachte sie, welches schnuckelige Restaurant soll ich ihm vorschlagen? Sie beschloß, daß sie frische Luft und Bewegung brauchte. Also mummelte sie sich in mehrere Pullover, zog die warmen Handschuhe an und startete zu einer flotten Radtour durch den Park. Der Sony-Walkman donnerte ihr überlaut Rock 'n' Roll in die Ohren, bis sie, den Wind in den Haaren, lauthals mitsang.
Als um Viertel vor acht die Türklingel ging, war Katja noch im Kimono. »Mist!« schimpfte sie und sah auf die Uhr. »Typisch für einen Computer-Freak, zu früh zu erscheinen – was, Boo?« Im Spiegel kontrollierte sie ihr Gesicht, um zu entscheiden, ob sie mit nur halbem Make-up die Tür öffnen sollte, stellte aber fest, daß sie ganz okay aussah. Als sie aufmachte, mußte sie sich sehr beherrschen.

Großer Gott, das war ja *er*! Der Mann, der auf Clints Hochzeit neben ihr gesessen und mit allen getanzt hatte, nur nicht mit ihr! Wie sollte sie bloß diesen Abend überstehen? Er sah genauso aus wie am Abend der Hochzeit, elegant und teuer gekleidet in einen dunklen Anzug, mit einer Flasche Champagner in der Hand. Bloß die Blondine am anderen Arm fehlte.

Auf der Stelle beschloß sie, das Beste aus der Situation zu machen. »Hallo! Ich bin Katja«, erklärte sie munter und streckte die Hand aus.

»Nicht zu fassen! Sie haben auf Clints Hochzeit an meinem Tisch gesessen!«

Sie nickte und versuchte sich an einem Lächeln.

»Katja«, wiederholte er, »was für ein Name ist das?«

»Russisch«, antwortete sie.

Er überlegte einen Moment; dann sagte er: »Verzeihen Sie! Sterling. Sterling Smith.« Er reichte ihr die Hand.

Katja stieß ganz langsam den Atem aus und versuchte, eine freundliche Miene aufzusetzen. Allerdings. Ich bin die Frau, die du den ganzen Abend lang ignoriert hast.

»Großartige Hochzeit«, fuhr er fort. »He, es ist eine Schande, daß wir den ganzen Abend lang nicht ein einziges Mal getanzt haben.«

Du hast mich ja nie aufgefordert, dachte sie. Sie zuckte die Achseln, als wollte sie »Na ja« sagen. »Nun, wie Sie sehen, bin ich noch nicht ganz fertig, also kommen Sie bitte herein, es dauert höchstens noch eine Minute.« Sie trat beiseite und ließ ihn herein. Er warf seinen Mantel auf einen Eßzimmerstuhl und wandte sich zu ihr um.

»He, ich hab' eine Flasche Champagner mitgebracht, um meine neue Wohnung zu feiern. Ist das zu fassen? Ich habe tatsächlich schon eine gefunden – am ersten Tag! Ich muß wirklich sagen, ich habe Glück. Das hat mein Vater schon immer gesagt. Dabei hab' ich so viele Horrorstorys gehört, über die Wohnungsnot hier. Wollen wir?« Er begann, das Stanniol vom Flaschenhals zu wickeln.

»Ganz reizend«, antwortete sie und ging ihre Champagnerflöten holen. Während er geschickt den Korken herausdrehte, stand sie da und hielt die Gläser. Und während er auf das gedämpfte Plopp lauschte, versuchte sie das Etikett zu erkennen, aber es gelang ihr nicht. »Was trinken wir denn?« erkundigte sie sich.

»Veuve Clicquot 1979«, antwortete er und zeigte ihr die Flasche, bevor er einschenkte.

Wenigstens verstand er was von Champagner. »Guter Jahrgang«, sagte sie mit anerkennendem Lächeln. Beide warteten, bis sich der Schaum gelegt hatte, dann hoben sie die Gläser. »Auf Ihre neue Wohnung«, toastete sie.

»Auf unseren ersten Tanz«, toastete er dagegen. Beide lachten und stießen mit den Gläsern an. »Mmmh, sehr gut«, sagte er und ließ den Champagner genießerisch über die Zunge rollen. Sie sah ihn an und dachte, wie seltsam es war, daß er ihren Text gesprochen hatte. »Mmmh«, stimmte sie zu. »Na ja, dann werde ich mich mal fertig anziehen. Warten Sie, ich lege ein bißchen Musik für Sie auf.« Beim Hinausgehen schaltete sie die Stereoanlage ein.

Energisch schloß Katja die Tür des Schlafzimmers hinter sich. Das war ein ganz neues Gefühl für sie. Bisher hatte sie diese Tür noch nie geschlossen, das heißt, überhaupt keine Tür in ihrer Wohnung. Das kommt davon, wenn man allein lebt, dachte sie, dann ist es überflüssig, Türen zu schließen. Sie trank einen großen Schluck Champagner, stellte das Glas auf der Kommode ab und machte sich mit Mascara und Rouge an die Arbeit, bis sie mit ihrer Erscheinung zufrieden war. Zu guter Letzt noch Lippenstift und einen Spritzer Jolie Madame, dann inspizierte sie ihren Kleiderschrank. Er war sehr elegant gekleidet, also mußte sie sich ihm anpassen. Welches kleine Schwarze sollte sie nehmen? Na schön, ihr Azzedine. Nach langem Suchen in ihrer Wäscheschublade stieß sie auf eine schwarze Strumpfhose mit Goldflitter und überprüfte sie auf Laufmaschen. Zufriedengestellt, schlüpfte sie hinein und wand sich hin und her, bis sie den perfekten Sitz hatte. Dann zog sie sich das Kleid über den Kopf und zupfte es vor dem Spiegel zurecht. Was sie dort sah,

gefiel ihr durchaus. Kein Schnickschnack, sondern schlichte Eleganz. Wie üblich bei ihr. Sie trank noch einen Schluck Champagner. Den brauch' ich, wenn ich diesen Abend überstehen will, dachte sie, stand vor dem Spiegel und sah sich selbst dabei zu, wie sie das ganze Glas leerte. Nicht schlecht. Eigentlich sogar super. Sowohl er als auch der Champagner.
In diesem Augenblick liebte sie die Zurückgezogenheit ihres warmen, parfümduftenden Schlafzimmers. Es erschien ihr wie ein rettender Hafen, in dem sie sicher war vor den Unbilden der Außenwelt. In wenigen Sekunden würde sie diesen angenehmen Ort verlassen und sich mit dem unbekannten Mann da draußen befassen, mit ihm dinieren und Konversation machen müssen. Sie knipste das Licht aus, zögerte aber, die Tür zu öffnen. Noch nicht, seufzte sie leise. Sie trat ans Schlafzimmerfenster, um noch ein paar Sekunden länger hinauszusehen, die Samstagabend-Szene zu beobachten. Es war noch früh. Ein Mann führte seinen Hund aus. Zwei Teenager flitzten auf Rollschuhen vorbei. Ein Auto parkte in zweiter Reihe, offenbar in Wartestellung. Ihr Portier lehnte bequem an einem Pfosten der Markise. Ein Lieferant mit einer großen weißen Pizzaschachtel machte kurz halt, um eingelassen zu werden, und verschwand dann unter der Markise.
Gerade wollte sie sich abwenden, als ihr Blick die unbeleuchteten Schaufenster auf der anderen Straßenseite streifte. Plötzlich gingen die Straßenlaternen an, und im Aufblitzen der Lichter in den blanken Fensterscheiben sah sie flüchtig das Spiegelbild des Hausmeisters, der an der gewohnten Stelle stand und in ihre Richtung starrte. Widerlich! O Gott, er wartet darauf, daß ich tanze! »Na schön, tut mir leid, Mister, aber den Gefallen werde ich Ihnen heute nicht tun«, flüsterte sie vor sich hin. Er rührte sich nicht. Was beobachtete er eigentlich? Sie tanzte nicht, und dennoch hing sein Blick an ihrem Wohnzimmerfenster. Erbärmlich, dieser geile Bock! Vermutlich macht er sich ein paar heiße Gedanken. Sie wandte sich ab. Zeit zum Gehen.
Als Katja ihre Schlafzimmertür öffnete, war sie total unvorbereitet auf den Schwall von Musik, der ihr entgegendonnerte. Es

war Reggae und so laut, wie sie noch nie Musik gehört hatte. Schauer liefen ihr den Rücken hinauf und hinab. Alle Lampen waren ausgeschaltet. Wer hatte sie ausgeschaltet? Gab es einen Stromausfall? Nein, der Plattenspieler lief ja noch. Was ging hier vor? Sie bekam Angst, und ihr Herz begann zu hämmern. Würde er über sie herfallen? Sie vergewaltigen? Was war bloß los? Sie konnte nichts sehen. Vorsichtig, alle Nerven auf Alarmstufe, tastete sie sich durch den dunklen Flur. Und dann begannen in ihrem Kopf Sirenen zu heulen.

Dort, in ihrem Wohnzimmer, sah sie Sterling: Er hatte das Jakkett abgelegt, die Schuhe ausgezogen, die Krawatte gelockert und legte im Stockdunkeln einen wilden Tanz aufs Parkett. Verdammt, das kannte sie doch. Ihr blieb vor Schreck der Mund offenstehen. Er war völlig versunken, ganz der klagenden Musik hingegeben, sang lautlos mit, bewegte sich passend zum Text, sprang, wand, wiegte sich. Und bemerkte nicht, daß Katja dort stand.

Das Heulen in ihrem Kopf wurde leiser, und sie hörte nur noch das Hämmern ihres Herzens. »He, das ist *meine* Fantasie«, wollte sie rufen, weil sie das Gefühl hatte, daß er ihr etwas wegnahm. Ihre Emotionen wirbelten wild durcheinander. War dies alles Wirklichkeit? Oder ebenfalls Fantasie? Hatte sie zuviel Champagner getrunken? Sie griff nach dem Tisch, um sich zu vergewissern, daß sie tatsächlich dort stand. Dabei stieß ihre Hand an sein Champagnerglas, und sie trank es aus. Das eiskalte Kribbeln machte sie schwindlig.

Jetzt stand er da wie mit einer unsichtbaren Partnerin, die er mit perfektem Einfühlungsvermögen führte. Nur daß er noch immer so furchtbar schlecht tanzte! Grauenhaft! Und peinlich! Sie fühlte sich gleichzeitig angezogen und abgestoßen von diesem Anblick. Eine Sekunde lang war sie fasziniert und glücklich, in der nächsten geriet sie in Panik, weil er so tolpatschig war.

Was tun? Sie konnte die Stereoanlage sofort abstellen, damit er aufhörte. Nein. Sie konnte in ihr Schlafzimmer zurückkehren, so tun, als hätte sie nichts bemerkt, und wieder hereinkommen, sobald die Musik aufhörte. Nein! Am besten schaltete sie sofort

das Licht ein, um diesem idiotischen Theater ein Ende zu machen. Aber was sollte sie dann sagen? Auf einmal drängte es sie, die Wohnung zu verlassen, vor dieser Szene davonzulaufen und die Tür hinter sich ins Schloß zu werfen.
Inzwischen war auf die schnelle eine romantisch langsame Melodie gefolgt. Und Sterling paßte sich an. Von all den Sprüngen inzwischen schwer atmend, wechselte er das Tempo und glitt langsam, sich wiegend und biegend, durchs Zimmer. Er wirkte so ernsthaft, dieser verträumt dreinblickende Mann, wie er da so hingebungsvoll mit geschlossenen Augen verschiedene Figuren tanzte. Er wirkte überhaupt nicht mehr einschüchternd. Verletzlich wirkte er und, jawohl, berührbar.
Katjas Herz begann zu schmerzen. *Dies war ihr Augenblick! Der Augenblick, von dem sie immer geträumt hatte!* Sie hätte so gern mitgetanzt, aber... mit ihm? Es kann doch unmöglich sein, daß er... Beende den Satz, Katja, befahl ihr streng eine innere Stimme. Es kann doch unmöglich sein, daß er – *wer* ist? Mr. Right? Mr. Right... Eine idiotische Vorstellung. Einfach unfair – auch für die Männer. So etwas wie den Richtigen gibt es nicht, dachte sie, dieser Ausdruck sollte aus dem Sprachschatz gestrichen werden. Statt dessen sollte es einen Mr. Okay geben oder einen Mr. Why not.
Sie betrachtete den tanzenden Sterling. Also *der* ist wirklich ein echter Mann, Katja, sagte sie sich, ein echter Mann mit deinen Fantasien. Sie lächelte traurig. Und was willst du nun tun? Dies ist es doch, worauf du gewartet hast. Sie schenkte sich noch etwas Champagner ein und trank, um sich Mut zu machen.
He, Katja! Dies ist deine letzte Chance! Wenn du jetzt nicht handelst, wirst du diese Chance verpassen! Endgültig. Das Herz tat ihr weh, wenn sie an all die Chancen dachte, die sie auf ähnliche Weise verpaßt hatte. *Jetzt,* Katja! Sie holte tief Luft und schlüpfte aus den Schuhen. Unter den bestrumpften Füßen spürte sie den weichen Teppich. In diesem Moment drehte sich Sterling um und sah, wie sie ihn anblickte. Er erstarrte, einen Arm in der Luft, und versuchte mühsam zu lächeln. Die Musik spielte weiter.

»Ich kann nicht Reggae tanzen«, sagte sie verlegen und streckte die Hand aus. »Ich tanze Ballett.«
Er wirkte erleichtert. »Warten Sie, ich zeige Ihnen ein paar von meinen Schritten«, erbot er sich zögernd, indem er ihre ausgestreckte Hand ergriff. »Später können Sie mir dann ein paar Ballettschritte zeigen.« Damit zog er sie in seine Arme.
Nach ein paar peinlichen Sekunden, in denen sie beide sich dem Rhythmus des anderen anzupassen suchten, glitt er schwerelos mit ihr durch den Raum. Wirklich recht gut! Sie war erstaunt. Wie absolut traumhaft und romantisch es doch ist, im eigenen Wohnzimmer wie in einem Ballsaal zu tanzen, dachte sie, und überdies mit einem Fremden. Fast wie in einem Film mit Fred Astaire und Ginger Rogers. Gekleidet waren sie tatsächlich perfekt für diese Rollen. Und überdies erstklassiger Champagner. Hoppla, er war ihr auf die Zehen gestiegen und wich schuldbewußt zurück. Sie legte wieder die Arme um ihn, und sie begannen noch einmal von vorn, dieses Mal noch geschmeidiger, mit ein paar zusätzlichen Drehungen, und sie fragte sich, wie es sein konnte, daß sie so gut zusammen tanzten, wo sie doch auf der Hochzeit gesehen hatte, wie schlecht er tanzte. Auf einmal bog er sie nach hinten hinüber, und sie schrie auf, hielt sich aber fest, und beide lachten. Beim nächstenmal warnte er sie: »Achtung!«, und als er sie hinunterbog, hielt er sie einige Sekunden fest, und sie sah ihm in die Augen, mußte den Blick aber abwenden. Dann zog er sie wieder hoch, und sie spürte, wie sich ihr Körper entspannte. Auch er entspannte sich und zog sie näher an sich heran. Wie war es nur möglich, daß sie das Gefühl hatte, seit Jahren schon mit ihm zu tanzen?
Es gefiel ihr, wie sein Rücken sich unter ihrem linken Arm anfühlte, fest und dennoch leicht. Es gefiel ihr, wie die hochgerollten Hemdsärmel seine maskulinen Unterarme freigaben. Mit seiner gelockerten Krawatte zusammen wirkten sie so ungemein lässig. Auch seine Hand fühlte sich gut an, wie sie die ihre mit genau dem richtigen Druck hielt – sexy, aber nicht aufdringlich. Sie schienen beide ungefähr gleich groß zu sein, er viel-

leicht um eine Kleinigkeit größer. Frisch rasiertes Gesicht. Sein Cologne war... Sie näherte ihr Gesicht unmerklich seinem Hals und atmete ein. Er kam ihr zuvor. »Das gute, alte Canoë«, erklärte er. Beide lachten. Vor allem aber fand sie an ihm so anziehend, wie selbstverständlich er mit dem umging, was er wollte, und daß es sie war, die er wollte.

Flüchtig bemerkte sie den Schatten, den sie auf die Wände warfen, als sie im Zimmer umhertanzten. Statt der gewohnten einsamen Silhouette sah sie einen ganz neuen Umriß, das Verschmelzen zweier Körper zu einer einzigen Form, maskulin und feminin. Sie versuchte, die jeweiligen Körperteile zu identifizieren, ihre Beine, seine Arme, seine Beine, ihre Arme, aber es gelang ihr nicht. In diesem Moment waren sie eins, und Katja war glücklich.